追梦的人

郁松寒 著

河南文艺出版社
·郑州·

图书在版编目(CIP)数据

追梦的人/郁松寒著. —郑州:河南文艺出版社,
2017.5(2019.9 重印)

ISBN 978-7-5559-0521-9

Ⅰ.①追… Ⅱ.①郁… Ⅲ.①长篇小说-中国-当
代 Ⅳ.①I247.5

中国版本图书馆 CIP 数据核字(2017)第 083488 号

ZHUIMENG DE REN

出版发行	河南文艺出版社
本社地址	郑州市郑东新区祥盛街 27 号 C 座 5 楼
邮政编码	450018
承印单位	三河市兴国印务有限公司
经销单位	新华书店
开　本	700 毫米×1000 毫米　1/16
印　张	30.5
字　数	421 000
版　次	2017 年 5 月第 1 版
印　次	2019 年 9 月第 2 次印刷
定　价	78.00 元

序

赵克红

大江东去几千秋,百代兴亡一水流。滔滔洛水,绵绵北邙,自古以来,这里的形胜"地灵"造就了这块热土上的"人杰",激发着文人泉涌般的文思。金松同志(笔名郁松寒)是土生土长的洛阳人。夜深人静之时,捧读他即将付梓的长篇小说《追梦的人》,不由让人心潮逐浪,热血沸腾。

醉里挑灯看剑,梦回吹角连营。中华民族伟大复兴的中国梦吹响了昂首阔步全面建成小康社会的号角。中国梦是亿万国人梦想的集合。小说《追梦的人》上自清末,下至当代,跨越百年,以主人公马德胜为主线,贯串起各行各业一百多个人物,以现实主义的白描手法,展现着中国人斑斓的梦想。尤其可圈可点的是,在反映农村基层生活文艺作品较少的当下,小说以马德胜到大峪乡挂职扶贫为线索,带领读者走进乡镇基层干部的生活,走进他们喜怒哀乐的心路历程,实属难得。

千载中国梦,一品洛阳城。洛阳,作为十三朝古都,"若问古今兴废事,请君只看洛阳城"。作者对家乡有着炽热的情怀,在小说中自然而然地嵌入了大量的洛阳元素,河图洛书、国花牡丹、白马寺院、洛阳水席、郭氏正骨、洛阳曲剧等,字里行间俯拾皆是。愈是富有地域特色,才愈富有生命力。这种嵌入,不是生拉硬扯,而是联珠缀玉,与人物的刻画、情节的设计融为一体,客观上成为一部宣传洛阳、推介洛阳的上乘之作。

洛阳古多士，风俗犹尔雅。从老子的辩证哲思到贾谊的纵横捭阖，从许慎的《说文解字》到左思的"洛阳纸贵"，从"香山居士"白居易到"唯有牡丹真国色"的刘禹锡……一方水土养一方人。这里的皇天后土培植着淳厚的学风与鼎盛的文脉。金松同志是业余作者，当过教师和校长，在基层乡镇任过数年镇长。工作之余，他不忘初心，写作不辍，曾发表过30余万字的散文。纸上得来终觉浅，绝知此事要躬行。乡镇忙碌充实的生活给了他素材与灵感，使他迸发出了创作的热情，写出了约40万字的长篇处女作《追梦的人》，可喜可贺。

　　走笔至此，我不由想起作家周大新说过的那段话："对于身在官场而坚持写作的人，我一向怀有极大的好感和敬意。据我观察，这样的人往往是有真性情的，而且是极顽固的真性情，权力和事务都不能把它摧毁，它反能赋予所掌握的权力一种理想，所操办的事务一种格调……写作是回归心灵的时刻，当一个人写作时，他不再是官员，身份和职务都成了身外之物。他获得了一种自由眼光。立足于人生的全景，他知道了怎样做人，因而知道了怎样做官。"谨将这段话赠予金松同志，期待他能创作出更多佳作精品，获得工作创作、做人作文的双丰收！

2017 年 3 月 8 日

（作者系中国作家协会会员、洛阳市作家协会主席）

目　录

第一章

我的凰玉哪儿去了?

马德胜像丢了魂儿似的,从卫生间找到卧室,又从卧室找到客厅,如同一只无头苍蝇在家里东跌西撞。凡是能想到的角角落落,他都寻觅了个遍,只差把屋子翻个底朝天。

天凉好个秋。在这个初秋的傍晚,恰逢星期天,马德胜一家三口早早吃过晚饭。他把上高二的儿子马超送到学校,回到家时,窗外已拉开了夜幕。刚看完《新闻联播》,老婆赵玉曼就多次催促他洗澡。马德胜闻弦歌而知雅意——趁孩子在学校温习功课的时段,让自己也赶紧"做功课"呢。

钻进卫生间,打开阀门,一阵阵暖流让人周身通泰。他闭上双目,一边享受着水流的轻抚,似乎那就是赵玉曼的柔情蜜意,一边在胸前轻搓着。隐约中,他感到有点儿不对劲:我怎么会一丝不挂呢……凰玉呢?!

他关了花洒,也顾不上擦干水珠就到处乱窜,地上留下了杂乱的湿脚印。

赵玉曼此时正沉浸在韩剧的剧情中。马德胜送孩子的当口,她已冲洗完毕。一件薄如蝉翼的粉红睡裙,让她微微发福的身材纤毫毕现。兴许是心宽体胖的缘故,四十三岁的她越来越丰腴饱满。刚烫过的乌黑卷发湿漉漉的,散发着丝丝茉莉花的清香。她半躺在乳黄色的沙发上,随着剧情时而喃喃自语,时而泪流满面。余光瞥见马德胜赤身裸体进了卧室,她说了句"看你猴急的,恐怕还没湿身吧",就接着陪剧中的女主角掉泪去了。

马德胜赤裸裸地转来转去,终于把她的目光从遥远的韩国吸引回来了。她看着他如马戏团的小丑一般,说:"马德胜,你耍猴呢?"

他心不在焉,问:"老婆,见我那块玉没?"

"你不是天天戴着嘛。"

"真怪呀,弄到哪里啦?"

"我弯腰驼背忙了一下午,才把家里收拾干净,你倒好,看了一下午书,不帮我不说,还把地上弄得乌七八糟。"

"别打岔,老祖宗,见到我那块玉没有?"

"多主贵的物件儿啊,让你这么上心,我可没看见。若是把跑着找玉的这股疯劲用在跑官上,也不至于现在还是个小科长呀。"

他苦笑着摇摇头:唉,又来了。

能不上心吗?这块玉,虽说不如贾宝玉生下来就衔在口中的那块美玉奇异通灵,也不如战国时期的和氏璧那般价值连城,却使他刻骨铭心。二十多年来,这块凰玉如影随形,俨然成了马德胜身体的一部分,已经人玉一体!上大学时,他曾经跟白雪开玩笑说,你们女同学是守身如玉,咱俩却是守玉如身哪!三年前,他随局领导陪上级一个检查团喝酒,喝得胃出血,做手术时,硬是没让主刀大夫摘下心爱的凰玉。你说说,此时此刻,他能不急吗?

好不容易氤氲起来的前戏氛围,被这块无缘无故销声匿迹的玉稀释得如同一杯白开水一般无色无味。看着他失魂落魄的样子,赵玉曼怒火攻心。平日里二人"做功课"时,那块玉就让她不胜其烦,说了多少次,他总是像聋子似的依然如故。活该!找不到才好呢。唉,真是狗肉上不了筵席。不就是一块破玉嘛,这都多少年了,还是一个守财的乡村野夫。不,简直就是个典型的乡巴佬!

她从鼻孔中鄙夷地"哼"了一声,撅起嘴,扭过头,继续看韩剧。很快她又入了戏,因为婆媳之争已白热化,男主人公正左右为难,她可不愿错过这精彩的高潮。

赵玉曼只知道这块玉是马家祖传的,可她哪里知道,它是大有来历的。

马德胜穿上内衣内裤,魂不守舍地坐在沙发的另一头。这玉,说啥也不能丢啊……

"叮叮当,叮叮当,铃儿响叮当,我们滑雪多快乐,我们坐在雪橇上……"

手机铃声打断了他的思绪,是局办公室主任钱强的来电。

"谁呀?"赵玉曼在一旁不耐烦地问。

他指指电视机遥控器,示意她把音量调弱一点儿。

"喂,马科长,在哪里腐败呀?"

"在家呢,钱大主任,有啥指示?"

"指示不敢,老兄可真舒服呀。"钱强阴阳怪气地说,"我跟着王局开了一下午会,刚刚吃完饭,想起来下午散会时他交代的一个任务,让你给他写个致辞,重组后的煤炭总公司周二要挂牌,市里几大班子的有关领导要参加。王局让你尽快拿出初稿。"

"致辞大概多长时间?"

"五到十分钟吧。"

"好吧。再见。"

无奈中挂断电话,他叹口气:"玉曼,你先休息,我又得加班了,王局长有个致辞,今晚得写出来。"

"钱强不是办公室主任嘛,他怎么光说不练?只让马儿跑,不让马吃草,好事儿怎么想不起你马德胜?"

"老婆,牢骚太盛防肠断,风物长宜放眼量嘛。"

"你就会和我摆酸词儿,当上局长才是硬道理!无聊,我去睡了,你就歇在书房吧,别半夜又把我扰醒。"

韩剧也恰恰告一段落,她关了电视机,打着哈欠进了主卧室。

他对老婆的絮叨已司空见惯，没再理会。脑海里又想起刚刚突然而至的电话。

钱强，比他小五岁，是神都市煤炭能源局办公室主任，和自己一样也是副处级后备干部人选。钱强其人，见人说人话，见鬼说鬼话，见神说神话，人鬼神都不在就说胡话，虚与委蛇。见了荣誉，他比谁跑得都快，有了任务，却推三阻四，早就不见了人影。这办公室主任的优势，钱强也算发挥到了极致。比如刚才这个电话，马德胜听话听音儿，其中就不乏有几种言外之意：

其一，在我钱强眼里，你马德胜估计和我差不多，日日宿醉，夜夜笙歌，过着浮生如梦的日子。总之，放羊拾柴火，不放过任何能顺便踩你一脚的机会。

其二，我钱强可是比你干得多，当你在享受双休日的时候，我却在勤勤恳恳地工作，而且，到了这时候还没顾上吃饭，你和我的付出天差地别。

其三，我天天和一把手朝夕相处，追随其左右，"近水楼台先得月，向阳花木易为春"，对此，你马德胜以及其他的中层干部只能望"钱"兴叹。

其四，作为办公室主任，我可以挟天子以令诸侯，你只能低身俯就。至于王局长是会前就交代了任务，还是会散了才临时起意；是把这材料的任务交给了我，还是我又强按到你的头上，"双兔傍地走，安能辨我是雄雌"，虚虚实实，你马德胜又怎么敢去求证？

其五，长袖善舞，多财善贾。不论圣旨是真是假，我"钱公公"虽无生杀大权，却有传旨的机巧空间。就拿这起草致辞来说，我既可以早早通知你，让你从容不迫，缀玉联珠，也可以遽然下旨，让你熬到半夜，急急草就，疲于奔命瞎忙活。

…………

不是马德胜鸡蛋里挑骨头，也不是以小人之心度君子之腹，而是在与钱强打交道的这些年里，他了解这家伙太会使心作伎了。

马德胜是局生产计划科科长,熟悉他的人都称他为老马。老马今年四十五岁,倒不是年龄老,而是资历老。他二十二岁大学毕业,老马还是小马时,就被分配到了煤炭能源局工作,这一干就是二十三年。这期间,局长像走马灯似的换了一茬又一茬,而他却是那灯笼里的长明灯。当然,这二十三年间,他也从办事员干到了科员、副科长、科长。单单是这科长,他就干了十年,从培训科、政工科又到生产计划科,在科长的位置上再也没能前进半步,就像蒙着眼睛拉磨的驴子原地转圈。有一次,局里让每个人填写干部登记表,工作简历一栏人家写得满满当当的,老马颇为难堪:前边的工作单位只有简单的一行,倒是最后的证明人一栏里写了自己到局里工作后经历的七任正局长。表格交到了办公室,大家惊呼:真是一朵奇葩呀!

　　其实,老马是哑巴吃黄连,有自己的心酸与无奈。四十五岁,上不顶天下不着地,是个令人尴尬的年龄,恰逢仕途的十字路口。这路口可不平坦,就像半坡起步,驾驶技术好,就可能冲击副处,如果不小心,不但过不了路口,还会后溜,与竞争者撞车。所以,怨不得老马平时谨言慎行,如履薄冰。

　　更要命的是,作为一名从大山深处走出来的农家子弟,"郁郁涧底松"又如何与"离离山上苗"一比高下呢?即便是一匹千里马,要想通过提拔,摆脱"祇辱于奴隶人之手,骈死于槽枥之间"的命运,就得有伯乐的赏识。就目前来说,老马的伯乐就是一把手王局长了。

　　王局长,大名王陶然,五十五岁,曾任永长县常务副县长,三年前县区委换届时,因年龄原因到煤炭局任局长。一把手自然在单位一言九鼎,在推荐提拔人选上当然可以拍板定案。老马已过不惑之年,心里清楚自己的机会越来越少。即便绿灯亮起,王局长无疑就是那位交警,举手投足之间,就可决定老马的仕途走向。

　　越想越头疼,干脆不去想它,还是先干好眼前的事儿再说。

　　走进书房,老马拧亮台灯,打开电脑。在显示屏前足足愣了十分钟,他的思绪还在翻腾:功夫在平时。有失就有得。管它是王局长的本意，还是钱强的狐假虎威，明天自己亲自把稿子送给王局长，总不负这一晚上的辛劳。退一步说，即便让他钱强把致辞捧到了局长的案头，王局长明察秋毫，洞若观火，岂不知他钱强文字功底有几斤几两？谅他小子有贪天之心，也难窃为己有。

想到这儿，老马心安理得了。他老僧入定，从构思谋篇，到字斟句酌，弄到大半夜，终于搞定。

盯着电脑屏幕，老马设想着挂牌仪式的情形。联想到局长已老眼昏花，他不时提醒自己：明天上午打印时，得记着放大了字号。他的眼前浮现出王局长致辞时热情洋溢的高大形象。

王局长是从基层一步步干上来的，稿子上"莅临指导"的"莅"字，如果读了别字，岂不让他大庭广众之下出洋相？

于是，他就在这个"莅"字后边专门加注了括弧，写上"力"字。对需要停顿的地方，还特意注上"稍顿，有掌声"。

加上之后，他又觉得不妥。此举是否画蛇添足？这岂不是嘲笑王局长目不识丁？岂不是怀疑王局长连什么时候停顿都拿捏不准？想到此，他不禁为自己的孟浪渗出一额头汗来，立刻把刚刚加上的东西全部删去，仿佛这不是在家里，而是在生产计划科的办公室，有人伺机窥见了其中的端倪。

还是明日呈送王局长时当面提醒为宜。

看看时间，已近两点，老马浑身酸困，上下眼皮直打架。他躺倒在书房的小床上，关了灯，闭上双眼，脑子里却刹不住车。为了迸发灵感的火花，刚刚过去的这三四个小时里，他抽了大半包烟，还喝了浓茶，脑细胞们这会儿正欢歌笑语，极不安分。

躺了半个钟头，他想上卫生间。怕影响老婆的睡眠，就摸黑解了手，反正轻车熟路的。回到书房，半醒半寐之间，感到枕边发出柔和的荧光。他睡意顿消，手一摸，孤零零的凰玉躺在那儿，绳子不见了，失而复得的惊喜涌上心头：踏破铁鞋无觅处，得来全不费功夫。我的凰玉呀，原来你在这儿和我捉迷藏呢。

第二章

提起凰玉，自然还有一块凤玉。

凤玉和凰玉，是一对姊妹玉，合称凤凰玉，就像出匣自鸣的干将与青光含藏的镆铘这雌雄双剑，珠联璧合，形似神通，心心相印，交相辉映。

凤凰玉的来历鬼神不测，凤凰玉的情缘旷世无匹。

凤玉与凰玉从分开到再次邂逅，中间跨越了百年。一百年，是整整一个世纪，斗转星移，沧海桑田，事过境迁，物是人非，改变的是世道，不变的是初心。

凤玉与凰玉分开时，是在一百二十多年前的神都，再次相逢却是在星城长沙。

哦，亲爱的读者，让我们把镜头暂且从神都切换到湖南，调焦到中南矿业学院；让我们把历史的胶片暂且倒转近三十年，回到上世纪八十年代末。

神都，是中原省西部的一个地级市，是马德胜的故乡。马德胜的老家在神都市下辖的国家级贫困县永长。

1988 年，马德胜考上了中南矿业学院。在那个谷穗羞颔首、玉米龇牙笑的硕硕金秋，他告别脊背弯成了一张弓的母亲，打起铺盖卷儿，挤上一辆"老爷车"，从永长一路颠簸，到了神都。这是他有生以来第一次进城，就像一个小矮人第一次走进七彩的童话世界一样，带着一丝怯意与好奇,一切都让他兴奋与惊异:马路上,与长途车并行的无轨电车的尾部就像村里小围女梳的两条羊角辫;百货大楼前商家的促销声吵吵嚷嚷,远比镇子上的集会热闹得多;马路边开得热烈奔放的美人蕉以及叫不出名字的似锦繁花姹紫嫣红,比山里的野菊花好看多了,幽香透过车窗扑鼻而来。马德胜的眼睛、耳朵、鼻子都忙不过来了。

永长不通火车,马德胜也从来没见过火车。到了火车站,从买车票、候车,到上车、找座位、往行李架上放铺盖卷儿,他都跟在人后,照葫芦画瓢。上车前去了趟厕所,火车行驶的前几个钟头他都没敢喝水,以为火车和长途汽车一样是没法解决内急的。过了信阳,他暗中留意对面打来开水的旅客,也效仿着去打水,无意中看到两节车厢相连的部位原来有厕所!他早已饥肠辘辘,但兜里捎的干粮难以干咽,喝水吧,又有后顾之忧。这一重大发现不亚于哥伦布发现了新大陆,令他兴奋不已。

是的,他没出过远门。本来,宗族主事的一位长辈曾和他母亲娄红英商量让他堂哥马德功陪他一道去报到。毕竟,马德功在镇上做着小生意,去郑州进货坐过几次火车。但最后,倔强的母亲还是觉得太不划算:一张车票十几元,加上长途汽车票,一来一回就是几十块,那可是一家人一年的花销。娘说:咱没吃过猪肉,还没见过猪跑?这坐火车呀,我一辈子也没消受过这福分,但我琢磨着,和种庄稼没啥两样,庄稼活,没啥学,人家咋着咱咋着嘛。就这样,他背起母亲的叮咛,踏上了他的人生旅途,也开启了神奇的凤凰玉缘。

一路无话。第二天晚上十点多,终于抵达长沙。出了站,他不辨东西南北。花花绿绿的霓虹灯不停地眨着眼睛,拉客的、叫卖的穿梭于熙熙攘攘的客流中,让人切身感受到南方城市得风气之先的滚滚热浪。

城里与乡下真是天壤之别呀。马德胜一边屏蔽着拉客女的似火热情,一边感叹。他甚至想起,在神都候车室的时候,他踅摸了好几圈,才找到"洗手间"。这城里人真虚伪呀,叫厕所不就成啦?!害人提着铺盖卷儿多跑了多少冤枉路。

好在,学校派有专车接新生报到,他才总算顺利到了学校。

中南矿业学院是一座百年老校,滥觞于1903年的湖南高等实业学堂矿科,可谓历史悠久,积淀深厚。近百年来,这里走出过无数的工科宗师,培育出过一代又一代矿业泰斗,岳麓书院那句"惟楚有才,于斯为盛",一语中的,此言不虚!走进校园,让人感到无比新奇。别的不说,单单那平坦宽阔的足球场,能抵上老家多少个打麦场呀!

报到后的翌日,马德胜按捺不住心中的亢奋,和新报到的几个同学一道疯逛。长沙是湖南省省会,自是神都无法比肩的。且不说巍巍岳麓的秀丽,滔滔湘水的壮美,单是那长沙城里挨挨挤挤的高楼和川流不息的车辆就为他打开了一扇又一扇新世界的窗口。马德胜再次震撼了,他不禁为三天前在神都的惊奇而汗颜。真的是井底之蛙呀!老辈儿人说得没错:山外有山,天外有天!

那天,最让他们欣喜若狂的是,终于站到了橘子洲头。橘子洲,虽说只是湘江水面上小小的一片沙洲,却叫人心仪已久。在高中的课堂上,每每读到毛泽东的《沁园春·长沙》,马德胜总是心潮涌动。而今天,踏着伟人的足迹,望着眼前的"漫江碧透,百舸争流",怎能不像伟人一样意气风发,激情澎湃?

在这个美丽的校园里,马德胜与美丽的白雪不期而遇,白雪认识了实诚的马德胜。

白雪也来自神都,但她的爸爸是市物资局的局长,妈妈是一家国有大销售公司的经理,在这样的家庭中长大,白雪可谓养尊处优。在马德胜眼里,她无疑就是骄傲的公主,自己充其量也就是个小矮人。他们虽然同在一个班,但城乡的壁垒,使他们有着天然的分水岭,似乎永远都不可能有交集,更不可能发生什么故事。等待他们两个感情上碰出火花来,就像幻想着在湘江大桥上行驶的汽车和火车相撞一样,别看同时在一座桥上行驶,那种希望渺茫得可以称为无望。

然而,生活远比小说要精彩。其精彩纷呈之处在于——一切皆有可能!

马德胜第一次走进白雪的心里，是在那次诗歌朗诵会上。

白雪就如同她的名字一样惹人遐思。她长发披肩，标准的鹅蛋脸，眉似远山黛，眼如秋波横，如出水芙蓉，似风摆杨柳，端庄而优雅，美丽而知性。入学后，她小荷露出尖尖角，被大家推举为副班长，不久就进了学校的学生会，任宣传委员。

入学次年的"五四"青年节，学生会组织诗歌朗诵比赛，白雪是主持人。那天晚上，她一袭白裙，光彩照人，如同家乡神都的白牡丹，艳惊全场，冠压群芳。白雪"校花"的美誉，就是从那天晚上开始得到全校师生公认的。

二十世纪八十年代，是个全民都做文艺梦的时代，文学社如雨后春笋般涌现，文艺社团比比皆是。当时的大学校园里，随处可见这么一种情形：男生坐在草地上，斜挎着一把吉他，右手在琴弦上"嘭嘭"地拨弄几把浪漫，故作忧郁地自弹自唱着《走在乡间的小路上》，突然瞥见心仪的女生正"轻轻的我走了，正如我轻轻的来"，就突然变了和声，调高了调门，摇身一变成了沙哑惆怅的崔健，"我曾经问个不休，你何时跟我走，可你却总是笑我，一无所有"，于是，便赢来了女生回眸的秋波。同学们在一块侃大山，不出三句，没有谈到徐志摩，肯定会说到闻一多；如果你不知道海子，不知道琼瑶，就变成了大家眼中的大熊猫，用现在的话说，就 OUT（落伍）了。

马德胜和白雪，都是学校文学社的成员。那天晚上，同学们朗诵的诗有舒婷的、顾城的、雷抒雁的……马德胜朗诵的是王蒙的小说《青春万岁》里的序诗：

> 所有的日子，
> 所有的日子都来吧，
> 让我编织你们，
> 用青春的金线，
> 和幸福的璎珞，

编织你们。

…………

　　马德胜虽然用的是普通话,夹杂着土得掉渣的乡音,然而,这首洋溢着理想主义与英雄主义的诗篇,让他沉浸其中,不能自拔。他慷慨激昂,仿佛自己就是十九岁的王蒙。朗诵结束了,他的血液沸腾了,他的心滚烫了,他的泪水奔涌了。台下的观众不知是为诗的魅力,还是为他奔越的激情所感染,静默了一分钟之后,如潮般的掌声席卷而来。

　　也许,正是马德胜半土半洋的普通话,勾起了白雪的乡情。他乡遇故人,哪怕是异性故人,也自然多了一分亲切。对文学的共同爱好,也让他们的心更近了一分。

　　但真正让白雪芳心一颤的,是借钱事件。

　　白雪成为全校瞩目的校花之后,追求她的男生排成了长龙。下了晚自习,熄灯之前,她成了男生宿舍里"黑灯瞎火故事会"谈论的主角。同班同学贾涛来自武汉,家庭条件优越,一米八的个头,是学校篮球队的前锋。原本贾涛和本班的王晓霞谈得挺热火。朗诵会后,白雪也成了贾涛心目中的阳春白雪。贾涛开始对王晓霞冷淡下来,后来俩人就慢慢凉了。

　　贾涛想追白雪,可没什么接近她的借口。于是,他就想到了马德胜,毕竟马德胜和她是老乡。于是,贾涛也成了文学爱好者。贾涛开始写诗,写的大多是新月派风格的爱情诗。他嫌诗句中缠绵悱恻的韵味不足,就私下里让马德胜加工一番,然后和马德胜一块去找白雪,让她给"润润色"。

　　爱美之心,人皆有之。马德胜这只"癞蛤蟆"也曾想过白雪这块"天鹅肉",但他知道,自己是山里娃,对她可望而不可即。既然自己没戏,何不助人为乐呢?于是,他就成了为他们二人穿针引线的"媒人"。后来,贾涛索性写了一封火辣辣甜蜜蜜的情书,单独找到白雪说,他喜欢上一个女同学,让白雪"帮着改改"他的情诗。白雪,何等冰雪聪明,面对贾涛的"王顾左右而言他",知道这是他的又一个小把戏。一来二去,俩人还真对上了眼。

贾涛的前女友王晓霞来自农村,失恋之后痛不欲生。更让她抓心的是,老家拍来电报,父亲由于肾脏衰竭,需要换肾,费用得几万元,问她能不能想办法借两万元。这无疑是个天文数字。同学们闻讯都纷纷伸出援手。贾涛也是个重情重义的汉子。在谈对象这件事上,自己见异思迁,有愧于晓霞,能在这个时候帮她一把,良心就能少受一分折磨。贾涛向家里要了一万元,全借给了晓霞。可是,七拼八凑下来,手术费还缺一千块。一分钱难倒英雄汉哪!贾涛千不该万不该,这时偏偏与马德胜一道去找白雪,向她张了嘴。

白雪家有钱,一千块拿得出,但心里别扭得像吃了只苍蝇。这叫什么事呢?为了前女友,居然向现在的女朋友开口借钱,你又怎么好意思张开口?白雪的闺蜜席慕慧就没搭好腔:白雪,你可想好了,这种男生你怎么能,又怎么敢托付他一辈子?

于是,白雪淡淡地说:让我和家里说说试试吧。

其实,马德胜听得出来那意思。他既为王晓霞急,也为贾涛和白雪急。白雪和贾涛,论长相,郎才女貌;论出身,门当户对。如果因这事而吹了,校花真的被其他系的男生给摘走了,岂不让包括自己在内的全班男生扼腕痛惜?!

不得已之下,马德胜向家里撒谎要钱。他知道,在山里的母亲能供他上学,已经到了强弩之末。可是,这事也拖不起呀。家里东拼西凑,也仅仅寄来了区区六百块。剩下的怎么办呢?

没办法,马德胜开始以各种理由最后一个去食堂,悄悄地只吃馒头和咸菜,又偷偷地去卖了几次血。攒够了数的那天,他拖着无力的身躯,把一沓子钱交给贾涛,说,给,白雪让我转交给你呢。

当然,纸包不住火。数日之后,贾涛和白雪都明白了真相。贾涛吃惊于她的冷漠,从此心灰意冷。而白雪,一方面对贾涛难忘前女友的旧情心生怨愤,一方面对马德胜有了新的认识。席慕慧就直言不讳地说道:"白雪,马德胜能为一个关系平平的同窗去卖血,就能为他厮守一生的心上人去卖命!元代的贯云石有散曲云:'若不就着青春,择个良姻,更待何时?'白雪,这样的国宝,又恰恰是同乡,你还犹豫什么呀?!"

白雪不是没有想过,但迟疑不决的背后,是可以想象到的母亲冰冷的面孔。

白雪妈妈是上海人,讲一口吴腔侬语,是大家闺秀。二十世纪"一五"时期,国家把神都市作为新兴的工业基地,开设了好多国营大厂。为了支持这些"共和国骄子"的迅速成长,全国各地陆续调来了大批人才,白雪妈妈就是其中一名热血青年。她从上海来到神都,并与当地的白雪爸爸结了婚。在妈妈看来,相对于国际大都市上海来说,神都就是乡下,她一差二错地落户神都,无疑是凤凰落地。妈妈多次感叹,年轻人就是爱冲动,此生回不了上海,是她人生最大的遗憾。

试想,这样的妈妈怎么能允许神都下辖县里的农村娃娶走她的掌上明珠呢?她怎么可能让悲剧在宝贝女儿的身上重演呢?

然而,凤玉和凰玉的意外现身,让白雪和马德胜恋爱了,而且干柴遇烈火般迅速升温为热恋。

凤凰玉的重逢,也是缘于丢玉。不过,那次马德胜丢的,是凤玉。

第三章

　　马德胜当时佩戴的是凤玉，那是他马家的传世珍宝，他已经戴了五年。

　　他清楚地记得，上高一那年，父亲因多年的肺结核撒手人寰。临终之际，父亲用干瘪的双手颤巍巍地将这块凤玉郑重地戴到他的脖子上，并艰难地吐出一段悲欢家史。从那以后，他贴身戴着凤玉，从未离身。

　　但在大学的第二个年头，也就是为解王晓霞之困后没多久的一天傍晚，马德胜发现，凤玉不见了。

　　那次寻玉与他被同学们编排成"一脱成名"的典故有关。

　　多年以后，老马依然记得，那也是个秋风送爽的普通的一天，但这一天因玉而让他铭肌镂骨，那天发生的事情至今历历在目……

　　下午课后，按照约定，他们采矿工程系的足球队要与土木工程系的足球队一决雌雄。此前，两个球队在学校的十几个系中一路过关斩将，最终狭路相逢。这一仗非同寻常，胜队将代表矿业学院客场迎战湖南师范大学。

　　按常理，即便代表学校外出征战，也只是校际的"民间交流"，并非什么正式的比赛。然而，两队的队员们心里都藏着一个秘而不宣的"小九九"。这个小心思实在羞于说出口：矿业学院的学生毕业后多数要在野外作业，栉风沐雨，哪个家长情愿让孩子干一辈子风餐露宿的工作？所以，矿业学院男生多，女生少，女生就像那万绿丛中的一点红，真的是众星捧月,用当时班里"小广东"的话说——"女生真的系(是)毛毛雨啦,狼多肉少啦……"

而师范大学却是另一番景象啦:选择教师职业的女孩子居多,校园里"花红柳绿""花团锦簇",当然吸引着矿业学院青春男儿们过剩的荷尔蒙。师范大学也在湘江西畔,位于矿业学院北五公里,两校阴阳却如此失衡。这天壤之别不由让矿院男生们感叹这乃真实版的"十里不同俗,百里不同天"。如今,有这个千载难逢的契机,打着"为荣誉而战"的旗号,驰骋于师大的绿茵场上,潇洒的临门一脚,在射中球门的一刹那间,也许那足球就像爱神丘比特之箭射中了冥冥中在等待着自己的那位女神的芳心。周幽王为博得褒姒一笑,当年能烽火戏诸侯,而要寻觅这样的艳遇,博得哪位女生花枝乱颤,首先得拿到师大的"入场券",首先得进入"褒姒"的视线哪。

因而,这场比赛就有了决一死战的意味。两个队都志在必得。

马德胜是采矿队的主力队员,在前锋的位置,开场后左奔右突,不到二十分钟就汗流浃背。他一时性起,连汗衫也脱了,手一扬,甩给场边的啦啦队。他的赤膊上阵,赢得了助战同学们更加高亢的呐喊。

一光着上身,平时藏而不露的凤玉便赫然在目了。而且,没了汗衫的遮挡,这凤玉也开始不老实了,随着他的跑动在其胸前欢呼雀跃,似乎也在为他加油助威。

上下半场,两队势均力敌,平分秋色。

在加时赛的最后一分钟,马德胜接到中卫一脚准确到位的长传冲吊。他凭着强壮的身体和优越的站位,背对球门,倚住防守队员,起脚后翻,一记倒钩,球飞出一道优美的弧线,直奔球门右角而去。由于视线受到己方队员影响,加之球速实在太快,守门员几乎就没有做出什么反应,便眼巴巴地看着来球撞击在右边立柱的内侧后,改变方向,反弹落网。随之,裁判员的哨声响起,无疑给土木队判了死刑。

绝杀!绝杀就是这样在不经意间蓦然发生!

对方队员个个变成了泥塑,迟迟缓不过神儿来。

马德胜"一脱成名",成了采矿队力挽狂澜的大英雄。人们一拥而上,抬起他们心目中的"马拉多纳",欢呼着把他撂到半空……

从天而降的狂喜的确冲昏了马德胜的头脑,以至于晚自习时他才发觉:玉,不见了!

找了宿舍,找了饭厅,找了教室,都没见踪影。他就问同学们,大家好奇地问玉的大小、形状、颜色。他话音未落,快人快语的席慕慧接腔说:"哎,马德胜,你说的怎么和白雪的玉一模一样?"

其实,白雪也听到了他的描述,而且,下午的比赛她也在现场。当两次近距离看到马德胜胸前的玉佩时,她心里掀起了惊涛骇浪:莫非,莫非这就是那块凤玉?! 有这么巧吗?!

她心中的问号,还没来得及拉直,就上演了马德胜一脚定乾坤的精彩一幕。

当然,他后来还是回忆起了那个倒钩的高难度动作,是否连凤玉也一并"送"给了对方? 于是,在好几个同学的陪同下,马德胜打着手电筒对足球场的草坪进行了地毯式搜索,终于找到了他的凤玉。

席慕慧说得没错,白雪确实也有一块玉,就是凰玉。

白雪按捺不住心中不可名状的情愫,第二天,急不可待地找到马德胜。

当她拿出自己的凰玉时,马德胜的眼睛瞪成了铜铃。两人把凤玉、凰玉对在一起,严丝合缝,真可谓天作之合。这是一件晶莹剔透的独山玉,凤凰玉的头部是浅绿色的,背部是墨绿色的,腹部为白色。整件玉饰构思巧妙,线条分明,雕工精美,手感温润,光滑细腻,色泽光亮,无缺无裂,灵气呼之欲出。

于是,引出一段百年前的史海钩沉……

光绪二十九年(1903年),泱泱神州满目疮痍,民不聊生。在过去的六十多年间,相继在位的宣宗、文宗、穆宗、德宗并没有实现道光、咸丰、同治、光绪这些年号带有的美好愿望。从道光二十年(1840年)英国的坚船利炮轰开中国的南大门开始,到光绪二十六年(1900年)八国联军的铁蹄对京津地区肆意蹂躏,正如康有为《应诏统筹全局折》中所述:"二万万华腴之地,四万万秀淑之民,诸国眈眈,朵颐已久,慢藏诲盗,陈之交衢,唾手可得,俯拾即是,如蚁慕膻,闻风并至,失鹿共逐,抚掌欢呼。"其间,太平军、捻军起义,义和团运动等前仆后继,如火如荼。日薄西山的清帝国大厦在内忧外患的血雨腥风中摇摇欲坠,底层民众在痛苦的呻吟中艰难度日。

覆巢之下,焉有完卵?这六十多年间,位于中原大地的神都同样千疮百孔,民怨沸腾。多年以后,老马曾查阅《神都市志》,从历史的枝叶中可窥见当年的端倪:

道光二十二年(1842年),三月,林则徐于充军途中路过神都。

咸丰八年(1858年),意大利人首入神都,传天主教。

咸丰十一年(1861年),八月,捻军与清军在城东连战三日,各有伤亡。

同治元年(1862年),六月,陈德才率太平军西路军在城西设伏歼清将杨飞熊部,作战中捻军策应。

光绪四年(1878年),止三月,计十八个月未雨,庄稼颗粒无收,物贱如粪,米贵如金,牲畜禽皆食尽,人食人,死者十之八九。

光绪十三年(1887年),八月,大雨,河道决口成灾。

光绪十四年(1888年),意大利人柏长青莅神都传教。

光绪二十六年(1990年),神都义和团成立。

光绪二十七年(1901年),二月,神都始练新兵。十月,光绪与慈禧由西安返京,路过神都,停留五日,游神都名胜,费银三万余两。

…………

却说在永长县的一个小山村里,有个姓周的私塾先生,靠束脩苟世。也不知何故,周先生孑然一身。他借三尺杏坛,浇胸中块垒,倒也与世无争,乐而忘忧。在这十几个学生中,有两个弟子过目成诵,知书达理,深得先生喜爱:一个是马兆麟,一个是比马兆麟小半岁的白乾堂。寒窗十年,师生情深似海,彼此结下了忘年之交。

春节刚过,春寒料峭。周老先生把两个得意门生叫到跟前,嘱咐道:

"你二人已十载寒窗,我倾其所学,教无可教。今年童试,你二人可一试身手。朝为田舍郎,暮登天子堂。如若顺利,明年春闱大比,盼能蟾宫折桂。倘若金榜题名,公可尽忠国事,私能光耀门庭,也不枉为师煞费的一片苦心。"

二人深作一揖,叩谢师恩。

周老先生又嗟叹道:"时局动荡,世事叵测。你我师生苟活于乱世,从此一别,天涯相隔,也不知何日方能相见。"

说到动情处,先生从怀中掏出一件玉饰,一分为二,分别递给两位爱徒,叮嘱道:"女娲炼石,采玉补天。玉者,天地精气之所在,正人君子之所寄也。人生如玉,玉如人生:达则当如玉灼灼其华,兼济天下;穷则当守身如玉,独善其身。胸襟当如玉吸纳清风朝露,厚德载物;处世当如玉温雅厚重,含蓄内敛;遇他人危难之间,当急公好义,玉成其美;逢刀兵相向之时,当以和为贵,化干戈为玉帛。然倘若受制于魑魅魍魉,当远效文山、节庵、嗣同等诸义士,杀身成仁,舍生取义,宁可为玉碎,切莫图瓦全。"

先生稍顿,又接着说:"古人云:玉不琢,不成器;艰难困苦,玉汝于成。于今而论,我泱泱华夏虎落平阳,龙困浅滩,夷人飞扬跋扈,耀武扬威,国难当头,男儿当自强。老朽老矣,行将就木之人,空有一腔热血,仅能坐而论道。康南海诗曰:'凤靡鸾吪历几时,茫茫大地欲何之?'此乃为师传家之宝,今赠你二人,睹玉如见老朽,望踔厉坚忍,砥砺前行,待成器之日,必为担重任之时,乃为师幸甚,国家幸甚!"

马兆麟和白乾堂捧过凤玉凰玉,泪水涟涟,顿首再拜:"一日为师,终身为父。先生谆谆教诲,犹如天籁,我等谨记在心,不敢懈怠;今又无功受馈,涕零之余,顿感责任重于泰山,当竭力不负先生厚望!"

师徒别过,家里准备了盘缠银两,马兆麟和白乾堂赶往永长县城,参加县试。童试分县试、府试与院试三个阶段,过了童试,才有乡试的资格。

永长,古称崤地,是沟通神都与西京的必经之路。县城的东关门外,矗立着一座魁星楼。这魁星楼,为二百多年前顺治年间的县令程场重建,希冀文曲星能高照永长。但凡参加县试的童生,未进县城,必先到魁星楼膜拜,敬上一炷高香,祈盼有个好运。

二人来到魁星楼前,拾级而上,登上砖砌的长方形高台楼基。仰视斯楼,巍巍数丈,共有三层,四周围檐走廊,木雕细致精美,挑檐上翘,凌空欲飞。底层正面小门上有一副砖刻对联"人能为我存心,天必赐汝以福",横批"文光普照"。第二层和第三层都是八面棱柱形,每层约丈高,东西南北楼面墙上各有一小拱门。第二层正面小门砖面上刻有对联"肇启斯文盛,崇封祀典隆",横批"佑护后人"。第三层正面小门两侧砖雕刻"金鳌辉紫霭,银管点青云",横批"聚魁楼";东面门额上刻"射斗牛"三字;西面门额刻"凌霄汉"三字。每层之间为砖砌仿木结构,楼顶为砖砌八棱形锥体封顶,锥尖固定一圆球,造型独特别致。打眼望去,真可谓"突兀立永长,鬼工露峥嵘"。

出了魁星楼,二人寻了客栈歇下。到了考试这天,兄弟俩起了五更,提着灯笼,摸黑到了县衙。只见衙前人头攒动,考生如云。有一白发苍苍的老者,弯腰驼背,也来应试。

白乾堂拉拉马兆麟的长衫,悄声道:"马兄,人到了这把年纪,还来应举,真可谓皓首穷经也。"

"乾堂,这大约即是人们常提的老童生,岂不闻有联戏曰:人生七十还称童,可云寿考;到老五经犹未熟,不愧书生。"

二人正在感叹,闻听"吱呀呀"衙门洞开,知县率一干人等就位执事。县令头戴红缨帽,身着深蓝色长袍,外罩黑马褂,胸前垂着一串朝珠。他提起朱笔顺着名单,点名画押,考生鱼贯而入。

入了考棚,发了题目,便开始答卷。直到中午时分,炮声一响,乃收卷的信号,吹鼓手也呜呜啦啦吹奏起来,考生们在乐声中交了卷,步出衙门。

不几日，到了放榜这天，衙门前围得水泄不通。二人挤到榜前，揉了几次眼睛，见自己的考号赫然在列，喜出望外地回了客栈。

过了县试，兄弟二人共勉互励，不日来到神都。

神都，是河南府衙所在地，府试、院试均在神都举行。

俩人择一离贡院不远的客栈，心无旁骛地准备府试与院试。俩人顺利过了府试，可惜，院试中白乾堂却意外落榜。

院试是童试中最为关键的一关。院试由学政主持，而学政由朝廷钦派，案临府、州，遴选乡试的考生。白乾堂的跟斗栽在"异端邪说，蛊惑人心，康梁余毒，为害甚烈"上。

原来，他抽到的题目是《论语·里仁》的"子曰：'三年无改于父之道，可谓孝矣。'"

申论中，他居然从小孝生发到大孝，报效国家之情跃然纸上："……《易》贵观会通以行典礼；《论语》称孝无改父道，亦不过三年，则四年后应顺应时势，去芜存菁……夫非常之原，黎民所惧；吐下之方，庸医畏投。非有雷霆霹雳之气，不能成造立天地之功；非天下之至强者，不能扫除也。后有猛虎，则懦夫可以跳涧溪；室遭大火，则吝夫不复惜什器……唯此一途，吾中华方能发奋图存也……"

学政阅罢答卷，怒发冲冠，对其"谬论"下了以上四句评语，掷下朱笔，拍案命人立刻将"如此大逆不道之徒"抓捕归案。幸亏白乾堂事先得知消息，与马兆麟垂泪匆匆分手，奔命而逃。

就这样，白乾堂只能算个秀才，无缘举人。

兄弟二人分道扬镳，开始了不同的人生轨迹。谁也没有料到，此事竟然引出后来整个神州都为之震动的"刺杀河南巡抚案"。

第四章

　　白乾堂一路狂奔，不敢往家里藏匿，只得投奔远房一表舅。这位表舅家道殷实，住在邻县高杨县县城北大街。小时候，他曾随母亲去过几次，后来兵荒马乱的，两家渐渐走动少了。病急乱投医，先找个官兵想不到的落脚点再说。

　　直到二更天才摸到了表舅家，他滴水未沾，口干舌燥。拍打门环，等了老半天，表舅挑着灯笼开了门，依稀认出他这个远房外甥儿。白乾堂门楼下"扑通"一跪，哭诉了大概。虽是表亲，危难之时，岂有不救之理？表舅瞅瞅街上冷清，左邻右舍无人留意，就一把将他拉进大门，插上横闩。时辰已晚，便拾掇了残羹剩饭让他填了肚子，安顿他在厢房歇下。

　　表舅蔡忠良，年近六十，中医世家，悬壶济世。大门左侧临街有两间门面，一间坐诊，一间药铺。膝下二子一女，长子蔡兴宇，三十有六。表舅望闻问切，口传心授，大表兄从小耳濡目染，也学了八八九九。平日里，他代父坐堂，间或遇到疑难杂症，方请父亲出堂搭脉，指教点拨。表姐蔡兴云，三十有二，早已出嫁。二表兄蔡兴华，比自己大一岁，年方二十。因表舅年近不惑又添一子，遂对小儿宠爱有加，百依百顺。

　　二表兄与白乾堂年龄相仿，且二人天资聪明，小时候，两人总惺惺相惜，也算总角之交。表弟深夜投奔，必有重大隐情。次日，天刚微明，蔡兴华便急不可耐，推门而入。

白乾堂昨日体力透支,疲乏至极。他揉开惺忪的睡眼,见二表兄进屋,欲起身相迎,兴华一把按住他,坐在床沿上,说:"听家父讲,昨日你赶了几十里路,只管好好歇息,不必拘泥礼仪,躺着说话即可。"

白乾堂便拉了枕头垫在身后,半躺半坐。二表兄本来就宽颊丰颐,剑眉怒目,数年未晤,他更显得玉树临风,仪表堂堂了。白乾堂从跟着塾师周老先生念书说起,直到参加县试、府试、院试,以至因文招祸,落荒避难的前因后果一一道来。

末了,白乾堂叹曰:"如今豺狼当道,恶虎横行,国家危若累卵,大厦将倾,七尺男儿当修齐治平,兴邦立国。然院试一场,杜绝言路,下塞上聋,岌岌惹杀身之祸。科考羁绊如此,仕途必更险恶。我素怀高远之志,空叹报国无门,此真乃人生憾事也。诗云:'饶他白发巾中满,且喜足下青云生。'二表兄才高八斗,握瑾怀瑜,何不学有所用,独占鳌头也未可知?"

蔡兴华微微摇头:"此言差矣。表弟经历科场一案,理当幡然醒悟。"

"兄长何出此言?"

"中国日濒危亡,近来法国人于云南,日本人于东三省,汲汲经营。日法协约皆明假保护之名,而阴含分割之意。若再不自奋强,数年之后,我国必将为其之天下,叹我炎黄子孙,皆沦为阶下囚矣!感念前途,何堪设想?此情形之下,若仍默头科场,以此区区者为莫大荣幸,不几于燕巢毁而以为安乎!"

"兄长审时度势,果然高瞻远瞩,然以何策应之?"

"昔北之沙俄为欧洲所摈,俄帝彼得易装游法,学于船匠,似越王勾践,卧薪尝胆,而后遂成霸业。东之日本,曾为俄、美所败,然明治维新,步武泰西,富国强兵,殖产兴业,文明开化,进而雄视东方。此二国者,其始遭削弱与我同,其后渐盛强与我异。日本地势近我,政俗同我,成效最速,尤易效之。我已相约志同道合者,拟近日启程,东渡扶桑,负笈求学,以效国家。"

"闻兄一席话,愚弟如醍醐灌顶。《尚书·说命》曰:'知之非艰,行之惟艰。'兄长求学之举,知行合一,更令我感佩之至!只可惜,家资鄙薄,无力与兄同行。"

不几日,蔡兴华辞了家人,与表弟白乾堂抱拳而别。两人相约,东归之日再叙。

二表兄一去日本就是七年,此乃后话,暂且不提。

却说白乾堂在表舅家盘桓数月,寄人篱下亦非长久之计。于是,他多途探听消息,知悉风声已过,便辞谢了表舅一家,回到永长老家。一年后,他奉父母之命成家生子。

高杨之行,二表兄的一席长谈在白乾堂的脑海中掀起轩然大波。位卑未敢忘忧国。他耕读之余,求索民族救亡图存之道,但终因偏居一隅,闭目塞听,而彷徨歧路,四顾茫然。

二表兄一去无消息,在白乾堂的企盼中,七年之后的宣统二年(1910年)春,蔡兴华终于学成归来。其间,他参加了孙中山在日本创立的同盟会,是河南分会的骨干成员,已经成为一个改造社会的精英,一位真正的革命者。

阔别数年,荣归桑梓,肩负使命,百废待举。用人之际,蔡兴华想到了表弟白乾堂。二人彻夜长谈,互叙相念之谊。同盟会"驱除鞑虏,恢复中华,创立民国,平均地权"的纲领,如同漫漫黑夜中遽然点燃的一把松明,令白乾堂拨云见日。他遂成了蔡兴华回国后发展的第一名会员。

此时的中原大地正风起云涌,气象万端。宣统三年(1911年)10月10日,武昌起义爆发。不久,多省独立,南北议和。由同盟会人把控的河南谘议局亦谋取豫省独立,未果。12月,袁世凯受命为清钦差大臣,率北洋精锐南下,重兵压境。同盟会河南分会拟以在豫新军为基础,在开封起义,南迎武汉的革命军,并以省会开封首开独立之先声,带动全省之独立。此举可阻止北洋军南下,呼应东南革命。为确保起义成功,同盟会组织十几人的敢死队,欲起义前刺杀时任河南巡抚的齐耀琳,以激励同志士气。蔡兴华、白乾堂乃敢死队核心成员。

万事俱备,只欠东风。12 月 22 日晚,敢死队提前乔装打扮入城,当他们准备行动时,突然被清兵重重包围,十几人全部被捕。原来,因谋事不周,出了内奸告密。此时乃南北议和停战时期,蔡兴华、白乾堂等十几人被齐耀琳冠以土匪之名处死,并在城门悬首示众。

之后,齐耀琳尚不解心头之恨,株连到蔡兴华、白乾堂等首要分子的家眷,欲斩草除根。同盟会即刻派人转移亲属。从此,蔡家、白家的家眷均隐姓埋名,没身江湖,遁迹匿影。

花开两朵,各表一枝。

时间倒回到光绪二十九年(1903 年)七月。神都城里酷热难耐。

马超麟与白乾堂洒泪而别之后,独自一人坐在客栈里黯然伤神。师弟三更灯火,十载寒窗,而今控天无路,告地无门,即便有经天纬地之才,也只能埋没于草莽之中,栖身于畎亩之内,岂不令英雄气短?长吁短叹了一回,昏昏睡去。

又过了几日,院试终于放榜。还好,自己入了围。考中的喜讯稍稍冲淡了手足分离的忧伤。

吃过午饭,客栈里喧闹异常,走廊上嘈嘈杂杂。原来,这客栈离贡院近,近来投宿的多为考生。不第的儒生们与家人都在收拾行李,退房结算。想到一个多月后就要参加仍在神都举行的乡试,想起周老先生的叮咛与妻儿的期盼,马兆麟取出四书五经,手摇蒲扇,闹中取静,继续温习。

死记硬背了半日子乎者也,弄得头昏脑涨,心神疲惫。马兆麟正欲喘口气,一公子推门而入。只见他油头粉面,细皮嫩肉,羽扇纶巾,风流倜傥。原来是住在隔壁的同乡曹大宝。虽同在客栈久住,然熟悉也不过是近几日的事。

曹大宝出身永长富豪人家,院试中居然也上了榜。

曹大宝作了一揖:"乡兄闭门苦读,定然又有进益。如此矢志发奋,待秋闱乡试,兄必连科及第,高中榜首。"

马兆麟连忙起身，抱拳施礼："闲来无事，聊抒闷怀，谈何进益，令兄台见笑了。"

"读书虽是好事，但也不可苦攻太过，损精耗神。今日你我幸入学政青眼，何不出去小酌，举杯共贺？"

"小弟鹑衣百结，蓬头垢面，羞于见人。更何况，秋比在即，前途未卜，何庆之有？"

"兄言谬矣。孟郊中举后，咏曰：'春风得意马蹄疾，一日看尽长安花。'昔日曲江大会，燕语莺声，千娇百媚，吟对唱和，对酒当歌，满城不夜，盛况空前。洞房花烛夜，金榜题名时，此乃人生八喜之意。'人生得意须尽欢，莫使金樽空对月'，今晚小弟做东，乡兄就不必多虑了。"

无奈，马兆麟整了整破衣烂衫，被曹大宝拉着出了客栈。

大川东去几千秋，百代兴亡一水流。却说这神都"居天下之中"，曾是千年帝京，历夏、商、西周、东周、东汉、曹魏、西晋、北魏、隋、唐、后梁、后唐、后晋计 13 朝 105 帝，建都史 1650 年，有"十三朝故都"之美誉。北宋以降，帝都东渐，南迁北移，虽时过境迁，然风水地脉蕴藏深厚，皇胄之气顾盼自雄，整座神都城依然风韵犹存。故此，有人叹曰：得中原者得天下，得神都者得中原！

马兆麟跟着曹大宝街头闲逛，亦不知他欲往何处。曹大宝乃富家子弟，神都已来过多次，寻花问柳，千金买笑，已是老手。不足半个时辰，他带着马兆麟来到望春巷。只见一街两行，遍布秦楼楚馆。打眼望去，虽说不比金陵秦淮河画舫漂游，笙歌缭绕，却也张灯结彩，欢歌达旦。

此时夜幕刚刚降临，两人来到"怡红院"门前。在高高挂起的大红灯笼的映照下，马兆麟见门两侧有副对联"枝迎南北鸟，叶送往来风"，觉得不对劲儿，待要转身离去，门内拥出四五个烟花女子，高喊"两位爷来了"，裹挟着就将二人拉入院内。

第一次误入莺巢燕垒，倒也让马兆麟开了眼。只见雕梁画栋，玉宇琼楼，檐飞走兽，窗现菱花，纱灯照耀，玉烛辉煌，火光荧荧，如同白昼。

只听浅吟低唱,曼舞娇歌,觥筹纵横,丝竹迭奏。

二人挑开低垂的珠帘,进屋落座,上了茶,没等老鸨上前来献殷勤,曹大宝吩咐道:"妈妈,我兄弟二人今日及第,喜从天降,慕名前来寻芳,可唤出两位佳人,开怀畅饮,不醉不休。"老鸨等人连忙贺喜。不一会儿,上了菜肴,进来两位美女,一个艺名"白牡丹",一个艺名"赛金花",肌白似玉,发髻如云,身材婀娜,秋波暗送。

俩人一边一个,陪马、曹二人坐了。马兆麟这才仔细打量陪自己的"赛金花":眉黛春山,眼含秋水。唇犹红豆,面若桃花。十指尖尖玉笋,一双窄窄金莲。腰肢似荷茎迎风,皮肤如海棠经雨。开口娇丽,声音不亚清萧;行步轻盈,体态可欺弱柳。

这一看不大要紧,马兆麟将头一低,满脸羞红,骨酥魂飞。

小鸟依人,佐以美酒,加之金榜高中,畅快淋漓,四人推杯换盏,不知不觉已醉眼蒙眬。客栈是回不去了,曹大宝本来就没打算回去。于是,便各自回房歇息。

马兆麟东倒西歪,与"赛金花"携手进了她的房间。闺房内焚兰燕麝,绣帐锦衾。

马兆麟一介寒儒,住惯了蓬门荜户,如今踏入温柔之乡,如登仙界。

二人正要宽衣解带,一侍女手端托盘进了房间。只见托盘上放着烟灯、烟泡等物事。侍女道了个万福:"曹爷今晚高兴,请客做东让马爷也尝尝神仙滋味。"

马兆麟听罢,吓了个半醒,连连摆手:"唐突至极,不可,不可。"

"赛金花"嫣然一笑,说:"公子少见多怪了。此等尤物,食之可精神大振,飘飘欲仙,有添福添寿之功效,故名福寿膏。一般人尚无福消受,公子何妨做一回神仙?"

说完,"赛金花"扶着马兆麟倚靠在床头,拿起烟枪,为他点燃。就这样,马兆麟半推半就尝了第一口,呛了两眼泪……

二人抽完大烟,脱衣共寝。无非一番缠绵,颠鸾倒凤,不在话下。

此后不几日,马兆麟烟瘾勾魂般便从心头丝丝泛起,"赛金花"那夜巫山云雨的床笫功夫也令他神不守舍,再难集中精力苦读。

他鬼使神差一般,隔三岔五就要到怡红院销魂蚀骨一番。后来,索性搬进了"赛金花"的闺房。

搬进怡红院没几天,原本一个多月的用度已全部花光,除了贴身戴的凰玉之外,他虽能当尽当,但仍赊欠下三十两纹银。老鸨见他已穷途末路,无油水可榨,就日日讨账,苦苦相逼。

无奈之下,有天晚上,他趁月黑风高,仓皇出逃。老鸨发现不见他人影,派保镖连夜追赶,在西城门外追上他,一阵暴打,之后又将他扔入护城河。

好在,护城河的水不深。昏头昏脑醒来后,他害怕怡红院派人再次追来,顾不上疼痛,惶惶如丧家之犬,一瘸一拐地往老家赶去。

到了家里,伤痛加上这一番惊吓,还有愧对老师与家人的羞愤,令他一病不起。不出月余,药石无效,气绝身亡。

第五章

鸟之将死,其鸣也哀。马兆麟临终之际,将凤玉传给了儿子,并把这玉的来历彻头彻尾详述一遍,并反复叮嘱"凤玉"无颜见"凰玉",家丑别再外扬了。

然而,好事不出门,坏事传千里。这时的白乾堂还在老家耕读,学兄的噩耗不啻晴天一声霹雳。他赶到马兆麟家时,已过了"头七"。马家人把他引到墓前,刚下过雨,坟头的新土湿漉漉的,白幡因雨水的浸润而低垂。白乾堂扑在坟头捶胸顿足,痛哭失声。神都分手,竟是生离死别,从此阴阳两隔。在为学兄惋惜的同时,白乾堂又不由感叹:世事难测,命运无常啊。

在白乾堂参加同盟会前的七八年,马白两家还相互走动。刺杀巡抚案后,白乾堂一家如流星一般倏然消逝在漆黑的天幕中,从此杳无音信。

…………

古人不见今时月,今月曾经照古人。凤玉与凰玉,经过五代人的薪尽火传,到了马德胜和白雪这辈人这里。在这之前,两家都知道凤凰玉的来历,都知道除了自家的这块,还有另一块,但一直无缘相会。两块玉的巧遇,就像马德胜的那记倒钩,简直就是个奇迹!

世界真小,他想。

缘分真奇,她想。

百年玉缘,让白雪和马德胜的恋情迅速升温,两人陷入热恋之中。

这一爆炸性新闻,是谁都没有想到的结果。

《圣经》上说:"有的时候,人和人的缘分,一面就足够了。因为,他就是你前世的人。"

大学的后两年,是他俩一生都难以忘怀的时光。象牙塔下的喁喁私语;校园湖畔的耳鬓厮磨;爱晚亭上的卿卿我我;火宫殿里的浓情蜜意……在一个春光明媚的星期天,他们两人手挽手肩并肩徜徉在橘子洲,北去的湘江做证,马德胜面对岳麓山,向白雪朗诵着汉乐府民歌《上邪》:"上邪! 我欲与君相知,长命无绝衰。山无陵,江水为竭,冬雷震震,夏雨雪,天地合,乃敢与君绝!"

他的真情表露,让她感动得稀里哗啦。

毕业后,他分到了神都的煤炭能源局,她也回到了神都,分到驻在本市的省地矿勘探二公司。

白雪人长得一枝花,家庭条件又好,热心的月老红娘成了她家的常客。每当母亲让"先见见面找找感觉"时,她总是以各种理由拒绝。有一次,被母亲逼急了,她口不择言,就打出了马德胜这张挡箭牌,反正早晚都得向母亲摊牌呀。一听马德胜老家在永长,妈妈顿时火冒三丈,这无异于向自己多年来的伤口上又撒了一把盐,她断然警告白雪:"和乡巴佬谈恋爱,要死啦! 十三点啊? 侬拎拎清爽,将来他乡下的七大姑八大姨,麻烦事多得要命呢。白雪,你如果一意孤行,我可告诉你,我就没你这个囡囡!"

白雪从小到大一直是个乖乖女。心上人和父母,鱼与熊掌,皆我所欲,却不可兼得。

情急之下,她道出大学校园里凤凰玉的奇缘,希望母亲不看僧面看佛面,因祖上的"面子"而怜惜他俩珍贵的爱情。然而,母亲听完,不顾父亲的规劝,丝毫不为所动。

当晚,白雪夜不能寐,在日记里黯然写道:"说不尽相思地,补不完离恨天。灰暗的日子,掠过窒闷的天空,走向季节的轮回。浮生若斯,我们的爱情,要经过多少个煎熬的难眠之夜,才能迎来满天灿烂的朝霞?!"

无奈之下,白雪悲愤地与马德胜转述了母亲的"最后通牒",两个人抱头痛哭,执手相看泪眼,竟无语凝噎。最后,俩人私下互换了凤玉、凰玉,作为美好爱情的永恒见证。

城乡壁垒,硬生生拆散了一对鸳鸯。

此情可待成追忆,只是当时已惘然。

人争一口气,佛争一炉香。白雪,成了马德胜心中永远的痛。他发誓,哪怕找个瞎子瘸子,也得是城市户口,不能让白雪的母亲小瞧了。这,就是他当初坚定地选择赵玉曼,而非王桂花的原因!

爱人赵玉曼比老马小两岁,从小在市里长大,当年高中没毕业,家里就通过关系让她进了本市的一家纺纱厂。纺纱厂里的男工一般都是搞个机修什么的,活不重,而女工几乎没有什么好工种。她进了纱厂,成为一名挡车工。家里之所以让玉曼做现代"织女",一方面是她学习成绩欠佳,考学实在无望;另一方面是纱厂的待遇让人垂涎。想当年,纱厂是全市效益最好、奖金上不封顶的市政府挂牌保护的重点企业,大家挤破脑袋都钻不进去。你可千万别小瞧这一岗位,如果不是她大姨夫在二分厂当副厂长,嘿嘿,人家还不收你呢。

当年,她是经媒人介绍与马德胜认识的。老马(当时还是小马)虽说在机关当干部,然而,一个农村孩子,在城市里安身立命,谈何容易?就像一只候鸟找不到自己的巢,大有曹操《短歌行》中"绕树三匝,何枝可依"的凄凉。而赵玉曼出身城市,"根红苗正",加上工资奖金奇高,在小马面前,她的优越感油然而生。要不是父母眼看她年龄一天大一天,强逼着结婚,马德胜还未必能入赵玉曼的法眼呢。父母当时劝玉曼说,小马虽是农村人,可农村人实诚,知冷知热,一辈子靠得住呀。另外,人家有学问哪,名牌大学毕业,你还有什么不知足的呢?玉曼嘴上不饶人:名牌大学值多少钱,能买几斤挂面几斤酱油?过日子,凭的不是毕业证,而是人民币,都是一张纸,却有天地之差呀。

二十世纪九十年代初,是个看学历、重文凭的年代。胸无点墨的人,为了遮丑,往往在上衣的口袋里别上一支钢笔,就像农村人耳朵上夹一支烟一样。当然,耳朵上夹烟是舍不得抽,而口袋上别钢笔纯粹是为了"秀文化"。别看赵玉曼嘴硬,其实,她心里挺得意,终于可以在玉琪面前昂首挺胸一回了:姐姐赵玉琪比她大三岁,从小学习比她好,总觉得自己高人一等,倒是考上了个中专,找的是同班同学,前几年已经结了婚。虽说姐夫也是城市人,但也不过是个中专学历。而我高中没上完又怎么样,不是也照样找了个响当当、硬邦邦名牌大学毕业的如意郎君嘛!

　　赵玉曼清楚自己与马德胜的差距。要想让他成为煮熟的鸭子飞不了,自己起码也得淑女起来。只有拴住小马的心,才能在姐姐面前一辈子扬眉吐气下去。当然,她不会去别钢笔,她的上衣上也没口袋可别。她先是准备了一副平光的金丝眼镜,每次和马德胜约会时才戴上,并时不时地扶一扶,以便引起小马的注意;接着,她买来了拜伦、雪莱的诗集,摆在她房间的桌子上,并在笔记本上工工整整地抄着普希金的《致凯恩》:"……如今心灵已开始苏醒,这时在我的面前又出现了你,有如昙花一现的幻影,有如纯洁之美的精灵。我的心在狂喜中跳跃,为了它,一切重新苏醒,有了倾心的人,有了诗的灵感,有了生命,有了眼泪,也有了爱情。"这确实增加了小马的好感,就连赵玉曼的父母也感叹爱情的魔力:唉,这太阳还真是能从西边升起来哟!

　　当然,淑女可以蒙一时,早晚是要露出马脚的。自从和小马谈恋爱以来,她开始尽量用书面语说话。有一次,她说起厂里的舞蹈比赛:"我们厂里的女工,各个是挑挑(窈窕)淑女,我们小组的姐妹们婆婆(婆娑)起舞,刚一跳毕,那掌声就以迅耳不及掩雷之势响起来……"小马听了,只得强忍着没笑出来。又有一次,她问小马:"四大名著中,我最喜欢的是《红楼梦》,你呢? 我估计,不是《三国演义》,就是《水许传》。"小马只得顺坡就势回答:"我喜欢的是《不许传》,这件事儿,你千万不许传出去啊,否则,别人会笑我的。"

还有一年秋天,小马骑着自行车带着她到郊外游玩。她坐在前面,他俩半搂半倚着,才子佳人,简直就是马路上的半部《诗经》。眼前的农家风光宜人,她情不自禁诗兴大发,说:"这美景,让我想起一首古诗。""噢,哪一首?""枯藤老树昏鸦,小桥流水人家,古道西风瘦马,霜叶红于二月花。"这一背,大煞风景,弄得小马兴致索然,自行车差点儿骑到路边的壕沟里。

　　最典型的是,在刚认识的中秋月夜,赵玉曼有声有色地朗诵道:"人生最宝贵的是生命,生命属于人只有一次。一个人的生命应当这样度过:当他回忆往事的时候,他不致因虚度年华而悔恨,也不致因碌碌无为而羞愧……"小马深受感染,真想给她一个深情的拥抱。然而,她突然感慨道:"哎,你说,这个姓奥的司机也真够不容易的啊,这得看多少书,才能成为一个作家呀!"小马伸出去的双臂尴尬地僵在半空中……

　　小马在心里不是没有打过退堂鼓,老家人曾给他介绍了一个对象,是村里的民办老师王桂花。王桂花比他小一岁,上学时低他一个年级,人长得俊,村里人都说,谁要娶了桂花,那是八辈子修来的福气。这也确实毫不夸张。他春节回老家,见过桂花,真是女大十八变,越变越好看。她该凹的地方凹,该凸的地方凸,那种凹凸有致,真有点"增之一分则太长,减之一分则太短;著粉则太白,施朱则太赤"的味道。她在街头走上一遭,总是让村里的男人们频频回头,想入非非。按照老家的说法,这样的女人,最能生养,除去了无后不孝之虞。这打着灯笼都找不来的姑娘,如果娶到家里,祖坟上都能冒青烟了。

　　可是他毫不犹豫地拒绝了,而且,出人意料地选择了赵玉曼。不是赵玉曼比王桂花长得好,事实上,两人的长相、文化修养都不在一个级别。

　　然而,赵玉曼却有王桂花没有的城市户口。这就像一块胎记,娘胎里带的,谁也没办法。有了这块"胎记",赵玉曼就有了一块大砝码,一下子把马德胜婚姻的天平压到了自己这边,让王桂花那一大把小砝码散落一地。按当时的户籍制度，孩子的户口是随母亲的。马德胜，这个从大山深处走出来的孩子，深受城乡二元社会结构桎梏之害，好不容易鲤鱼跳出了"农门"，再也不想自己"寒窗辛苦十来年"，而让下一代"一夜回到解放前"，再也不能让后代重蹈自己的覆辙啊。

世界上没有十全十美的事情，用坊间粗俗的话说，既然当了婊子，就别再想着立牌坊的美事儿。

就这样，马德胜与赵玉曼走进了婚姻的殿堂。婚后的赵玉曼，虽说还没到河东狮吼的程度，但不再用成语、古诗了。她用的最后一句古诗是"没露庐山真面目，只因马赵尚未婚"。她脾气越来越不好了，这可能与她的工作有关。做挡车工，用她的话说，"过去的织女，只要长得跟仙女一样就行了，现在的呢，得长着鹰眼、贼手、兔子腿、聋子耳朵、猪八戒鼻子。"

可不是，进了纺纱车间，机器的轰鸣让人头都变大了，就像一个不断充气的气球，不定哪一刻就会爆裂。人与人说话，准确说是喊话，扯着嗓子对方才能听得见。女工们平时都用棉花塞着耳朵，可是这声波几乎能称为超声波，无孔不入，钻进耳蜗，敲打着耳膜。除非你是聋子，否则，这声音让你无处藏身。这还不算，你再看看车间里飞舞的棉絮，如同漫天雪花，女工摘下口罩说句话，一不小心棉絮就飞进了鼻孔，痒得让人喷嚏连连。每次说到这儿，赵玉曼就会骂那位唐代诗人：他娘那脚，春天飘舞着的柳絮多烦人哪，让他到我们车间待一晌，看他还赞不赞"春城无处不飞花"（或许，这才是她用的最后一句古诗也未可考）！

一个挡车工，一般得管二三十台机子，一上班就不停地穿梭在车弄里，发现断了线，得手疾眼快，迅速接上。赵玉曼觉得，自己就是那不断旋转的纱锭，或者，自己就是一个陀螺，刚断了的那根纱线，就是不断抽打着自己的鞭子。那个年代，全是脚搭地跑，一天下来，走的路都有三十多公里。有一次，她和小马打赌说，信不信，姑奶奶要是去参加全市的元旦长跑比赛，非抱个冠军杯回来不可。当然，她也只是说说而已。到了元旦，每周三班倒的她难得能懒在床上歇歇脚，打死也不会去傻跑什么比赛。

俗话说，花无百日红。二十世纪末，纱厂越来越不景气了，先是减薪，后来又开始裁员。她早烦腻了这种"织女"工作，索性买断工龄，在家歇着。她养了条牧羊犬"嘟嘟"打发时间，时不时去弟弟的饭店帮帮工，闲下来和一帮姐妹们"搬搬砖、垒垒长城"，倒也优哉游哉。

赵玉曼自得其乐也就罢了，但她好像从来就不甘寂寞。按说，经济基础决定上层建筑，她买断了工龄，家里开支的大头全靠老马撑着，在家排名"四把手"（除了老婆、儿子马超，排名还在"嘟嘟"之后）的老马终于可以高歌一曲《翻身农奴把歌唱》了。可是，令他想不到的是，退下来的她似乎心有不甘，可又无处发泄。自然，老马就成了出气筒。

最先，她总是唉声叹气，说男怕入错行，女怕嫁错郎。当初媒人曾给我介绍过本市王城区区长家的大儿子，自己也是一时糊涂啊。我当时要是点了头，同意了这桩婚事，还会在纱厂干吗，早进衙门里混个七品官啦。

老马听了，懒得搭理她，心如同冰冻了的湖面，没有一朵浪花。他的眼前浮现出那个一开口就是"我真傻，真的"的祥林嫂的形象。这件事，他的耳朵都快要听出茧子来了。老马知道，其实，她只是与对方见过一面，因人家没看上眼就告吹了。可是，谎言说过一百遍就能变成真相，重复了无数遍之后，连她自己也信以为真，仿佛就是因为当时自己犹豫了一刹那，没从口袋里掏出两元钱买彩票，从而就错失了百万大奖一般。

两年前，对门一家搬走了，马副局长买了二手房，搬到了对门。这是套大房子，赵玉曼的聒噪简直就更像纱厂车间里的噪音了，老马觉得自己就是那个不断充气的气球，已经到了胀破的临界点。特别是当送礼的敲错了门，门铃便成了点燃她火药桶的捻子：马德胜呀马德胜，俗话说，跟了屠夫翻肠子，跟了老爷做娘子。人家比咱小一轮，都当上了大局长，你咋就这么窝囊呢。下一步提拔，恐怕轮到那个整天舔屁股沟子的钱强，也轮不到你呀。

开始时,他还和她理论一番,后来,就见怪不怪了,总是摔门出去,逃之夭夭,眼不见心不烦;若是碰巧在家,就置若罔闻,只当她的更年期提前了。

不过,提起马副局长和钱强,老婆说的也是实情,的确够让他心乱如麻啦。

第六章

　　马副局长是煤炭局最年轻的副局长，叫马占标，今年才三十四岁。前年一名副局长退二线，马占标从公用事业局的一名科长出人意料地到了煤炭局"鸠占鹊巢"，让局里的钱强等几个竞争者瞠目结舌。后来一打听，人家的岳父是市委一个什么部的堂堂常务副部长，树大根深，岂是钱强几个人能望其项背的？

　　据老马揣摩，一个干部要成长至少由三个因素决定：

　　一是有背景、有关系。血缘与亲情，这种关系牢不可破。虽说不准任人唯亲，但"举贤不避仇"，当然也"不避亲"哪。此外，一起同过窗、一起扛过枪、一起下过乡，这所谓的"三大铁"，也是背景的重要组成部分。大千世界，芸芸众生，又有几人能脱俗，不受关系网的羁绊？

　　二是上有领导赏识，下有群众基础。这种人既会工作，又会来事；既拿得起业务，又做得好人。他们办事漂亮，但为人低调；谈吐不凡，却并不清高。服务领导得体，奉迎上司适度。与同事相处和睦，赞扬时中肯中听，让人身心受用，批评人分对象看场合，点到为止，避免让人难堪。总之，大事按规矩来办，小事随和融通。这类人无疑是潜在的绩优股，锥处囊中，迟早都要露出锋芒。

　　三是有运气。命运命运，三分命七分运。前些年，局里要往各个县下派科技副县长、副乡长，还不占当地的编制，当时让谁去谁不去，嫌偏远艰苦，似乎有种充军发配的悲壮。结果没几年，凡是下去的，大多都转入了编制内，还得到了提拔重用。这些人偶尔回局里，大有刘邦当年"大风起兮云飞扬，威加海内兮归故乡"的气场，让当年不屑一顾者追悔莫及。金鳞岂是池中物，一遇风云便化龙。前提是得有风云，风云就是运气。实力决定你进步的高度，而运气却决定你进步的速度。

拥有其中一条，不进步都难，如果同时具备两条以上，那肯定就平步青云了。其中，最关键的是自己要有才气，即所谓的"腹有诗书气自华"。再有背景，上面的关系再硬，"师傅领进门，修行靠个人"，如果自己不争气，烂泥糊不上墙，即便给你个位置，迟早也是猴子的屁股坐不稳。

不想当元帅的士兵，不是一个好士兵。体制内的人，大凡口口声声称自己对升迁提拔从来不动凡心者，要么是圣人，要么就有一种"吃不着葡萄说葡萄酸"的矫情，或者是一种"此地无银三百两"的伪饰，活脱脱一个"隔壁阿二"的形象。

老马之所以对干部成长的因素条分缕析，是因为自己作为后备干部已经好几年了。这后备干部，就像汽车的备胎。可惜，他这个"备胎"一直在备着，备得跑风漏气快要干瘪了还没派上用场。中间曾有两次提拔机会，都与他擦肩而过，考察倒是也考察了，但总是"陪太子读书"。时下，煤炭局有三名后备干部，除了他之外，一个是办公室主任钱强，一个是政策法规科的科长李成珍。

先说这钱强。他是局里老马最为鄙视的"赵高"。对，就是历史上"指鹿为马"的那位。钱强其人，心术不正，在同事们面前花言巧语，满肚子花花肠子，一副小人得志的嘴脸。但是，在王局长面前，他摇身一变，成了低眉顺眼的小媳妇，善于察言观色，讨好谄媚。有人总结说，只要他和王局长在一起，便是——"站的时候没直过腰，坐的时候没弯过腰"。

譬如，上半年局班子召开民主生活会，科室长们列席会议，市纪委、市委组织部的同志也在场。局领导逐个发言完毕，主持人让列席的同志也自由发言。钱强自告奋勇，显得很激动，他郑重其事地站了起来：

"王局长,不,对不起,按照民主生活会的规定,我应当称呼您王陶然同志。我给王陶然同志提两条意见。我说了,您可别不爱听,只当是抛砖引玉吧。"

钱强要在大庭广众之下给自己提意见,王陶然脸"唰"地一下黑得就像刚从矿井里检查出来一样。好个钱强,给你点儿阳光就灿烂,给你点儿洪水就泛滥。这只是主持人主持会议的一道程序,虚晃一枪而已,你还当真敢蹬鼻子上脸哪,亏你还是办公室主任呢,简直是政治上不成熟!

不少人也为钱强捏着一把汗,巧让人儿遇到了热黏皮儿,逞强使能,也得分分地方,这是你钱强说话的场合吗?

当然,更多的人是等着看他的笑话:真是缺乏自知之明,你钱强也有自作聪明的时候呀。等着吧,会后王局长能饶了你小子?

就这样,钱强在大家惊诧的目光中顿了顿,并故作腼腆地朝市纪委和市委组织部的同志望了一眼,说:"一是我总觉得您在工作统筹上有失偏颇。这两年,关于煤矿安全生产,您几乎逢会必讲,甚至在其他的业务会上,不由自主离题万里也要讲安全。一个月的时间里,您除了到市委、市政府开会,基本都是下基层矿务局,甚至亲自下到矿井查看安全措施,这种深入工作的作风我本人很钦佩。人命关天,安全生产无小事,这道理,我也懂。但是,作为一把手,您要把握全局,要统筹兼顾,不能只攻其一点。毕竟,您是咱煤炭局的局长,而不是安全生产科的科长,这样厚此薄彼下去,我担心势必顾此失彼,影响全局的工作。

"第二个,您在工作中的急躁情绪时有发生。特别是您刚来局里工作的那一年,咱局的工作作风在市直委局里排倒数第三的那次,您大发脾气,还爆粗口。不客气地说,这很有损于一个领导干部的形象,也会无意中伤害个别同志的自尊心。当然,可能是您急于打开工作局面的原因。但是,我总觉得,即便目的正确,也不能掩盖存在的问题。我的意见提完了。"

听着听着,王局长的脸色由阴转晴,甚至在笔记本上"认真"记录着钱强的意见,一瞬间,他的嘴角撇出山高云深的微笑。而大家先是惊心骇神,继而恍然大悟,想笑又不能笑,就像有个屁,在这么安静的环境中,想放又没法放,憋得直难受。

你瞧,这小子就这份德行,这副嘴脸。

再说这李成珍。她是局里的"袁术",没错,就是《三国演义》里的一方诸侯。老马听说,李成珍的舅舅好像是市里哪个局的局长,总之是有些来头的。她生性多疑,小肚鸡肠。和她打起交道来,颇费心思,不知道哪句随意的话就中伤了她过度敏感的神经,从而引火烧身,招来不必要的麻烦。

有一次,局里的科室长们在一起吃饭。席间,钱强讲了一个笑话,说有一个姓李的,带了两个人去陕西谈生意。当地老板请他们三位到家里做客。请进门来,老板就倒茶,发现家里只有两个杯子。当地人把水杯叫茶盅。没办法,只好让另一个人用碗喝水。老板是个实在人,用他浓重的陕西口音说出来,就是:来了三个人,有两个杂种(茶盅),你就是(使)个王八(碗吧)。

钱强眉飞色舞地讲着,大伙儿忍俊不禁,老马连嘴里的菜都差点儿喷出来。李成珍非但没笑,还脸色突变,愤然离席,向饭店外走去。过了一会儿,大家觉得不对劲,就派人出去看看。这一看不要紧,李科长正在饭店门口嘟嘟囔囔地骂着钱强,看那神情,气得不轻。原来,笑话里老板姓李,她也姓李。她认为钱强明里是讲笑话,暗里是指桑骂槐。

钱强做人的确不地道,但这次确实冤枉呀。

知己知彼,才能百战不殆。老马在心里也无数次给自己画过像。

论背景,自己来自偏远的农村,世代农民,真算是一穷二白。记得在大学时填写学籍表,"家庭出身""职务""政治面貌"三项,自己填写的是"农民""无""无",在家庭主要成员和主要社会关系一栏里,哪怕有一个"村主任"或"中共党员"也让人面子上过得去呀。

倒是上大学时,同学们总和他开玩笑说,马德胜,你好厉害,居然与大人物还有这么深的渊源。

的确,这人物是够大的,不是一般的大,是伟大的大,说出来能吓你一跳,他不是别人,正是伟人毛泽东!

这真是巧合,别看老爹老娘一辈子孤陋寡闻,没啥文化,倒是给自己起了个好名字。

1947年转战陕北时,毛泽东的化名为"李德胜",谐音"离得胜",意为"离开就能得到胜利"。新中国成立后,毛泽东为了纪念这个来之不易的名字,还给女儿取名"李敏""李讷"而不用毛姓,当然是希望她们如谦谦君子"讷于言而敏于行"。

斗大的字不识一升的父母未必知道这一段历史,却无意中让自己与伟人有这么一种机缘。

当然,名字仅仅是个代号、称呼而已。如果名字就能当背景,倒不如一不做二不休,起名时一步起到位,"连合果""党钟央""郑生长"就能到联合国去当秘书长,就能到北京进政治局,就能当一省之长,纯粹是一种自恋嘛。如果说二者真有什么联系的话,至多,也就是自己具有像伟人希望后人做到的"讷于言而敏于行"的品性罢了。

开玩笑的话当不得真,自己是"谈笑无高官,往来皆白丁"哪。

论群众基础,老马自感还说得过去。在与同事的交往中,弘扬正义,与人为善,关键时候自己也能俯身替人代劳,敢于担当。特别是自己不翻闲话,不参与局里的是是非非。在与其他后备干部的竞争中,自己凭的是低调的为人,凭的是精湛的业务,从不会像钱强那样把别人当成自己向上爬的阶梯。从每年的民主测评来看,令人欣喜的票数要遥遥领先于其他两位。

论运气,怎么说呢,世界是平的,机遇是均等的,上帝在关闭一扇门的同时,必定会为你开启一扇窗。更何况,机遇永远垂青有准备的人。很多时候,运气看似偶然,实则是一种必然,要靠自己去创造、去把握,就像"一脱成名"的那脚射门。试想,如果当时就没有抢点意识,岂不是错过了一次绝杀的奇迹?

论领导赏识，平心而论，不论在哪个科室工作，拿得起放得下，工作能力顶呱呱，领导还是认可的。弱项就在于，多少年来蚀骨入髓的书生情结。

曾经，自己奉"安能摧眉折腰事权贵，使我不得开心颜"为圭臬。久而久之，自然给人一种蔑视权贵、恃才自傲、不很尊重领导的印象。说句心里话，钱强的阿谀奉承固然令人嗤之以鼻，但这种在心底深处拒领导于千里之外的做法也不足取。就像在生产计划科，肖芳、老赵、小王等不把你马德胜放在眼里，你心里是什么滋味呢？这也需要换位思考呀……

行有不得，反求诸己。两年前马副局长"空降"煤炭局之后，老马痛定思痛，也开始有意改变。然而，每次的邯郸学步都让他痛苦异常，仿佛是一种人格分裂。这不，前些天的 K 歌，啥时候想起来都让他浑身难受。

钱强的孩子该上高中了，但考得不争气，还是王局长出面，通过市教育局局长梁建设帮忙，这才顺利进了本市的省级重点学校——神都市实验中学。王陶然早年在永长一个乡里当乡长时，梁建设是乡党委书记，俩人搁过伙计。钱强为表谢意，非请王局长吃饭。王局长推辞不掉，又不想单独和钱强吃饭，就随口说，如果去，就让大家一块出去热闹热闹。于是，三个副局长和几个科室长都参加了饭局。

公款吃喝风刹了之后，很久没有过这种聚餐了。那天气氛很热闹。席间，得知这桌饭的由来后，李成珍主动要求，酒场结束后，她请王局长一展歌喉，也请在场诸位务必赏光。

原来，李成珍虽说和钱强年龄不差上下，但要孩子晚了几年。这个暑假孩子"小升初"，进了重点初中市一中，托的也是王局长。王局长与梁局长是老伙计，这在煤炭局不是什么秘密。听了钱强端着酒杯的一番敬辞，她敏感得就像地动仪上龙口里的铜珠，"哐唧"一声就落进了如同钱强般昂着首的蟾蜍嘴中。决定，瞬间做出！

于是，饭后大家一起去联欢。王局长尽管五音不全，但自我感觉良好。《莫斯科郊外的晚上》等老歌总能让王局长重温大学初恋的旧梦。钱强一口气为局长点了五首经典老歌。王局长一开始引吭高歌，大家就自发地打着节拍，手舞足蹈，乐在其中。

一曲声落，老马边拍着生疼的手，边大声逗趣："王局，刚才忘消去原声了吧？"

这一问，问得王局长陶陶然心花怒放。《三套车》的音乐响起，他仿佛置身于冰雪覆盖的伏尔加河畔，在大家如潮的掌声中，又提高了十几个分贝："你看吧这匹可怜的老马，它跟我走遍天涯……"

第七章

　　王局长兴致勃发地唱完了《三套车》，音乐戛然而止，而他双手依然紧握话筒，半醉半醒，似乎正和当年的恋人相偎于冰雪覆盖的伏尔加河上。

　　钱强率先鼓掌，并献上一杯啤酒，说："王局长，就凭咱这金嗓子，如果去《星光大道》上走一圈，至少也弄他个月冠军哩！"

　　"就是啊，王局长，打擂去！"众人调侃道。

　　老马也说："局长要是去打擂的话，我们去当亲友团，当啦啦队，为你擂鼓助威。"

　　"你们以为我真醉了？骗憨子摸电线哪。五十而知天命。我在这儿献献丑足可以了，还要让我在全国人民面前丢人哪。独乐乐不如众乐乐。别让我一个人在这儿鬼哭狼嚎，你们都亮亮嗓子嘛。"

　　曲终人散，已是凌晨。夜深人静，万籁俱寂，这是人最易清醒的时刻，尽管老马已喝得昏天黑地。回到家，他脱了外套，连同脱下了一天来疲惫的伪装。他倚靠在床头，点上一支烟，一天来的一件件、一桩桩事，像白色的烟雾飘浮在眼前。他深吸一口烟，仿佛把唱歌时的一幕幕一口吞进肚子，又袅袅上升到脑海里，然后从鼻孔中徐徐喷出，如同老牛反刍似的咀嚼着。

　　老马回想起，当自己煞有介事地说着未消去原声时，大家虽然也附和着，灯光尽管斑驳陆离，他还是窥到了钱强、李成珍刹那间妒忌的眼神。而王局长唱到"你看吧这匹可怜的老马"时，钱强的巴掌拍得像二踢脚似的，他却不看局长而是盯着自己；李成珍从沙发上跳起来，大喊一声"好"，连嘴里的爆米花也跟着喷薄而出；众人似乎也从不同方向投来不知是幸灾乐祸还是其他无法名状的目光。当时当地，他真想趁着昏暗的微光与喧嚣的噪声，找个地缝钻进去。

他心里突然涌起一股无名的仇恨，也不知道在仇恨谁。甚至，想搬起一块巨石，要么砸向天空，要么砸向自己的双脚。

他恨自己。恨自己的贱！

从什么时候开始，自己竟变得如此陌生？

是从那次高中同学聚会吗……

六年前的腊月二十几，何赛飞给老马打电话，说趁着春节，外面的同学都回老家的当口，初步定在大年初六，咱高三(1)班的同学在县城的永长迎宾馆搞个聚会。毕竟一晃二十年都过去了，再不聚会，恐怕有的这辈子都甭想再见面啦，同时让他通知一下大山和小川。何赛飞告诉他，还邀请到了班主任来英敏，这次大家俩肩膀抬着一张嘴来就行，所有费用，罗利军一人给包了。最后，何赛飞还开玩笑说，德胜，你和小川、大山都是市领导，说啥都得参加啊，另外，樊欣雨也通知到啦。

何赛飞，在永长县城关镇当副镇长，是这次聚会的热心张罗者；罗利军，私营建筑公司同时也是房地产公司的老板；马大山，和老马是同村发小，是神都市农业畜牧业局的科长；刘小川，老家在永长县城，是神都市交通局的副局长；樊欣雨，当年的班花，现在县城做生意。

却说到了正月初六，上午十点多，老马和大山赶到饭店的大包间时，十几个同学已先到了，有的二十多年都未曾谋面，还真是一眼没认出来。何赛飞八面见光，嘘寒问暖，忙得不亦乐乎。看到老马和大山进了包间，上去拉住手，热情招呼说："先坐一会儿，利军去接来老师啦。"

通知的时间是十一点整。全班四十几名同学，通知到的也就三十多个人。在等来老师的当口，男女同学各自扎堆自然坐成两桌，除了回忆当年的逸闻趣事，男生们的话题不由扯到谁谁又升官了，谁谁的车又换了,谁谁在县城西郊的别墅正在装修;女生们先是说身上的羽绒服、皮衣是什么牌子,接着就是孩子的学习成绩,最后,无非是一脸羡慕地说,某某的老公现在耍得多大多大……

"哎哟,起了五更,还是赶了晚集呀。"

大家一听这银铃般的亮嗓子,不用说,肯定是樊欣雨。一股浓郁的香水味扑鼻而来,她身穿黑色貂皮大衣,手拎红色小坤包,扭扭捏捏走了进来。那嘴唇红得像转基因的草莓般鲜亮,眉毛描得如柳叶,刻意做的大波浪极富弹力,上面的摩丝油光可鉴,樊欣雨仿佛就是一个风情万种的阔太太。

一群女生立刻围了上去。何赛飞笑着说:"瞧,这就是班花的气场。"

话音未落,刘小川气定神闲地步入包间,春光满面,一抱拳:"同学们早啊!"

何赛飞迎上去,接住刘小川脱掉的大衣,说:"大局长姗姗来迟,女同学们盼得眼珠子都快要掉出来啦。"

刘小川故作惊讶,略作沉思状,说:"是吗?受宠若惊呀。恐怕盼的是罗总吧,哈哈哈……"

众人正开着玩笑,坐在门口的杜秋霞连忙起身,说:"来老师,您还是这么精神呀!"

只见罗利军一手搀着来老师,一手持着手机,歪着脑袋,正在通话,音量不大不小,恰好能让包间里的每个人都听清:"要不是窦县长打招呼,这幢楼我都不想接……你们又不是不知道农村的风俗,十五不过都是年嘛,让我上哪儿组织人力?好了,好了。什么?啥时候?……不是还有半个月嘛,放心吧,忘不了。一辆够不够?我的两个朋友也都是宝马,扎花车都不丢身份……好吧。先说到这儿,我正忙着呢。挂了。"

按下电话,罗利军似乎怨气未消,自嗟自叹地摇摇头:"烦不烦哪,大过年的,也不让人消停。不好意思啊,接来老师迟到了。"

来英敏老师已过古稀,满头银发,精神矍铄。大家纷纷围上去,你一言我一语，弄得老师只顾颔首微笑，也不知该回答谁的问候好。

罗利军露出烤过瓷的白牙说："咱不能让老师一直站在门口啊，大家坐吧。"

只见罗利军收拾得像新郎官似的。何赛飞也跑前忙后，先扶着老师坐到了主桌的主位。男生女生各自坐了一桌，实在挤不下的，混搭着坐了第三桌。

罗利军一看，吆喝道："都二十年了，思想还这么封建哪，像课桌上画三八线似的。不行不行，当年物理老师讲过，同性相斥，异性相吸，男女搭配，吃饭不累。"

于是，罗利军点将，主桌上除了来老师和他本人，还有刘小川、老马、马大山、何赛飞、樊欣雨、杜秋霞，之外，还有一个于静静。

杜秋霞，在永长县民政局工作。

于静静，是永长迎宾馆的大堂经理，比老马们低十届，也是来老师的学生。前些天，何赛飞受罗利军之托，来宾馆联系聚会事宜，很意外地认识了这个学妹。一听说是同学聚会，还要请来老师，她主动提出餐费打八折，也表示她的尊师之情，何赛飞、罗利军便邀请她也来"客串"。

罗利军站到来老师的右首位置，对刘小川让道："刘大局长，你是咱班最大的官，你坐老师右边当主陪。"

刘小川边坐到了右首，边说："利军，天底下最大的官是咱来老师啊。"

看着众人诧异的目光，刘小川不慌不忙地解释道："同学们，来老师是班主任，试想，即便是国家主席，也有当年的班主任，大家说说，这主任是不是最大的官啊？"

众人皆点头称是。罗利军奉承道："局长就是局长，说话一套一套的。我也不自作主张了，大家随便坐吧。"

说是随便坐，樊欣雨不经意间已挨着罗利军坐了，依次是杜秋霞、于静静，右首依次是马大山、老马、何赛飞。

罗利军站起身,端着酒杯,颇为动情地说:"诸位同窗:对酒当歌,人生几何？转眼间,二十年弹指一挥间。承蒙大家赏脸抬爱,我们欢聚一堂,重温旧梦,再叙同窗之谊。特别是,今天请来了班主任来英敏老师,师恩难忘,恩重如山哪。我提议,让我们共同举杯,这第一杯酒,就献给敬爱的来老师和以来老师为代表的老师们。干杯!"

大家纷纷起身,共同一饮而尽。

大山笑着说:"我们的罗总今非昔比呀。利军行,我看你真行!"

大家哄堂大笑,连来老师也笑得两眼泪。

——那年,来老师让默写《琵琶行》,罗利军实在写不出来,在作业本上写道:《琵琶行》,俺真的不行!

"大山,做人要厚道。这些糗事,我早就忘了,你咋记得这么清楚?"罗利军故作不悦。

杜秋霞接茬说:"大家都记得呢,还有你的'三句半'作文《路口》,我给你背背啊。'人生总是面临着各种路口和选择,今天这篇作文对我来说就是一个路口,所以我决定停下来——不走了。'"

"老杜,你给评评,我这作文是不是短小精悍,富有诗意和哲理,确实很行?"罗利军问道。

"其实呀,可爱的罗总,"何赛飞接过话头,"我们记得最清楚的不是《路口》'你真行',而是你的那首《卧春》才最行。你实在太有才啦!"

这一提,引得哄堂大笑。来老师摘下了眼镜,捏起一张餐巾纸擦着镜片上的泪花;刘小川把持不住一直的矜持,露出了本性;大山捂着肚子张着嘴笑,但不出声;老马正嚼的一口菜呛进了鼻子里,只得扭过头使劲擤鼻涕;何赛飞呵呵傻笑着;于静静不明就里,受一桌人气氛的感染,朱唇微启,笑未露齿;杜秋霞笑容如月,趴在桌子上,头都拱翻了面前的茶杯,水顺着桌布湿了袖口,她赶紧找餐巾纸救急;樊欣雨笑靥如花,颤得在凳子上都坐不住,整个身子向罗利军倾靠过去,仿佛主动投怀送抱,撒娇抛媚。

那两桌同样也是前仰后合，人仰马翻。

原来，语文课上，来老师给大家朗诵了一首陆游的诗《卧春》："暗梅幽闻花，卧枝伤恨底。遥闻卧似水？易透达春绿。岸似绿，岸似透绿，岸似透黛绿。"

罗利军听写如下——"《我蠢》：俺没有文化，我智商很低。要问我是谁？一头大蠢驴。俺是驴，俺是头驴，俺是头呆驴。"

"人生自古谁无屁？赛飞，你十七别笑话十八。来来来，大家先干了第二杯，然后我也曝曝你小子的光。别看表面上，你人五人六装模作样是个镇长，敢叫我亮亮你当年干的啥好事？"

大家干了，静听下文。

何赛飞脸一红，说："老罗，当了老总心胸还这么狭窄，睚眦必报呀。"

"这小子满嘴仁义道德，一肚子男盗女娼，论"姿"排辈，把女生分为三六九等，一等的有五个人，他称其为五大美女，起名赛褒姒、沉鱼、落雁、闭月、羞花。欣雨拔了头筹，赛褒姒的绰号也是他给起的。"

说到这儿，他瞥了一眼于静静，调侃说："当然，于经理，他排的都是一般(班)的美女，不包括不一般(班)的美女，否则，你和欣雨不分伯仲呀。"

于静静微微一笑，未动声色。

只听罗利军继续讲道："这家伙，暗恋人家欣雨，既不敢表露心迹，又想试探试探班花对恋爱的态度，就心怀鬼胎，使了个阴招。自己写了一封情书，让我送给欣雨。当然，我不能白白为他代劳。这小子以四根麻花诱惑我，一根当时也就五分钱，唉，马瘦毛长，人穷志短哪。就这样，两毛钱就让本人丧失气节，为他卖命了。这实在是罗某人平生的悲哀与耻辱呀。抹完嘴上的油，我就找欣雨。谁知，欣雨拆开一看，当场就撕得粉碎，让我闹个关公脸。你猜怎么着？他落的是我的名字。其人用心险恶哪。地球人都知道，作文我都不会写，怎么会写柔肠百结的情书呢？"

"罗总,别讲了,丢不丢人哪。谁也没长前后眼,怪我当初也是目光浅呀。"樊欣雨娇嗔道。

"如今也不晚哪。窈窕淑女,君子好逑。你俩哪天办证?大事儿咱办不了,民政局有着先天优势,我和登记处的同事们说说,上门服务咋样?"杜秋霞赶紧递上话。

"就是就是,不是听人家说,同学会,同学会,拆散一对是一对嘛。"何赛飞立刻抓住机会反攻倒算。

三杯酒下肚,热菜也开始上了。刘小川主动给来老师夹菜。

老师感叹说:"现在,人的日子多好啊,想吃啥吃啥。说到这儿,我记得那年端午节小川和德胜还打过赌。"

"是,那时候年轻气盛,不堪回首。"刘小川附和道。

"都是我嘴馋呀,老师,"老马说,"小卖部卖的绿豆糕 8 毛钱一斤,我说 20 分钟内我能吃一斤,小川不信,说,你吃,如果能吃完,这钱我掏。如果吃不了,自掏腰包。结果,我眼憋得像铜铃,肚子撑得滚圆,最后两块儿说啥也咽不下去了,差点做了撑死鬼,直到现在,看到绿豆都反胃。"

"最无赖是罗利军,你平时有事没事就到传达室溜达,看到男生的信就顺手牵羊拿回教室。元旦前的几天,你一天能跑好几趟,把男生的明信片全部收入囊中,然后一一敲诈,一个蒸馍或者一份小菜才能兑换,恐怕全班男生都叫你讹诈了一遍。"

罗利军不好意思笑笑说:"唉,诸位兄弟见谅呀。"

…………

罗利军站起身过圈儿。当他过到刘小川跟前时,俩人亲热地耳语了半天,感觉就像面团遇到了酵母一般迅速发酵。

然后,每个人都轮番敬酒。这顿乐呵呵的聚餐,前前后后吃了两个多钟头。

第八章

　　水果拼盘端上桌,预告着热菜走完了。

　　罗利军用征询的目光看着来老师,问:"老师,您看您喜欢啥菜,咱再点?"

　　来老师连忙摇头,指指桌上大盘小盘的剩菜,惋惜地说:"唉,太浪费了。比比当年,现在天天都是过春节一般。'一粥一饭,当思来之不易;半丝半缕,恒念物力维艰。'你们也别光顾着喝酒,都再多吃点儿啊。"

　　学生们一边附和着"来老师说得对",一边拿起筷子清扫面前的战场。

　　于静静给来老师又敬了一杯酒,与众人告辞忙去了。

　　刘小川打趣道:"利军、欣雨,你们俩又是传情书,又是去办证,看看,吓走了不一般的大美女吧,导致采花大盗何赛飞错失一次良机呀。"

　　还没等何赛飞开口,罗利军似乎比窦娥还冤:"大局长,你别埋汰人好不好。谁要去办证啦?欣雨是公认的班花,你说说,当年哪个少年不钟情?哪个男生没惦记?"

　　"惦记别人是一种幸福,被人惦记更是一种幸福哟!"杜秋霞醋意大发。

　　樊欣雨倒是神情自若:"韶华易逝,美人迟暮呀。男人四十一枝花,女人四十豆腐渣。我看网上有段关于'惦记'的妙论,挺有意思,说:20 岁的女人没有贼胆没有贼心,但总被贼惦记;30 岁的女人有贼心没有贼胆,总被老公看着;40 岁的女人有贼胆没有贼心,总被孩子看着;50 岁的女人贼心贼胆都有了,可回首一看,贼没了。秋霞,你别看他们一个个口吐莲花,其实,谁知道心里惦记谁呢。"

马大山接嘴道:"萝卜白菜,各有所爱。情人眼里出西施嘛。不信你回头瞧瞧,杨贵妃是'回眸一笑百媚生',咱'赛褒姒'是'回头一瞧一群贼'呀。"

老马也添油加醋:"就是,欣雨,别伤感哪。你就是咱班男生心目中永远的女神!来老师当年不是教咱们那首诗嘛:'春天的后面不是秋,何必为年龄发愁?只要在秋霜里结好你的果子,又何必在春花面前害羞?'"

来老师"呵呵"笑了:"德胜,我怎么记得郭小川这首诗是初中课本上的呢。你们年轻人争风吃醋,就别拉上我老头子陪绑啦。"

"要我说,咱班的男生情种不少,但情商不高。"何赛飞语惊四座。这句话,打击面太大了。

"何以见得?"

"大家没听说过?说同学会是:毕业 5 年后,结婚的一桌,未婚的一桌;20 年后,原配的一桌,二婚的一桌。咱这次 20 年聚会,男生们二婚的不多嘛。"

刘小川说:"赛飞,你只知其一不知其二呀。后面还有一句呢:30 年后,带夫人的一桌,带小三儿的一桌。"

提到小三儿的话题,杜秋霞神情黯然:"女人就像牡丹花,即便是国色天香,无奈花期太短哪;女人又像韭菜,一茬老了,新一茬又前赴后继。老女人哪里是年轻人的对手?所以,小三儿自然胜券在握啊。"

这时,来老师突然开了腔:"我插句话,年轻人,其实小三儿也是兔子尾巴长不了的,套用杜牧《阿房宫赋》的话来说,就是:原配无暇自哀而小三儿哀之,小三儿哀之而不鉴之,亦使小四儿复哀小三儿也。"

"老师亦庄亦谐,精彩!"

来老师风趣地笑笑,接着说:"年龄是个宝啊。南橘北枳,和你们在一块,我仿佛也年轻了几十岁。男人的一生一般分三个"十五年",就如三级火箭:第一阶段,从20岁到35岁,初级阶段,事业刚起步,得娶妻生子,基本上干不成什么事;第二阶段,从36岁到50岁,黄金阶段,如日中天,是创业的好时候;第三阶段,从51岁到65岁,收官阶段,该退休了,放平心态,平安着陆。你们都还在黄金阶段,可得珍惜呀。"

没等男生们表态,樊欣雨发挥道:"来老师概括得极其精辟。这就像吃甘蔗,梢子不甜还发涩,根部老得啃不动,只有中间那段最好。"

"那你两头都不要,就吃中间这一段。吃完这根,再换一根!"杜秋霞揶揄道。

"换又怎么样?难道就只许他们换小三儿,而要求我们必须做节妇烈女吗?世道不同了,男女都一样,谁先换谁,还不一定呢。"

马大山伸出大拇指:"好一曲慷慨悲歌!不知班花准备换谁?尽管当年我没写情书,看在同窗三年的分儿上,让俺也做个备胎吧。"

"讨厌!不提当年你会死呀?"

"就是嘛,人要向前看。"罗利军可能喝高了,沉默了老半天,这会儿又缓过了劲儿,"当年,不知怎么就学不进去,书到用时方恨少呀。"

"难得呀,利军,有此觉悟,必定还可大展宏图。"

"刚拉杆子干建筑队那几年,万事开头难,得看人家脸色行事。大家知道,咱永长自古以来就是建筑之乡,大人娃子都能掂瓦刀,拉出去都是响当当的大工,所以人力资源没得说。最难摆平的是甲方。甲方就是爷,就是上帝,就是你的衣食父母。"

众人安静下来。看来,罗利军要讲他的创业史啦。

"为啥?第一是接活难哪。当时,建筑市场不规范,哪有什么招投标?接活全凭关系网。关系网,全靠金钱开路,有财大家发,这中间的度很难把握。送得少了不济事,人家自然不把你当成一盘菜,送得多了吧,就没有利润空间了,你肯定就得偷工减料,做豆腐渣工程,那无疑是自砸招牌。那滋味，真是矮子骑大马上下两难哪。

"第二是资金周转难。干建筑，材料款和人员工资是主要开支，材料款还好一点儿，提前说好了，甲方什么时候付款，我才给材料供应商兑现，而工人工资没法拖欠哪。跟着你干的，都是乡里乡亲的，薪水关乎老婆孩子的生计，甚至买化肥、浇地、孩子的学杂费全都靠他们，你怎么忍心拖欠？可是，谁又理解我的苦衷呢！"

"合同上没有写付款办法？"不知谁插了一句。

"签了，但合同就像擦屁股纸一样，没用。甲方总是以工程不合格、工期未达到预期进度等种种理由拒付、延付，再加上合同中明文规定，工程交工后一年才付质量保证金，资金真的是左支右绌。就是那时，我认准了金钱至上的信条：在这世界上，钱也许不是万能的，但没有钱是万万不能的。遍地是钱你不去挣是无能的，穷尽了一切办法仍然挣不到你就是低能的！"

"还真是这么个理儿！"有人附和道。

"为了让甲方顺利付款，我想尽了一切办法。陪财务处长喝酒都能喝得胃出血，他不同意，我就找单位的一把手。或投其所好，或以情感人，有时候都真想抛去人格尊严，给人家跪下。说实话，狗急了跳墙，兔子急了咬人，你以为那一百单八条好汉最初就愿意上梁山哪？不都是逼出来的嘛。更何况，这一跪，我知道不仅仅是为自己而跪，还为那些跟着我干、指望着工资养家糊口的百十号乡亲们哪。"

动情处，罗利军泪光闪闪，他接住樊欣雨递过来的纸巾擦了擦眼角，接着说："说起来，我是死过一回的人啦。这样拆了东墙补西墙，有时还是转不过来圈。那几年，最怕的就是春节，从跌入腊月开始，就躲年关，从来不敢在家过年。有一年，邻近乡亲们的工资发了，远处的实在无力兑付，就只得诈死，家里摆了棺材，设了灵堂，让彩虹、伟伟披麻戴孝，弄得跟真的似的。外乡人来一瞧，人死为大，只得自认倒霉，才算把那个年熬了过去。总之，那些年，我真的是《厚黑学》中说的'脸厚如城墙'呀。"

"利军,脸厚是迫于无奈,但千万可别'心黑如煤炭'哪。"小川故意开玩笑,想调节一下忆苦思甜的氛围。

"当然,后来我有钱时,都兑现了。有句话说,创业如同针挑土,败家如同浪洗尘。我承认,刚起步时,的确赚了一部分昧良心钱,原始积累呀,滚雪球,没法超越的。后来,手里有了几百万,就思谋着如何做得更大。"

"我们大家就佩服利军这点儿,敢于超越自我,而不像那些钻石王老五,小进即满,小富即安。"大山赞道。

"搞建筑这几年,我接触到了太多的开发商,对房地产开发略知一二。搞建筑挣的和房地产大鳄挣的比,简直就是小鱼小虾。搞房地产,只要拿下一个好地块,缴了各种税费,出售期房就能稳赚几千万,空手套白狼呀。于是,我就与朋友合伙注册了房地产开发公司,后来这个朋友做别的生意了,他撤资后,我成为独立法人。咱自己有建筑公司,拿到了地块,楼盘咱自己建设,一条龙的开发建设模式,利润当然就更可观啦。"

"真的不容易啊。"大家一片叹息。

"利军不仅事业有成,而且学业也进了一大步,学历恐怕是咱们一圈人中顶尖的,都硕士了,大家想不到吧?"何赛飞说。

"什么硕士,利军?"

"北华的 MBA,工商管理硕士。我也是摔了跤才知道防滑呀。刚开始干那两年,通过朋友借了一个人十万元,还款时我朋友不知情,只有我和当事人俩人在场。当时不凑手,只有八万,怕人家急用,就拿去了。我把钱给了他,他说,你出个手续吧,说明你已经还了我八万。我当时也是昏了头,这分明是他应该打收条的嘛。我说,写个啥?他说,就写'还欠款捌万元',签上你名字,落上年月日就行。我就照着做了,也没觉得有啥毛病。过了一年,我把剩余的两万拿去了,为了感激人家,还捎了两条红塔山。没想到,当我拿出两万元的时候,他突然翻脸了,说,你打的有条子,分明写着还(hái)欠款捌万元,那六万啥时候给?

你说，世上竟有这样黑心肠的人。可当时只有两个人，说不清啊。六万元在那年月真不是个小数，我不服，官司打到了法院，结果，还是判我输了。这教训太深刻了。我要是把语文学好，怎么会吃这哑巴亏？"

"吃一堑长一智啊。"来老师感叹说。

"是啊。与其这样糊里糊涂被骗，倒不如把钱交到正规大学当学费。拿这个硕士文凭，我花了二十万，上的是'总裁班'，不光是为装点门面，确实学到了好多东西。这几年，公司的规模大了，下面有五个分公司，管理起来越来越力不从心。名校就是名校，教授们讲课纵横捭阖，旁征博引，让人心智大开，受益匪浅。另外，班里的学员都是知名企业的老总，可谓社会精英，像咱这无名小卒还真不多。他们驰骋于各个经济领域，有丰富的管理经验，与他们的交流，无形中让我站得高了，看得远了。物以类聚，人以群分。有句话说得好，评判一个人的层次，看他交什么样的朋友就知道了。这二十万，花得值！"

"社会也是一所没有围墙的大学，利军真的不简单！"

众人再次赞叹，樊欣雨更是"巧笑倩兮，美目盼兮"……

参加完那次同学会回来，在钦佩罗利军的同时，老马有一种隐隐的失落感。名校毕业又怎么样？和人家相比，自己多么黯然失色啊。

再说对门的马副局长，论年龄，他比自己小了将近一轮，论学历，他只是个大专文凭。可是，人家两年前已被提拔为副局长。看人家每天车接车送，让人心里不是滋味。还有，也许是同姓的缘故，逢年过节，总有人误打误撞敲错门。每误会一次，老婆少不了又要絮叨半天。无奈之下，一逢年节，不论是大雨倾盆，还是冰天雪地，老马都尽量在外边闲逛，偶尔在家，听到那门铃声起，仿佛夜半惊魂。唉，这提心吊胆的日子哟。

有一天，老马一家三口正在吃晚饭，本来有说有笑的，气氛很融洽。这时，听见有人敲门。赵玉曼开门一看，是对门马副局长的爱人韩萍，她正搬着一箱苹果站在门口："嫂子，别人送了好几箱，这苹果，甘甜味正，汁多无渣，你们也尝尝。"

赵玉曼连忙道谢，并礼让韩萍进门坐坐。

韩萍说:"不了,嫂子,我得给那位做饭。一周都没在家吃过几顿,刚才突然打电话要回来吃呢。"

"噢。那改天有空了,咱姐妹聊聊。"

关了门,赵玉曼就开始嘟囔:马德胜呀,咱啥时候有吃不完的东西也给人家送两箱呀?

就这样,好端端的祥和气氛登时化为乌有。

…………

现实的纷扰,无时无刻不噬咬着老马坚守多年的信条。他决定收敛棱角,尽管情非所愿,但也必须化蛹为蝶。

可是,命运总爱和人们开玩笑,似乎还尤其青睐小人物。

近几天,听说上级就要下来考察提拔人选了。在这关键节点上,局长王陶然突发心肌梗死住了院。头一天,老马和几位科长一块去探视了,第二天自己又抽空单独前往。

见老马又来,王陶然轻声埋怨他:"德胜,把工作干好,比什么都强,别再来回跑了。"

"王局长,既来之则安之,您得安心养病呀。"

"多事之秋,局里的工作,我怎能不挂心呢……"

望着王局长憔悴的脸庞,也不知搭错了哪根语言神经,老马接着劝道:"王局长,你别再为工作担心了。当年,毛主席他老人家就担心,中国将来咋办呀?可事实证明,地球不但转着,而且转得更稳了,改革开放让国家更富强了……"

老马没了下文,因为,他猛然发觉正在挂吊瓶的小护士在抿着嘴偷笑,而床边的局长夫人的那张脸也由红变青,由青变黑……

他自知失言,灰溜溜赶紧告退。

出了医院大门,他肠子都悔青了,狠狠掴了自己一个耳光,这不争气的乌鸦嘴!局长夫人那张狰狞的脸不时晃动在眼前,以至于绿灯亮了,他却依然神情恍惚,后边车队催行的喇叭声"嘀嘀"地响起。

交警走了过来,"啪"地向他敬了个礼:"同志,请出示您的驾照!"

第九章

老马如梦方醒,呆若一尊木雕,愣了半天才回过神儿来。屋漏偏逢连夜雨,人如果走了背运,喝口水也能硌着牙,放个屁也会砸了脚后跟哪。

摇下车窗,递出驾照,好话说了一笸筐,总算放了行。今天真是倒了八辈子的霉!沮丧之下,他如一叶浮萍,漫无目的地漂浮在车流中。不,确切地说,此时此刻,晕头晕脑的他就是一条被电蒙了的鱼。

听说,考察组很快就要下来了,另外两个竞争者已经磨刀霍霍,甚至拔刀相向了。前些天的"办公房出租事件"闹得沸沸扬扬,局里已是硝烟弥漫了。

就这一事件说,自己是置身其外的。然而,"你站在桥上看风景,看风景的人在楼上看你,明月装饰了你的窗子,你装饰了别人的梦"。更何况,自己也是考察对象之一,岂能游离其外?

眼看已经兵临城下,怎能就这样偃旗息鼓,举了白旗?

一人不抵二人智。于是,老马想到了他的同学刘小川和马大山。

刘小川老家在永长县城,和老马、大山是永长第一高中的同学。他交通大学毕业后分在神都市交通局,一路顺水顺风,是同学中目前混得最潇洒的一个。毕竟是副局长,看问题高屋建瓴,往往有真知灼见。而且,作为"过来人",若能指点一二,就可使自己少走甚至不走弯路。

马大山与老马是发小。他俩一块儿光着屁股长大,熟悉得如同左手与右手。那年,他们这个小山村破天荒一下子出了两个大学生,仿佛放了两颗人造卫星,整个山村都沸腾了。拿到大学录取通知书的那天,村干部在祠堂前放了挂一万响的鞭,左手拉着马德胜,右手揽着马大山,老泪纵横地说:承蒙先祖荫庇,苍天总算开眼了呀,咱村终于中秀才了呀,一中还是两元哪……

老马上的是长沙的矿业学院,毕业后分配到了煤炭局;大山上的是省里的农大,现在本市的农业牧业局,也是一名科长。同在政府机关,单位相距不远,但业务离了十万八千里,工作上接触并不多。两人就像两条铁轨,虽然很近,却很少交叉。当局者迷,旁观者清。毕竟,都身处机关,大山肯定能出出主意。

于是,老马掏出手机,约小川和大山到杏花街的"老地方"吃饭。

与钱强相比,老马是个不擅交际的人,平时尽量不参加饭局,轻易不组织饭局,偶尔召集小饭局,都尽量找偏僻的小店。老马知道,饭局,饭局,吃的是饭,布的是局。"二桃杀三士""渑池会""鸿门宴""青梅煮酒论英雄""杯酒释兵权""火烧庆功楼"……这些耳熟能详的刀光剑影,哪一个不与饭局有关?在背街小巷的小店,碰不到熟人,就不用为场面上的应酬费脑筋了。

选择这家餐馆,倒不是菜多有特色,而是有个不好说出口的缘由:这个小餐馆是自己的小舅子赵玉强开的,已经营了三年多。赵玉强在家中排行老三,昵称"三儿"。三儿原来在市里的百货大楼上班,在计划经济年代相当吃香,后来就一天天日暮途穷了。于是,他也和二姐赵玉曼一样买断了工龄,租下这个上下两层、总共五百多平方米的铺子做生意。

"老地方"店面不大,菜也多是家常菜,再加上地段偏僻,刚开业时,顾客还没店员多,三儿整张脸愁成了树皮。老马不得不发动小川、大山等社会关系予以关照。毕竟打断骨头连着筋,能帮多少是多少吧。偶尔,下面有求老马办事请吃个小饭的,他也尽量安排在这儿,既照顾了小舅子的生意,又消费适中,图个双方高兴。

却说老马泊好车，走进店里。三儿正在吧台上算账，一抬头看见他，就像看到了店里应门墙龛里敬着的关财神，立刻两眼放光，堆满了笑："哥，怎么也不打个招呼，我也好迎迎你。"

"自家人何必说两家话。我到楼上最里边的那个小包间，等会儿小川、大山也过来。"

"哥，新换了个大厨。他最拿手的是剁椒鱼头，鱼是从北湾水库当天进的新鲜大鲤鱼，今天让他露一手。"

老马习惯性地点起一支烟，在小包间里踱着闲步。背景墙上有一幅书法作品"淡泊明志，宁静致远"。这是装修时，他给三儿出的主意。俗话说"菜不够，酒来凑"，这算是"特色不够，文化来凑"。三儿找的这个书画界的朋友写的一手草书，狂放不羁，作品多是"自己认识，别人不认；醉时认识，醒时不认"，一直没弄出啥名堂，自己至今也只是本市书协区区一理事。当时，三儿要出润笔费，这位朋友死活不收，最后掏出两盒名片，反复交代说，你若是看得起我，就把这名片留下，顾客一旦对这书法感兴趣，务必推介到位。当时老马拿起一张一看，除了手机号码，正反两面印满了头衔，什么"中原省书协资深会员""神都市书协常务理事""圆梦杯全国书画大赛三等奖获得者"……想到这儿，再次端详这位朋友的"座右铭"，不由感叹：在这个心浮气躁的年代，真正能"淡泊明志，宁静致远"的又有几人呢。

他又把目光甩向窗外，已是深秋时节，路边的法桐显得萧瑟肃杀。一阵风吹过，几片黄叶打着旋儿从眼前飘过。他不由想起刘禹锡《秋风引》中"朝来入庭树，孤客最先闻"的诗句，以及李贺《马诗》之五中"大漠沙如雪，燕山月似钩。何当金络脑，快走踏清秋"的诗句。

越想越烦，老马再次拨通了大山的电话："到哪儿了？路上的蚂蚁让你踩死啦！"

"马上！堵了，在路上，等绿灯呢。交警在看我呢，挂了啊。"大山似乎也很焦急。

等于没说，不在路上还会飞到天上？一路上十来个红绿灯呢，究竟到了哪个路口？

又等了一会儿，老马正准备给小川也拨个电话，却听见一阵杂沓的脚步声传来。

小舅子毕恭毕敬地打开门，往旁边一闪，佯做正颜厉色状，高声喊道："刘大局长驾到！"

"呵呵，这阵势弄得像蒋委员长似的。"老马笑着说。

小川嗔怪地扫了三儿一眼："去去去，哪儿黑往哪儿蹲着去，瞎凑啥热闹。"

没几分钟，大山也到了。小川调笑问："老马，啥事？听上去好像遇上'四大急'似的。"

人生四大急是民间的说法，一种解释斯文些：下雨收场火上房，狼叼孩子贼挖墙。另一种解释就有些荤了：火上房，贼上墙，孩子趴在井口边，那事弄到梆子上。那事，自然是大家心知肚明的事儿，梆子上是当地方言，为旁边之意。

老马装出生气的样子，说："小川，毛捣（方言，开玩笑）也不看看场合，我急得团团转，你还有心耍笑我。"

"到底咋了？"小川问。

老马把事情概述了一遍。

"人到事中迷。原本是好心，却偏偏办得这样窝囊。你们说，王局长会不会开罪我？"

"不会的。"小川安慰道，"亏你还是名校的高才生呢，怎么忘了楚王灭烛绝缨的故事？"

"楚王是楚王，王局是王局呀。等他出院了，我是不是得当面道个歉，解释一下？"

"过去就过去了，事后翻烧饼，不但不起什么作用，有时还越描越黑。"大山说。

"大山说得对。不要以科长之心，度局长之腹。王局长能干到正县级，一定见多识广。大风大浪里走出来的，什么事儿没经过，什么人没见过,什么话没听过,怎么可能鼠肚鸡肠呢? 你这纯粹是杞人忧天哪。"小川接过话。

"甚至,我在想,上次你给我讲你们局里开民主生活会,钱强发言时王局长的脸色变化,说你观察到他嘴角一刹那间露出意味深长的微笑。我敢断定,这微笑是哂笑,绝不是因为听了这种明着批评实则表扬的漂亮话而愉快的笑。否则,王陶然的城府也太浅啦。"小川接着说。

"那是啥意思呢?"老马有点迷惑。

"如果我没有猜错的话,这笑应当是王局长对这种低级的溜须拍马术的讪笑,但是,鉴于在那种场合,自己无法也不宜表露出来而已。"

"噢,长知识,何以做出这样的判断呢?"大山也来了兴趣。

"当然,这只是一种猜测。我刚当副局长时,局长就专门告诫我说,小川哪,当了领导,要警惕'语言贿赂',奉承面前慎甜言,汇报面前慎假言……作为一把手,王局长绝不会是那种小儿科水平。"

小川的话不无道理。只听他进一步发挥说:"德胜,你这种心理有点偏激,往往只见树木不见森林,一叶障目不见泰山。譬如,在他们眼里,凡是官员,必贪;凡是商人,必奸。所谓无官不贪,无商不奸。又如,凡是一把手,都是只爱听奉承话,都是唯我独尊,都是抓住下属的小辫子不丢。总之吧,就是习惯戴着有色眼镜看世界,总爱主观臆断,貌似愤世嫉俗,有点愤青的味道,其实,是一种幼稚的表现。"

这番开导,如同使老马从暗无天日的矿井深处升到了地面,顿时豁然开朗,如释重负。

"言之有理。你们说,下一步我该咋办呢?"老马虚心请教道。

"这得有的放矢。你详细说说那两位竞争者的情况。"

"对了,其实,只剩下钱强一个了。我咋把这事给忘啦。"

老马拍拍脑袋,讲起了近一段闹得不可开交的"办公房出租事件":

煤炭局原来在市政府大楼办公,只有八间办公用房,实在太逼仄了,几年来局里一直向机关事务管理局提出增加办公室的请求。由于提出增加办公室的单位有好几家,事管局就久拖未决。去年,党政机关规范办公面积之后,一些单位腾出来了一部分房间,但这些房间就像田畦里的野草一般零散,事管局只好把原来离市政府大楼三个街区远的小单位分别塞了进来。这些小单位原来在一栋四层楼里办公,事管局就征求要房子的三四个单位的意见,结果哪一家也不愿去那个小楼。毕竟,从表面上看,搬离大楼,似乎宣示着被市政府边缘化。但是,后来,钱强不知怎么做通了王局长的工作,煤炭局主动要求搬进了这栋小楼。

其实,局里也就是缺五六间办公房,两层就够用了。多出来的两层空着暂时也是空着。于是,煤炭局集中到三四楼办公,一二层就便宜出租了。人家简单装修之后,开了家简易的快捷酒店。后来,人们才得知,租房的小老板不是别人,正是钱强的二姨夫。

这两年,李成珍和钱强杠上了。在她看来,自己之所以仕途不顺,很大程度上都是钱强坏的事。那次吃饭钱强当着和尚骂秃驴,一直让她耿耿于怀。这次马上要考察了,李成珍干脆一纸举报信,直接寄到了市纪委,反映钱强在出租办公房事件中假公济私,里面肯定猫腻多多。

不署名的举报信,不一定能引起上级的重视。眼看考察组就要下来,李成珍心一横,干脆一不做二不休——实名举报。实名举报是必须查的,而且要给举报人一个说法。不出两天,调查组就进驻了局里。当然,没有不透风的墙,没过几天,大家都知道了谁是举报人。

让李成珍始料不及的是,虽然租金确实明显偏低,但局里盖着大红章与钱强的二姨夫签了正式合同,在这事儿上钱强撇得很清,并非她预想的那样。

更让李成珍没想到的是,她这一竿子没打着钱强,反而把自己甩进河里翻了船。原来,局里这次出租办公房,想着天高皇帝远,并未经事管局同意,租金成了局里的小金库。这钱倒是没私分,都用到了端午节发粽子、中秋节发月饼以及春节发福利上去了,因为这两年管理严格,这些支出都没法正出正入上账。最后的结论是,小金库被没收,后面两年的租金上缴市财政;待合同执行期满,事管局收回一、二层经营权;煤炭局私设小金库,违规经商办企业,全市通报批评,局长为此差点儿背上行政处分。

调查组走了,李成珍回家了。她已成为全局上下的公敌,成了孤家寡人。今年春节大家的福利肯定泡汤了。她实在没脸上班,气得请了长假,兴许是闭门思过呢。

"《圣经》上说凡动刀者必死于刀下,唉!聪明反被聪明误呀。"大山感叹道。

"德胜,你找找利军怎么样?"大山突然提议说。

第十章

"找利军?"老马问。

"对。利军这几年生意越做越大,已是市政协常委啦,经常和市领导打交道,也算身价不菲呀。如果让市领导搭句腔,效果肯定会奇好。"

大山也附和道:"就是。围魏救赵,往往一招制胜。"

"让我想想吧。"老马若有所思。

其实,这道理老马不是不懂,通过利军打通关节,自己也不是没动过这心思,但每次想到这儿,都摇头否定了。一方面,实在不愿意欠他人情债;另一方面,也对他有一种本能的排斥。这缘于那次小聚时利军对他无意的伤害。

去年盛夏的一天,几个同学相约在一家地摊上喝扎啤。由于闷热难耐,他们便光了膀子。有个同学提起老马胸前的凰玉,罗利军漫不经心地说,这一看就知道是很一般的独山玉,不值多少钱,你看我这沉香手串,别看它不起眼,一万多呢。这深深刺伤了老马的自尊心。要知道,黄金有价玉无价呀。更何况,这传家宝里包含着家族荣辱,还有自己与白雪刻骨的爱情啊!

"德胜,咋不吭声啦?"大山把他的思绪拉了回来。

"噢,我在想,除了找人打招呼,还得做哪些工作?"

"提拔干部,既要看上边的意图,也必须尊重民意,不唯票,但也得看票。这方面你没什么问题吧？"大山说。

"还行吧。去年年度考核,民意测评,我的票远比钱强多。唉,今年都四十五了。如果搭不上这趟末班车,就顶到天花板啦。"

"可不是嘛。唉,你可要受苦了呀。"刘小川笑着说。

"什么意思？"

"人生'四大苦':反反复复去戒毒,痴心女子守空屋,晚年孤独熬岁月,跑官要官音信无。"

"小川,你也是官场上人,应当知道我怎么愿受这番煎熬？提拔就是对体制内人价值的认同呀。我,不,我们仨不是像车子进高速收费站领过了卡嘛,只能往前开,还能倒车吗？"

"要我说,也别太上心了。俗话说,希望越大,失望越大。谋事在人,成事在天。与老家的同学们比,咱也该知足啦。"

三个人正说着话,赵玉强又加上四个凉菜。他手里掂着几瓶五粮液,也入了席:"哥哥们至少两个月没来小店了,快想死小弟啦。"

"你这张嘴啥时能不贫哪。唉,五粮液呀,今天的生意恐怕要赔干啦。"

"哥,我三儿能有今天,不都是哥哥们罩出来的吗？哥哥们能来,小弟不胜荣幸,我是吃水不忘打井人哪,那个词儿叫——"

"饮水思源！不忘这些哥哥们就对了。"老马听着着急,连忙解围。

"对,还是俺二哥有文化。看见哥哥们,我就不禁想到饮水思源、感恩戴德这些词儿。"

"说你咳嗽你还喘呀。"老马说。

"撺住吧,三儿,别在鲁班门前耍斧子,关公面前耍大刀。"小川笑道。

"老鹰的眼睛兔子的腿,猴子的脑瓜商人的嘴。三儿的口才越来越见长啦。"大山也打趣说。

隔行如隔山,三儿在场,自然不再说提拔的话题。几个人三皇五帝地瞎聊,个把钟头过去,一瓶酒便下了肚。

"不喝了吧?"大山提议说。

"哥,酒逢知己千杯少啊。今儿个就咱弟兄四个,得喝到最佳状态。"三儿说着,已经扭开了第二瓶的盖子。

因为是自己主动相邀,老马也说还不到量。

小川说:"守着咱的店,酒啥时候也喝不完,喝趴在桌子上'不言不语',才算最佳状态啊?"

"你没听说过吗? N 减一就是最佳状态呀,哥。四人三瓶,最好。"三儿回答说。

第二瓶已经打开,小川与大山只好顺水推舟。老马心里有事,再加上酒量不大,已经头晕目眩,就怂恿说:"三儿,你和我划拳总是赢,我可告诉你,你这俩哥可是高手。今儿个吧,是拜师学艺的好机会,你跟俩哥学几招。"

酒,能让老虎变老鼠,也能让老鼠变老虎。此时的赵玉强正是后一种情形,人来疯的劲上来了:"哥,论说词儿,弟弟道行浅,甘拜下风;若论指头,虽说我不是六指儿,可也不瓤茌,还真想向俩哥领教几招哩。"

小川微笑不语。大山说:"三儿,你别先瞎吹。我呢,一般情况下也不猜枚(中原方言称"划拳"为"猜枚"),若猜,也是受你刚才说的 N 减一的启发,就猜减法枚。你敢不敢?"

"减法枚? 怎么猜?"

"很简单哪。咱们平时猜的是加法枚,两个人指头相加之和,等于你喊的数,你就赢了。减法枚呢,就是两个人指头相减之差,等于我喊的数,我就赢了。"

"我不适应减法枚啊。"

"没关系呀,你猜你的加法枚,我猜我的减法枚,各算各的账,不就行啦?"

"行。一言为定。俩哥当好裁判,不许赖枚。"

当然,十杯酒,三儿至少喝了六七杯。三儿屡战屡败,却不知其中玄机。小川和老马一旁观战,自然看破机巧:减法枚,既可以大山减三儿,也可以三儿减大山,被减数与减数并不固定,而加法枚不存在加数与被加数,减法枚的胜率是加法枚的一倍,三儿不输才怪呢。

当着大山的面,老马也不好揭穿只隔了一张纸的把戏,心里盘算道:就是猜个枚,也得公正才行。如果游戏规则不公平,就是再努力,也没用呀。

想到这儿,老马觉得自己就是眼前的三儿,而大山似乎就是对手钱强……

第二瓶也底朝了天,几个人已醉眼蒙眬。赵玉强还要开酒,被老马制止。

散了场儿,踉踉跄跄晃出店门,大山与小川使劲儿握握老马的手,说:"德胜,旗开得胜!"

"但愿吧,借你们吉言。"

老马回到居住的小区。房改前,煤炭局联合其他五个市直委局,在市区的黄金地段弄了块地皮,一个委局一幢低层。这小区总共也就六栋楼,楼间距大,采光超好。小区里建了个中心广场,广场四周廊道蜿蜒,点缀以亭台假山等。小区内的绿化也颇见品位,主道两旁是高大的树木,夏天时浓荫蔽日。行道树之外,芳草萋萋,三季有花,四季常绿。特别是广场南侧植了一片银杏林,到了这深秋时节,喷涌出炫目的金黄。喧嚣的闹市区里,难得有这么一块清静之地。因是房改前建的小区,从大马路上瞥进去,建筑外观稍显破旧,似乎与日新月异的城市建设不很相称,其实内部别有洞天。原来,眼睛有时也会欺骗主人呀。

此时已过十一点钟,小区内的多数窗口都闭上了眼睛,自家的窗口也是黑乎乎的。只有路灯似乎不知疲倦,还泛着冷冷的清辉。

微醺之下他暂时不想上楼。他想起前两天在报纸上读到作家王开岭的一段话:"深夜是内心的掌灯时分,是灵魂纷纷出动的时候,相反,白天,灵魂在呼呼睡觉。"的确,今儿这一天,自己真够忙活的。只有这一刻,他的灵魂似乎才在这黑黝黝的小区里刚刚掌灯。

真是一分价钱一分货。平时半斤白酒之后,自己早已不省人事了。

可今天的五粮液甘润清冽,醇厚绵柔,不仅没怎么上头,反而似乎越喝越清醒了。打个酒嗝儿,还依然香气馥郁,回味悠长。

想起小川,老马不由感叹,他这位同学还真是个人才。人家的见识与胸襟,真叫人佩服。小川曾说过一段格言,是其为人处世的"葵花宝典":"气度高旷而不狂疏,心思慎细而不琐屑;处世不必与世俗趋同,亦不宜与世俗大异;做事不必令人喜,亦不可令人憎;人不可有傲气,但不可无傲骨;在强者面前不示弱,在弱者面前不逞威;见富贵无生谀容,遇贫贱莫生娇态;对谦虚的人切莫骄傲,对骄傲的人不要谦虚;勿寻人小过而必究,勿乘人患难而相攻。"

这段话概括起来,就是"既不能××,也不能太××"。思路决定出路。怪不得人家做人做事左右逢源,游刃有余呢。听听人家酒场上的一番话,举重若轻,仿佛薄荷般提神醒脑。赶明儿个,若是下了岗,自己都不知干啥好,而小川去做个心理咨询师,也必定绰绰有余呀。

这时,"叮咚"一声,他打开手机一瞧,原来大山发来一条微信:"人生路上,好多时候,我们并不能选择。无路可退,也无法逃避,只能让肃杀的风凛冽地扑面而来,冻得鼻青脸肿却不屈地缓慢前行。并不是风雨之后总能见到彩虹,但是,咬紧嘴唇,温柔而又倔强的勤奋最终必有回报!"

看来,大山也没睡,还在想提拔的事儿呢。对自己的事这么上心,真是意气相投,情重如山!想到这儿,一股暖流涌上老马的心头。

"叮咚"又一声,大山的这条微信更长:

> 走过的路长了,
> 遇见的人多了,
> 经历的事杂了。
> 不经意间发现,
> 人生最曼妙的风景是:
> 头脑的睿智与清醒,

内心的淡定与从容。

人生最奢侈的拥有是：

一颗永不衰老的初心，

一个生生不息的信念，

一具健健康康的身体，

一位永远牵手的爱人，

一份自由的心态，

一份喜欢的工作，

一份安稳的睡眠，

一份享受生活的心情……

"呵呵，开始写诗了呀，有才，赞了！睡吧，伙计!"老马随手回复道。

大山的微信让他想起，那次他俩小酌至半酣之际，不知怎么扯起幸福的话题。

什么是幸福？自古以来，有一千个读者，就有一千种幸福观。老马想起马超上五年级时，自己辅导孩子一篇课文，便说："保加利亚作家埃林·彼林曾写过一篇童话故事《幸福是什么》，智慧姑娘通过三个孩子的经历，告诉人们，劳动创造幸福，幸福就是尽好自己的义务，对他人、对社会有用。"

"这是幸福的儿童版本呀。作为成年人，我想起西拉斯《箴言》中的那句话：'不承认自己幸福的人，不可能幸福。'"大山说。

"是。看来，幸福，就是一种感觉，一种心境。"

"丘吉尔说：'一个人最大的幸福，就是在他最热爱的工作上充分施展自己的才华。'这辈子，如果能与我最心爱的人，一起做我最喜欢做的事情，那肯定是幸福的。"大山眯着眼睛，仿佛看到了自己的幸福似的。

"嗯。有点哲理味。前一句是婚姻，后一句是事业，两下都齐备了,当然很幸福!"

　　…………

　　老马正在天马行空,想起幸福观,这也是他暂时不想上楼的另一个原因。老婆赵玉曼对机关生活不熟悉,回家也不可能与她合计出什么点子。

　　在小广场四周转了半天,时已凌晨。他想起明天还有许多事情,得赶紧休息才能轻装上阵。于是,便上了楼。

　　老婆肯定早已酣然入梦,他悄无声息地开门、关门、换鞋。

　　"啪"的一声,客厅的灯骤然亮起。他一阵眩晕,心差点儿蹦出嗓子眼儿。

　　赵玉曼从沙发上跳起来,指着他的鼻子,吼道:"小妖精没把你的魂儿给迷住? 你还知道回这个家?"

　　正在美梦中的嘟嘟,从她的怀里突然被甩出老远,翻了个跟头之后,它惺忪着睡眼,六神无主,惊恐地望着主人。

第十一章

老马的眼前直冒金星,被老婆骂得晕头转向。

赵玉曼见嘟嘟翻滚在地,大叫一声"我的乖乖呀",连忙跑过去抱起来,左瞅瞅,右瞧瞧,似无大碍,便抱着它走进主卧室——嘟嘟的窝在主卧室的阳台上。

老马暂时被晾在那里,愣了片刻,坐在客厅的沙发上,酒也醒了一大半。

她说的"小妖精"当然不是曹雪芹。

那次,在家里和单位的一位同事谈论起《红楼梦》的艺术境界,正在炒菜的赵玉曼立即警觉起来,搭腔道,这女人是你们局的?马德胜,你平时好掐几句酸诗,也算是文人"骚"客,我可警告你,可别和这女人"骚"到床上去!那位同事听了,一口气没憋住,茶喷了一茶几。赵玉曼见老马没吭声,就从厨房走出来:咦,怎么了?让老娘给猜着了吧?老马闹了个大红脸,说,简直是对牛弹琴,炒你的菜去吧,也不知道丢人多少钱一斤。同事走后,他一五一十给她比画了半天,最后连她自己也不好意思了,说,这怨不得我,男子汉大丈夫嘛,爹妈干吗要给他起个娘儿们名?

她之所以如此敏感,是因为曹雪芹的名字中有个"雪"字。他知道,其实,她更在意的,是白雪!

白雪与老马含泪分手后,没出两年,就奉父母之命结了婚。丈夫史少华,名牌大学毕业,高干家庭,父亲当时是神都市委副书记。在婚礼上,老马见过史少华,俊逸潇洒,一表人才,从表面上看,郎才女貌,是天造地设的一对。他泛起丝丝醋意的同时,也为白雪找到了如意郎君而庆幸,从心底默默为他们祝福。

然而,他哪里知道,婚后白雪内心的痛苦与日俱增。这痛苦不仅仅来自她对初恋的难以割舍。

婚后不久,史少华嫌地处郊区的地矿勘探公司离家里太远,就让父亲把白雪调到了市委宣传部。在他看来,结了婚的女人,家庭理所当然就是第一位的"工作",一切都应该围绕着丈夫的事业来转。夫贵妻荣嘛,几千年来不就是这样的吗?

史少华在市财政局上班,工作才仅仅两年就已是预算外资金管理科的副科长了。预算内的资金不够一年开销,自然就得追加。所以,这个预算外科,位不高但权很重,几乎全市所有的预算单位都得向它磕头作揖。加之史少华的公子哥身份,有意结交他的人成群结队。他的酒场很多,除了早餐,中午和晚上不是在饭局上,就是正在赶赴酒宴的途中。喝完了酒,往往又去卡拉OK,高歌曼舞之后,醉醺醺回到家里往往已经三更半夜了。

白雪曾提醒过史少华,年纪轻轻,怎么能这样醉生梦死?

史少华对白雪提出这样的问题很不理解,说,雪,这不是很好吗?张闻天说过,生活的理想,就是为了理想的生活。你说,上大学是为了什么?不就是要这份安然自得吗?你不要总是说我放浪形骸,不客气说,放浪也是需要资格的,有多少人想这样还没有条件呢。别看三天两头醉,我心里清醒着呢。趁着老爷子还在台上,要不了多久,我就是正科了。这辈子,怎么着也得混到副地厅以上,到时候你和妈妈一样也是官太太呢,不能让老爷子总是不正眼瞧我。

更让白雪苦恼不已的是,刚结婚,婆婆就暗示过他们小两口,抓紧"计划"。史少华弟兄两个,哥哥史大华和嫂子生了两个丫头,老两口盼孙心切也情有可原。

但是,史少华和白雪都不想太早要孩子。在史少华眼里,有了孩子,婆婆妈妈的事儿就随之而来,简直就是个累赘,这种无忧无虑的日子他还没要够呢。

看他俩没有积极响应,婆婆就严肃地找小两口谈话,并下了死命令:年底,最迟年底,得让妈看到肚子的变化,看到希望,不能让史家断后!

白雪就更为此头疼了。回想结婚后两年来的生活,简直就是一场梦。她多次扪心自问:我为什么要结婚?我为谁而结婚?自己仅仅是史家传宗接代的工具吗?是的,自从攀了市委副书记家的高枝,母亲逢人便会有意无意地炫耀一番。然而,我的文学呢?我的梦想呢?曾经的白雪哪里去了?

终于有一天,白雪向史少华摊了牌,毅然决然提出了分手,而且,这次她根本没有征求父母的意见。

史少华其实有心理准备。结婚两年多来,他没见过白雪的几次笑脸。她的不冷不热让史少华很憋闷,似乎做市委副书记的儿媳是一件很委屈的事情。最尴尬的是,白雪已经好几次默默地把他带着口红印迹乃至刺鼻香水味的白衬衣放在他的枕边了。他了解她,白雪不是那种一哭二闹三上吊的女人。她的沉默,不仅有淡淡的伤感,还有一种深深的不屑。这,无疑让他感到一种抑郁和恐惧,简直令人窒息。躺在两米宽的大床上,白雪近在眼前,却让他感到那么遥远。

不在沉默中死亡,便在沉默中爆发。今天,终于爆发了。

这样也好,好聚好散。两个人便再次领了证,各奔前程。

为此,白雪的母亲气了个半死。事已至此,她只得不停地再次给女儿张罗对象。

离异之后的白雪,心如槁木,刚开始碍于母亲的揪心还见了两个,但丝毫没有心动的感觉。时间久了,心灰意懒,任母亲千乞万求,也不再去见面。缘,可遇不可求啊。

形单影只的她度过了一段"日晚倦梳头"的日子。万念俱灰之下,她记下了自己的心路历程，重新开始编织文学梦。这些年来，她以"蓦然"的笔名在各种报刊上发表了百余篇散文和随笔。徜徉在文字的海洋里，她忘却了婚姻的伤痛，就像一叶扁舟终于找到了停泊的港湾。最近，她正着手写一部反映当代人婚姻生活的长篇小说《凤凰玉》，并时不时地让老马帮她提提思路，指指不足。当老马看到白雪的笔名时，心又为之悸动了，长长地叹了口气。

然而，在赵玉曼的眼里，马德胜与白雪这是藕断丝连，是出轨，精神出轨！

…………

难道，她偷偷翻了我的手机？老马暗自思忖。

都怨那个叫刘震云的作家，老马想。

《手机》的公开发行，把男人们所剩无几的小秘密揭得体无完肤。老马读这本小说时，就有一种全裸之感。看透别说透，不露是高手。难道你刘震云不是男人吗？本是同根生，相煎何太急嘛！

好在，这个年代没多少人能静下心来读纯文学作品，赵玉曼结婚后更是与书绝缘了。可是，冯小刚又把它拍成了贺岁片，简直是看热闹不嫌事大呀。这下可好，电影一普及，偷看丈夫的手机，成为妻子监控其是否移情别恋的手段，从细枝末节去判断他在外面是否彩旗飘飘。偶尔被丈夫发现了，老婆也振振有词：没做亏心事，不怕鬼敲门。老马觉得，他就是那个葛优扮演的严守一，而赵玉曼就是那个疑神疑鬼的于文娟。

他想起曾在杂志上看到的一幅漫画：一条狗被绳子拴在柱子上，另一边是一个男人，蹲在地上手持一部手机，一条充电线把他拴在了墙角。唉，现代人，包括自己在内，都成了一条"手机狗"呀。

难道她发觉了"独角兽"与"比翼鸟"的故事？

说起这事，话就长了。

大前天，白雪给老马发了条微信："大才子，你不是咱班的白马王子吗，考考你，我出个带'白马'的上联，又和咱神都有关，你对对下联，如何？"

"鄙人不才，愿闻其详。"

"上联：白马寺马白。"

呵呵，好刁钻啊。他想起，初中语文老师曾讲过上联是"上海自来水来自海上"的好多下联，比如，"西湖绿柳堤柳绿湖西""北京输油管油输京北""黄山落叶松叶落山黄""山东落花生花落东山"，便心中一笑，手指一点："跑马场马跑，落叶松叶落。"

"白是形容词，落、跑是动词，词性不对，才子之誉，浪得虚名呀。"

真是大意失荆州！他又思索片刻："小人书人小，大米饭米大，甜米汤米甜。"

呵呵，这回可是形容词，他心中暗自得意。

"虽说是形容词，可'白'是颜色啊，大才子。"

哎哟！还真没注意这一条。这回，老马左思右想，连《习对歌》中的"黄对黑，紫对红，碧草对青松，苍颜对白发，粉蝶对黄蜂"都在脑海里电影似的过了一遍。思量了好半天，终于想出几条："红豆杉豆红，黄土地土黄，红灯区灯红，嘿嘿。"

"算是沾了点边儿吧。最后一联太低俗，此色非彼色。同时，本小姐郑重提醒你，白马寺是景区哟。"

今儿个真见鬼啦！他颇不服气："小浪底浪小，总可以了吧？"

"颜色呢？"

"白云山云白。哼哼。"

"唉，黔驴技穷呀。上联有白，下联还能重复吗？！"

可不是嘛，钻头不顾尾啦。这回，他斟酌再三："黄果树果黄，黑龙潭龙黑。"

"看来，马郎也有才尽的时候。黄果树有果吗？不确定吧。你见过黑色的龙吗？"

是有点饥不择食，慌不择路了。山穷水尽之际，他突然想起那年去黄果树的路上，曾经游过贵阳西郊的红枫湖，也是国家重点风景名胜区。那里最美的季节是秋季,枫叶红得如同要点燃湖水。OK(好),天助我也:"红枫湖枫红!绝对是'绝对'。"

这回,倒是她老半天才回复道:"考试结束。男同学中,你算是一头'独角兽'吧。"

叫她折腾了老半天,他终于长出一口气,随手戏谑道:"咱俩加一块,是不是'比翼鸟'呀?"

…………

当时聊完,他本来是要把这些内容删除的。可是,从"跑马场"跋涉到"红枫湖"的艰难历程,简直就是一次万里长征。回拨斟酌出来的句句下联,老马如同看到自己的孩子似的,尽管开始时长得歪瓜裂枣,但成才之路毕竟包含着自己的几多心血,就没舍得删去。

哎哟,一着不慎,满盘皆输。老马心里泛起一丝惊悸。他知道,最要命的,是那句"比翼鸟",什么意思嘛?"在天愿作比翼鸟,在地愿为连理枝"?你和白雪还想破镜重圆吗?你个马德胜,吃着碗里,看着锅里,好马还不吃回头草呢!今天如果不和你拼了,你就不知道老娘我比阎王爷还多长一只眼哪!

老马真的好后悔,小不忍则乱大谋。可是,话说回来,也不过是一段微信,也不过是说说"比翼鸟"而已,俩人既没有"双飞",更没有什么见不得人的丑事!清者自清。更何况,与白雪过去的情事,和赵玉曼谈恋爱时多多少少也说过呀。一股英雄豪气把老马从沙发上拽起,他想进卧室去解释清楚。

他还没迈脚呢,赵玉曼就气呼呼地从房间里来到他跟前,看那架势,很明显,没个说法自然不会罢休。

他故作轻松道:"老婆,我和白雪的那点儿事,你又不是不知道,至于吗?"

"什么?什么?!你个没良心的,居然和'雪里迷'还有一腿呀?"

雪里迷,本是一种病,学名雪盲。自从知道了他与白雪的故事后,"雪里迷"就成了赵玉曼赐给白雪的代名词。

"怎么不说话？在想哪个狐狸精呀？"

老马递过手机，说："你别没事找事，你可以随便看，不就是和她聊了两句微信嘛。"

她冷笑一声，从沙发下抽出一张照片，"啪"地摔在茶几上："马德胜，少打马虎眼儿，今天你不说清楚，老娘跟你没完！"

第十二章

"马德胜,跟你这么多年了,翘啥尾巴拉啥屎,我还能不知道? 别鼻子里插葱装象,拿'雪里迷'打马虎眼,说,这小妖精是谁?"

老马心里一惊,委屈地说:"谁呀? 不分青红皂白,发什么神经病。"

"哎,不到黄河心不死呀,自己瞧瞧你那副德行!"说着,她一把将照片甩过来。

他拿起照片。照片背景昏暗,但依稀可辨是在饭桌上。画面里只有两个人,一个是自己,另一个是一位姑娘,梳着马尾巴,看上去清纯靓丽。两个人正浅斟低酌,好像还含情脉脉。特别是那姑娘的眼神如水光般激滟,在赵玉曼看来,她似乎正在眉目传情,一副骚情的样子。

他心头一沉,剪不断理还乱,真可算是"才下眉头,却上心头"。

"你怎么不吱声啦?"她不依不饶。

"孙小妮? 照片从哪儿来的?"他的眉头拧成了疙瘩。

"孙小妮? 她是哪个盘丝洞里的蜘蛛精? 你别管从哪儿来的,先说这是咋回事? 今天不老老实实说清楚,我非和你拼了不可。"

"唉,老婆,四年了,看来是真瞒不住了。"

实事求是说,认识孙小妮,纯属意外。

四年前的一天晚上,他在家上网闲逛,无意中打开了一个名为雏山菊助学网的网站。本来,在这个娱乐至死的年代,对网络这个虚拟的世界,他是不大相信的。毕竟,正如网友总结的那样:网络像一把双刃剑,会刺伤敌人也会刺伤你自身;网络像一片蜘蛛网,能用来捕获猎物也会被束缚住手脚;网络像一片大海,能托着你的船旅行也会用激流将你吞没;网络像一艘帆船,能带你遨游四方也会让你误入歧途……

他浏览了网页,发现这是一个民间助学组织,旨在聚集社会和广大网友的力量共襄善举,传递爱心,圆贫困孩子的读书梦。短短数年间,公开、透明的雏山菊助学网已经资助了八百多名学生,在贫困家庭和爱心资助人之间架起了一座桥梁。

老马拖动着鼠标,一个个贫困家庭的现状让人心酸。特别是一个叫孙小妮的姑娘,她是神都下辖南部伏牛山区国家级贫困县南川的一个高三学生。她成绩优异,高考在即,可大学费用成为她求学路上的拦路虎。网页上,有孙小妮家的详细地址等信息。

他盯着屏幕,心里波涛汹涌。无可奈何花落去,似曾相识燕归来。自己的童年、少年时光,与孙小妮何其相似呀。

马德胜与马大山的家乡在永长,那里同样也是国家级贫困县。

永长,古称崤地,是古代沟通东西两京的官道。那里历史悠久,底蕴深厚,钟灵毓秀,人杰地灵。尤其值得一提的是,永长还是"洛出书"的地方——传说太昊伏羲时,有龙马从黄河出现,背负河图;有神龟从洛水出现,背负洛书。这灵龟背上,排列成"戴九履一,左七右三,二四为肩,六八为足,五居中央"的图形,这就是洛书。到后来,大禹治水时,他依据洛书,划天下为九州,又依次制定出治理天下的九章大法,即《尚书》记载的"洪范九畴"。在今永长县西约二十公里,曾是历史上的县城所在地,此处即是传说中的"洛出书处"。洛书,是中国先民心灵思维的最高成就,其小无内,其大无外,包罗万象,奥妙无穷,奠定了中华文化的初基,成为中华民族原始文明的渊源,正如《易经》所云:"范围天地之化而不过,曲成万物而不遗。"

永长县地貌总体呈"七山二塬一分川"。老马的老家在县城西北五十多公里处。东崤山如一条卧龙,盘旋蜿蜒,从西南绵延向东北,高山绝谷,峻坂迂回,自古以险峻闻名,是关中至中原的天然屏障。秦汉以降,人们将崤山与函谷关并称为"崤函"之塞。《史记》上记载的"崤山之战"就发生在这里。直到今天,老家村子南边的山上还有一个"藏兵洞",据说,是当年晋军埋伏之所……

历史很丰满,现实很骨感。故乡的文化是那么丰厚,然而土地却是那么贫瘠。沟沟壑壑几乎都是由石英岩和石英砂岩等岩层构成的山地。加之十年九旱,农民几乎靠天吃饭。打井要碰运气,有时打到近三十米还是不见一滴水。马德胜和马大山们就像这山中耐旱凌寒的毛白杨,从小就生长在这片黄土地上。

村子的小学在一片稍为平坦的小山坡上。所谓学校,也不过是几间破房而已。过去它曾是大队的饲养室,由于地处几个自然村的正中间,它就被改成了小学校,老师是村里毕业的几名高中生和初中生。许多年以后,老马观看电影《凤凰琴》,泪珠禁不住悄悄爬出眼角。影片中的界岭小学,简直就是儿时小学的翻版:大山里一所难以遮挡风寒的校舍,几个老师支撑起来的学校,老师们瘦弱的身板,破旧的泥台子前趴着一群泥孩子……就是在这样的条件下,老师用竹笛吹奏着国歌,国旗连同大山里孩子们对未来的憧憬在激越而悠扬的乐曲声中冉冉升起……

那时最难熬的是冬天。教室里四面透风,像个冰窖。上课时,两只脚在泥台子下不由自主跺着取暖,几个脚指头个个冻得像红萝卜,手的关节处全都裂着血口子,不时得用作业纸当"创可贴",耳垂上的伤口往往刚刚凝住,一不小心又会再次开裂。几乎每个同学都是边上课边吐酸水,因为整个冬季,大家只能以红薯作为主食,"红薯汤,红薯馍,离了红薯不能活"。直到如今,马德胜和马大山从来不吃红薯,甚至恶其余胥,连粉条、假海参等红薯的衍生品也不能入口——会形成条件反射,泛起胃酸,仿佛回到了当年。

当然,不仅仅有心酸的记忆,还有属于那个年代盎然的意趣。在他和伙伴们焕发奇光的眼眸中,外部世界宛如乐园,每一块石头都是城堡,每一片叶子都是航船,每一只蜻蜓都是一只精灵,世间万物如老鹰、兔子、小鸡、风、泥巴、夜晚……无不魔术般赐予他们无限的欢乐。

此外,还有开心的少年趣事。

上四年级时,与马德胜同桌的是村支书家的二公子马爱国。他长得虎头虎脑,经常逃课去摸螃蟹、掏鸟蛋,作业全照抄马德胜的。大队分给学校一块试验田,离学校约两里。每周,学校都要组织学生们义务劳动,两人一组,一人带上尿罐尿桶,一人带上杠子,把学校厕所里的粪尿抬到试验田去。记得那一次,老师让写作文《记一次劳动》,大家十有八九写的都是抬尿。作文本带格子,贵几分钱,而笔记本、演草本只有横线,便宜几分钱,同学们打稿子时都用笔记本和演草本,然后誊写到正式的作文本上。到了第二周讲评时,老师特意念了马爱国的作文:"星期三的上午,阳光火山火兰。"大家哄堂大笑。原来,马爱国从马德胜笔记本上抄到自己带格子的作文本上,"灿烂"两个字居然变成了四个字。

老师摆摆手,示意大家安静下来。接着,又念道:"我和马军军是一组,我们俩抬累了,就停下来喝喝。我们走一会儿,喝一会儿,终于到了试验田。"全班同学都笑得捂着肚子直叫疼。原来,马爱国把"歇"抄成了"喝",连老师也笑得两眼泪……马爱国从此有了"喝尿大王"这一绰号。

初中在镇上,硬件倒是好了些,可是离村子五六公里。每天上学都像赶贼似的。

有一天放学回家,在崎岖的山路上,几个同学望着远方,争执不下。远方的山头上,除了一座巨人似的高压线铁塔,其余的东西都若隐若现,不由让人思飞神游。

"哎,咱这小路的尽头有什么?"

"是大海!书上不是写大海是蓝的?你看那边那么蓝,肯定是大海映上去的嘛!"

"吹牛皮!大人说,大海远着呢。"

"是北京!应该有火车,咣咚咣咚一下子开到北京去。"

"瞎说！你见过火车？"

…………

最后，谁也说服不了谁，马德胜他们都傻呆呆地、出神地望着脚下的小路。这弯弯曲曲的小路哦，一言不发，一头牵着小伙伴们，一头连着山外的世界……天际仿佛传来一个声音:谁有本事，将来走出去看看哪！

…………

"别净提这些没用的陈芝麻烂谷子，我耳朵都听出茧子啦。这与小妖精有啥关系？别耍花花肠子。"赵玉曼不耐烦地说。

"老婆，别急呀。广告之后，马上回来啊。"老马边向卫生间走去便打趣道。

…………

同样的成长环境，让他对孙小妮的渴望感同身受。读着她的信息，他仿佛看到了希望工程公益广告上那个大眼睛的女孩子，似乎那就是孙小妮，正眼巴巴地盼着他。他想起一位朋友说过，一个人的成功，少不得"四种人":高人指点、贵人相助、小人"监督"、个人奋斗。是的，泉口的一块石头，往往能改变溪水的流向。赠人玫瑰，手留余香。我为什么就不能当一次"贵人"，帮孙小妮一把呢？

为慎重起见，他专门驾车跑了一趟孙小妮的家。她家实在是太远啦。她所在的大峪乡离县城足足有九十多公里，而她所在的村离乡政府所在地还有将近十公里。路上，他无数次想象她家里的贫困。然而，当把车停在离村子还有一公里的地方(路实在是太窄了)，步行到孙小妮家里的时候，他还是被眼前的景象惊呆了。这就像拔牙，拔之前对骨肉分离的难受虽有思想准备，但真正拔掉的那一瞬间，还是让人疼痛难忍。这绝对是个赤贫家庭:她的父亲瘫痪在床，她的两个哥哥都是憨傻痴呆的智障患者。

孙小妮是个争气的姑娘，在老马专门考察其家庭状况两个月后，她以优异的成绩考入了神都师范学院。四年来，他主动承担了孙小妮的生活费，当然，用的都是自己的"小金库"，学校也给孙小妮申请了助学金。

　　光阴荏苒,时光如梭,孙小妮终于毕业了。她应聘到了一家私立学校,尽管待遇一般,但毕竟有了一份工作。三个月前,当她第一次拿到月薪时,首先想到的是恩人马德胜。小妮是个懂事的孩子。她知道,没有马大哥,就没有她的今天。她兴奋地告诉老马,自己有收入了,能够自食其力了,一定要请马大哥吃顿饭。本来,他是不想让她破费的。他知道,哪怕只是几十块钱,对于她的家庭来说也是很重要的。然而,他又不能不答应她的恳求。有时候,一味地怜悯,对受惠者也是一种无意的伤害。不给她报答的机会,对她的心灵是一种更深的折磨。于是,他欣然应邀前往。

　　可是,怎么就出了这张照片呢?老马百思不得其解。

　　"不会这么简单吧?马德胜,既然没什么见不得人的事,干吗要瞒着我?而且,还瞒了四年多?"赵玉曼半信半疑。

　　"老婆,不是怕你心眼小嘛。"

　　"要我看,恐怕你是黄鼠狼给鸡拜年没安啥好心。明天,我得见识见识这个孙小妮,咱再秋后算账。"赵玉曼打了个哈欠。

　　"身正不怕影子歪。你只管打听。"

　　说完,他忽然想起来:"哎,这照片从哪里来的?"

　　"还能从哪里来?对门的官太太嘛。你个挨千刀的,知道人家咋和我说的?"她眼圈一红,梨花带雨,撇着韩萍的口气:"玉曼呀,你家老马貌似老实,可哑巴蚊子咬死人哪,老牛喜欢吃嫩草呀,你可看紧啰。赶明儿个,别让他给你卖了,你还帮他数钱哪。"

　　"不要听风就是雨,你还不了解我嘛。"

　　猛然间,一个镜头浮现在他眼前。与小妮吃饭时,曾无意间碰到了钱强。钱强还走上去搭讪说,哎哟,这是谁呀,马科长也不给介绍介绍?说完,诡秘一笑,闪身而去。

　　莫非……难道……

　　他打了个激灵,睡意全消。

第十三章

天终于明了。秋冬交替之际的鬼天气，过了七点钟，天地依然一片混沌，浓浓的雾霾稠得让人透不过气来。老马望望窗外，能见度超不过二十米，连对面的楼也缥缈得如同海市蜃楼一般。他忧心忡忡，自己的前景就像这迷雾似的让人望不到边际。

他踏着点赶到单位，一上楼就碰到了副局长马占标，他连忙打招呼，可是人家例行公事般地敷衍一句"你早"，就躲避瘟神般扭头而去了。

上了三楼，还没进办公室呢，就听到科里"本山大叔"又在给小王"上课"："《黄帝内经》有'五劳所伤'的记载：久视伤血，久卧伤气，久坐伤肉，久立伤骨，久行伤筋。小王，你的眼圈发黑，一'望'即知，你肯定又熬夜恋战，犯了久视久坐的大忌。"

"大叔，我刚下载的《红色警戒3》太刺激了，不打通关不过瘾呀。"小王回道。

见老马进了办公室，老赵提起保温瓶踱着方步去打水；小王立刻闭了嘴，闷着头拖地；肖芳在抹桌子。

"大家早啊。"老马随口打了个招呼，也拿起抹布拾掇起自己的办公桌。

通常情况下，这个时段是科里的"新闻30分"。当然，这时播报的新闻，多数是局里以外的事情，一般是"谈古不论今，议外不论内，说远不道近"。

譬如,前天早上,小王嘻嘻哈哈的,人未进门,就大呼小叫:"哎,肖科长,昨晚的韩剧你看没?你说,韩国的导演怎么就摸透了中国女人的心理,让我老婆用了快半盒抽纸,这眼泪也太廉价了吧。"

见肖芳撇撇嘴并不理睬他,就扭头转向老赵:"本山大叔,你用中医养生理论分析分析,这房事过度是什么后果?我家楼上的小夫妻,真是一对'好学生'呀,这'功课'做得那叫个踏实认真!那女的叫得像要杀了她似的,可惜呀,咱不是柳下惠,做不到充耳不闻。这一分神,冤死了好几个战士,让我的游戏都打不下去了!"

老赵没搭腔。小王瞥了瞥肖芳的反应,又自言自语:"不过,话又说回来,牡丹花下死,做鬼也风流。人家真要是因为房事过度夭折了,这辈子也算没白活呀……"

肖芳终于坐不住了,把手中的抹布往桌子上一摔,边往外走,边白了他一眼,愤愤道:"风流你个头,看你那样儿!"过了一会儿,她回到办公室,恰好小王不在,就对老马说,他这明显是故意性骚扰,科长应当对他批评教育,他必须做出检讨,下不为例。老马只好尴尬地笑笑,不了了之。

…………

可是今天,自己一进门,小王就一声不吭地拖地,低头盯着地面,仿佛地上有金子似的,或者是楼上的小夫妻昨晚停播了激情大戏似的。

在这种沉闷压抑的气氛中,老马隐约感到几个人投来的目光有些异样。恐怕与小妮的"风流韵事"已经传得沸沸扬扬了,只有自个儿还蒙在鼓里。

他坐到办公椅上,用散乱的目光看着几位貌似忙着手头事的同事。扑朔迷离中,似乎他们也陌生起来……

生产计划科,总共就这四个人。

老赵,叫赵本森,五十多岁。可能命里缺木,父母给他起名字时就用了"本""森"这些字。自从那年春晚里的《卖拐》节目火了后,春节后一上班,当老赵又开始给小王讲《黄帝内经》时,小王便模仿着赵本山的口气说:"老赵,忽悠,接着忽悠。"这事儿,一传十十传百,后来,不知怎么,老赵就得了个"本山大叔"的绰号,他的真名大家反而差不多都快忘了。不过,老赵倒也没恼:一来呢,按照"五行"的说法,山嘛,自然属土,木生火,火生土,专能胜散,故木能克土,不犯相克的忌讳;二来呢,毕竟赵本山也是本家名人,从名不见经传到大名鼎鼎,也算是自我提升的榜样。自己只要持之以恒,静心修炼,创立个赵氏养生大法也未可知。

的确,"本山大叔"已经有些走火入魔了。

赵本森年轻时大病不见,小病不断,病恹恹的,像弱不禁风的林黛玉。同事们见他整天一副似睡非睡的样子,就关心地问起病情,他总是叹口气说:"唉,病来如山倒,病去如抽丝呀"。

俗话说,久病成良医。时间长了,科里乃至局里哪个同事有个头疼脑热的,他都能开出药方子来。可是,什么事儿都不那么绝对,老虎也有打盹儿的时候。有一次,他在家里吃完消炎药,感觉就要窒息似的,幸亏他当过兵的大儿子在家,背起他就下楼,拦了出租车奔到医院才捡回一条命,原来是药物过敏。

是药三分毒呀。从此,老赵买来了《黄帝内经》《从头到脚说健康》《人体使用手册》等书,从饮食到作息习惯,老赵都来了个彻彻底底的改变。譬如饮食,早餐如皇帝,午餐像平民,晚餐似乞丐。单单说这早餐,真的如皇上用膳一般:牛奶、鸡蛋、小馒头、牛肉、时令水果、菜蔬、大枣、山药、莲子……这粥一天一个花样,七天一个轮回。每天摄入的营养必须达二十六种以上。后来,又加上了每天的按摩、刮痧、拔罐,并严格对照时辰,打通当令经脉,力求阴阳平衡,倒也怡然自得。

前几年,老赵曾痴迷于张悟本,逢人就推介《把吃出来的病吃回去》这本书,一开口就是"绿豆是个好东西""最好的医生是自己,最好的医院在厨房"。后来,当张悟本自己脑梗住了医院,大师的面具被揭穿后,老赵闷闷不乐,一度缄口不语。

但他对养生之道的求索并未停止。局里每周有政治学习，局长在讲着话，老赵上身在听讲，下面的脚腕在不停有规律地转动着，转得小王心慌。终于，有了停下的时候，小王扛扛他的肩膀，想说句悄悄话，谁知老赵又双目微闭，心无杂念，毫无反应。会议结束了，小王好奇地问："大叔，你刚才好像在打坐？""什么打坐，提肛，懂吗？""呵呵，赵老，向天再借五百年，没一点儿问题啊。"

还有一次，是个夏天的下午，快要下班的时候，天空突然乌云密布，眼看就要下暴雨，多数人就提前作鸟兽散。肖芳忙完缠手的工作，外面已经大雨倾盆。还得去接孩子，她急得不得了，就到走廊上望望天空。一出门，只见黑黢黢的走廊里晃着一个面部朝天、步履沉重、摇摇摆摆的家伙，一道闪电划过，不由让人毛骨悚然：原来是老赵！"干吗呢？老赵，瘆人！""别打扰，我这是坠足功，补肾法。"说着，他僵尸般继续往前走着……

再说肖芳，今年刚过四十岁，是副科长，也是科里唯一一位女同志。她的女儿今年十四岁，上初三。从孩子学前班开始，肖芳就费尽心血，下足了功夫：绘画班、舞蹈班、钢琴班、奥数班……排得密不透风。丈夫曾提出异议，孩子毕竟是孩子，得给她留出自由的时间。然而，她不这么认为："你懂什么？孩子就是一团泥巴，捏什么像什么，可塑性强。"

肖芳不是不心疼女儿。自身成长经历的切肤之痛，促使她变成了"虎妈"。小时候因兄弟姊妹多，她从未受过校外教育，后来虽然考上了大专，但在大学校园里，她与同学们在艺术素养方面的差距显而易见，自己总有低人一头的自卑感。往者不可谏，来者犹可追。说到天边，决不能让这一悲剧在女儿身上重演，决不能让孩子输在起跑线上。

三年前，省煤炭厅与中华地质大学达成了一个代培协议，全省煤炭系统四十岁以下的中青年优秀干部可以分期分批接受培训，每期半年。省里给神都市分了十个名额，其中九个都戴帽分到了基层矿务局，局机关只有一个名额。文件一到局里，明眼人都看得出来，这次培训，既能带薪，又是首批，学成归来的得到重用必指日可待。于是，符合条件的人几乎抢破了头。局党组经反复研究，只得按照年龄大小排队，毕竟排在后面的还有机会。她恰恰排到了第一名。

然而，让全局上下大吃一惊的是，肖芳果断放弃了这次深造的机会。原来，她家的姑娘恰好这半年小升初，用她的口头禅说："人到中年万事休。前半辈子过自己，后半辈子过孩子，一切得围着孩子转。"

最后说说小王。小王叫王东峰，三十岁整，是局里的工勤人员。他和父母生活在一块，虽说孩子刚两岁，但由父母带着，他反而没多大负担。他从小学时代就迷恋于电子游戏，无数次被父母从街头的游戏厅里揪着耳朵拎出来。对付到高中毕业，父亲求爷爷告奶奶，费了九牛二虎之力，总算把他安排进了煤炭局。工作有了着落，又顺利地娶妻生子，孩子还不必多操心，八小时之外的小王不知道自己该干什么。百无聊赖中，电脑游戏终于填充了他的空白，而且他迅速沉溺其中。他爱人看不过去，曾劝他："王东峰，你都当爸爸的人了，你啥时候才能长大，才能长进？游戏能顶吃还是能当喝？你说你，也不看书学习，一点儿不求上进，宝宝一天大一天，将来你给他树立个啥榜样？"

小王移动着鼠标，盯着屏幕，头都没扭，振振有词："我学习有啥用？这不是也没耽误啥事儿嘛。"

其实，他是煮烂的鸭子嘴硬，并不是没耽误过事儿。远的不提，就说说几个月前的演讲比赛吧。

六月初，市直机关迎七一，组织"我的中国梦"主题演讲比赛，要求各个单位都要举行初赛，层层选拔，最后在"七一"前夕进行决赛。煤炭能源局接到通知，让各科室都出一名选手，定期比赛，现场打分，优中选优，参加市里的决赛。

局里任务一下，各个科室都摩拳擦掌，立志夺魁。机关里平时活动就不多，死气沉沉的，难得有个活动。就这次演讲比赛而言，名次倒在其次，最主要的是几个局长都坐在评委席上，无疑是对各科室精神风貌的一次检阅。所以，大家都想风风光光地亮个相。

老马不敢大意，把科里几个人召集到一块碰碰头，议议如何迎战。

老赵摇头晃脑说:"悠悠万事,养生为大。如果要让我讲讲正在修炼的辟谷,说上三天三夜也不怯场;若是上去演讲中国梦,本森老矣,尚能讲否?"

于是,大家把目光转向了肖芳。

肖芳淡淡地说:"我肯定参加不了。你们都知道,我姑娘今年要中考,我不能有半点儿分心,得全神贯注。"

"马科长,要我看,咱科要想出其不意,攻其不备,还得你一马当先。"小王不等大家看自己,抢先表态。

"我已打听了各科室的情况,参赛的基本上全是年轻人,哪有科长亲自上的? 这不是显得咱科里没人了吗?"

老赵听了,说:"马科长说得有道理,小王,这就是你们年轻人的事儿,就别再推辞了,不能让外人看笑话。"

肖芳补充说:"演讲得有个好稿子,就像演戏,再好的演员首先得有个好剧本,七分剧本三分演。好在,这对咱马科长来说易如反掌,其他科室只能干瞪眼儿。就凭咱科长的文才,他们就先输了一着。小王,争口气呀!"

"就这样定了,我来写稿子,明天交给小王。"

"那,那,我就试试吧。"话说到这份儿上,小王也只得硬着头皮应承下来。

却说那天晚上,老马吃过晚饭,铺开稿纸,构思稿子,浮想联翩:

从嫦娥奔月到神舟飞天,中国人从来都不缺乏梦想。去年的大阅兵上,军人整齐的步履,踏出了一个民族的坚定信念;展翅的雄鹰,描绘着中国梦的绚丽彩虹!

触摸胸前的凰玉,仿佛触摸到了百年历史。由小及大,从自己的家族想到整个民族。是啊,我们这个民族,有着太多的屈辱与苦难。中华民族的伟大复兴,寄托了多少代人的梦想。看了大阅兵,怎能不让人热血沸腾,心潮澎湃?

然而,不积跬步,无以至千里;不积小流,无以成江海。中国梦由千千万万个中国人的梦想组成的。天上怎么会掉馅饼？如果"看了激动，过后不动"，还如何实现中国梦？

…………

想到这些，老马奋笔疾书，在结尾段掷地有声地写道：

"有一种责任，叫热爱祖国；有一种爱国，叫从我做起。朋友，无论中国怎样，请记得：你所站立的地方，就是你的中国；你怎么样，中国便怎么样；你有梦想，中国便有希望；你付诸行动，中国梦便不再遥远！"

第二天，老马把稿子交给了小王。小王背了一天，也没记住几句话。

实在没办法，小王做东，私下请了文印室的董晓蕾帮忙。董晓蕾是去年才考进来的大学生，她欣然答应"客串"。到了这个时候，生米已经做成熟饭，也只好如此了。比赛那天，董晓蕾声情并茂，激情飞扬，气场十足，一举夺冠。

…………

老马正在出神，只见办公室的小李从隔壁走进来，说，马科长，明天上午八点半局机关大会，全体人员都参加啊。

他一愣神，忙问小李什么内容，小李说，好像是组织部来考察干部呢。

他的心一下子提到了嗓子眼儿。得赶紧去找王局长，把孙小妮的事儿掰开揉碎好好说说呀。

于是，他上了四楼，王局长却不在。到办公室一问，局长一天都在市里开会。

他焦急万分，无计可施，心里"咚咚咚"敲鼓一般：怎么办呢？

第十四章

一直到了下班时间,也没盼来王局长的影子,辩解无门呀。

老马异常懊恼地回到家,还在想这事儿。怎么这么巧呢?为什么早不考察晚不考察,偏偏自己的"艳照门"事件像一颗石子丢进湖面,泛起的"涟漪"正在局里一圈圈荡漾开的时候,恰恰要推荐干部了呢?或者说,自己的"艳照"为什么早不出现晚不出现,偏偏在考察的前夕,恰恰就弄得沸反盈天呢?

资助孙小妮,本来是积德行善的事儿,现在,跳进黄河也洗不清了。不,确切地说,对手根本就没给你留出"洗"的时间哪。

就这样,糊里糊涂到了第二天,他早早来到办公室。可是,王局长到局里没几分钟,考察组的人就到了。在这节骨眼上,王陶然既得招呼"钦差",又得安排考察事宜,哪有闲工夫听你磨牙呢。

八点半,大家陆续来到会议室,都坐得整整齐齐。一进会议室,老马就感受到了大家吊诡的眼神儿。

平时,局里政治学习开始前,会场总是热热闹闹的,特别是女同事们,常为一条围巾的色彩、一件风衣的款式而争论不休。可今天,似乎有一场看不见硝烟的大战在即,即便还有某个小媳妇儿声音明显小了八度在透露着某某商城的皮草正打七折,也依然没人接腔。因为,眼下吸引人的,似乎不是什么皮草,而是提拔的人选。这场景,大有"山雨欲来风满楼"的意味。

在众人期盼的目光中,王陶然陪着考察组的四位同志登上了主席台,连副局长们都坐到了台下,全机关的人都感受到了今天的非同寻常。

王局长清清嗓子,开始主持会议,他逐个介绍了考察组的同志,大家照例鼓掌。考察组组长讲了推荐的名额、条件、要求等等,都是照本宣科,毫无新意。其实,大家早就知道符合条件的有三个候选人,只有一个名额,但全场依然鸦雀无声。王局长最后强调,要本着对党负责、对组织负责、对人民负责、对同志们负责的态度,客观公正地评价干部,实事求是地推荐干部,把德才兼备、实绩突出、群众公认的优秀干部推荐上去,让他们脱颖而出;要通过这次民主推荐,推出全局的团结,推出全局的士气,推出全局的干劲,推出优秀的干部,推进全局的工作,营造一个风清气正的选人用人环境,云云。

然后就开始投票了。老马如坐针毡,他真想让王局长给自己五分钟时间,不,三分钟就够了,让自己简明扼要地向大家解释一番。不过,这仅仅是一厢情愿的异想天开呀。

无记名投票结束后,考察组要求大家不要远离,还要找相关同志谈话和实名推荐。原则上,局领导班子和中层干部是必谈的。

轮到与老马谈话,他向考察组推荐了自己。毛遂可以自荐,我马德胜为什么就不能呢?同时,他实在憋屈,忍不住向考察组诉说了"艳照门"事件。考察组说,你应当相信,群众的眼睛是雪亮的。对于你反映的问题,按照干部管理权限,我们会向你们局领导班子反馈,总会有个说法的。

老马稍感心安,但又不无担心:群众的眼睛也会因受蒙蔽而暂时"失明"的呀。局里又如何处理这件事呢?

············

当天下午,在局长办公室,老马汇报了事情的来龙去脉。王局长说,这样吧,让局纪检组调查一下,总得有个结论吧。

纪检组就两名同志,一个因母亲有病住院了,请了几天假陪护,而纪检组办案必须找两名同志以上,这是规定。三天以后,这位同志上班了。于是,他们找老马核实情况,又负责任地找到了当事人孙小妮,事情很快水落石出了。

又隔了一天,中午吃过饭,天空飘起了霏霏细雨。考察的结果还没什么眉目,老马干什么都提不起兴致。这时候,白雪打来电话,口气颇为神秘:"德胜,下午有空吗?你猜谁来看你啦?"

老马被问得直愣怔:"谁?"

"还记得为你美言的侠女吗?"

"席慕慧?她不是在东宛市的一个什么设计院工作吗?"

"是,她到西安出差,特意短暂停留。她快到火车站了,我正在去接她的路上,晚上八点多她还得坐车走。"

"这么急啊,请她吃个饭都不从容呀。"

"我刚刚和席慕慧商量好了,咱们一块去止观石庵喝茶聊聊,也有四五年没见面了吧。对了,你叫叫马大山,好长时间没见啦,看他有空没?"

"好的。我现在就去安排。"

由于老马的关系,大山和白雪坐过多次,彼此也熟络了。

他约了大山,把科里的事情向肖芳作了交代,便匆匆向茶社赶去。

止观石庵茶社,位于新区中心湖边。虽地处闹市,却透着一份宁静。茶社的名字颇有禅意:"石",汲日精月华,虽无语,却机锋内敛;"庵",草木筑为圆形,侧身其间,无拘无束,有返璞归真的乐趣。佛门讲"止观"修行,"止"于石庵,"观"于石庵,则石庵在现代城市中真可谓一处参禅之地了。"止观",不独为佛门弟子而立,凡夫俗子岂不亦需一张一弛?

老马离茶社近,第一个赶到。茶社门口有一副楹联:

> 香茗一杯,品大千世界
> 高朋几个,论百味人生

老马来过两次,极其喜欢这一茶社的文化氛围。进了门,便看到许多秀雅清静的茶座。一楼大厅里琴声袅袅,婉转悠扬,草木萋萋,蕴含生机,红木桌椅陈列有致;奇石根雕,或形如金鸡独立,或神似百鸟朝凤,多姿多态,活灵活现;楼梯口,绿树倚假山而立,瀑布映流水小桥,金鳞水中游弋嬉戏,好一派悠然自得的景象!

他正驻足品味,一位梳着两条大辫子,辫子上系着红绳,上穿蓝底带雪花斜襟袄,下着黑裤子,脚穿平口襻带黑布鞋的"村姑"走过来,甜甜地问:"先生,有预订吗? 几个客人?"

老马说,没预订,四个人。

进了二楼的一个小包间"临风厅",门两侧又是一副楹联:

> 呼个朋友来,看处处柳眠花笑
>
> 喝杯清茶去,听声声燕语莺歌

窗外,恰逢雨天,湖上一片朦胧,氤氲的烟雾中依稀可见湖畔的依依垂柳,恍若蓬莱仙境。

他正在遐思,忽听到一串银铃般的笑声。只见白雪与席慕慧款款走来,大山紧随其后。

"大才子,依然这么帅呀!"席慕慧老远就吆喝道。

老马三步并作两步,迎上去就是一个夸张的熊抱,嘴里喊道:"席慕妹妹,我可想死你啦!"

"呵呵,马德胜,你都能当冯巩上春晚了,一出场就是这一句呀。"

大山在身后大叫:"德胜,赶快分开吧,白雪吃醋啦。"

"去你的。"白雪讪笑着。

四个人进了临风厅,落了座。"村姑"进来问:"四位喝什么茶?"声音温润绵软,让老马想起了楹联中的"燕语莺歌"这个词。

"都有什么茶呢?"大山反问。

"先生,大凡客人们听说过的名茶我们茶社应有尽有。绿茶有西湖龙井、庐山云雾、洞庭碧螺春、黄山毛峰、信阳毛尖、六安瓜片、恩施玉露等,黄茶有君山银针,黑茶有云南普洱、湖南天尖,白茶有白毫银针,青茶有武夷岩茶、安溪铁观音、闽北水仙,红茶有祁门功夫等。共六个大类二十余种,不知先生喜欢哪一种?"姑娘如数家珍,有些茶还真没听说过。

"你推荐一种吧。"老马掩饰着心中的懵懂。

"既然有两位女士,要不就上一壶茉莉花茶吧。茉莉花茶可清热解毒、理气和中、开郁辟秽。配以玫瑰花或金银花,可改善内分泌,舒缓肝气,排毒养颜。想当年,慈禧太后对这道茶厚爱有加,加上服用银耳茶水羹,养颜有术,到老年仍葆青春,颜值'爆表'。"

"呵呵,那就来一壶吧,让我们这两位女士也'爆爆表'。"

"村姑"出去了,四个人聊起来,不外乎这几年家庭里、工作上的事。

唠着唠着,大山突然想起老马提拔的事儿,问他咋样了。

"唉,别提了,窝囊!"

他从孙小妮讲到纪检组的结论,一切总算才真相大白。

白雪想了想,说:"德胜,你也别太纠结了。祸兮福所倚,福兮祸所伏。塞翁失马,焉知非福?青霉素不就是细菌学家弗莱明无意中发明的吗?借助'艳照'的绯闻,倒是展示了你的善心和义举呢。"

"就是,有心栽花花不开,无心插柳柳成荫。当年,要不是野草把鲁班的手划了道血口子,他还想不到发明锯呢!"席慕慧接过话题。

大山也说:"哎,我还想起帕瓦罗蒂的逸闻趣事。帕瓦罗蒂就是在法国里昂的一次演唱会前,无意中模仿婴儿的哭声,才学会了用丹田发音,征服了所有听众,成为世界闻名的男高音。"

听着大家的一番劝解,他心里亮堂了许多。

白雪边给每个人的茶碗里边续茶,边说:"其实吧,有一些挫折未必是坏事。茶如人生,人生如茶。茶叶正是在烈日下开花,在暴雨中成长，在火焰上烘制而成。我们的人生，从某种意义上说，不就是一片茶叶吗？只有在艰难险阻中沉浮，在痛苦心酸中磨砺，才能真真实实地体味到生活的原味与魅力。在一次次的沉浮与磨砺中，生命才变得芳香四溢呀。"

"哎哟，我的大才女，又作诗呢？"席慕慧笑了笑，接着说，"我倒是觉得吧，这茶和我们女人差不多：茉莉花茶像二十岁的女孩子，香气扑鼻，至真至纯，气色清香，茶色清醇；碧螺春如三十岁的女人，去粗取精，阅历人生，去除了浮躁，却又保持了独特的醇美；龙井仿佛四十岁的女人，简单、完美、成熟、高贵、内敛，却亲近于人；绿叶红镶边的乌龙显然是五十岁的女人，经历了岁月的磨炼，开始磨炼岁月……"

"呵呵，近朱者赤，近墨者黑。席慕慧，我看你最好改名，叫席慕蓉吧。"老马戏谑说。

大山接腔说："我贵有自知之明，只能拾人牙慧啦。记得上大学时，德胜在信中曾经说过美籍诗人张错的诗《茶的诗情》：我是开水，你是茶叶。我问什么意思啊？后来德胜说，这是说爱情呢。你看，我是开水，白雪是茶叶：白雪的香郁必须依赖我的热情，她的展开和舒放都出自我的浸润；也正是有了白雪，我才显得丰富充实。爱情如茶呀，有色有香有味，有甘甜也有苦涩，有浓郁的时候也有平淡的时候。"

"说的是什么呀？"白雪嗔怪着，一拳打在大山的胳膊上。

老马正要分辩，手机忽然响起，原来是王局长的电话。他说了一声"嘘——王局"，大家立刻安静下来。

"噢，好的，我马上到。"

挂了电话，老马说："真不巧，王局长找我呢。"

白雪关心地问："感觉怎么样？"

老马脸上红扑扑的，也不知是因为刚才的茶如爱情的理论，还是因为有新的希望，天庭也似乎饱满了许多："不好说呀，听口气挺温柔的。"

大家一听，说，赶紧去吧，好事多磨，说不定这事成了呢。

他对席慕慧抱抱拳表示歉意，满怀希望而去。

第十五章

　　从茶社到煤炭局,也不过二十分钟的车程,可老马觉得时间比登月还漫长。

　　赶到单位,他恨不能一步跨过三四个台阶,插翅飞上四楼。走到一楼与二楼的转弯处,老马迎面碰到办公室的小李等人正在下楼。原来,恰恰到了下班时分。老马暗地里气运丹田,来了个"急刹车",装作没事人一样和小李等人打了个招呼,迈着"悠闲"的步伐继续上楼,心中不由自悔:马德胜呀马德胜,男子汉大丈夫,应当泰山崩于前而色不变,现在,还没有眉目呢,你就喜不自胜,让别人窥到你想"一步登天"的秘密,这心理素质,怎像一个处级领导干部?

　　他走到局长办公室门口,门虚掩着。他轻轻敲了两下,听到局长说"请进",便走了进去。

　　王陶然从笨重的沙发皮椅上站起身,绕过宽大的办公桌,走到老马跟前,亲切地说:"德胜,坐,坐!"

　　说着,王局长拿起茶杯给老马倒了一杯茶,并在老马对面的沙发上坐了下来。

　　老马惊慌失措,边说"王局,让您久等了",边颤抖着接住茶杯,茶水溢了一手心。这也难怪,在局里工作几十年了,一把手啥时候俯身给下属倒过茶?今天这般平易近人,莫非提拔的事儿有了准讯?他先入为主,把自己拉到其麾下……

老马正视着局长,脑子里却马放南山。王陶然接下来的谈话,像一根缰绳把老马的思绪拉了回来:"德胜啊,你知道,这次干部提拔,最早局里力推的是你,毕竟,论工作,你是最优秀的,这一点,从领导班子到同志们,大家都是肯定的;论年龄,你今年都四十五了,俗话说,年纪不等人,过了这村儿就没这店儿啦。本来,局里对你是很看好的,是抱有很大希望的。"

他脑子里"轰"的一声,从"本来"一词已预感到了结果。果不其然,王局长顿了顿,轻轻咳了一声,话锋一转:"可是,你也知道,在这当口,你资助大学生的事情,用一句诗形容是:乱花渐欲迷人眼。虽然前两天调查结果出来了,事实也澄清了。可是,啤酒醉不了人,倒是也胀肚子啊。民主推荐时还是扰乱了不少同志的视线,你的推荐票不如钱强的高。关于这一事件的调查结果,局党组昨天下午已经打报告上报了组织部。但是,组织部答复,这批干部调整,市委上午已经开过常委会,提拔的是钱强同志,文件马上就到。他们解释说,市委不可能为一个人专门再召开一次常委会。当然,他们也说,这么优秀的同志,下次一定重点考虑。"

听到这儿,老马如五雷轰顶。局长后面的话,他一句都没听清。

王局长又顿了顿,摘下老花镜,用布擦着镜片说:"这个结果的确让人大跌眼镜。可是,我们都得面对现实。你的年龄问题,我也和组织部讲了。他们答复,四十五岁是原则性的杠杠,对于特别优秀的同志,是可以破格的。所以,也不要太在意年龄问题。今天叫你来,主要是想提前给你透个信儿,你好有个思想准备。我相信,下一次下雨,即便是毛毛雨,也该轮(淋)到你啦。我相信,你的素质是高的,是能看得开的,工作是不会受大影响的。"

老马鼻子一酸,眼泪竟然不争气地出来凑热闹了:"王局长……我……我……"

是啊,自古成者王败者寇,世界只承认成功者。还有什么好说的呢? 还能说点什么呢?!

王局长站起身,抽出几张纸递过来,并拍了拍老马的肩膀。唉,几多无奈,此处无声胜有声呀。

自己是如何跌跌撞撞走出局长办公室的,事后老马脑子里一片空白,完全失忆。

天黑得早,夜幕已徐徐拉开,月亮在凄清的天空中轻薄得像一张透明的纸。同事们早就回家了,可是,他似乎觉得,每个科室里都有无数双眼睛在偷窥着自己。从回到单位到谈完话,在半个钟头时间内,却有如此巨大的反差!预料中的事实是如此无情!静脉动脉的血一起朝他的太阳穴涌去,脑海里只有一个声音如同一道闪电般响起:

马德胜没戏了……

"咕咚"一声,他一脚踩空,措手不及从楼梯上滚了下去。他张开双臂,一股锥心般的疼痛涌遍全身,然后就不省人事了。

…………

不知昏睡了多久,睁开蒙眬的睡眼,灯光刺得他极不适应地又闭上眼睛。

我这是在哪里?他昏昏沉沉地想。

"我的爷啊!你总算醒啦。你个没良心的,想不吭声就撇下我们娘儿俩,自己偷偷去享福啊?"

听到老婆的哭诉,他模模糊糊想起自己摔下楼梯的情形。他感觉很无助,想拉住老婆的手,可是浑身酸疼,一点儿劲都没有。

"我的爷,千万别动,右胳膊的肘关节都摔脱位啦。什么破县级,咱再也别这样拼命了啊。"赵玉曼抹着泪,劝道。

他睁开眼,发现自己头上缠着绷带,左手上输着液,问:"现在是啥时候啊?咱这是在哪儿啊?"

"现在是上午十点多。昨天你头磕破了,王局长和司机把你送到市里的中心医院,又转到这儿。昨晚上,王局长问了主治的郭大夫,确认没了危险,后半夜才走。"

"这儿是哪家医院啊?"

"正骨医院。"

正骨医院位于神都市东郊十五公里处。该医院的郭氏正骨起始于清朝嘉庆年间,至今有二百余年的历史了,经六代薪火相传不断壮大。尤其是民国时期,五世传人郭灿若和夫人高云峰在家行医,技术精湛,医德高尚,户限为穿,至今仍传为佳话。发展到今天,郭氏正骨以"整体辨证、筋骨并重、内外兼治、动静互补"的学术思想独树一帜,蜚声海内,成为我国中医骨伤科学的一朵"奇葩"。

这时,主治老马的郭大夫走进病房。

郭大夫叫郭志明,五十开外,浓眉大眼,看上去温文尔雅,是郭氏正骨的第八代传人。他后面跟了五六个年轻人,一看就知是实习生。

赵玉曼心急火燎地问:"郭大夫,这肘关节脱位,咋办呢?"

"别急,在咱这儿,比较难的是骨折,关节脱位与错缝等都是小菜一碟。"

"他这能不能确诊是脱位?"

"初步确定是。正骨的检查可分为触摸、按压、对挤、推顶、叩击、扭旋、伸屈、二辅等八法。昨晚刚送来时,我通过触摸认为他应当是脱位,下午再做个透视吧,确诊一下。"

"如果确诊是脱位,咋治疗呢?"

郭大夫不疾不徐,娓娓而谈,显然,他既是和病人家属交谈,又在给实习生们现场授课:

"复位也有八法,分为拔伸牵拉、推挤提按、折顶对位、嵌入缓解、回旋拔搓、摇摆推顶、倒程逆施和旋撬复位。对于肘关节脱位,我们一般使用倒程逆施法。"

"郭大夫,我脑子笨,倒程逆施是啥意思啊?"赵玉曼越听脑袋越大,问道。

"呵呵,专业术语,听不懂也正常嘛。倒程逆施法又叫原路返回法。就是根据脱位发生的过程,采用相应的手法,再让它一步一步回归原位。"

赵玉曼明白了大概意思，看到几个实习生频频点头，着急地说："郭大夫，既然都有办法了，就赶快让它复位呀。"

郭大夫颔首而笑，说："你的心情可以理解，但正骨有正骨的原则。第一个，就是你说的，复位越早越好；第二，是强调无创整复，尽可能无损伤或者少损伤；第三，复位时'以子求母'，必须以远折端对近折端；第四，尽可能做到良好复位。根据你爱人的情况，需先活血祛瘀消肿，视肿胀缓解的情况再复位啊。"

"不会落下啥后遗症吧？"

"不会，放心吧。"

"郭大夫，俺虽说不懂正骨，但一听你说的一番话，就知道你是个神手良医！"

"不敢当哪。药王孙思邈有言：古之善为医者，上医医国，中医医人，下医医病。又曰：上医医未病之病，中医医欲病之病，下医医已病之病。不论按照哪种说法，我很惭愧，也只能算个下医啊。"

听到这儿，几个实习生都会心地笑了。他又给老马开了展筋丹、筋骨痛消丸等药，带着学生们继续查房去了。

过了两天，老马的肿胀消了不少，肘关节也复了位。郭大夫给他敷上活血止疼膏药，让老马屈着右臂，用绷带吊起手腕挂在脖子上，真像电影里的伤病员。郭大夫说，俗话讲，伤筋动骨一百天，这得固定三个星期。

住院期间，单位里的同事，以及大山小川等同学们都纷纷前来探望。王陶然也带着班子成员专门来探视，要其安心养病。局长面带愧意，那愧意，说不清道不明。同事同学问起病因，老马只得含糊其词地给糊弄过去。提拔无望已成定局，何必还要再揭起伤疤、自讨苦吃呢？从前来探视的同事口中得知，局里前几天召开了大会，主要是欢送钱强科长，不，现在，他已经提拔为市公共资源交易中心副主任。你可别小觑这个副主任，大型的建设项目，只要是市财政投的资，其招投标必须在该交易中心进行。会议快结束时，纪检组长还宣布了老马"艳照门"

事件的调查结果。

无论如何,他也想不到,钱强居然会来看自己。

那是一天上午,钱强掂着大盒小盒的东西走进病房,气氛异常尴尬。

"马哥,听说你摔伤了,我赶紧过来看看,也不知能帮上什么忙?"钱强一脸诚挚。

老马心如针刺,嘴上应付说:"这么忙,你还来看我,谢谢啦。"

赵玉曼在一旁,乜斜着眼,脸色乌紫,老马赶紧使眼色,不让她开口。

钱强愧色满面,说:"马哥,你大人大量,我……"

老马躺在床上,闭上了眼睛,几滴清泪溢出眼角。他颤抖着说:"别再说了。祝贺你。你走吧。"

…………

又过了两周,老马自感肘关节好多了,天天待在医院里,要么躺着输液,要么就下楼在医院里转转。一天上午,输完液,他溜出医院,顺着马路往西边闲逛。这地方他没来过,处处都觉新奇。

走了一阵子,见一个园子,铁艺大门,一侧门柱上挂着牌子:"神都市什锦牡丹园"。大门没上锁,他随意走进去。只见园中有四五百亩地,几条砖铺的阡陌小路,大门旁有数间平房,西北角有几栋四五米高的塑料大棚。初冬季节,地里的牡丹也都成了干枝枯叶。他奇怪,这么大个地儿,怎么没有人哪?噢,可能都在大棚里吧。

沿着小路往大棚方向走去,只见两侧地里插着品种牌子,什么"墨撒金""凤丹""玉板白""朱砂垒""黄花魁""御衣黄"……那名堂真多呀。他心里感叹道,自己仅仅听说过姚黄、魏紫等大众品种,看来只是九牛一毛啊。看看这些富有诗意的品名,就能想象得到"春来谁作韶华主,总领群芳是牡丹"的景象,届时,这里必定香飘满园啊。

他又想起牡丹被贬的传说:一年冬天,武则天突发兴致,带着妃嫔、宫女到上苑饮酒赏雪。她无意中发现在那白皑皑的雪堆里,有朵朵盛开的红梅,便游兴大增。有个妃嫔说:"武皇,梅花再好,毕竟是一花独放。如果您能下旨让这满园百花齐开,岂不更妙?"于是,武皇令宫女拿来文房四宝,当即手握霜毫,蘸饱浓墨,在白绢上写道:

明朝游上苑,火速报春知。花须连夜发,莫待晓风吹。

写罢,宫女把武皇的诏令拿到上苑焚烧,报与花神知晓。这可吓坏了百花仙子,谁敢抗旨逆鳞不遵? 第二天,满园的桃花、李花、玉兰、海棠、芙蓉、丁香等全部奉旨开放,一丛丛,一簇簇,绚丽多彩,唯有牡丹光枝秃杈。武皇一怒之下,下旨焚烧牡丹花圃,并把牡丹贬出长安。自此,牡丹被连根掘出,贬到神都邙山。谁也没想到,神都邙山的人很早就喜欢牡丹,家家移种,户户育植。一到谷雨,株株怒放,千姿百态;观赏牡丹的人扶老携幼,朝暮不断,人海花海,盛况非凡。

老马觉得,自己仿佛就是地里的一株焦土牡丹……

到了大棚前,他挑开门帘,只见大棚占地十几亩,上面是钢管骨架,棚边有加湿设备、恒温设施,棚里的牡丹叶茂枝壮。十来个工人正忙着把地里的牡丹往盆里移栽,这大概就是反季节催花牡丹了。现在离春节越来越近了,这些牡丹经过人工处理,到时恰是繁花似锦。

"你找谁呢? 有什么事吗?"

一扭头,身后走过来一位老者,皓首童颜,慈眉善目,惊为天人。

老者看看他胳膊上兜着的绷带,没等他开口,又问:"住院的吧?"

"是,老哥。闲着没事,就转了进来,打扰您啦。"

"打扰谈不上。胳膊怎么啦?"

老马闪烁其词:"唉,无从说起呀。"

第十六章

老马用左胳膊拍拍胸口,对慈祥的老者说:"唉,受伤最重的,是这儿呀。"

"噢?"老者诧异地望着老马。

老马感叹说:"老大哥,有诗赞曰:唯有牡丹真国色,花开时节动京城。你说人这一生吧,有时候想想,还不如牡丹花呢。牡丹的绽放虽然短暂,但毕竟有惊艳的瞬间。可是,普通人呢,什么时候才有出头之日呢?"

"菩提本无树,明镜亦非台。本来无一物,何处惹尘埃。呵呵。"

老人说完,扭头而去,向工人们交代着什么,把他晾在一边。

老马深感无趣,转身出了大棚。在回医院的路上,他咀嚼着老人的偈语。莫非他是要自己禅悟:对于世间的万物,需要一颗宁静的心?要修炼到心若止水,尚需慧根哪。

晚上,躺在病床上,老人的几句话犹如天籁之音萦绕在耳畔。也许,这位老者就是深藏民间的世外高人!明天,哪怕程门立雪,也得虚心请教一番。

第二天上午,输完液,已近午时,老马急匆匆出了医院。他心中暗自思量,自己与老者素不相识,贸然叨扰,岂有空手之理?然而,若拿着普通的礼物,又显得草率而鄙俗。犹豫再三,他又想,既然到了吃饭时分,何妨带上酒菜,与老者对酌几杯。倘若人家不赏光,那是无缘结识,也无可奈何。

于是,他买了四个凉菜两瓶酒。左手提着,就往牡丹园走去。走到大门口,只见工人们正下班出门。老马走进去,恰逢老者正在大门旁的平房前洗手。老马连忙走上前:"老大哥,我也是闲得慌,又来讨教啦。"

俗话说,伸手不打送礼人。老者抬起头,见是昨日的客人,一只胳膊兜着,另一只手艰难地掂着酒菜。也许是被其真诚打动了,老者赶忙接着老马手里的物事:"老弟再莅敝园,不知有何见教?"

说着,他把老马领进屋里。房间不大,四周是简单的木制桌椅,古朴典雅,茶几上是一套茶具,宜兴紫砂壶泛着玉般的光泽。一张古典的黄花梨办公桌,上面放置着笔墨纸砚文房四宝。桌子的一角,一小木架上展开一把折扇,上写"观自在"三字,字迹厚重敦实。迎门墙上,是一幅写意牡丹画,用墨酣畅淋漓,运色浓淡有致,构图深邃典雅,旁提"醉卧神都"狂草,神韵悠悠。画两侧有一副对联:"室雅何须大,花香不在多。"一道屏风,折为四扇,将房间一分为二。屏风上分别画着梅兰竹菊四君子,分别题写"君当如梅,笑迎霜雪,傲骨不折";"君当如兰,幽谷长风,宁静致远";"君当如竹,高风亮节,坚韧不拔";"君当如菊,洁身自好,寒芳自赏"。屏风后,是一张小床,叠得如豆腐块般的铺盖整整齐齐。一进屋,如入兰芷之室,一股清新淡雅之气扑面而来。

老者给他让座泡茶,并从隔壁厨房拿来盘子,将几个小菜摆上茶几,倒上酒:"老弟光临寒舍,蓬荜生辉。昨日,我见你脸色阴郁,愁眉不解,便狂人妄语,信口开河。不知老弟何方人士,何故难以启齿?"

老马长叹一声,颇有高山流水遇知音之感:"老兄,不瞒你说,我心里确实伤痕累累。唉,何以解忧,唯有杜康。来,咱边喝边聊,望指教一二。"

几杯酒下肚,老马忍不住打开了话匣子,便从自己的成长经历说起,一直说到前一段时间的遭遇。

"老哥,您说,人生怎么这么难?昨天,我无意闲转,幸会先生,总觉您非同凡人,便冒昧再次惊扰,盼不吝赐教。"

"老弟呀,我看你也算忠厚之士。从某种意义上说,你应该感谢钱强啊。"

"什么?感谢钱强?!"老马的眼瞪成了铜铃。

"对,感谢所有像钱强一样折磨你的人。"老者平静地说,"竹石之所以坚韧,是因其经历了风雨雷电的千磨万击;美玉之所以美丽,是因其在地壳运动中承受过很大的压力;金刚石之所以钻钢如土,是因其在高压和高温中诞生呀。

"逆境能吞噬弱者,但同时也能造就强者。知道喷泉为什么美丽吗?是因为它有压力。知道瀑布为什么壮观吗?是因为它没有退路。当年的苏东坡,正是因为其仕途不顺,一贬再贬,在被谪贬黄州的时候,才咏出了'大江东去,浪淘尽,千古风流人物'的不朽名句啊。老弟,不知你对愚兄的经历是否感兴趣?"

"正中下怀呀。"老马的精神为之一振。

老者又端起一杯酒,一仰脖子喝了,又问:"二十五年前的神都肉联厂,你可有印象?当时,有个厂长范国栋,你可曾听说过?"

老马端详老者,似曾相识:"当然记得,那是咱们全市赫赫有名的明星企业,古都牌火腿肠还在中央电视台做广告,号称第一根会跳动的火腿肠,我怎么会不知道?范国栋是著名企业家,经常上电视上报纸,莫非您就是……?"

老者微微点头,叹道:"好汉不提当年勇哪!"

老者双目微闭,仿佛穿越时空,倒回了当年:

我就是那个范国栋。想当年,在咱们神都市,我也算个响当当的人物吧。高中毕业那年,作为一个热血青年,我响应伟大领袖的号召,到永长县上山下乡。"农村是一个广阔的天地"是真的,但在当时的条件下"可以大有作为"却不现实。三年后,我回到城里,在一家街道小工厂浑噩度日。恢复高考那年,我已经快三十岁啦。我很幸运,临时抱佛脚,侥幸考上了中原省农大。算起来,和你刚才提到的马大山也算是校友。毕业后,分到了神都市牡丹研究所。毕业后的第三个年头,我遇到干部"四化"的好机遇。干部"四化",听说过吧? 当时用干部特别注重年轻化和知识化。那时候,大中专毕业生奇缺得像大熊猫,只要有学历,几乎都有提拔重用的机会。

就这样,我出乎意料地到了神都市二商局,先是科长,一年后,提拔为副局长。当时,一商局的业务是商贸企业,二商局的业务是与商业有关联的工业企业。我的专业是学农的,与商业、工业都不沾边。但话说回来,你说有几个人从事的是与自己所学专业一致的工作呢? 我看过一份资料,从事的职业与自己所学专业相符的毕业生不超过20%,就是说,多数人都用非所学。

我这人吧,干啥事都特认真。俗话说,到啥山上唱啥歌,卖啥吆喝啥。咱是革命一块砖,哪里需要哪里搬。既然来到二商局,就踏踏实实钻研业务,老老实实干吧。可是,刚刚当了一年副局长,新的任务又来啦。

对,就是这个肉联厂,它是二商局下属的企业。计划经济年代,肉联厂定产定销,供应国有副食品店。可一进入商品经济时代,僵化的体制,落后的管理,积重难返,最严重时厂里库存白条肉近四千吨,厂子濒临倒闭,职工游手好闲,群众怨声载道。局领导班子研究后,决定让我出任厂长。

什么? 大厂长听着挺美? 老弟,不客气说,那种状况下,谁看见谁发愁,大家都是能躲则躲。我也是年轻气盛,还真有点儿《出师表》中"受任于败军之际,奉命于危难之间"的豪壮。

上任第一天,我的心都凉了半截。为啥? 你看看厂里的几个副厂长,一个个跟霜打的茄子似的。我去时,有意没打招呼,记得那天是6月的一天,上午十点多,门岗形同虚设,看不到门卫的影子。厂区路边的花坛里杂草丛生,蚊蝇乱飞。你说,食品企业呀,别埋怨你生产的产品销不出去,恐怕连自己的职工也不会吃本厂的产品。我走进屠宰车间,有五六个职工正在"拱猪"。什么? 不是真的猪! 是在打扑克,一种游戏。他们每个人脸上都贴有纸条，有多的，有少的。我往里边走去，生产线倒是开着，一头头整猪倒挂着，在生产线上缓缓移动。有十几个工人正在懒洋洋地把猪开膛破肚。

这不挺好？好个屁。只见其中两个工人，一男一女，一边漫不经心地干着活，一边打情骂俏。真想听？行。那一男一女，站在相邻的两个工位上，女的在前，男的在后。只见那男的用手里的屠宰刀指着眼前悬挂的那头猪，说：春花，看你的肉也太毛糙了吧？估计那女工叫春花。春花知道，那男的是故意骂她呢。只见她如庖丁解牛般手起刀落，一把割下猪阴茎，甩手扔到那男工的头上，骂道：还想占姑奶奶的便宜，我阉了你。一群人乘机起哄，都问：占啥便宜了……你说说，这样的工作状态，这样的产品，怎么能有质量保证？

看来，真是已经病入膏肓了，再不动大手术，就只能坐以待毙啦。那一年的春天，邓小平同志南巡，你还记得《东方风来满眼春》的那篇报道吧？小平同志说得真好，简直就是专门对咱神都肉联厂说的——"不改革开放，不发展经济，不改善人民生活，只能是死路一条。"是呀，只有背水一战，杀出一条血路来，才能挽狂澜于既倒，扶大厦于将倾。

我大刀阔斧改革，新官上任烧了三把火。第一把火，破"三铁"，打破大锅饭，打破铁饭碗，打破铁交椅；第二把火，层层承包，我与上级是签了合同的，相当于立下了生死状，退无可退，别无选择；第三把火，征集金点子，开发新产品。当时，人们的生活水平已有所提高，膳食结构已发生变化。我毅然决定，摈弃三十年来杀猪卖肉的单一经营思路，开发小包装、高营养、卫生方便的火腿肠。真没想到，居然一炮走红，当年就实现利润四百多万元哪。

当时，大家还没有广告意识。第二年我力排众议，从利润中拿出几十万元，在中央电视台做轰炸式广告，对，就是"会跳动的火腿肠"。企业逐年红火了，管理上反而粗放了。那时候，厂里领导都有"大哥大"，对，就像砖头那么大，如果戴上墨镜，看上去就像香港电影中的黑社会老大，中层都腰挎 BP 机(寻呼机)，厂里有多少台小车，我都记不清了。

最要命的,是政府的"拉郎配"。当时,政企还没有完全分开,遇到快要破产的企业,市长就说,国栋同志啊,一个知名企业要有社会责任嘛,总不能见死不救吧?于是,厂里背上了一个又一个包袱,还叫什么"兼并重组"。

唉,脱下"红舞鞋",穿上了我自己都眼花缭乱的"花舞鞋",跨领域涉及"多舞种",表面上看风风光光的,实则华而不实,最终导致了后来人人皆知的悲剧,我的汗水就这样付诸东流啦。

你知道,这个厂子几乎倾注了我的全部心血。看着自己的企业就这样被硬生生地拖垮拖死,我的眼在流泪,我的心在泣血。于是,我急流勇退,辞了职,也不想再回二商局,就回老家住了几年,过起了隐居生活。

风流总被雨打风吹去。一个人,哪怕你是个名人,在历史的长河中,充其量也只不过是一朵不起眼的浪花而已。三年过去了,我不再受人关注。我和这一明星企业,剩下的仅仅是,成为大学企业管理专业教学中的一个案例。这时,我突然想起我的老本行,我曾经深爱着的事业——牡丹栽培。

我本来是学农的,上学时,就对牡丹感兴趣。你知道,咱们神都市不仅是"千年帝都",更是"牡丹花城"。神都的牡丹栽培,始于晋,兴于隋,盛于唐,极盛于宋。现在已经发展到了一千二百个品种。1982 年,牡丹又成为咱们的市花,牡丹花会历经三十多届长盛不衰,成为全国十大著名节庆之一。

六年前,我来到这里,租用了四百亩地,主要搞什锦牡丹。什么是什锦牡丹?就是经过高科技嫁接,在一株牡丹上开出不同品种、不同颜色的多种牡丹。同时,也搞反季节牡丹,到春节时销售,市场前景喜人,基本实现了以园养园的目标。

从这儿开始,我又一次发现了自己的人生价值。看着我精心培育出的什锦牡丹,就像母亲看到了自己的新生儿一样,我从来没有如此充实过……

老先生口若悬河,一口气讲了快一个钟头。他喝了口茶,润润嗓子,最后说:"西方哲人卢梭说:'人制造了自己的欲望,继而成为欲望的奴隶。'老弟,当年我在肉联厂最失落的时候,一位挚友曾送我一首词,颇含深意,今天不妨转送给你:荒唐可笑荒唐,鼻涕热泪两行。古来心酸事多,冯唐范进李广。邯郸路遥,又是一枕黄粱。范蠡荡舟五湖,子房四海云游。太白扬长而去,五柳归耕闲读。老范老范,厂长岂是唯途?"

听君一席话,胜读十年书。老范的一番经历,让老马醍醐灌顶。

他又看折扇扇面上"观自在"三字,便好奇地问:"范老先生,这'观自在'三字有什么说法吗?"

"此乃净空法师的《心经》所语,不自在——是心被执着所困,身不由己而恼;观自在——是因观察事物透彻、明了而安然。这几个字,是云禅寺方丈悟空大师所题。"

老马钦羡不已,恳求老范说:"先生能否作一引见,好让大师给我指点指点哪?"

"当然可以,悟空是我好友啊。"

第十七章

　　翌日上午,老马与范老先生会合后,一道去云禅寺寻访悟空大师。

　　云禅寺,背靠雄伟苍劲、绵延不绝的北邙山。唐代诗人张籍诗云:"人居朝市未解愁,请君暂向北邙游。"却说这北邙山位于黄河南岸,属秦岭余脉、崤山支脉,是神都的一道天然屏障,自古就是军事上的战略要地。其最高峰叫翠云峰,在神都市区正北,上有道教名观上清宫。登阜远望,神都山川形胜尽收眼底,壮美风光一览无余。

　　邙山为黄土丘陵地,海拔仅三百米,却是我国历史名山之一。之所以有名,是因为山上帝王将相、王公贵族的陵墓不计其数,所谓的"无卧牛之地"便是对其密集程度的一种夸张描述。白居易曾有诗云"北邙冢墓高嵯峨",也是民间"生在苏杭,葬在北邙"说法的佐证。虽因盗墓猖獗,早已十六九空,但历朝历代,邙山依然成为人们死后长眠首选的风水宝地。

　　云禅寺东边不远,乃汉魏故城遗址。古老的城垣断断续续地残存于地面上,勾勒出一个昔日帝国京城的宏伟轮廓,依稀可见这一历史时期曾经的繁华,又仿佛在诉说着千百年来的沧桑。

　　云禅寺建于东汉,后屡经战火,现存的寺院复建于明。门前的长林古木郁郁青青,隐隐透出峥嵘的殿阁和高耸的宝塔,给人以庄严、肃穆、神圣之感。可以想见,近两千年来,这里时常红烛高照,青烟缭绕,善男信女,僧尼云集,在钟磬木鱼声中,送走了多少个人世间的寒暑春秋!

老马随范老先生进了山门，眼前便是天王殿。云禅寺内共有五座大殿阁，依次为天王殿、大佛殿、大雄殿、接引殿、毗卢阁，由南向北排列在一条中轴线上。各殿均建在长方形台基之上，台基以砖石砌成，从前到后，依自然地势，渐次抬高，毗卢阁则雄踞之后。中轴线东西两侧，是辅助建筑，名曰"门头堂""云水堂"等。悟空大师的方丈室在毗卢阁的东侧厢房。

大师正在大殿主持法事活动，老范和老马就先到方丈室等候。进了方丈室，当值的小和尚认得老范，双手合十，笑着让了座："阿弥陀佛。老先生少安毋躁，法事还得半个时辰。"

老范也双手合十回礼，与老马落了座，小和尚为他们沏了茶。老马第一次进方丈室，颇为好奇，便细细观察。只见北面墙角有一小门，估计是方丈的卧室。迎门墙上的神龛里，是一尊近一米高的释迦牟尼坐佛金像，像前是一长条案几，上摆净水、佛灯、供花、果品等十大供养。佛像两侧是一副对联：

> 说法者飞花满室
> 听钟人喜动诸天

老马再看看眼前的茶几，竟是一件完整的根雕，虬根古朴，浑然天成。茶几上的小盘子里，摆着葵花子、开心果等干果。他边喝着茶，边揣摩那副对联。上下联蕴含深意自不必说，那字体似篆非篆，似隶非隶，骨劲茂丰，平和简静。

他忍不住对老范说："这副对联的字体意象浑厚，独成一家呀。"

"这是大师的作品。"老范接着又朝北面的侧门努努嘴，说，"那既是卧室，又是书房。不经一番风霜苦，哪得蜡梅吐清香？这是大师天天习练的结果啊。"

老马问小和尚："不知能否让我们进去看看，一开眼界？"

因老范是常客，小和尚自然无法拒绝，便起身领二人走进书房。里面陈设极其简朴,宽大的书案上摆着笔架、墨、纸、砚台、笔筒、镇纸等。小和尚介绍说,大师对毛笔极有讲究,一般只用湖笔,并要求笔要具备"四德"。

"哪四德?"

"即尖、齐、圆、健。尖,指笔锋聚拢时,末端要尖锐,只有笔尖尖锐,写出的字才能有锋有棱,富有神采;齐,指笔尖润开压平后,毫尖平齐,只有平齐,长短相等,运笔时才能做到'万毫齐力';圆,指笔锋要圆满,笔锋圆满,运笔时才能圆转如意;健,指笔尖要有弹性,笔有弹性,才能运用自如。"

老马心中暗暗佩服,处处留心皆学问哪。

只见案头铺着一幅作品,上写"一生十事"四字,墨迹尚未全干。小和尚说,这是大师应人索字,在法事活动前写的。

"一生十事,指什么事呢?"

小和尚摇摇头,老范说:"这十事,大约是:时、势、适、师、实、史、试、释、识、世吧。"

老马和小和尚对望一眼,俩人被这绕口令绕得颠三倒四的。

老范拿起笔,在一张纸上边写边解释道:"时者,抓住机遇,应时而动也;势者,韬光养晦,乘势而起也;适者,当行则行,当止则止也;师者,讲求礼仪,以人为师也;实者,确立目标,脚踏实地也;史者,总结过去,开创未来也;试者,勇于探索,大胆尝试也;释者,大事不错,小过释怀也;识者,慧眼识人,慎重交友也;世者,世事通达,泰然处世也。"

老马正频频点头,只听外间有人进门:"阿弥陀佛。多日不见,范施主向来可好?"

只见悟空大师身披袈裟,中等身材,四方脸庞,眼睛炯炯有神,显得神采奕奕。

"阿弥陀佛。好,好,同好啊。"老范应着声,与老马、小和尚走出书房。

老范说:"大师,这是我的朋友马德胜,望大师慈航普度,指点迷津,让他早日脱离苦海。"

老马本来是要双手合十,却突然意识到一只胳膊还兜着呢,就只好鞠了个躬。

老范把老马的经历简要说了一遍,大师正襟危坐,静静倾听。

听罢,大师说:"苦海无边,回头是岸。妄心无处即菩提,生死涅槃本平等。马施主,人之欲望,分为色欲、贪欲、解脱欲。色欲即男欢女爱,五官受刺激所获得之快感;贪欲,即得陇望蜀,贪得无厌;解脱欲,是想摆脱不利的处境或身份。真可禅师言:人而能自重,虽高官厚禄不能动之。望施主视富贵如浮云,视声色若谷响,不营世家,不修形骸,不贪生,不惧死,真正能把世俗名利视为身外之物。倘若如此这般,则即心即佛,明心见性,还何苦之有?马施主,老衲给您开个药方,如何?"

"我梦寐以求大师的药石之言哪。"

"南来北往走西东,看得浮生总是空。贫僧给您一个'养心八珍汤'方:慈爱心一片,好心肠二寸,正气三分,宽容四钱,孝顺常念,老实适量,奉献不拘,回报不求。在'宽心锅'内以文火慢炒,'公平钵'里细研,三思为末,淡泊为引,做成菩提子大小,'和气汤'送下即可。此方药到病必除,施主不妨一试。"

"大师,您的灵丹妙方一语点醒梦中人,让我大彻大悟。大师能否再赐我墨宝?"

"请大师不吝留墨吧。"老范也撺掇着。

"恭敬莫如从命。承蒙施主抬爱,老衲就献丑啦。"

小和尚一听,快步走进书房,铺好纸,研着墨。老范、老马跟着大师进了书房。大师于案前伫立片刻,气走丹田,运笔如风:

知足心常乐
无求品自高

老范说:"马老弟,你今天可是双喜临门哪——取到了真经,还得到了真品呀。"

老马异常激动,连声致谢。

出了方丈室,老范问老马可曾游过云禅寺。

老马说:"说来惭愧,虽是神都人,平日里百事缠身,云禅寺近在咫尺,倒还真没来过。"

"现在时辰还早,要不,愚兄就陪你到各个大殿转转,中午我们去吃斋饭。"

他就随着老范从天王殿依次参观,一直转到了毗卢阁。这毗卢阁又叫毗卢殿,建在高高的清凉台上,与大佛殿呈一前一后,一高一低之势,层次分明。加上点缀于寺院东南、西南二隅秀丽雅致的钟楼、鼓楼,整个寺院俯瞰起来,都显得生动而不板滞。

两人坐在清凉台上小憩,但见毗卢阁外一草书碑刻,是如琇和尚的一首诗:

> 花宫风雨自年年,榆樾西来第几传?
> 野戌茫茫芳草绿,佛灯炯炯暮云连。
> 霜钟声断经台静,宝塔光生舍利圆。
> 满眼桃花腾兰墓,何人微噌了真诠?

读罢,老马感慨:就人生之意义而言,茫茫人海,芸芸众生,又何尝不是"何人微噌了真诠"?

白驹过隙般的岁月,似水流年般的时光,不知不觉之中,当年的激情渐行渐远。也许,是尘世的激浪稀释了自己方刚的血性,磨平了个性的棱角,官场的波涛裹挟着人生的航船远离了理想的灯塔,迷失了曾经豪情万丈的自我?

唉,相对于这个世界,人,何其渺小啊。仕途沉浮,对于整个人生而言,虽说很重要,但岂是唯一重要的东西?!叔本华说:"苦恼并非由外界注入,它就像流不尽的苦汁,而它的源泉在我们自己的心底。"什么时候自己才能修炼到不以物喜、不以己悲,志存高远、宠辱不惊的境界呢?

…………

"马老弟,在想什么呢?"老范见他半天一声不吭,问道。

"有容乃大,无欲则刚呀。"老马随口回答。

"是啊,人贵有三知:知己、知人、知事。自知之明谈何易,知人知事何其难哪。"

"先生所言极是! 对仕途,我已心凉了。"

虽时值冬日,而老马此时这种惺忪迷瞪的心绪,完全就像词里所写的幽闺伤春的情形。

"不可,"老范摇摇头,断然纠正说,"我在机关待过,官场上的干部任免,就像风筝,眼看要飞起来了,却突然一头扎进地里;有时眼看要落地了,却借助一阵风突然扶摇直上。这都是常态呀。"

"《忍经》曰:仕进之路,如阶有级,攀援躐等,何必躁急。远大之器,退然养恬,诏或辞再,命犹待三。趋热者,以不能忍寒;媚灶者,以不能忍馋;逾墙者,以不能忍淫;穿窬者,以不能忍贪。"

"唉……范老,你是个成功人士,怎么能体谅一个普通人的苦衷呢?"

"此言差矣。每个人都有自己的成功观,这且不论。即便按你所说,我是个成功人士,马老弟可知道,六年前的我,是何等落魄呀。你知道,农业项目前期投资大,见效周期长。我刚来这里租地时,每到年关,我都愁白了头,得兑现农民的租金,还得付清各种货款。本来我就囊中羞涩,银行还天天催着还贷,遇到这关口,更是雪上加霜啊。我看着牡丹地里的枯叶,有时恨不能它们都变成一张张人民币啊。逼急的时候,我死了的心都生出来啦。自己就像大海里一个气若游丝的泳者,尽管已经精疲力尽了,可依然丝毫看不到彼岸。想东山再起,何其难哪! 人的一生,命如蝼蚁,身如草芥,真不如一死了之,何必自寻烦恼,苦苦挣扎?! 可我还知道,夜晚最黑暗的时候,也是曙光即将重现的前兆。黎明时分,我再望着牡丹苗,想起'野火烧不尽,春风吹又生'的诗句。就这样,我终于战胜了自我,枯木逢春,才有了今天哪。冰心老人说得真好:'成功的花,人们只惊慕她现时的明艳!然而当初她的芽儿,浸透了奋斗的泪泉,洒遍了牺牲的血雨。'马老弟,忍是一种耐性,一种品格,一种胸襟,一种境界。能忍一分,就会出现转机;能忍一刻,可能化解危险;能忍一时,自然风平浪静;能忍一生,才是人中龙凤啊。"

老马惊异地望着范老先生,一种知心的感动与由衷的敬佩使他向老先生深鞠了一躬:"先生博闻强记,字字珠玑,让德胜仰慕万分;先生殷殷之情,言传身教,让我受益终身啊。"

"老弟,言重了。"

说完,老范看看表,已经十一点了,就说:"快走,该去用斋了。"

老马觉得时间还早呢。老范解释说:"老弟有所不知,吃斋饭讲究过午不食。"

果然,到了五观堂,已经有许多香客在排队了。

老马问:"范老,五观堂是否也有说法?'五观'是何意?"

老范解释说:"是。即在饭食中须心存五观:一是计功多少,量彼来处,思念食物来之不易;二是忖己德行,全缺应供,思念自己德行有无亏缺;三是防心离过,贪等为宗,防止妄念心生起,对饮食生起分别好恶;四是正事良药,为疗形枯,将饭食作为疗饥的药食;五是为成道业,方受此食,为了维持生命,用功办道,借假修真,受人饮食供养。是为五观堂。"

老范又交代道:"过堂用斋,需保持肃静,不可喧哗,受食时看我手势,照猫画虎,吃斋时要安详寂静,记好了啊。对了,把你的手机关了。"

老马点点头,随老范走进堂内,只见一长条案几有数十米长,两旁是长条板凳。正面墙上有一副对联:"五观若明金易化,三心未了水难消。"香客们有条不紊落座,个个端身正坐,脊背直挺,斋堂里悄然无息。大家把条案上的碗靠近案边的外沿放好,筷子横放在碗前。接着,开始行堂加食。老马学着老范,不敢越雷池一步。食毕,他长出一口气,与老范走出斋堂。

出了云禅寺,俩人返回。在医院门口,二人作别,老马道谢,回到病房。

第十八章

又住了半个多月的院,老马的胳膊肘已完全恢复,郭大夫说可以出院了。

这天上午,赵玉曼跟他商量说:"人家郭大夫不论是医术还是人品,都没的说,我思谋着呀,得给人家送一面锦旗。来医院的路上,我拐到了锦旗店。我一说送大夫的,人家就给我写了三个样式让咱选。你说用哪个好?"

说着,她从口袋里掏出一张纸递过来。

他一看,分别是"良医有情解病　神术无声除疾""妙手回春""妙手仁心"。

"这三条,对于郭大夫来说,最恰如其分的,是最后一条'妙手仁心'。"

"好,这字少,就用它。做锦旗,论字数算钱呢,路上我就琢磨着在后面这两条中二选一呢。"

"你怎么变成了毽子上的鸡毛——钻进钱眼里啦,简直俗不可医。"

"你打肿脸充什么胖子?蚂蚁也是肉啊,这不是给你省钱过日子嘛!好心操到了驴肝肺上。"

"哎,说到俗,我想起来,人家郭大夫是名医,又不是野大夫,需要这些狗皮膏药来装门面糊弄人?送锦旗也太落俗套了。"

"那咱就不表示谢意啦？"

"你别嚷嚷,让我想想。"

住院这两个多月,确实没少给人家添麻烦;再加上,无意中结识范老先生,算是人生幸事,不如叫上大家一块吃顿饭,虽说也未能免俗,只当略表寸心,总不能就这样不辞而别吧？

他把这打算和赵玉曼一说,她也赞成。老马就到医生办公室,向郭大夫说了这意思。谁知,郭大夫还没听完,头就摇得像拨浪鼓似的说,医院有规定,不能接受患者的红包与宴请。

老马进退两难,从郭大夫办公室出来,又来到牡丹园,找到老范。一进屋,只见有个五六十岁的客人,看上去气度非凡。老范介绍说,客人是菏泽曹州牡丹园艺公司的老总崔江,也是中国花卉协会牡丹芍药分会的常务副会长,是他生意上的合作伙伴。同时,也给崔总介绍了老马。两人相互握手问好。

老马说明来意,老范倒是爽快人,说只是朋友崔总在,如果去得一块去。老马顺势说,幸会崔总,都是缘分,崔总是请还请不到的贵人呢。说到郭大夫的坚辞,老范说,怎么不早说呢,我在这儿五六年了,和郭大夫早就厮熟了。于是,老范掏出手机给郭大夫打电话劝说了半天,最后,郭大夫也总算应了邀。

老马征询老范,在哪里就餐合适。

老范说:"还去'真不同'吧。一来呢,这冷呵呵的天,炒菜凉巴巴的,没什么吃头;二来呢,咱们得照顾照顾崔总对咱这水席的情结呀。"

崔总深有感触地说:"不到'真不同',未到神都城,进了'真不同',才知真不同。范总你说,我都品尝过几次了,怎么每次来神都,还这么念念不忘哪？"

"呵呵,饮食男女,人之大欲存焉,这是其一;最关键的是,崔总您是个儒商哪,'真不同'的每道美食都有传说,你哪里是去品尝水席,分明是去体味神都的悠悠历史,品尝隽永的美丽传说呀。"

"生我者父母,知我者老范也。哈哈哈……"

就这样,大家约好晚上六点半在真不同饭店见。

这真不同饭店,坐落于繁华的老城街区,始创于十九世纪末,迄今已有百余年历史,是本地一家"中华老字号"。其与众不同之处,也就是最大的特色——雅俗共赏。

先说其俗。神都的水席,汤汤水水,上一道撤一道如行云流水。水席亦即流水席:旧社会谁家遇到红白大事,待客时,待完一批,桌凳收拾干净,接着再招待下一批,如同如今饭店的翻台,客人如同流水一般不断。水席的用料以本地土生土长的红薯、粉条、萝卜、白菜为主,却做出了精巧绝伦的"八大碗""八碗四"。直到今天,在神都的乡村,仍有以水席办红白大事的习俗。可见,神都水席扎根于民间。

再说其雅。"食色,性也",吃饭本是件俗事。可是,在"真不同"吃水席,吃的是女皇文化。水席的二十四道菜,喻示着武则天执政的二十四年,前八品也称下酒菜,象征武皇的"服、礼、韬、欲、艺、文、禅、政"的八大特征,亦为八大宴绩,最后一道"圆满如意汤",以示全席圆满结束。吃一次水席,在宫廷般的服务中,使人感受到气吞山河的皇家气魄。

…………

却说天色将晚,暮色四合,老马与赵玉曼,加上前来陪客的马大山和赵玉强提前半个钟头来到饭店。匾额上写"真不同饭店"五字苍劲有力,光彩夺目。门口的迎宾小姐身着唐装,一副侍女打扮,梳起高高的发髻,上插五颜六色的牡丹花,风姿绰约。老马一行来到三楼"武皇厅",老式的桌椅古朴典雅,房内的配置装饰仿照唐宫设计,置身其间,恍若穿越时空,梦回大唐。

马大山感叹说:"咱中国人在美食上真下功夫,称为挖空心思都不为过。蒸、煮、烤、煎、炒、烹、炸、烩、爆、熘、汆、扒、炖、酥、焖,就咱这水席,就地取材,化腐朽为神奇,真叫一绝。"

"不是有种说法吗,说人这一辈子啊,最享受的三件事,就是住地中海的房子,娶日本太太,吃中国大餐!"老马搭腔说。

"马德胜，你是吃着碗里看着锅里呀，还想娶外国的妖精？"赵玉曼杏眼圆睁，厉声质问。

"你声音小点儿行不？这不只是在瞎侃嘛。"

"说说也不行，这叫那啥？"

"精神出轨！嫂子。"大山讪笑着敲边鼓。

"对，精神出轨！只要你有了这贼心，早晚都会有这个贼胆。"

大山就又逗赵玉曼："这就是德胜的不对了，守着花容月貌的嫂子，还有非分之想，不该呀。"

"哎，你别说，大山，想当年，俺可是纱厂一枝花哩，追我的人往少处说，也得有一个加强连，这可不是王婆卖瓜。马德胜是捡了便宜还卖乖啊。"赵玉曼接着叹了口气，"可惜啊，俺这枝花是牡丹花，花期短哪。"

"嫂子，你这枝花可是反季节牡丹，到了这时候，别的都凋零了，可嫂子你却傲霜凌寒，独领风骚呀。别看正奔五，可咱依然光彩照人……"

"真的？!"赵玉曼喜笑颜开。

"当然是真的，打死我也不敢和您说谎话，你要不信哪，"大山朝门口的女服务员努努嘴说，"嫂子，你俩站一块，让谁瞧一眼，不说是姊妹俩才怪呢。"

"你咋是个顺杆爬呢？你能不能歇歇？"马德胜看着赵玉曼的样子，说，"大山是贼喊捉贼，你怎么不问问他有贼心贼胆没？"

…………

几个人正嘻嘻哈哈，老范、崔总和郭大夫厮跟着走进房间。郭大夫打趣道：

"老远就听房间里热热闹闹的，在讨论什么国家大事呢？"

赵玉曼说："郭大夫，你刚把他胳膊肘治好，他就心生二心，要吃中国大餐，住地中海的房子，还想娶日本太太！反天了不是？郭大夫要是让你这辈子缺胳膊断腿儿，看你还能吃里爬外？"

"你少说两句，没人把你当成哑巴。"老马赶紧使着眼色说。

崔江猜出了大概意思，哈哈一笑："日本太遥远了。对我而言，眼下身在神都，最享受的是：赏牡丹国花，饮杜康美酒，品真不同水席，捎唐三彩大礼呀。"

崔总的风趣给老马解了围。老马赶紧介绍大家相互认识，几个人却谁都不肯往主位上去。最后，只得按年龄依次入了席。老范说了句"受之有愧"，就坐了主位，左右分别是崔总和郭大夫。

开始上菜了。这服务员与迎宾小姐同样装束，只见她莲步轻移，双腿微屈，道个万福，以标准的普通话讲道："欢迎各位光临真不同就餐。大家知道，我们泱泱中华是个礼仪之邦，传统美食也承载着文化，譬如除夕的饺子，意味着年年交子(饺子)年年顺；端午的粽子，纪念着诗人屈原的那份伟大与浪漫；中秋的月饼，寄托着亲人团圆美满的情思。在我们这个讲究人情味的国度，几乎所有的美食背后，都有动人的传说，许多菜肴还与名人结缘，传为美谈。真不同水席，就像牡丹一样，是女皇武则天无心插柳柳成荫的结果，也与我们敬爱的周总理有着不解之缘。"

讲到这儿，服务员端上第一道水席，往中间一放，接着解释说："这道菜，叫牡丹燕菜。传说武则天称帝之后，天下太平无事，民间还发现了不少祥瑞，譬如麦生三头，谷长三穗，等等。武皇听报，满心欢喜。这年冬天，神都东关外边地里长出一个大白萝卜，长有三尺，上青下白。这个异常庞大的萝卜，理所当然被当成吉祥之物献给了女皇。武皇马上命御厨把它做成一道菜，想尝一尝它的味道。普普通通的萝卜能做成什么好菜呢？可是，皇命难违啊。御厨无奈之下，只好硬着头皮，对其进行多道加工，并加入海参、鱿鱼、鸡肉等，烹制成汤羹。武皇品尝后，觉得鲜美爽口，倒有几分燕窝汤的味道，就赐名为'假燕菜'。从此，这道菜就成了武皇经常指定要吃的一道菜。上有所好，下必甚焉。一传十，十传百，这道菜先是成为王公贵族们宴席上的时尚儿，后来自然传到了民间。那么，这道菜又怎么摇身一变成为'牡丹燕菜'了呢？

说起来,还是周恩来总理给它命名的。1973年10月,周总理陪同加拿大总理特鲁多到神都访问。我们饭店师傅在烹制的燕菜上面特意摆了一朵雕刻成的牡丹,使其显得雍容华贵,吉祥如意。周总理见后十分高兴,风趣地说:菜中也能长出牡丹花来。自此,这道菜又有了'牡丹燕菜'的芳名。请各位品尝。"

真想不到,一道菜,竟有这么多典故!

接下来,上一道菜,便是一段优美的讲解,让人食欲大增,又增长了许多历史趣闻。

大家正有滋有味地品尝,忽然进来一"公公",手持拂尘,细腔怪调,高声叫道:"圣旨到——"只见他"啪"一下抖开圣旨,宣读道:"奉天承运,皇帝诏曰:兹闻众爱卿前来真不同饭店用膳,朕赐众爱卿工作顺利,身体健康,万事如意。钦此!"

崔总等笑着接腔道:"谢主隆恩!"

"哎哟,妈呀,筷子都差点儿吓掉啦。"赵玉曼拍着胸口说。

…………

菜上完了,几个人闲聊。因老范、崔总都是牡丹专家,不知不觉话题又扯到这上面来了。郭大夫想到崔总的牡丹芍药分会常务副会长身份,就问:"崔总,据我所知,世界上有100多个国家都有自己的国花,如澳大利亚的金合欢,荷兰的郁金香,德国的矢车菊,泰国的睡莲,日本的樱花……国花是展示或者说是传达一个国家或民族文化的符号。可是,咱们国家为什么迟迟没有确定国花呢?"

"这的确是一种遗憾。按理说,牡丹最应该入选:早在1903年,清政府曾定牡丹为国花;1915年版的《辞海》中写道:'我国向以牡丹为国花。'"老范似愤愤不平,接腔说。

"之所以一直悬而未决,主要是咱们国家幅员辽阔,花卉繁多,莫衷一是。但大家一致看好梅花和牡丹。其实,一国都可以两制,当然也可以两花嘛。"崔总答道。

"这倒也是,"老范说,"梅花傲霜斗雪,是我国人民不惧淫威、顽强不屈精神的象征,它的暗香袭人、高洁静雅又与我们深沉内敛的民族性格相契合,代表长江流域;而牡丹花开盛世,更多体现着一种时代精神,一种胸襟开阔、海纳百川的泱泱大国的气度和风范,在地域上可以代表黄河流域。"

"对呀,"崔总说,"一个象征精神文明,体现中国人艰苦奋斗的品格;一个象征物质文明,体现国泰民安的社会现状。"

"崔总,菏泽和神都都是牡丹之乡,两地在这方面长短利弊何在?"郭大夫又问。

"菏泽,古称曹州,种植牡丹始于明嘉靖初年,只有四五百年的历史,与神都相比,是小巫见大巫呀。"崔总笑着说。

"别谦虚啦,菏泽早就被中国花协命名为'中国牡丹城',让所有的神都人都汗颜呀。与你们相比,我们的牡丹产业化还有很大差距。"老范接腔说。

"不过,神都的牡丹花会,历经三十多载而不衰,让人自叹弗如。别的不说,单单是花会的开幕式,那场面,那阵容,那气势,我们菏泽也遥不可及啊。"

半天都递不上话的赵玉强说:"开幕式上的牡丹仙子,可是全国各地美女心仪的角色,每年都层层选拔,百里挑一,不亚于皇上选妃子呀。"

"三儿说的不假,"赵玉曼刚才插不上话,憋了老半天,这会儿终于有了说话的机会,一脸自豪说,"我家的外甥女,要长相有长相,要个头有个头,要才艺有才艺,就这,才进入复赛。依我看,论这丫头的条件,牡丹仙子非她莫属。郭大夫、崔总、范总,明年花会开幕式,咱们一块去看俺外甥女的演出啊。"

"噢……"几个人的目光不约而同地转向了赵玉曼。

第十九章

　　原来,赵玉曼的外甥女孔媛媛刚刚通过一年一度的牡丹仙子选拔赛的复赛,再过几天,通过复赛的二十名选手就要进行紧张而残酷的决赛了。

　　赵玉曼的大姐赵玉琪和其丈夫孔志斌是同班同学,毕业于省城的冶金工业专科学校。那年月,大中专院校屈指可数,能考上的学生都是天之骄子。更让赵玉曼眼馋的是,夫妇二人毕业后,双双分配到了位于神都市的耐火材料厂。这是一家国有大型企业,隶属于当时的冶金工业部。二十世纪九十年代初,国有企业效益好得如芝麻开花节节高,别的不说,单说这春节,奖金上不封顶,大囤满来小囤流,各种年货让玉琪家餐桌上的东西一应俱全。由于夫妻俩发了双份,其中一份志斌都孝敬了岳父岳母。母亲对大姐夫妻俩的逢人说项,让老马无地自容,让赵玉曼很伤自尊。

　　然而,好花不常开,好景不常在。玉琪家的这种优越,仅仅持续了五六年。赵玉琪在厂质检处工作,孔志斌在分厂当技术员。他们亲身经历了一个国有大厂"其兴也勃焉,其亡也忽焉"的全过程,就像目睹一个体格健壮的人,因毒瘤而江河日下,最终无可救药。

　　在他们参加工作这六七年中,与孔志斌一样的技术人员以及厂里的管理层纷纷另谋高就。他们有的"孔雀东南飞",但更多的却是跳槽到了距神都只有百公里之外的县级常乐市。耐火材料是常乐市个体私营经济的主导产业,这些企业规模小、布局散、技术水平低,一直未能与神都比肩抗衡,却有着国有企业无法比拟的机制优势。

比如,神都一个分厂的技术副厂长,虽说工资令事业单位的同龄人垂涎,但毕竟有限,就像汽车的挡位,即便油门踩到底,也只能是这个挡。跳到常乐的私营企业就换了一番天地:技术可以入股分红,这收入就成了自动挡,一脚油门,速度"哗"地就上去了。

这还不是最要命的。销售处人员的辞职易帜,让神都耐火材料厂这座大厦失去了墙脚与根基,最终轰然倒塌。他们带走了客源,这无疑一剑封喉,原厂再也无法苟活下去了。

本来,孔志斌也曾动心,也想寻找另外一种生活,但优柔寡断的赵玉琪总是反对。当他们的企业也开始改制,她终于看清时势的时候,已经错过了最好的时机。无奈之下,孔志斌辞了职,干起了建材生意。赵玉琪还坚守着阵地,用她的话说,"总得有一个人在岸上,你下海若是呛着了,还有个捞你的人"。

头三脚难踢。最初孔志斌没少吃苦头,后来摸出门道,生意渐渐有了起色,也算是个小老板了。

他们的女儿孔媛媛今年二十三岁,刚刚大学毕业一年,是本市一家广告公司的文员。她一米七五的身高,双腿颀长,眉清目秀,肤如凝脂,往那里一站,粉雕玉琢般,充满天然的美感。

孔媛媛大学时虽然学的是文秘专业,但从小被母亲送到课外的舞蹈班学了多年,严格的形体训练给了她魔鬼般的标致身材。她迈着纤纤细步,轻盈自如,透着一种清纯雅致,如柔风拂过,如粼粼清波,那妙不可言的美动人心弦,能让人停下脚步,不由想起"娴静犹如花照水,行动好比风扶柳"的诗句。

牡丹仙子的选拔是神都市的大事,是市民们茶余饭后的谈资。它之所以吸引着大家的眼球,一方面,是选拔本身关隘重重,从以相选美的初赛,到才艺比拼的复赛,再到综合展示的决赛,一路走来,磕磕碰碰,牡丹仙子在万千佳丽中最终让"六宫粉黛无颜色",总领群芳,这一过程一浪高过一浪,悬念丛生,其直播收视率每年都能刷出神都电视台的新高;另一方面,神都是牡丹花城,开幕式上的牡丹仙子虽然仅仅是惊鸿一现,却是在万众瞩目中闪亮登场,不亚于柯受良黄河壶口的惊人一跃。牡丹仙子,自然貌若天仙,倾城倾国,从某种意义上说,她就是神都的形象大使呀。仙子究竟花落谁家,岂不让神都人津津乐道?

起初,孔媛媛是不愿参赛的,她不屑于被大庭广众之品头论足。在她看来,一个人的美,不仅仅在于如花似玉的外貌,更在于兰心蕙性的特质。牡丹仙子的初赛,以貌取人,难免泥沙俱下。她在复赛中遇到的一些选手让人糟心的表现,也证实了情况的确如此。

可是,妈妈不厌其烦地对她循循善诱:同事家的孩子,大学毕业才两年,参加《中国好声音》比赛一炮走红,成了明星,红得发紫呀,文化传媒公司签约得排着队。媛媛,这就叫毕其功于一役呀,你说说,人家少走了多少弯路,一辈子都吃喝不完哪。俗话说得好:靠山吃山,靠水吃水。人家靠的是一副好嗓子,咱就要靠好身段好长相。妈今天去了报名现场,哟,那选手长得都对不起观众呀,就这还好意思报名。乖宝贝儿,听妈妈话,咱要不参加,可就亏大了。

孔志斌也敲着边鼓说,你妈说得没错。张爱玲不是说过嘛,出名要趁早。在这广告公司当个普通职员,啥时候才能出人头地?当年,爸爸我就是三心二意,错过了青春年华,才失去了掘第一桶金的良机。否则,嗨,乖乖你早就是富二代啦!

孔媛媛与父母住在一起,睁眼闭眼都是这样的啰唆,实在烦心。更何况,女孩儿的想法就像天上的云,会瞬间变化。有首歌不是这样唱的嘛:我拿青春赌明天。即便赌输了,无非还当自己的文员,又能输到哪里去呢?放手一搏,也许能改变自己的命运。

抱着这种试一把的心态,孔媛媛报了名,并轻轻松松地过了初试。复试,她丝毫不敢掉以轻心,从化妆的浓淡到发型设计,从服装款式、色彩到与各种鞋子的搭配都慎之又慎。还好,功夫不负有心人,她有惊无险地进入了决赛。

参赛的是孔媛媛，下功夫更大的却是赵玉琪。赵玉琪不辞劳苦，听从女儿吩咐，穿梭于各大商场，浏览大牌名品，苛刻地追求完美，为女儿挑选每一件参赛服装。孔媛媛的发式和妆容，赵玉琪则求助于厂里的总工——总工的大女儿是神都市最有名的影楼首席设计师，为此她不惜重金。每个阶段的比赛，赵玉琪场场必到，是女儿的铁杆粉丝。媛媛参加的场次，她当然要坐镇助威；没有媛媛的场次，她就坐在首排，全程录像，回去后与女儿从参赛选手的一招一式中一起分析利弊得失，取长补短。

赵玉琪还细心地打听了场上的十个评委是何方神圣。其中有一个叫白雪的，她似乎记得妹妹跟自己提起过，是妹夫的同学，据说跟妹夫还有点儿说不清道不明的关系。

昨天复赛结果一公布，赵玉琪就心急火燎地找到妹妹，说，曼曼，姐姐我这人要强，轻易不开口求人，可这回，你说啥都得帮姐一把。

她把媛媛参赛的来龙去脉说了一遍，最后说，曼曼，德胜几号出院，赶快让他找找白雪，做做评委们的工作，要不，姐准备十个红包？你给姐拿拿主意，包多少合适呢？

赵玉曼一拍胸脯，说，姐，别说外气话，这是咱自家的事儿，我今天就和德胜说。至于红包，让我和德胜说过再定也不迟。

也就是在真不同请郭大夫等人吃饭的第二天，从医院一回到家里，赵玉曼就央求老马，老马本来是想拒绝的。但转念想起那件不愉快的往事：前几年，也是她们姐妹托自己向罗利军说情，要给姐夫孔志斌拉生意，自己给堵了回去。为此，对玉琪一家小有得罪，玉曼也为此给自己板了一个月的冷脸。看来，这次是逃不过去了，只得先应承下来。

他怎能不了解白雪的为人？以她的性格，对这种投机钻营历来不齿，岂肯去推波助澜？

他背着赵玉曼给白雪打了电话，把事情的缘由和自己的无奈一股脑儿说了。

电话那头，她沉默了好几分钟。末了，说，德胜，你觉得我会那样做吗？不过，你说的孔媛媛，我印象很深，天资不错，倒是个可造之才。这样好不好，我认识一位艺术老师，她德艺双馨，颇有造诣，经她指点的学生明显技高一筹，我给你介绍引见一下，也算尽了一份心力。

话已至此，老马无话可说，赵玉琪姐妹也只好退而求其次。名师出高徒。孔媛媛决赛中果然表现上佳，获得了第五名。一家人喜气洋洋，摆了一桌庆功宴，也邀请了白雪和那位老师，但俩人都婉言谢绝了。

孔媛媛虽与牡丹仙子无缘，但与其他三名选手获得了"牡丹小姐"的桂冠，也是莫大的荣誉，在公司内外小有名气。广告公司的老总岂能让身边的人才闲置？立马将她任命为总经理助理。广告公司拉业务，本来靠的就是公关水平。"牡丹小姐"的光环，给公司带来了可观的收益。到了年底，老总论功行赏，除了人人都有的红包，还专门披红戴花，给媛媛奖了一辆"甲壳虫"，让公司上上下下都对她刮目相看。

自从随着老总天天出入于灯红酒绿的场合以后，孔媛媛接触面宽了，眼界高了，价值观也在不知不觉中发生了倾斜。后来，她频频亮相各大场合，酒场、歌厅都少不了媛媛的身影，清纯清高的孔媛媛已然成为一朵杨柳含烟、风情万种的交际花了。此是后话不提。

…………

却说出院回到家，老马就和赵玉曼商量着要去单位。

"伤筋动骨一百天，这才两个多月，你急啥？"

"人不可一日无事，闲着也发慌。"

于是，歇了两天，老马就正式上班了。离开局里两个多月，进了办公楼，猛然间觉得一切都那么虚幻。特别是近一个月来，与范老先生的莫逆，与悟空大师的悟禅，让人产生诸多感慨。看着办公桌上熟悉的一切，机关生活立刻重新把老马格式化了。

同事们纷纷来科里寒暄，祝贺他顺利康复。大家谁也不再扯起考察的事儿，甚至连钱强的名字都刻意回避着。

科里终于只剩下肖芳和老赵、小王了，小王发起牢骚："马科长，不是我多嘴，这叫什么世道？看他那德行，竟然还真提了。好人得不到好报啊。"

"就是,背后捅刀子,小人一个。"这话题就像能传染似的,肖芳也忍不住说,"现在,局里上上下下都觉得,真正应该提拔的,是你马科长。"

"我说,年轻人哪,"老赵赶紧使眼色,说,"小人捅刀子,咱自己人就不要再揭伤疤了不是?都别再提了。当初,不是连我们几个也对咱科长有误解嘛,唉……"

老马环视每个人一眼,无言以对。

升迁,不是伽利略力学实验室里那些摩擦力为零的小球,可以进行完美的匀速运动,生活本身只是无序的布朗运动,没任何道理可讲呀。

思想正在跑马,座机响起来。办公室通知说,各个科室本周四之前要交年度工作总结。而且,今年局长突发奇想,周五局机关大会要每个科室上台述职,之后,要对各科室全年工作打分,作为年度考核的依据之一。

按往年的惯例,每年写工作总结都是把上年的总结翻出来,改改数字,穿个靴戴个帽就应付了。可是,今年要述职,而且打分考核,就不能太马虎了。

元旦正姗姗而至。老马想起朱自清先生说的:"洗手的时候,日子从水盆里过去;吃饭的时候,日子从饭碗里过去;默默时,便从凝然的双眼前过去……"唉,不经意间,三百六十五个日日夜夜铅华已经褪尽,也不知道一年来自己在忙着什么。是该认真回顾回顾,总结总结啦。

在机关里,干得好不如吹得好。有些人,干一点儿工作,总怕领导看不见,就像一只刚刚生了蛋的母鸡,"咯咯嗒嗒"地叫个不停;有些人,工作如和尚帽子平不塌,可是,总结起来却巧舌如簧,好像居功至伟。自己大体上属于那种只能干不能说的人,辛辛苦苦了一年,虽不必热衷于表功,但也不能茶壶里煮饺子呀。更何况,这是科里的工作,还有其他同志一年的汗水在里面哪。

于是,老马就又想起了大山。大山在当科长之前,曾担任过局里办公室副主任,专门负责文字材料,是农业局有名的"大笔杆子",市里有大型会议筹备时,他还总被抽去。于是,老马就和大山约好,晚上还在"老地方"小酌。

下了班,俩人一前一后来到"老地方"。

桌上碰了杯,他说起工作总结的事儿,大山说:"这是'四大虚'之一啊。"

"这'四大'系列的说道可真多啊。啥是'四大虚'?"

"老板的肾,机关的稿,小姐们的眼泪,统计局的报表。"

"哎哟,乱七八糟的,都装在你脑子里呀。你说说这工作总结,怎么才能'虚'功实做?"

"授你七大秘诀,保你应付自如。"

"七大秘诀?"

第二十章

"这样吧,我说一条,你得喝一杯,我不能白讲吧?"

"行。开始讲吧。"

"秘诀一,拐弯抹角法。汇报工作切忌开门见山,直奔主题,否则,容易给人留下不稳重的坏印象。一般来说,得先有'在路线方针政策指引下,在上级的正确领导下,在业务部门的精心指导下,在兄弟单位的大力支持下,在全体同志的共同努力下……'这么'几下子'后再切入正题。"

"这都是很俗套的废话呀。"

"是,有时候,正确的废话也必不可少,这样既显得谦虚谨慎,又能皆大欢喜,万万不可省略。"大山故作高深,接着说,"一个,在正式汇报前,要加上对听汇报者的称呼,如'尊敬的××书记''尊贵的××局长',如果听汇报者是副职,牢记称呼时一定要'就地提拔'为正职,千万去掉'副'字;另一个,要随机应变,比如,如果人大代表、政协委员在座,应加上'在代表、委员的监督支持下',若离退休老干部在场,可加上'在老领导、老干部的悉心关怀下',以此类推。虽说这是花拳绣腿,却可收面面俱到之效。"

老马点点头,喝了一杯酒。

"秘诀二,扩大困难法。沧海横流,方显英雄本色。要想突出成绩,必须将困难由'芝麻'说成'西瓜'。困难越多越大,越反衬出你'明知山有虎,偏向虎山行'这种迎难而上的气魄。这一套路的关键是在吹嘘困难时要冠冕堂皇,面不改色气不发喘,哪怕困难子虚乌有,也一定要像那回事,描述得都能感动自己。"

"喝酒啊。"大山见老马听得入神,提醒道。

"这么短,也算一条? 不能要赖。"

"英雄不问出处,秘诀不论长短呀。喝酒,喝酒。"

老马摇摇头,只得又一杯下肚。

大山这才接着说:"秘诀三,独辟蹊径法。要想使自己鹤立鸡群,必须别出心裁。如,他叫心连心工程,你就称'三贴近'工程,他叫爸,咱就喊爹,总让人望尘莫及。"

"这一套路的要领是要有贾岛的推敲精神,琢磨字眼,花样翻新。这样的例子不胜枚举呀。想当年,人家曾国藩多聪明哪,把上报的奏折中的'屡战屡败'改为'屡败屡战',愈挫愈勇的决心与士气就出来啦。所以啊,遣词造句大有讲究,比如,利润下降,只能说成是'负增长'啊。有道理吧? 喝酒。"

老马只得又端了一杯。

大山正讲到兴头上,他的手机响了,一看,说:"马爱国的电话,咱先打住一下。"

"喂,爱国……哦……那你来吧,德胜也在,咱们一块商量一下……在老地方……我俩等着你啊……好,挂了。"

挂了电话,大山说:"爱国和治国有个官司让我帮忙,他们离这儿不远。"

"什么官司?"

"好像是工伤赔偿吧,等会儿他们到了再详细问吧。咱俩继续说。秘诀四,以一夸十法。鲁迅先生写小说,往往杂取众人特点于文中主人公一身。总结工作,也可以用'例举'的形式扩大成果。如,单位里仅有一位同志献血,可将此事概括为'经过广泛宣传发动,涌现出像××× 等一大批积极献血的先进典型'。当然,这一套路比较受局限,前提是须确有其人其事。1可以乘以任何你想要的数字,但0乘以任何数却只能等于0啊。德胜,别闲着,喝酒啊。"

大山喝了口茶,润润嗓子,接着说:"秘诀五,巧用数字法。这个较为简单。如,平均亩产101公斤,应总结为100余公斤,若201公斤,应描述为数百公斤。"

"真可谓大言不惭哪。"

"德胜,有一次,我见两个小伙子,一个二十岁,一个十九岁,二十岁这人自夸年龄大,十九岁这人不服气,说,不就是比我只大一岁嘛。你猜二十岁这人咋说?他说,我都几十岁了,你才十几岁小毛孩子嘛!你看看,人家就深得其中'三昧'呀。你得自觉喝啊,别总让我催啊。"

"我总共喝了多少杯了?上当啦。"

大山接着说:"还没完呢。秘诀六,避重就轻法,仅用于'存在问题'部分。一般来说,要惜墨如金,轻描淡写。如,学习不系统不自觉,存在实用主义倾向,总是用到了才去翻书,等等。"

"喝呀,你。"大山又催促说。

"这个不算数,有滥竽充数之嫌。"

"好吧,我替你一杯,"大山自斟自饮一杯,接着说,"秘诀七,明贬暗褒法。欲扬先抑,往往事半功倍。此法一般用于查找自身工作不足之处。如,由于工作太忙,放松了政治学习;由于对同志们要求太严,可能伤害了个别同志的自尊心。当然,这也可用于向上级提建议,如,不能因为怕给我们添麻烦,就较少下到我们基层,对我们面对面的指导不够,应注意和基层同志打成一片,等等。"

"你停停,怎么这么耳熟呢,噢,民主生活会上钱强的发言,用的就是这一招式。"

俩人正说着,大山的电话又响起来。他低头一看,说,爱国他们到了,我出去引一下。

大山下了楼,老马吩咐服务员加了餐具,又点了几个菜。没几分钟,马爱国和马治国跟着大山走了进来。

马爱国，就是老家那位"喝尿大王"；马治国，比马爱国小三岁，是爱国的堂弟，拄着拐杖，一瘸一拐，让人不由心生恻隐。

几个人入了席，老马关心地问："爱国，你们啥时候来了？还没吃饭吧。治国的腿怎么了？"

"在这儿好长时间了，没好意思找你们。这回实在没有法子，不找不行了。找你们，正是说他腿的事儿，等会儿细说。我俩还真没顾上吃饭呢。"

"你俩先吃着菜，我再去要两碗捞面条，填饱肚子再说。"

"德胜，我刚才一问他俩没吃饭，上楼时已经交代过啦。"

正说着，服务员把两大碗捞面条端了上来。俩人狼吞虎咽，吃得满头大汗。

马爱国用手一抹嘴，说："真过瘾呀，你说怪不怪，这一天不吃面条，就好像没吃饭一样，大鱼大肉也比不了，咱生来就是这面条命呀。"

大山给他俩倒上酒，说："上次见面，记得还是前年春节时在老家的那回，眨眼都快两年了，你也不和我们联系，不够意思呀。来，爱国，治国，喝一杯。"

老马也说："就是，那次你说你在市里打工，还说回头找我俩哩。"

马爱国讪讪一笑："这不是怕丢你们人吗？你俩都是有头有脸的人，让人家一看，你们交的都是啥朋友呀，怎么尽是民工蛋子啊。"

老马说："这话就不对啦，民工怎么啦？没有咱，城里人的鲜奶谁送？马路谁扫？大楼谁盖？"

"就是嘛，"大山也说，"城里人上溯超不过三代，祖上都是农民，不能数典忘祖嘛。"

"话是这么说，理也是这么个理，"爱国说，"可是，咱不是总觉得低人一等嘛。"

"我和爱国哥平时坐公交车，有空位俺俩都不敢坐。"马治国说话声音细细的，仿佛很羞怯。

"为啥？"大山为他们的妄自菲薄而生气。

"你不知道,有一回,从工地出来,也没来得及换衣服,刚上车时没几个人,俺俩就坐了,"爱国说,"过了百货楼站,一下上来几十号人,我身边有个妇女带了个五六岁的孩子,咱不是想着大老爷们占着位子嘛,就起身让座,那孩子说着谢谢叔叔,就坐了上去,她妈一把拽他起来,说,你也不看看脏不脏?周围的人都看着她和我,唉,我的脸都没处放哪。从那以后,我俩再也不坐座位啦。有时候,真累了,一上车我就一屁股坐地上,省得操那心呀。"

"唉,林子大了,啥鸟都有。"

"德胜,你得说说俺红英婶子,还是天天拾破烂呀,"爱国说,"知道的人说她一辈子就是这样过的,不知道的人还以为你和弟兄姊妹们不孝顺哩,逼得老娘没法子啦。"

"哎呀,说了多少次,她依然我行我素。等到元旦吧,我回老家时再劝劝她。"

"先不说其他的,"大山说,"刚才电话里的打官司是咋回事?"

"哎,不是一两句能说完啊。"爱国和大家碰了一杯酒,放下了酒盅,打开了话匣子:

按咱老家的说法,饿死不做贼,屈死不告状;自古衙门朝南开,有理没钱莫进来。咱知道告状难,可是,不告,你看治国这个样子,腿都折了,鉴定做过了,属于四级伤残。他媳妇都闹着要离,这日子都过不下去啦。我们离开那家清洁公司都两年了,太危险,吓得不敢干啦。跟着清洁公司干那些年,号称'蜘蛛人',咱年轻,天不怕地不怕,一根绳子腰间一拴,就敢悠悠荡荡在半空晃,别人看着挺潇洒,其实,那是提着脑袋挣钱哪。大前年的夏天,也差点儿摊上一场官司。

那是个高层小区,都是三十二层楼,几百道水溜子年久失修,一下雨,水就顺着楼的外立面往下流。清洁公司接了这活,我们就逐个楼进行检修。有天下午,当我刚刚从楼顶下到二十八楼外面准备干活时,无意间发现这家人正在洗澡,可能是楼高,加上对面没有高楼,人家就没拉窗帘。嘿嘿,对,女的,我哪里看清楚了。这女的突然发现窗外有人,大叫一声,先捂住上面,突然想起什么似的,又接着捂住下面,跑出了卫生间。这可惹了祸,我赶紧道歉,可是不行啊,人家告到派出所,说我耍流氓。你们说,我有这个胆吗?还好,警察还算公道,经过调查,发现是物业公司没有及时通知住户,责任不在我。最后,让物业公司给住户道了歉才算平息。我冤着呢,你们不知道,她大叫那一声,也把我吓得不轻,要不是有保险绳,恐怕也得把我吓掉下去,要知道,我是在半空中呀。唉,不提了。

后来,我和治国离开了那家公司,一个原因是他们总拖欠工资,得跟着屁股讨要;另一个,那些年,人们的安全防范意识差,高空作业呀,结果有一天出事了,我们一个工友,邻县的,干活时屁股一滑,滑下了踏板,而保险绳恰恰也该更换了却没换,一下摔得粉身碎骨,脑浆都流了一地,当场就断气儿了。家属把公司围了三天,最后,公司赔了二十多万才算完事。其实,咱农民的命还是没有市民的命值钱,俺们打听过,同样是工伤,同样是一条人命,市民都能赔到五十万左右哩。

自从这位工友出事之后,我和治国老犯心病,在半空中干活时老走神,那位工友临终的惨状总在眼前晃荡,这活是没法干了,我俩就到了一家建筑工地,干了一年多。也真是倒霉,俩月前,治国不小心从脚手架上掉了下来,好在只是三层楼,腿也折了,这一辈子也就残疾了。这个工头是从别人手里转了几回手转包的主体工程,本身也挣不了多少钱,一看这,扭头不见了人影。俺俩就找乙方大鹏建安公司,大鹏公司倒是垫付了前期的医疗费快两万块,但人家说,这是出于人道主义的帮助,再赔偿不可能了,因为这活已经大包出去了,出事你找承包人。可是,往哪里去找他呢?真是没法子呀,就告到了王城区法院,法官说,先到王城区劳动仲裁委员会。俺们又不认人,就想起了你们俩。

大山说:"真气人哪。我的一个大学同学恰好在市劳动局,我明天联系以后再给你俩回话。"

老马也说:"按照法律法规,大鹏公司的责任跑不了。你们晚上住在哪儿?"

"我俩还回工地。"

看看时间不早,几个人便散了场儿。

第二十一章

　　局里开年底述职会的头天下午，老马从外面办完事回到科里已经五点多了。想起明天的会议，自己的工作总结上午交给了小王让他打印出来，可在桌上翻了个遍也没找到。他正要给小王打电话，文印室的董晓蕾走了进来，手里拿着总结递给老马，说："马科长，不好意思，今天手头材料多，小王又非要我帮忙，刚刚打好。"

　　"这个小王，总爱麻烦人，回头，得让他再请你吃饭。"

　　老马接过材料，想赶紧再熟悉一遍，见晓蕾迟迟疑疑的样子，忙问："还有事，小董？"

　　"马科长，你内弟的内弟是不是叫刘宝鑫？"

　　"啊？噢……是。怎么了？"老马脑袋"轰"地一下，这小子八成又惹事儿啦。

　　"是这样，马科长。十来天前，你还没出院，刘宝鑫那天一脸焦急来找你，恰好在楼上碰到我，我就和他说你住院了。他'咚'地一下坐到了地上，说，这可咋办？这可咋办？我看他无助的样子，就问他啥情况……"

　　"我来替他说啥情况。"老马把工作总结一把甩到桌子上，"呼"地站起身，"他挤了几滴鳄鱼的眼泪说：不瞒你说，妹子，我叫刘宝鑫，是马科长的内弟赵玉强的小舅子，我姐夫开的老地方餐馆，你们也时常照顾他的生意，俺心里都记着呢。天有不测风云，人有旦夕祸福。我妈今天上午……哎,晓蕾,他找你时,是上午还是下午?"

"下午。"

"哦。我妈今天下午上街,被车撞了,缺德的司机也跑啦,我急急忙忙赶过来,刚刚送到这附近医院的急诊室,医生说得立即住院,押金还差……晓蕾,你给了他多少钱?"

"马科长,也没多少,就一千块。"

"押金还差一千块,我就来找俺德胜哥了呀。真是不巧,人命关天呀,我可咋办呢? 然后,他就只差叫你姑奶奶啦,然后,你就给了他一千元救急,然后,他就信誓旦旦地说,三天后,最多三天,你叫啥,妹子……"

董晓蕾看着老马学得样子,大约明白了怎么回事:"马科长,你好像当时就在现场似的。"

"唉,这个不孝的混蛋,每年都要让车把他妈他爸撞好几回,早晚得被他给咒死。"老马说着,数出一千元给晓蕾。

晓蕾不好意思要,他硬是塞给了她,说:"这钱你接住,我回头还要向他要回来呢。"

回到家,赵玉曼正在炒菜。老马推开厨房门,没好气地说:"看你家结的啥亲戚? 那混蛋坑蒙拐骗也不拣家儿,前些天又骗到我们局,叫我丢人不丢人!"

赵玉曼听了事情的前前后后,把火一关,菜铲一撂,拿起电话,发起了连珠炮:"唤弟,你也不管教管教你弟弟,骗吃骗喝骗钱都骗到你姐夫单位了……不是姐向你要钱,你姐夫大小也是个科长,今后在局里还咋抬头咋做人呢……"

刘唤弟,是赵玉强的老婆,在娘家排行老四。唤弟上面有三个姐姐,被街坊邻居称为"四朵金花"。他爹盼子心切,曾求神拜佛,还一度吃斋,说啥也不能戴上"绝户头"的帽子。唤弟刚出生,她爹就给她找好了下家,还是她妈寻死觅活,并声称他要是固执己见,就不再生下去,让老刘家彻底断了后,唤弟这才被留了下来。

也许，终于感动了上苍，唤弟还真唤出了弟弟刘宝鑫。宝鑫这名字，是他爹请了算命先生给起的。按照算命先生的说法，他命里缺金，且这宝里含玉，将来可成金玉良缘。

老两口老年得子，捧在手里怕飞了，含在嘴里怕化了。一家老小都对宝鑫宠爱有加，养成了他好逸恶劳的做派。

从小学到中学，宝鑫没少让家里人操心。一家人把他劝到了高中。可是，高一没读完，他就死活不上了。几个姐姐给他介绍了不少工作，他不是嫌累，就是嫌工作时间长；不是嫌没有节假日，就是嫌单位要求严。即便去了，也是三天打鱼，两天晒网，让姐姐们特别是唤弟给中间人说尽了好话，赔尽了不是。

孔媛媛荣膺"牡丹小姐"之后，介绍刘宝鑫来广告公司当了保安。不管怎么说，这回他暂时稳住了阵脚。在他看来，当保安，风刮不着，雨淋不住，冬暖夏凉，条件还行。更何况，保安，号称"二公安"，制服一穿，跟警察有亲戚一般，虽说谈不上英姿飒爽，但也够雄赳赳气昂昂啦。特别是那年春晚《你摊上事儿了》节目播出之后，在刘宝鑫看来，小品里的主人公简直就是自己。还有最重要的一条，他不好意思说出口：这公司里美女如云，不仅养眼，而且一不留神，说不定还能找个对象踧踧呢。

可别说，他还真交上了桃花运。公司里有个刚来的女孩叫罗茜茜，备受他的关照，加上他"金玉其外"的相貌，一来二去，俩人还真谈上了。刘宝鑫喜上眉梢，连上班时也会哼着小曲。

可是这几天，盛夏的烈日炙烤着大地，也炙烤着刘宝鑫，他正为罗茜茜的生日礼物犯愁。茜茜曾说过，她的小姐妹们过生日，男朋友送的都是高档的礼物。他听后，有些左右为难：多了拿不出来，少了拿不出手。思来想去，想起算命先生"金玉良缘"的预言，就决定买一块玉。在罗茜茜生日的前几天，他花了三百元，买来如来佛的小挂件，并亲手戴到了她的脖子上。这挂件雕工精致，水润清亮，茜茜很是喜欢，怯怯地问"很贵吧"，宝鑫豪爽答道"不贵不贵，才两千多"。茜茜一听，幸福得如小鸟一般依偎到宝鑫的怀里。

罗茜茜生日那天,她特意叫了小姐妹们,刘宝鑫买了生日蛋糕,安排她们到一家中档饭店聚餐。聚餐时,小姐妹们得知了宝鑫买的礼物是个小挂件,即便茜茜特意说明了值好几千元,但几个人不屑的眼神还是让她心里极不舒坦。联想到人家的生日礼物有貂皮大衣,有钻石项链,有LV(路易·威登)包……只有自己的如此寒酸,顿觉丢尽了面子。

聚餐结束了,姐妹们散了,罗茜茜的冷言冷语让刘宝鑫热脸贴了冷屁股。酒后的他也被惹恼了,就掰着指头给罗茜茜算账:"茜茜,你该知足了呀,我这个月的工资几乎全都花到你的生日上了,蛋糕花了一百多,这顿饭花了快一千,那块玉三百多,我还吃不吃饭?……"

"什么?"

刘宝鑫赶紧打住,可是,覆水难收哪。就这样,他俩拜拜了。

几天后,他又摊上了事儿。

平日里,有人来公司办事找人,都得先过他这一关。如果来人给他递支烟,他就好言好语相告;如果来人没眼色,他就费尽心机刁难一番;来人如果找的是老总,他就笑脸相迎(当然,在和罗茜茜拜拜之前,来找她的,他也同样笑脸相迎);来人如果找的是一般员工,他就冷若冰霜。他还会看人下菜,从穿衣打扮把来人判断个八九不离十。然而,也有看走眼的时候。

这一天上午十一点左右,进来一位中年人,其貌不扬,满头大汗,穿了个背心,胳膊上搭着一件衬衣。一进门,就问老总在哪个办公室。刘宝鑫瞥了他一眼,说,你是干啥哩?我们老总是谁想见都能见的?这位中年人说,我是干啥的不重要,重要的是你们老总刚刚和我约好了。见来人仍没掏烟的意思,刘宝鑫就接着盘问,我们老总跟你约好啦?是我们老总主动约的吗?

正说着,只见老总小跑着下了楼,老远就听见老总打招呼:"陆总,真神速呀,我放下电话你就到啦。"

老总一扭脸训斥道:"这是咱公司大型户外广告的重要客商,是我们的衣食父母,知道吗?!"

刘宝鑫慌了神儿,倒是反应挺快,立马"啪"地敬了一个标准的军礼,口中喊道:"陆总,敬礼!"

这个敬礼,把两个老总都逗笑了。

老总说:"你敬的是哪门子礼呀? 手,敬反了!"

这个宝鑫真是个活宝,一听说手敬反了,就赶紧一边纠正,一边再次喊道:"陆总,敬礼!"

这回,更让他们笑得直捂肚子。原来,他翻转胳膊肘,用左手来了个"猴子望月"。

老总说:"刘宝鑫呀刘宝鑫,你人才呀,在咱这儿当保安委屈了,应该也去中央电视台演小品。"

世界上许多蹊跷事儿都是往一块挤的。这位陆总为人低调,不很讲究穿衣打扮。刚做生意那些年,还没有信用卡,他出门就拎一编织袋,下面是成捆儿的人民币,上面胡乱塞一些废报纸,一上火车,头枕着编织袋就呼呼大睡,反而很安全。今天上午,他刚在附近健完身,就走着来到公司,发生了刚才的一幕。

刘宝鑫先失去了爱情的奶酪,又弄丢了生活的面包,只好郁郁寡欢地选择了离开。

从公司回家的路上,刘宝鑫路过一家投注站,无意中买了一注"神州风采"的彩票。夜里开奖,居然中了十元。

两元钱眨眼间就能翻五倍,这是什么概念?! 刘宝鑫心中的那个狂喜没法形容。真是傻啊,去他妈的保安。从此,他开始痴迷于彩票,醉心于对奇偶比或二连号、三连号等的研究,做梦都是一堆数字,一睁眼,赶紧拿起笔把数字记下来,真怕与大奖失之交臂,那劲头丝毫不亚于当年钻研哥德巴赫猜想的陈景润。

他研究累了的时候便开始勾画宏伟蓝图:如果中了五百万,自己做点儿什么生意好呢? 不,确切地说,是四百万,还有一百万得上税,据说,兑奖时人家就代扣代缴了。缴就缴了吧,别以为我刘宝鑫不爱国,不就是一百万嘛!四百万开公司也足够了。开个什么公司好呢?也开个保安公司?不,老子也开个广告公司。得配一张宽宽大大的老板桌,一把松松软软的真皮老板椅,身后一长排高级书柜,桌上得摆上一面鲜艳的小国旗,那叫气派,那叫高大上!当然,还得有小秘。小秘,当然得选漂亮的。长相嘛,得和罗茜茜差不多。不,得远远比她俊俏得多。想到罗茜茜,他不由意淫起来。哎,你两眼无珠呀,想不到我刘宝鑫也有今天吧?到时候,让你哭着乞求我,甚至,得让你趴在我的脚下,舔着我的脚指头,然后我一脚将你踹出老远……

他甚至连去领奖时戴上什么帽子,如何深藏不露的细节都想好了。

当然,只是黄粱一梦而已。没几个月,他连买一注彩票的本钱也没了。于是,起初,他到姐姐唤弟家的老地方餐馆白吃白喝,后来,开始向父母和姐姐们伸手,又后来,要不到钱了,就开始到处骗钱。他前面拉屎,唤弟得为他擦屁股。

为此,唤弟没少劝导弟弟:"宝鑫呀,你也老大不小啦,你不能整天这样好吃懒做,我能管你一辈子吗?你拿人家的钱,姐姐我都私下里替你还了。这都不敢让你姐夫知道,他为这事儿都快和我翻脸了。你真是烂泥扶不上墙。你有手有脚,就是上街去拉个板车,也能养活自己。宝鑫,你别看我和你姐夫开个小饭店,挣钱好像挺容易似的。你知道我们每天几点钟起床去批发市场进货吗?这不比当年我摆烧烤摊儿强到哪儿去呀。当年我穿肉串儿把手都扎烂了,你还记得吗?唉,你说,姐姐挣钱难不难?你啥时候能叫我少操点儿心?"

············

唤弟的苦口婆心,刘宝鑫只当成了耳旁风。为此,赵玉强曾经慎重地和妻子谈过,"俗话说,溺子如杀子呀。唤弟,你们这样做,实际上是在害他。"后来,他发现唤弟还是偷偷为宝鑫还账,就下了最后通牒,"唤弟,咱挣的钱啥时候也填不满他的窟窿,你要是再管这混蛋的闲事,咱俩干脆就离了,省得天天为这事儿生气。"

可是,这回说到天边都得管呀。毕竟,这次骗到了自己姐夫的头上。赵玉强心里窝的那个火呀,简直都能冒三丈高:"去去去,你现在就去,赶快把钱送给德胜哥。这叫什么事儿?以后让我还咋见咱姐夫?"

第二十二章

元旦这天，一大早老马就驾车与赵玉曼、马超一起回永长老家。

他们归心似箭。上次还是儿子秋季快要开学前回的老家，屈指算来，已经四个多月了。毕竟，家里还有八十一岁的老娘，有弟弟马德伟一家。出发前，他还给姐姐马胜梅打了电话，让她今天也回去见个面说说话。马胜梅，比老马大五岁，家在城关镇的毕家村，在县城做点儿小生意。

路上，想到一元复始，万象更新，老马心生感慨：元旦，就像里程表的归零器，一年来的风雨烟尘已经画上了句号，新的一年，如何书写新的人生篇章呢？

下了国道，转入县乡公路，路面虽不宽阔，却还算平整。通往村里的是窄窄的土路，坑坑洼洼，颠簸得如坐轿一般。

赵玉曼颠得直想吐，埋怨说，看你老家这是啥龟孙路。

马超小声说，这路是不咋的，可我爸不是也从这儿走进了名牌大学？神都的马路倒是又平又宽，你不是……

赵玉曼拍了儿子一巴掌，说，我咋养你这个白眼狼哩，就会揭你妈的短。

进了村，他放慢车速，摇下车窗，不时与村里人打着招呼，有时还把车停下来寒暄几句。

快到街口时，就见两个侄女马舒艳、马舒婷欢快地跑了过来，老远就叫着"伯伯""娘娘""超超哥"。

老马把车停在街口,几个人下了车。他一手拉着小侄女马舒婷,一手提着礼物。大侄女马舒艳说,伯,大姑来了一会儿了,与奶奶爸爸妈妈在家说话呢。

大姐、弟弟,还有弟媳戴春桃都从院门口迎了出来。进了院,只见顺着院墙堆满了大大小小、鼓鼓囊囊的编织袋,不用说,那是老娘的劳动成果。

他皱皱眉头,刚到家也不好说什么。

进了屋,老娘在凳子上坐着,古铜色的面庞上沟壑纵横,仿佛写满了岁月的沧桑。见大儿子领着儿媳孙子回来,她的脸笑成了一朵花。

赵玉曼与老娘打着招呼,坐到她身边,打开大提包,先拿出一件枣红色羽绒服,说,娘,给你买的鸭绒衣,穿上试试,看看大小。

老娘眼都眯成了一条缝,一边试着,一边埋怨,又乱花这钱干啥?颜色这么艳,让春桃穿吧。

赵玉曼说,我给春桃捎了围巾呢。

说着,她从包里拿出给弟媳、大姐和两个侄女买的礼物,一家人欢天喜地。老马看在眼里,美在心头。

热闹过后,赵玉曼钻进厨房,给弟媳搭把手做饭。老马姐弟三个与老娘在屋里拉知心话。

老马问:"德伟,这一段(时间)出去干活没?"

德伟比老马小四岁,可是看上去比他年龄还大,刚过四十就一头白发。老马从中学门跨进大学门,家里全靠老娘和弟弟撑着。那些年,为了供哥哥顺利读完大学,他年纪轻轻就外出打工,艰辛的岁月霜染了他的满头青丝,这让老马一辈子都背负愧疚。

听哥哥问起,德伟说:"在县城的宝洁洗车行洗车,管吃管住,一个月能落一千多一点。"

"冬天洗车太冷了。"看着弟弟被冻得有些变形的双手,他心疼地说。

"那也没法子，两个闺女得上学，光靠种地养不了一家人哪。"

"要是像咱姐家一样做点儿小生意就好了，虽说也免不了吃苦，但毕竟不用遭这份罪，收入也高些。"老马说。

"也不是没想过，"弟弟摇摇头，叹口气，"前两年，我曾想到镇子上摆个凉皮米皮摊儿，可一个人招呼不过来，春桃还得给婷婷做饭，上学又耽搁不得。"

大姐说："德伟，再将就一年，等明年婷婷上初中了，也想办法把孩子转到县城住校，你和春桃一块摆摊儿。县城人多，生意也比在镇子里强。"

"老娘咋办？"

"老娘住我那儿吧。"大姐商量道。

"姐，老娘能离开她的满院子满屋子'宝贝'？"弟弟瞥了一眼老娘，撇撇嘴角说，"即便老娘答应去，她把你家里弄得比废品收购站还杂乱，我姐夫能答应？"

大姐叹口气，接不上来话。

提到了老娘，几个人沉默了半天。老娘耳朵背，只是看着他们三个人的口型，猜测他们谈话的内容。这些年，关于她爱捡破烂的事儿，姐弟仨真是没少劝她，可是收效甚微。

父亲生前病魔缠身，给老娘留下了一堆债务。艰难的岁月在老娘的心坎上镌刻下了深深的烙印，过惯了难日子的她真是穷怕了。不论是去地里干活，还是走亲戚串门子，她养成了随手捡破烂的习惯，别人丢弃的破衣烂衫她都视如珍宝，日积月累，把家里弄得脏乱不堪。冬天还好些，到了夏天，蚊蝇翻飞，异味熏天。弟弟一家深受其害，多次给自己诉苦，弟媳春桃为此都不怎么理睬老娘，让德伟夹在其中左右为难。弟弟曾乘其不备，把老娘的破烂扔了。谁知，他前脚扔出去，不知啥时候老娘又变戏法似的拾了回来，让人啼笑皆非。

老马往老娘的耳边凑了凑，大声喊道："老娘，以后不再拾破烂吧，你看把德伟家弄成啥啦？"

"你说啥？不再吃饭啦？"

看着老娘装聋卖傻、答非所问的样子，姐弟仨目光交汇在一起：哎，说也是白费口舌。

"怎么不再吃饭啦？"春桃端着盘子进屋，打岔说，"菜都炒好了，准备开饭。"

一家人团团围坐，边吃边聊，其乐融融。

饭后，收拾完毕，赵玉曼、戴春桃以及几个孩子都坐在堂屋里说话。

老马和蔼地问两个侄女的学习情况。马舒艳，今年十六岁，在镇上读初三；马舒婷，十二岁，在村里读小学六年级。

听到伯伯问学习成绩，小婷婷顿时兴奋起来，抢着说："我刚刚考了个100分呢……"

她突然看到姐姐低头不语，又看了看爸妈，也低下头，不作声了。

弟媳停下了手里的十字绣，说："哥，正想跟你说呢，俩闺女学习都不错。前几天，德伟和我商量说，让艳艳初中上完，就跟着村里人去南方打工。我没同意。你没出息，还让下一代也一辈子绑在黄土地上，啥眼光嘛。"

老马说："糊涂呀，德伟，读书才能改变命运，怎么能不让艳艳上高中呢？"

"春桃得忙家里家外的事，我一个人挣钱实在是供不动，不是想着让她早点儿分挑担子嘛。"德伟声音小得如同蚊子般。

春桃叹口气："他爸说的也是实情。正因为这，我有一点空儿，就紧着赶这十字绣，熬眼磨屁股十几天，才能绣出一幅来，挣个一百块钱。哎，这过日子比飘树叶还稠啊。"

"春桃，也别太发愁，日子总是要过下去的，以后也会慢慢好起来的。"赵玉曼看了老马一眼，接着说，"两个姑娘多喜欢人哪，艳艳上学的费用，嫂子给你们拿。超超和俩闺女都好好学，不给咱祖上丢人，说不定还能中个状元光宗耀祖呢。"

"那咋行哩，嫂子，你们也不容易，城里花销也大。"

老马环视几个孩子，掏出凰玉，说："艳艳、婷婷、超超，知道这玉的来历吗？"

"知道，伯伯，你给我们讲过爷爷的老爷的故事。"艳艳答道。

超超和婷婷也点了点头。

他过去给孩子们讲过家史，当然，省去了"怡红院"和与白雪换玉等诸多"少儿不宜"的情节。

他热切地盯着侄女马舒艳，谆谆地说："艳艳，别听你爸瞎说。家里日子不好过，还有伯伯和娘娘哩，你别分心，只管埋头学习。伯伯我当年就是从咱县一中考上大学的，你下住劲，靠咱的实力证明自己，明年也去上一中，怎么样？"

马舒艳羞涩却坚定地点了点头。

…………

元旦过后的一天下午，老马正在科里忙手头的事儿，王局长打来电话，让老马到他办公室。

他怀着不安的心情上了四楼。

"德胜，你坐，"王局长热情依旧，说，"叫你来，就一件事，你看看这文件。"

他接过来一看，是市委、市政府关于抽调市直干部下乡蹲点扶贫的通知，总共五六页。他一目十行，快速浏览了一遍，大概了解了精神：每个市直委局抽调一名正科级干部，到各个贫困县的一个乡镇蹲点扶贫，为期两年，抽调的干部纳入后备干部序列，对扶贫成效明显的干部予以提拔，云云。最后一页，是各个委局的扶贫点，煤炭能源局对口南川县大峪乡。

"是这样，德胜，文件都下来两天了。这周就得上报名单。你也知道，过罢年，我就到站了，得退二线。至于谁来接局长，就不是咱这一级能掌控的事了。你可以先考虑一下，明天给我个准信儿。毕竟，蹲点优秀的干部，市里还是要提拔的。"

老马心生感激，站起身来，诚恳地说："谢谢王局，容我回去商量商量。"

回到科里，他心里久久平静不下来。下乡扶贫，对自己来说，是一个新课题、新挑战、新机遇。不下去，浮在机关里，暮气沉沉，虚度年华，实在心有不甘；可是，南川是神都最偏僻的县，大峪乡，更是穷乡僻壤，那么远，肯定得住在那儿，家里也不知是什么意见。

在家里吃过晚饭，他心事重重，说："玉曼，电视先关一会儿，和你商量个事儿。"

她不很情愿地按了遥控器："什么事儿，弄得神秘兮兮的？我看你今天从进门到现在，一直都不坦然。"

老马就把事情说了。

她一脸狐疑地看着他："马德胜，你吃错了药，还是脑子进水啦？要不，就是脑袋被驴踢了，踢得还不轻。"

"老婆，您声小点儿行不行，让马局长家听见，还以为咱家又硝烟四起呢。"

"见过傻的，可从没有见过像你这么傻的。"

"你听我说，在机关里浑浑噩噩，当一天和尚撞一天钟，倒真不如去乡里实实在在做点儿事呀。"

"可是，县里那么远，你去了，家里咋办？孩子谁招呼？"她说着，眼泪都出来了。

"玉曼，孩子不是住校嘛，有啥可招呼的？县里离市里也就是小百十公里，月儿四十不是就回来了嘛。哎，对了，每月可是有三百块下乡补助啊，我如数上交，老婆。"

"不稀罕你那三百块。你刚才说什么来着，两年后好像能提拔？"赵玉曼语气转缓问道。

"那倒不一定，只是说做出成绩的才有可能。"

"哎，听这话音，你是王八吃秤砣铁了心啦。我寡妇走夜路，破上一回。你去吧，我扛得住！"

"曼……"老马一把搂住了老婆。

"你在局里是个科长,到乡里能顶个啥官?"

"扶贫是去服务呢,不是去做官,大概能挂个副书记或者副乡长吧。"

"副书记、副乡长和科长比,哪个官大?"

面对老婆的打破砂锅问到底,老马一笑了之。

"哎,马德胜,过去我听别人说过,那个什么,对,乡长天天做新郎,夜夜入洞房,村村都有丈母娘。你下去了,是不是也会有好多丈母娘?"

"你这人,听风就是雨,那只是社会上的一种调侃,你咋能当真呢?"

"我不是先给你打打预防针嘛。"

"我免疫力强着呢,不用打。时间不早了,休息吧。"

老马斜靠在床头,点了支烟,心绪久久难以平静。他想起前些日子看过的电视连续剧《永远的忠诚》,讲安徽省财政厅干部沈浩,到凤阳县小岗村挂职村党委第一书记、村委会主任六年,勤奋务实,无私奉献,在当地干部群众心中树起了一座巍峨的丰碑。

"老公,发什么呆呢?以后多长时间才能见你一面哪,你还……"她一把掐灭了老马的烟头,关了灯,翻身把他压在身下。

"还早着呢,名单还没报上去呢,最快也得——唔……"

她使蛮力亲着,让他说不出囫囵话来。

第二十三章

名单报上去后的第二周,下乡的名额确定了下来。市里要求,下周一上午八点整,到市委组织部报到,随后即赴南川。

南川是国家级贫困县,除了县城周边的三个乡镇外,总共十三个委局,分别帮扶十三个乡镇。

周一一大早,老马准时到了组织部。先到的扶贫干部们在会议室里闲聊着。从外貌上判断,他们要更年轻些。只听前排两个看上去三十多岁的人在调侃:"弟妹没闹情绪吧?"

"唉,有情绪也没办法呀,局里派谁谁不去,咱老实,也只得听从组织发落啦。"

"也许是好事呢,过两年,老弟提拔了,他们后悔也来不及啦。"

"提拔的事儿在哪儿呀,咱这也不过是应个卯,谁还真蹲到那里啊,不把人急疯啦?"

…………

到了时间点,组织部的同志一一点了名。一位李姓的副部长进行了简要动员,讲了扶贫的重要意义,蹲点的相关要求等。为了便于开展工作,这次下去的扶贫干部,一律在所蹲乡镇挂职党委副书记,不占职数。

老马听着副部长讲话,脑子里却在想,这位副部长是不是副局长马占标的岳父?看长相,韩萍和他不太像呀。后来突然想起,这副部长姓李,又不姓韩,怎么能是马副局长的泰山?老马想起那个笑话,说有个小学生面对"3×7=?"的试题,心里想,管它三七二十一,先写个二十五,说不定还能蒙对呢。自己现在不就是那个又粗心又好笑的小学生吗?

还没等自己笑出声,会议就结束了。出了会议室,在走廊上,老马觉得一个人面熟,那个人四十岁的样子,也看着自己,迟疑着问:"是马兄吧?"

"是呀,我也觉得面熟,怎么想不起来啦?"

"黄小兵,农业局的,马大山的同事……"

"噢,去年,咱在老地方餐馆坐过,你看我这记性,真是抱歉。你也下乡,这次?"

"是呀,南川望良乡。老兄去哪个地方?"

"咱是一个县,我是大峪乡。"

"走吧,老兄,咱边走边说,县里来接人的车好像在下面等着呢,去迟了不好看。"

在市委大院里,三个贫困县来接人的车整整齐齐地排在花坛边。蹲点干部分别上了车,黄小兵和老马也算是熟人,自然就坐到了一起。

出了市区,车子向南飞驰,窗外光秃秃的钻天杨唰唰唰地向后倒去。

南川,是神都市最南边的一个县,号称"小云南",县城离市区百十公里。"小云南"不仅仅地理位置靠南,而且也和云南一样,多数是山区,森林覆盖率达83%,负氧离子含量高居全省之首,有"森林氧吧"的美誉。

望着窗外的风景,虽然萧索肃杀,但远离了城市的喧嚣浮躁与单位的是是非非,老马不由长长透出一口气。

黄小兵是个自来熟,悄声说:"我这回本来不想下乡,可在局里似乎也不受领导待见,干脆眼不见心不烦,躲得远远的,就报了名。嗨,还巧了,报名的就我一个,还真得硬着头皮先来报个到再说。马老兄,你都老大不小了,何必还来受这茬罪?"

老马忠厚地笑笑,觉得没法回答。

是啊,怎么跟黄小兵说呢。不是同路人,哪里能体会到自己的心境?

此时此刻,老马觉得,自己就是那孙猴子,被压在五行山下数百年,终于灾愆日满,告别了那吃铁丸喝铜水的噩梦。他脑海里不禁涌出陶渊明"少无适俗韵,性本爱丘山。误落尘网中,一去三十年。羁鸟恋旧林,池鱼思故渊……久在樊笼里,复得返自然"的诗句。甚至有一刹那,他产生了一种幻觉,仿佛自己成了车尔尼雪夫斯基笔下《怎么办?》中的主人公拉赫梅托夫,开始了苦行僧式的生活,重新塑造自我,即将成为一个"新人"。

自己这算不算也是一种破茧成蝶?

"两岸猿声啼不住,轻舟已过万重山。"从神都到南川县城,一路高速,一个多钟头便到了,车子开进了南川县政府。

一行人下了车,各个乡镇来迎接的干部早已等候多时。县委常委、组织部长段长伟就在院里站着,代表县委、县政府表示热烈欢迎,希望大家在扶贫攻坚一线开拓创新,再立新功。

然后,乡镇各接各的客。大峪乡来的是分管组织的党委委员冯伟轩,小三十岁,衣着朴素,身材壮实,眼睛细眯眯的,天然一副笑容。冯伟轩先做了自我介绍,用热情把老马的手握得生疼,说,马书记,欢迎你啊。说着,俩人就来到车前,上了昌河面包车。

南川县城总共就三条主街。老马说,咱这县城不大呀。冯伟轩是个直爽人,与老马一见如故。他笑笑说,有个说法,说在县城西头放个屁,东关的人都能闻到臭味,你就知道咱这县城有多大啦。

不到十分钟,就出了县城,一路又往南开去。开始还是平路,半个小时后,便开始进山了。弯曲的山路就像一条没有尽头的长绳缠绕在山腰,车子就像在这绳子上缓慢爬行的蚂蚁。

冯委员十分健谈,一路上滔滔不绝。他介绍说,咱大峪乡有三十一个行政村,几乎全是山区,林业是主导产业,矿业主要是煤炭业和钼业。在南川,大峪乡有"四个之最":地理位置最靠南,离县城将近九十公里,是神都市的"三沙市";地域面积最大,近百平方公里,占全县面积的六分之一;人口最少,只有区区两万多人,仅是城关镇人口的四分之一;经济最困难,是贫困县里最贫困的乡镇。他开玩笑说,在南川有种说法:凡是被派遣到咱大峪乡工作的,就像被发配充军了啊。

听了介绍,一股慷慨悲凉之情涌上老马的心头,来南川高速路上沸腾的热血顿时凉了半截。既来之,则安之吧。老马想,苏轼当年仕途坎坷,屡遭贬谪,直到被贬到荒远的海南,但他却以旷达的人生态度面对接踵而至的不幸,依然保持了浓郁的生活情趣和旺盛的创作活力。"挟飞仙以遨游,抱明月而长终",苏轼最终创造出了辉煌的人生!自己当然无法与大文豪相提并论,但其超然物外的心态,不正是在鼓励自己见贤思齐吗?

想到马上要见到大峪乡的党政一把手了,老马就打听书记、乡长的情况。冯伟轩说,乡党委书记叫魏金国,四十岁;乡长叫柳占奎,三十六岁。班子成员总共十一个人,如果带上享受副科待遇的司法所长和大综治办专职副主任,科级干部共十三人。

说话间已到了乡政府所在地大峪村。街上晒暖儿的老人坐在条凳上,像是雨后电线上站成排的燕子。车到街道尽头,一所坐北朝南的院子便是乡政府了。乡党委和乡政府的牌子已被风雨侵蚀得字迹模糊,一望那二层工字小楼便知有些年月了。

老马一下车,冯委员赶紧介绍已事先等在楼下的魏金国和柳占奎。

魏金国中等身材,头上一半是"沙漠",一半是"绿洲",戴着眼镜,文质彬彬。柳占奎身材高大,板寸头,双目似剑,活力四射。

魏金国握住老马的手:"终于把市领导盼来啦!"

柳占奎也上前,握握手,说:"欢迎你啊,马书记。"

几个人走进二楼的魏金国办公室。魏金国给老马倒了杯水,关心地问:"一下子坐了几个钟头的车,辛苦啦。咱这儿又偏又穷,来这儿蹲点儿可是吃苦受罪呀。"

"魏书记，大家在这里工作多年，我想，我也能和大家一样待下去。"

柳占奎说："乡里接到通知后，已把你的办公室拾掇好了，回头你看看，缺啥少啥，你和办公室说，咱这儿条件有限，尽量给你安排好。吃饭在咱乡里的机关食堂，就在咱这办公楼的后边。"

"柳乡长，让你费心啦。"

"马书记，你来咱这儿蹲点，是扶贫的副书记哩。我和柳乡长商量，明天上午恰好是咱机关每周的政治学习例会，你先和机关同志见见面，便于尽快开展工作。星期四，乡里有个布置春节前后工作的会议，各村书记、村主任都得来，届时你再和各村同志见面。另外，下午，咱先开个班子会，你先和班子成员认识一下。关于你的工作分工，我和柳乡长商量的初步意见是，除了扶贫，你另外分管文化和教育，看看你有什么想法？"魏金国说。

"好的，我听乡里的安排。"

"你今天刚来，魏书记安排今晚给你接个风，班子成员都参加。"柳占奎笑道。

"太客气了，非常感谢。"

…………

在机关食堂吃过午饭，老马来到位于魏金国隔壁的办公室，外间的办公器具早已配齐。套间是个休息室，床上铺盖一新。

想起明天的机关大会，晚上又得与班子成员喝酒，老马赶紧利用这一会儿时间，简单拉了个发言提纲，省得到时候语无伦次，闹出笑话来。

下午的党政班子会上，魏书记把老马和班子成员相互做了介绍，并明确了老马的分工。魏书记说，马书记以后和大家一个锅里搅稀稠，伙计们要相互理解相互支持。等周四和各村同志见过面后，由党政办主任陈进庆和文教助理刘文卿陪同，让他先去各村跑一遍，熟悉熟悉情况。

晚上的接风宴上，班子成员坐得整整齐齐，老马和大家相互敬酒，无非"初来乍到，望多关照""欢迎你来大峪，和弟兄们跳到一个战壕啦"之类的客套恭维话，了无新意，不提。

回到办公室，老马给家里打电话，把一天来的大致情况简要说了一下，赵玉曼交代他，少喝点儿酒，得学会自己照顾自己，云云。

第二天上午九点，老马随着魏书记等进了位于二楼东头的大会议室。

柳乡长开宗明义，讲了会议的主题，介绍了老马及其职务。大家掌声欢迎他讲话。

老马朝台下一看，黑压压一片，百十号人。众人的目光像自行车辐条一般聚到他身上，他暗下决心，头一炮一定要打响。他落落大方地站起身，向大家深鞠一躬，说："同志们，我叫马德胜，在市煤炭能源管理局工作。这次很幸运，被组织上派下来蹲点，有幸与大家相识，这是我们的缘分。我一直在机关工作，对乡镇基层缺乏了解。古人说，纸上得来终觉浅，绝知此事须躬行。对于乡镇工作，我还是个小学生，每个同志都是我的老师。"

老马略一停顿，接着说："我虽然刚刚踏进咱大峪乡，但是已经感受到了机关同志似火的热情，这让我倍感温暖；也感受到了人民的纯朴善良，这使我信心倍增。我为能成为咱大峪乡的一员，与大家一道，为全乡的发展贡献自己的微薄之力深感荣幸和自豪！同志们，此时此刻，听到的是你们热情的掌声，感受到的是大家对我的信任和鼓励。我知道，两年时间，在人生的长河中极其短暂。站在新的起点，面对新的考验，我将尽职尽责、尽心尽力把我分管的工作抓实办好。我坚信，有魏书记和柳乡长的正确领导，有在座各位的共同努力，我一定能把工作干好。谢谢大家！"

这简短的一番话，发自肺腑，令全场刮目，大家愣了半分钟，直到主持人领掌，大家才反应过来，如潮般的掌声再次响起。

魏书记最后讲话，感谢组织上给大峪乡派来了得力的扶贫干部，肯定了老马在煤炭能源局的人品和能力,希望同志们像支持他和柳乡长一样支持马书记的工作,云云。

　　会后,老马回到办公室,思谋着:见面会仅仅是个开端,下一步的工作该如何开展呢?

第二十四章

转眼间，一周时间就一晃而过了。星期五下午五点多，魏金国和柳占奎来到老马办公室。

魏金国笑着说："这一星期咋样，老兄，生活上还习惯吧？晚上得多盖几层被子，咱这儿比不了神都有暖气呀。"

"还行。我从小也是在永长长大，到咱这儿，也算是回归本色啦。"

"开始去各村走访没？"

"还没顾得上，这两天先听了教育组、文化中心的工作汇报。准备下星期下去。"

柳占奎也笑着说："吃住有啥不方便，老兄只管直说，乡里如果招呼不到，将来落嫂子埋怨。"

"哪里会啊。我打电话给她说了乡里对我的关照，她还让我代她谢谢两位领导呢。"

"提到嫂子，我倒想起来双休日你回不回神都，如果回，让柳乡长给你安排车送一下。"

"这周刚来，椅子还没暖热呢，不来回折腾啦。来的时候是县里统一接来的，我哪一周回去时，还真得让乡里送一趟，再回来我开私车，以后就不用了。"

"提到用车，顺便给你解释一下，咱乡里车少，也无法给班子成员都配车，平时你下村，就用党政办的车。"柳占奎说，"不过，如果回神都,就得开你的私家车了,咱乡里的车多数都没手续,也就是下村呀,禁烧呀,在咱乡地盘上跑跑,不敢进县城,更不用说去大地方啦。"

"行,这都好对付。"

"那你们俩聊吧,我得回啦。"魏金国看看窗外低垂的暮云,天色正渐渐暗下来。

"赶紧走吧,有我在呢,这一周都没回去,嫂夫人早等着急啦。"柳占奎对魏金国说。

"没办法呀……占奎,晚上你陪马老兄喝两杯。"说着,魏金国告辞下了楼。

柳占奎说:"马书记,在咱这偏僻小乡,晚上黑灯瞎火的,娱乐基本靠喝酒。这样,我让灶上炒几个菜,看看在县城住的那几个弟兄谁不走,等会儿一块喝几杯。"

送走了柳乡长,他想起以往听到的一种说法,"村主任是选出来的,乡长是喝出来的",看来,还真是无风不起浪。自己的酒量,还得进一步提高啊。

过了半个钟头,冯伟轩推门进来,说,马书记,菜都齐了,走,到柳乡长房间。

进了柳乡长办公室,一看,吕建军也在。吕建军是副书记,分管党建和信访稳定。他和老马同岁,比老马大三个月,面容忠厚,老成持重。

桌子上是六个家常菜,餐具酒具都已摆好。

吕建军问:"伟轩,马书记家在神都,我和柳乡长家在县城,离得都远,你咋也不回家? 弟妹爱上了一个不回家的人哪。"

"我要是回家了,不是怕没人陪你喝嘛,一着急,你把自己喝倒了咋办?"

吕建军"酒"经沙场,酒量在一斤朝上,号称"一斤起步",在乡里是出了名的"不倒吕",谐音"不倒驴"。不过,私下里可以传传,当着面没人敢叫,只能拐弯抹角说。

冯伟轩说着,把酒倒进酒杯,一瓶酒正好分完。

柳乡长酒杯一端,说:"来,伙计们干了,先垫垫底儿。"

老马刚端起酒杯,一看其他三人已杯底朝天。空肚就喝二两半,自己不晕才怪呢。

老吕看老马为难,说:"马书记,到乡里工作,得练酒量,有些支书主任量大着呢,喝不过他,工作有时都推不开。"

柳占奎也说:"老吕说的是实在话,老兄,你赶紧喝,要不,咱几个人都没法扪菜。"

话到此,老马也只得闭着气,学着他们的样子,气冲牛斗,一口干完,呛出两眼泪来。

柳占奎见老马如此难受,说,罗马城不是一天建成的,酒量也不是一时半会儿就能练上去的,马书记,你接下来少喝点儿。

冯伟轩夹着菜,说,就是,魏书记刚来时,也就是半斤的量,现在不也快一斤了,直逼老吕呀。

老吕说,要不是他得回去伺候老爷子,这会儿就能再和他比试比试了,是骡子是马拉出来遛遛。

老马不解,问,他老爷子咋啦?

老吕叹口气,唉,半身不遂,瘫痪卧床十来年啦。

柳乡长说,正因为这,下午他急着回家。

老马问,平时咋办?

柳乡长说,多亏有个好媳妇呀。

冯伟轩也说,小惠嫂子的"好媳妇",可是全县"十佳"之一呀,魏书记也是有福人哪。

从他们的你一言我一语中,加上几天来的道听途说,老马了解了书记、乡长的大致情况:

魏金国,今年四十岁,老家在邻乡望良乡。他从中原师专毕业后,分到了县实验小学。两年后,仝小惠从神都师专毕业,也分到了这所学校。共同的爱好,共同的志向,让他们走到了一起。

刚开始,仝小惠家并不同意这门亲事。她家在县城,书香门第,也算是大家闺秀。她本人要长相有长相，要学历有学历。县城里的圈子本身就不大，前来提亲的人把门槛都踩烂了。男方不是工商、税务上的，就是公检法上的工作人员，都是实权部门，可是，她却偏偏对魏金国情有独钟。

全小惠的父母实在不理解，魏金国有什么好？农民出身，老早就没了娘，弟兄姐妹们多，家庭负担大。虽说教师是"太阳底下最光辉的职业"，但一个大男人当小学老师，又有多大出息呢？"人类灵魂的工程师"听上去很美，就像水中月镜中花，俺闺女可是和你过日子的，不是拍电影的。事实证明，父母的担心不无道理，结婚两年后，魏金国的父亲开始瘫痪在床。小惠的母亲多次数落小惠道，不听老人言，吃亏在眼前，应验了吧？

父母哪里知道，共同的追求已经把两颗年轻的心紧紧地拴到了一起。全小惠参加工作时，魏金国已经教了三年学。两年多来，这位貌不惊人的青年刻苦钻研，将当时吉林省崭露头角的教改新秀窦桂梅作为追赶目标，在教学实践中探索着"课程整合"理论，并在《中原教育》等报刊上发表了数篇教育教学论文。魏金国这人不清高，有副热心肠，对全小惠等青年教师的请教总是来者不拒，倾其所有，博得了大家的好感。打动全小惠芳心的，是魏金国那种百折不回的进取与执着，是他强大的内心世界。在后来的恋爱中，全小惠才知道，在待人接物谦恭的外表之下，魏金国其实有着远大的志向，用他的话说，"北有窦桂梅，为什么就不能南有魏金国呢"，"想得到未必做得到，但想不到肯定做不到"。他的思想使全小惠感到震撼；他的抱负让全小惠产生了共鸣。

魏金国工作的第四个年头就当上了语文教研组长，他是建校以来最年轻的教研组长。在魏金国的辅导下，全小惠在教学方面迅速成长，巾帼不让须眉，她工作的第三个年头就代表南川县获得了神都市公开课二等奖。

又隔了两年，两个人不顾小惠家里的反对，毅然结为伉俪。婚后，尽管物质生活平平，但夫妻二人举案齐眉，倒是沉浸在幸福里。

学校里有个老师,她的丈夫在县委办工作。有一天,他找到魏老师家里,说,县委办正缺写材料的人手,听说你发表了许多文章,说明你有写材料的基础,不知道有无此意。

这个机缘让夫妻二人彻夜难眠。此时,魏金国的教改实践正在火热进行着,只要坚持下去便可以预见,不远的将来,南川将冉冉升起一颗教改新星。

他的确很矛盾。且不说岳父岳母担忧的是大男人当小学老师,出去办事都是求人,却给别人办不了什么事儿;最重要的是,夫妻二人同在一所学校,处理人际关系颇费心思。这两年,夫妻俩在教育教学上的佳绩,也让一些红了眼的老师鼓唇摇舌,什么"好事儿都让他夫妻俩占尽了",什么"仝小惠年纪轻轻,凭什么讲公开课,不是有教研组长撑腰吗",等等。这些风凉话就像钝刀子,虽说要不了命,却能把你割得鲜血淋漓。

踌躇再三,魏金国把自己视若宝贝的教育理论书籍转交给了仝小惠,对妻子感叹说,唉,看来,我原来说的,得改成"北有窦桂梅,为什么就不能南有仝小惠呢",小惠,就看你的啦!

就这样,二十八岁的魏金国到县委办当了一名文字秘书,五年后被提拔为县委办副主任,又三年后,到疙瘩乡当了乡长,四年前调到大峪乡当了书记。

他到县委办当秘书的第二年,他爹突发脑溢血,落下了半身不遂的后遗症。为了在县城治病方便,他爹就一直跟着魏金国住。刚开始的三年,魏金国的小妹住在哥嫂家里照顾老爹。后来,小妹结了婚,伺候老人的重担就落在了小两口肩上。

在县委办当秘书,干的也是伺候人的差事,不能自主支配时间。有时候,该下班了,突然有个第二天会议上书记的讲话要起草,诸如此类的加班如同家常便饭。当了副主任之后,除了得把关文字材料,还经常随着领导下乡调研,再加上方方面面的应酬,家里的重担就全部压在了仝小惠一人的肩头。

为了丈夫能一心一意扑在工作上，仝小惠不得不放弃了"南有仝小惠"的梦想。直到七年前，魏金国到疙瘩乡工作后，请了一名护工帮着护理老父亲，仝小惠才喘过一口气来。

　　多年来，魏金国眼睁睁看着爱人为了他，不但有照看上老下小的辛劳，还有对当初夙愿的无奈放弃。这，让他心里像压了一块大石头似的。所以，到了双休日，只要能脱开身，他都尽量回家，减轻一点儿妻子的家务负担，也减轻一点儿自己心理上的亏欠。

　　柳占奎，今年三十六岁，从邻省财经大学毕业后，经过招录考试，到了县财政局上班，先在综合股，六年后任农财股股长。五年前，由于出色的工作，他被提拔为县财政局副局长；两年前，为了加强大峪这个穷乡的财源建设，他被任命为党委副书记、乡长。

　　在财政局工作期间，他认识了楚楚动人的姚丽娟。她比他小三岁，家也在县城，在农行县支行的客户经理部工作。当时，她名片上印的是"客户部经理"，其实就是个跑龙套的一般业务员。她从金融学校毕业后，托人安排进农行工作。

　　然而，也算时运不济，她到单位工作那年，恰逢农行系统改革，员工的工资变为底薪加奖金，从拉来的储蓄款中提成。正是在这种情况下，她通过关系找到了柳占奎。

　　柳占奎本来是不想帮这个忙的。可是，眼泪是女人天生的利器。姚丽娟的死缠烂打，每次的泪眼婆娑，都让柳占奎的恻隐之心为之一动。他这个股长，权力说大不大，说小也不小，将部分资金转存到农行，也不违反什么纪律。自己的举手之劳，就能成人之美，何必让人家苦苦相求呢。

　　做出帮她一把的决定，如果仅仅是因为怜香惜玉，仅仅是因为英雄难过美人关，那你就大错特错了。在柳占奎看来，项羽的妇人之仁与匹夫之勇，历来成就不了什么大事。最终，令他怦然心动的，是她这种为了工作穷追不舍的精神。

　　就这样，一来二去，忙也帮了，俩人也走到了一起。结婚三年后，柳占奎提了副局长,又隔了一年,妻子因出色的业绩也提了城关分理处主任。

按说,柳占奎两口子恩恩爱爱,事业有成,可谓完美无缺的一对。然而,就像断臂的维纳斯,世上哪有称心如意的事情呢。他的女儿柳青青今年八岁,在县实验小学上二年级。小姑娘长得秀丽清纯,可惜成绩一般。青青两岁时有一次发高烧,得了急性脑膜炎,可能留下了后遗症。

两口子为了孩子的学习,绞尽了脑汁。工作之余,柳占奎对魏金国说,青青的学习是自己的一块心病,让嫂子在学校里找个教师,课外辅导辅导?

魏金国说,行,我跟你嫂子说一声。

过了两天,魏金国给他回话说,现在也有护工了,你嫂子辅导青青还是有时间的。咱可得先说好,这是无偿辅导,只当是咱兄弟之间相互帮忙。

柳占奎说,魏书记,那怎么好意思?

魏金国说,这有啥呀。不是嫌你嫂子没水平吧?我可告诉你,全小惠当年可是获得过全市公开课二等奖的啊,职称是高级教师,工资比我还高哩。

就这样,姚丽娟带着青青一周去魏金国家里两次,让全老师给孩子开开小灶。每次去都不空手,给老爷子捎点儿营养品什么的。孩子做习题时,姚丽娟和全小惠就拉闲话,时间一长,也成了无话不谈的好姐妹。

有一天,俩人又拉起家常来。

姚丽娟叹着气说,小惠姐,你说青青这个样子,如果没有起色,将来可咋办哩?

好妹子,船到桥头自然直。何况,我看青青这一段进步不小。

真羡慕你呀,姐。孩子健康聪明,你和魏书记夫唱妇随,真是当代的司马相如与卓文君呀。

仝小惠也叹了口气,说,妹子呀,卓文君是才女,她的诗文与丈夫琴瑟和鸣。可是,姐姐我这些年,为了支持金国的事业,不得不忍痛割爱,放弃了自己的追求,成为茫茫人海中一个普普通通的小女人哪。

可不是,姐,爱,有时就是付出的一个代名词啊。

…………

第二十五章

到了星期一上午,老马正要出门,在门口碰到了吕建军。吕建军问,准备去村里走访？尖斌卡安排好没有?

"尖斌卡?"

"噢,就是陈进庆呀。办公室主任嘛,能大能小,能文能武,能上能下,不就是尖斌卡嘛!"老吕笑着解释道。

老马也笑了,说:"'尖斌卡'这三个字倒是挺有意思。"

仔细想想,还蛮有道理。办公室主任职务不高,但下到各村却能代表书记、乡长发号施令,在乡里就顶到天了。在那天与乡机关的见面会上,陈大主任在众人的目光中,猫着腰走过通往主席台的过道,似乎怕遮挡住台上领导的光辉形象;在主席台上倒水时,就像个丫鬟,他小心翼翼把茶杯从书记的面前移到旁边,续上水,然后放上杯盖,再轻手轻脚地把茶杯放回原处,似乎捧着的不是茶杯,而是一颗手雷,这也真算是能大能小了。办公室主任,得开口能讲,动笔能写,来人能接,遇事能办,俗话说"能写文章,能当酒缸";护佑在主要领导左右,得眼观六路,耳听八方,能逢凶化吉,遇难成祥,必须能文能武。办公室是乡党委、政府的司令部和参谋部,需要协调左右,平衡前后,沟通内外,办公室主任自然得能上能下了。

看来,没有金刚钻,还真揽不了这瓷器活。

陈进庆已经干了八年,伺候了两任党委书记和三任乡长,可谓元老级的办公室主任了。其实,他才三十多岁,个子不高,看上去精明强干。刘文卿,大峪乡文教助理,五十多岁了,再过几年就到了退休年龄。

俩人在楼下候着,见老马下了楼,就一块上了车。

车上,陈进庆汇报说,全乡三十一个村,一天跑五六个,一周下来也就差不多了。今天上午先去竹园、赵湾和桑树坪。每到一个村,与书记、村主任等见见面,问问村里的基本情况,有个初步的印象。遇到有中心学校的村,顺便到校了解一下情况。看看这样的安排,有无不合适的地方?

老马说,陈主任不愧是行家里手,考虑得很周到。

老刘补充说,学校现在放假了,到学校也就是看看校舍,等过了年,开学时再转一遍,让各个学校详细汇报。

说话间,已经到了竹园。村里的书记、村主任都在村委会等着。见了面,问了情况,就接着走马灯似的看了桑树坪和赵湾。

都看完以后才十一点,回乡里有点儿早,老马就问,这里离哪个村近一些,顺便再"捎带"一个村。

于是,司机掉转车头,往最近的尚沟开去。

陈进庆介绍说,尚沟是个大村,有一千三百多口人,有五个自然村,尚姓的人占了全村人口的百分之五十以上。支部书记尚明德,六十多岁,干了二十多年,是个老好好、"不倒翁";村主任尚安民,三十多岁,可不是个善茬儿,去年年底他刚刚当选,大事小事他说了算,是村里举足轻重的人物。

老马说,那咱说啥也得会会他呀。

刘文卿也介绍说,尚沟中心小学共六个年级,一级一个班,校舍破旧不堪,急需修缮。本来,上任村主任孙绍伟正多方筹资准备修葺,因意外落选导致这事也"胎死腹中"了。

老马问,尚安民上台后为啥不萧规曹随,接着修呢?

老刘说,这两年,尚沟村接二连三地死人,据专家分析可能是克山病。恰巧村里的娘娘庙也塌了,有人便传言,这是娘娘发了怒,得赶紧先修庙。就这样一传十十传百，居然三人成虎。尚安民去年竞选时，承诺上台第一件事就是先修庙，赢得了不少村民的选票。为这事，他和孙绍伟也翻了脸。

说着，不知不觉已到了尚村。学校恰在村口，老马就说，咱们先拐进去看看。

几个人下了车，映入眼帘的是一幅破败景象：围墙歪歪斜斜，有的地方居然还用木杠顶着；操场坑洼不平，简易篮球架上的篮板有一块没一块，看上去就像一只张牙舞爪的怪兽……

校长叫昌儒臣，满脸皱纹，发型是典型的"农村包围城市"，看上去弓腰驼背，老态龙钟。他紧紧握住老马的手："欢迎马书记亲自来视察。"

"昌校长，亲自呀、视察呀这些词儿，恐怕是地市级以上领导专用的，咱可享受不起。否则，到了中午，我还得亲自吃饭呢。"

大家都被逗笑了。老校长领着几个人进了教室，土坯墙上的裂缝随处可见，窗户上的玻璃几乎快碎完了，糊着报纸，室内光线昏暗，凋敝破落。

昌校长忧心地说："马书记，我天天心都悬着，出了事儿谁都负不起这个责任呀。"

老马一阵酸楚，默默无语。

出了学校，一行人去找尚明德和尚安民。由于老马等人是临时决定而来，他俩恰巧一块去县城办事了。

老马说："走，咱们去看看孙绍伟在家不？"

陈进庆建议说："马书记，要不咱改天再来？孙绍伟家就先不去？"

"尚沟这么远，来一趟不容易，先听听孙绍伟有啥好招。这修葺学校的事还真是一天也不能耽搁啦。"

见老马意已决，陈进庆欲言又止，也只好带着众人向孙绍伟家走去。

时值腊月，地里没活，一街两行都是闲散的群众。一看老马等人光鲜的穿戴就知他们是干部。有人认识陈进庆或刘文卿,就主动和他们打招呼,问是哪个大领导?

他们二人就笑着答,不是大领导,是刚来咱乡的马书记。几个人在众人的注目下走进了孙绍伟家,一些好奇者也跟着挤进了院内。

孙绍伟,四十多岁,绰号"大能人",是村里有名的木耳香菇种植能手。乡里的党委副书记"微服私访",让他手足无措,也分外激动。在他的印象中,自从落选之后,自己就像种过香菇的锯末一般,再也没用了,被大家遗忘得一干二净。他紧握着老马的手,感动地说,谢谢马书记来看我。

陈进庆说:"绍伟,搬凳子呀,得让大家坐呀。"

"就是,看我激动的,秋香,咋恁没眼色哩!"

那个叫秋香的,估计是孙绍伟的老婆,赶紧搬过来几个凳子。几个人就地在院里坐了。

老马问:"种香菇木耳,收入咋样?"

"我总共搞了五六个棚,一年也就是两三万吧。"

"技术上复杂不复杂?"

"咋说呢,马书记。会家不难,难家不会。关键是温度、湿度和光线,对原基的 pH 值的控制,就是酸碱度,还有选料得干净,得消毒。"

"绍伟,一花独放不是春呀。村里这么多闲散劳力,为啥不带着大家一起种?是怕教会徒弟,饿死师傅?"

"唉,马书记,咱俩接触得少,我是那种吃独食的人吗?你让老刘和陈主任给你讲讲。"

"绍伟当村主任时,也曾发动过乡亲们,开始大家积极性挺高。"刘文卿说,"可是,种植的每道工序都有严格的标准,咱这里的人哪,干啥事儿都是差不多就行了。比如,这湿度,这酸碱度,包括用的料,都是丝毫不能有差错的,结果不少人不但没挣到钱,连本钱也搭进去了。从这以后,再也发动不起来啦。唉,就是这穷命。"

"咱这里的人还有个贱毛病,就是既想挣大钱又不想出大力。"陈进庆也说，"香菇成长的关键时候，白天黑夜都得招呼着，多数人下不了这身份，吃不了这苦，觉得不如出去打工省心。"

孙绍伟说："马书记，总结起来就是三条：首先是思想观念，就是刚才他俩讲的；第二是资金。开始时的投入，小额贷款很难。最后，是技术，得培训。三者缺一不可。"

老马想起自己本是来讨教建校的事儿的，就问："绍伟，说说你原先翻修学校的想法吧。"

"马书记，各级整天喊：百年大计，教育为本。可是，你看看咱学校的破房子，我心急如焚哪。咱村穷得叮当响，咋办哩？我原来琢磨着，从乡里要一点儿，乡亲们集一点儿，咱村在外面有本事的再赞助一点儿，给娃子们一个读书的好环境。可惜，壮志未酬啊，都是明日黄花啦。"

…………

眼看到了中午，孙绍伟要留饭。陈进庆见老马想多了解一些脱贫以及建校的情况，加上与孙绍伟谈得投机，有留下来的意思，就说："马书记，刚才魏书记打电话，说下午一上班得开个碰头会，有紧急工作商量，咱抓紧起身吧。"

"乡里又有啥紧急情况了？"上了车，老马问。

"其实，魏书记就没打电话，当着面我不好劝你，只得出此下策。这顿饭好吃难消化。"

"哦。有这么严重呀？"

"一时半会儿也说不清，以后我慢慢给你汇报。"

老马一惊：没想到，这里面这么复杂，幸亏没留下吃饭。

…………

一晃过了三四天。这天，按照预先的安排，老马要去更远的火龙沟等村。

正要下楼，党政办的小徐在老马办公室门口说："马书记，昨天因为你下村，没见你，有个事得向你汇报一下。按照县民政局的安排，乡机关组织为贫困家庭自愿捐款活动,你还没捐呢。"

老马宅心仁厚,乐善好施。听完小徐的话,他没顾上多想,掏出钱夹,一看百元面值的钱仅剩了三张,就全递给了小徐,然后急匆匆下了楼。

路上,陈进庆和刘文卿边走边介绍着火龙沟的基本情况。这是个小村,也是全乡最偏远的村,离乡政府十几公里。通往两个自然村的都是羊肠小道,汽车都开不上去。

快到火龙沟的时候,话题拐到了这次捐款上。

刘文卿感叹说:"这年月,各种名堂的捐款也太多了呀。光今年,我扳着指头数了数,给贫困家庭、下岗职工、失学儿童、地震灾区,还有咱机关换肾的老卞捐款,都五次了。每次都说是自愿,哪次尊重过捐款人的意愿,咋有种被'强奸'的感觉?"

陈进庆跟刘文卿开玩笑说:"你这话可不敢对着女同志讲,说你拐着弯骚扰女同事哩。"

"那是你思想不健康。"

"老刘,这五十块一捐,这月你咋给老嫂子报账呢?"

说者无意,听者有心。刘文卿还没答话,老马似乎意识到了什么,插话问:"咱乡里捐款有没有标准?"

"书记、乡长一般都是二百元,副职一百元,我们这些中层,都是五十元,一般同志二十元。这几年,每次捐款都是这,成了约定俗成的标准。"陈进庆说。

老马心里"咯噔"一下,立刻掏出手机,拨打办公室电话,想交代小徐,把自己的捐款改为一百块。可是,听筒里只有"嘀……嘀……"的声音。

"马书记,这里根本没信号。"老刘说。

到了火龙沟村,老马坐立不宁,草草结束了行程,其他村也没去,就催着回到了乡政府。

进了一楼大厅,一张偌大鲜红的光荣榜贴在迎门墙上:"马德胜

300 元　魏金国 200 元　柳占奎 200 元……"赫然入目的光荣榜,如同利箭般扎眼,让他如芒在背。

他沮丧地上楼,想找书记、乡长解释一下当时的情况。快到魏金国门口时,听见里面有人大声发着牢骚:"以后,他马德胜在尚沟别找我尚安民,有啥工作去找孙绍伟!"

"尚安民,你还有没有组织纪律性?瞎咋呼啥哩!"

"他这不是长孙绍伟的士气,灭我的威风吗?魏书记,你说说,我以后在尚沟还咋混嘛。"

"有那么严重吗?你先回去。"

听到这儿,老马赶紧退回自己的办公室。如果与尚安民在走廊上碰了面,他正在兴师问罪的气头上,还不知会让自己怎样下不了台呢。

看来,这是捅了马蜂窝啦。唉,没想到,基层的人际关系这么复杂,农村工作这么多学问,悔不该当时不听陈进庆的劝告。

老马瘫坐在椅子上,好一阵迷惘,似乎自己也没做错什么呀。

过了一会儿,魏金国走进老马办公室。他正要起身,魏金国摆摆手,在他对面坐了下来:"老兄,村子转得差不多了吧?"

"还有最后两个村。"

"辛苦啦。到乡里工作,得有个适应的过程。你到咱大峪乡也有十几天了,嫂子恐怕也挂念着呢。咱离市区这么远,马上就要春节了,过完春节再回吧。"

老马听了,半天没回过神儿,不知书记这是真诚的关心呢,还是无声的责备。

第二十六章

到了星期五,已是农历腊月十九。老马心生归意,决定先打道回府再从长计议。

他把陈进庆叫到办公室,说了自己的想法。

陈进庆说:"魏书记料事如神呀,昨天特意吩咐我,你什么时候回神都,用他的专车送。"

老马心生感动。他知道,魏书记的座驾是一辆帕萨特,是乡机关所有车辆中最上档次的。

"随便另派一辆吧。书记那么忙,别耽搁了他的工作。"

"马书记,魏书记交代过的事,党政办怎敢擅自更改?你就别让我为难啦。"

"既然这样,却之不恭呀。我简单收拾一下就出发。"

下了楼,司机小艾早已在车上等候。

小艾,二十二岁,未婚,是乡里的临时工,给魏金国开车已经三年有余。小伙子看上去挺内向,或许是常年跟随主要领导养成了守口如瓶的习惯,一路上寡言少语。

过了一会儿,漫天飞舞起小雪花。老马没话找话说:"小艾,咱大峪往年雪下得大不大?"

"也不定。预报说,这几天都是小到中雪,幸亏你走得早,再晚两天就不一定能出山了。"

"魏书记家在县城,一下雪还咋回去?"

"别说下雪了,即便在平时,他一到乡里,几乎不咋回县城,除非县里有会才回去。"

回想这些天来的所见所闻,还真是这么个情形。

两个多小时便到了县城,他给赵玉曼打了电话。上了高速,一个小时多一点儿,便到了楼下。

看看时近中午,他就挽留小艾到家里吃完饭再走。

小艾说:"马书记,这雪要是下大了,开着太操心,我还是早点儿回吧。"

他下了车,小艾连忙打开后备箱,说:"马书记,这是魏书记专门捎给您家里人的一点儿心意。"

原来是两编织袋山货。小艾说着,就要把编织袋往楼上扛。

他紧抢着扛到自己肩头,说:"就赶快上路吧。路滑,小心点儿,代我谢谢魏书记啊。"

送走了小艾,他扛着编织袋上了楼。赵玉曼从窗口早看到了,她打开防盗门,慌忙接住。

进了屋,赵玉曼打开一看,一袋是核桃,一袋是木耳和香菇。她喜形于色,说:"我的天呀,这么多,啥时候咱能吃完?"

"你去找几个塑料袋分一下,这一两天我得到局里汇报工作,给科里的几个人捎些。"

"急啥,回头就不能分啦? 爷呀,想死我啦。"

她一把搂住老马的脖子,踮起脚跟儿就要亲热。

这时候,他的手机报警般地响了起来。

赵玉曼嘴一噘,说:"真讨厌!"

老马一看,是白雪,就笑着对赵玉曼说:"'雪里迷'的电话,你说,接还是不接?"

"做贼心虚的话,你就别接。"

老马故意打开免提,只听白雪问:"德胜,听说你高升下乡了,啥时候回神都过春节?"

"巧了,我刚刚到家。"

"太好了。王晓霞你还记得不?"

"王晓霞?"

老马愣了几秒钟,只听手机里有另外一个人的声音:

"马德胜,一阔脸就变哪。听说你都当书记了,把老同学都忘了吧?"

"王晓霞? 你不是在汴京市工作嘛,怎么和白雪在一块呀?"

"该过春节了,单位派我来买一批牡丹送礼呢。这会儿刚到神都。"

…………

"中午在一块吃个饭,能过来吗?"电话中又转换成了白雪的频道,"那天和马大山说起来,本来还要为你送送行呢,结果没顾上。"

"行,我叫上大山。但今天,主要是为王晓霞接风洗尘哪!"

赵玉曼一听,醋意大发:"马德胜,接风就接风呗,咋还给女同学洗尘哪?"

老马还没来得及制止赵玉曼,只听白雪说:"呵呵。是玉曼嫂子吧? 叫上嫂子一块来啊。"

赵玉曼红着脸,伸了下舌头,小声嘀咕:"她们咋听见了?"

他问了地址,挂了电话,就约了大山。

大山说:"前几天,小川还问起你的事儿呢。要不,一块叫上?"

老马说:"我约约看。"

打通了小川的电话,他正在北京出差,说等春节放假找时间细聊吧。

看看时间,已近正午,就赶紧拉着赵玉曼出门。

她不好意思去。老马开玩笑:"老婆,走吧,省得我给女同学洗尘,你不放心啊。"

开车到了饭店,白雪和王晓霞已候多时。王晓霞第一次见赵玉曼,一把拉住她的手："是嫂子吧？马德胜，艳福匪浅哪！嫂子比你小十来岁都不止，你得改名叫马得福。"

赵玉曼瞥瞥老马，大大咧咧说："马得福，听见没？你是身在福中不知福呢。"然后，她又对王晓霞说："好妹子，洗尘不洗尘的，是玩笑话，千万别在意哟。"

王晓霞笑着说："怎么会呢，嫂子。"

赵玉曼又拉住白雪的手，亲热地说："白雪妹子，好长时间没见你，真是越来越漂亮啦。"

白雪微笑着正要回话，这时，马大山走了进来。

酒菜上了桌，大山打趣说："瑞雪兆丰年。今天是个好日子。窗外白雪皑皑，屋内白雪飘飘。大才女，不致两句辞？"

白雪端起酒杯，说："今天的雪是迎接晓霞的。来，大家干一杯！"

白雪又倒上了第二杯，说："这第二杯呢，祝贺德胜下乡当了书记！"

大家又喝了。

王晓霞接着把自己的酒满上，说："那句话说得好：一个成功男人的背后，都有一个伟大的女性。德胜能当书记，我看啊，是有嫂子这个贤内助。咱们共同敬嫂子一杯！"

赵玉曼不停地给老马夹菜，说："才下去半个月，人就瘦了整整一圈儿，得多吃点儿补补呀。"

大山酸溜溜地说："哎哟，还是嫂子会心疼人哪。"

王晓霞和白雪相互对视一眼，抿嘴笑着不说话。

酒过三巡，菜过五味。大山问老马，去这十来天，感觉咋样。

"唉，麻绳拴豆腐——没法提。"

叹息声把大家疑惑的目光都吸引了过来。

他就把这十几天来的事儿简要说了一遍，重点讲了尚沟村主任对自己的不满以及尴尬的捐款事件。

赵玉曼早就憋不住了，说："咱好歹也是副书记哩，他狗眼看人低，欺你人生地不熟呢。"

"不过,捐款的事儿,确实有点儿欠妥,怎么也不能排在人家书记乡长前,衬得领导的思想境界还没你高呢。"王晓霞说。

赵玉曼埋怨说:"老公公背儿媳妇,出力还不讨好。这个月的下乡补助也泡汤啦。"

白雪说:"好心有时也会办错事,上次你的'艳照门'事件不也是这样?不知书记乡长的度量如何,用不用找个合适的机会解释一下。"

大山想了想,说:"路遥知马力,日久见人心。毕竟是一把手,怎么会那么小心眼儿?"

赵玉曼接嘴说:"就是嘛!德胜,你那书记姓啥?噢,魏书记,人家专车给德胜送回来的,还给我捎了两大袋子山货呢。我看,人家心挺好的。"

菜上齐了。大山还得上班,就起身告退。

赵玉曼一拍脑袋,说:"你看我这记性,下午学校要开家长会,超超特意交代不要迟到,忙着给晓霞妹子接风,差点儿把这茬事给忘了。"

大山说:"走,嫂子,你也享受一次专车。"

大山和赵玉曼起了身,目送他们走远,王晓霞虚掩上门,蹑手蹑脚坐下后,诡异一笑:"就我们仨人啦。老实交代,目前你俩什么情况?"

"王晓霞,你别装神弄鬼,好不好?"白雪又好气又好笑。

"什么什么情况?"老马弄个愣怔。

"马德胜,装吧你,凤凰玉的传奇,咱同学们可都还惦念着呢。白雪单身都等你快二十年了吧?你准备让她等你一辈子呀?"

"晓霞,你能不能说点儿正经话?"白雪有些恼怒了。

"好好好,算我多嘴。不过,嫂子倒是挺会心疼人的哟。"

老马无言以对,急忙岔开话题:"听说你是来买牡丹的?我恰巧认识一位老板,给你联系联系?"

"好啊,我听白雪说,春节前这些天,牡丹花很紧俏,我正发愁呢,你现在帮我问问。"

他拨通范国栋的电话，约定次日去牡丹园。

第二天，他领着王晓霞来到什锦牡丹园。一进门，只见好几辆专用运输车等在路边的雪地里，工人们正在忙着装花。

俩人进了大棚，湿暖的空气扑鼻而来，与大棚外的寒气袭人恰似冰火两重天。棚内一盆挨一盆的牡丹含苞欲放。他告诉王晓霞，这叫什锦牡丹，就是在一株牡丹上嫁接不同的品种，家里只要有暖气，不出三五天，这些花苞就盛开了。怒放的牡丹万紫千红，清香四溢。特别是新春佳节时，家里摆上牡丹，花开富贵，寓意吉祥，喜庆的气氛顿时会浓郁许多。

范国栋正忙得不可开交，瞥见他俩，便摆摆手："马老弟，多日不见啦。"

三个人来到老范的办公室。老马说："范老，春节牡丹真抢手呀，我俩给你找麻烦来了。"

"这生意呀，就像牡丹的花期，一年里也就这十几天。谈不上啥麻烦，倒是给我拉生意呀。昨天接了电话，就已经安排了，刚才你们看到装车的牡丹，其中一车就是专门给你们准备的。"

王晓霞起身致谢。老范带着她到财务室结了账。

王晓霞说，德胜，单位领导催得紧，我得赶紧跟车上路往回赶。

老马挥手送别了王晓霞，重新回到老范的办公室。

老范见他一脸愁容，就问："还在想提拔的事？过去也就过去了，多想无益，徒增烦恼呀。"

老马摇摇头，把这段时间的曲曲弯弯倾诉了一番。最后感叹说："本来抱着干点儿实事的想法下去啦，结果，热情挺高，却碰了一鼻子灰。"

老范说："老弟，有一次，画家凡·高和工人们一起下矿井，在升降机中，颤巍巍的铁索嘎嘎作响，箱板左右摇晃，所有的人都默不作声，任凭机器把他们运进深不见底的黑洞，他顿时陷入了一种进地狱般的恐惧中。下到了井底，他见那位坐了几十年升降机的老工人一直神态自若,就问:'你们是不是习惯了,所以不再感到恐惧?'这位工人答道:'不,我们永远不习惯,永远感到害怕,只不过我们学会了克制。'

"这个故事告诉我们,生活中,你就得学会克制,学会忍耐。你不习惯黑夜,但黑夜每天适时而来,你忍耐着,天就亮了;你不习惯寒冷的冬天,但是冬天的脚步渐渐逼近,你忍耐着,那春天就不远了。只要把最坏的日子都挨过去了,剩下的也就是好的啦!"

老马站起身,说:"真是至理名言呀。我修行不够,知行不能合一。你正忙,改日再登门求教。"

说罢,老马与范老握别,驾车回家。

第二十七章

　　第二天,恰逢小年。老马一觉醒来不见了赵玉曼人影,大约是上街买菜了。想到下乡后家务全靠老婆一人操持,他顿生愧意,决心学学人家魏金国,多干点儿家务活将功补过。

　　于是,他翻身起床,开始拾掇卫生。

　　楼下的雪地里,孩子们在堆雪人、滚雪球,还有的在放鞭炮,似乎已等不及新年姗姗的脚步。

　　马超揉着惺忪的眼睛,从卧室走出来,伸了个懒腰:"真讨厌,懒觉也让人睡不成。"

　　儿子昨天才放假,终于可以睡到自然醒了。

　　"起床吧,迎小年呢。和老爸一块打扫卫生吧,咱爷儿俩给你妈一个惊喜。"

　　"离新年还远着呢。耽搁我睡觉。"

　　"超超,今天要祭灶,灶王爷要上天向玉皇大帝报告工作哩。在我小时候啊,今天得吃芝麻糖,寓意是粘住灶王爷的嘴,让他上天言好事。"

　　"老爸,我听这老皇历,怎么觉得那时候的人们很虚伪呢,想吃芝麻糖就吃呗,还编个什么借口,找人家灶王爷当替罪羊!"

　　儿子撇撇嘴,又进屋关上门蒙头大睡去了。

　　老马摇摇头,看来这代沟是永远无法填平的啊。

他系上围裙,从厨房开始打扫,先把抽油烟机的油漏子取下来,黏稠的废油沾满了双手。这时,门铃"叮咚叮咚"地响了起来。

他边开门便嗔怪道:"老婆呀,又忘带钥匙啦?啊……"

"马大哥,你家好难找呀!"

原来是孙小妮!她的额角沁着细细的汗珠,手中提着大包小包的年货。

"小妮?你怎么……快,快,进屋坐。"

她放下年货,喘了口气:"不坐了,马大哥,今天我得赶回家过小年,年后开学才回来,今天就算是给您和嫂子拜早年啦。刚才我去了煤炭局,才知道您下了乡,问了地址,我就摸了过来。"

"礼式太大啦。对了,小妮,我下的乡,正好是你老家大峪呀。"

"我已经听说了,大哥都当上俺乡书记啦,以后有事儿可要麻烦你呀。"

"书记个啥呀,副的,还是挂职。有事儿你说,要说可得早点儿说呀,过两年就回来啦。"

"嫂子没在家?代我向嫂子问个好。我也得赶紧走了,晚了怕赶不上车。"

送走了孙小妮,他接着擦洗抽油烟机。

不一会儿,赵玉曼回来了。一进门就看见客厅里大包小包的礼物,就问他谁来过。

"是孙小妮,她回老家前来给你拜年呢。"

"好心还是有好报啊。你昨晚说,那个教育局的梁局长是王局长的老伙计,你不是说建校还得找人家吗?连小妮都知道来拜个年,咱也得趁着过年先有个礼数呀。"

"我正为这事儿犯难哩,人家大局长,缺啥?我都不知道拿啥东西好呀。"

"哎,连汴京人都跑到咱这儿买牡丹了,咱怎么反而灯下黑哩?"

"哇!老婆,你咋恁聪明呢?!"

老马解下围裙，立马给范国栋打了电话，说现在就去。路上，老马在电话中向王陶然简单汇报了尚沟学校的情况和自己的想法，并问了梁局长家的地址。

到了牡丹园，老范很细心地准备了四盆上好的牡丹。老马顾不上多谢，就驱车往回赶。虽时值严冬，但车内牡丹的清香沁人心脾，他仿佛闻到了春天的气息。

把两盆牡丹顺利送到梁局长家之后，剩下的两盆他又顺便送给了王局长。

次日下午，老马回到局里。同事们嘘寒问暖："大峪在啥位置呀？""大峪好玩不好玩？""春节前还去不去？"……

他一一应答着，心想，等春暖花开的时候，还真得邀请大家去大峪转转看看，虽说是挂职副书记，也算半个主人呢。去不去是人家的事儿，但邀请没邀请是自己的态度呀。

到了科里，肖芳惊讶地说："哎哟，科长回来了，不对，我们科长已经高升成书记啦。"

"别毛撸，我现在是正科被贬为副科。"老马说。

"马书记，那可大不一样。科长只领三个兵，副书记可是管着三万人呀。"小王也上来凑热闹。

"老马识途，回来啦，大书记？"老赵刚从外面进来，打着招呼。

"给你们仨捎了兜山货，放到了对面的小商店，下班时记着拿走啊。"老马说。

三个人挺感动，说，咱马科长身在曹营心在汉，还记着咱们哪！

得知王局长在办公室，老马就赶紧上楼。王陶然一抬头看见他，高兴地说："德胜，进来坐。"

"王局，昨天刚回来，想把下去的情况向您汇报一下。回来时捎了点儿山货，让司机放您车上啦。"

"怎么又捎东西？昨天的牡丹，今早上起来一看，花瓣就微微张开，有绽放的意思了，你嫂子喜欢得不得了，谢谢啦。"

"我的一个朋友搞反季节牡丹,一点点心意,不足挂齿。"

老马详细汇报完后,说:"咱局能不能先筹一点儿资金,解解尚沟小学的燃眉之急。先动工,后续资金我再想办法。"

"大峪是咱们局的扶贫点,不能干抹桌子不上菜,给一些启动资金义不容辞。你刚去,咱们局里的重视不能仅仅体现在口头上,得让你捎着见面礼呀。只是这次你下去得太匆忙,节前工作又千头万绪,没顾得上。这样,这一两天开个班子会,你列席一下,把刚才说的情况在会上作一汇报,专题研究确定具体的数额。怎么样?"王陶然说。

"太好了,王局,我代表大峪乡谢谢您啦!"老马忙站起来说。

王局长摆摆手,示意老马坐下,又说:"当然,扶贫工作仅靠'输血'不行,最终要靠自身'造血'啊。对了,市教育局这边,我回头给梁局长说说,让他们重点倾斜一下。"

提到梁局长,老马一喜:王局长乡镇工作经验丰富,最好的老师近在眼前呀!

"王局,虽然才下去十几天,但我感到乡镇与机关真是有着天壤之别啊。尽管信心十足,可我总觉着像兔子拉犁耙——心有余而力不足啊。"

"怎么了,德胜,遇到了难事儿?"

他把尚安民的事儿说了一遍。

"德胜,我当年待过三个乡镇,干过党委委员、副乡长,还干过纪委书记、副书记,最后干过镇长、书记,一干就是十二年,一个岗位都没落下,其中酸甜苦辣咸,五味俱全呀。"

王陶然端起茶杯,踱步到窗前,望着窗外的雪景,仿佛望到了百公里外的永长县:"乡镇工作,就我的体会而言,有六个特点。一呢,是低。地位低,层级低。就咱们国家现行的五级行政管理体制来看,乡镇是最基层了。哪一级都是爷,都能在你面前吆五喝六。二呢,是重,任务重。上面千条线,下面一针穿。屁股决定脑袋。几十个职能部门,都说自己的重要,都需要乡镇一级落实。在乡镇工作,就得学会'弹钢琴'啊。三呢，是急。上级布置的工作，总是屎憋到屁股门才想起找厕所，往往让你'屙'一裤头。有些事儿，譬如夏秋两季禁烧，火在烧呢，你不急着把它灭了不行啊。四呢，是难。上面动动嘴，下面跑断腿。跑断腿倒不怕，问题是有的工作，腿跑断了也没效果。过去，计划生育是个难题。大峪乡是个林区，我估计，森林防火就是个老大难。五呢，是实。实实在在的实。上级抓工作，一般都是开个会、发个文，当个'传声筒'就行了，而乡镇就必须扑下身子，实打实干了。六呢，是趣。农民淳厚朴实，心地善良；乡镇机关的同志相对来说也比较爽直，心胸敞亮，与他们打交道，虽然苦一点累一点，但只需操一条心，工作起来，自有开心之处啊。这也算是乡镇工作'六字诀'吧。"

王局长喝口水，接着说："至于你说的那个村委主任的事儿，我提醒你两点：一是村这一级，虽说不在干部管理体制之内，但是，有句话说得好——别拿豆包不当干粮，别拿村主任不当干部。村里的工作全靠他们去落实，要想办法搞好关系；第二个呢，村干部之间，乡镇干部之间，乡镇干部与村干部之间，人际关系盘根错节。你刚到，要多看多听，少说少表态，随着时间的推移，里面的'脉络'会逐渐清晰，到那时，再说再表态也不迟。德胜，你是聪明人，这方面主要靠自己去悟，我就不用多啰唆了吧。"

老马听了，心中佩服：实践出真知，姜还是老的辣！

"王局，您的一番话，特别是六字真言，回去我还得慢慢消化。"

王陶然见老马欲站起身告辞，摆摆手，示意他坐下："德胜，我这是最后一班岗啦，年后，宋晓飞局长就要来接任。"

"这么快呀，没想到。宋局长？东安县那个宋县长？"

"对，没错，今年五十二岁。部队转业到东安县后，一步步干上来的。"

"你干了一辈子，也该享清福了。养花种草，含饴弄孙，其乐无穷呀。"

"养花种草真不会，但玩石赏石我从未间断。过罢年，这一副业就可以转为主业啦。"

"鉴赏石头也是一门学问呀。"

"那当然啦。自古以来,观赏石被誉为立体的画、无声的诗,你没听过那句话嘛:园无石不秀,室无石不雅。赏石的意趣,可用苏东坡《次韵滕大夫三首·雪浪石》中的那句诗来概括:此身自幻孰非梦,故园山水聊心存。"

"老领导深得个中精义,看来,是退而不休呀。"

"那是肯定的。我这退而不休,是要往沟沟坎坎跑着搜寻奇石哩,可不是笑话里说的把客厅命名为'广电厅',过道为'交通厅',书房为'文化厅',厕所为'卫生厅',在家里继续过官瘾哪。"

"呵呵,不光是这,恐怕每周您还得把孩子们召集回去开开例会,做做重要讲话。还有,每天嫂子上街买菜,您得在她的请示上做批示:同意买青菜两斤!"

侃到这儿,俩人开怀大笑。

出了局长办公室,天色已晚,老马急匆匆往家里走去。飘舞着的雪花落在他的脸上,痒酥酥的,不一会儿就化成了让人惬意的水滴。人行道上,厚厚的积雪在脚下"咯吱咯吱"地响着,一种踏实感让人心生愉悦。

突然,一个冰凉的雪团砸在了他的脖子上。回头一看,身后的两个孩子正在打雪仗,那个无意间击中老马的孩子急忙道歉。

他笑了笑。不经意间,雪地上自己那一串深深的脚印映入眼帘……

第二十八章

腊月二十六晚上，一家三口饭后坐在沙发上看电视。

儿子问："老爸老妈，春节打算怎么过？"

"怎么过？除夕咱看春晚，大年初一回你们老家，看望你奶奶，和你大姑见见面，住两天回来，去你姥姥家，你爸初七就上班了，没几天你不也开学了？年年不都是这么过的？"赵玉曼说道。

老马愣了一下神："超超怎么突发奇想？"

"你们真 OUT 呀，还突发奇想呢，我的好几个同学和他们的家长都趁着春节早就出发去旅游啦。"

"神经病呀？冷呵呵的天，大过年的不在家待着，出去受罪哩？"赵玉曼说。

"井底之蛙不可以论天。"马超不屑地进了自己的房间。

"什么论天，啥意思？"

"没啥意思，大概是和你商量能不能少出去几天。"老马和稀泥说，"不过，孩子说的倒也有道理呀。"

"有啥道理？我还真不明白。"

"孩子到下学期就高三了，学习压力山大；过了年我一下乡，工作也分不了身；另外，结婚这么多年，孩子都比咱高了，全家不也没出去旅游过嘛。"

"亲戚咋办？今年不串门啦？"

"这样吧,明天你我分别到两头的亲戚家走走,等于提前串过门了,同时告诉他们咱家要外出,今年也别过来了,河北河南——两省啦。"

"咱出去几天? 到哪儿去? 啥时候走?"

"你叫公子来,听听他意见,关键是得让少爷满意呀。"

一听说大人同意了,儿子顿时眉开眼笑:"爸,咱去深圳、广州呀,暖和不说,还能直观感受改革开放以来的变化呀。"

"这么远,咋去呢?"赵玉曼问。

"坐飞机呀,两个多小时就到啦。"

"天呀,那得花多少钱?"

"老妈,你就知道搬砖垒长城,大年二十九到初一的机票都打折,比火车票还便宜呢。"

"超超说得没错,今年没有大年三十,所以二十九到初一的机票确实便宜得让人难以想象。"老马接腔道。

"噢。那敢情好,我还没坐过飞机呢。"

三人统一了思想,并明确了分工:马超从网上订机票和返程的高铁票;老马负责详细规划线路,安排大致的行程;赵玉曼收拾出去的必需品。

第二天,老马和老婆到两头的亲戚家蜻蜓点水,意思便到了。

腊月二十九,一家三口一大早赶往神都机场。航班十一点整起飞,他们九点半就赶到了。

神都机场不大,每周也就二十几个航班,但每天都有至北上广及深圳的往返。原本想着春节机场会冷清,没料到候机厅里坐得满满当当。从旅客们的行囊看,大多是旅行的架势。

"乖乖呀,大年下,出去游玩的人这么多呀!"

"怎么样,老妈,我没瞎说吧?"儿子一脸得意。

登机的时间到了。天空阴沉着脸,他们随着人群踏上了舷梯。找到了座位,放好行李箱,一家人恰好在同一排,儿子抢着坐到了靠着窗口的位置。飞机终于缓缓启动，进入起飞跑道后，骤然加速，如离弦之箭斜插天空。

赵玉曼双手发抖，紧紧攥着老马的手，两眼直视，脸色苍白，呼吸急促。老马悄声说："别那么紧张，没事的。"

飞机跃过了浓厚的云层。哇，窗外阳光四射，如棉花般的云朵绣在一碧如洗的天空中。

马超一阵激动，"噌"地要站起来，却发现系着安全带，只好趴在机窗上，目不转睛地盯着窗外，又回头问老马："爸，这就是云海吧？真壮观呀。下面是阴沉沉的天，上面居然晴空万里，实在想不到呀。"

"是啊，孩子。看问题的站位和角度不同，得出的结果就不同。在生活中，不能被眼前的假象所迷惑，莫为浮云遮望眼呀。"

达到万米高空后，飞机平稳穿行。赵玉曼长长舒出一口气，小声说："德胜，知道我现在的感觉吗？"

"啥感觉？"

"听天由命哟。"

听了老婆的话，老马心里如同云海一般翻滚不止：人，一旦飞离赖以生存的地球，显得何其渺小呀，"寄蜉蝣于天地，渺沧海之一粟"……

过了一会儿，空姐推着饮品车缓缓走来。

赵玉曼低声问老马："饮料要不要钱？"

"免费的。等会儿还有午餐。机票里已包含啦。"

空姐到了跟前，赵玉曼要了一杯果汁。空姐接着给老马和马超刚倒上，赵玉曼就把空杯子递了过去："来，再倒一杯，我渴死啦。"

空姐微笑着又给她加了一杯，转身给另一侧的乘客服务去了。

老马见她又一口喝完，悄悄拍了她一下，示意她别再要了。

"咋不让我喝了？"

"飞机上去卫生间很麻烦的。"他悄声说。

挨着过道另一侧的乘客，像是独自一人出门的。他听到刚才老马和超超的对话，就没话找话，主动与老马攀谈："那是你家公子吧？"

"是呀。"

"孩子是第一次坐飞机吧？我也是第一次。"

"噢。"

"你们到哪儿去呢？"

"深圳呀!"老马诧异地看着他。

"咱们真有缘分，我也是到深圳。"

旁边的人"扑哧"一声，差点儿把口里的咖啡喷到小桌板上，说："你真幽默，这架飞机上的人都直飞深圳，中间不经停，想下也下不去呀。"

"噢，这不是火车! 忘了这茬事儿。"这位健谈者恍然，不好意思起来。

…………

下午一点多，下了飞机，顿感温暖如春，一家人和乘客们在机场纷纷换装。仨人坐上地铁，赵玉曼和马超眼界大开，啥都觉得新鲜。仨人到白石洲站下了车，沿着深南大道往世界之窗走去。街边挂满了红灯笼，喜庆吉祥，年味十足。

进了世界之窗，全球著名的标志性'建筑'星罗棋布。马超拿出手机，不停拍照。

在"美国白宫"前，赵玉曼问老马："《新闻联播》里经常看到这房子呀。"

"这是美国总统办公的地方。"马超兴奋地说。

"老婆，这钱花得值吧？"老马调侃道，"几十块让你逛遍了五大洲呀。"

从世界之窗出来，原计划是要接着看"锦绣中华"，马超说："老爸，国内的微缩景观就不看了吧，将来咱都有机会看原生态的。政治老师讲到改革开放时，说深圳有幅巨大的邓小平画像，在哪儿呢？"

老马打开手机地图，查到邓小平画像广场，仨人坐上公交，赶往荔枝公园。路上，宽阔平坦的绿地，风格各异的摩天大厦，纵横交错的立交桥,穿梭如织的车流,都让他们兴奋。

游完了邓小平画像广场及荔枝公园,他们也累了,就在附近找了家宾馆歇下了。

第二天,仨人来到中英街,由于是大年初一,有的店面关了门。窄窄的街道上大多是外地游客。

看看也没啥可买的,一家人就坐车前往大梅沙海滨公园。

大梅沙在深圳市区东部,由于不是下海的季节,又恰逢大年初一,游人寥寥。赵玉曼和马超第一次见到大海,异常激动。一进公园,马超就甩掉鞋子,奔向海面,大喊道:"大海,我来啦!"

看到儿子开心的样子,俩人会心地笑了。

他俩也脱了鞋,这里的沙滩平坦如镜,沙粒细微,踩上去软绵绵的,走一步一个脚印。

到了海边,马超已经卷起裤管,开始踏浪嬉戏了。

望着潮起潮落,老马和老婆开玩笑:"孩子已成失足少年了,你不去湿湿身?"

赵玉曼躲着不断翻卷过来的浪花,说:"浪把我卷走咋办?"

这时,儿子又欢快地跑回来,手里拿着捡来的贝壳、海螺,喊道:"妈,快装起来。"

老马问:"超超,第一次见到大海,有什么想法呀?"

马超坐到一块海礁上,面对蔚蓝的海面,眺望着一望无垠的天际,手托腮帮,仿佛那尊《思想者》雕塑:"老爸,触景生情,我想起雨果的那句名言:世界上最宽阔的是海洋,比海洋更宽阔的是天空,比天空更宽阔的是人的胸怀。"

…………

第三天,一家人乘坐大巴从深圳去东莞的虎门镇。

虎门镇位于珠江口东岸。仨人先到了虎门大桥下的威远炮台。陈旧的火炮与两排破烂的清兵营房,仿佛诉说着当年的惨烈与不屈的中华魂。沿着小道,他们来到海战博物馆,陈列厅里的沙盘模型、实物展示以及诸多雕像,无不警醒着世人:唯有国家强盛,才能屹立于世界民族之林。

从海战博物馆里出来,时近中午,一家人吃了饭,又来到林则徐纪念馆。高大的门楼上"林则徐销烟池旧址"几个大字赫然入目。沿着荷池前行,一家人参观了纪念碑和古炮台,最后来到了鸦片战争博物馆。馆内通过声光电现代科技手段以及栩栩如生的雕塑,再现了一个多世纪以前的历史风云。

在一组鸦片吸食器具展窗前,老马情不自禁地摸出凰玉,神色凝重地对儿子说:"超超,当年你爷爷的老爷就是沉溺于这鸦片,不仅科举功亏一篑,而且落得家破人亡呀。"

赵玉曼说:"出了门也不让人轻松,别再讲你的家史了,走吧。"

马超笑不作声。

仨人出了博物馆,乘车前往江门,住下不提。

第四天,吃过早饭,一家三口雇车前往新会区东郊天马村的小鸟天堂景区。马超小学时学过巴金老人的《鸟的天堂》,对那一棵大榕树很感兴趣。

到了景区,只见大门上题着巴老写的"小鸟天堂",几个烫金大字在阳光下熠熠生辉。

要看大榕树,必须乘船。

仨人上了船,开船的是位姑娘,热情好客,一路上不停介绍着。

船行景移,天门河水清澈见底,莲花静卧水面,岸边的椰子树、芭蕉树、棕榈树以及叫不出名堂的南国的树万木葱茏,湖光倒影,蓝天白云,如诗如画。

转过一道河湾,水面顿时开阔起来,使人眼睛为之一亮。

开船的姑娘手指前方,说:"看,那就是小鸟天堂!"

果然,几百米开外,一个浮在水面上的绿洲映入眼帘,枝柯交织,浓荫蔽日,看上去就像一座原始森林。

"哇,这是一棵树?!"马超的嘴巴张成了〇形。

那姑娘粲然一笑,说:"是的。它有近五百年的树龄,占地二十亩。它的枝干上长着许多气生根,着地后木质化,根生树,树再生根,就天造地化成了这一奇观。"

老马疑惑不解:"姑娘,鸟呢?"

"别急,马上到了。"

说着,她将船停稳,用手一指:"抓紧拍照。"

仨人一看,在树林深处,鹭鸟嘎嘎而鸣,翩翩起舞,这里真是名副其实的鸟的天堂啊。

"这么多呀。"赵玉曼感叹道。

"这怎么能算多呢,"姑娘又莞尔一笑,"这棵大榕树上栖息着上万只鸟哩,主要是白鹭和灰鹭。现在是十一点,不是时候啊。每天早上六七点钟,万鸟齐飞出巢,到了傍晚,倦鸟归林,又是万鸟云集,场面很壮观的。"

老马启发儿子:"超超,如果回去后你也写鸟的天堂,所见所闻倒是有东西可写,所感所想怎样才能写出新意?"

"你说呢,老爸?"

"哈哈,皮球又踢给我啦。"老马笑着说,"我倒是在想,过去,我们常说:单丝不成线,独木不成林。然而,这棵大榕树却颠覆了我们固有的观念,独木也是能成林的。独木不成林,是因为你尚未像这榕树一般深深地扎根于脚下这块土地,是因为你的内心还不足够强大呀。"

马超伸出大拇指,点点头:"老爸,我为你点赞!"

第五天,一家三口赶到广州。

马超和赵玉曼意犹未尽。特别是马超,不停问下次啥时候出行。老马说,等你高考完了,咱再商量吧。

他们仨人乘坐高铁,赶回神都,结束了春节之旅。

第二十九章

　　初六上午,老马想着第二天就得上班了,让老婆整理衣物。这时手机响了,是乡党政办主任陈进庆的电话:"过年好!马书记。考虑到你在神都,领导就给你排到正月十四、十五两天上班了。"

　　"明天不是就正常上班了?"

　　"咱这里偏远,从腊月二十三一直到正月十五,老百姓几乎不来办什么事儿,十五没过都是年哪。"

　　"那初七到十五都不上班?"

　　"每天有两名领导带班,各部门一名同志值班,多年来形成了习惯,正月十六再全体上班。"

　　"哦。好的,我十三就赶过去。"

　　新春佳节,无非是同学朋友在一起吃吃喝喝,其间无话。

　　却说到了正月十三,老马一大早就往乡里赶去,快中午时到了乡政府。

　　这天是老吕和冯伟轩带班。老吕家来了亲戚,他半晌走了。文化中心主任杨林,陈进庆,刘文卿,办公室小徐等人都在。因机关尚未开灶,他们拾掇了几个凉菜,在值班室里正要开场儿呢。看见老马,问着过年好,叫他也过去。老马从车上拎下四瓶剑南春入了场儿。

　　冯伟轩笑着说:"俺们准备喝'老村长',还是马书记大气呀。天天吃黑馍,今天跟着书记吃一回白馍,这年也算没白过。"

老马把剑南春打开，八个人倒上，杯子一碰，全干了。

"一分价钱一分货，酒好酒孬，一入喉咙就立见高下。"冯委员"啧啧"品味着说。

"马书记，神都春节肯定很热闹吧？"小徐问。

"咋说哩，现在春节的年味越来越淡了呀。"老马感叹道。

"就是，小时候一到腊月，我就天天掰着指头，眼巴巴盼到大年三十啊。"杨林说。

"小时候有一年三十晚上，我差点儿撑破肚皮呀。"老刘也说。

"咋回事？"

"那时候有个风俗，在年三十的饺子里包有一枚硬币，谁吃到了，谁来年最有福气。为了吃到这个饺子，我一下吃了好几碗。福气倒是占住了，可我难受得呀……"

"我那年大年初一差点儿挨揍。"陈进庆也回忆道，"那时候，初一才能穿上新衣服。大清早，天还不明，一听到街上谁家放完了鞭炮，我就赶紧跑过去拾鞭筒，去晚了就没啦。我拾着拾着，突然口袋里噼里啪啦崩开了花。原来，有的鞭筒还没彻底熄灭，把我原来装在口袋里的鞭炮引燃啦。新衣服崩了个大窟窿，都没法串亲戚啦。俺爹要揍我，最后还是俺娘拉住说，大年下不吉利，我这才逃过一劫。"

"我上初中时，每到腊月二十七八，忙得很，每年都当活雷锋。"大家的话题，也勾起了老马的兴致，"我的毛笔字还算凑合，头一年，我试着写了自家的春联，结果从第二年开始，街坊邻居都拿着大红纸找我写，承蒙大家厚爱，是另一种盛情难却。一直到上了大学，才算把这事儿推辞掉。"

冯伟轩说："对你来说，那不是小菜一碟嘛。"

老马摇摇头："看来，你是没帮着写过才说这话的。一街两行，几十家哩，都出自一人之手，总不能就那一句'新年纳余庆，嘉节号长春'吧？"

"那咋办？"

"第一年给人家写，真犯了难，搜肠刮肚，无非用常见的'天增岁月人增寿，春满乾坤福满门'之类的应付。吃一堑，长一智。那年春节的大年三十到初一，我把全村挨家挨户转了个遍，兜里揣了个小本子，看到好的对联就忙记下来，串亲戚也揣着本子，第二年就不作难了。"

"怪不得马书记说起话来妙语连珠，原来早就博采众长了呀。"

…………

说着喝着，已酒足饭饱，老马起身要回办公室。

冯伟轩说："马书记，别急呀，下雨天打孩子——闲着也是闲着，耍两圈嘛。"

说着，几个人收拾了桌子，拿出麻将牌。

老马说："我不太会呀，你们耍吧。是只打着玩，还是赢钱呀？"

冯伟轩说："搓麻不赌钱，就像炒菜没放盐。咱这儿逢年过节都打牌。"

老刘解释道："过去曾有种说法，叫'六个基本'：点灯基本靠油，犁地基本靠牛，通信基本靠吼，治安基本靠狗，交通基本靠走，娱乐基本靠赌。这些年，生活水平提高了，'前五个基本'基本消失了，但娱乐还是基本靠赌。"

乡村文化生活贫乏，村民的陈年积习让老马心里很不是滋味。他正在愣神儿，白雪打来了电话。

"你们先玩吧。"老马边说边接着电话回了办公室。

"德胜，在大峪吧？我的高中同学吴琼花是咱神都市曲剧三团的团长，国家二级演员呢。春节前，她们联系了大峪村，正月十三要在村里唱大戏。这个琼花呀，家庭条件好着呢，可她非要受这份罪，整个一戏痴呀。剧团去一趟不容易，能不能再给她们联系几个村？我已经把你的电话给了她，她等会儿就和你联系。"

挂了电话，老马把杨林喊上来，问春节期间各村有啥文化活动安排。

"马书记，里王沟有耍狮子的传统，每年正月十五，村民都要到乡政府门前的小广场上热闹一番。大峪村听说今明两天要唱戏,是自己联系的剧团。至于其他村,还没掌握情况。"

"乡里没有统一安排呀?"

"多少年了,没有过。"

"你再联系几个村,争取让这个剧团多演几场,看戏总比打麻将牌强吧!"

"也只有大峪、竹园、赵湾三个村有戏台子,我等会儿就给竹园和赵湾的书记联系。"

正说着,吴琼花打来电话,她们已到大峪村。老马就约她来乡政府。

不一会儿,门卫领着吴琼花来到老马办公室。

吴琼花虽说已四十多岁,但她身材窈窕,明眸皓齿,脸庞像剥了壳的鸡蛋,看上去也就三十来岁。

吴琼花说:"马书记,给您添麻烦啦。"

"自己人,别客气,这是乡里文化办的杨林主任。他正准备联系竹园和赵湾呢,应该没有大问题,其他的村也没台子。"

"吴团长,演的都是哪些戏? 一场多少费用? 我也好跟村里说。"杨林问。

"基本上都是传统曲剧《卷席筒》《铡美案》《陈三两》《李豁子离婚》《风雪配》等。我们剧团演员加伴奏总共十几个人,一场最低也得两千元。"

"天寒地冻的,够不容易啦,收费也不算高。"杨林说。

"曲剧是咱中原省第二大剧种,更是具有神都特色的一朵奇葩,可是这些年有点儿走下坡路呀。"老马也感叹说。

吴琼花无奈地叹口气,说:"唉,美人迟暮啊。按说,曲剧早在十年前就被国家确定为第一批非物质文化遗产。虽然它只有八十多年历史,但经过几代梨园艺术家的丰富、创新,已形成了自己独特的音乐唱腔,有生、旦、净、丑等不同的角色,讲究唱、念、做、打。神都人喜爱曲剧就像每日必吃面条一样,它包含着神都人民对传统艺术深深的眷恋情结呀。但正如马书记你所说的,随着社会的发展和文化娱乐方式的多元化,曲剧逐渐衰落,后继乏人,迫于生计,有的戏班子已沦落到为婚丧嫁娶而赶场子的尴尬地步啊!"

他俩听了,也深为感慨:还真是这么个状况。

"我晚上也有演出任务,得回去准备一下。如果感兴趣,也请你们去捧捧场。"

送走了吴琼花,老马想起,明后两天自己带班,外面的小饭店也没开门,吃饭问题咋解决?

杨林笑着说:"放心吧,放假前我们已商量过,有人对酒,有人对菜,保你饿不着肚子。"

杨林出了办公室,联系那两个村去了。

老马又叫来陈进庆:"陈主任,明天咱们值班,是不是到各村去看看?"

"最好别去,大春节的,去了也是跟书记、村主任喝酒、打牌。这还是其次。咱每年春节后上班第一天,魏书记和柳乡长都要转一遍,给各村拜晚年哩。你现在去恐怕不合适吧?"

"你提醒得对,以后你得多给我'拉拉袖子'呀。捐款的事儿就够闹心的,说啥也不能再犯同样的错了。"

"马书记,其实书记、乡长后来也知道了当时的情况,你不必太在意。"陈进庆安慰道。

他又提起尚安民的事,陈进庆说:"跟你一接触,我就知道你也是个实在人。尚安民这人,死要面子,众目睽睽之下,你去他死对头家里也确实欠妥,遇到合适的机会,我给他解释一下。但是,他也不过是发发牢骚,状肯定告不赢,魏书记的胳膊肘不会向外扭,毕竟你是副书记哩。"

俩人又聊了一会儿,陈进庆见老马的酒劲儿泛起,坐都坐不住,就把他安顿到床上休息。

一觉醒来,已是晚上七点多钟。想到吴琼花是白雪的同学,老马倒是想去看看她到底水平如何。于是,简单垫了垫肚子,老马就叫上杨林,一块朝戏场走去。

大峪村的戏台子在村子正当中的位置,离乡政府不远。大峪村有唱戏的传统。二十世纪七八十年代,每年一过腊八,村里就开始组织戏迷排练。他们有唱的,有拉的,有敲的,有吹的,俨然一个业余剧团。有些年头,村里还请来了剧团的科班演员,他们一招一式手把手教,戏迷们一字一腔对着口型练。村民们在彩排声中准备着年货,并给邻村的亲戚朋友们都捎了口信:到时来俺村看戏啊,俺给你占个好位置。那腔调中分明透着一股主人般的自豪。

后来,本村戏迷外出打工,回村往往都在腊月二十之后了,业余剧团再也组织不起来了。然而,无论哪一任村主任都经不起老年人的埋怨,隔两年就聘请专业剧团来村里热闹一番。

他俩来到戏场儿,只见人山人海,老年人居多。今晚唱的是《陈三两》,戏已过半。吴琼花扮演的是小旦陈三两。粉墨登场的吴琼花更看不出实际年龄了,她嗓音细腻甜美,音色朴实自然,擅长应用“大闪板”,吐字归韵,唱腔高亢圆润,只听她唱道:

> 陈三两迈步上公庭(啊),
> 举目抬头看分明。
> 衙门好比阎罗殿,
> 大堂好比剥皮庭。
> 可怜我青楼苦命女,
> 今日落入虎口中。
> 放大胆我把公堂上(嗯啊),
> 问我一言我应一声。
> …………

不愧大家风范,特别是那句"放大胆我把公堂上",真假音混搭,唱得坎坎坷坷悲悲切切,豪气奔放风云激荡。

唱腔刚落,只听台下异口同声:"好!"

不一会儿,散了戏。杨林由衷地说:"吴团长的戏唱得真好啊!"

"那当然,人家是名角儿,国家二级演员呢。咱得去后台祝贺一下。"

二人来到后台,吴琼花和演员们正在卸妆。

老马走过去,说:"吴团长,祝贺你们,戏唱得字正腔圆,太地道啦!"

杨林也说:"吴团长,那两个村也说妥了,具体事宜明天他们来人商定。"

吴琼花起身致谢。

看到后台逼仄的空间里,一头零乱地摆放着戏装、道具和乐器等,另一头打着地铺。老马心里一酸,说:"没想到,你们的条件这么艰苦啊。要不,到乡政府的会议室将就一下?"

吴琼花说:"不用了,已经习惯了。对于我们演员来说,只要有舞台,只要有戏唱,只要能把咱们的曲剧传承下去,这点儿苦不算什么呀。"

回乡政府的路上,老马思绪万千:吴琼花和自己一样也四十多了,然而,她视曲剧为生命,对艺术孜孜以求,这种执着的信念让人感佩。自己刚刚来到大峪,前行的路上肯定有许多想不到的艰难困苦,不正需要吴琼花这种不懈追求的人生态度吗?!

第三十章

正月十五早晨,喧天的锣鼓声把老马吵醒了。

他起床洗漱完毕,只见乡政府门口在耍狮子呢。他这才想起杨林前天说过此事。

杨林和刘文卿走进来,说:"马书记,里王沟来耍狮子哩,走,咱出去瞧瞧。"

仨人出了大门,小广场上看热闹的人摩肩接踵。广场正中间拉着一条醒目的横幅,上绣"里王狮舞 神都一绝"八个大字。不大的一张方桌上,数头橘红与大红相间的"雄狮"时而盘坐,时而翻滚而下,时而蓄势待发,时而灵巧腾挪……招式五花八门,不由让人喝彩。

杨林给老马介绍道,里王沟狮舞久负盛名,有三百年历史,现已传到了第十八代。里王沟全是王姓人,舞狮者都是男的。他们的狮舞属典型的北派,洒脱中显得稳重,大方中不乏细腻,通过粗犷有力的舞姿,再现了狮子威武刚烈的气质和勇猛矫健的神态。

刘文卿也说,里王沟狮舞表演分"文狮"表演与"武狮"表演。"文狮"表演又分"地面"和"桌面"两种,都有一定套路。领舞人与"狮子"配合默契,无论亮相、造型还是场面调度,都给人以美感。"武狮"表演难度更高,摞板凳、上老杆、荡秋千、爬梯子、上天桥等项目,都是在无任何防护措施的条件下进行的高难度表演,让人看得大气也不敢出。

说话间,锣鼓声越来越铿锵有力,一阵紧似一阵。只见场地中间竖起一根数十米高的杆子，一人在前"顶狮头"，一人在后"拱狮尾"，"狮子"随着锣鼓声的节奏往上攀爬，动作惊险，撼人心魄。杨林说，这叫"雄狮上老杆"。

"雄狮"终于爬上了杆顶，口中吐出一幅条幅"祝全乡人民元宵节快乐"，人们齐声叫好。

"快看，快看，这还真是一头公狮子呀！"

老马扭头一看，一位眼神呆滞的妇女傻呵呵地指着那"狮子"喊道。

顺着她指的方向望去，哎哟，"拱狮尾"的那人，秋裤的裤裆开了衩，那"东西"竟然露了出来。只见那妇女旁边的一男子拉着她的手说，媳妇儿，瞎说啥呢，咱快回家吧。

老马拍拍老刘的肩膀，一脸疑惑。

刘文卿笑着说："这秋裤质量也太差了。那女的是个憨子，大峪街上的人都知道。"

他这才恍然大悟。

到了晚上，值班的几个人对老马说，马书记，明天咱都正式上班了，今晚上咱再喝一回。

被几个人拉到场儿上坐了，老马缺乏"连续作战"的酒量，碰了几杯之后，实在喝不下去了，就想出了个脱身之计："我出个谜语，伙计们猜猜，猜出来了，我喝三杯，猜不出来，你们每人喝三杯，咋样？"

杨林说："马书记，里王耍狮子分'武狮'与'文狮'，你这喝酒也分'武喝'与'文喝'呀。"

"只是干喝酒有啥意思呀？《红楼梦》里大凡饮酒，无不吟诗作对。咱们就不能玩些雅的？"

"俺们今天跟着你也来点儿闲情逸致。"

"那我就开始了。我出个与元宵节有关的谜语，听好了——灯节悬灯谜。打两种食品名。"

"呵呵。元宵，挂面！"刘文卿脱口而出。

老马心里说，还真不敢大意哩。只得端起酒杯，连喝三杯。

老马想了想，又说："真人不露相哪，老刘。听好了——元宵之夜。打一交通名词。"

几个人你瞅瞅我，我瞅瞅你，大眼瞪小眼。

好大一会儿，杨林说："我猜猜试试，心里没把握。是不是——晚点？"

老马二话没说，只得又三杯下肚，心里想，弄巧成拙了，得跳出元宵节这圈儿圈儿呀。

几个人起哄说，马书记，接着出啊。

老马笑笑，灵机一动："请问，妙笔的外孙女的对象是谁？"

几个人问：什么妙笔？

"巧妙的妙，钢笔的笔，猜吧。"

过了快十分钟，几个人头都想大了，也不知所以。大家把目光又都投向了刘文卿和杨林。这回，他俩苦思冥想也没有结果。

老马说，喝吧，每人三杯。

几个人说，马书记，对象是谁？

老马说，老鼠呀。

什么？老鼠？

"对，你们想想，妙笔生花，花生米，老鼠爱大米。喝吧。"

几个人愣了半天，噢，终于想明白了。只得各自喝了三杯。

喝完了，老刘似乎觉得不对劲："马书记，你耍赖哩，这是脑筋急转弯嘛。不能算数。"

"不算数就不算数，我再说一个算数的。"

"丁零丁零……"值班电话突然铃声大作。几个人打了个激灵。

小徐拿起话筒，听着听着，脸都变了色："好的，好的，知道了，我们马上赶到！！"

小徐放下话筒，颤巍巍地说："出事儿，出大事儿了……尚沟的化工厂……"

"怎么回事?"几个人下意识地站起身。

老马说:"别慌,你慢慢说。"

小徐惊魂未定,说:"刚才的电话是尚沟打来的,他们村的小化工厂硝酸泄漏了,一个人烧伤了,重伤,生命垂危。现在那里烟雾很大,人都没办法靠近,这才紧着向咱们报告。"

"马书记,这厂,是尚安民办的小厂,都没手续。"刘文卿解释说。

老马听了,仿佛一盆冷水当头浇了下来,酒劲儿顿时没了,脑子顷刻间清醒了许多,果断地说:"小徐,你马上向魏书记、柳乡长电话汇报。你值好班,其他几个人立刻跟我到现场去。"

几个人快步跑到车前,坐上车往尚沟方向疾驶而去。

乡政府所在地大峪村到尚沟村得个把小时路程。路上,刘文卿和杨林等人告诉老马,这个小化工厂是前年才搬到尚沟村的。当时,神都市搞碧水蓝天工程,关停了一大批高能耗重污染企业,这个化工厂也在关停之列。尚安民就把它作为招商引资项目落户到了尚沟村。唉,也真是穷急了,想着拾到篮里都是菜,这样的项目真不该要呀。

"先别说这些没用的。大家想想如何应对?"老马嘴上说着,心里想道:硝酸是强酸,腐蚀性极强,也不知烧伤的人怎么样了。对付强酸,只有强碱才能中和,可这个时辰,从哪里去弄来强碱呢。到了现场,看看再说吧。

车开得飞快,十点多一点儿,车子进了村。化工厂就在村西头。车到村中街,顺着车灯的光柱,只见一大群人围着,正把一个人往一辆面包车上抬。

老马几人把车靠边停下,跑到车前,只见尚安民等村干部都在。

尚安民一看到老马,好像盼到了救星,跑过来低声汇报:"马书记,这是被烧伤的大车司机,得赶快送乡卫生院抢救。"

老马登上面包车,只见伤者的双手骨头都露着,胳膊上、胸口上的棉袄都腐蚀成了黑洞,脸庞面目全非,惨不忍睹,但伤者却一声不吭。

老马对尚安民说:"安民,你上来。"

尚安民上了车,老马示意关上车门,小声问:"你看,都烧成这样子了,怎么连疼痛都不知道。多长时间了?"

"一个多小时了。当时,我们也没法靠近,后来找到了胶皮手套,才把他拉了过来。正准备送医院,你们就到了。"

老马一听,从自己的鸭绒服里抽出一根羽绒,放在伤者的鼻孔前,老半天,羽绒纹丝未动。

"安民,他已没有生命体征了。"

"马书记,那咋办哩?"尚安民吓得面如土色。

老马愣怔了几分钟。

在煤炭资源局工作期间,自己经历过几起煤矿事故。对事故的处理,是按照伤亡人数划分等级的:一般事故、较大事故、重大事故和特别重大事故。事故等级越高,对当地党政主要领导的责任追究越重。化工安全事故也属于政府监管,估计与煤矿事故的处理大同小异。一人死亡,虽说属于一般事故,可毕竟也是事故啊。对书记、乡长进行行政处分,毕竟不是什么好事呀。

看来,把死者送往医院抢救已无必要。继续送,明显是在演戏,内心岂不自责?将来上级一旦查明真相,会不会追究瞒报的责任?

如果不送,村民们得知了消息,会不会引起更大的恐慌?会不会引发群体性突发事件?到那时,可是难以把控呀。

既然要送,乡卫生院怎么能封锁住消息?

事关重大,这真不是一个挂职副书记擅自做主的事儿啊。可如果不马上做出决断,岂不错过了最佳时机?当断不断,必受其乱。利弊相权取其利。自己就做一回主,上级如果追究下来,一人做事一人当!

思前想后,他毅然拉开车门,下了车,尚安民也跟着下来了。

老马严肃地命令道:"乡卫生院条件有限,要立即将伤者以最快的速度送往县人民医院。"

尚安民心领神会,连忙点着头回答:"请马书记放心,我们马上送!"

说完，一行人大步朝村西头走去。

老马边走边问情况，还有没有其他伤者？这个伤者是怎么伤的？

尚安民汇报说，没有其他伤亡。硝酸是这个化工厂的主原料，天天从神都市区往这儿运。可能是罐子的阀门年久失修，车子快到厂里的时候突然松动，硝酸就在村子西头泄漏了。司机是邻村的一个小伙子。本来，特种车辆的司机是有特殊要求的，可原来的司机回家过年了，就让这小伙子暂时顶替一下。这小伙子虽说有大车驾驶证，可他竟然在没有任何防护措施的情况下试图去关阀门……

"附近有没有居住的群众？"老马忽然想起这茬儿。

"车是到快进村的时候发生泄漏的，附近有五六家住户。尚支书领着干部在维持现场。"

这时候，老马的手机响起了，是魏金国的电话。他焦急地问："马书记，目前什么情况？"

他走到一旁，简明扼要地汇报了情况，特别提醒了伤者已经死亡的事实，说："魏书记，现场情况紧急，我也来不及请示，已自作主张，让他们把死者送往县人民医院，运送的司机是尚安民的弟弟尚保民，你得抓紧协调一下医院那边，不能再出纰漏。"

"马书记，你当机立断，非常好。我和柳乡长都在县城，伤者的抢救工作，我让柳乡长亲自盯住，你不用多操心。最关键的是，附近的群众不能再有意外，要迅速将他们转移到安全地带。我现在也正往现场赶。"

刚挂断电话，没几分钟，魏金国的电话又打了过来："伤者已亡的事，都有谁知道？"

"目前，只有我和尚安民知道。"他小声如实相告。

魏金国一再叮嘱，务必保密，说已让柳乡长联系了县人民医院，等伤者一到，就立即送进重症监护室"封闭"治疗，不惜一切代价全力"抢救"。

一行人还没到村西头，就看到围观的人们围了里三层外三层，一股刺鼻的异味让人透不过气来,受到刺激的泪腺也蠢蠢欲动。为了便于抢险,村里已经组织仅有的几台私家车开着车灯,灯光打向大罐车的尾部。村两委成员在劝说着看热闹的群众远离。

老马等人挤过人群,只见泄漏的硝酸依然在向外喷着,大车尾部升腾起一朵巨大的蘑菇云。这蘑菇云缓缓上升,逐渐散发,让漆黑的天幕显得更加浓重。汽车尾部的泄漏处,不时泛出暗红的微光。

"马书记,得赶快想办法稀释啊,否则,达到一定浓度,可能会爆炸,后果不堪设想呀!"

他扭头一看,原来是"能人"孙绍伟。

第三十一章

老马对孙绍伟点点头。

围观的群众越来越多，人们好奇地往前挤着。尽管村干部不停地劝说，但收效甚微。

泄漏的硝酸随时都有可能爆炸，如果不把群众迅速劝离，后果不敢想象。

想到这儿，老马让尚明德把一辆车的车灯照到一处高土堆上。

他俩站了上去，尚明德对着人群大声喊道："大家静一静，乡里的马书记要给大家讲话！"

嘈杂的人们暂时安静了下来。

老马扯着嗓子喊道："父老乡亲们，我是下到咱们大峪乡挂职扶贫的党委副书记马德胜。下面，我代表乡党委、乡政府郑重告诉大家，水火无情，强酸无情。这里随时都可能发生爆炸，极其危险！除了村里的两委干部，其他人必须立即远离现场，附近的六户群众要立即离家，先到村里的小学凑合一下。乡公安派出所、县消防大队等马上赶到。劝说无效、拒不离开现场的人是在涉嫌妨害执行公务，要交给派出所处理。请大家主动配合，赶快离开！"

他的这几嗓子一吼，群众便陆续散了。

他把乡里来的干部和村两委干部以及孙绍伟等人召集到一起，做了简单的分工：

由尚明德带着五名村干部,分包到户,疏散附近六户居民,当晚先临时安排他们到学校对付一夜;由尚安民负责,在附近寻找水源,调集水泵、柴油机等,在消防战士赶到之前立即对泄漏的硝酸不间断稀释,以防爆炸,在稀释的同时,务必注意安全,防止再次发生烧伤事故;由刘文卿负责,立即联系县消防大队,请求支援,立即联系县环保局,请求技术支持,立即联系乡卫生院,派出救护车与医护人员到现场备勤……

鸟无头不飞。老马们的到来,让村里一干人有了主心骨,抢险工作有条不紊地进行着。

夜深了,六户群众被安置到了小学,村干部在街道上拉起了绳子,守着路口。尚安民在附近的水潭边架起了水泵,拉来了抗旱用的水管子。孙绍伟也忙前忙后,满头大汗。一伙人忙了一个多钟头,总算是把水接上了。当水柱浇到泄漏处后,"蘑菇云"的浓度明显变淡了,暗红的微光也不再闪现。

罐子里的硝酸还在泄漏着,水管子的水在稀释着,这种局面在僵持着。老马再次给魏金国打电话,想汇报一下现场情况,可惜无法接通,估计他正赶在山路上。

尚安民抹了一把脸上的汗水,凑到老马跟前,连忙掏出一支烟和打火机,边递边说:"马书记,大十五的,也没让你安生。"

"别抽烟,安民,还不知敢不敢见明火。"老马一把夺下打火机,"对了,你赶紧向一圈的伙计们通知一遍,不论是谁,现场坚决不准抽烟,不能拿生命当儿戏!"

尚安民跑了一圈,逐个通知,并把所有的打火机全部收缴了,说:"马书记,宰相肚里能撑船,节前的事儿,我对不住你,大人莫计小人过呀。"

"怎么会呢,安民。咱先不说这。你估计一下,按这速度,这硝酸啥时候才能漏完?"

"这是三十吨的罐子,恐怕得到明天中午。那潭子里的水不多了,也就再能坚持俩钟头。"

"附近有没有大的水源？"

"村北边有个青峰水库，有四五公里的距离。"

"路宽不宽？消防车能通过不能？"

"还可以，没问题。"

老马心里合计着，再过一会儿，县里的消防车也差不多能赶到，心里有了数。

这时，魏金国的电话又打过来，焦心地问情况。老马言简意赅地汇报了最新进展。

魏金国长舒一口气，说："马书记，辛苦了！我已到了咱乡地界，正往尚村赶呢。"

刚挂了电话，消防车的警报声隐约传来。唉，终于盼来了救兵。

不一会儿，魏金国也赶到了。他来不及和众人打招呼，先查看了现场。这时候，泄漏的硝酸混合着稀释的水，流进了村西头的一个自然渗坑中，聚成了一个小水潭。魏书记用手电筒一照，上面冒着白色的泡泡，弥漫着一层呛人的烟雾。

魏金国说，环保局的同志马上就到，已经电话咨询了主管业务的副局长，只有强碱才能中和强酸。已经安排乡里明天到县化工一厂去拉强碱。村里要排班，对这水潭昼夜看管，防止群众接近，确保生命安全。

就这样，一直忙到第二天下午两点钟，整个事件才算处理完。老马浑身像散了架，回到乡政府，顾不上脱衣服，和衣倒头就睡。

一觉醒来，已经晚上八点多了，肚子饿得咕咕叫，只得起来，抹了一把脸，下楼去机关食堂，也不知还有没有饭。

刚到一楼就碰到了陈进庆。陈进庆说："马书记，你醒了？魏书记吩咐，不让叫你。他还交代灶上等着，一会儿炒几个菜，等你起来后一块吃饭呢。"

老马心头一热，说："怎么让魏书记一直等呢？"

于是，又转身上了楼，到了魏金国办公室。他正在与柳占奎通电话，见他进来，就示意他先坐。

只听魏金国说:"要想办法尽量往后拖,我和武院长是发小,我回头再交代。对!坚决不能让家属见,无菌室嘛,等这几天事情平息了,再'抢救无效'……"

"电视台、县报就别再招惹他们了……噢,这个消防大队怎么这么惹事?这有什么好上报的……神都电视台?……啥时候来?新闻时效性?明天?哦,知道啦。"

放下话筒,魏金国和颜悦色道:"老兄,辛苦你了。这个元宵节可是过得够充实啦。"

"值班碰到了,职责所在,谁都会尽职尽责的。"

陈进庆和炊事员把几个菜端进书记办公室。老马找了几张报纸,铺在小会议桌上。

碗筷都齐备了,魏金国说:"进庆,仁人一块吃呗。"

老马和陈进庆拿起馒头,先咬了一大口嚼着。

魏金国拿出一瓶酒说:"一个朋友送我的飞天茅台,一直没舍得喝,今晚咱把它报销了。"

"我可跟着马书记沾大光了。"陈进庆说。

魏金国边拧着瓶盖,边说:"咱仁人把这瓶给均分了。"

酒间,老马不知怎么想起了捐款的事儿,说:"魏书记,上回捐款,我不了解咱这儿的规矩,也没想那么多,结果,你看……"

"老兄,不用解释,小徐后来专门向我说了,你的为人大家还是有目共睹的。"

"马书记,你多想了。"陈进庆打了个酒嗝儿,"咱乡的人都实在,没那么多花花肠子。"

"进庆说得没错。这搭班子呀,就像做饭,锅碗瓢勺难免咣咣当当。话说开了,及时沟通,其实也没啥。我在会上说过,就像那句广告词,叫什么来着——"

"痛则不通;通则不痛。"

"还是进庆记性好。搁伙计,就得搁心,我和乡长之间是零距离,和班子成员之间是等距离呀。"魏金国说。

"马书记,你不愧是见过大世面的。这次可是帮了魏书记的大忙啦。要说咱魏书记,在乡长加书记的位置上,也干了八九年了,为咱乡可算是操碎了心,没有功劳也有苦劳吧。"

"说那干啥,都是咱分内的事儿呀。"魏金国放下酒杯说。

"不管是论工作,还是论资历,怎么也该咱魏书记了。可我听说,这次县里要往上推荐县级干部,小庄乡和黑关镇的书记,还有县财政局长都盯得很紧呢。这节骨眼上,是说啥也不能出差错呀。"

老马这才明白了魏金国要求保密和"全力抢救"的另一层含义。

"努力到了,顺其自然吧。我多次想起奥斯特洛夫斯基的那句名言,套用下来就是,我在大峪乡应当这样度过:当我回首往事的时候,我不因全乡的发展稳定碌碌无为而悔恨;也不因没搁好伙计而羞愧。当若干年之后,我们一班儿人都走上了新的工作岗位,回忆起弟兄们在大峪并肩携手的日子,我以及弟兄们都能够说:那是一段人生最美的时光,永远值得回味、珍藏。若此,此生无憾!"魏金国感慨道。

老马听到这儿,站起身:"魏书记,干一杯!"

说起明天神都电视台来采访这茬事儿,魏金国说:"这消防大队也真是多事。"

"神都电视台的记者来路大,轻易别招惹人家。正直的记者吧,倒是还好打交道,还体谅咱乡镇的难处。就怕那些'苍蝇'。"陈进庆说。

"什么意思呀?"老马问。

"有一些记者,尽管是少数,却是新闻工作者队伍中的害群之马。"魏金国接腔说,"这些人因为头上有无冕之王的光环,记者证一亮,便有恃无恐,咱们得小心伺候着。"

"可不是嘛,人家挂羊头卖狗肉,打着伸张正义的旗号,找你工作的疏漏。"陈进庆也说,"马书记,你说,咱这么大个乡,上百平方公里,几十个村,你能都招呼住? 欲加之罪,何患无辞呀?"

"啊,那倒是呀。怎么应对呢?"

"那得看他最后是啥要求。一般来说,要么是私了,要么是公了。"魏金国说,"私了,那就是让你表示表示;公了,就是让你整版正面宣传,当然是有偿的,或者得拉一些广告业务,好像新闻单位给每个人分的都有任务。所以,现在有一种说法,叫正面宣传的稿子,是谁写了谁看,写谁了谁看,没有其他看哪。"

"唉,这也是时下新闻界的悲哀呀。"老马感慨道,"如果咱不就范呢?"

"呵呵,马书记,还是你下来的时间短哪。时间长了,估计你不会提出这么幼稚的问题,借你十个胆,你也不敢啊。负面曝你的光,上级领导劈头盖脸一顿横批,谁去冒那个险哪。"

"唉,可不是嘛。"

"有一种说法,不知马书记听没听说过?"陈进庆问,"在乡镇基层工作,身体素质不好,能累死你;酒量不大,能喝死你;心理素质太差,能气死你;胆子太小,能吓死你。"

"呵呵,这真是死里逃生呀。酒量这一关,我已经领教了,其他的,我还没有经历过。"

"就说这禁烧,城里人只管享受碧水蓝天呢,谁想过咱黑更半夜还在田间地头死看硬守?身体不好不累死你?"

"唉,我在煤炭局时也真没想到这层。"

"再说心理素质。现在不是计划经济的时候,有些工作看着是好事,老百姓不理解,咒爹骂娘的,咱也不敢还口;上级领导只管批发任务,工作完不成,又是批评。上压下顶,咱是老鼠钻进风箱里,两头受气呀。"魏金国也深有同感。

"工作有了失误,新闻媒体要曝光,上级领导要问责,不把你吓傻了?唉,我陈进庆这辈子不说了,俺孩子将来就是要饭吃,说啥也不让他再干乡镇的活。"

"现在,社会上有些人从来没有在乡镇工作过一天,却习惯于按照自己的想法臆断,戴着有色眼镜隔着门缝看人,把咱们都看扁了,看得妖魔化了。"老马说。

"先别扯那么远,"魏金国说,"明天这记者就要来,这件事儿咱总得有个统一的口径呀。马书记,你有啥高见?"

"我刚来,情况还不熟。不过,横看成岭侧成峰,远近高低各不同。这件事关键看报道的角度了。正月十五元宵节,一个乡镇的党委书记,放弃与家人团聚的机会,在现场组织抢险,保障人民群众的生命财产安全,好像报道出去也不算是什么坏事吧?"

"就是嘛。"陈进庆赞赏道。

魏金国笑了,说:"唉,一级是一级的水平,不服不行。来,老兄,我再敬你一杯!"

第三十二章

说曹操曹操就到。第二天一大早,宣传委员向艳枝急匆匆来到老马办公室说,神都电视台的记者十点多就到。县委宣传部让我们高度重视,务必做好接待工作,不能给全县抹黑添乱。

向艳枝,三十多岁,齐耳短发,胖乎乎的,是本地干部,分管宣传、"工青妇"等工作。

老马有些迷糊:"向委员,宣传工作是你的'责任田'哪,怎么……"

"噢,忘了给你说,刚才,我向魏书记做了汇报,他说,整个事件前前后后你都参与了,比较了解情况,让我和你一道做好接待,遇到具体问题,让你当场拿主意。"

"好吧。事情的经过,你也大概知道,你现在通知一下尚安民,让他做好准备。另外,你找一下党政办的小张,让他先写个基础材料,作为对外的通稿,以便给记者提供现成的素材。"

"马书记,听说前天晚上你带班,自始至终都在现场指挥安排,得把你好好写写。"

"千万别!要注意突出魏书记亲临现场和柳乡长亲自坐镇医院抢救伤者的事。"

"你确实全程参与了嘛,这也是实事求是呀。"

"就不要写我了,绿叶太多就遮挡了红花。别害我,不敢叫我再'捐一次款'呀!"

"那事早过去了，怎么还挂在嘴上。"

说完，她转身安排去了。

老马没有与新闻媒体打过交道，也不知他们奔着什么目的而来。想去找魏金国请教一番，又觉得作为副书记得独当一面，芝麻大点儿的事儿都去请示，岂不显得自己太无能？

唉，在基层工作，还真得是个"五把权"，真得是盒"万金油"，哪里需要就得随时往哪里去呀。

正在踟蹰之时，向艳枝又进来说："马书记，就餐接待按常规办？"

"咱乡是啥常规？"

"这得看来的是哪类记者哪路人。咱县里的记者都好办，公务灶就行，毕竟有县委宣传部管着呢，就怕市里省里的记者。平时说，防火防盗防记者，防的也是市以上的记者，黑红不听呢。"

"那就别在机关灶上安排了。"

"嗯，恐怕还得陪着喝酒。社会上有种说法，说乡镇干部都是酒鬼，真是饱汉不知饿汉饥呀。你说，像今儿个，来了记者，不喝行吗？上面来了领导，不喝行吗？找村主任督促工作，不喝就不够意思，就有心理距离，工作还咋推动？其实，谁愿舍着身体干工作呢。"她打机关枪似的诉了一肚子苦水。

"是呀，连我没到咱大峪时都是这感觉。这会儿不是诉苦的时候，你抓紧打听一下那两个记者的尊姓大名。"

"问过啦，一男一女，男的叫秦文华，女的叫林娜娜，电视台新闻部的。"

他想起白雪在市委宣传部工作，便给她拨了电话。

"德胜，你从来都是无事不登三宝殿，若非找我有事，啥时候也想不起我来。"白雪埋怨道。

"我的大小姐，容我改天登门赔罪吧。"

接着，老马把情况大致说了一遍，最后夸吴琼花的戏唱得真好。

"唉，看来这个副书记不好干呀。林娜娜和秦文华最擅长对突发事件的报道,林娜娜比咱们小快二十岁,干工作却不含糊,是事业型的。我和她还算熟,等会给她打电话说说。"

他大喜过望:"白雪,一个人的成功,少不得贵人相助,你就是我的贵人呀!"

"德胜,下乡没几天,就学得这么油腔滑调。嘴贫吧你。"

"我们这儿有一条沟,附近是山清水秀啊,真正是原生态的,再过俩月,春暖花开的时候,你和大山来玩啊,届时我全程陪同。这可不是耍贫嘴,是真心邀请呀。"

挂断电话,他心里有了谱,顿时轻松了许多:关键时候,还真得靠真心好友相帮呀。

向艳枝见事情已初步摆平,眉头舒展开来:"还是马书记有办法,难题一到你这儿都迎刃而解了。"

说话间,一辆小车进了乡政府。他俩赶紧走出办公楼迎上去,县委宣传部的王科长陪着两位记者下了车。

王科长一一介绍,介绍到林娜娜时,可能是俩人比较熟悉,王科长故意说:"人家娜娜可是咱神都传说中的名记呀,听好了,是记者的记,可别想歪啦。平时在电视台,人家是'坐台',今天到咱这儿,可是名记'出台'呀。"

林娜娜捅了王科长一拳,嗔怪道:"你这臭嘴,啥时候也吐不出象牙来。"

老马说:"久仰久仰,经常在电视上看到二位,今天总算是见到了庐山真面目呀。"

上着楼,老马对林娜娜说:"白雪是我的老同学,经常向我提起你呢。"

林娜娜心照不宣地答道:"白雪是我好姐姐,刚才还给我打电话呢。"

进了办公室,老马把事件的大致经过说了一遍,问:准备如何采访?

林娜娜说:"咱们得到现场看看,包括这个化工厂,得实地采访。"

老马说："行，这村子远，要去咱现在就出发吧。"

尚安民老早就等在村口，见老马等人的车队驶来，慌忙跑上去。

老马让尚安民上了车，问："安民，这个化工厂有没有审批手续？"

"马书记，我们腿都跑断了，办不下来呀。"

"等会儿人家要去看厂子，学得灵泛些。中午招待好一点儿，省得再出差错。"

"我安排好了，村口那个饭店有野兔、野鸡等天然野味，保准记者在市里吃不到。"

到了村西头的事故现场，车子停下来。一行人下了车，只见村民们正在把强碱往水潭里撒。经过中和，刺鼻的气味小多了。

几个人走进化工厂。说是工厂，也就是个小院子，几间破房，外面有几个化工池、液压罐子，条件之简陋一目了然。秦记者扛起摄像机，对着破烂的厂房、露天的池子、生锈的罐子狂录一番。他问尚安民，化工厂属于特殊行业，有没有经营许可证？安全生产方面采取了哪些措施？

尚安民结结巴巴说："许可证正在办理，尚未办下来。安全措施嘛……"

老马见他一脸窘态，忙接过话茬："秦记者，村子穷，没有任何集体收入，要办一些公益事业心有余力不足。穷急了就想急办法，引进了这家化工厂，每年多多少少能给村里创点儿收。当然，作为乡党委、政府在安全生产的监管上是有责任的，我们将督促他们整改，整改不到位，决不允许生产。同时，乡里对这件事也进行了反思，举一反三，引以为戒，对全乡范围内的所有企业进行一次彻底排查，未雨绸缪，防患于未然，坚决杜绝类似事件的发生。不管怎么说，事故发生后，乡村两级在救援上还是及时到位的，避免了更大的损失和伤害，保障了人民群众的生命财产安全哪。"

林娜娜说："文华，咱现场也看得差不多了，回乡里吧。"

老马说："已经中午了，既来之则安之嘛。吃了饭再回乡里不迟。"

看看时间也差不多一点钟了，一行人只好随着尚安民来到村口的小饭店。

大家坐了，老马说："咱这儿是小地方，条件有限，两位只好委屈将就一顿啦。"

尚安民接过话头："不过话说回来，咱这小店，虽说没有海参鱿鱼，但有野味，你们在市里不一定能吃到呀。你看，这是冬储的山野菜，这是咱当地种的木耳、香菇、核桃，都是咱这儿的土特产。对了，我给几位每人准备了一份，走时捎着，可得给俺面子呀。等会儿还有野兔、野猪肉，吃起来特别香，纯天然哪。"

倒上了酒，林娜娜不喝酒，尚安民赶紧拿来饮料倒上，老马举起杯："俗话说，不打不相识。记者，铁肩担道义，妙手著文章，是我崇拜的职业。今日有缘在这山乡野外与二位薄酒一杯，实在是人生幸事。来，干！"

一桌人都干了，大家开始动筷子。尚安民把大家的酒盅添满。

老马又说："智者千虑，必有一失。这次事故也给我们乡里敲了警钟，还望两位多关照，给大峪一次整改的机会呀。来，让我们干了这一杯。"

过了一会儿，秦记者出去方便，尚安民跟着出去给他领路……

吃完了饭，记者要直接回去。

老马说："乡里写了个初稿，主要是考虑到大记者忙，有个毛坯子，你们的如椽大笔好删改。是不是拐到乡里把稿子带上？"

林娜娜看看手表，说："时间不早了，传真到台里吧。马书记，这问题还真是得整改，幸好这次出的事儿不大，如果不吸取教训，出了大事就来不及了呀。"

"说得极是，警钟得长鸣啊。"

林娜娜留下了传真号码，记者和王科长上车离去了。

望着渐行渐远的车，老马心里仍有隐忧，就问向委员，应该不会有啥问题吧？

向艳枝还没开口，尚安民咧咧嘴："放心吧，马书记，不会有问题的。"

尚安民见老马一脸疑惑，又解释说："那个秦记者出来方便时，我已经给他表示意思了。他推让了半天，我说，你看，这么远让你们奔波劳顿的，只当是给车加个油吧。最后，他总算接住了。吃人嘴短，拿人手短，他们还怎么好意思曝光？"

这个尚安民！老马埋怨说："安民，你怎么自作主张，也不跟我和向委员说一声？"

"跟你说了，你不一定同意，我就只好先斩后奏啦。"

"这样合适吗？"老马心里吃不准，自言自语说。

"有什么不合适呀马书记，这俩记者，我看人家还是有良心的。"向艳枝说，"前两年，我遇到省里的一个小报记者，与环保都不沾边儿，就是来寻事儿的。禁烧的时候，他带个相机，发现一堆儿小火就开始要挟你，明着敲诈呢。这个记者简直就是人渣，一粒老鼠屎坏了一锅汤呀。"

老马听了，摇摇头，感叹说："看来，不论哪个岗位、哪种职业都不是一片净土啊。这，也许才是社会的常态，才是生活的真实面目啊。"

回到乡政府，他到魏金国办公室，把接待记者的情况作了简要汇报。他见魏金国仍愁眉不展，就随口说："魏书记，你放心，我的同学已打过招呼，我等会儿再盯盯，无论如何，不会负面曝光的。"

"不是新闻单位的事儿。刚才，柳乡长打来电话说，家属不知通过什么途径知道人已经死亡，现在正把尸体从医院往家里运哪。"

老马心里一惊，说："人死不能复生，关键是得给家属足额的补偿呀。"

"嗯，我也是这样想，我刚刚通知了尚安民。你辛苦啦，先去喘口气吧。"

走出魏书记办公室，他心怀隐忧：明天不知还会发生什么意料不到的事儿呢。

第三十三章

第二天一早,老马在嘈嘈嚷嚷的喧闹声中醒来,时针已指向了八点。

老马一个鲤鱼打挺,正准备出门问个究竟,陈进庆推门进来说:"马书记,你赶快到吕书记办公室,死者家属抬着尸体来上访,把咱政府的大门都堵住了。"

老马迷糊着快步到了隔壁吕建军的办公室:"吕书记,咋回事?"

吕建军说:"兵来将挡,水来土掩。马书记,呵呵,咋慌成这样?"

老马低头一瞧,手忙脚乱中,自己的上衣扣子全都系错位了,他连忙重新系好。

吕建军指指窗外:"你看,抬着尸体,打着横幅,哭哭啼啼,这是向政府施压呢。"

政府大门口,黑压压三四十号人围着,正中间停放着一口棺材,七八个人披麻戴孝,号啕连天。人群前面拉着巨大的横幅,上面白底黑字歪歪扭扭写着"人命关天,还我命来",后面还有围观的上百名群众。

老马心里犯怵,说:"这么大的阵势,老吕,咋办呢?"

"魏书记说,因为你参与了事故处置,让咱俩一起来处理家属的上访。我已通知尚安民尽快过来。同时,信访办主任于海洋和陈进庆去通知家属派代表来谈判。我还通知了派出所所长曾学凡,他马上赶过来,让他抽调民警来维持现场秩序。走,咱到会议室等着。"

他俩到了小会议室，在对着门的位置刚坐下，曾学凡便走了进来。

　　曾学凡当兵出身，虎背熊腰，威武彪悍，大马金刀往那里一站，如铁塔一般。他一进门就一口大嗓门："吕书记，我们工作没做好，没给党委政府保好驾护好航呀。"

　　"曾所长，来来来，我给你介绍一下，这是刚来的马德胜书记。"

　　曾学凡赶紧过来，双手钳子般地握住了老马的手："马书记，派出所的工作你还得多指导啊。"

　　"太客气了，曾所长，一家人别说两家话呀。"

　　话音未落，于海洋领着两位家属代表进了会议室。第一个进来的是个二十多岁的村妇，两眼哭成了红肿的桃子，怀抱着未满周岁的婴儿。陈进庆说，这是死者的妻子杨桃红；第二个进来的是一个三十多岁、贼眉鼠眼的男人，陈进庆说，这位是死者的哥哥王二孬。

　　死者家属坐下后，曾学凡义正词严地说："我是咱乡派出所所长曾学凡。这么不幸的事，是大家都不愿发生的。有什么诉求，可以向党委、政府反映，但不可以围堵政府大门。你们知不知道，围堵党政机关，干扰正常办公是违法行为？现在，你们必须立即把棺材移到一边，把横幅收起来，不能影响政府的正常出行和办公，否则就是在扰乱社会治安，每个人都要为自己的言行负责。否则一切都免谈。"

　　"是的，曾所长说得没错，"吕建军接腔说，"一码归一码，盆碎了说盆碎的事儿，罐破了说罐破的事儿。咱们是来说事的，不是来闹事的。"

　　两位家属对望一眼，杨桃红想顺坡下驴，王二孬却梗着脖子说："不行，我弟弟的赔偿还没谈住，咋能撤？啥时候谈住，啥时候再撤！"

　　曾学凡"啪"一拍桌子，怒斥道："你想干啥？我再次郑重警告你，围堵政府机关是违法行为。不论赔偿多少，总会有结果，但你怂恿操纵围堵的行为，已经触犯了刑法，可以拘留你七天。你掂量掂量，撤还是不撤？"

　　见所长针锋相对，他俩惊恐地对望一眼，同意先暂时撤了横幅。

吕建军接着说:"我是咱乡党委副书记吕建军,我这边挨着坐的,是咱乡党委副书记马德胜同志,你们有什么诉求尽管和我们说,党委和政府会尽量考虑你们的利益,尽量满足你们的要求。"

杨桃红泪水像断了线的珠子,抽噎着说:"孩子他爸是家里的顶梁柱……他这一撒手,天都塌了……撇下我们孤儿寡母可怎么活呀……上面有六十多岁的老父老母,孩子,你们也看到了,还不满周岁……可是前几天找尚安民,他只同意给二十万。这简直就是打发要饭的呀。"

听完她眼泪汪汪的哭诉,老马心中一阵悸痛。

吕建军转过脸对王二孬说:"你作为兄长,有啥也说说。"

王二孬显得愤愤不平,太阳穴上青筋直跳,刁蛮地说:"我说很简单,必须赔偿八十万元。俺也不是看病先生开棺材铺——死活都要钱,能让俺弟活过来,俺们情愿一分都不要。"

"解决问题要面对现实,要理智,不能赌气。人死不能复生,这是连小孩子都明白的道理。要八十万,总得有依据吧?"吕建军平静地说。

"生命无价。现在我拿八十万买尚安民的命,他愿意给吗?"死者的哥哥大声吼道。

"有理不在声高,我们是说事,不是抬杠,你这态度无助于问题的解决。这里面有四个方面提醒你们注意:一,尚安民提出赔偿二十万,这里面还有协商的余地,需要你们双方平心静气坐下来谈,需要相互换位思考。当然,如果你们双方没办法直接洽谈,我们可以当中间人来协调;二,尚安民办的是企业,企业是追求利润的,并不是故意要拿二十万买你弟弟的命;三,按照《劳动法》以及《工伤事故赔偿项目和计算标准》等相关法律法规的规定,死者的赔偿包括一次性工亡补助金、供养亲属抚恤金、丧葬补助金等几大块组成,这些都是有标准的,不能狮子大开口;四,你弟弟在这次事故中也是有一定责任的,但毕竟死者为大,就不再深究了。"

吕建军说完,杨桃红倒没有多大反应,王二孬勃然大怒,"呼"一下站起身："你这是发高烧不出汗——胡说！俺弟有什么责任？你到底能不能解决问题，八十万！一个子儿都不能少。否则，俺们拉着尸体去县政府，去神都，俺就不信，天底下就没有青天大老爷。"

老马听着，眉头皱了起来。本来自己很同情死者家属，正准备为他们说几句公道话呢，幸亏没有开口，这里面复杂得很呀。

曾学凡目光如剑，不怒自威，说："你激动啥，先坐下。今天你们围堵乡政府大门，已经有错在先，还准备拉着尸体去县里市里，冲击上级党政机关，更是错上加错。有问题说问题，如果拿这来要挟党委、政府，后果自负！"

王二孬撇撇嘴，不以为然地说："俺就不信还没有不让人讲理的地方。我们一条人命，还不值八十万？！"

吕建军和老马、曾学凡对视了一眼，说："不是不让你讲理，而是不能说理不走理。你们先坐一会儿，我们和尚安民商量一下。"

三个人来到吕建军办公室，尚安民早就心怀忐忑地等在这儿。

"安民，对方还是坚持八十万，一点儿不松口，还口口声声说要去县里、市里闹，难缠得很哪。"

"吕书记，这明显是敲诈嘛。我找人详细算过，按照相关的赔偿标准，各项费用加起来，也就是四十万出头，可是我知道这一家难缠呢，昨天就只敢报了二十万。你看，他当生意做呢，讨价还价，幸亏昨天我没有把赔偿金一步说到位，否则就掉进去啦。"

"安民，话说回来，"老马批解道，"谁让你没有安全防范意识呢，也只好自认倒霉，同时也吸取教训吧。我看这一家也挺难的，上有老下有小，从人道主义出发，也够让人同情了，在你算的基础上再加一两万，就息事宁人吧。"

"马书记，再加一点儿我倒是没啥，只怕对方不下架。那个王二孬是个有名的赌徒，四邻八村欠了一屁股债，说不定还指望着这笔赔偿金去还赌债呢。"

听到这儿，曾学凡说："怪不得我总觉得他眼熟呢。"

三个人再次走进会议室,向死者家属说明了赔偿的各种项目和标准,逐项加起来总共四十一万元多一点。

杨桃红只是一味地抹眼泪,王二孬与她咬了咬耳朵后说:"低于七十万,就别再闲磨嘴皮子了。"

老马心里想,俗话说,可怜之人必有可恨之处。得理也需饶饶人哪。于是,就忍不住说:"你们的心情,我们也能理解。但是,赔偿是有依据的。尚安民已经同意按照标准,一分不少给予补偿。俗话说,入土为安,你们怎么忍心让逝者暴尸街头,再拉着他去县里、市里呢?"

死者的哥哥强词夺理,说:"你说话轻飘飘的,俺们的心情你怎么能理解?除非你弟弟也死了,你才能真正理解。不拿到七十万,俺弟死不瞑目。"

几个人唇枪舌剑,一时僵持不下。

谈话期间,曾学凡走出会议室,给所里打了电话,让手下人查一查王二孬前几年的案宗。听了所里民警的汇报,他心中有了数,就让王二孬出来,要单独和他谈谈。

曾学凡等王二孬进了老马的办公室,关上门,威严地说:"王二孬,我看你是看见外公叫爷爷——不识相呀!"

王二孬一愣神,支吾着说:"你,你说这话,啥意思?"

"啥意思?我看你是装糊涂。四年前,你聚众赌博,那案底还没销呢。当时,看着你家里可怜,上有老父老母,你跑了也没往深处追究,给你个悔过自新的机会。可你非但不思悔改,我听说,你重操旧业了。今天,是不是先把这事儿说清楚?"

王二孬一听,脸"唰"地变得煞白,颤抖着说:"曾所长,你们公安办案可不能拿着和尚当秃子打——冤枉好人哪。"

"王二孬,我在大峪干了八年派出所所长,你烧成灰我都认得你。你是不见棺材不掉泪呀。难道,还要把李老拐、张豁子、杨狗蛋儿等几个人都传唤来做证吗?"

王二孬一屁股从沙发上出溜到地上,说:"曾所长,你得高抬贵手呀。家里刚刚出了这么大的事儿,我得操办弟弟的后事,还得招呼老爹老娘呢……"

"既然这样,我就暂时放你一马。你不要再胡搅蛮缠了,否则让你哭天无泪,也别怪我没有给你收场的机会。"

王二孬头点得像小鸡啄米似的,连说,是是是。

二人回到会议室,几人很快商定好了赔偿金,最后达成协议,由尚安民一次性赔偿亡者家属四十三万元,两天内家属必须把后事办完。

死者家属走了,看热闹的人群也陆续散了,乡政府又恢复了平静。老吕和老马很纳闷,问曾学凡是怎样给王二孬做思想工作的,让他前后判若两人,态度来了个一百八十度大转弯。

"我哪有你吕书记一招制敌的功力呀。"

"老曾,别再卖关子了,快说吧。"

"其实,也不过就是翻了翻他的前科,老账新账一起算,够他小子喝一壶啦。"他笑着就把事情的缘由说了。

"老曾,还是你有办法啊。遇到这种人,还真得啥人啥打发呀!"

老马生发无限感慨:处理复杂的信访问题,仅凭一腔热情远远不够,还得讲究技巧和艺术呀。

派出所里还有许多琐事等着处理,曾学凡一拱手告辞了。

第三十四章

几人一看时间,已十二点多了。老马的肚子饿得咕咕叫,也不知中午灶上做了什么饭。

老吕和老马接待了一上午,喉咙直冒烟,浑身酸困,就让于海洋和陈进庆去灶上打饭。不一会儿,两人端来热腾腾的捞面条,四个人就在会议室边吃边聊。

于海洋吃饭快,风卷残云,一眨眼工夫,一碗面条下了肚。他放下筷子,说:"多亏曾所长急中生智,否则,恐怕咱现在也吃不上饭呀。"

"可不是嘛,你看王二孬那嚣张劲儿,一副蛮不讲理的样子,不给七八十万就到上面去上访,专门往咱的软肋上戳。"陈进庆接腔说。

"其实,也别怕他去县里去市里。"老马说,"县里市里听听他说的,也是无理诉求嘛!"

"唉,老兄,你啥时候分管我这信访稳定的一摊子,才知道其中的酸甜苦辣呀。"吕建军说。

"是啊,马书记,"于海洋说,"市里县里信访领导小组对乡镇的信访稳定是按月考核的,越级上访和非正常上访是重要的考核指标呢。像今天的打横幅、抬尸体、穿孝衣都是'非访',是要追究咱乡里责任的呀,人家可不管上访户是合理诉求还是无理要求。"

"本来嘛,追究当地党委政府的维稳责任,初衷是好的,"吕建军解释说,"是为了祛除基层对上访群众反映的问题麻木不仁的弊端。可是，后来不知怎么就越来越走样儿，只要有越级上访和'非访'，不分青红皂白统统追究。上访户摸住了这一规律，就像今天这事儿，不答应他，就以往上面跑要挟你。唉，真难哪。"

于海洋接过话题："可不是嘛。越是全国两会、省里两会，或者国家有重大外事活动等敏感时期，上级对越级上访的要求越严，而这些'缠访户''闹访户'早已是上访专业户，专门与咱们捉迷藏，弄得我们如临大敌，又是死看硬守，又是截访拦访，疲惫不堪不说，还在社会上留下了不良影响呀。"

老马有些迷惑，说："把反映的问题解决了，不就釜底抽薪了嘛，何必缘木求鱼，费时费力呢？"

"嘿嘿，我的老弟，你以为咱不想给他解决呀？你以为咱愿意这样耗下去呀？"吕建军说，"反映的大多是历史遗留问题，绝大多数都没法解决；还有的反映的是涉法涉诉案件，应当到公检法部门，通过法律渠道维护自己的合法权益，但他偏偏就要通过信访口来解决，协调起来也很难。解决不了，就越级上访，可是按属地管理的原则，稳控上访人的责任又在乡镇。唉，别人发烧，偏偏让乡镇党委政府吃药，人家是个大活人，怎么看怎么守？你说，这叫啥事儿嘛！"

"马书记，我给你讲讲咱乡下凹村的老上访户吧，"于海洋说，"这村有个叫卜安生的，你听听他的事儿，就对吕书记刚才的一番话有了感性认识。"

于海洋给老马让了烟，自己也点起一支，喷出一大口浓白色的烟雾，开始细说端详：

卜安生是下凹村三组的村民，四十八岁。五年来，卜安生真是不安生，每逢全国两会，他挖窟窿打洞都要进京，反映的问题只有一个：他爷爷的问题。

卜安生的爷爷，在二十世纪六七十年代是村里的能人。啥能人？就是头脑灵活，经济意识强呗。在参与集体劳动之余，他爷爷自己搞一些木耳等山货的种植，把产品拿到山外去卖。天长日久，有人眼红。那一年，乡革委会"割资本主义尾巴"，让每个村都报一名典型。结果，他爷爷成了批斗的对象。他爷是个很要面子的人，在被批斗的当天晚上，羞愤之下在家里悬梁自尽了。

卜安生的奶奶和他爹早些年也不在世了。他爹临终时，给卜安生讲了他爷的事儿，说，儿啊，有朝一日，一定得为你爷爷申冤哪。

前几年，卜安生做着小生意，倒也没有上访。五年前，生意赔了之后，他就开始当起了上访专业户。他的要求是，一要为他爷爷拨乱反正，在村里恢复名誉；二是他爷爷是被迫害致死的，政府必须赔偿家属一定的精神损失费。很显然，他的真正目的是第二条。

乡里也不是不解决他反映的问题，第一条，寻访当年的知情者，因为年代久远，与他爷爷同龄的人已经相继离世了，后来觉得恢复名誉也无伤大雅，政府就专门在村子里贴了公告。然而，第二条就难办啦。精神损失费究竟该不该赔？该赔多少？赔给谁？如果答应了他的要求，全乡像这样的情况难道就他一家，是否都得赔？所以，只好不了了之。

从此，他就走上了上访之路。一到敏感时期，他就伺机而动，县里、乡里的信访干部都得盯着他。可是，你看他一天，他看你一会儿，稍打了个盹儿，他就脱离了咱的视线，弄得乡里鸡飞狗跳啊。有两次漏控了，被上级狠批了一通，还差一点儿追究问责，你说，咱是不是比卜安生还冤枉呀？

后来，他上访越来越有经验了。一遇到敏感时期，乡里实在没法子，就只得派出专人陪他去外地"旅游"，等两会结束了才结束"旅程"。你猜他咋说？唉，人大代表、政协委员们开会时间也太短了，一年就这一次会，全国的大事这么多，参政议政，共商国是，得慢慢商呀，说啥也得开个一两个月嘛，我得饱览祖国的大好河山呀。嘿，真把咱信访办的同志肺都气炸啦。

游山玩水了两三年，他又腻烦了，说，逛完回到家，还是没钱花。于是，咱过几个月，还得给他二三百块的信访救助。这两年，到了敏感的时间段，为了稳住他，干脆就给他五百块，让他把身份证交给咱信访办，这样他买不着火车票,咱才能彻底放下心来。这真是哑巴吃黄连呀。有的上级领导还美其名曰:花钱买稳定。最气人的是,他接了钱,还逗能地对咱们的工作人员说:哎,我算摸住了规律,上访呀,大闹大解决,小闹小解决,不闹不解决。我要是不闹着进京,你们会乖乖花钱一年里买我的身份证好几次?

听完,老马叹道:"确实无法解决啊,这不是明着讹诈嘛。"

⋯⋯⋯⋯

转眼间,从正月十三到乡里值班,已经过去了十几天,老马盘算着也该回家一趟了。恰好局办公室同志也打来电话,说新来的宋局长想了解一下扶贫工作,于是,老马回到了神都。

第二天上午,老马早早来到局里。他先拐到自己的科室,肖芳、老赵、小王都在。

老马问,宋局长在不在?

肖芳说,刚上班时见他下楼了,好像市政府有会议,也不知得开多长时间。

宋局长叫宋晓飞,五十二岁,长得五大三粗,原来是东安县县长。他当过兵、扛过枪,在部队团长任上转业,到东安县当过副县长、县委常委、宣传部长、常务副县长,后来当了县长。今年春节前,市里干部调整,他因年龄原因,主动要求回市直部门。

宋局长这人心直口快,风趣幽默。他常常自谑文武双全,自称"二杆子"——在部队里管过枪杆子,到地方上当宣传部长时管过笔杆子。"二杆子"是神都方言土语,带有天不怕地不怕、愣头青之意。他自嘲为"二杆子",还另有一层意思:做农村工作,文绉绉不行,不接地气,农民不认你的账。

刚转业当副县长时,他主抓计划生育工作。据说,那一年,东安县的计划生育各项指标在全市倒数第一。他是军人作风,在部队上一直争强好胜,不论什么演习、比武,他带的团几乎囊括了所有的荣誉。这次转业到地方上,初来乍到,就排了个老末,他觉得窝囊透顶。于是,召开全县计划生育再掀新高潮动员大会,大庭广众之下,他大光其火:你们各个乡镇的工作是怎么抓的?啊?人口出生率这么高,避孕措施是怎么落实的?啊?避孕套都戴到嘴上了吗?啊?……听到这儿,与会者都哑然失笑。

当然,这些逸事趣闻都是拾着听来的,宋局长本人从没承认过。关于避孕套的笑话,他倒是讲过另一个版本。说是他主抓计划生育时到一个乡里去调研,乡里给他讲了一个笑话:乡计生办下去发放避孕套,在一户人家里,为了给夫妻二人直观形象地说明其用法,就打开一个套子,套在大拇指上。结果,过了俩月,在乡里孕检时那个妻子发现怀上了,就埋怨发套子的工作人员:你们发的东西都是假冒伪劣产品,不管用呀。工作人员问她怎么用的,她回答说,没有走样啊,天天晚上就是按你们说的套在大拇指上嘛。

…………

科里几个人正扯着宋局长的趣事,办公室的小李探着头说,马科长,局长回来了,让你上去呢。

进了宋局长办公室,老马先做了自我介绍。

宋晓飞说:"交接时,王局长专门跟我详细说过你的情况。年前,局班子研究决定给大峪乡五万元扶贫款,这一两天就让财务上去办。你把目前的情况说说,让我先有个大致印象。"

老马先介绍了大峪乡情和自己开展的工作,以及下一步的扶贫思路。

宋局长对老马的工作给予了肯定,并勉励其再接再厉,咬定青山不放松。最后,他交代说:"尚沟小学的翻修虽然很急,但这只是一件具体的小事。就全乡的脱贫来说,还是得在发展经济上动动脑筋。听了你说的,我觉得要在发挥当地优势,比如香菇木耳的种植,或者旅游景区等方面做文章,才是长久之计呀。"

老马心里暖暖的,说:"宋局长,高度决定视野,胸襟决定境界。经你这么一点,我的信心更足了。盼着宋局长到大峪实地指导指导,毕竟,扶贫也是咱局的重要工作哩。"

宋局长高兴地答应了。

出了办公楼,想到春节时也没见到小川,老马就给他打电话。

小川说:"真巧了,媳妇今天下县了,还正愁没饭吃呢,你当书记了,也不请请客? 叫叫大山呗。"

老马说:"阎王爷不嫌鬼瘦呀,大局长。行,我就充回大吧。"

给大山拨通电话,他正在办公室,说:"德胜,我们局的黄小兵正在我这儿神侃呢,他下的是望良乡,离你们大峪不远。过去咱们给三儿拉生意时坐过,他后来还给三儿拉了不少客人呢。刚才他还提到你呢,我们一块去吧?"

老马想起去南川报到那天路上的一幕,心里不悦,嘴上却说:"那敢情好,请还请不到呢,叫上黄老弟,我得敬他一杯。"

挂了电话,老马又想起白雪来。好长时间没见了,前几天因为记者的事儿又刚刚麻烦过她,也算答谢吧,省得总是说自己无事不登三宝殿。

于是,他又约白雪。白雪一听,又是"老地方",就开玩笑:"都当书记了,还要去沾小舅子的光呀。"

老马笑着打趣:"你知道,我这人恋旧,老地方,不见不散啊。"

半个钟头后,几个人到齐了。由于都是朋友,就没有太多讲究,随便坐了。

老马和黄小兵这次都从市直下乡,自然就说起挂职扶贫的事来。

老马说:"黄科长,望良乡那边怎么样? 回头我还准备向老弟取取经呢。"

"马老兄,不瞒你说,我就没在乡里待几天。咱也别把自己当根葱,挂职的副书记,就像冰箱里包上保鲜膜的一盘儿菜,怎么能融进人家的圈子里呢?"

"你不怕人家抽查到你?"刘小川搭腔说,"组织部还不定期抽查呢。"

"放心吧，刘局长，他有千条计，咱有老主意。"黄小兵得意扬扬，"我有个同学就在市委组织部，我打过招呼了，只要有个风吹草动，咱就去乡里应应卯。这不，过了春节，我还一天没去呢，倒也落个清闲自在。"

"黄科长可真会钻空子呀。"大山笑着说，"局里以为你下乡扶贫了，乡里以为你在局里手头工作忙不过来。公鸡站在门槛上，两边啄米呀。"

"大山，咱们是弟兄，我才实话实说，可不敢在咱局里乱传呀。如果不是看着提拔时下乡扶贫能加分，打死我也不去受这份罪。"

看来，还真不是一路人，老马心里想。

就这样瞎聊，一直快到下午上班时间，就散了场儿。

老马突然发觉，白雪整个中午都很少说话，闷闷不乐的样子。

几个人下着楼，白雪有意拐进了卫生间。

送走了其他人，老马在门外等着她。

她望着几个人离去的身影，走出餐馆。

"白雪，你今天似乎有啥心事？"他关心地问。

"怎么说呢……"她欲言又止。

"白雪，连我也不能告诉吗？"

"德胜，我，我可能得了乳腺癌。"她两眼已噙了泪。

"什么？ 你说什么?!"

他的脑袋一下子蒙了。

第三十五章

"前两天,单位组织体检,左侧乳房有硬块,医生说,从触诊看像是肿瘤,有乳腺癌的可能,需要进一步确诊。"白雪的眼眶潮得都能养金鱼了。

"那就赶快去进一步诊断呀。"老马着急地说。

"我不敢去,我怕……"

是啊,一旦确诊出最坏的结果,无疑是她的心灵蹦极,从高处坠下,无所依傍。

"白雪,不会的,你别多想。"他安慰道,"我们单位老赵的表妹,好像在市一院的乳腺科,我下午给你问问,明天我陪你去。"

…………

下午回到科里,老马向老赵打听他表妹的事儿。老赵爽快地联系妥当,把表妹的姓名、电话等都交给了他。

晚上在家吃过饭,想到白雪中午水漫金山的哭诉,老马心神不宁。对乳腺癌,自己也是一知半解,也不知她的情况到底如何。

他上网搜寻关于这方面的知识。打开一个医学网站,几段话让他触目惊心:

"乳腺癌是世界范围内女性最常见的癌症,每五个新诊断的癌症患者中就有一名乳腺癌患者……

"中国女性乳腺癌的发病高峰自四十岁开始上升,随着年龄的增长发病率也不断增加。从近年来社区筛查的统计数据显示,城市女性患者是农村女性患者的数倍……

"乳腺癌的危险因素主要与体内雌激素暴露有关,初潮早、绝经迟、未婚、未育、未哺乳、肥胖、长期服用避孕药、停经后采用激素替代治疗的女性,患乳腺癌的风险高于一般人群……"

他越看心里越没了底,干脆心烦意乱地关了电脑。

人的生命薄如鲁缟,脆若蝉翼呀。真不敢想象,白雪的病究竟是什么样的结果。

自己能查到这些资料,她肯定也早已了然于胸,怪不得她讳疾忌医。形影相吊的她,柔弱的双肩又怎能扛起这从天而降的沉疴?

一夜胡思乱想,终于熬到了天明。他草草吃了早饭,开车接上白雪,一道去医院。

到了乳腺科,找到老赵的表妹汪大夫。她四十多岁,在乳腺科的住院部,人挺热情,说:"程秀丽大夫是医院乳腺病的专家,今天恰好坐诊。"

老马到楼下大厅挂了专家门诊号,与白雪随着汪大夫一块上楼。程大夫门外的椅子上坐了十几个等候的患者,她们一个个脸上都写满了焦虑不安。

汪大夫让他们二人等着,她先进去通融一下。过了一会儿,一个病号出来了,汪大夫就招手让他俩进去。

程大夫五十多岁,一脸和蔼。她示意他们在对面坐下,边问基本情况,边填写病历。

听完,她用手触摸着白雪的左乳房,问:"是不是这个地方?有无疼痛感?"

白雪点点头。

程大夫瞥了一眼老马,不满地说:"都两三个月了,今天才来,你这丈夫也太不称职了。"

老马脸一红,对她的错点鸳鸯谱只能不置可否。

白雪也红着脸，只好说："程大夫，不怪他，只怪我太大意了。"

"要确诊，先做一个 B 超吧。"

于是，俩人谢过程大夫，到了 B 超室。排队做完检查已时近中午，下午四点钟才能出结果。白雪有气无力地说："德胜，难得你陪我一上午。中午我俩一起吃个饭吧。我有好多话想跟你说呢。下午和我一块去取结果吧。不敢想，若是那样，我怎么去面对？以后我该怎么办？"

看着她无助的眼神，他不知说些什么好。

俩人来到医院附近一家附有就餐功能的茶馆。在小包间里简单点了菜。

无滋无味地吃完饭，俩人要了一壶铁观音，边喝边聊。想到她心情不佳，老马有意找她感兴趣的话题："白雪，你的长篇《凤凰玉》这段时间有啥新进展？"

"才写了一半，不是发给你了嘛。后半部分还没想好呢。"白雪果然有了兴致，"德胜，你觉得前半部分如何？"

"让我说真话还是说假话？"

"你呀，是不是不说假话就着急呀？"

"那我就实话实说啦。"

"我洗耳恭听呢。"

"前半部分通读下来，感觉布局谋篇上大开大合，情节设计跌宕起伏，细节描写也比较到位，节奏抑扬顿挫，但是在境界情怀方面还美中不足啊。"

"嗯，接着说。"

"《凤凰玉》是以当代人的情感纠葛为主线的小说。爱恨情仇，自古以来就是永恒的主题。世界上没有无缘无故的爱，也没有无缘无故的恨。真正的作家，应当有大苦闷、大抱负、大精神、大感悟、大悲悯。"

"德胜，别大而化之，能说具体点儿吗？"

"咋说呢？我读当下的一些作品，总觉得作者心里装着太多的风花雪月，真正接地气的作品不多。他们把自己关在象牙塔里，写的语句倒也优美,也很有诗意。然而,读完却给人一种虚空感。他们的作品是无根的浮萍、无病的呻吟、无魂的躯壳。"

"言之有理。Go on, please.(请继续。)"

"春风大雅能容物,秋水文章不染尘。大悲悯,用莫言的话说,就是站在高一点的角度往下看,好人和坏人,都是可怜的人,小悲悯只同情好人,大悲悯不但同情好人,也同情恶人。只有描写了人类不可克服的弱点和病态人格导致的悲惨命运,才是真正的悲剧,才可能具有拷问灵魂的深度和力度,才是真正的大悲悯。"

"所见略同。我的《凤凰玉》呢?"

"感觉对情变的男主人公鞭挞有余,悲悯不足呀。正因为这种悲天悯人的情怀不够,势必影响作品的深度和境界啊。一孔之见,仅供参考。"

"德胜,想不到你还有这么深的思考。若在以前,我可能会很执拗,有一百个理由与你一争高下。可今天听了,发现的的确确是这样的。"

"嘿嘿,我呢,是眼高手低,只能高谈阔论,不能躬身践行,用荀子的话说,至多是'口能言之,身不能行,国用也';而你,是'口能言之,身能行之'的'国宝'呀。"

"我回头要细致修改修改前半部分。"说到这儿,她叹口气,"唉,刘勰说,登山则情满于山,观海则意溢于海。没有全身心的投入,又怎么能完成创作?德胜,下午……"

"不论什么结果,终会尘埃落定。雪,别怕!在我心里,你一直是我佩服的人哪。"

"你在逗我开心,我知道。"

"不,我说的是实心话。回首大学时代,我们个个壮志凌云,用那句'长风破浪会有时,直挂云帆济沧海'来形容真是太恰当不过了。"

"是啊,我们都曾年轻过,都曾踌躇满志过。"

"可是,三十年弹指一挥间,当年的豪言壮语渐行渐远,还有几人能像你一样,依然故我,依然激情飞扬,不忘初心?!"

"知我者谓我心忧,不知我者谓我何求。这几年,我感觉已走到了荒漠深处,没有绿荫也没有水,但还在咬牙坚持,就像一个尾随骆驼的人,很难呀,德胜。"

"坚持就是胜利!白雪,这正是我佩服你的地方。不论下午的结果如何,按照儒家'立德立功立言''三不朽'的要义,在'立言'上,你的生命已经怒放,美如夏花之绚烂。生命,不仅仅在于它的长度,更在于它的宽度与高度呀!你已经达到了常人难以企及的高度,已经将永恒的'大我'赋予了有限个体生命的'小我'呀。"

"我哪有你说的那么高大上啊?"白雪脸上露出一丝甜蜜的笑容,宛如一抹灿烂的晚霞。

不知不觉已经三点多了,俩人回医院取了报告单。可惜,单子上的字迹龙飞凤舞,他俩一个字也认不出来。

到了门诊上,见了程大夫,她扶了扶老花镜看了半天,说:"住院吧。"

"啊?"老马和白雪都惊诧失声。

"噢,是这样,这个肿块血流不丰富,超声检查表现不典型,要进一步确诊,得做病理切片。"

老马心里"咚咚"直跳,问:"程大夫,病理切片检查多长时间能出结果?"

"得一星期。检查前,需要常规检查,如果没有意外,手术安排在后天吧。"

第三天,要做切片手术。一大早,老马赶到病房。护士让白雪换病号服,做好术前准备。

白雪摘下凤玉,递给老马:"德胜,你先保管着,如果我……"

他紧紧握住她的手,打断她的话:"雪,我就在外面一直守着,等着给你戴上!"

切片是小手术,倒很顺利,然后是一周漫长的等待与煎熬。这真是人间炼狱啊!

手术后的第三天上午,老马急忙赶往医院,还买了束淡雅的百合花。他知道,白雪喜欢。铮铮铁骨在脆弱之时也会潸然泪下,铁石心肠尚有柔软的深处不可触碰,何况独自一人的白雪?现在的白雪就像一个在挣扎绝望中等待死神宣判的囚徒,但仍怀有侥幸逃脱的一线生机。此时此刻的白雪,更需要温暖的肩头,让那惊悸的心灵有所皈依。

他走进病房,只见白雪伫立在窗前,眺望着远处。窗台上放着一盆文竹,那文竹青翠郁葱,柔弱而挺拔。

他盯着白雪的背影,静静地站在她的身后。只听她低声吟诵道:

> 鸟雁皆唼夫粱藻兮,
> 凤愈飘翔而高举;
> ············
> 众鸟皆有所登栖兮,
> 凤独遑遑而无所集。
> ············
> 谓骐骥兮安归?
> 谓凤凰兮安栖?
> ············

哦,多么熟悉的楚辞,宋玉悲秋的《九辩》,多么孤独而高洁的凤凰!

触景生情,他不由脱口唱和出郭沫若的《凤凰更生歌》:"我们新鲜,我们净朗,我们华美,我们芬芳……火便是你。火便是我……我们欢唱,我们翱翔。我们翱翔,我们欢唱。"

"德胜!"她泪如雨下,扑进他的怀抱。

他轻轻拍拍她的后背,柔情地说:"雪,我懂你!"

············

一周后,化验单出来了,良性!

一场虚惊。她喜极而泣,他唏嘘不止,两颗提着的心终于落回到了肚里。

进入农历二月,神都的南部山区到处都是春的消息:暖流融化了岩石上的冰层,滴下粗大晶莹的水珠。虽然在山的背阴处还有凛凛寒气,但朝阳一面山坡上的雪正在融化,慢慢地露出黑色的地皮,雪水滋润着泥土,浸湿了去年的草茬;被雪覆盖着过了冬眠的草根苏醒过来,奋力地生长着;草木种子也被湿土裹着,在滋生着根须,争取着它们的生命。

刚刚融化的雪水顺着峡谷流出来,冲开了山涧溪水的冰面。那巨大的冻结在岩层上的瀑布也开始活动了,流水声一天天愈来愈响,最后成为一股汹涌的奔流,冲到山下,汇进河里,那河水的冰层就咔嚓咔嚓碎裂成块,拥挤着向下流去。

在山坡上,在悬崖上,在峭壁上,一簇簇迎春花垂着她墨绿色的枝条,蓬松着的优美弧度上缀满了金黄色的小花朵。那一朵朵娇俏的黄,嫩嫩的,润润的,像一群可爱的孩子张着小巧的嘴巴在甜蜜地笑着;又像蜂鸟的翅膀,薄薄的,软软的,在暖暖阳光的照射下,开得那么楚楚动人;还像一个个金光闪闪的小喇叭,在初春里吹奏着一曲曲嫩绿的歌谣:春天来了,春天真的来了!

老马望着车窗外的迎春花,心敞亮起来。来到大峪时间不长,但自己从事的扶贫工作也和这春天一样刚刚萌动,就像一张白纸,正如伟人所说,"好写最新最美的文字,好画最新最美的图画"。

当然,当务之急是要抓紧修葺尚沟小学的校舍。

与文教助理刘文卿一道去尚沟的路上,老马的脑海里不停地翻腾着。局里昨天来电说五万元扶贫款已汇出。前两天,自己把修缮尚沟小学的设想汇报后,平日里紧捂着钱袋的书记、乡长,这次居然当场拍板拨出了两万元。有了这七万元,就可以先动工了。

但全部资金需要十五六万元。剩下的资金从哪里来呢?

好在这次的硝酸泄漏事件,阴差阳错地消除了自己与尚安民之间的误会,也化解了尚安民与孙绍伟的矛盾,形成了建校的合力。车到山前必有路!等一会儿,听听村里几个能人有什么高招。

不一会儿,到了尚沟小学。尚明德、尚安民、孙绍伟以及昌校长都在。

他和刘文卿下了车,走进校长办公室。所谓的办公室也不过是一间瓦房,上面用高粱秆编织了顶棚,铺着报纸;办公室里一张破旧的办公桌,一看就知道有些年头了;墙边支着一张床,床上是简单的铺盖,显然是寝办合一了。

简陋的办公室,让老马再次想起了春节前教室里寒酸的一幕。他坐在唯一的那把办公椅上,其他人随意坐在床边。

昌校长说,尚沟小学总共八十六名学生,都是附近村里的孩子,一、二、三、四,五六年级分别合班上课。学校教师带上他本人,年前共四名,都是代课。这学期开学,有一名代课老师不辞而别,听说去南方打工啦。现在,仨老师一个萝卜一个坑,忙得团团转,他正为这事发愁呢。

老马说:"缺老师的事儿再议,翻修教室最紧要。翻修时,孩子们咋上课呢?"

"马书记,这还真是个问题哩。"昌校长愁眉苦脸地回答。

第三十六章

尚安民想了想,说:"娘娘庙里倒是可以暂时对付,只是没有那么大地方,所有的孩子都去,恐怕盛不下。"

"村中间有个基督教堂,倒是可以坐两个班,但得和教会的负责人协商。"尚明德说。

"这个思路倒是可以,谁去做长老的工作?"

"长老和我是邻居,我去说吧。"尚明德说。

"娘娘庙这边,我负责去协调。"尚安民也主动请缨。

"学校要组织好。另外,村里得向家长宣传到户,让大家理解这是暂时的过渡。"

几个人点头应承。

"资金大约还差十万,咱集思广益,有啥好办法?"

孙绍伟激动地说:"马书记,修教室是我多年的夙愿,我捐三千元。不过,这仅仅是杯水车薪哪。"

老马说:"绍伟,你的善举倒是给我提了个思路。咱村在外的公职人员,特别是有个一官半职的有多少?在外做生意的,能慷慨解囊的有多少?"

几个人扳着指头数了数,在神都市里、在南川县里以及在本县其他乡镇工作的,当着局长、副局长、厂长、副乡长等的有十几个,做生意的不多,生意做大的更少,就那么三四个。

"这些人平时回村里不回？能不能联系上？"

几个人纷纷说，逢年过节他们都回来，不少人的老人都还在村里生活，平时也常回来。

"这就是咱村的无形财富呀。你们以村两委的名义搞个座谈会，邀请他们参加，你们俩要放低身段，诚恳汇报今年村里的打算，特别是修建学校的事儿，把孩子们上课的条件详细说说，相信大家心系桑梓，对资金上的困难不会视而不见的。"

"马书记，也不好说呀。"尚明德说，"有些人是铁公鸡，也会一毛不拔的。"

"那倒是，啥人都有嘛。老尚，有些事在一定场合下，恐怕就由不得自己啦。"老马笑着说，"咱们不妨来个激将法，将他一军，谁不对老家表示表示，就当场下不了台呀。"

"咋来将军？"

"绍伟，等安民一说完后，你就振臂一呼，当场捐款。拨亮一盏灯，就能照亮一大片。"

"兵不厌诈，这不就是托儿嘛！"尚安民接嘴说，"既然要当一回托儿，绍伟就报五千块，多出来的两千块我拿！"

"我也不欠这两千，报五千就实打实捐五千，不玩虚的。"

"绍伟，你别误会。本身吧，我也是得捐的。从你一个人手里捐出来，咱不是为了要那效果嘛。"

中午放学了，孩子们像一群小鸟般飞出了学校。办公室门口有个男孩子探了探头，没敢进来。

老马问："昌校长，这是你家的孙子？让孩子进来呗。"

昌校长大声喊道："尚小蛋儿，快进来。"

这孩子扭扭捏捏从墙根溜了进来。他十来岁，脸冻得红通通的，流着鼻涕，上衣宽大，大脚指头露在布鞋外面。

见一圈儿人看他，尚小蛋儿低着头，抠着指甲，一瞧就是个内向乖僻的孩子。

昌校长对尚小蛋儿说："你先去厨房,添上水,把火点着。"

他如得赦令,匆匆跑了出去。

昌校长对老马解释道："马书记,他是三年级的学生。他爸爸妈妈在东莞打工,连着两年都没回来啦。前天,他爷有病住了院,他奶也去卫生院照顾了,他没人管了,只得先跟着我吃住。"

老马感叹道："这是标标准准的留守儿童啊,村里这样的孩子多不多?"

昌校长说,多。全校八十多名学生,将近六十名孩子都是这种情况。其中,有四十多名孩子的双亲都在外面打工,其余的是爸爸或者妈妈在外面打工。他们要么跟着爷爷奶奶,要么跟着外公外婆。村里现在很多"993861"部队,"99"指老人,"38"指妇女,"61"指儿童。

"这些孩子学习情况啥样?"

"别提了。成绩多数不太好,在家里,老人没法辅导,而且还有心理代沟,形成了'家庭管不好,学校管不到'的'真空地带'。长期与父母分离,使这些孩子的性格变得内向、自卑、悲观、孤僻,无形中助长了他们自私、任性以及逆反心理和自我封闭等极端性格。"

刘文卿也说："马书记,去年,望良乡有个四年级的女孩子,也是父母都在外地打工,跟着奶奶在家,被村里的一个老光棍哄骗到家里,多次性侵,她也不敢跟奶奶说,后来才被村里人发现,老光棍被判了刑,女孩子在村里抬不起头,一辈子给毁了。"

这时候,尚小蛋儿跑进来,小声说："昌校长,水开了。"

昌校长说："知道了,你先去吧。"

老马瞥了一眼尚小蛋儿,说："我还以为是你家孙子呢。"

"孙子? 我要有孙子就好了。"他尴尬地笑笑说,"你看我有多大年龄,马书记?"

"有——近六十了吧?"

昌校长将了将快要遮住视线的一绺头发,拿起一张皱皱巴巴的纸递过来,苦笑着说："马书记,我呢,有些老相,大家开玩笑说我长得有点儿着急，我今年才四十八。前几天，我写了一首《留守歌》，你瞧瞧，里边有我详细的家庭情况。你先看，我得去做饭。"

老马展平纸张，只见一笔漂亮流利的钢笔字：

月儿弯弯照神都，妻子打工我留守。

一家五人分四地，一年四季少聚头。

长子今年二十一，还没结婚未娶妻。

上了中专没学好，南北打工四处跑。

次子现在上初中，没有理想心中空。

回来只爱打游戏，将来如何不思虑。

母亲今年六十七，种地打工又养鸡。

烧火做饭少用电，不爱闲坐干不息。

妻子现在四十七，年年打工不停息。

往年打工到广东，半年工作不轻松。

我是小学一教师，又种地来又教书。

亲人长年不在家，时常有些小空虚。

月儿圆圆照中原，我家何时得团圆？

期待家乡大发展，相聚天天又年年！

读着《留守歌》，他陷入了深思。留守儿童问题是个严峻的课题。只有发展经济，引来项目，才能让农民离土不离乡，在家门口致富创业，才能根治这一顽症。

尚安民打断他的思绪，说："马书记，到吃饭的点儿上啦。走，去我家里喝两杯。"

于是，一行人就往他家走去。

尚安民的宅子在村子的西北边，大门楼豪华气派，上面写着"紫气东来"四个大字。进了大门，一栋二层小洋楼映入眼帘，厢房是厨房和杂物间。几个人在屋内坐定，六个凉菜早已摆好。

一看他媳妇,就知是精明能干会持家的一把好手。尚安民摆着手说:"来,老婆,给你引见引见大领导,这是咱乡的马书记。"

"弟妹,叨扰了。"

"马书记请还请不来呢,你们坐。"他媳妇羞涩地笑着说完,扭头进厨房接着忙活去了。

尚安民给大家满上酒,说:"马书记,你刚来时俺有眼不识泰山,多有得罪,你别和俺一般见识。上回的事故没少给你添麻烦,刘助理、尚支书等伙计们都出了大力,特别是绍伟哥不计前嫌,危难之时见真情啊。人心都是肉长的,我尚安民真心敬大家一杯!先喝为敬。"

说完,他站起身,双手将酒杯举过头顶,仰起脖子一饮而尽。

老马等一桌人也纷纷起身干了。

尚明德问:"马书记,我盘算过,按你说的办法,大约弄不到六万元,缺口咋办呢?"

"天无绝人之路,总会有办法的。"

孙绍伟说:"安民,建娘娘庙你都有办法,建学校你就没有主意啦?"

"当时建娘娘庙是顺其自然,民心所向呀。对娘娘的膜拜,是多少年来老辈儿人传下来的传统,"尚安民顿了顿,又说,"如果娘娘让大家捐款建校,这事必成无疑。"

老马笑笑说:"陈胜起事前,鱼肚子里出了'陈胜王',夜间狐狸大叫'大楚兴,陈胜王',这个故事大家可知道?"

刘文卿已会其意,说:"安民,我好为人师,给你们解释一下马书记的意思吧:陈胜起义前,让吴广用丹砂在丝绸上写'陈胜王'三个字,放在别人用网捕获的鱼的肚子里面。兵卒买到那条鱼回来煮着吃,发现了鱼肚子里面的帛书。本来这件事已经很奇怪了,陈胜又暗中派吴广到兵卒驻地旁边丛林里的神庙中去,晚上用竹笼罩着火装鬼火,像狐狸一样叫喊道:'大楚复兴,陈胜为王!'兵卒们都很惊慌恐惧。第二天,他们到处谈论这件事,都看着陈胜,指指点点……"

尚安民一拍大腿:"马书记,俺就是再笨,也知道咋弄啦。这些天春旱,乡亲们正要去娘娘庙集体祈雨呢。雨,不一定能祈求得来,但我能保证,捐款建校娘娘肯定能开口!"

几天后,村里召开座谈会,把外面的"能人"请回村里。尽管这些人在外面呼风唤雨,在生意上财大气粗,然而,当他们回到生于斯长于斯的村里之后,就像飞舞于花花世界的蝴蝶一样,变成了当初的蝶蛹。在孙绍伟的带动下,大家纷纷解囊,共募集到六万多元。当天中午,村两委摆了两桌,老马特意赶到现场致谢。

尚沟村祈雨那天,当村民们对娘娘三拜九叩之时,娘娘头顶上居然飘下来一张黄帖子。上面只有寥寥数语:"欲免灾患,根在庠序。"千百年来,娘娘降帖的事儿从未有过。村里几位老人聚在一起,双手捧着圣旨般的帖子,丈二的和尚摸不着头脑。最后,还是村里的一位老学究诠释道:庠,校也。学校,殷代称序,周代称庠。既然娘娘都有了明确的旨意,大家当然一呼百应,很快募集了两万多块。

这几项加起来,已经补上了资金的缺口。资金问题解决啦,迫在眉睫的问题是确定建筑队。

一天上午,老马正在办公室等尚安民几个人来商定此事。这时,刘宝鑫手里提着两瓶酒,满脸谀容地走进来:"德胜哥,我特意赶来看看大书记。"

老马的眉毛拧成了毛毛虫,厌烦地反问:"钱又花光了吧?"

他还没回答,尚安民等人进了办公室。

刘宝鑫倒是乖巧,自个儿找个角落坐下了。老马也不搭理他,几个人先说正事。

正在议呢,刘宝鑫大概听明白了是怎么回事。一听建校款十几万元,如蝇见血,就站起身说:"德胜哥,这活包给我,我保证干好!"

老马白了他一眼,说:"你少瞎掺和。刘宝鑫,你如果没其他事儿,赶紧回神都老实待着去!"

一看没戏,刘宝鑫嘟囔着悻悻而去。

老马余怒未消,拨通电话又出了一通恶气:"赵玉曼,刘宝鑫又追到大峪来丢人,你们家都是些啥亲戚? 啊?"

唉,情急之下,一竹篙打翻一船人。

…………

选了个大吉大利的日子,尚沟新校建设正式开工。工期预计三个月,在汛期到来之前将建成并投入使用。

老马站在学校的操场上,望着人欢马叫的施工场面,仿佛看到了新落成的教室,以及孩子们开心地坐在教室里上课的情景,他欣慰地露出了笑容。

此时此刻,他又想起了昌校长反映的教师缺岗问题,心里泛起丝丝隐忧。他的眼前浮现出另一种情景:宽敞明亮的教室里,孩子们天真无邪的眼睛都齐刷刷地盯着门口,眼巴巴地企盼着新老师的到来。

于是,他想到了孙小妮。

第三十七章

老马决定回神都一趟。周末一大早,他驾车出了乡政府,驶上山路,车子如蜗牛般爬行。

到大峪乡这一个多月,"两眼一睁,忙到熄灯"——真与空虚的机关工作判若云泥,真是"洞中方几日,世上已数年"呀。

他又想到儿子和老婆。超超已读高二下学期了,下半年就该上高三了。自己从大峪回去一趟,也总是来去匆匆,从未与孩子坐下来好好谈过。现在家中里里外外都得靠老婆一个人打理,也真够难为她了。唉,自古忠孝不能两全,为人父,为人夫,心中有愧呀。

想到孙小妮,他心里如同十五个吊桶打水——七上八下。家徒四壁的困窘,使她成为家里唯一的经济支柱。在私立学校工作,虽说累了点儿,但工资高,回乡支教,待遇无法与城里相比,她能接受吗?

不仅仅是待遇,他又想,还有生活环境。即便是自己,离开永长老家之后,特别是成家之后,每次回老家都很少隔夜。有几年春节在老家过年,本打算过了初五再返回,可过了初三就再也硬挺不下去了。老家没有空调,更没有暖气,凛冽的寒风呜呜叫着从门窗缝里钻进去。睡觉前自己有洗脚的习惯,洗完了才发现没有拖鞋。老娘倒是翻出了常年舍不得用的新被褥,可是一钻进被窝,一股霉味就把人呛得透不过气来,半天被窝也暖不热,一家三口蜷伏着,像蛋壳里尚未孵出的小鸡。最要命的是晚上起夜,不得不冻得哆嗦着去屋外解溲。第二天吸取了教训，在屋里放了尿罐，可是，一股浓浓的臊味扑鼻而来，害得自己大半夜又找了张废报纸把它盖住。赵玉曼埋怨说，这简直是非人的生活。

人一旦适应了新的环境，就形成了新的生活习惯，与忘本无关。将心比心，小妮是个姑娘，在神都生活了四五年，还愿意回到家乡吗？

唉，见了面，看看情况再说吧。

正因为心里吃不准，昨天晚上翻过来覆过去睡不着，后来干脆又坐起来，伏案疾书。多少年来，老马已经不写信了。可是有些话，即便如鲠在喉，面对面也实在说不出口，诉诸笔端倒是能一吐为快。

到了家，赵玉曼已经把午饭做好了，盘盘碟碟好丰盛的一桌子。

"做这么多菜，家里今天有客人？"

"哟，你还真不在乎这个家了，把自己当客人啦。"

"超超呢？"

"你还知道有个儿子呀？补课去了，晚上才回来呢。"

"老婆，咱赶快吃饭吧。我身上直发痒，真该洗澡了，饭后你给我搓搓背。"

"唉，你这是自找不自在呀。"

吃完了饭，他钻进卫生间，打开淋浴。一股股暖流倾泻而下，如同无数的手指在轻抚着自己，全身涌出一种蚀骨的惬意，不由让人想起"春寒赐浴华清池，温泉水滑洗凝脂"的诗句来。在大峪乡期间，每天晚上都只能用热水在房间里简单擦擦，哪有这般美妙的享受啊。

他冲了一会儿，喊老婆搓背。

她进了卫生间，拿搓澡巾一把下去，一大卷儿灰垢滚落在地上。

"天呀，大峪不光出核桃、木耳，还盛产灰垢。你看看，这土地多肥沃，物产多丰富呀。"

"伟人说过，扫帚不到，灰尘照例不会自己跑掉嘛。大峪吃水都困难，洗澡更是一种奢侈。我都自惭形秽了，赶紧搓吧。"

"看你瘦的，给你搓背，就像数肋骨一般。唉，遭这份罪，你说你是图啥呢。"

"老婆,美国有个心理学家曾写过一本《人类激励理论》,把人的需求按层次分为五种,像金字塔一样从低到高分别是:生理需求、安全需求、社交需求、尊重需求和自我实现需求。"

"你别小看俺没文化,生理需求不就是你现在正急着要的嘛,对不对?"

"不光是这,还包括食欲、睡眠等等。安全需求包括人身安全、家庭安全、财产安全、工作保障、生活稳定等等。这两个需求都属于较低层次的需求。"

"社交需求,不就是你们那些吃吃喝喝的三朋四友嘛。"

"那只是友情,还有亲情、爱情呢,都算社交需求。"

"啥是尊重需求?"

"比如,成就、信心、名声、地位、被他人尊重等等。咱们常说的雁过留声,人过留名,都属于这个较高的层次。"

"那最后一个层次,是啥意思?"

"老婆,自我实现需求是最高层次啦,就是发挥自己的潜能,围绕个人的理想、抱负,实现自己的人生价值。"

"噢,我听出大概意思了。"她边搓边问,"那你如果提了副处级,算是哪种需求?"

"哎哟,你还官迷心窍呀?提拔晋升属于尊重需求。你不是问我图啥吗?我呢,是最后一种需求,实现自我价值。"

"得了吧,还不会走呢就想跑呀?你先实现第四种,再说第五种吧。"

"唉,秀才遇上兵,有理也说不清。"

…………

洗完了澡,略作休憩,老马给孙小妮打电话。

小妮惊喜地说:"我们刚下课,正准备和闺蜜出去逛商场呢。马大哥,你回来了?有事吧?"

他约她在一家茶社面谈。

一到茶社,老远就见孙小妮和另一个姑娘在门口等着。

见了面,她介绍说:"这是我同学郭雅静,也是我的好友,现在我俩在一个学校。"说完,又扭头说:"小静,这位就是我常向你提起的恩人马德胜马大哥。"

郭雅静羞涩地笑着点了头。

仨人进了小包间,沏上茶,老马问:"小妮,在学校情况怎么样?"

孙小妮莞尔一笑,兴高采烈地答道:"我讲的公开课在全市得了一等奖,和孩子们在一起,受童真童趣的感染,真的青春永驻!"

郭雅静接腔说:"小妮现在已成名师啦,让我们都羡慕呢。"

他深感欣慰,微笑着说:"果然不出所料,是金子早晚总是要发光的。"

"别光顾着说我,马大哥,到我们老家还顺利吧?"

"大体上能说得过去,也真是遇到了一道难题,这不,就来找妹子搬救兵呀。"

"马大哥,不是开玩笑吧?"孙小妮诧异着问。

他把尚沟老师缺岗的事儿说完,恳切地说:"小妮,想来想去,只有你最合适呀。"

她愣了半天神儿,不知道该说什么好。老半天,她犹豫不决地说:"马大哥,让我考虑考虑吧。"

老马站起身,从包里掏出一封信,说:"好吧。小妮,有好多话,全在这封信的字里行间了,你回头读读,再做决定吧。"

小妮接过信,和他握别。

目送恩人走出茶社,她拆开信封,铺平信纸:

小妮:

你好!

当我给你写这封信的时候,已是深夜。此时此刻,在乡政府的办公室,窗外漆黑一片。我翻来覆去睡不着,于是,索性铺开稿纸,一吐心曲。

我曾多次设想,如果向你提出回家乡支教,你会怎么回答。我心里清楚,你的犹豫,你的纠结。我知道,你的全部心思是想用自己勤劳的双手赶紧挣钱,给瘫痪在床的父亲买一辆轮椅,能让他出来晒晒太阳;给两个哥哥买一身新衣,让他们过上正常人的生活。

那年,我亲眼看到过这个家的窘迫与困顿。你目前就是这个家的顶梁柱,是这个家的希望。有了你,这个家才算一个完整的家庭。

现在,你毕业了,这个家终于迎来了曙光。我仿佛看到你父亲眼里那浑浊的泪花,仿佛看到你哥哥那憨厚的笑容,这不仅是你所盼望的,也是我所期盼的。

然而,小妮,你可曾想过,你生于斯长于斯的这块贫瘠的土地给了你生命和才华,给了你昨天和今天。这里的空气、土地、小草、野花,无不思念着你、企盼着你。

当我走进学校,每每看到一个瘦小灵气的小姑娘,就好像看到了儿时的你,那渴求知识的大眼睛,就如同那幅希望工程的公益广告,让人过目不忘,让人椎心泣血。这些孩子聪明可爱,努力上进,他们对老师的敬重与对知识的渴望,如同小草对阳光雨露的盼望。你瞧,他们上课时那专注的神态,那作业本上工整的字迹,无不诉说着他们的如饥似渴。

俗话说,乡恩似水长。是家乡用乳汁喂养了每个生命,用教育开启了知识和智慧的大门,用双肩托起了生命和发展的起点。无论走到海角天涯,我们也无法割断与家乡相连的血脉;无论走得再久,也无法阻隔与家乡的心灵相通。随着你的成长,内心深处的情感如陈年老酒,浓烈醇厚,日久弥香,像飞天风筝,哪怕海阔天空,心中的那条线永远系在家乡。

小妮,大峪留下了你童年的天真,少年的欢乐,亲情的眷顾,友情的帮扶,家乡有你人生的起点,成长的足迹,前行的动力和无限的希冀……

小妮，社会学家说，教育是人类文明的传递，是寻找对人类文明的文化支援；文学家说，教育在于使人把每一天都看成黎明，把每一种成就都看成是人类超越自身的象征；政治家说，教育是对被教育者施以影响的有计划的活动；教育家说，教育是对人类的道德、个性、智慧的完善和奠基。然而，在我看来，教育就是尚沟的未来，是大峪的明天！一个真正的教育工作者，对教育特别是对偏远农村的基础教育的关注，是他们生命的一种自然延伸和提升，其中蕴含着最鲜活的生命形态，充满着本色的活力与生机。我希望，也坚信，你能成为农村基础教育的拓荒者！带上你对故乡的热爱，对教育的忠诚，回来吧，回到这片贫瘠的土地上，回到这方希望的田野上吧。

尚沟的孩子们在等着你！

马大哥

读完，孙小妮的两眼热泪顺着脸颊淌下。自己的工作刚刚有了起色，刚刚找到展示才华的舞台，得到了校长的器重、同事们的认可和家长的好评。学校也给了自己优厚的待遇。不菲的薪水对自己的家庭来说，无疑是雪中送炭。找到这份工作，实在不易啊。

然而，她的眼前再次浮现出家乡孩子们天真无邪的笑脸，仿佛看到了那苦苦期盼的眼神。此情此景，多么熟悉，与自己的童年一样啊。有幸得到马大哥的资助，自己走出了大山，跳出了农门。透过晶莹的泪花，信纸上的字迹也变得模糊不清了，她仿佛看到了大哥那温暖关爱的目光，耳畔萦绕着家乡的殷切呼唤。人非草木，孰能无情？马大哥作为一个局外人，尚能视家乡的教育为己任，孙小妮你还怎能为一己之私而无动于衷呢，心何以安哪！

郭雅静也被这种真挚所打动，见她的情绪终于平复下来，轻声问：

"小妮,你打算怎么办呀?"

孙小妮用湿巾擦了一把泪,一字一句地说:"雅静,你觉得,我还能有别的选择吗?"

郭雅静深受感染,拉住她的手说:"小妮,我愿意和你一道,为了山区孩子们的未来,尽我的微薄之力。"

孙小妮的泪水再次涌出:"雅静,谢谢了,我代表老家的孩子们,代表马大哥,谢谢你啦……"

第三十八章

尚沟小学主体工程已经完成,正在室内外粉刷;因为郭雅静的加入,又收获了一份意外的惊喜。老马大为感慨:许多事情,看上去云山雾障,但只要用心下劲,就能柳暗花明。

大峪扶贫的重点在哪里?

这几天,他有了更多的时间和精力苦苦思索这一根本问题。

胡子眉毛一把抓,势必什么也抓不住。小妮家的困境颇具代表性。仓廪实而知礼节,衣食足而知荣辱。要剖掉穷根,就得引导群众增强自我造血机能,这才是扶贫的"牛鼻子"呀。

可是,搞什么项目好呢?

三个臭皮匠,能顶诸葛亮。这天上午,老马把尚沟几个人召集到村部,先开个务虚的"神仙会"。

尚安民说:"马书记,绍伟不光会种香菇木耳,还能当演员。那天在捐款现场,绍伟激愤的样子真让我佩服呀。"

"别听他瞎掰,我说的都是心里话。要是论表演,跟你祈雨那天装神弄鬼差得远呢。"

"绍伟,这事跟你的捐款不同,千万不敢传出去,否则我咋收场哩。"

老马笑着说:"不要再相互吹捧啦。大伙儿议议,群众干点儿啥项目,能达到脱贫的目的。"

尚明德说:"要说挣钱,还是去外面打工来得实惠。俺隔壁的尚大勇在深圳,每个月都给他娘匀匀实实寄回来八百块,一道街都眼气得不得了。"

"大勇结婚没?"

"结了,孩子都上二年级了,跟着他娘哩。夫妻俩都在深圳。"

老马启发说:"大家都说说嘛。我老家挨家挨户种苹果,一年也有不少收入。"

"千万别提种苹果,马书记。"尚明德说,"提起这,气儿都不打一处来。十几年前,乡里曾经号召大家种苹果,当时的优质红富士矮化苹果苗非常抢手,一株三块多,三年挂果后,本来大家指望着该见效了,谁知道,不光是咱乡大面积种,其他的乡、邻近的县都一哄而上,种的也是苹果。结果,丰产不丰收,苹果贱得没人问,叫人欲哭无泪呀。"

"可不是,连本钱也砸了进去。"尚安民也说,"一气之下,好多群众拉着苹果把乡政府大门围了,最后政府给种植户多少补贴了点儿钱才了事。"

"从乡政府回来,好多家都把苹果树砍了,当柴火烧了。"一村委委员补充道。

孙绍伟说:"马书记,政府好心也会办坏事呀。"

"这个教训确实很深刻。"老马点点头,"这中间,一个是政府只能引导,不能包办;另一个,种苹果周期也长,三年时间,市场需求变化很大。"

尚安民说:"正因为这,在咱这儿就别提这事儿,一提就像揭伤疤一样让人疼。"

"不能种苹果,咱适合种啥养啥? 总得因地制宜,找个出路呀。"老马问。

尚明德说:"绍伟种香菇木耳倒是很对路子,咱这儿到处都是林木。"

尚安民也接腔说:"这也不用等三年,仨月就成了,周期短,见效也快呀。"

一个支部委员说:"这也不像苹果存不住,香菇木耳晒干后还能贮存,要是价格太贱了,可以往后放放,有个成语叫待价而什么的?"

"待价而沽,你说得很好。"老马把目光转向孙绍伟,"我记得你和我说过,种香菇木耳,一是资金,二是技术,三是思想观念。"

"是呀,技术我可以手把手教大伙儿,最主要是资金和思想观念。"

"如果乡里帮着种植户贴息贷款呢?"

"那就解决了大问题。咱这儿的人只要有口饭吃,好多就安于现状呀。"尚安民感叹道。

孙绍伟顾虑重重说:"安民说的是实话。啥事儿就怕'翻烧饼'。前几年……唉,不提了。"

"绍伟,你说说,乡亲们最担心啥?"

"简单说,两个字,一是懒,二是怕。懒,就是咱这儿的人干啥都怕出四两力;怕,就是怕像上回一样搭了老本儿,一朝被蛇咬,十年怕井绳呀。"

"马书记,你都别做这无用功。"尚明德摇摇头说,"叫咱村人种这,依我看,难呀!"

老马说:"老尚,闭眼难见三春景,出水才看两腿泥嘛。咱不试试,咋知道就一定不行呢?"

…………

见太阳已经当头,他驾车回乡政府。路上,扶贫的思路就像显影液里的照片一样从模糊渐渐变得清晰。当务之急是得与柳乡长商量资金问题。

下午上班时,见柳乡长的车驶进大院,老马随他到办公室,问:"你下村去啦?"

"没。上午在县里开打击传销专题会议。现在的会真多,啥会都要求一把手参加。就像打击传销这工作,咱大峪这么偏,谁来咱这儿传销,但也得陪会呀。"

"看来，这一把手得有三头六臂啊，要是有分身术，就能应付自如啦。"

"马书记，尚沟学校修缮咋样了？这一段我也没顾上问。"

"正要向你汇报呢，五一前后就能完工，教师缺岗问题也解决了。倒是有个贷款需要政府贴息，得跟你商量商量。"

于是，他把"诸葛亮会"上大家的分析以及自己的想法一一道来。末了，说："柳乡长，我想以'解剖麻雀'的方式，先在尚沟搞试点，如果成了，再推广到其他村。目前，资金成了制约因素之一，我算过，每年贴的息也不多。这恐怕还需要弟妹帮我们做做工作，看看农行系统能不能支持咱们一把。"

柳乡长听完，笑了："你这想法倒是可行。至于资金，就不用劳姚丽娟的大驾了。上面每年都有小额无息贷款任务，用于扶持群众发展小项目，可咱乡的任务年年都完成得不好。"

"咋回事？贷款的人太多啦？"

"不是。是没那么多人贷呀。"

"这就奇怪啦。"

"不奇怪，一点儿都不奇怪。咱这儿有个说法叫'饿死不化缘，穷死不贷款'。为啥？在传统观念中，贷款就是借债，名声不好。谁家如果借了债，找媳妇都受影响呀。女方一打听，婆家欠了一屁股债，谁还愿意嫁过去？"

"原来如此呀。"

老马这才顿悟：绕来绕去，还是得解决思想观念问题。扶贫先扶志！

回到办公室，他还在想：如何攻克这一难题呢？

世界上最难的两件事就是把别人的钱装进自己的口袋，把自己的思想装进别人的脑袋。

人的思维一旦形成定式，很难靠某个人的力量扭转。同时，人人都有活思想呀。他想起前不久三八妇女节那天，自己恰好在神都，老婆缠着自己陪她逛街。本来是漫无目的的闲逛,结果进了一家商场,商家正在促销春季女装。T型台上,随着音乐的节奏,模特款着猫步,搔首弄姿,摆着Pose(动作;姿势)。主持人不时地用"走过路过,千万不要错过""跳楼的价格,挥泪的甩卖,心动不如行动"等语句怂恿着看客。置身其间,脑中瞬间被"劫持"得只剩下一个字:买!赵玉曼也不顾这衣服裹上自己发福的体形是否合身,就抢购了一件。问她能不能穿得上,她说"即便穿不上,可以给唤弟呀",仿佛不买就吃了多大的亏一般。

他又想起柳乡长说的传销。传销之所以让众多痴迷者飞蛾扑火,除了哄骗和扣留身份证等非法手段以外,正是抓住了人性的弱点啊,现身说法,让人心动之后便不可自拔。

转变群众的思想观念,从某种意义上说,不也需要借鉴商家的促销手段与传销者的洗脑术吗?

第二天,再次来到尚沟,他直接到了孙绍伟家。夫妻俩正在填充菌料。见老马再次登门,孙绍伟赶紧洗洗手,招呼老马坐了。

老马说:"绍伟,我这是'三顾茅庐'呀。还是想和你聊聊种香菇木耳的事儿。"

"看来,马书记是认准这条路子啦。"

"你当初搞这种植是从哪儿学的?"

"从高杨县的山王村,山王是香菇种植专业村,村里一半群众都干这,种植大户有十几户哩。村支书叫付东军,是我当年部队上的老班长。"

"你和你老班长联系一下,如果方便,咱们这两天一道去实地参观参观。"

孙绍伟拨通电话,老半天,无人接听。再拨,依然如此。

"不知咋回事。"孙绍伟自言自语道。

"可能忘带手机了吧。绍伟,你这战友多大年龄?"

"比我大两岁,我们当年都在南疆的和田当兵。他一听我是神都老乡,对我特好。"

"山王村离咱这儿少说也有二百公里,你估摸着开车得多长时间?"

"得五个小时吧。从咱县城往北直插过去有条省道,我跑过。"

两个人正聊着,孙绍伟的手机响了,一看是付东军。

"喂,老班长,好久不见了。"

"孙绍伟,我还以为你小子失踪了,是不是发财了,也不联系啦。"

"看你说的吧,这不是刚才和你联系不上嘛。"

"刚才呀,县长刚走。县里召开农业产业化现场观摩会,'哗哗'来了五六辆中轿车,下来百十号人,差不多一个连了,我正介绍情况,没听到你电话。"

"呵呵,老班长风光依旧呀。"

"甭提了。前三天开始打扫卫生,俺书记乡长天天来现场督办,弄得比嫁闺女娶媳妇还隆重,折腾人哪。"

"老班长,还得给你添点儿麻烦。"

"我想着你小子八成有事儿,说吧。"

"俺乡里的马书记想带着俺村里几个人去你那儿参观学习,咋样?"

"参观可以,学习就免了吧。啥时候来?"

孙绍伟瞥了一眼老马,老马小声说,明天就去吧。

"明天上午吧?"

"行,明天你们可以享受县长的待遇啦,不,比县长待遇还高。县长来,除了打扫卫生,串串汇报词儿,不用管饭。你们来,咱中午可是老规矩,还用茶缸喝,撂倒一个俘虏一个啊。"

"老班长,你这酒风,吓得我们都不敢去啦。"

"呵呵,明天我等你们。"

"谢啦,老班长,明天见。"

老马通知尚安民和尚明德,第二天早上六点整和绍伟一起赶到乡政府,一块去山王村。

翌日一大早，老马让办公室的小徐驾车，和尚沟的三个人一起上了车。尚明德胖，老马让他坐到副驾驶的位置，他和安民、绍伟挤在后排。

　　十一点左右，他们到了山王村。村里大多是二三层的小洋楼，很少有土坯房，街道一尘不染，两侧墙壁粉刷一新。村部是个洁净的大院，二层小楼前有个文化广场，四周安装着健身器材。

　　几个人一下车，付东军和村主任就迎了上来。孙绍伟一一引见，几个人互相做了介绍。

　　付东军身材魁梧，往那里一站，像棵大槐树。他热情地握着老马的手："马书记，欢迎你们来指导！"

　　老马开玩笑道："我这书记是副的，你付书记可是正的呀。"

　　几个人哈哈大笑，距离顿时拉近了不少。

　　付东军说，时间不早了，咱现在就去种植基地，不远，在村东头，边走我边给你们介绍情况。

　　在临近过村公路处的山下，有一片相对平整的地块，有七八十亩，这里就是基地。放眼望去，许多塑料大棚排列整齐，煞是壮观。一行人进到其中一个棚子里，棚子被钢管骨架高高撑起，里边一排排固定的架子上，整齐地放置着密密的菌棒。付东军告诉他们，每个大棚里放置两千八百个菌棒，年产菇类四万斤，大都销到了神都。种香菇，关键在于菌种的培养和菌棒的原料。原料由锯末、麦麸子、石膏、红糖等组成，各占一定的比例。培养料里有充足的营养，才能出菇早、口感佳。

　　回村部的路上，付东军和村主任介绍说，他们村种香菇有十来年了，开始时只有几家。后来，看到早期种植户致了富，村党支部、村委会发动大家参与，聘请了技术指导，免费给大家服务，一步步发展到了今天。前年，村里成立了公司，注册了商标，村主任还兼着董事长呢。公司为种植户的产前原料购进、产中技术跟踪、产后商品销售提供一条龙服务。

　　到了村部，付东军让大家上车，去公路边的饭店就餐。

　　"付书记，今天我们几个真是开了眼界，下一步，还想让村里的几十个群众来这里感受感受，恐怕还得给你添麻烦呢。"老马又扭头说，"安民，今天咱们仓促出门，空手而来，实在失礼。下一次带着人来学习时，给付书记和王主任带上茅台酒、软中华，想学真经，不下点儿本钱可不行呀。"

付东军连忙摆手说："没问题，马书记。烟酒就算了吧。"

"付书记，还想拜托你一件事。尚沟村民原来种植失败过一回，信心都丢光了。以前多次听绍伟跟我说起你，今天一听你的口才，真不愧是老班长啊。到时候，还得请你多费费心，把大家失去的信心找回来！"

孙绍伟也赶紧帮腔："老班长，你可不能袖手旁观，还得发扬国际援助主义精神呀！"

"我们尽力而为吧。"付东军笑着答道。

第三十九章

从山王村回尚沟的路上,几个人大发感慨。

孙绍伟说:"一只骰子掷七点——没想到呀,这阵势比我刚来学时大多啦。"

尚明德说:"不怕不识货,就怕货比货。叫咱村的人来一开眼,能不动心? 反正我是动心啦。"

"原来吧,我总认为绍伟种香菇是小打小闹,不如我搞化工厂。今天我才醒悟过来,小香菇也有大市场,可以有大作为呀。"

"不看不知道,一看吓一跳,坐井观天不行。"老马说,"小香菇也能做大文章。咱回去后,准备咋搞?"

几个人你争我抢,车里成了小会议室:

"回去咱就开始宣传发动,先开两委会,统一思想,两委成员带个头,这是好事儿嘛。"

"对了,让小组长也参加,然后开党员大会、村民代表会。"

"把愿意干的'一窝端',拉到山王村。绍伟,跟你老班长说说,下次,得找个能说会道的,现场算算账,投入的是小芝麻,赚来的是大西瓜。"

"舍不了孩子套不了狼。找这技术指导,恐怕咱还得下本钱哩。"

"咱不是有绍伟嘛,咋还骑着驴寻驴?"

"也怨我上嘴唇挨天下嘴唇贴地——口大了,没想到马书记这招呀。不是我褪套儿,人一多,我还真顾不过来哩。"

"安民,等咱发展起来了,到时候你猴屁股坐到金銮殿上,也能当董事长呢。"

"那我就聘请绍伟当总经理,一个篱笆还三根桩嘛。"

…………

山王之行,就像星星之火,点燃了尚沟人的希望。十几天后,村里组织两委干部和想种植香菇的群众三十多人,再赴山王。前有车,后有辙。种植大户的对比算账,让参观者激情高涨。回来后不久,一些干部群众便开始准备材料,纷纷上马。

喊破嗓子,不如做出样子。半年之后,又有几十户加入了种植的队伍中;一年之后,大峪有同样条件的十几个村开始学尚沟搞种植……此是后话,暂且不提。

却说半个多月过去了,尚沟村的香菇种植事业就像一锅渐渐煮沸的水。老马这才得空回到神都。

第二天上午,他回到局里。有单位这一坚强的后盾,自己才不至于前怕狼后怕虎,才在短短的四个月内,让扶贫工作有了良好的开端,而良好的开端,就是成功的一半呀。

来到生产计划科,肖芳、小王和老赵都在。

小王显得极度兴奋:"马科长,钱强前天被双规了。我也是昨晚才知道的,还没来得及给你说呢!"

"咋回事?"这消息让老马大为震惊。

"狗改不了吃屎呀。"肖芳接腔道,"听说他到了公共资源管理中心,在一个大项目的招投标中,提前透了标,受贿十几万呢,落标的一方气不过,实名向纪委举报了他。嘿,一查一个准儿啊。"

"唉,人在做,天在看。为人莫做亏心事,举头三尺有神明啊。"老赵摇着头感叹。

老马也一声叹息:"人的欲望,一半是天使,一半是魔鬼。我先去找宋局长汇报了。"

宋晓飞恰好在办公室，一看到他便亲切地打着招呼。

他向宋局长汇报了尚沟学校的翻建和种植脱贫起步的情况。

宋局长听完，说："德胜，等不得也急不得呀。这项工作，市委、市政府放在战略高度，事关咱局的形象，事关大峪的脱贫致富，所以等不得。我看你现在正满腔热情，倒是想提醒你急不得。"

他呷了一口茶，接着说："文火炖好汤，慢工出细活。扶贫也要循序渐进，切莫杀鸡取卵啊。"

老马点头称是。

刚回到家，乡党政办来电通知，第二天上午县里召开文化工作会议，他得参加。

从大峪到县城得两三个钟头，从神都到县城才一个多小时，干脆当天早上直接赶到会场。

开完了文化工作会议，下午回到了乡里，已经快四点了。

他进了办公室，稳稳心神儿，喝口水解解乏。这时，陈进庆走进来，说："马书记，你说这不是折腾人嘛，刚刚接到通知，明天上午是全县教育工作会议，你还得参加。"

老马一听，头都大了："早点儿通知呀，早知道我就住在县城了。明天几点钟的会？"

"九点半开始，你最迟七点得出发。"

"唉，开个会都两头不见日头，真是披星戴月呀。"

"你慢慢就适应啦。对了，下周一你还有个扶贫工作座谈会。县里通知说，这是市委组织部下来开的会，还让你作重点发言，要求有书面发言材料呢。"

"怎么这么多会呀。咱还干不干实事儿啦？"

"开会是推动工作的常规武器呀。只要会一开，上面的各部门就万事大吉啦。"

削文山，填会海，喊了这么多年，积习难改啊。

到了双休日，想起下周座谈会得发言。老马决定不回神都，得静下心来,结合自己下乡这几个月的工作,认真思考一番。

扶贫工作刚刚起步,说些什么好呢?如果人云亦云,说假话大话空话,又有何意义呢?

走进大峪,深入基层,贴近百姓,自己对偏远山区的贫困状况才有了深入直观的感受。

他想起民间捕捉猴子的方法:在一块木板上挖两个洞,刚好够猴子的手伸进去,木板后面放一些花生。猴子看见花生,就伸手去抓,结果,抓了花生的手紧握成拳头,无法从洞里再缩回来,木板成了活生生的枷锁。猴子就这样紧紧抓着它的花生,被人轻易地捉去。

猴子之所以有这样的结局,是因为它把食物看得太重了。贫困农户的状况又何尝不是如此呢?

因为缺钱,这些人往往缺志。难怪有人在回答"穷人缺什么"时说:表面缺资金,本质缺志向,脑子缺观念,机会缺把握,骨子缺勇气,改变缺行动,事业缺毅力。细想想,真是如此啊!

思绪最后又跑回到工作上。自己几个月来工作的体会,无非是几个字:

"学"。甘当小学生,学班子成员的长处,学工作方法,学基层经验。

"沉"。把大峪看成自己的家,沉下去,倾听干群的呼声,关心贫困户的疾苦。

"找"。结合实际,分清轻重缓急,找脱贫的路子,找扶贫的重点。

"带"。树立榜样,干部带动,发挥羊群效应。

…………

有了这思路,他笔走龙蛇,一挥而就。

座谈会如期在县委召开,下乡报到时动员会上的那位市委组织部副部长也来参加了会议。前面几位的发言,大多是"思想高度重视""采取有力措施""切实加强领导"之类的老生常谈。言者谆谆,听者藐藐,会场极其沉闷,让人昏昏欲睡。那位副部长也不由皱起了眉头。

轮到了老马。他的发言一反常态，情真意切，让人如沐春风，大家自发报以掌声。

下午回到乡里，他前脚进办公室，魏金国后脚就跟了进来："马书记，你人还没回来，报喜的电话都从县里打过来了，说你在座谈会上的发言可圈可点呀，市委的组织部长都专门点了名，可给咱大峪长脸儿啦。"

"魏书记，盛名之下，其实难副呀。"

"老兄已经进入了组织部长的视线，不想提拔都难呀。"他调侃说。

"别拿我当开心果，管他提拔不提拔，咱踏踏实实干点事儿就心满意足啦。"

"哎，我差点儿忘了一件正事。"魏金国敛起笑容，"后天星期三，县里有个安全生产工作会，要求咱乡在会上表态发言，还是因为硝酸泄漏的那个事儿。"

"所谓表态发言，就是做公开检查嘛。上面要求让谁发言？"

"本来是要求柳乡长做检查的，我考虑着，这在全县的影响不好。毕竟，一乡之长上台检讨，岂不一丑遮百俊了？与县里说了一大堆好话，才同意换为副职。"

"分管安全生产的不是彭大牛乡长吗？"

"是啊，为这事儿我还正生气呢。"魏书记无奈地说，"不瞒你说，老彭再有两年就退二线了，有些倚老卖老，平时在班子里，我和柳乡长都有意无意地让着他。这不，这事还没和他说完呢，他就以身体不舒服、正准备向我请假为由给推了。"

"魏书记，你也别作难，我去吧。不就是硬着头皮说深感内疚与自责嘛。更何况，不管怎么说，事故发生当天是我带班，也算和我有点儿瓜葛。"

"其实呢，这事故与你没有任何责任。在事故处理过程中，你的协调能力，大家都有口皆碑啊。"魏书记接着说，"老彭这个人呢，上上下下对他都颇有微词。咱班子十几个人，为了大局，有时候我也不得不委曲求全呀。"

"是啊,其实,不论是工作,还是在生活中,我们每个人无时无处都得妥协。从某种意义上说,人生,就是一种妥协的艺术呀。"

魏金国站起身,拍拍他的肩膀:"理解万岁,委屈你了,老兄。"

安全生产会上,老马在众人如箭的目光中上了台,自己仿佛被扒光了衣服,在经受 X 射线的透视。从前两天座谈会上的闪亮登场,到今天会议上的检讨反省,如同从赤日炎夏一下子进入数九严冬,过山车般的反差让他心情沮丧。

下午,他无精打采回到乡政府。柳占奎来到他办公室说,晚饭别在灶上吃,几个人坐坐。

这是书记、乡长心里过意不去,安慰自己呢。

下了班,几人相约来到乡政府旁边的大峪湾酒店。

柳占奎把酒满上,说:"马书记大局意识强,为了班子为了大峪,代我受过,来,咱们共同敬老兄一杯。"

老马不适应大口喝酒,再加上心情欠佳,喝慢了一步。

魏金国似乎看出了点什么,说:"老兄,今天的事儿别往心里放。常在河边走,哪能不湿鞋。尤其是乡镇工作,稍有不慎,就得挨批挨骂,有时候上压下顶,叫人憋一肚子气。李白是'人生得意须尽欢,莫使金樽空对月',咱是人生失意也须尽欢,来,再干一杯。"

"对,咱就需要自我解嘲,自我减压,自我安慰,自我释放,干!"柳占奎接腔说。

酒,让人真实、粗粝而又纯净。两大杯下肚,微醺的老马也被场面上的气氛所感染,说:"魏书记,柳乡长,不用安慰我。我呢,已过了不惑之年,这不算点儿啥。用当下时髦的话说:有一种心态叫放下,有一种智慧叫自在,有一种资本叫乐观,有一种聪明叫舍得。虽然来咱大峪乡不到五个月,但我已经体会到,在乡镇工作,还真得有王维那种'行到水穷处,坐看云起时'的境界。做人做事,只求上仰对得起天,下俯对得起地,中间对得起自己的良心就无愧啦。"

魏金国击节叫好:"老兄真是才子,引经据典,让弟兄几个由衷敬佩,来,干了!"

　　柳占奎也豪气冲天:"对,人们常说:吃得下,睡得着,想得开,是人生幸福快乐的三件宝。我也跟着鹦鹉学舌一句,咱就是要这种心态:静听花开花落,坐看云卷云舒。干!"

第四十章

转眼间又到了周末，五一劳动节马上就要到了。

放假的前一天，刘小川来电说，罗利军想叫几个同学在一起坐坐，问老马回不回神都。于是，大家约定五一当天中午国色大酒店见。

国色大酒店位于闹市区的天香大道上，是神都市唯——家超五星酒店。它地下两层，地上六十六层，在四周林立的楼群中，显得出类拔萃。

老马乘大山的车一同前往，在地下停车场把车停好，坐电梯直达三楼的中餐厅。餐厅装修得金碧辉煌，令人炫目。"倾国一号"包间里，罗利军和刘小川已经到了，刘小川的爱人汪红霞也在。

汪红霞在市地税局上班，老马和大山见过，倒不意外。意外的是于静静也在，而且还有一位漂亮大方的女士，看上去和于静静的年龄相仿。

罗利军拉着于静静的手，向他们二人介绍："德胜，大山，这是咱高中学妹于静静，咱们毕业二十年聚会时大家见过。"

"噢，印象很深，于经理嘛。"老马说。

"利军，学妹的手不能一直拉着不松开呀。"大山打趣道。

"静静不仅仅是咱学妹，马上就成咱弟妹啦。"小川半开玩笑半解释道。

于静静脸微微一红，笑着点点头，似是对"弟妹"这一名分的默认。

汪红霞悄悄给小川捅了一拳,示意他给人留面子,别把玩笑开过头。

罗利军并不在意,接着介绍说:"这是静静的闺蜜鲁丹丹,也在永长宾馆工作,今天特意陪着静静选婚纱呢。"

几个人相互问好。老马和大山心头一震:看来,"弟妹"之说不仅仅是玩笑话了。利军的妻子齐彩虹,他们见过两次。难道……

见二人狐疑的神色,罗利军笑笑说:"二位老兄,怎么没带嫂子?我还喊了赛飞,等会儿他到了,我专门给伙计们说明白。"

正说着,何赛飞和他媳妇推门而入。一进门,他就故意埋汰道:"利军,你请同学们吃饭,安排到神都,我这一路上赶过来,连油费都顾不住,给我加油呀。"

"都就位吧。哎,赛飞,杜秋霞呢?怎么没捎上她?"罗利军问。

"她今儿个有事,转圜不开。"

这是个大圆桌,他们十个人坐上去显得很空旷。

见服务员斟完了酒,罗利军拉起于静静,端起酒杯说:"今天是个特别的日子,请同学们来,也是想让大家分享我和静静的快乐。昨天,我们俩已经领了证。请大家为我们的幸福人生,干一杯!"

大家都站起身把酒喝了。刘小川与何赛飞似乎事先知情,并不诧异。老马和大山对视一眼,彼此心领神会,算是明白了今天小聚的主题。

放下了酒杯,大家闷声闷气地夹菜,都不知说什么好。

利军又斟上第二杯,叹口气说:"走到今天这一步,我也是下了好大的决心。鞋子合不合脚,只有脚指头知道。我忍气吞声这么多年,今天终于有了新生。请大家端起酒杯,为我的凤凰涅槃干一杯!"

几个同学纷纷跟罗利军于静静俩人碰杯,口里满是祝福的敬辞。至于前妻齐彩虹,就像阵地上的雷区,大家都小心绕着弯儿,不敢触碰。饭桌上的气氛显得极其沉闷。

走过几道热菜,利军站起身说:"大家慢慢吃,趁五一节这空儿,丹丹给静静参谋着选购婚纱,我先把她们俩送过去,之后再回来。"

仨人出了门,就像高压锅终于揭开了锅盖一样,房间里压抑的气氛顿时消失了。

大山埋怨说:"你俩也真不够朋友,事先也不说一声,我今天差点儿闹笑话。"

"就是嘛。利军怎么回事呀?不是和彩虹过得好好的吗,怎么突然……"老马接腔说。

"说突然也不突然,"小川说,"说突然,是他和彩虹离婚都半年多了,可一直没吱声,这消息我和赛飞也是才知道;说不突然,是这种结局,只是迟早的事儿。"

几个人放下筷子,都把目光转向了小川。小川讲道:

利军和彩虹是邻村,这大家都知道。彩虹在家是独生女,从小娇生惯养。彩虹的父亲颇有见识,在本地是起步最早的包工头之一。当年,利军出了学门干建筑,就是她父亲的小马仔。她爸见利军聪明伶俐,又会来事儿,就开始有意培养他,出钱让利军参加市建委的施工员培训班,拿到了施工员证,在建筑队里领工。过了几年,利军才拉杆子单飞,起步时囊中羞涩,甚至装死赖账,这些事儿他过去和大家说过。最难的时候,还是彩虹她爸帮着利军渡过了难关。

彩虹她爸可不是学雷锋。说他老谋深算吧,有点儿贬义,他看中了利军这小伙子。利军虽说是土生土长,也只有高中文凭,可是,一个人在世上,靠的是人脉,是处理人际关系的能力。从利军身上,他似乎找到了自己年轻时的影子。膝下就这一个独生女儿,一个女婿半个儿呀。把彩虹托付给利军,有了这样的乘龙快婿,他最放心。他就是要让利军欠下还不清的人情债之后,才说出了自己的心事。就这样,满怀感恩的心态,利军和彩虹早早就走进了婚姻的殿堂。

刚开始几年,日子还算美满,并很快添了个男孩,对,就是伟伟,今年应该都上大二了吧。然而,婚姻是需要经营的啊,时间一长,俩人的裂痕就出来了。利军出身贫寒,别看在外面对朋友大手大脚,自己生活上并不张扬。彩虹就不同了，从娘胎里出来她就在优越的环境中，加上父母的娇宠溺爱，养成了花钱如流水的恶习。特别是这些年，看到利军的生意越做越大，她也怕他花心，于是就约上几个姐妹，每年都要到韩国去做美容，费用都是她一个人承担，一花就是十几万甚至几十万。唉，女人也够悲催了。岁月，让男人更成熟，却让女人叶落珠黄。在她看来，要想拴住利军的心，只有让手术刀留住她的美貌与风韵。

可是，这样做的结果反而与她设想的南辕北辙。利军是那种不断进取型的男人，他的事业就像滚雪球一样越滚越大。滚雪球的过程并不一帆风顺，滚着滚着也有摔碎了从头再滚的情形。在外人看来，利军要钱有钱，要名有名，其实这都是表面现象，只是光鲜的一面。殊不知，经济形势跌入低谷的那几年，利军愁得睡不着觉。有一次，他喝多了说，小川，以前我一直以为，伍子胥过昭关一夜愁白了头是夸张而已，现在才信了。唉，还是你们公务员好，不用操那么多闲心，你看我，银行三番五次逼着还贷，催命鬼似的，人前我还得装得信心满满。你们这叫生活，我这叫活着，本质上不同呀。

"经济压力倒是其次，最主要的是心理上的压力。"何赛飞插话说。

小川说的是一个原因，但真正让利军痛下决心的，是对摆脱心理负担的渴望。利军挣钱不易，彩虹却不是个称职的内当家。前方吃紧时，后方却照样紧吃。记得好几年前，那次我们两家在一个小饭店吃饭，不知怎么话题就扯到了彩虹去美容的事儿上。利军就说她，你怎么不知道过日子呢。我拼死拼活挣钱，你花就花了，可非要充什么大姐大？

凭什么？你说凭什么？彩虹也是个火辣辣的脾气，竟然当着我和媳妇的面儿，一点儿也不给利军台阶下。接着说，罗利军，你别忘了，你是咋发迹的。没有我爸，哪有你的今天？花你点儿零钱又怎么了？我充大姐大，我高兴。

利军当场脸色就变成了猪肝子，我媳妇赶紧把彩虹劝走了，利军半天不吭声，只喝闷酒。我劝他说，嫂子只是说说气话，别往心里去。老半天，他把一大杯酒仰脖子倒进肚里，愤愤地说，这辈子我算瞎了眼！

我是我,我是罗利军,不是什么你爸的女婿! 不是看着伟伟小……哼!

唉,冰冻三尺非一日之寒哪。这么多年来,利军一直不想生活在岳父的阴影中,用他自己的话说,大树底下倒是好乘凉,可同时生活在岳父的阴影中,永远找不到自己的影子,失去了自我。然而,毕竟他欠彩虹她爸太多了,稍有其他想法,就觉得无法面对老泰山,不想落彩虹一家的口实,心里左右为难哪。前年,彩虹她爸去世了,伟伟也上了大学,利军越过了自己的心坎,自然而然也就掰了。不过,利军是个有情义的人,把自己的财产分出一半留给了彩虹。

"恩格斯说过,没有爱情的婚姻是不道德的。这样也好,对双方都是一种解脱。"刘小川说。

"听说,欣雨为了利军,前好几年都离了婚,一直在等他呢,怎么没了戏? 反而天上掉下了个于妹妹?"老马还是不解。

"这个不好说,"赛飞说,"感情上的事儿,只有俩人自己心里最清楚,外人只是雾里看花呀。"

"不,更确切地说,感情上的事儿,有时候,甚至当事者也说不清楚,何况外人呢!"小川补充道。

"这不明摆着嘛,"大山开玩笑说,"于静静比欣雨小十来岁,老牛当然喜欢吃嫩草嘛。"

"看你那德行,"汪红霞讥笑道,"马大山,你是不是也想吃嫩草呀?"

正说着,罗利军进了门,也不知他是否听到了大家刚才的玩笑,一桌人一时语塞。

罗利军入了席,先和大家碰了一杯酒,说:"到了这把年龄,不是万不得已,我也真不想瞎折腾,与草嫩不嫩无关哪。"

几个人面面相觑,无话可搭。

老半天,赛飞媳妇问:"利军哥,家里的事儿,伟伟都知道吧?"

罗利军端起一杯,自斟自饮后,说:"和伟伟说了,他理解我。大家肯定还奇怪,我怎么和静静好上了。不用大家问,我主动交代交代所谓的恋爱经过吧。"利军接着娓娓道来：

其实，我的心情是很矛盾的。尽管多年前我已经和齐彩虹没有多少感情了，但我一直委曲求全。不仅仅是对岳父的感恩，也不仅仅是无法面对伟伟，还有更深的一层，就是名声。用咱老家的话说，人活一张脸，树活一张皮。知道内情的，理解你的选择，可更多的人并不知内情啊。走到这一步，屎盆子肯定要扣到我的头上：你瞧，这小子飞黄腾达才几天，就忘了糟糠之妻呀。我总不能像祥林嫂那样，向每一个人从头至尾讲述一遍我的苦衷吧。

孩子已经长大成人，今年都大二了，有了自己的世界观和人生观。半年多前，我准备与他妈正式办离婚手续的前夕，很严肃地向他摊了牌。真的没想到，他居然安慰我说，爸，人活着，不是活给他人看的，而是要活出自己的价值，不要顾虑我的感受而影响自己的人生。不管将来怎样，我都尊重你们的选择，你永远都是我的好爸爸，妈妈永远是我的亲妈妈。

至于与静静的相识相知的确很偶然，也许，冥冥之中，人的姻缘早已天生注定。第一次见静静，就是那次在永长宾馆的二十年聚会时。说实话，当时吸引我的首先是她的外貌，其次是她的气质。这些年，在生意场上一路打拼，我也算阅人无数，见过的女孩子并不少。她们要么空有一张好脸蛋，金玉其外，败絮其中；要么见钱眼开，一听你是腰缠万贯的富商巨贾，便发哆卖俏，只要掏钱就能跟你上床。可是，静静与众不同。她的那种沉稳内敛，她的那种不亢不卑，让我不禁高看三分。

两年多以前，我刚开始从建筑向房地产转型，在这之前，虽说也拿到了几宗地块，但都是小打小闹，没赚到多少。那次聚会后不久，有个绝好的机会，就是咱县城占地二百多亩的滨河小区。这是我向房地产跨界经营的重要一步，务必一举拿下。经过多方打听，当时主管的副县长是静静的亲舅舅。我心中暗喜，咱们无意中认识了静静，这不是天助我嘛。

于是，我找到了她。好说歹说，她总算答应试试看，不一定能成。

结果,我如愿以偿。拿到地块的当天晚上,我单独请她出去吃饭,千恩万谢之后,临走时,撇下了一个档案袋,里边是整整十万元。

她当面打开一看,轻轻地又推给我,淡然地摇摇头说,你太小看人了。我以为,她嫌我出手小,就解释说,静静,你帮了我大忙,我记下了,只是我当下手头紧,容我以后慢慢报答。实在令我意外的是,她粲然一笑说,你误会了,我不是你想象的那种人,钱你拿走,心意领了。

真是一朵奇葩呀。这么多年来,我信奉只要有钱开道,就没有办不成的事儿。我还是第一次遇到面对十万元毫不动心的人,这个人还是个女孩子。从那以后,有意无意地,我的好多接待都安排到了永长宾馆。我知道,静静的工资是底薪加提成,我总得知恩图报吧。

有一次中午,我与业务上的朋友在她的宾馆里喝酒,喝得酩酊大醉。怎么送走了朋友们,事后我都完全不记得了。醒来,我在宾馆的房间里躺着。原来,看我醉得不成样子,静静把我安排到了房间休息。天已经黑了,我的心却亮堂起来。同样是女人,差别怎么这么大呢?

于是,我就又请静静吃饭。她说,工作时间不方便。我说,我等你下班。就这样,等到没了客人,我请她到外边吃饭,慢慢拉近了两人的距离。

进一步的接触,让我全面认识了静静。她当时正好三十岁,事业上还算成功,但一直没有找到自己的如意郎君。按说,静静的自身条件不错,个人终身大事不是难题。用她的话说是,在谈恋爱的年龄,把自己的时间和精力都用到了事业上,而事业有成后,要轰轰烈烈谈一场恋爱的时候,却发现王子骑着白马走远了,自己已经成了剩女。更何况,一般的男人,又不符合她的"王子"标准,她还看不上眼,就这样耽误下来啦。

…………

"利军,婚礼定到了什么时候?"

"一周以后,过两天给弟兄们专门送请柬。"

正说着,罗利军的电话响了。接完电话,利军说,静静的婚纱选好了,得过去接她们。

于是,大家站起身,说:"利军,等着喝你们的喜酒呀。"

第四十一章

五一过后，一个振奋人心的消息点燃了大峪乡，上上下下皆奔走相告。县里召开高速公路征地腾地工作专题会：从省会到重庆的高速公路，经过省、市多年来千辛万苦争取，中央相关部门终于审批通过了。这是中原省构建"米"字形高速公路大框架的战略性抉择。在立项审批过程中，神都市借势反复斡旋，终于使这一高速经过西南部山区的南川县进入东宛市，之后插进湖北。要想富，先修路。这条高速，对于南川，对于大峪乡来说，就像那首歌中所唱的："那是一条神奇的天路哟，带我们走进人间天堂……"

按照规划中的线路，经过大峪乡的高速路有二十三公里，涉及十八个行政村，约一千二百亩土地，二十二道山梁，并在大峪村附近设出入站口。由于开工在即，上级要求务必在两个月内完成征地任务，清理地面附属物，场光地净，交给施工方。

任务突如其来，乡里召开党政班子会，对十几名班子成员进行临时分工，每个人都分包村。老马分包尚沟村。魏金国要求，所有班子成员和乡机关各部门要鼓足精、气、神，比、学、赶、帮、超，打赢这这场短平快的歼灭战。

当天下午接着又召开了各村负责人参加的动员会，传达了上级精神，统一了思想认识，宣讲了政策，明确了时限，宣布了分工。乡党委、政府要求，倾全乡之力，确保按时腾地。

征地,老马还是大姑娘上轿头一回。动员会一结束,他坐卧不宁,心想:如果落到别人屁股后,岂不落下话柄?说起来是市直机关的人,到了基层,啥都不懂,不让人笑掉大牙才怪呢。

思前想后,他把刘文卿和杨林喊到办公室,把乡里的精神说了一遍。

老马说:"魏书记在会上说,班子成员和所带部门都要比一比,赛一赛。咱们仨,正上坡说,啥也不能掉链子呀,你们俩伙计给出出主意。"

杨林说:"马书记,你别发愁。常言说得好:家有千口,主事一人。农村的事儿,只要驾驭住支书、村主任,这事儿就成了一多半。"

刘文卿说:"杨主任说得没错,马书记。咱们下到村里,人生地不熟,两眼一抹黑,得全靠村里的干部。村干部,别看不入流,可基层的工作还真离不了他们呢。"

"是啊。村里的事儿,有时是不讲什么道理和逻辑的,讲究多了,反而麻烦更多。"杨林接着说,"真正对村里人知根知底的是村干部,他们与群众屋前门后,再加上沾亲带故,里面曲曲折折,关系盘根错节。甚至谁家的鸡该下蛋了,谁家感冒了吃什么消炎药有效,只有他们心中有数。离开他们,咱们就成了小脚女人爬大坡——寸步难行啊,甚至连农户的家门都摸不着呢。"

"咱们恰好包尚沟村,前一段,你处理的几件事儿,让尚安民对你是心服口服啊,村里的群众基础也不错,这次征地应该不会很难吧。"刘文卿分析道。

听了这番话,他心里踏实了不少。

第二天,老马带着教育办和文化中心的同志到了尚沟村。尚安民等在学校等候。校舍的翻修工程已经接近尾声,暑假过后,孩子们就可以迁回新校园上课了。望着新建的校舍,他百感交集,如同一位作者在欣赏着自己的杰作。

他又想起了孙小妮。五一节前,孙小妮和郭雅静已经正式来大峪乡支教了。孙小妮在尚沟小学,郭雅静去了另一所学校。

早就该来看望她,自己也是忙昏了头。

想到这儿,他愧意顿生,说:"走,咱们去看看孙小妮老师。"

尚安民说:"孙老师多才多艺,虽说没来几天,但一心扑在教书上,村里不论谁提起来,没有不竖大拇指的。孩子们更是高兴得天天围着她转。"

"安民,孙老师家里的情况你也清楚。人家抛下优越的条件回来支教,咱可不能亏了人家。"

"你放一百个心,俺村宁可砸锅卖铁,也决不会辜负了孙老师。"

一行人到了教堂,孙小妮正在上课。她一看见老马,就让学生先自习,高兴地跑过来,说:"马书记,想着你就会来看我。"

"咋样?还适应吧?生活上工作上有啥困难,及时给我说。"

"从小在这山旯旮里长大,生活上倒也没啥,就是教学上缺少教具。你看,上音乐课,连架脚踏风琴也没有,全靠一张嘴呢。"

"小妮,你安心上课,我来想办法。"

…………

从教堂出来,老马一行到实地勘察,具体看看有哪些附属物,做到胸中有数。

高速经过尚沟村两公里多,从村子北边的沟沟岭岭中一穿而过,占地二百多亩,一少部分是耕地,大部分是坡耕地。

那儿没有正儿八经的路,几个人只能沿着田埂地头磕磕绊绊地勘踏。攀到岭上,放眼望去,是绿色的世界,不由令人神清气爽。

岭下的小麦已经开始泛黄,一阵风吹过,麦浪翻滚。一条从脚下延伸到远方的乡间生产道路出现在眼前,两侧田地主人都极力往路中间侵食,经年累月,这小路如同一根被狗啃得参差不齐的骨头,如果再这样"啃"下去,这路都细得成一条绳子了。

"安民,明德,群众开小片荒都把路破坏了,怎么也不管管?"

"马书记,咱这里人多地少,特别是耕地。咱村人均耕地不足三分,坡耕地倒是人均一亩半,可那是靠天吃饭。所以,耕地在咱这儿金贵着呢,为了争一星半点儿地,有的人都打得头破血流呢。"

老马摇摇头,感叹说:"千里捎书只为墙,让他三尺又何妨。万里长城今犹在,不见当年秦始皇。乡里乡亲的,怎么能因小失大呢?"

尚明德说:"这还不算啥,这次一征地,到时候,恐怕有人会闹翻天的。"

"咋回事?详细说说。"

几个人在山坡上坐下歇歇脚,老马给每个人撂了一支烟,大家各自点上。

尚安民说:"是这样,前些年,计划生育号称天下第一难,为了让育龄妇女做结扎手术,拉牛挖粮食等啥稀奇古怪的事儿都发生过,当时的口号就是'一胎上环,二胎结扎,三胎要罚一万八'。别看咱这儿土地贫瘠,但生人这块地肥沃着呢,真是越穷越生,越生越穷,恶性循环。"

尚明德接过话头:"安民说得没错。那时候,我就干着支书。计划生育是国策,乡政府下的有指标,为了抓大肚子妇女,乡计生办是真下劲儿。老百姓看见他们,就说'鬼子又进村了',又来害性命,伤天害理呀。唉,那时候的支书真难当,看到在外躲着怀了几个月孕的妇女偷偷摸摸回村,或者得知她躲的地方,得及时给乡里通风报信,否则,计划生育任务完不成,乡里一票否决,连村干部的工资都停发呢。可是,乡亲们传宗接代的老思想又顽固,对我们给乡里当耳目的事儿怀恨在心,认为这是让人家断族脉哩。"

"明德叔,人家都说,那时候支书、村主任是一心扑在育龄妇女身上。"尚安民毛撅说。

"去去去,没大没小。"尚明德也斜了尚安民一眼,"后来,省里为了鼓励只要一孩,出台了一个《计划生育条例》,条例中有一条奖励措施,凡是独生子女户,在村、组重大集体资产分配时,多享受一人份儿。独生子女户是极少数,大多数家里都有两个、三个孩子。"

"好政策,照章执行就行了嘛。"

"马书记,哪儿有那么简单啊。"尚明德笑笑,"《中华人民共和国村民委员会组织法》规定,依照村组自治的精神,村、组的重大集体资产分配,由该组织成员按照少数服从多数的原则表决决定。这一表决,自然而然,大家都不同意独生子女户多享受一人份儿。"

"独生子女户响应国家号召,却得不到政策规定的实惠,岂能答应!"尚安民插嘴说,"村组所谓的重大集体资产,也就是土地而已。过去,因为调地,独生子女户得不到多出来的一人份儿地,都跑到乡里、县里去上访。这次征地,征地补偿金是现钱,大家才眼红呢。"

"是哩,政策打架了嘛。你说,是条例大,还是国家的组织法大?"尚明德问。

"当然是组织法大。省里的是地方法规,组织法是法律,适用于全国范围。"

"这么说,这次发放征地款,咱就不用考虑这些独生子女户了?"

"不!"老马断然答道,"不要忘了,这个自治的前提是'依法'。所谓的依法,就是不能与国家的法律法规以及与地方的法规相抵触。试想,村组能讨论决定把某个人杀了吗?!"

尚明德有了彻悟,说:"马书记说的在理。"

尚安民说:"理儿是这个理儿,可是,怎么才能让多数人接受呢?"

"安民,建校的钱能集上来,征地的钱就分不下去? 只要思想不滑坡,办法总比困难多。我相信,你和明德有办法去引导群众。"

"行,马书记,为了顺利把地征下来,上刀山下火海,俺俩也不怕。"

尚明德又说:"交给我们俩了。但是,不光是这,还有个老大难问题呢。"

老马一听,头都大了:"还有啥事?"

尚明德说,还有个新增人口问题哩。土地延包刚开始时,要求三十年不变,初衷是调动群众的积极性,在自家稳定的责任田上舍得投入。这三十年里,生不添,死不去,就是说,新嫁来媳妇和出生了孩子不添地,死了人也不减地。后来,新增人口的家庭太多,大家意见很大。上级又规定,各个村组可以根据自己的情况,在"大稳定、小调整"的原则下,五年左右调整一次土地。但这只是一个指导意见,各村民组情况不一。组长家及其家族添人口多了,就坚持五年一调,组长家如果没怎么添人,就说啥也不调。另外,还有机动地的问题。

老马不知所云:"啥是机动地?"

尚明德接着说:"土地延包当年,按照政策,各村各组预留了不超过总地亩数5%的机动地,用于逐年给新增人口分地。暂时没有分下去的机动地,一般都承包给村组集体组织成员,也就是本村本组的群众,收取一定的承包金,也算是各个村民组的一点集体收入。可是,人口增长太快了,从这点上看,还真得计划生育啊,到2005年,各组的机动地基本上都分完了。这以后的新增人口家庭,年年要求调地。但是,正像我刚才汇报的那样,有的组调了,有的组近二十年来没有动过地。这次一修高速,地被征用马上变现了,村子里这几天像炸了锅一样,从各自利益出发,大家议论纷纷,各执一词。"

尚安民接着话题说:"是,这几天,村子里分了好几派。一派是被占地户,要求占谁家的地给谁家钱,大不了,到2028年下一轮延包时,他家不要地;一派是这次没有占住的,这些群众知道,在咱这儿征地是百年不遇的事儿,所以,强烈要求组里的征地款按照人头均分,今年收秋之后重新分地。然后说新增人口,2005年以前增加过机动地的,恰好这次征地机动地也在征地范围,也是要求占谁的地给谁钱,2005年之后没有分到地的新增人口家庭,却坚决要求按照人头均分。另外,就是在2005年以前分到机动地的新增人口家庭,意见也不相同。"

老马越听脑子里越像一盆糨糊,眉头紧蹙:"这就奇怪了,他们咋会意见还不一致?"

尚明德说:"马书记,农村这事儿稠着呢。给1998年以后的新增人口分机动地,刚开始的两三年,是按生产组当年人均地亩数补的,到了后来,人多地少了,就只象征性地补,僧多粥少,这也是没办法的办法。比如,1998年人均坡耕地是一亩三,刚开始那两三年,对新增人口也是按一亩三补地,到2001年以后,没那么多地了,就每个新增人口补了七分地。现在,不光是2005年以后没补到地的家庭不愿意,那补了七分地的农户也不愿意。他们说,我们少种地十几年了,也不再说啥,征地款必须按一亩三分领。马书记,你想,地亩数是死的,七分地按一亩三分,多出的六分地的征地款从哪里来呢?"

老马听呆了,说:"就是,这咋解决呢?"

刘文卿安慰道:"马书记,你也别犯愁,没有过不去的火焰山,咱们一步步来。"

老马说:"明德,安民,对新增人口问题要多操操心,不能出大差错,我也回去想想。"

回到乡政府,老马洗了把脸,坐下来想想尚沟之行了解到的情况,心里话:里面的水真深呀。尚沟,这个普普通通的村庄,平静之下竟然有着如此之多的丘壑。征地,征出了各种利益关系,就像打开了那个潘多拉魔盒呀。

在我们这个国度,土地,一直就是农民关注的焦点。封建一词,就是冲着土地来的,历代农民起义,起事伊始,号召民众无不打着"均田地"这张牌,从而才登高一呼,众山响应。我们党也是从"打土豪,分田地"开始,才团结了广大农民,结成工农联盟,在革命根据地推行土地改革,一步步走向了胜利。

看来,如何分好这次征地款,是能否顺利完成任务的关键呀……

第四十二章

工程不等人。施工单位按照规划中的线路放了线之后一个月,铲车、后八轮等大批工程机械开始陆续进驻,枕戈待旦。这也难怪,甲方与施工单位签订了明确的工期。上级要求,一个月之内,务必让施工单位进场施工。

老马带着刘文卿和杨林,蹲点尚沟村,督促指导征地工作。

计划生育独生子女户多享受一人份的问题,经过村两委反复做工作,大多数群众总算接受了。在村组代表会上,老马代表乡党委、政府旗帜鲜明地说,独生子女户响应国家的号召,省里又有明文规定,必须不折不扣地落实,不能卸磨杀驴,不能前边走着后边抹着。我们常说,亏众不亏一,独生子女户越是少数,越是不能让人家吃亏。一个人说话,落地还要砸个坑,何况是省里的条例?谁也不能无视国家和省里的法律法规,我行我素,搞独立王国。尚明德和尚安民也代表村两委表了态,坚决落实计划生育政策不走样。

独生子女户问题解决了,但新增人口问题还是个老大难。老马召集村两委会,集中群智,群策群力。听了大家的意见建议,他最后归纳,提出三条:

一、一组一策。鉴于各个组的情况千差万别,不宜搞一刀切。各个生产组根据自己的实际情况,确定各自的分款方案,既可以占谁地给谁钱,也可以集中统一分款,秋后进行土地调整。决定权在生产组,村两委只做政策指导与把关,不做硬性干涉。如果采用占谁地给谁钱的方案,且领全款的(按照国家每亩补偿标准发放),则分款户在分款的同时,必须做出书面承诺:在2028年下一轮土地延包时不再分地,且如果在2028年以前又遇到新的土地征用,也没有再次分款的资格。

二、以"尊重历史,面对现实"为原则。对于新增人口的分款问题,分两种情况来处置:

(一)采用占谁地给谁钱这一方案的村民组,凡是新增人口已分土地的,按照实有分得的土地,未达到初始人均地亩数的,按照实有土地分款,这必须"尊重历史",历史上已经形成的事实,不容抹杀。对于2004年以后没有分到土地的,也必须"尊重历史",只能分得离下一轮延包(即2028年)剩余年限约14年的土地租金。按照当地平均租金每年每亩600元计算,比如1998年每人当时分了一亩地,则没有分到土地的新增人口每人可分得8400元(每年600元,共14年)。这算是"面对现实"。而本组征地总款减去没有分到土地的新增人口的总租金,剩余款项按照占地亩数平均分给占地户(含虽然是1999年至2004年间新增人口,但分地达到1998年人均亩数的人口)。凡是采用上述方案的,占地户不用做出第一条中的承诺,2028年仍然参与下一轮土地调整。虽说分款参差不齐,有多有少,但毕竟方方面面都照顾到了。

(二)凡是给新增人口补地无地可补之后,这些年来坚持实行"三年一小调,五年一大调"的村民组,必须集中平均分配征地款。今年秋后,无论是否到了三年或五年的调整期,都要重新调地。新增人口与原有人口同样参与分配征地款。凡是从上次调地至今新娶来的媳妇,必须从娘家开来在原有户籍地所延包的土地被所在村组收回的证明,否则不能参与分配。

三、不论采用哪种分配方案,必须通过"4+2工作法"的程序。"4+2工作法"即"四议两公开"。"四议":党支部会提议、"两委"会商议、党员大会审议、村民代表会议或村民会议决议;"两公开":决议公开、实施结果公开。通过"4+2"工作法,让各个村民组的分款方案民主决策,阳光操作,让群众有知情权、参与权、选择权、决策权。

这三条意见,基本涵盖了各个生产组的种种情况,大家也都觉得相对公平合理,一致同意作为指导各个组分款的三条基本原则。

由于充分征求了方方面面的意见,以上三条,得到了绝大多数群众的理解与支持。

有两户群众,觉得自己吃亏,便找到村委会,质问老马:为啥不给俺全款?

老马和颜悦色,说:这就叫众口难调。没有哪种方案,能让所有人满意啊。就像央视的春晚,人家从七八月份就开始定导演,选节目,征求上上下下的意见,预先进行节目审查,头天还进行彩排,可是,每年大年初一,全国几乎骂声一片,说一年不如一年。你们组长家不也是没有新增人口,人家也少分了,也没拿到全款,人家图个啥?俗话说,要想公道,来个颠倒,如果你当组长,咋来分配?新增人口家庭不来找你?现在,你家没有新增人口,再过几年,你家的孩子不娶妻不生子?更何况,这是全组群众共同确定的方案……

磨了半天嘴皮子,两位占地户才悻悻而去。

尚安民说:"马书记,这两家人历来都是难缠户,吃不得一点儿亏,不用和他们费口舌。"

"很正常呀!毛主席说,凡是有人群的地方,就有左中右。他少领了钱,还不让人家冒冒气?"老马笑着回答。

就这样,过了十几天,各个组的方案都确定下来了。经过丈量、地面附属物调查、算账、公示、纠错补漏等环节,用了一个月的时间基本结束了尚沟村的征地工作,局势总体平稳,老马终于长出了一口气。

征地工作结束时已是六月。到了星期五,老马本来想回一趟家。谁知白雪打来电话说,这个双休日,她和大山约好了,准备过来看他,当然,也想顺便来大峪游玩。

老马调侃道:"白雪,山里面的条件很简陋,不知你这有洁癖的人能不能适应呀。大峪的蚊子、虱子特多,晚上能不能睡着觉我可不敢保证。"

"德胜，你这也是城乡歧视。能过去兔子就能过去鹰。你在那儿都待了大半年，我就不信邪，就将就不了一晚上？"

"我先给你打个招呼嘛。另外，大峪乡没有成熟的景区，咱到时候也只能随便转转。"

"我和大山说过了，我们就喜欢那些原汁原味的景色。"

"行。我明天恭候大驾呀。"

收了线，他给赵玉曼打了电话，如实禀告了白雪他们来大峪的事儿，并让她一道来。

"你别猴子学走路——假惺惺（假猩猩）啦。"赵玉曼说，"有雪里迷在，我不碍手碍脚呀？你明知道孩子在关键时期，我得陪读呢，能离得开吗？"

"你呀，啥时候都是个醋坛子。"

唉，实话实说，反而成了猫哭耗子虚情假意。

打完电话，他思虑着陪白雪、大山去哪里玩。这伏牛山区重峦叠嶂，绵延起伏，知名的与不知名的烂漫山花，与潺潺溪流相映成趣，仿佛一幅天然的水墨画卷。来大峪乡几个月，走村串寨中，也确实看到了许多沟沟坎坎。这里山清水秀，空气如洗过一般，让人倍感清爽。可惜的是，越是风光旖旎，越是地处偏僻、交通不便，无限风光藏在深山老林无人识啊。特别是这次在尚沟征地时，发现村北边有一条沟，沟内小溪哗哗流淌，站在岭上，神龙见首不见尾。听尚安民说，沟内佳境虽美，可惜尚未开发，道路崎岖难行，倒是极其符合白雪说的条件。

想到这儿，老马就给尚安民打招呼，让他明天当向导，去逛逛那条北沟。

尚安民一听是老马的贵客，又专门从神都迢迢而来，说：马书记，那条沟有几公里长，要走到头再拐回来，得整整半天哪。我把咱几个人中午野餐的东西也备好。

第二天上午十点多，大山和白雪到了乡政府。老马接住，一看二人都是一身休闲打扮,有备而来。三个人开了几句玩笑,便赶往尚沟。

到了尚沟,尚安民早就等在村委会了。把车停好,五个人便步行往北沟。尚安民叫上了弟弟尚保民,扛着一箱火腿肠、面包、矿泉水等,和自己轮换着当脚力。

出了村子,往北一里多地,便到了北沟沟口。两旁是兀立的峭壁,一条小溪清澈见底,叮咚作响,或急或缓,从沟里流出。

扑进大自然的怀抱,忘却俗世的烦躁,几个人都很兴奋。特别是白雪,她兴致高涨,不禁唱起了豫剧《朝阳沟》里银环下乡的那一段:

> 走一道岭来翻一架山,
> 山沟里空气好实在新鲜。
> …………
> 朝阳沟好地方名不虚传,
> 在这里一辈子我也住不烦
> …………

大山逗着乐:"住不烦,恐怕不仅仅是景美吧?德胜,你这拴宝赶紧接上戏腔唱呀——'咱两个在学校整整三年'"

"去去去,瞎毛捣啥。"老马佯怒,打了大山一拳。

白雪把他们的对话权当耳旁风。此时的她,可能是走得有些热了,拉开了玫瑰红的运动衫,白皙的脸上泛着红晕。她仰起头望着蓝天白云,翕动的鼻翼贪婪地呼吸着洗过的空气。在这青山绿水之间,在这几个随意而又略显邋遢的男人衬托下,白雪的优雅、书卷气更引人注目。老马偷偷打量着白雪。是啊,毕业这么久了,已过了不惑之年,但她娉婷袅娜的身姿风韵依然。一阵风吹过,白雪的长发散垂到脸庞上。她轻轻甩了一下头,不经意间把长发往耳后一捋,又随手把发梢绕在手指上。这一瞬间的曼妙,让老马有些散了神儿,仿佛又回到了二十多年前的美好时光,想起了凤玉凰玉的奇缘……

"德胜,魂儿飞到哪儿啦?"大山目光瞟着白雪,嘲笑说,"看你丢了魂儿的样子,叫了你三声都没反应。"

老马回过神儿来,不由面红耳赤。

几个人顺着沟底逆流而上。在沟口还有零零散散二十几户人家。由于没有开发,两旁的小路时断时续,倒也多了一份野趣。走了个把小时,远远听到如风之啸的哗哗轰鸣,在迂回空旷的山谷中回荡。原来是一道瀑布,泉水从几十米高的一道沟槽中一泻而下,似姑娘之秀发,如腾空之蛟龙。驻足瀑前,飞散的水珠扑面而来,涎玉沫珠,如烟如雾,清气袭人。泉水落下后聚为一潭,幽幽的潭水深不可测。

一行人坐在潭边的石头上小憩了十来分钟后,又顺着瀑布一侧而上,不远处是一个瀑布群。

白雪不由自主地惊叹:"哇,好美!"

果然,这里的瀑布与前者不同,落差虽说不很大,但别具一格。只见倾泻的飞瀑如野人披散着长发仰天怒吼,落下聚集,似乎在酝酿着新的力量,然后再落下再聚集,一波三折,一咏三叹,呼啸与呐喊此起彼伏,仿佛有诉不完的人世沧桑,道不尽的千年恩怨。飞泻的激流以山之刚烈、水之柔情、天之空阔、地之豪放荡涤着你心中的积愤,冲刷着你胸中的伤感,抚慰着你心灵的创伤,激发着你满腔的亢奋,不由使人领略人生之要义,感悟到生命的真谛……

白雪像一只快乐的小鸟,手中的相机不停地眨着眼睛。

过了瀑布群,不知不觉已经登到了一处山头。极目望去,晴空万里,久违的蓝天上白云朵朵。乔木葱茏,或枝如虬龙,或华盖如云,高高矮矮的灌木也枝繁叶绿,多得数不清的枝萝藤蔓蓊蓊郁郁,翠竹或直或斜点缀在溪边,各种野花也笑得灿烂。这盎然的生机,让人心旷神怡。

几个人疲惫至极,终于走到了北沟的尽头。泉水从山洞里汩汩而出,似乎永不倦怠。真是山有多高,水就有多长啊。掬一捧山泉饮下,一股甘冽顿时浸透五脏六腑。此情此景,不由让老马吟出了"问渠那得清如许,为有源头活水来"的诗句。

几个人坐在峰顶加餐。

尚安民说，这里还有一个地理奇观——三河分流，是长江、黄河、淮河三大流域的分水岭。他指指对面的一道岭说，据有关专家考证，从这道岭上发源的小溪，从不同的山坡上一路奔流南下汇入长江，一路向北注入黄河，一路向东成为淮河的源头。

白雪感叹说："德胜，这里风景不事雕琢，淳朴自然，真是浑然天成呀。"

大山也说："这么好的景色，只是太偏僻了，不开发利用，简直是暴殄天物啊。德胜，你如果在扶贫期间把这个景点开发成了，也是首功一件呀。"

老马点点头，说："这还真是个正事。不过，这可不是件小事，得与乡里书记乡长商量商量。"

尚安民一听，顿时来了精神："马书记，要是把北沟开发成了，尚沟老百姓给你立碑。"

"八字还没一撇呢。再说了，立什么碑呀，没听人家说嘛，金杯银杯不如老百姓的口碑!"

…………

几个人踏上返程，出了沟已经下午四点多了。因玩了一天，三个人回到乡政府，身子像散了架，草草吃了饭，老马把白雪和大山分别安排在向艳枝和冯伟轩的办公室住下。躺在床上，老马想着大山的话，还真有一番道理。兴许，围绕旅游，能做点儿文章……

第四十三章

叽叽喳喳的燕语莺声把老马从睡梦中叫醒。他揉开惺忪的眼睛，起床擦了把脸，一看已经七点多了，准备去叫大山和白雪，不料想，两个人正有说有笑地上了二楼。

"怎么回事啊，大早上俩人就私奔去了？"

"德胜，你是不是没吃着葡萄就说葡萄酸呀？"白雪撇着嘴说。

"我们真要私奔，还回来干吗？"大山故作冤枉状。

"这里青山绿水，空气好，如果恋早床，真是辜负了这鸟语花香的大好时光呀。"

"我刚来大峪时是冬天，但在这儿根本看不到雾霾，每天早上我都要到后面的小山上活动活动。现在变懒啦。你们今天准备去哪儿转？"

"德胜，正准备和你说呢。"大山说，"一大早局长就打电话，让我和其他几人上午去局里，说是市里刚上任的赵副市长分管农口，星期一要到我们农业局调研。真烦人，星期天也不让人安生。"

"那咱们赶紧去街上吃早餐吧。"

仨人简单吃了早饭，回到办公室。

大山说："德胜，开发北沟的事儿，你得认真考虑一下，还真是个正事儿呀。"

"昨晚，我也想了很多，正想听听你们的高见呢。我心里也没底，贸然和书记乡长说，岂不成了嘴上没毛、办事不牢的毛头小伙子？"

"德胜，别发愁，我还真能帮你这个忙哩。"大山突然想起了什么。

"赶快说，卖什么关子呀。"白雪嗔怪道。

"我在农大上学时的潘明老师，现在是经济管理学院的副院长，也是咱省有名的旅游学专家。只是，我将近大半年没和潘老师联系啦。"

老马惊喜不已，说："大山，你就是及时雨宋江呀！你请个假，星期一陪我一块去一趟农大吧？"

"请假陪你去没问题，但周一不行，不是副市长要到局里调研嘛。另外，潘教授也不知在不在学校，他现在是名人，经常被邀请到全国各地去考察指导旅游景区的规划建设管理，有时候他还到其他院校去做学术报告，满天飞，忙得很。"

"那你赶快打电话联系呀。"白雪催促道。

大山拨通了潘教授的电话。还好，他刚刚从外地回来。大山约好周二见面，并说了大致情况。

大山打完电话，老马向魏金国请了假，说有点儿私事，得回一趟市里，需两三天。说完，他简单收拾了东西，三个人开车返回了神都。

星期二一大早，老马和大山驾车经过一个半小时的车程，来到了省农大新校区。新校区位于新区的大学城，占地3000余亩，周围是财大、工大等十几所高等学府。

两个人把车停在大门外，走进校园。经济管理学院在校园深处。一路上，一座座造型各异的教学楼、实验楼、办公楼、图书馆映入眼帘，依次排列着"农学院""林学院""牧医工程学院""机电工程学院""烟草学院""植物保护学院""园艺学院"等二级学院。他俩走在幽静的长廊中，徜徉在林荫道上，恍若隔世，仿佛又回到了自己的学生时代。目之所及，校园的天空下尽是年轻人的青春与朝气；耳之所闻，唯有莘莘学子琅琅的读书声；鼻之所嗅，是穿梭流动着的清新、厚重、深邃而睿智的气息。这是城市中不可多得的圣地，旺盛的不安分的求知欲比繁花馥郁的香味还要浓烈。

俩人终于到了经济管理学院的办公楼。他俩轻手轻脚地来到三楼潘明的办公室门前，透过门上的玻璃窗，只见他正和几个学生讨论着什么。办公桌上、茶几上堆着一摞摞小山般的书籍。

大山轻轻敲敲门，潘明站起身，热情地拉住大山的手。大山把手提的茶叶放在门后，说："潘老师，又来给您添麻烦啦。"

潘教授，四方脸，戴着眼镜，满头银发，虽然说不上白胡挂领，却也鹤发童颜，很显精神。

他朗朗一笑，对弟子们说："我给你们介绍一下，这是我二十年前的得意弟子，你们的大师兄，神都市农业局未来的局长马大山！"

大山不好意思道："潘老师，我辜负了您的培养，别再让学弟学妹们见笑啦。这是我的发小，电话中向您汇报的马德胜。"

老马握住潘教授的手，激动地说："潘教授，大名如雷贯耳，今天一睹真容，实在三生有幸。"

"呵呵，见外了不是，快坐吧。"

学弟学妹们赶紧把茶水倒上，准备起身而退。

潘教授摆摆手，说："你们也坐，任务来了。"

见大山和老马疑惑不解，潘教授解释说，这个学期，他带的这三个硕士生，课题恰好是农家乐旅游，上一周正在选取"解剖麻雀"的案例呢，恰巧你们就来了。

老马朝潘教授深鞠一躬："潘院长，大峪乡发展农家乐，有自然资源，真心期盼您点石成金。"

接着，他把北沟的基本情况做了介绍。

潘教授听完，推了推鼻梁上的眼镜说，旅游，其实从我国古代就有了，只不过融观光、休闲、修学与游学等多种目的于一身。《山海经》是人们长时间游历之后的地理知识与游历经验的汇集，可以说是世界上最早的"旅行指南"；孔子是最早在旅游休闲方面有系统理论的思想家，他把旅游休闲作为人生养成的重要途径。《论语·先进》中就有这样的记载："点！尔何如？"鼓瑟希，铿尔，舍瑟而作，对曰："异乎三子者之撰。"子曰："何伤乎？亦各言其志也。"曰："莫春者，春服既成，冠者五六人，童子六七人，浴乎沂，风乎舞雩，咏而归。"夫子喟然叹曰："吾与点也。"

大山插嘴问："潘老师，这段话是什么意思啊？"

"董涛，你给你师兄解释解释。"潘教授笑声爽朗地指着一位弟子说。

那个叫董涛的同学腼腆地说："有一次，孔子和弟子子路、曾皙、冉有、公西华等谈论生活志向，子路、冉有和公西华三人都大谈自己治国安邦的高远抱负，孔子听后，只是有点嘲讽地笑了笑。孔子最后问曾点，而曾点在孔子问其他三个弟子时一直在鼓瑟，等到孔子问他时，他正好弹到曲子的结尾。于是曾点放下瑟站起身来对老师说：我的志向是，暮春时节，我穿上春服，和五六个知己、六七个小孩一起，在沂水中洗个澡，在树木成荫的祭坛上吹吹风，然后大家唱着歌，一路游玩而归。说完，曾点本以为老师会训斥他胸无大志，哪知道孔子却长叹一声说：我赞成曾点的主张啊。"

潘教授接着说："正因为孔子有了丰富的旅游休闲经历，他才总结出'知者乐水，仁者乐山'的哲学认识：水性流动变化，象征智者（知者）的智慧，智者以解决各种问题为乐，而问题不同，解决的方法不同，需要像水那样变动不居，不拘泥停滞。山性稳固长久而又生物，象征仁者的可靠、仁爱。所以说，智者应该乐水，从水那里去寻找智慧；而仁者应该乐山，在山的'场域'里获取生命的养分。

"旅游是一种寻求美的过程，是一个感受美的活动，是一段体验美的经历，自古有之。然而，这种审美却是以经济支出为手段、以精神愉悦为目的的文化消费活动。国际上有个经验统计：当一个国家人均国民生产总值达到 800 至 1000 美元时，居民将普遍产生国内旅游动机；达到 4000 至 10000 美元时，将产生国际旅游动机；超过 10000 美元时，将产生洲际旅游动机。2013 年，我国人均国民生产总值已经达到 6644 美元，国内旅游已经成为人们的一种文化消费习惯，出国旅游方兴未艾。

　　"现代社会中，人们的工作和生活有两个明显的特点：一、日常生活高度程序化、单一化，缺乏灵活与变化；二、在竞争与效率的压迫下，生活节奏不断加快，使人产生紧张和厌倦的情绪。为了消除这种紧张和厌倦，人们就会千方百计躲避现实、摆脱压力，从而调适身心，找回人与自然之间、人与人之间失去的和谐。沈约的《悲哉行》中，最早出现了'旅游'一词——'旅游媚年春，年春媚游人'。意思是，行客留恋春天的美景，春景也在取悦着游人。置身于大自然，寄情于山水之间，对于在都市生活中不堪重负的人们来说，无疑是一剂治疗心灵伤痛的良药。

　　"综上所述，你们发展农家乐的思路符合现代经济发展的趋势。旅游市场＝旅游者＋购买力＋购买欲望＋购买权利。就是说，旅游市场的大小取决于该市场上人口数量的多少，取决于他们的购买力，还取决于他们的购买欲望。购买权利，是指出国的签证等等，不涉及农家乐。你们神都市是咱们中原的副中心，城市人口200多万，应当说，市场前景非常广阔。只是不知道你说的北沟自然风光究竟如何，但三水分流本身，就是一种地理奇观，很有开发价值。恰好，这几位学生正跟着我做一个生态休闲旅游景点开发的课题研究，实地考察一下，如果合适的话，不妨把你们这儿作为一个案例。届时，你们得做好配合工作。"

　　"潘教授，真是太感谢了。您放心，我们极力配合。"

　　潘教授示意老马坐下，又环视他的学生们，说："你们也发表发表意见。"

　　董涛说："按照现在通用的分类，旅游产品分为观光、度假、康闲、商务、文化、专项和特色七大类。北沟属于观光与度假兼具的旅游产品。大家知道，在观光、度假旅游开发方面，我们省内比较成功的有云雾山等景区。但是，旅游资源要开发成旅游产品，得到旅游市场的认可，根本在于这一产品能够使旅游者获得知识和美感，在精神上得到享受与乐趣。高山峻岭让人感到心胸开阔，江河湖海使人心情奔腾，森林草场给人以浓郁幽静的感受……可以说，没有文化的旅游资源，即使存在，也只是低品位的旅游资源。一个鲁迅，带动了整个绍兴市的旅游；一幅《清明上河图》，带活了一座开封古城，可见文化的力量。因此，我建议，在北沟的开发中，应当重视三水分流这一与其他景点的差异性，另外，注意挖掘当地的传说、典故，并与自然风光融会贯通，在文化知识方面多下功夫，避免与神都市伏牛山区的其他景点'撞车'。"

另一个同学说："北沟距神都市区一百八十公里，单程也得三四个小时，游人无论如何也得在景区附近留宿。旅游服务的吃、住、行、游、购、娱六大要素都得具备。旅游业里每增加一个直接从业人员，全社会的就业机会就能增加到 3 至 5 个。可以预见，如果北沟景区开发成了，当地的农民都能依靠景区提高收入，实现真正意义上的离土不离乡。"

课题组中的那位女同学问："北沟离现有的交通干道有多远？"

老马想了想，回答说："现有一条 S40 从大峪乡穿过，北沟到省道还有十二公里，全是土路，晴天一身灰，雨天一路泥，路况较差。"

"你们得有个思想准备，这段路必须硬化，即便只修六米宽，大约也得投资五百万左右，这还不包括沿途的景观绿化。进山的道路修不成，就卡住了景区的脖子，里面规划建设得再好，客观上已经把旅游者拒之门外啦。"

老马一惊：天呀，一条路都需要这么多，景区开发还不得上千万？从哪里筹资呢？

见老马一脸愁容，大山说："德胜，你别愁，可以考虑多条腿走路。可以招商引资，联合开发建设。但进景区的路，只有靠当地政府了。"

老马像漏了气的皮球，说："现在，各级都是吃饭财政，全乡一年财政收入还不到八百万……"

潘教授劝慰说："你们可以借鉴外地的经验，如果能把这条路纳入'村村通'项目的盘子里，就基本上解决了大头。另外，交通扶贫资金，也可以向市里、省里争取争取。"

最后，潘教授与老马约定，下一周，他将亲自带领课题组奔赴大峪，实地考察,之后再决定是否将北沟作为课题的选点。

告别了潘教授一行,俩人驾车返回。

路上,大山说:"德胜,在潘教授一行到大峪乡之前,你得和书记、乡长达成共识呀。"

"是呀,我回到乡里就找他们汇报。"

西下的夕阳,将高速路面铺上了一地金黄。无意间,屈原的诗句浮现在老马的脑海中:"路曼曼其修远兮,吾将上下而求索""亦余心之所善兮,虽九死其犹未悔"……

第四十四章

回到大峪乡,一上班老马就迫不及待地来到魏金国的办公室,恰好柳占奎也在,俩人正在会商工作。

见他进来,俩人停下话题。魏金国问:"事儿办完了?回去一趟不容易,怎么不多陪嫂子几天?"

柳乡长见他焦心的样子,就问:"有什么急事呀,马书记?"

"前一段时间高速征地,我发现尚沟的北沟风景宜人,一点儿也不比云雾山差,不开发成风景区,真是可惜。我想把它作为一个扶贫项目,不知道两位领导是啥意见?"

"我还以为你发现了什么新大陆呢。"魏金国呵呵一笑,"这北沟呢,三年前,我和柳乡长就实地去看过。风景秀丽,自不必说。可是,不当家不知柴米贵啊。柳乡长管财政,让他给你诉诉苦吧。"

"当时,我和魏书记看了北沟,也曾激动了半天,和你的想法如出一辙。"柳占奎叹道,"唉,但你知道,乡政府和一家人过日子一样,有多少钱才能办多大的事儿。咱乡财政收入一年才七百多万,除去机关人员和教师的工资,工作经费不足一百万,日常运转都捉襟见肘。当时,我曾联系了一家规划设计院,单单是景区开发的各种规划设计费,最优惠也需要一百多万。现在县、乡分灶吃饭,咱全乡机关就是勒紧裤带不吃不喝,也远远不够啊。规划设计都没法搞,还谈何开发!"

"的确是这么个状况。正是这巨额的规划费,让我俩望而却步。

当时,我和柳乡长曾经去找郭县长,指望让县政府厚爱一分,吃口偏食,追加财政预算。唉,结果两人碰了一鼻子灰。郭县长说,各有各的难处,自己的症自己受,县里也是紧巴巴的,何况年初县人代会上把全年的预算都确定了,我上哪里给你偷一百万?"

老马心里有了数,笑着说:"我正想汇报的是,规划费可以免啦!"

"什么?"

他一五一十地把课题选点的事儿说了。课题经费移花接木,恰恰折顶了这笔规划费。

魏金国听完,"啪"一拍桌子,兴奋地说:"太好啦! 我们正'瞌睡'呢,终于递了个'大枕头'!"

柳乡长也站起身,异常激动:"潘教授就是马书记给咱大峪乡请来的财神哪。魏书记,潘教授降尊纡贵,到时候咱们得高接远送,咱俩得全程陪着。"

"废话! 天大的事儿也没有这事儿重要。到时候,咱得把潘教授当神敬着。"

"恐怕咱得派专车去省城接人家吧?"

"那倒不必。潘教授说了,他们自己驾车来。"

…………

过了一星期,潘教授带着几个弟子赶往南川县。潘教授的车子一出南川下站口,老马和魏金国、柳占奎等一拥而上。老马恭敬地拉开车门,潘教授和几个学生下了车。他向潘教授介绍了书记、乡长。

魏书记一把握住教授的手:"我们望眼欲穿,盼星星、盼月亮,终于把您盼来啦!"

柳乡长也赶紧上前一步,说:"潘教授,在等您这一个星期里,我们度日如年哪。"

潘教授莞尔一笑:"马德胜,你们大峪乡的书记乡长说话很幽默嘛。虽说我不懂文学艺术,但我知道,你们这修辞手法叫夸张,是吧?"

大家都被潘教授的风趣逗笑了。

魏金国请潘教授坐到他的车上,并征询道:是先到乡政府听汇报,还是直接去实地看看。

潘教授说,南川县和大峪乡的基本情况,在车上大致说说就行了,一本正经的汇报就免啦。另外,他今天晚上还得赶回省城,明天得到外地出差。为节省时间,直接去现场。

一行人风风火火赶到尚沟,尚安民、尚明德等早早等在村口,会合后,他俩担任向导在前面带路。大家向沟里进发,潘教授老当益壮,一路上有说有笑,不时把年轻的弟子们落下一大截。

看过第一个瀑布,走到第二个瀑布群前,潘教授大声赞叹:"美哉,激流飞瀑!壮哉,山川形胜!"

他的几个学生跟在他的身后,也频频点头。

坐下小憩之后,一行人登上山泉源头的峰顶。

站在一千多米海拔的山顶,潘教授环视四周,赞不绝口:"好风水呀!"

尚安民一听,眼睛都瞪成了牛眼:"我们农民宅基地讲风水,大教授也迷信呀?"

魏金国虽说也有些惊讶,但对尚安民的快嘴快舌很不满:"安民,不懂不要瞎说。"

尚安民红着脸退到了一边。

潘教授笑容可掬,说:"他倒是很直率。其实,对风水误解的大有人在呀。"

潘教授接着解释道:"'风水'一词最早见于晋代郭璞的《葬经》:'气乘风则散,界水则止。古人聚之使不散,行之使有止,故谓之风水。'《黄帝宅经》上说:'地善,苗旺盛;宅吉,人兴隆。'风水实际上就是一门建筑学上有关选择土地的生态环境、旁及方位,以及择日的独特学问。风水讲究天人合一、阴阳平衡、五行相克相生,不能一味认为是迷信。风水学分为江西派和福建派。其中,以赣州杨筠松为代表的江西派,又称形势派,专注于山川形势与构成,注重对环境中'龙、砂、水、穴、向'五要素的选择,讲究觅龙、察砂、观水、点穴、立向。"

柳占奎问:"潘教授,能详细给我们讲讲吗?"

潘教授接着说:"龙,即山脉。觅龙,就是要选择来龙深远、奔腾远赴的山脉,以源远流长为最佳。风水上一般把山脉分为九种形态:回龙、出洋龙、降龙、生龙、飞龙、卧龙、隐龙、腾龙、领群龙。泰山、张家界、武当山、黄山等,无不讲究'高一寸为山,低一寸为水'。在风水格局中,砂,统指前后左右环抱主山的山峦,即环卫之山。砂山的形态以端庄方正、秀丽为吉,以破碎尖削、奇形怪状为凶。察砂,就是要求景区后方的山体要低垂收敛,前方的山体要曲折生动,左边的山体要起伏连绵,右边的山体要柔顺平滑。这些山体与旅游景区的空间距离最近,直接决定着旅游景区的小环境,对旅游景区的生态气候、视觉景观、游客心理感受、环境质量都深具影响。"

老马见潘教授侃侃而谈,趁着教授起承转合的工夫,递过一瓶矿泉水。

潘教授打开瓶盖,喝了一口,润润嗓子,继续讲道:"水指的是水源、水流的形态与水质。水形要求随山而流,且有湾池,有静有缓为最妙;水质清甜为上,浑浊苦涩为下。景区的水,要有张有弛,动静结合,与山林景观融为一体为最佳。这些都是观水的内容。点穴,也就是确定建筑的基址。在景区规划中,穴指景区最后的归宿之地,是建设的核心区域。点穴关键在于'内气萌生,外气成形,内外相乘,风水自成'。立向,即方向、朝向。建筑基址的选定及布局,方向是一个重要的参照系数,一般强调面南朝阳。"

潘教授一口气讲下来,使大家对风水有了新的认识。

平日里沉稳的魏金国此时此刻也沉不住气了:"潘教授,这北沟的风水,您老给看看。"

"我刚才已经由衷地赞叹了,好风水啊,这里的确是一块风水宝地。你们看,这真是四神兽模式。"潘教授边指点四周,边解释道,"四神兽,就是我们经常说的左青龙、右白虎、前朱雀、后玄武。玄武垂头,穴在山脉止落之处;朱雀翔舞,穴前名堂水流屈曲;青龙蜿蜒,左侧护山回环;白虎驯俯,右侧护山怀抱。这里四周山环水绕,名堂开阔,水口含合,水道绵延曲折。此真乃负阴抱阳、藏风得水之势也!"

潘教授的一番风水妙论让大家深深折服。

下了山,已经下午三点多钟了。一行人腹中空空,来到村口上次接待过记者的小饭店,饭菜早已准备好了。

大家入了席,魏金国掂起酒瓶,要给教授斟酒。潘教授摆摆手:"大家吃个便饭,酒,免了吧。一个呢,我饭后就得往回赶,另一个,也是主要原因,无功不能受禄,等到景区开发建设成功之日,再摆一个庆功宴也不迟呀。"

见潘教授主意已定,魏金国等人没再坚持。大家风扫残云,大快朵颐。席间,潘教授说,北沟基本具备开发景区的自然条件,让董涛等几名弟子多待几天,进一步了解情况,为下一步做规划打好基础。

饭毕,教授再次交代几个学生以及大峪乡的领导,规划以及下一步的建设中,一定要遵循八个原则:一是保护优先,确保北沟自然资源的真实性与完整性不被破坏;二是综合协调,要妥善处理好保护与开发的关系,确保资源的永续利用;三是突出自然,维护景观的特色,比如飞瀑与三水分流,强调回归自然;四是考虑环境的承载力,这是景区可持续发展的关键;五是分区管理,严格实行"沟内游、沟外住""沟内景、沟外商""沟内名、沟外利"的管理原则;六是规划一步到位,可以分期实施;七是考虑旅游经济,考虑客流量,实现经济效益;八是注意群众路线,特别是要征求沟内散住户的意见,通过论证,适时进行搬迁。

同时,潘教授要求他的弟子返回学校后,在掌握第一手资料的基础上,几个人既分工又协作,立即着手制定北沟旅游区总体规划,包括未来十年的远期规划和最近三年的近期规划。旅游区控制性详细规划,旅游区修建性详细规划,这是这次规划的重中之重,包括:综合现状与建设条件分析;用地布局;景观系统规划设计;道路交通系统规划设计;绿地系统规划设计;旅游服务设施及附属设施系统规划设计;工程管线系统规划设计;竖向规划设计;环境保护和环境卫生系统规划设计;等等。

大峪乡的人一听,天呀,建一个景区,居然牵扯到这么多方面,绝非想象中那么简单,不由让人闻而生畏。

潘教授看出了他们的怯意,安慰道:"一口吃不成个胖子。最急的是道路交通、景观系统和旅游服务设施,其他的一步一步来,罗马城也不是一天就建起来的嘛!但是,规划必须先行哪。有一种说法叫,在城市建设上,三流市长抓项目,二流市长抓招商,一流市长抓规划。旅游景区的建设何尝不是这样!根据你们大峪乡的经济条件,还得编制项目开发规划和旅游营销规划,以便下一步的招商引资与联合开发。"

潘教授交代完后,最后表态说,他们将把北沟景区的打造作为课题组的选点,连续跟踪两年。

魏金国等人千恩万谢。潘教授说,这是互利共赢。

说完,潘教授在人们的注目礼中乘车匆匆而去。

董涛等又在大峪待了五天,收集完所有的基础资料,返回了省城。

潘教授师生的大峪之行,使开发北沟旅游景区的消息不翼而飞。尚沟的老百姓更是欢欣鼓舞,翘首以盼。村民们说,景区建成了,就是在家门口卖个茶叶蛋,也比种地强得多呀。然而,并不是所有人都持乐观态度。在董涛等人离开大峪的当天晚上,乡政府的二楼小会议室灯火通明。此时此刻,乡党政班子会刚刚开始。

魏金国说:"同志们,今天,班子会就一个主题,讨论北沟旅游景区的开发建设问题。在会议正式开始之前,让我们大家用热烈的掌声向德胜同志表示崇高的敬意和诚挚的感谢!"

突然到来的掌声,让老马忐忑不安。

他接着讲道:"同志们,德胜同志只是挂职的副书记,到咱们大峪才半年。他不仅迅速进入角色,卓有成效地展开工作,而且,前不久,他想我们大峪之所想,急百姓之所急,主动联系中原农大的专家,为我们免费规划设计北沟旅游景区的开发,为咱们乡节省了一百万哪!一个下乡挂职的同志尚且能主动作为,值得班子每个成员三思。我们都是土生土长的本地干部,却囿于常规,强调客观困难,在发展经济方面裹足不前,导致咱们乡多少年来面貌依旧。惭愧哪!我建议,下一次民主生活会,就以这为主题,每个同志都应深刻反思。大家知道,农大的专家已经决定把北沟作为其课题联系点,将在两年内跟踪指导,一个月后将拿出各项详细规划。我们是喜忧参半哪。喜的方面,自不必说。令人担忧的是,要开发建设旅游景区,需要巨额投资,咱乡的财政状况不言而喻。现在,这件事在全乡上下已经引起了广泛关注,几乎家喻户晓。打个不恰当的比方,这叫还没怀上孕呢,孩子名字都起好啦。我们一班人可谓骑虎难下,没有退路。井无压力不出油,人无压力不出活。好多事情,都是逼出来的。"

老马与柳占奎通报了相关情况和专家的意见之后,会议室里顿时寂静下来,空气仿佛结了冰。大家心里都清楚,对大峪乡来说,五百万的道路建设款无疑是个天文数字。景区内的建设,需要巨额投资,大峪这么偏僻,往哪里找投资商呢?如果这两个问题解决不了,再好的规划也只能是纸上谈兵呀。

最后,大家达成共识:发展旅游,是大峪乡的优势所在、希望所在,也是党政一班人的夙愿。只要咬紧牙关,众志成城,就没有过不去的火焰山。同时,会议决定,成立大峪乡北沟风景区开发建设指挥部,魏金国挂帅,统筹协调,柳占奎负责道路建设的五百万元筹资,马德胜负责继续与省农大对接,搞好规划,待规划出来后,负责招商引资工作。

会议结束了,大家陆续离开会议室。老马看看表,已经过了零点。

啊,新的一天又开始了!

第四十五章

太阳发狠似的烘烤着大地。特别是中午过后,大峪街上空空荡荡,人们似乎像水汽一样蒸发掉了。梧桐树、榆树的树叶打起了卷儿,只有知了还在没日没夜地叫着。那鸣声时断时续,始终处于低音状态,好像声带被切除过一般,只有气音没有扩音。树下,几只狗儿失去了平日里的威风,趴在地上,舌头伸出老长,口水流了一地,即便偶有行人路过,它们依然双目微闭,懒得觑上一眼。

这样的鬼天气,让人烦闷地不知干什么好,烦得让人想找个地方发泄一番。

办公室里的老马同样焦躁不安。农大的师生们回去快一个月了,规划尚未绘就。没有规划,北沟开发至今一筹莫展。望望地里的谷子玉米发疯似的吱吱拔节,自己心里怎能不着急呢。

还有一件事,也让他心神不定。上午,老家弟弟马德伟打来电话说,大侄女马舒艳不负众望,顺利考上了县一中,已经拿到了录取通知书。这当然是个喜讯,但无线电波那头的德伟显得举棋不定:"春桃说,艳艳考上一中不容易,打算全家都去县城陪读,说啥也得把她供到重点大学。哥,你给拿拿主意。"

"这想法倒是可以。别看艳艳在乡里挑着尖儿,但到了县里就不一定扎眼儿啦。上了高中,家长对功课帮不上啥忙,陪读能照顾好孩子的生活。你得支持春桃。"

"哥,我不是不支持。可是,全家搬到县城,一去恐怕得好几年,牵扯好多事儿呢。"

"嗯。老娘咋办?"

"这和大姐商量过,陪读这几年,让她先委屈委屈,跟着大姐家。"

"老娘咋说?她能丢下她的满院子宝贝?"

"她不愿意。她说,我一个人在家守着。我有俩儿子,儿子又不是不管我,跟着闺女家算啥?别人不嚼舌头?其实,她心里清楚,到了大姐家,再捡的宝贝没法往姐姐家里放,这才是主要原因。"

"她恁大年纪了,一个人在老家,咱们怎能放心得下?"

"就是嘛,哥,从小到大,娘就认你的话,这几天你抽空回来劝劝吧。"

"行,我这两天就回。县城可不比老家,生活开销大,原来说卖米皮凉皮的生意还打算干不?"

"春桃说,这生意投资大不说,关键是起早贪黑,孩子吃不上应时饭。她说,进城是为了陪读,为了孩子,不是为了挣钱。"

"想法没错,可是,靠你一个人挣钱,怎么能顾住一家人?"

"我还洗车。春桃的裁缝手艺在咱十里八乡都数得着。她说,不如还干老本行,缝纫机家里现成的,再添一台锁边机,也不投啥资,缝缝补补,既能挣个买菜钱,还能照顾两个孩子。"

"婷婷该上初中了,也带进城里?"

"嗯。中考成绩还不错。哥,正要和你商量呢,你在县实验初中有没有熟人?"

"我托人说说。这样吧,德伟,这也不是电话上一两句话能说完的。我回头看看乡里如果能脱开身,明天我回去,见面细说。"

挂了电话,弟弟一家进城陪读的决定在老马脑海里挥之不去。按说,弟兄姊妹几个对老娘都很孝顺,从未敢忘记推干就湿的养育之恩。可是,她已经适应了捡废品的生活,成了下意识的习惯,成了体现人生价值的一种形式。打个不恰当的比方,就像一个小偷,哪怕家里有金山银山,他也要顺手牵羊,否则就寝食难安。江山易改,禀性难移啊。

婷婷转学找谁合适呢?实验初中和县一中一样,多少人削尖了脑袋都钻不进去。何赛飞,只是城关镇副镇长,不行;杜秋霞,县民政局一般干部,校长岂能放在眼里?看来,还得罗利军出马。这家伙,已经是县政协副主席啦,尽管不驻会,在县里大小也算个人物哩。

半个月前,利军在县里最高档的永长大酒店刚刚举行了高调的婚礼。按照他的本意,是不想过于张扬的。可是,人家静静是头婚,一辈子也就风光这一回,不能委屈了新娘子。再说了,即使静静明理,后面还有她的父母哪。女儿虽说找了个二婚的,但女婿在整个永长也算人前人,理当热热闹闹,明媒正娶,怎么能偷偷摸摸地跟人"私奔"了呢?

那天的场面在县城里轰动一时,单是那迎亲的车辆,就是纯一色一长溜黑奥迪。到了十字路口,连交警都忙着疏通车辆,车队过去老远了还行着注目礼。酒店里的大堂以及所有的包间全部满员,后来到的宾客没有座位,主事人只得临时为他们在附近的饭店又安排了十桌。笑容可掬的新郎新娘忙着与所有的嘉宾应酬,倒是没顾上和同学们多说话。

想到这儿,他就给罗利军打电话:"新郎官,在哪儿度蜜月呀?"

"嘿嘿,德胜,还真让你猜中了,在敦煌石窟呢。"

"这么热的天,应当找个度假胜地嘛。"

"德胜,有机会你也来敦煌看看。"利军感慨道,"对于我来说,遇到静静,就像这莫高窟,风沙吹尽始见金,实现了我的飞天梦想。静静就像这月牙泉,是我人生浩浩荒漠中的一片绿洲。"

"哎呀,利军,一当新郎官,连说话都富有诗意呀。你啥时候回来,我给你们接接风?"

"半个月到二十天吧。明天飞往昆明,然后去西双版纳和香格里拉,之后从昆明去巴厘岛。"

"啊?好浪漫哟,还要去法国?"

"不,是印尼的巴厘岛。每年的这个时候,那里是旱季,也是它最好的旅游季节。"

"噢。利军,有个事儿得麻烦你。等你回来恐怕就来不及啦。"

"咱俩谁跟谁呀,你只管说。"

利军听完老马求助的事儿,顿了顿,说:"德胜,要是凭咱副主席的身份,人家还真不买我的账呢。你知道,我这是虚职,对那些去公司乱检查、乱罚款的部门倒是能虚晃一枪,到重点学校不行。为啥?县里实职的四大班子领导都三四十个,人家咋会把我当盘菜呀?"

"哦,还真是这么回事。那咋办呢?"

"不过,前年我给实验初中捐过一笔款,李校长总不能不给这面子吧?我现在就联系他。"

过了十来分钟,利军回话说,李校长常联系的电话关机了。据说,每到暑假他都关机,找的人太多,也是没办法的办法。回头打听出来他的新号码联系后再回话,应该没有大问题。

等到下午半晌,利军来电说,事情已搞定,要老马把婷婷的基本情况编个短信发给他,他再转给李校长,三天后,到学校总务处缴费,办理入学手续。利军特意说,人家能收,就已经很给面子了,每年的教育资源费五千元没法免,得一次性缴清。

老马致谢之后,不禁为弟弟的负担发愁。单是这三年的教育资源费就一万五,简直就是吸血呀。

与魏书记说了情况,他开车回了神都。

到了家,吃完晚饭,和赵玉曼说起侄女上学的事儿。她倒是很大度,说:"这俩侄女我咋看咋顺眼,德伟一家到县城陪读是好事,说啥别把俩姑娘的前程给耽误了。你说,我当初……"

"老婆,我知道,你当初如果没受耽误,"老马打断她的话说,"早就考上大学了,早就成区长家的儿媳妇啦。"

"咋了?马德胜,你不信?"

"我相信,不,我坚信。现在不说你,咱说艳艳和婷婷。"

"唉,真为她娘儿们发愁。"她叹口气,"我知道你想帮他们一把,就说到明处嘛。艳艳的学费,我过去也表过态,咱出。这婷婷上初中,又是一大笔费用呀。"

"就想和你商量这事儿呢。你看,平时老娘在老家,都是弟弟一家在照料。他们刚进城,花钱的地方太多呀。"

"德胜,我也不是铁公鸡。婷婷的资源费咱咬咬牙也拿了,要做好人做到底。"

"玉曼,俩侄女怎么遇到你这么善的娘娘哩。她们会记你一辈子呀。"

"去去去,你就会耍嘴皮子。哎,我提醒你,赶紧让德伟找房子。你忘了,咱陪超超上学租房子时,费了多少功夫?到后期,房价贵得上了天,还不知能不能找得到哩。"

…………

第二天,老马开车回了老家。先是和老娘说闲话,慢慢说到了弟弟家去陪读的事情。好说歹说,甚至提到老娘当年怎么英明怎么有远见怎么硬撑着让自己上学,才有了今天。最终,总算说服了老娘。

他苦笑着摇摇头。老小孩呀,老人就像小孩一样得哄着哩。

下午,他和弟弟到了县城,到县一中附近找房子。县一中在西关,附近是城关镇的西水村。靠山吃山靠水吃水,由于邻近一中,这村家家户户都出赁房屋,靠着租赁学区房寄生。俩人在村口停了车,走在西水的大街小巷,地面被炙烤得像张鏊子,不一会儿俩人的衬衫都如同从水里捞出来似的。

老马抹了一把脸上的汗,心中喟叹,人和人真的不同,生下来就不平等。同在一个永长县,弟弟一家得含辛茹苦才有一片立锥之地,而西水的村民只要守着自己的一亩三分地就可以衣食无忧。如果运气好,碰到开发商看中了这一地块,一拆迁,西水的村民摇身一变,就成了百万富翁啦。唉,谁让你生不逢时,或者生不逢地呀。

找了几家,主人开了大门一听,像是商量过似的,回的话几乎都是"标准答案":今天都几号了,你们才来找房子?早就租出去了。

随着关门"哐"的一声,老马心里一凉,还真让老婆一语成谶啦。

正无计可施呢,德伟指指街边的墙上,说:"哥,你看,这不是租房的帖子?咱打打试试。"

果然,一街两行的墙上以及电线杆上,贴满了租房的小广告,大小不一,白色的、彩色的,牛皮癣似的。德伟就照着其中一个号码打过去,结果依然如此。又打了十几个,不是没人接,就是没房源。看看时辰不早了,俩人垂头丧气地商量着先回家,明天再来。

翌日一大早,弟兄俩再次来到西水村。这回有了经验,俩人轮番挨着个儿打小广告上的电话。老马打到第十二个电话时,终于有了希望。房主说,你们可以先过来看看,原来租房的这家正在犹豫,这会儿恰好人在家里,你们见见面,如果她不租了,你们就可以搬过来,房价是一个月四百块,水费均摊,电费自理。

俩人大喜。到了这家一看,共有三层,室内楼梯,房主在一楼住,上面两层全都出租。房东是个六十多岁的大爷,看上去和蔼可亲。

他领着俩人上了楼。只见每层都有六个房间,鸽子窝似的。每个房间也就十五六平方的样子,仅仅能放下两张床和一张桌子。走廊上有公用的厨房,楼道尽头是公用的厕所。

正犹豫的这家在三楼中间,门开着,一位中年妇女在屋里。房主站在门口打招呼说:"晓芮,你家辉辉的事儿定下来没有?"

"大叔,再缓一两天吧。晚上他爷儿俩回来了,我们再合计合计。昨天,他的班主任还说,如果不是孩子发挥失常,即便走不了'985',至少也能上'211'呢。"

"啥时候能回个准信儿呀?"

"三天吧,最多三天。大叔,三年我们都住了,你也别再催这三天了。"

"行。我这不也是怕你们一旦退了房,到这几天都没啥人问了,空着挺可惜的。"

"放心,大叔,三天给你准信儿。这哪里是考孩子,分明是考家长呀。"

"唉,可怜天下父母心哪。"

"咱就这样说定了。我得去饭店了,再晚恐怕要迟到了。迟到一次,一天都白干了。"

说着,中年妇女关了门,匆匆瞥了老马和德伟一眼,飞身下了楼。

俩人和房主下到了一楼的客厅。房主边沏茶边说:"坐一会儿吧,生意成不成,人情还在哪。"

兄弟俩人坐着喝水,老马就问起这家咋回事儿,退房子踌躇难决的。

房主倒是个爽快的健谈者,说:"唉,他们家也挺不容易的。老家在咱县的吴堡乡,三年前孩子考上了一中,今年高考。孩子叫辉辉,平时很争气,一直是重点班的前几名,学校本来希望他冲北大、清华哩。谁知道,这高考就像试验田里的麦子,收成不稳定呀。结果只超过一本线不到二十分。孩子想复读,家长拿不定主意。这几天到了报志愿的最后期限,晚上一家三口叮叮咣咣不消停。这孩子要强,咽不下这口气。可是,这三年为了供他上学,全家是拼了老本儿啦。他爹在建筑工地干小工,也挣不了几个钱,他妈,就是刚才那妇女,在饭店里当杂工。辉辉这孩子很懂事儿,这些天跟着他爹在工地干。按说吧,都供了三年了,不差这一年,学校也想让辉辉再试一次。但是,复读这事儿,还真不好说。他爹前些天去学校打听,今年跟辉辉情况差不多的几个复读生,反而还没去年考得好,家长后悔得直跺脚。正因为这,租的房子也一直没有定下退还是不退。不过,刚才你们也听到了,这两三天就能定下来。你们留个电话,到时候我给你们回信儿。"

却说到了婷婷办理入学手续这天上午,老马陪着弟弟来到实验初中。名校就是名校,单是校园环境和硬件设施就让人耳目一新。

到了总务处,前来办理手续的家长排起了长龙。德伟排着队,后背黑簇簇地湿了一大片,像一张地图,一只手放在口袋里紧紧攥着厚厚的一沓钱,手心都攥得汗津津的。除了哥嫂给的五千元,还有第一学年的学杂费、书作费等。这么多人，他真怕慌乱之中把钱弄丢了。

终于轮到了德伟。他报了马婷婷的名字，收款的老师看了看名单，说，交钱吧。

德伟堆满笑意，惶恐不安地把一沓子钱赶紧递了进去。老马心里一沉，元旦那天在老家，弟弟皲裂的那双手又浮现在眼前。这不知道得洗多少辆车，才能攒够这么一沓子。

这沓红影子在点钞机里唰唰唰地翻过，有几张可能是被汗洇湿的缘故，似乎很不情愿似的卡了几次。会计很不耐烦地抽出来，只得用手捻着数了半天，扔出收据，翻着白眼说：下一位……

老马回到大峪后的第四天，德伟打电话说，那一家最终没再复读，房子的事儿已经敲定。

第四十六章

接到德伟的电话,是早上八点钟,老马总算把心放到了肚子里。

把北沟打造成风景区,关键在于出入景区道路的修建和景区开发的招商。

按照分工,自己负责招商,重任在肩哪。招商引资,也是一门学问,在煤炭局还真是没有接触过。要不,到县里的新华书店逛逛,兴许有这方面的书籍,临阵磨枪,不快也光嘛。

他是个雷厉风行的人。主意拿定,便开车去南川县城。

书店位于县政府西边四百多米,是一栋三层的营业楼。楼前垂柳依依,林荫下是休闲的石凳。凳子上闲散的人们个个端着手机,低头忙着刷屏,那种专注的劲头,仿佛能从手机里刷出金子来。唉,如果人人在正事上都有这股分秒必争的劲头,共产主义也早实现不知多少年了,就不用扶贫攻坚啦。

多年前,新华书店曾经是南川人引以为豪的标志性建筑。然而,如今的它,就像一位饱经风霜的老人,在四周拔地而起的楼群中显得格外憔悴而落伍。那破旧的店面几十年来面目依旧,大门依然是过去的木门,因为有些年头了,门上刷的暗红色已不是当年的颜色了,而是斑驳的、起皮的、褪了色的,很明显勾兑了日月和风雨。不知从何时起,它的一层二层已在人们不经意间出租转作它用了,仅仅剩下三楼还在苟延残喘。

也许是为了留住顾客，人们必须从一楼和二楼的商场里转一圈才能经由上楼的通道到达三楼。老马只得被"挟持"着，边走边浏览货架上琳琅满目的日用百货。从三个楼层的布局来看，符合物质第一性的唯物论，先解决了吃饭问题，才能抵达属于第二性的"精神高地"。

终于登上了三楼，里面冷冷清清的，与下面两层的喧嚣判若云泥。偌大的空间里有五六个营业员，而顾客寥寥无几。他走进书架之间的过道，吸引着几个无所事事的营业员的目光，他们似乎正从穿衣打扮判断着他的身份，书架之间仿佛不是过道，而是一座 T 型台。

只有三类书摆在抢眼的位置：励志类、理财类和学生的辅导书。转了一圈，他强烈感受到，卖家似乎特意诱导着问你三个问题：第一个，你不想成为比尔·盖茨吗？成功可以复制。第二个，你想知道李嘉诚是如何成为富翁的吗？你不理财，财不理你。第三个，你还要让孩子输在起跑线上吗？《黄冈密卷》告诉你标准答案。

唉，哪里有自己要找的书的影子！

总不能空手而归吧。老马只好寻觅到角落里的"文学名著"书架，顺手买了两本，付款时顺便问，能不能打折？

营业员面无表情地回答，不能。

新华书店，想说爱你不容易，面对网络书店优惠便捷的销售方式，任性的你倒是真能沉得住气，真能以不变应万变哪。

付了款，他怅然若失，站在书店门口，竟不知何去何从。他忽然想起，魏书记说过，他在邻乡任职时，关景亮是同事，现任县招商办主任。于是，他就给魏金国打电话，让他引见一下。

没一会儿，魏金国回电说，关景亮在办公室，招商办在县政府四楼。

老马找到招商办，见其中一个房间开着门，就问哪位是关主任？

一个四十开外的中年人，招呼道："是马书记吧？我就是关景亮。走，到我办公室坐。"

关主任上穿白短袖，打着领带，下身藏蓝裤子，皮鞋锃亮锃亮的，简直能照出人影来，头发两分，还上了定型发胶，看上去精神焕发。

老马由衷赞叹："百闻不如一见，多次听说你精明强干，耳听为虚，眼见为实呀。"

"老魏的话，你只能听一半信一半哪。"

"关主任，你看上去真精神。要我说，你应该当咱南川县的形象大使呀。"

"呵呵，你是笑我穿得'周武郑王'吧？我刚刚陪着福建一客商去咱县的工业园实地考察回来，还没来得及换装。平白无故穿这一身，还不让整个大楼的人笑掉大牙。"

"云想衣裳花想容嘛。"

"接待客商，我得穿正规点儿，有点儿形象大使的味道，工作需要呀，也是对投资商的尊重，接待时我还得撇半自动的普通话哩。如果平时也这么穿，不变成老岳啦？"

"老岳？谁？岳父大人？"

"不，老岳不是老丈人，是姓岳，政府办一司机，五十多岁。"关主任笑了，"这是咱县的一个典故。那年，郭县长刚来咱县上任，才三十九岁，就是现在县委的郭书记。政府办安排老岳暂时给郭县长开车。他常年在行政科搞内务，遇到这样的差事挺激动的，心想给县长开车，不能太邋遢，就穿西服打领带，光光鲜鲜的。结果，你猜怎么着？"

"怎么着啦？"

"郭县长下乡，和乡镇班子初次见面就闹了个大笑话。老岳与乡镇的领导相互不认识。到了嘉河乡，老远一下车，书记、乡长赶紧一把握住老岳的手，说，欢迎郭县长！倒是把真郭县长晾到了一旁。呵呵，真实版的'真假美猴王'呀。"

"这确实让人尴尬，他抢镜头啦。"

"这以后，咱县就流传了一句歇后语：老岳下乡——冒充县长。这和屎壳郎穿着迷彩服趴在公路上——冒充吉普车有异曲同工之妙吧？我可不想当老岳，让别人说咱想冒充郭书记哩。"

打完哈哈，转入正题。老马说了北沟开发的招商打算。

他虚心地说："招商，我真的没经验，今天专程来讨教，想取取真经。"

"有啥真经呀。我只不过从乡里来招商办干了五六年，尝了不少苦辣酸甜咸而已。"

"我就是想听这其中五味呀。"

"这五味嘛，就是五千万呀。"

"啥？五千万？"

"一个项目从洽谈到落地，至少得有五个千万哪。"关景亮扳着指头说，"招商信息得千挑万选；找到商家得跑遍千山万水；招商过程千变万化；拉来投资得千言万语；从落地到投产得历经千辛万苦啊。"

老马赞叹道："有了这'五千万'，咱县的招商才有了今天千红万紫的局面呀。"

关景亮口气一转："北沟投资额这么大，肯定要列入县招商重点项目，咱们还得合作呢。"

"太好啦，有你关大主任亲自指挥，乡里就有了主心骨。"

"老兄，过谦啦。当务之急是得有建设详规和可行性规划，招商，这必不可少哇。"

"嗯，我们一直盯着呢，快要出炉啦。"

…………

回到乡里，老马算算农大师生已回去了四十多天了，就忍不住拨了潘教授的电话。教授说，建设性详规和开发可行性规划刚出来，正要和你们联系呢。你来一下，有个别细节还得当面聊聊。

哎哟，孩子总算生出来啦！

第二天，他直奔农大校园。

潘教授问了几个具体问题后，说："这个规划，你们要让县里认可。下一步，招商就是重点啦。"

"是，潘教授，大峪太偏僻，酒香也怕巷子深。我们正为这犯愁呀。"

潘教授沉思片刻："你们是否听说过二十二位温商订购二十二架私人飞机的新闻？"

"啊？没听说过。"

"十年前，他们向国内外知名飞机制造商集体订购了这些飞机，交易额达1.3亿元，全国震惊呀。"

"这与北沟招商有关联？"

"当然啦。其中，有个老板叫翟文浩。"

"噢。潘教授，我明白了。您详细说说他的情况。"

潘教授呷了口水，娓娓道来：

翟文浩，是温州恒久房地产公司的老总。他学历不高，连高中都没毕业，算得上"学历不等于能力"的一个典型案例。温商最大的特点是能吃苦耐劳。你猜翟总最早是干啥起家的？估计你也猜不到。高中没上完，他就被家里人赶出家门闯天下了，从擦皮鞋干起，就是一个现代版的"三毛"呀。就这样走南闯北，他认识了世道，体味了人心。

不了解翟总的人，一听他的来路，定会产生"读书无用论"。其实，人家后来也是在不断恶补的。另外，他敢于第一个吃螃蟹，总是先人一步，发现商机。眼光有多大，世界就有多大；眼光有多远，就能走多远呀。

他的政策眼光特别敏锐。这些年来，他一直订阅着《人民日报》《浙江日报》等，只要没有应酬，他每天必看《新闻联播》。所谓的弄潮儿，就是善于听风辨雨，闻风而动，最先把握政策导向。

他在事业上独具慧眼。举个例子吧，前些年，关于商品房，一般的专家只看到城市化进程中农民进城后对住房的需要，而他却从'性'的角度，从人们生活方式的变化中，敏锐地捕捉到了房地产的走势。他从七个方面做出了惊人妙论：一，离婚率逐年上升，住房需求不断增加。结婚需要一套房子，而从理论上说，不论是买还是租，离婚都需要两套甚至两套以上的房子；二，时下结婚年龄普遍推迟，特别是'剩女'的出现，使男女双方都有可能独自买房；三，现在年轻人结婚一般不跟父母住在一起,从结婚之日便分家单过;四,因生活习惯、作息时间等不同,年轻人需要把老人接到身边养老时,往往给老人单独买一套住房;五,许多企业主生意越做越大,往往在多个城市都有买卖,从而拥有多地的多套房;六,现在社会上存在着非婚姻家庭,或者称为'类家庭',这样的家庭或明或暗地存在着,且不论其是否合法,都需要房产作为存在条件;七,这些年,在城市中未婚同居的现象与日俱增。以上这些,书本上没有呀。但是,从户籍管理的角度看,很多都不是独立的家庭,却以家庭的方式占用着住房,或购或租,都对房地产市场产生着重大影响。

这些年他做房地产事业,炒作的方法也与人不同,赚得盆满钵满。概括起来,就是让别人搭台,然后他们恒久公司登台卖艺,用他的话说,楼盘是船,品牌是帆,炒作是风。我与他结识缘于风水。他很信风水,每拿一宗地之前,都要先请我去看看,一来二去,就成了好友。这两年,受国家大形势的影响,房地产经济迅速下滑,他有意转型实体经济。

"看来,翟总是个儒商呀。潘教授,刚才你谈到他要转型,是不是——"

"对,翟总曾经让我留心给他推荐其他项目,准备逐步退出房地产市场。"

"他的事业做得这么大,能看上北沟这小项目?"

"我向他推荐一下,牵个线搭个桥,至于能否谈成,就看你们的造化了。"

老马站起身:"潘教授,大恩不言谢!"

拿到了规划,回到乡里已是傍晚时分。

见魏金国还在办公室,他兴冲冲地大喊:"魏书记,规划出来啦!"

"太好了。刚从省城回来?快坐下喘口气。"

魏金国接过两大本厚厚的规划,犹如饥饿的人扑在面包上一般,两眼放光,边翻边说:"有了规划,咱们就可以名正言顺地招商啦!唉,咱乡太偏了,就怕是剃头挑子一头热呀。"

老马喜不自禁地把潘教授推荐翟总一事儿从头至尾说了一遍,魏金国兴奋地拍着他的肩膀："老兄，意外之喜呀。"

他立马拨通了柳占奎的电话。柳占奎刚回到了家里，一听这消息，也高兴得一蹦三尺高，说，等着，我马上返回，一块儿给老兄敬几杯。

魏金国又招呼吕建军等几个没走的班子成员，晚上一起一醉方休。

柳占奎从县城往回赶，最快也得两个钟头。在这空当里，俩人商议着下一步。魏金国说，明天，他和乡长就去县里，找主要领导汇报最新进展。他接着感叹说，上级和领导的支持是必要条件呀。翟总这个招商信息，不要说对于大峪了，就是对于整个南川，也是一颗原子弹啊，必须立即向书记、县长汇报。县里重视了，修路的配套资金就自然解决啦。

不知不觉，夜幕已经拉开。俩人聊得正欢，只见一辆轿车冲进政府大院，灯柱打在办公楼上。一个急刹车后，柳占奎从桑塔纳2000里钻了出来。

几个人都下了楼，魏金国说："就等你一个人了。走，小酌一杯，为马书记庆功！"

第四十七章

　　昨晚,几个人一兴奋,都喝高了,完全失忆了,都不知道怎么回的办公室。一觉醒来,老马头昏脑涨,喝了一大杯浓茶,肠胃舒服了许多。醒了,就再也难以入眠,半醒半寐之间,他想起一句诗:每天早上叫醒我的,不是床头的闹钟,而是那心中的梦想。此时此刻,自己大约就是这种情形。

　　窗外,朝霞映红了半个天空。金秋九月,大峪满山葱绿,树叶草丛上的露珠晶莹透亮,辉映着朝霞的七彩斑斓。核桃树上硕果累累,挂满枝头;漫山遍野的柿子正由绿变黄,仿佛预示着即将到来的丰收年景。

　　秋天,是收获的季节。收获的季节总是令人愉悦的。然而,老马心里却犯怵。北沟风景区这把火,是自己点起来的,现在成了整个大峪乡的工作重心。招商在即,也不知能否请来翟总这尊大神?在这收获的季节,能否满载而归呢?

　　又过了几天,书记乡长把北沟开发的前期进展向县委、县政府做了汇报。真没想到,县委书记郭平江、县长葛绍勤高度重视。第二天,葛绍勤带着县旅游局长、规划局长、建设局长、交通局长、招商办主任、政府办主任以及金融单位的头头脑脑,当然还有各个口的主管副县长,浩浩荡荡直接开往尚沟,现场办公。

　　魏金国等早早等候在省道拐往尚沟村的岔口。坐得满满当当的考斯特车一停稳,葛县长一人下了车,其他人透过车窗招手致意。

魏金国赶忙迎上去,向葛绍勤介绍:"葛县长,这就是马德胜同志。"

葛绍勤紧紧握住老马的手,说:"金国和占奎多次提到你呀,德胜同志,衷心地感谢你!"

老马从握手的劲道中感受到了县长心中的波澜,也动了情:"葛县长,其实,也没做成啥……"

"不,你所做的工作我都听说啦。咱们县的干部,如果都能像你这样用心下劲,还何愁南川不发展?都上车吧,抓紧时间去现场。"

车队到了尚沟村委会,门口聚了许多老百姓。这也难怪,这个偏僻的小村,从没有来过这么多县领导。尚安民头天得知县长要来,在村里大搞卫生,还做了"热烈欢迎县领导莅临尚沟指导工作"的横幅,拉在大门头上。

葛县长一行人一下车,群众自发鼓起掌来。

葛县长皱皱眉头:"金国,占奎,搞什么名堂?惊动这么多老百姓,不知道中央的八项规定吗?"

魏金国红着脸把尚安民和尚明德叫过来,先向葛县长做了介绍,接着埋怨说:"安民,谁让你瞎鼓捣?等一会儿让群众散了,还有,悄悄把横幅撤掉。"

尚安民做出诚惶诚恐的样子,委屈地说:"葛县长,听说您要来定北沟的事儿,大家都高兴得睡不着觉。没人组织他们来呀,横幅也是乡亲们的心里话。如果不合适,等会儿我让人解下来。"

俗话说,隔手不打人。对于村里的干部,县长也不好发脾气,只得笑着说:"看来,是我冤枉你啦。还没有最后拍板,你就兴师动众,造这么大的声势,是不是故意把我架到火上烤哪?"

"葛县长,借一百个胆,俺们也不敢呀。"

葛绍勤扫视了一圈儿县乡干部,说:"群众发展旅游、脱贫致富的愿望,大家都看到了吧。走,进沟!"

尚安民等人做向导,一行人进了北沟。沟内山花烂漫,争奇斗艳,灌木修竹苍翠欲滴,溪水一路欢歌,哗哗流淌。大家不时驻足欣赏,对眼前的美景赞扬有加。

出了沟,已经到了中午一点钟。一行人乘车到了大峪乡政府,灶上早就把午餐准备好了。草草吃罢饭,大家就在二楼小会议室里召开现场办公会,专题研究北沟开发建设事宜。

会议认为,北沟风景宜人,具备成为风景区的自然条件。开发北沟风景区,符合县委、县政府"旅游兴县"的战略布局,不仅是大峪乡的重大项目,也是全县的重点建设项目。会议要求,各个职能部门要牢固树立大局意识,有钱出钱,有力出力,责无旁贷地支持大峪乡开发建设景区。其中,交通局要把从国道到景区的道路建设列入当年"村村通"项目盘子,予以重点倾斜;规划局要配合省农大专家,尽快完成各种总规、控规和详规的编制,并及时召集规委会予以确认;建设局要主动上门服务,对景区内外的各种建筑报批简化程序;旅游局要提前介入,拿出对外推介宣传北沟景区的具体办法;招商办要把景区招商作为重大推介项目,通过网上招商、定向招商等形式发布招商信息,力争联合开发。鉴于大峪乡已经有了招商线索,当务之急,要配合大峪乡立即奔赴温州,与恒久公司接触商洽,力争有实质性进展;大峪乡党委、政府要把北沟景区的开发建设作为一号工程,聚精会神,务求实效。

会后的第二周,主管招商工作的副县长周永泰带队,老马和魏金国、关景亮以及陈进庆一行五人前往温州。事先,潘教授已经电话联系了翟文浩。为节省时间,五人从省城国际机场直飞温州。

下午四点半下了飞机,几个人一出机场,老远就看到一名西装革履的精干小伙子,手里高举着"神都南川县贵宾"的牌子。陈进庆连忙跑过去接上了头,大家上了黑色奔驰商务轿车。

小伙子二十多岁,操一口标准的普通话。他自我介绍说:"我是恒久房地产公司的公关部经理,姓杨,单字叫帅,叫我小杨就行。孔子曰,有朋自远方来,不亦乐乎。首先,我代表公司的翟总对远道而来的神都贵宾表示热烈的欢迎。我们现在去酒店,翟总专门设宴欢迎各位嘉宾。

根据公司的安排,大家这次温州之行,我将全程陪同。各位领导有什么要求,尽管吩咐,我将尽力做好服务。"

说到这儿,小杨看了一眼前面,介绍道:"现在我们位于龙湾区,这条路叫瓯海大道,是连接温州市龙湾区、瓯海区、鹿城区的一条主干道。我们入住的酒店位于鹿城区,大约需要一个小时的车程。"

小杨接着说:"各位贵宾来自美丽的'千年帝都,牡丹花城'。神都,是十三朝古都,是中华民族之根,令我们温州人心驰神往。温州,与神都不可同日而语。这里古称瓯地,或者瓯越,说句不好听的话,是南蛮之地。温州市下辖鹿城、瓯海、龙湾、洞头4个区,有瑞安、乐清等7个县市,总人口910多万,是浙江三大中心城市之一,也是浙南的政治、经济、文化中心。温州,依山傍海,地理地貌'七山二水一分田'。虽然偏居一隅,但温州却是个有很强的迁移性和灵动性的城市。我们温州人跋山涉水,跑遍全国各地,乃至远渡重洋,走向世界各国!"

关主任搭腔说:"小杨,我们中原人正需要学习温州人的这种闯劲呢。这次,我们可是对翟总,对恒久公司慕名而来的呀。"

小杨说:"谢谢!我们恒久房地产开发有限责任公司成立于2003年,我们翟总从擦鞋匠做起,南征北战,摸爬滚打,终于开拓出了如今的恒久公司。他慧眼独具,手下的每一宗地块都能升值。这两年,我们翟总根据房地产形势的变化,决定转型。"

车子抵达酒店,小杨先安排了住宿,让大家到房间稍事休息,六点半在二楼贵一厅就餐。

就餐时间到了,一行人来到餐厅。翟文浩率领公司三位副总及办公室主任早已等候多时。

翟文浩,中等个儿,目光炯炯,一身休闲服,看上去精明强干。

相互做了介绍,大家入座。

翟文浩说:"我平时只喝红酒,今天破破例,与来自中原大地的各位领导不醉不休。"

周永泰起身说:"给翟总添麻烦了。我们南川求贤若渴,太需要像翟总你这样的投资商啦。"

翟文浩也站起身："宾至如归，初次见面，大家不要拘束。为我们的友谊先干一杯！"

宾客相互敬酒，气氛渐渐浓烈起来。老马瞅了个机会，给翟文浩敬酒，说："翟总，多次听潘教授说起您白手起家的打拼经历，让人敬佩不已。我敬您一杯。"

"潘教授也向我说了你们大峪乡和北沟的情况，千里有缘来相会呀。"

觥筹交错之后，大家的话稠了起来。

翟文浩感叹说，房地产周期长、投入大，同时资产的流动性较差。这就决定了房地产供给有一定的滞后性，也意味着市场中的不确定性因素的增加、风险的增大。正因为如此，自己才想另谋发展。

魏金国接过话题说，现在，宏观调控和刚性约束对房地产市场的影响确实太大，神都的许多楼市都崩盘了。翟总您及时调整航向，真是识时务的俊杰呀。我们北沟还真值得您去看一看。

翟文浩爽快地答应，近期会抽出时间去实地考察，以便下一步的深入商洽。

⋯⋯⋯⋯⋯

第二天，小杨带着大家参观了公司总部以及公司在温州市区开发的楼盘，一行人被恒久公司的实力深深震撼了。

公司总部是一幢坐落在瓯海大道旁边的十九层写字楼。下面十五层全部出租，最上面的四层办公。走廊上悬挂着书法条幅："头道汤的味道是最好的""从政策中找商机""用朋友网编织出财富""生意就是生生不息的创意""成功就是走别人没走过的路""心有多大，舞台就有多大""努力到无能为力，拼搏到感动自己"……小杨自豪地告诉大家，这些都是翟总常常挂在口头的话，是他多年的经营理念，当然也是他们的企业文化。老马暗自敬佩，边参观边用手机拍照，以便回去后好好琢磨。

第三天,小杨带着大家参观了温州古城,先是看了古色古香的朔门老街。这里紧靠瓯江的南埠头,明清时期,朔门就是温州著名的商业街。接着来到五马街,商铺一家挨一家,"五味和""金三益""老香山""温州酒家"等百年老店依次排开,传统名吃遍布街坊。

离开五马街,大家从瓯江的码头乘船来到江心屿。"云日相辉映,空水共澄鲜",江心屿以其独特的自然风光列入"中国四大名屿"。岛上的江心寺香火旺盛,门口王十朋撰写的"云朝朝朝朝朝朝朝朝散,潮长长长长长长长长长消"的名联让人过目难忘。

一寺双塔,是江心屿的标志性建筑。告别江心屿,一行人登上渡轮。遥望屿上的双塔,老马觉得那就是一座勘探井架,文天祥的笔就是钻头,开采出喷珠溅玉、流光溢彩的诗篇。文天祥在夜宿江心屿之后,慨然为国而恸:"万里风霜鬓已丝,飘零回首壮心悲。"想到此,自己不禁心有戚戚:明天就要离开温州了,也不知此行结果如何,总不会像文天祥那样折戟沉沙,铩羽而归吧?

第四十八章

出了神都火车站,天色已晚。

魏金国说:"马老兄,你顺便在家歇几天,多陪陪嫂子和孩子。"

"你嫂子吧,无所谓,她是个大大咧咧的人,老夫老妻了;倒是马超,这学期都高三了,我几乎没顾上过问呀。"

几个人分了手,老马搭了个出租车,直奔陪读的学区房。

进了门,儿子草草打招呼说:"爸,不跟你多说了,我得赶紧吃完饭上课去。"

"行,儿子,咱爷儿俩抽空好好聊聊。"

赵玉曼从厨房出来,接过行李,催促道:"赶快洗把脸吃饭吧,我也等饿了。"

吃完了饭,赵玉曼问:"我听说温州刺绣很有名,针脚齐整,色彩鲜艳,给我捎了没?"

"哎哟,真惭愧呀,这次赶得太紧,又跟着大领导,不自由呀。下次啊,你放一百个心。"

"买针不买针,试试你的心。你心里就没有俺娘儿俩。"

"冤枉啊。我是朝思暮想,却分身无术呀。"

"你是干抹桌子不上菜,只说不练呀,就像你说的那个什么巨人与矮子。"

"语言上的巨人,行动上的矮子,老婆。"

开罢玩笑,老马转身去洗澡,又探出头来,把凰玉递出来,交代道:"玉曼,把玉替我收拾好,省得像上次一样害得我半夜三更到处找。"

她接过凰玉,不屑地说:"什么破玉呀,像宝贝似的。"

"传家宝呢!"

…………

老马在家了三天,大峪乡打来电话,说翟文浩近两天将来实地考察,魏书记要他尽快回去,商量接待方案。他心里暗自佩服:不愧是大公司,时间就是金钱,办事效率真高。

兹体事大,非同小可。大峪向县里汇报后,主要领导指示:此次接待,决定着恒久公司是否投资这一项目,务必全力以赴。同时,决定由周永泰带着魏金国和老马,用县委最好的考斯特车到省城接到潘教授之后,一起到机场接机。县长葛绍勤陪同考察景区,县委书记郭平江设欢迎晚宴。

第二天,一行人到省城国际机场接机。恒久公司不仅派出了两名副总和项目策划部的中层,而且还带着特聘的专家,有备而来,阵容强大。

小别之后在中原大地重逢,双方都倍感亲切。

翟文浩没想到潘教授也会来接机,连忙说:"潘老,我何德何能,敢劳您大驾!"

"翟大老板是贵客,又是我们的财神,走到了家门口,老朽岂能失礼?"

一伙人上了车,便往南川驶去。

到了南川已是中午时分。葛绍勤带着关景亮等已恭候多时。

客套一番之后,葛县长说:"翟总一路风尘仆仆,先到县里吃饭吧。"

翟文浩说:"在飞机上已经吃过便餐了,还是直接去北沟吧。"

于是,主随客便。车队便往北沟开去。

到了北沟,已是下午两点多钟,一行人说说笑笑进了沟。葛绍勤边走边介绍南川县情。翟文浩欣赏着眼前的美景,感叹说:南方的山水,山不高水不深,山看上去小巧玲珑,水以溪流为主,美在清浅婉约,是小家碧玉;看了北沟,进一步加深了我对北方山水的印象,北方的山往往雄伟险峻,粗犷豪放,水也总是那么潇洒飘逸,恢宏大气,如同大家闺秀。虽然自己是南方人,但就本性来说,却更欣赏北方山水的胸有丘壑与气势磅礴。

看完北沟,一行人马不停蹄往县城奔去。在县委招待所,郭平江带领县人大主任、政协主席等在楼前迎接。晚宴上,他发表了热情洋溢的欢迎词:南川,这个国家级贫困县,钟灵毓秀,人杰地灵,资源丰富,具有后发优势;恒久公司眼光长远,实力雄厚,投资旅游,真可谓强强联合,必定互利共赢,合作成功。

翟文浩也深为南川人的热情所感染,在热烈的掌声中起身即兴发言:神都居天下之中,南川居伏牛腹地,文化底蕴深厚,自然风光宜人,自己早已是"虽不能至,心向往之"了。今天实地看了北沟,更是加深了他的这种认识,特别是南川的领导礼贤下士,让恒久公司和他本人深受感动。他相信,本着互惠互利的原则,只要双方求同存异,就一定能不虚此行,大有收获。愿友谊长青,合作愉快!

…………

第二天,翟文浩离开南川,留下了一位副总,一位项目策划部的人员,以及特聘专家与南川县、大峪乡进一步洽谈。谈判桌上,双方你来我往,如针尖对麦芒。经过三天的反复磋商,基本达成了共识。

恒久公司回到温州四天后,正式向大峪乡发来传真,大意是,恒久公司拟在五年内投资一亿元,按照详规负责景区内的建设,同时具有三十年的景区经营权。三十年后,景区内的所有投资无偿划归北沟景区管委会。但是,条件是:

1.南川县应成立北沟景区开发建设管委会,成为恒久公司的合作方。

2.大峪乡应在年内配套建设省道至北沟风景区的道路,并对道路两侧进行高标准绿化。

3.景区内的二十多户散住农户,由大峪乡负责迁出景区统一安置。

4.公司在景区内建设三星级宾馆一座,大峪乡应无偿提供用地。

5.在拥有经营权的三十年之内,门票价格由恒久公司自行确定,收益归恒久公司,按规定上缴税收。

…………

大峪乡的几个领导碰了碰头,认为对方的条件大致可行,但对于三十年后宾馆的所有权问题未予明确,认为应当一并无偿划归景区管委会。另外,门票能否与管委会分成,三七或者二八都行。成立管委会,也需要县委、县政府批准行文。于是,乡里把传真以及乡里的意见上报给了县里。

县里高度重视,为此专门召开县政府常务办公会。会议决定:

1.总体上同意恒久公司的合作意向,具体由县招商办对合作协议进行审核把关;

2.报请县委同意,成立南川县北沟景区开发建设管委会,属正科级事业单位,暂由大峪乡党委、政府代管。原则上,管委会党工委书记、管委会主任由大峪乡党委书记、乡长兼任,同时增加大峪乡党政班子职数,配备一名专职管委会副主任,管委会人员编制十人,从乡机关编制中调剂;

3.配套道路建设、农户拆迁由大峪乡负责。结合农户拆迁,大峪乡应综合考虑景区外的风情小镇建设及农家乐的发展,以解决群众就业和增加收入的问题;

4.同意大峪乡提出的门票分成及宾馆将来的归属权的意见,具体与恒久公司进一步洽谈商榷;

5.门票应接受县物价局的监管。

大峪乡把县政府的意见传真给了恒久公司。过了一天,恒久公司回复:

第一,三十年后,宾馆的归属权不变;第二,不存在门票的分成问题,门票收入完全归恒久公司,以便逐年收回景区内的投资;第三,门票必须由恒久公司自主定价。

收到恒久公司的回复,魏金国、柳占奎和老马等紧急碰头后,再次向恒久公司回复传真,询问他们能否对县里的意见再考虑考虑。

一天过去了,两天过去了……过了一个星期,恒久公司如同从人间蒸发了一般,大峪乡的问询石沉大海,杳无音讯。虽然只有短短的一星期,但对于大峪乡来说,就像过了数年,老马给翟文浩打电话,总是占线;又给副总打电话,没人接。他们几个人备受煎熬,急得像热锅上的蚂蚁。向县里汇报之后,魏金国、关景亮、老马和陈进庆四人从省城坐火车再下温州。

火车上,几个人对恒久公司由热变冷的缘故猜测了一路,也没琢磨透。

关景亮说:"招商引资=经济要素+投资力×投资欲望系数。按理说,恒久公司有投资实力,翟总考察时也兴致盎然,投资欲望也不低,怎么会突然来了个一百八十度的急转弯?"

老马问:"经济要素主要指什么?"

"经济要素=土地资源+基础设施+知识产权+优惠政策+历史文化+人文环境+民风民俗+政府部门的服务质量。"

魏金国说:"基础设施我们也承诺给他们配套修路,优惠政策不是正在洽谈嘛,其他的几个要素,自我感觉也差不多呀,真是奇了怪呀。"

老马说:"关主任,你是专家,你说说,谈判时应当注意些什么?"

"关键要有良好的心态,抱着尊重与信任的态度,明确谈判的目标,有清醒的自我认知,耐心地倾听对手,真诚地肯定对手。大致上就是这些吧。"

…………

车到终点站温州,已是华灯初上。几个人摸到恒久公司总部附近,找了家宾馆住下。

一夜无话。第二天,他们早早来到公司。不巧的是,翟文浩出差在外地,明日方回。公关部经理杨帅把他们让进接待室。

魏金国试探着问:"杨经理,翟总回来后感觉怎么样? 我们的意见公司考虑成熟了没有?"

"公关部只是公司的接待部门,重大投资是决策层的事儿,我还真不知道。"

…………

时近中午,杨帅要安排午餐。

魏金国诚心诚意地说:"你上次鞍前马后搞服务,我们非常感动,很过意不去。如果看得起,今天中午千万别推辞,咱们一起吃个便饭。"

杨帅也不好拒绝,几个人就来到公司附近的一家饭店。点了菜,他们边吃边聊。其间,上了一条清蒸鲈鱼,吃了一半,陈进庆拿起一双公筷,夹起鱼就要翻。小杨制止道:"陈主任,千万别!"

几个人都愣住了。

小杨解释说:"在我们温州,很忌讳翻鱼,翻鱼意味着翻船。你看,上桌的鱼都是鱼头朝里,表示鱼往里游,意味着财富往里进。在饭桌上不能将鱼翻身。在温州话中,鱼与船谐音,翻鱼即为'翻船',是一大忌。"

"噢!"几个人幡然大悟。

小杨进一步解释道:"我们温州人很讲究谐音。比如,喜欢数字 8,谐音是发,意味着发财;又比如,打牌只要摸到北风,随手就打出去,谐音是'背',手气背、生意背,不吉利……"

说到这儿,小杨似乎意识到什么,收住了话题。

老马、魏金国、关景亮等相互会意地对视了一眼。

小杨略显尴尬,说:"时间不早了,我也该回公司上班了。"

回宾馆的路上,一伙人不约而同地说:原来如此啊!

关主任说,这方面早有案例啊。某年,美国一家洗发水公司研发了一种专门改善中亚居民干燥发质的产品。然而,这款洗发水的名字翻译成当地语言时,发音与"老鼠"很像。当地人每次用洗发水时,都会有一种"把老鼠倒在头发里"的感觉,这让人很难接受,产品遭受了冷遇。后来仅仅是改了个名字,重新进行了包装,销售问题就顺理成章地解决啦。

陈进庆也大有感触:"哎,这就像该登机了,送行的说'祝你一路顺风'一样。"

魏金国忧心如焚,说:"症结倒是找到了,可是,对症下什么药呢?"

几个人都成了闷嘴葫芦,默不作声。

第四十九章

几人正无计可施，老马揣度着说："翟总在风水方面最信服潘老，这剂解药也许潘教授能开得出？"

魏金国一拍额头："人到事中迷呀，为啥没想到这一层呢。快，给潘教授打电话。"

"我和潘老也不熟，让我同学大山说说看。"

于是，老马给大山拨了电话，把事情叙说了一遍，请他给潘教授求求情，也许能有转机。

过了一个多小时，大山回电说，潘教授自有妙招，让他们一行明天如约面见翟文浩，若他真的是因此望而却步，就不妨当场拨通电话，他自会鼎力相助。

老马心里没底，就追问潘教授有何高招？

大山说，他也问了，潘老好像正忙着呢，没细解释，只是开玩笑说，这是锦囊妙计，天机不可泄露，届时你们自然就会顿悟。

几个人在惴惴不安中又熬过了一个不眠之夜。

第二天上午，几个人按照约定的时间提前等候在翟文浩的办公室。

八点半钟，翟文浩迈着矫健的步伐准时到来。一见面，他向大家道歉说，自己出差在外，让大家久等了。

客气了几句之后，关主任先开了口："翟总，我们县已经将北沟风景区开发建设项目列入了重大招商项目之中，县政府已经批准成立了景区管委会。不知贵公司的最终意见定下来没有，我们一直期盼着佳音哪。"

翟总略显尴尬，说："我们公司也颇为看好这一项目，但贵县的个别条件有些苛刻。比如，三十年后宾馆的所有权问题，以及门票价格的问题等。项目历来以追求利润为首要目标。恒久投资一个亿，第一期的投资就达三千万，前期的效益如何，我们还需进一步论证。"

魏金国诚恳地说："翟总，这次来之前，县里委托我们几人全权与贵公司协商合作事宜。您所提的两项都有协商的余地，可以考虑宾馆三十年后仍归恒久，也可以考虑公司的自主定价问题。"

翟总似乎有些走神儿："具体问题，你们与公司负责项目规划的副总商洽吧。"

老马看出了问题所在，诚挚地说："尊敬的翟总，我们神都有句谚语叫强扭的瓜不甜。大峪乡的确很穷，就像久旱的麦苗盼望着甘霖一样期待着恒久公司的投资。翟总您一定知道，按照国家的政策，旅游景区不能交给企业管理，不能以委托经营、租赁经营、经营权转让等方式将风景区规划管理和资源保护监管的职责交给企业承担。我们大峪乡乃至南川县为了与您合作，也可以说是冒天下之大不韪，见了绿灯抢着走，见了红灯绕着走，顶着违反政策的风险，把北沟上报成尚未开发且不具备开发条件的荒山荒沟。为了打政策的擦边球，我们忍气吞声，硬是把'白雪公主'打扮成了'灰姑娘'。其实，北沟清水出芙蓉，天然去雕饰，您已考察过，正如您亲口所说，北沟如同大家闺秀，只是久居绣楼，众人未识而已。它天生丽质，浓妆淡抹总相宜，打个未必恰当的比方，它就像还没走出湘西的宋祖英。翟总您也未必需要投资一个亿，只要有了基本的旅游条件，就可以事半功倍，立竿见影。我记得翟总您有句名言：世上不缺商机，而是缺少发现。这一送上门来的商机，可以说是百年难遇。俗话说，皇帝的女儿不愁嫁。北沟虽说不是皇帝的女儿，但也真的不愁嫁。阿基米德说，给我一个支点，我就能撬动地球。翟总，北沟也许就是您的支点。我相信您的眼光！我也更相信我的眼光，不会看错人!"

千人之诺诺,不如一士之谔谔。此时此刻的老马,活脱脱就是当年渑池会上那位据理力争、不卑不亢请秦王击缶的蔺相如!他这一番慷慨陈词,一气呵成,如黄钟大吕,余音袅袅。

好几分钟过去了,办公室里静得落针可闻,众人的目光聚向翟文浩。

翟文浩"噌"地站起身,盯着老马,冷峻地说:"马书记,你不愧来自中原大地,颇有苏秦张仪之风呀。是的,我的确说过,北沟如同大家闺秀,我也的确有句名言,商机靠的是善于发现的眼睛。然而你可能不知道,我还相信一句话叫天意不可违。"

老马平心静气地说:"翟总,您所说的天意,恕我直言,不就是北沟谐音'背沟'吗?"

"既然你点了题,我也不妨打开天窗说亮话。这的确是我的后顾之忧。"

"翟总,这只是咱们温州的风俗习惯而已。北京,也带有北字,不照样作为首善之都嘛。"

"马书记,少安毋躁。你只知其一,不知其二啊。是的,温州做生意的人都很在意谐音。既然你提到了北京,我也就班门弄斧一番,抠抠字眼。诸位来自神都,当然知道东汉的许慎。按照他所著《说文解字》的注解,北,最开始并不当北方讲,作为一个象形文字,它是两人相背之意。人总是喜阳而恶阴,爱温而畏寒,所以,人总是正面朝阳,背面朝阴居住。久而久之,我们的祖先把经常背对的方向命名为北,从此北才表示方位。在古代部族间发生战争的时候,战败的一方总是背转身逃跑,从此有了败北一词。总之,北,就是败之意。试问,有明知要败还情愿往阴沟里跳的生意人吗?"

几个人听罢,个个瞠目结舌。真没想到,翟文浩是这样一位粗中有细的儒商,对"北"字如此追根溯源,煞费苦心。

"翟总的博学与敬业令人钦佩,但您的担忧潘老早有所虑,已胸有成竹。您何不听听他的意见？"

"噢？"翟文浩稍显意外。

老马拨通潘教授的电话，寒暄了两句之后，把电话递给了翟文浩。

翟文浩半信半疑，接过电话。只见他时而洗耳恭听，时而点头应答，最后，一直紧锁的眉头渐渐舒展开来。

挂了电话，他思索了几分钟，爽快地说："从现在起，北沟就改名为燕子谷，所有的文本、文件中都不要再出现北沟这一地名。至于具体的合作意见，明天你们与公司副总详细洽谈，我会做进一步的安排。预祝我们合作愉快！"

说着，他起身送客。

回到宾馆，陈进庆忍不住问："潘教授到底用了啥高招，让翟总回心转意，而且还莫名其妙叫什么燕子谷，真有意思呀。"

关主任笑笑说："陈主任，这就叫道高一尺魔高一丈嘛。你们魏书记是教书先儿出身，让他给你批解批解。"

魏金国说："潘教授不仅是研究旅游学的学者，要我说，他在文字学上也是个专家。我猜猜看啊：燕字，上面像山，下面有水，冲开了'北'运，就是出口。唉，行家一出手，就知有没有，不服不行啊！"

关主任附和道："潘教授四两拨千斤，妙手回春，马老兄出口成章，也让我感佩不已呀。你与翟总的过招，龙腾虎跃，上翻下飞，俺们几个一惊一乍，仿佛坐过山车一般，心都揪成了一团儿。魏书记，等马老兄帮扶期满，干脆来我们招商办吧，真是人才！"

"关主任，这我可当不了家。何况，大峪乡也离不了马老兄呀。"

老马谦虚地回道："翟总能一改故辙，全赖潘教授回天之力呀。愚兄绵力薄才，无非精诚所至，金石为开而已。"

…………

第二天，几个人在恒久公司与副总等人整整谈了一天，就双方关心的几个问题，求同存异，草签了合作意向。之后，他们没顾上喘气就返回了神都。

向县里汇报之后，燕子谷的名称正式确定了下来；承诺给恒久公司配套的道路也开始动工，预计半年之后即可通车；恒久公司投资的三星级酒店占地也协调到位了；燕子谷景区管委会人员已调剂配齐，暂时在尚沟村委会挂牌办公，副乡长彭大牛任景区管委会专职副主任。上级考虑到老马是挂职干部，遂让其任景区管工委副书记，协助彭大牛工作。

在"噼噼啪啪"的鞭炮声中，景区管委会挂了牌。景区内二十余户农宅的拆迁安置成了当务之急。按照分工，老马负责继续做好与省农大的对接，规划建设风情小镇，用于安置动迁群众，并鼓励尚沟村其他农户搬到风情小镇居住。

风情小镇的规划出来了，选址在燕子谷的入口处。从平面设计图、鸟瞰图上看，每家每户都是四合小院，二层联排，马头墙，小青瓦，徽派风格；整个小镇与周边环境和谐统一，相互辉映。大家品评着业已绘就的蓝图，仿佛看到了小镇的明天，个个信心倍增。

然而，规划想化为现实，还有许多工作要做。人叫人动人不动，政策调动积极性。确定的政策，必须调动两群人的积极性。一是通过对景区内拆迁户的合理补偿，让大家基本上不贴钱就能搬出来；另一个是引导非拆迁户中有经济能力的农户，到小镇上安家落户，聚集人气，发展农家乐。

经过实地调查拆迁户现状，确定的拆迁安置政策是：按大峪乡当地建房成本测算，砖木结构的房子，每户按四万元补偿；砖混结构的房子，一层的按六万元、两层的按八万元予以拆迁补偿。按照新的规划设计，三个月内自行建设新的住宅，迁入新宅后，彻底拆除老宅。同时，对于家中有两个子女以上，且其中一个子女年满十八岁，具备分户条件的非拆迁农户，鼓励其在风情小镇按照统一设计的风格，自行在建设期限内建设新宅。

乡里在尚沟小学召开拆迁建设动员会。印着规划效果图等内容的展板在校园里一字排开，引人注目。校园里人声鼎沸，涉不涉及拆迁的人都很心动。看着漂亮的小洋楼,谁能做到坐怀不乱呢?

会议安排在一个大教室,有一半人站在教室后面,门口和窗户外也挤满了群众。会议开始前,与会者议论纷纷,一开始,大家都自觉屏息凝神,会场安静极了。参加工作以来,老马开过的会不计其数,这是会场纪律最好的一次。

彭大牛宣读了拆迁安置政策之后,魏金国讲话。他重点引导拆迁户认识建设燕子谷风景区的意义,妥善处理眼前利益与长远利益的关系,舍小家为大家,尽快搬迁,脱贫致富。他引用杜甫的诗句"泥融飞燕子,沙暖睡鸳鸯",展望燕子谷风景区建成后的美好前景,鼓励群众汇聚风情小镇。

他最后鼓动说:"机不可失,时不再来。过了这村,就没这店啦。"

拆迁开始了。

拆迁,众所周知,是当下第一难的工作。景区办和乡机关的同志加上村干部,每人都分包的有拆迁户。经过半个多月的宣传发动,多数群众都能理解并支持政策。但其中有个村民叫尚扭蛋,还有他的两个儿子尚大强和尚小强,顶得死死的。分包这一户的工作人员是景区办的韩明辉和党政办的小徐,俩人多次登门,耐心解疑释惑,但依然针插不进,水泼不进。而且,他的两个儿子还放出狠话来:"拆迁必须自愿,再逼我们就浇上汽油自焚!"

听了韩明辉的汇报,乡里的领导都皱起了眉头。拆迁陷入了僵局。

第五十章

回到乡里,太阳已经落山了。入了秋,天已昼短夜长。望望窗外微黑的天幕,老马不禁为这家钉子户犯起愁来。过去,只听说过城市拆迁中有钉子户,没想到偏僻乡村里也依然如此。看来,人性使然,不分城乡呀。

平心而论,这次的政策,充分考虑了动迁农户的利益。更何况,拆迁是为了建景区,让群众发展农家乐,但还是有人把这当作一次发财的机会。不能小瞧这一钉子户。多数群众在羊群效应中都朝前走了,关键是如何解决好这剩下的百分之一呀。这一户,就像木桶原理中的那块短板。一户不拆,就等于其他的二十多户都没拆。一百减一不等于九十九,而是等于零!

得打通最后一公里!

想到这儿,他把小徐喊来:"把明辉叫来,咱仨一块去喝个酒,再聊聊尚扭蛋家的情况。"

"明辉回家啦,他在望良乡住呢。另外,明辉戒酒好几年啦。"

"哦。他身体有毛病?"

"他身体棒着呢。这戒酒呀,都是那个老上访户卜安生给闹的。"

"咋回事嘛,我怎么越听越糊涂。"

小徐说,马书记,你听我慢慢说——

明辉今年三十多岁,他爸在望良乡派出所工作,他妈在望良乡一所学校当老师。都说警察和教师的孩子犯罪率最低，一点儿也不假。为啥？秃子头上的虱子——明摆着嘛。警察开口就说什么行为是违法的，是过线的，孩子生来就循规蹈矩；老师教育孩子，正能量多，从小就耳濡目染呀。所以，明辉这人正直、实在，干啥事都丁是丁，卯是卯。这种人现在吃不开，有时候还受窝囊气。

就说戒酒这事儿吧。他前些年跟着于海洋在咱信访办工作。有一年全国两会期间，县里下了死命令，要求排查出来的重访户必须死看硬守，稳控在当地。卜安生自然是全县稳控的重点对象之一。

乡里把这任务压给了信访办。信访办总共四个人，俩人一天，轮流值班，与卜安生形影不离。有一天晚上，轮到了韩明辉。白天吧，好对付，一到晚上，冻得人瑟瑟发抖，一直站在他家大门外也不是个事儿。他就自掏腰包买来酒菜，与卜安生喝酒。他想，把卜安生喝晕了，他就跑不了嘛。

谁知，卜安生这家伙鬼精鬼精的。与明辉坐到桌上，嘴上抹了蜜似的："小韩呀，大冷的天，后几天就别站在外面啦，屋里暖和呀。你们也不易，你放一百个心，我不会让你为难的。来，喝！"明辉心里挺高兴，觉得以情真能感人哩。于是，就放开了与卜安生喝。也不知卜安生咋捣的鬼，喝着喝着就把明辉给灌晕了。天快明时，他一睁眼，哪还有卜安生的影子！

卜安生连夜跑了，而且没去神都，反而搭了一辆便车出其不意地去了南宛，从南宛进了京。那一年两会期间，全市就这一起越级上访的事。市里县里层层追究，当时的书记乡长都挨了处分。这么大个人，硬是让上访户给耍了，明辉心里那个悔呀，几天都没出房门。从那以后，他把酒给戒啦。

明辉还有个特点，就是讲原则。当然，从另一个角度说，就是不善变通。大前年秋季禁烧包村，明辉包的是竹园村。乡里为了调动各村的积极性，出台了个奖励政策：对没有焚烧秸秆的村的支书和村主任各奖励五百元，发生一起各扣一百元，工作结束后，由包村干部造表发放。

禁烧结束了，明辉与竹园支书的矛盾也出来了。其间，明辉发现了一起火情，就扣了支书一百元。支书说，别人又不知道这事儿，你睁一只眼闭一只眼不就过去啦。可是，明辉偏偏就是死倔。最让支书气恼的是，他是支书、村主任一肩挑，说，各扣我一百元也认了，可应该给我发八百元呀。但明辉认为，只能发四百元，他说，乡里的奖励对的是支书和村主任两个人，而你是一个人，怎么能领两个人的钱？就这样把这个支书给得罪了，到现在也不和明辉说话。

"小徐，先不扯那么远。你详细说说，你和明辉与尚扭蛋的两个孩子直接谈的情况。"

"好，马书记。这一家真是难缠呀——

"尚扭蛋，六十八岁，两个孩子。大儿子尚大强，四十六岁，在神都市一家大饭店当大厨；小儿子尚小强，四十一岁，在神都市开出租车。两个儿子都成了家，儿媳和孩子们都跟着在神都市打工、上学。尚扭蛋的宅基地是个老院子，四分多地。前些年，给两个儿子分了家，清宅时，他把宅基地一分为二，换发成两个宅基证，户主变更成了尚大强和尚小强。

"尚扭蛋本人老实巴交，也知道开发燕子谷是大好事。但儿大不由爹，电话中把拆迁安置的事儿一说，俩儿子几乎同样的反应：六万元？打劫呀？爹，说啥也不行，户主可是我，有啥来找我说！

"没办法，我俩就跑到神都市区，分别找这兄弟俩。他们见了我俩，如同斗牛看到红布一般激动。尚大强说，在神都市，拆一平方都三千多块，我的房子至少也有二百平方，能算五六十万，六万元简直就是打发叫花子嘛。我俩说，尚沟村怎么能跟神都市比，地域地段不同嘛，如果你的房子在上海或在北京，那就不是三千多一平方了，恐怕三万元也不止吧。尚小强说，我不想在风情小镇安置，拆我房子可以，我也不漫天要价，给我一百万，我净身出户，在神都市买房子。不给钱也行，要么你们在神都给我买套现房，国家不是鼓励城市化吗？我这是以实际行动响应国家号召呢。明辉说，你开口就要一百万，有什么依据？尚小强说，依据就是神都市的房价，你们打听一下，在神都买一套房子带装修，没有一百万能拿得下来吗？弄得我俩灰头灰脸。说着说着，我急了，就说，按照规定，政府可以组织强制拆迁。尚小强根本不买账，说，你别吓唬小孩子，国家有《物权法》，我的房产受法律保护。你们敢强拆，我就在网络媒体上给你们曝光。唉，我俩腿也没少跑，但每次都是无功而返呀。"

听了小徐的一番诉苦，老马的心头更沉重了。

第二天一上班，魏金国就喊老马进县城，说县委办通知，郭平江书记要听燕子谷景区建设的进展情况汇报，还专门点名让他也参加。

魏金国开玩笑说："恭喜呀，老兄，特意叫你，这说明郭书记已注意到你啦。和书记熟不熟？"

"说起来还真是惭愧，我来咱这儿快一年了，认识的县领导，只有副县长周永泰，还是去温州招商那一次认识的。和葛县长就见过一面，搭过两句腔，还是他来现场办公那次的事儿，恐怕领导早就没啥印象啦。至于郭书记，嘿嘿，我还真不认识。"

"看来，咱们都是只知道低头拉车，不知道抬头看路的犟驴呀。一会儿见了郭书记，我把这家钉子户的情况汇报一下，请求县里支持，实在不行就得强拆。你呢，重点说说招商和规划的情况，我估计，郭书记叫上你就是想了解这事儿。"

"好，我听你安排。"

到了县城，车子缓缓驶进了县委大院。俩人上了六楼，到县委办公室找到郭书记的秘书小叶。

小叶，叫叶有成，近三十岁，人小鬼大，八面玲珑。见了他俩，小叶说："魏书记，你简直就是能掐会算的诸葛孔明呀，来得早不如来得巧。郭书记到城关镇调研刚回来，他前脚进了办公室，您后脚踏着点儿就到了，这会儿恰好没人，我进去通报一声。"

魏书记笑着说："都说'大咪咪'说话甜蜜蜜，跟着大领导就是不一样，不像俺们这些土包子，只会干不会说。我俩可不敢贸然打扰郭书记,还得烦劳大秘你啊。"

叶有成笑着转身去了对面的书记办公室。

"大咪咪",是乡镇、县直委局里的人给叶有成起的绰号,虽说有戏谑之意,但也恰如其分。"大咪咪",是相对于"二咪咪"而言的,县长的秘书是"二咪咪"。俗一点儿说,"咪咪"虽说不是头头脑脑,也不能代替头脑,但靠近"心脏",位置重要,不可小觑呀。譬如,要见书记,得先见"大咪咪",方知领导这一会儿是不是有空,心情是不是好,等等。

刚开始,有人这样和小叶开玩笑,他还有些跟人急。久而久之,他也只好默认了。只有一次,在一个酒场儿上,有个小委局的局长不知深浅,当着一桌人的面,讲起了中央台的一档直播节目,其中一期是考验夫妻之间的默契度,让妻子描述,丈夫猜谜底。主持人的谜底是"馒头",妻子描述说"白白的,圆圆的,你昨天晚上刚吃过",丈夫不假思索道:"大咪咪!"主持人和现场观众当场笑翻。这太有失大雅了,录播播放时,这段被删了。显然,在那种场合下,绘声绘色地讲这故事,开的玩笑有些大了。叶秘书再也不顾涵养,拂袖而去,弄得一桌人异常尴尬,不欢而散……

"魏书记,快进去吧。"小叶抱着一大摞文件说。

进了郭书记办公室,魏金国赶紧介绍:"郭书记,这是扶贫的副书记马德胜同志。"

"金国啊,你是拐弯抹角说我官僚主义吧? 德胜同志现在是咱县里的名人,还用介绍吗?"

老马连忙站起身,有些不知所措。

郭平江示意老马坐下,他看看表,说:"十一点县委还有个常委会,只有二十多分钟时间。你们把景区的情况说说。"

魏金国把拆迁的情况以及下一步的打算做了汇报。

"我不太赞成强拆,金国。"郭平江听完,态度十分明朗,"拆迁是为了绝大多数群众的利益,为了老百姓能够脱贫致富,而且制定的安置政策也比较合理,应立足于做思想工作。"

"可思想工作也不是万能的呀。"魏金国委屈地说,"我们的工作人员腿都跑成麻秆儿啦,尚扭蛋家的门槛都踢烂啦,可是他的俩儿子依然蛮横呀。"

"强拆是没有办法的办法,是下下策。"郭平江严肃地说,"金国,强拆很容易,组织公安、法院等力量上去就行了,但是你想过没有,这样就把这户群众推到了党委政府的对立面去了,我们建景区的初衷并非如此呀。不能因为走得太远,而忘了当初为什么出发!"

"那怎么办呢?郭书记,拆迁就停下来?燕子谷不再搞了?"

"当然要搞!这样,明天就让段红星去你那里报到。你放心,他准有办法。"

老马把规划和招商的工作做了简要汇报,俩人就起身告辞了。

郭平江提到的段红星,是县建设局常务副局长,四十多岁,是县里有名的拆迁专家。前些年,县城扩建时,拆迁城关镇上百户民宅,什么疑难杂症都有,但段红星最终顺利地搞定了一切。

当时有一家拆迁户,是段红星的小学同学,因为有了这层关系,就让他领了两名同志分包这一户。段红星知道,他这同学,脑子一根筋,黑红不听,就先派工作人员接触,半个多月也没见效果。这同学在县城卖露天烧烤,白天躲着见不到人,到了晚上,工作人员一边帮着他卖烧烤,一边软磨硬泡,可依然劳而无功。

段红星出马了,陪他去的有工商、食品安全、卫生、税务等部门的人。老段说,你干了这么多年,没办证,也不缴税,算算罚款,都能让你倾家荡产哩。咱俩是同学,我给你拦下了,你说这事咋办?

同学心里打起了退堂鼓,可嘴依然很硬,说,别逼我,再逼我就自焚给你们看。

老段说,你若是真生下了这心,我也拦不住你。不过,你得想明白了再往身上浇汽油。

同学说,我早就想明白了,这么多年我才积攒起这小楼,必须按我说的赔,否则,免提。

老段说，我给你分析分析自焚后的结局：你走了，你媳妇还年轻，肯定要改嫁呀。再招个上门女婿，住着政府盖的新安置房，花着你家的赔偿金，喝着小酒，哪天气不顺了，再打着你才上五年级的孩子撒撒气。唉，你说，你是图啥哩？

说到这儿，同学无言应对。过了两天，居然就签了拆迁协议。

这件事儿一传十十传百，传成了南川拆迁的神话，让段红星有了"专家"的美誉。

不过，这都是前几年的事儿了。对尚扭蛋一家，如法炮制，岂能管用？

魏金国和老马心里不由打了个大大的问号。

第五十一章

段红星出差了，得一周后才能回来。拆迁只得暂时搁置起来。

已签订拆迁协议以及准备落户到风情小镇的农户都忙着买砖、沙、石灰、水泥等建筑材料，运送的车辆和拖拉机"突突突"地来回奔忙，尚沟村北俨然成了一个繁忙的大工地。因建筑材料的堆放，建房户纷争不断，乡村干部不得不忙着现场协调。这天下午，老马刚调解完一宗纠纷，接到了樊欣雨打来的电话。他颇感意外，自己和高中的女同学联系不多，与樊欣雨更是没有直接通过话。

樊欣雨说，下一周，她要结婚了，请大家喝喜酒。地点在永长大酒店。他心里一惊：这不是罗利军前几个月结婚举行仪式的酒店吗？

"祝贺你啦，班花，谁这么有福，采走了我们的花魁呀？"

"嘻嘻，到时候你自然就知道啦。"

老马好生奇怪，就忍不住给杜秋霞打了个电话："樊欣雨又结婚啦？丈夫是不是咱同学？"

"嘿嘿，不光不是咱同学，还不是咱同胞哩。"

"噢？跨国婚姻呀，嫁到了外国？领证也不用找你了嘛。"

"是呀。欣雨这次可是啃到了甘蔗中间的那一截呀。"

从接下来杜秋霞断断续续的描述中，他了解了故事的梗概：

前几年樊欣雨就离婚了，铁了心一直在等罗利军。在她看来，"过错，是短暂的遗憾；错过，是永远的遗憾"，她已经错过一次，不能再错过第二次。落花有意,流水无情。罗利军与于静静的结合,让同学们大跌眼镜,更是当头浇了樊欣雨一盆冰水。她没有想到,自己只是一个"候补队员",不,只是一名在不为人注意的角落里的观众。

在刚听到这一消息的那几天里,她怎么舔舐都无法愈合心头的伤痕,就像汪国真总结的那样——"最响的是没有声音的响,最痛的是没有伤口的伤。"过了一段时间,终于结起了硬硬的壳。那壳里面,禁锢着真实的孤独的自己,以及希望破灭后的屈辱与不甘。

时间是治疗心灵创伤的大师,但绝不是解决问题的高手。痛彻心扉之余,她毫不犹豫地在"芳草"征婚网站上注册了会员。正如这家网站的广告语一样:天涯何处无芳草,天下谁人不识君?她对男方提出的条件是:外籍,老板。为此,她缴了一万六的年费,成为该网站的 VIP(贵宾)。可是,网站会员中符合她条件的寥若晨星。她着急了。因为她从闺蜜杜秋霞处得知,再过两个星期,罗利军就要举行婚礼了。不能让别人看笑话,这是她一贯的风格。不论是坐宝马,还是坐自行车,她都会笑着面对。时下,亟待解决的是,得有自己的座驾呀。

在她的一再催促之下,网站只能将就,给她介绍了波兰裔美籍教师 Pan Jan Siekiewicz。他五十七岁,在省城某大学教《批判性思维》。她心一横,萝卜快了不洗泥。于是,两个人见了面。

Pan 虽然快六十了,但很有绅士风度,酷似好莱坞影星布拉德·皮特,她眼前一亮,远远超出了她的预期。而那天的樊欣雨,经过精心梳妆,岁月只给她留下了成熟的风韵。

Pan 显得很激动,用半生不熟的中文赞美道:"包子! 包子! Beautiful!(漂亮)"

樊欣雨皱皱眉头:"这是咖啡馆,没有包子的。"

"No(不),褒姒,大美人。"

"你还知道褒姒?"她大为惊讶。

"我知道,我到过陕西汉中,褒姒的故乡。"

一股莫名的惊诧涌上她的心头,爱的感觉就像倒进杯子里的水,顷刻间就满了。用她后来向杜秋霞转述的话说,这是天意。两个人身隔万里,怎么就知道我的绰号是"赛褒姒"呢?难道冥冥之中,前缘已定?

俩人一见钟情,陷入热恋。

Pan 在来中国之前,与前妻离了婚,一子一女也都各自成了家。他来自中产家庭,父母是小庄园主,曾让他经营庄园。但离异的他心情差到了极点,决定暂时离开一段时间,平复自己的心绪,这时恰恰有个外教的机会。就这样,一年多前,他来到了中国,来到了中原,成为了一名外籍教师,签了两年的合同。明年六月合同到期后,他将回国。

几个月后,Pan 正式求婚,把钻石婚戒戴到了她的手指上。樊欣雨提出了两个条件:合同期满后,与他一块回美国;婚礼必须按中式举行,并在永长大酒店宴请宾客……

等杜秋霞讲完,老马的手机都直发烫。

他故意感叹:"哎呀,樊欣雨一远走高飞,何赛飞就再也没机会了,当年的情书也白写了呀。"

"欣雨不走,他也没机会。你不知道啊,上个月他辞了公职,可能觉得仕途无望吧。现在给罗利军打工呢,天天跟屁虫似的,见了罗利军点头哈腰的,樊欣雨能看上眼吗?"

"噢,没想到呀。"

…………

一周后,段红星赶到尚沟村,这一天恰好是樊欣雨的婚礼。老马只得给大山打电话,让他代自己捎上礼金,说明情况。

他和彭大牛等接住老段。老马说:"段局长,可把你盼来了。老将出马,一个顶仨。"

彭大牛也附和道:"你一来,这大强小强,都得由强变弱呀。"

段红星笑了:"当时有那种势如破竹、摧枯拉朽的拆迁大环境,我用的都是常规'武器'。现在,时过境迁,人家钉子户可是武装到牙齿啦,老革命也会遇到新问题呀。"

老段让韩明辉和小徐先把尚扭蛋儿家的户情以及做工作的经过汇

报一下。

段红星听完,说:"看来,这兄弟俩挺难缠,要当钉子户啊。钉子户往往都拿法律来说事儿。"

韩明辉说:"可不是嘛,段局长,尚小强当时拿了本《物权法》,上面画得密密麻麻,跟我们讲得头头是道。看来,他也琢磨了好长时间。"

段局长说:"总的来看,拆迁户知道用《物权法》来维护自己的合法权益,是依法治国的题中之义,是社会的宽容和时代的进步,不算坏事。"

彭大牛越听越迷糊:"什么?老段,这么说,他们还有理啦?"

"当然不是,老彭。他们的维权,只是对《物权法》的断章取义。他们忘了,里边还有一条呢,为了公共利益的需要,依照法律规定的权限和程序可以征收集体所有的土地和单位、个人的房屋及其他不动产。"

"那你还说这不算坏事哩。"

"老彭,前些年,有的地方对待钉子户有不少过激甚至野蛮的做法,特别是开发商直接参与的拆迁。记得美国作家房龙曾经说过,这并不是一个宽容的世界。正是从这种前提出发,从某种意义上说,这不算坏事。"

老马领悟道:"段局长的意思,在于普及物权的理念吧?"

"对。知道美国西雅图的信念广场吗?美国也有钉子户呀。开发商没办法,只好临时修改图纸。后来,西雅图市政府在这里建了个信念广场,宣扬的就是这种'风能进、雨能进、国王不能进'的理念。说句实在话,这种理念还真的值得我们学习与弘扬。"

段红星接着讲道:"我们现在的拆迁,一般分三种情况:一种是商业开发的拆迁,譬如,开发商的房地产开发;二是为公益事业而进行的拆迁,比如架桥修路;三是与商业开发结合,招商引资,最终是为了公共利益,就像我们燕子谷的开发。俗话说,金窝银窝不如自己的狗窝。穷家难舍,是人之常情。其实,绝大多数老百姓是拥护拆迁的。百姓对拆迁的期盼,从本质上说,是对改变现有生活境况的期盼。但是,人的欲望是无止境的,正所谓欲壑难填。过去,农民改变命运的唯一方式就是寄希望于孩子能考入大学跳出农门,彻底告别祖祖辈辈面朝黄土背朝天的生活方式。现在,拆迁成为新形势下改变生活方式的又一途径。于是,大家吃十六两,他必须吃十八两,甚至二十八两。到了最后,他心力交瘁,四顾迷茫,连自己都不知道该往哪里走,该要多少价码。"

小徐附和说:"就是,我俩问尚小强,你说得赔多少,他张嘴就说,至少也得一百万。"

"拆迁,是利益的再分配。在利益面前,有的原本和睦的家庭关系也变得紧张起来,父子成仇,兄弟反目,夫妻分飞,不一而足,传统乡土的伦理和精神大厦轰然坍塌,上演了一出出闹剧。从这方面说,这也是当代社会的悲哀啊。"段红星说。

老彭点点头:"这次拆迁中,有一户弟兄俩原来都不赡养他爹。这次一看他爹有了几万元赔偿款,俩人争着拉他爹往自己家里住呢。"

"值得一提的是,十八大之后,各地不再急功近利,不再一味地大拆大建,同时,拆迁也将逐步走上阳光、和谐、依法的轨道。"段红星接着说。

韩明辉说:"段局长,我们这次的拆迁政策都是透明的,每一步的程序都向大家公示。"

"说句实在话,我们的国情不同。比如,土地的公有制形式决定了农户的宅基地都是集体土地,不是私有土地,不能简单地去套用美国信念广场的例子。又比如,我们现在的许多基础设施项目,为的是大多数人的利益或者说是公共利益;如果为了满足极个别人的利益去损害绝大多数人的利益,项目因此而搁浅,交通因此而中断,就适得其反啦。这几年,社会上出现一种怪现象,特别是网络媒体上出现了一种舆论偏激症。当然,这不能一味地埋怨网民,毕竟前些年有刚才所说的种种拆迁乱象。你看,一条道路,只剩一家抵制拆迁,这条路几年硬是肠梗阻、卡脖子,到网上一晒,竟有不少网民盲目跟风,也不了解实际情况,对钉子户一边倒的所谓舆论支持,其实是一种非理性的行为呀。"段红星接道。

老马搭腔说:"现在,有的网络大V(身份获认证的微博意见领袖)为了利益,人为地操纵舆论,而有的网民不明真相地跟着瞎起哄。这也是尚小强为啥敢拿上网曝光来要挟我们的原因。唉,矮子看戏何曾见,都是随人说长短哪。"

老段正在这儿纵横捭阖,侃侃而谈呢,彭大牛催问:"老段,别再弯弯绕了,你直接说对这兄弟俩有啥高招。"

段红星笑笑:"谁敢横刀立马,唯我彭大将军。要不,你组织把它强拆了?"

"别拿我开涮,要强拆,还用你这专家来支招? 赶快说吧。"

"其实,我心里也还没有什么谱。今天哪,是个碰头会,也是个'会诊'。刚才你们的户情汇报,总体感觉都是皮毛,对这兄弟俩了解得不深不透。俗话说,树不倒,是因为坑太小,坑挖大了,根斩断了,自然就倒了。大家要相信,在这个世界上,一把钥匙开一把锁,锁之所以没有打开,是因为你还没找到合适的钥匙。这兄弟俩不听他爹的话,难道就不听任何人的话吗? 围绕这兄弟俩的社会关系,要摸清楚,才能按图索骥、药到病除呀。"

段红星的一番话让在场的人深受启发。老马暗暗佩服:前一段,只想到让包户同志奔波于南川与神都之间,单靠晓之以理,动之以情来完成任务,却没想到老段提示的曲线救国的工作方法。看来,干工作,不仅得实干,还得会巧干哪。

"哎——有了,我怎么把这茬事给忘啦?"大家正在思索,尚明德一拍大腿,突然喊道。

众人齐刷刷地看着尚明德。

他兴奋地说:"段局长,你真是活诸葛呀。我怎么没有想到呢。上次建学校,万院长还给咱村捐了一万块呢……"

彭大牛打断道:"现在说拆迁呢,狗腿别往羊腿上扯,这跟建校八百竿子打不着。"

老马问:"万院长是谁? 是段局长说的打开这把锁的钥匙吗?"

"彭镇长,性子咋恁急,听我慢慢说嘛。"

众人的耳朵都多了起来,等着尚明德的下文。

第五十二章

"万院长就是神都市中级人民法院刚刚退二线的常务副院长万建国啊。"

尚明德在众人不解的目光中,拉开了话茬:

老万这人呢,优缺点都很突出。优点是一身正气,刚正不阿,办事认真;缺点是办事太认真,不会巴结人。可能也是因为这,他没少吃苦头。二十世纪七十年代初,因为一桩案子,他坚持原则,秉公办案,得罪了单位里的当权派。法院的那个造反派头头把他当成眼中钉、肉中刺,用单田芳评书里的话说,必欲除之而后快。大家知道,那个年月,黑白颠倒,是非难辨。《说岳全传》里秦桧陷害岳元帅,只找了个"莫须有"的罪名。老万和岳飞差不多啊。

"我看你也成单田芳了,你以为是在说评书吗,老尚?"彭大牛不耐烦地打断他,"吃面条拣稠的捞,小巷里赶猪娃直来直去,别云山雾罩绕半天。"

彭乡长,不是我有意要绕来绕去,这都快四十年前的事儿了,孩子没娘,说来话长,不是一两句话能拎得清的嘛。

尚明德喝了口水,接着扯道:

那时候的老万不满三十岁,还是小万,血气方刚,好像是刑庭的庭长。当权派的头头对他恨之入骨,就找碴儿把他发配到咱这儿劳动改造,接受贫下中农再教育。经过这场风波,老万到咱村的时候萎靡不振,就像被火熏烤过的葱管。当时我是支部副书记,村支部经过研究,把他安排在尚扭蛋家,吃住在一块。那年月,咱农民都填不饱肚子,特别是到了春天,旧粮吃完了,新粮没下来,漫长的春荒靠的是河沟里的水芹菜,树上的柳芽、洋槐花、梧桐花,还有山上的野菜填饱肚子,那过的是啥日子呀。

咱农民都是实诚人,你别看尚扭蛋几脚也踢不出一个屁来,可这人心眼好。也许,咱农民的思想觉悟不高,在庄稼人的眼里,分不清什么无产阶级、资产阶级,只知道一个朴素的道理,不能让人饿肚子,人命关着天哩。更何况,老万是城里来的,哪怕是下放改造,大小也是个干部呀,投到咱门上来,谁没个落难的时候呢?人们常说,落地的凤凰不如鸡。在扭蛋一家人看来,老万就是一只落在他家的城里凤凰。对待弱者,不能像上面要求的那样,"再踏上一只脚,让他永世不得翻身",那是落井下石的昧良心人才能干出的事儿。

老万过去没干过农活,刚开始没几天,手上就磨出了血泡。扭蛋两口子看在眼里,急在心头。晚上收了工,扭蛋媳妇给老万挑着血泡,扭蛋在一旁"吧嗒吧嗒"抽着旱烟开导他:生产队的活是老母猪活,悠着点儿干就行了,靠你一个人卖命,就能把共产主义给实现啦?了解你身世的,知道你心里有气没处撒,不了解的,还以为你是个二百五、愣头青呢。人的路呀,可比这黑夜漫长得多哩,凡事看得开些。你好在还是个公家人,吃商品粮哩,只是个暂时落难的公子,就像豫剧《柜中缘》中的二公子岳雷嘛。货比货得扔,人比人得死。要是和你比,生在这穷山沟沟里,娘胎里带来的就是个受穷挨饿的苦命,俺不得死几回啊。世上的路,哪会都是阳关大道?你也看到了,多的是山上的羊肠小路,绳子样弯弯曲曲……

俗话说,对己要俭省,待客要丰盈。看着老万日渐瘦削的身板,扭蛋一家省吃俭用,对老万却慷慨得很。到了最揭不开锅的时候,扭蛋家把留着过年的白面都拿了出来,大强小强像两只馋嘴的小猫围着锅台转,涎水流得足足有三尺长,这个一根筋的扭蛋,就是不让他兄弟俩沾边。老万打心眼里过意不去。扭蛋说,咱山里人,命硬着哩,凑凑合合就是一顿,你不行,城里人的命主贵着哩,就像温室里的秧苗,一天缺水就蔫了叶儿呀。

哎,你说这人吧,富有时,你三天一小宴五日一大宴像当年曹操敬关羽那样大鱼大肉请着他,人家也未必稀罕未必领情哩;可是,当他溺水沉底的那一瞬间,就是伸过去一根稻草救了命,他能感激你一辈子呀。这老万在咱尚沟这五六年,对扭蛋一家的感情深着呢,有多深?像咱北沟,噢,说顺嘴了,像咱燕子谷里黑龙潭的水一样深不见底哪。

老人们常说,山不转水转。粉碎了"四人帮",法院的那个造反派头头也下了台,老万的冤假错案得到了平反,他终于重见天日啦。老万走的那天,村里敲锣打鼓,扭蛋一家与他抱头痛哭,难分难舍。也难怪哩,人是有感情的动物嘛。老万老泪纵横,准确地说,是年轻的泪纵横,老万动容地说,大哥,我还会经常回来看你们的,你一家的大恩大德,建国永世难忘哪。

就这样,老万挥泪回到了神都,回到了法院原来的岗位上。本来,他是个有文化的人,人品上又响当当没的说,没出三年就被提拔了,一步步干到了常务副院长。老万这人有良心,不论官当得有多大,每年都要回咱村看看,把这里当成了他的第二个老家哩。他每次坐着小车回来,从来都是一到村口就下车,一路上,手里拿着好烟,见了谁都是哥长叔短地敬上,没一点儿官架子呀。当然,还给扭蛋儿家捎着大包小包的东西哩。乡亲们都感叹说,恶有恶报,善有善报,不是不报,时辰未到。你瞧瞧,人家扭蛋家不是这样修来了善果?

刚回神都那几年,老万总是劝扭蛋儿,知识改变人生,再难也要支持两个孩子把书念完,无论如何都要供他们走出大山。他拿出微薄的工资,给扭蛋家寄钱,给大强小强买课外书。虽说这两个孩子没考上大学,但也算是咱村里有文化的年轻人。他俩长大后,先后到神都市打工,老万又帮着找工作,没少费心劳神。

这兄弟俩虽说出自咱这山沟,在市里面人生地不熟,但有个法院院长叔,腰杆子硬了许多。我估摸着,这次拆迁,他俩敢当面鼓对面锣,明目张胆跟乡里、村里叫板,恐怕也是仗着老万这一层哩。什么?退了?是退了,可是虎死不倒威啊,那个词叫什么来着?对,叫百足之虫,死而不僵啊。

"呵呵,老尚,我看你也算咱村有文化的一个了,这词儿都知道,可不瓤茬。"老马十拿九稳地说,"钥匙找到了。从明德讲的情况看,万院长肯定不知道这次燕子谷开发的事情。大强小强不过是拉大旗作虎皮罢了。老尚,万院长是个深明大义的人,你和安民明天就去一趟神都,只要见到万院长,把事情汇报清楚,他怎么会不支持第二故乡的开发建设?大强小强再强岂能不俯首听命于院长叔?彭乡长,你说呢?"

"马书记分析得对,明天你俩就动身,免得夜长梦多。"老彭也点头同意。

老马走出办公室,到大院的无人处回电话。刚才有个陌生的北京来电,几分钟内打了三次,为了不打断尚明德的话题,他悄悄地摁断了。看来电的架势,似乎有什么急事。

他回拨过去,还没响两声,听筒里传来激动的声音:"德胜,我是贾涛!"

"贾涛?手机号怎么换成北京的啦?"老马兴奋中透着意外。

"换了两年了。哎,这赖我,忘了和你们说啦。"

"怪不得呢。到北京工作了?还是……"

"是,来北京两年了。大后天,我们课题组要到神都去,只在神都待一天时间,然后就离开了。我知道,你和白雪都在神都工作,能不能联系上席慕慧和王晓霞,这么多年老同学也没见过面,想在一块聊聊。"

"可不是嘛,快三十年了呀。白雪应该能联系上她们俩。怎么这么匆忙,就一天时间?"

"没办法,课题组二十多个人呢。有任务。"

"哦。什么课题组?没法陪你逛神都的景点了呀。"

"一两句话也说不清,见面说吧。我们大后天下午四点多坐高铁到神都。你让白雪尽快联系。"

"好的,大后天见!"

挂了电话,屈指一算,大后天恰好是星期六,席慕慧和王晓霞若来,也不用请假。于是,他便给白雪说了贾涛的事儿。

白雪也颇感意外,说:"他不是在武汉地震局吗,怎么又折腾到了北京?"

"我也不清楚。他说见面了细说。还安排到老地方吧?"

"行。我现在就联系席慕和晓霞。"

贾涛毕业后回到了家乡武汉,分到了地震局,一干就是二十多年。前几年通过电话,知道他已经是总工程师了,算是同学中为数不多的能学以致用的一个。眼看都是奔五的人啦,世事真是白衣苍狗呀。

这么感叹着,老马又进了办公室。

段红星起身说:"我估摸着,一两天之内这家钉子户就不攻自破了。彭乡长,马书记,明天我就不来了。结果告诉我一声,我也好给县委交差呀。"

"谢谢啦,段局长。拆迁专家,名至实归呀!"

果然不出所料,卤水点豆腐,一物降一物。明德和安民神都之行的第二天,大强小强就回到村子里,羞愧地签了拆迁协议,然后悄然回到神都。走前留下话说,善后的事儿,他爹当家,看着处理,赔偿多少都没意见……

拔掉了尚扭蛋这家钉子户,老马想起贾涛的事儿,就赶紧回神都。白雪已经和另外俩同学联系好了,当天下午席慕驾车过来,也就两个多小时,提前赶到高铁站;王晓霞也坐高铁赶到,时间上与贾涛差不多。她让老马把吃饭的事儿安排好,在饭店等候。

星期六中午吃过饭,老马就赶到老地方餐馆。下午两点半,午餐的客人已陆续离去,厨师和服务员们正在用餐。店里装饰一新。

赵玉强满脸堆笑,说:"哥,一下去当书记,真成大忙人了,大半年也见不到你一面呀。"

"嗬,三儿,好像重新装修啦? 生意咋样?"

"还行,哥,晚上七八点是高峰时段,还得翻台呢。"

"噢。服务员大多也是新人哪。"

"是,换了。想着你在乡里忙,就没跟你说。这还不是你一下去当书记,我被逼上梁山了嘛。"

"啥? 这哪儿和哪儿呀? 跟我有啥关系?"

"关系大了,哥。你一走,我没了背靠的大树,少了好多生意,人走茶凉嘛。另外,从去年开始,上面狠刹公款吃喝,原来三天两头到咱店里来的,几个月见不到人影儿,真是惨淡经营,那个词叫门啥子雀,门前哪个什么稀。"

"门可罗雀。门前冷落鞍马稀。"

"对,哥,就是这词儿。我头发都快要愁白了,总得有个出路吧。谁知,这么一变,倒还瞎猫碰了个死耗子。嘿嘿。"

俩人说着,上了楼,进了一个小包间。服务员进来泡了壶茶。

老马说:"我和四位大学同学多年没见面,还都是从外地大老远赶过来的,安排好一点儿。"

"没问题,哥,我让他们把看家本领都使出来。"

"三儿,思路一变天地宽嘛。干事创业有时候就需要破釜沉舟的这股劲儿。"

"是呀,那段时间,我整天就琢磨怎么才能吸引大众消费。干了四五年,哥,我算是摸透了餐饮业这个行当的诀窍。装修和餐具这些硬件也很重要啊,说到餐具,是我跑到省城里挑拣回来的。过去都是常见的那几种,现在的餐具各式各样,造型五花八门,一上桌就让顾客觉得抢眼哩。"

"别跑题,简明扼要说。"

"行,这诀窍吧,概括起来,就是俩字儿:用人!"

"呵呵,你长见识了啊。我看你店里总共也就二三十个人嘛,还充大领导似的讲究用人艺术?"

"是,哥。像下棋一样,用好两个人,满盘皆活。"

"谁?"

"一个是大厨,一个是领班。"

"噢。"

"先说这大厨。现在的人,嘴都吃刁了,喜新厌旧,过个仨月半年,就必须换大厨。过一段时间,就得换换菜系,才能让人常吃常新。你看,冬天快到了,咱不光有炒菜,还得适时推出火锅。当然,咱看家的本领不能丢,有些回头客是冲着那几道招牌菜来的。"

"大厨从哪儿找?"

"挖呀。人才靠挖,挖靠重金! 原来的店给他开五千,我就开八千;别人开八千,我就开一万。市场经济嘛,重赏之下,必有勇夫。多开的月薪与挣来的效益相比,实在是毛毛雨呀。"

"倒也是这个理儿。"

"另一个是领班,领班太关键了! 首先,得长得像模像样,得找那俊俏的姑娘,像模特一样,让人看一眼就忘不掉,还想看第二眼。"

"模样周正些没错,但也不必太刻意了,开饭店毕竟不是选美嘛。"

"哥开导得是,可是,有个成语叫秀色可餐不是? 招一个漂亮的领班,在店里一站,亭亭玉立,开口一说话,温润悦耳,本身就是活广告嘛。"

"好,好,好,接着往下说你的歪理吧。"

"当然,光漂亮不行,像塑料花耐看不耐闻,还得有眼色头儿。就像《红楼梦》里的王熙凤,这顾客一进门,还未开口人先笑,最最关键的是一眼就能把来客判断个八八九九。"

"你的意思是要挑一个势利眼儿的领班?"

"不,两码事儿。她对人情世故能准确把握,比如,一男一女来吃饭,从付账她都能判断二者的关系。女的付账,是夫妻;男的付账,是情人;俩人争着付账,一般来说,是同事。"

"呵呵,你接住说。"

"她要求服务员根据不同的顾客和不同的场合推荐不同的菜品。譬如,一家三口来吃饭,推荐的都是经济实惠的家常菜,好吃不贵,这是过日子的来头,让顾客觉得她是贴心贴肺为你省钱的。"

"如果是请客的消费呢?"

"那得分人,啥人啥打发。一看你是出手阔绰的主儿,顾客点菜时,她就有意推荐一些高端菜品,还故意对着大家提醒说,这道菜很贵哟,让请客的很有面子;一看是小家子气的主儿,就得费心思了,推荐那些中低档的菜品,还得对着一桌人说,来咱这店的顾客几乎都要点这道菜,这可是招牌菜呢。其实,请客的心里有数,既不失脸面,又省了钱。总之,让每个顾客都真正觉得在咱这店里是上帝。这里面的水深着呢,门道好多呢。"

不知不觉,俩人聊了一个多钟头。老马正在为餐饮业里的学问暗暗称奇,只听一阵上楼杂沓的脚步声和"咯咯咯"银铃般的笑声。不用猜,贾涛他们到啦!

第五十三章

　　白雪在前,席慕慧和王晓霞在后,簇拥着一朵红花似的贾涛。

　　白雪往旁边一闪,老马与贾涛相互叫着名字,俩人紧紧拥抱在一起,相互拍拍肩膀。长沙一别,就是二十多年,怎不让人感慨万千。这一拍,把千言万语都拍了进去。

　　"啥都别说了,兄弟。"贾涛动情地说。

　　老马还没顾上回答,身后的席慕慧谑笑道:"哎呀,看你俩亲热的吧,同性恋似的。"

　　与俩女同学打过招呼,老马与贾涛才相互端详了半天。

　　贾涛说:"德胜,你跟在学校时没啥变化呀,依然这么年轻。"

　　"老兄,你才是涛声依旧呀。不过,你这眼镜一戴,更有大知识分子的范儿啦。你一声令下,咱班在中原的女同学立马赶到。啧,这女人缘真叫人羡慕嫉妒恨哪。"

　　"呵呵,应当说是群贤毕至呀。至于女人缘嘛,德胜,就别再揭我的短了吧。"

　　白雪和王晓霞脸色微红,笑而不语。

　　席慕慧说:"贾总是想重温旧梦吧？那句怎么唱来着:这一张旧船票,能否登上你的客船？"

　　"席慕,德胜一脱成名之后,就有了凤凰玉的传奇呀。这船上哪有我的席位哟。"

几人打过哈哈,围着桌子坐了。

老马说:"今天真的像做梦一般。当然,不是席慕说的旧梦啊。来,为我们的重逢干杯!"

"干杯!!"

老马问:"老兄,你咋又到了北京?这次怎么来也匆匆,去也匆匆?"

"就是呀,你只急着做梦呢,快说说咋回事。"

贾涛与大家碰了一杯酒,说:"哎,说句大实话,这次来,还真是为了一个梦!"

"啊?"大家都瞪大了眼睛。

"真的,为了我们的高铁梦!往大了说,是强国梦呀。"

他吃了口菜,往酒盅里满了酒,开口讲道:

毕业后,我分到了武汉地震局,这大家都知道。咱们学的是地矿,与地震有联系,但不是科班。没办法,边干边补呗。好在也不算很难,打个比方,如果咱学的是弹拨乐器的吉他,结果拿到手的是吹奏乐器,让你吹萨克斯。不管啥乐器,乐理没变,一通百通嘛。

就这样,我这一干就是二十多年。一分耕耘,一分收获。十年前,我从副总工程师提拔为总工程师。十年来,我有三次机会被提拔成副局长,我都婉辞啦。不是咱清高,我知道自己几斤几两,实话实说,我这人呢,搞学术还行,搞行政真不在路数。干总工以来,我经历了好多大事,其中就有汶川大地震的震后救援工作。我被召集到现场,与其他专家一道,研究如何应对次震灾害。汶川那个惨状,唉,只有目睹了,才让你终生难以释怀。正是这次救援,让我再次意识到地震工作的重要性。与日本人相比,咱们中国人哪,太缺乏忧患意识呀。不说了,扯得有些远啦。

怎么又去了北京呢?大家知道,咱们国家的高铁起步晚,从二十世纪九十年代开始研制,2007 年在广深线上才试运行了第一列高铁。我们开始从日本、德国等整车引进,但是人家的核心技术从来都不向我们透露。简单地说,就是给你零部件,培训你的人员,只告诉你怎么组装,但为什么要这样,你别问,问也不会告诉你。

说来说去,高铁梦还得靠咱自己去实现。特别是高铁的核心技术,必须靠自己攻关。核心技术有哪些?好多呢,牵引传动系统、弓网关系、转向架、变流、材料等技术,很专业的。国家还成立了相应的课题组。其实,各个组的压力都很大,这种压力不仅来自国际上的竞争,有时还来自国内。你们肯定知道前些年的温州高铁事故夺去了三十多条人命,国外的公司趁机大造舆论,国内民众也为之哗然,一片质疑声。我们不容易呀。人家研究了几十年,你想弯道超车,后来居上,不是说着玩的。

两年前,国家又成立了我们这个组,有二十多个人,专门研究高铁的地震预警能力,就是开发高铁地震监测及紧急处置系统。去年,我们分别在四川和福建进行了试验,这次来神都,明天就要上神武高铁,在华中地震带上测试数据。

两年来,我们课题组真的是夜以继日呀。我几次路过武汉都"三过家门而不入",是没时间"入",另外,还有课题组那么多人一道同行呢。没有当年詹天佑的精神,还真难以超越西门子、川崎重工这些巨头啊。

到今天,咱们国家的高铁已经达到一万九千公里,通车里程占到了世界高铁的60%以上,短短数年,奇迹呀!而且,我们拥有绝大多数高铁核心技术的知识产权,用北京交通大学贾教授的话说:"掌握核心关键技术,我们没有盲点;参与国际竞争,我们有胜算;支撑国家战略,我们有把握;引领创新发展,我们有信心!"

听到这儿,几个人很激奋,老马率先端起杯:"咱几个共同向给我们圆梦的贾总敬一杯!"

大家一饮而尽。几个同学天南地北地聊天,一直聊到餐馆打烊,才依依不舍地散了场。贾涛得回课题组驻地,两位女同学去白雪家里对付一夜,估计要彻夜长谈了。

且说拔下了尚大强、尚小强这两颗"钉子",拆迁的协议签订工作大头落地,基本完成,但如果说拆迁工作已经大功告成还为时过早。前期签拆迁协议时,工作推进过快,有的农户为了大局,虽然也签了协议,但还有一些问题需要扫尾拾底儿。为此,彭大牛与老马弄得脸红脖子粗,这几天俩人见面不怎么搭腔,心里别扭得很。

　　这事儿,还得从头说起。

　　彭大牛,今年五十一岁,老家就在大峪乡赵湾。他父亲当年是乡政府的干部,临退休时,让他到乡里接了班。三十多年的摸爬滚打,使他从一名普通职工,成了乡里多个部门的主任和土地所所长。终于,在四十五岁那年,他搭上了干部提拔的末班车,被提拔为副乡长,也算是修成了正果。当上了副乡长之后,每年农历二月十五和七月十五上坟,彭大牛都自感有了底气,终于可以告慰九泉之下的老爹了。毕竟,赵湾这个小村能出个副乡长,足以令一大家族昂头挺胸了。特别是他的近亲属,有意无意之中带出一句"这不是啥大事嘛,我给大牛打个招呼……",就能让村里人艳羡半天。

　　甚至,整个赵湾村的乡亲们都引此为豪。大峪乡地处偏僻,有的人一辈子都没离开过这一亩三分地,最远也仅仅到过神都。乡政府虽说是最基层一级政府,然而山高皇帝远,在老百姓的心目中,这就是大峪的"党中央""国务院"哪。在挂着"革委会"牌子的年月,戒备森严的大门,不怒自威的办公楼,甚而趾高气扬的门卫,都令人不寒而栗,敬而远之。自从彭大牛当了副乡长后,一方面,群众对大院的恐惧随着时代的变迁已化为云烟,另一方面,也是赵湾人最理直气壮的,就是咱"朝中有人"呀。到了大门口,面对门卫的吆五喝六,赵湾人淡定地回答"俺大牛侄子这会儿在不在啊"。呵呵,就这一句,门卫立刻上演"变脸",讨好的谀容绽放在刚刚还凶神恶煞的脸庞上,热心地导航引路,直到敲开办公室门,身子躬成大虾,谦卑地说"彭乡长……"。

　　这也难怪。他土生土长,就像蜘蛛网上的一个结,与村里、乡里各个圈子里的人都有着千丝万缕的联系。对老家的乡亲们,他更是待若上宾,凡是来乡里找他办事的,他都热情地跑前跑后。这几年当了副乡长,遇到求上门的,他虽然不再贴身服务,但总是呼叫手下的人代劳,免得乡亲们回去说三道四。人言可畏呀,唾沫星儿能淹死人。你给他办了九件事,他未必能记得住,有一件未办,岂不捣你的脊梁骨:彭家这小子,脸一阔就变,他穿开裆裤的那会儿……

也不仅仅是怕村人骂自己忘本,在他的潜意识里,他和老马乃至魏金国、柳占奎是不同的。叶落归根,自己将退休在本乡本土,将来是要和乡里人、村里人朝夕相处的。趁着自己在台上,给亲戚朋友、乡里乡亲办点儿事,无疑是在积攒着人脉资源。出来混,迟早是要还的。人情债无价,也最难还清。不是有句话说,做人的最高境界是,你已不在江湖,但江湖仍有你的传说。将来有一天,自己退了,回到村里,街坊邻居依然能够满脸堆笑,奉若神明,此生足矣。故此,在土地所长的任上,他不动声色,给一圈儿亲戚朋友批划宅基地,均沾雨露的人当然感恩戴德,无论谁提起老彭,无不竖起大拇指,都说人家老练,会来事儿。

提了副乡长,他的舞台更宽了,转圜的余地也更大了。他心里跟明镜似的,知道自己在仕途上已到头了。你说,人生的价值体现在哪儿?就体现在能给人办事儿上。这叫能耐!

老马与彭大牛的矛盾就是从老马并不很懂这"办事儿"上产生的。

此前他与彭大牛并无交集。以自己的为人处世,虽说不必去有意讨好彭大牛这种当地干部,但也绝不会犯傻到没事找事,与他结梁子的地步。连书记、乡长都让人家三分,一个扶贫挂职的副书记又何必多事儿呢。正是基于这种心理,在年初的安全生产会上,他才会主动顶缸,硬是把屎盆子往自己的脑袋上扣。对此,彭大牛并不领情:你去顶缸,是因为你不想驳书记的面子,与我何干?少了张屠夫,难道还吃带毛猪不成?你不去,自然有人去呀。那个会议结束后,俩人见面像没有那回事一样,彼此如英国绅士般议论几句天气,说着毫无营养的话敷衍而过。

可是,这次得并肩携手了。按理说,燕子谷景区这么重大的项目,本应让老马担任专职副主任。此前，他为景区的呕心沥血，乡里县里都看得一清二楚，让他兼任这一职位，恰如其分，也是众望所归。可是县里研究时，考虑到老马是挂职干部，一年后还得返回神都，而景区建设岂能一蹴而就？不得已之下，只给他挂了个管工委副书记的职。当然，本来也有外派或者空降一个副主任的打算，又怕影响大峪乡党政班子成员的积极性，就考虑从班子内部选出一个人来。当时没有合适的人选，考虑到彭大牛马上到了退二线的年龄，可以为下一步安排合适人选顺利腾位置，就这样选中了他。唉，干部调整就是这样，变数太大，结果往往出人意料，但又在情理之中呀。

魏金国、柳占奎知道彭大牛的毛病。这次拆迁中，所有的补偿款必须由彭大牛和老马双签字把关，最后由乡长签字入账。

却说彭大牛的舅家就在尚沟村，他舅舅早就辞世了，他表弟尚来力恰恰就在这次拆迁之列。拆迁的赔偿标准是透明的，中间无法做手脚。彭大牛私下给表弟拍了胸脯，放心，兄弟，谁让你哥还干着这个专职副主任呢？

在他的暗示下，分包尚来力的工作人员在调查计算表上，神不知鬼不觉地把院内的树木多加了二十几棵，树龄由五年改成了十年以上，同时，还无中生有地注明：尚来力家的宅基地在盖房之前是个大坑，该农户运土填方若干，按当时当地的工时费计算，得另外补偿四千元。而且，私下让尚安民盖上了村委会的公章，证明属实，弄假成真。

当彭大牛在尚来力家的调查计算表上签字之后，包户工作人员要老马签字，老马没说不签，但也没签，只是淡淡地说，先放我这儿，让我和彭主任碰碰头。

他其实是给彭大牛留面子，不想把这事儿弄得满城风雨，有损他副乡长的形象。彭大牛可不这样认为，不就是个挂职的副书记吗？再有一年半载不就卷铺盖走人了？不就是拉来了个开发商嘛？尾巴都翘到天上去啦。听说还想靠着这个政绩提拔呢，不摔几跤，你简直都不知道姓甚名谁了。

尚来力家的调查计算表一直放在自己的抽屉里也不是个长久之计，老马有一肚子的话如鲠在喉，不吐不快。第二天下午，趁着办公室没有第三者，他诚心诚意找彭大牛，把尚来力家补偿的事儿摊开，想敞开心扉，与他好好沟通一番。老马并非不谙世事，如果仅仅是多补偿他一家几千元，看在俩人搭班子的分儿上，本想睁一只眼闭一只眼。可调查计算表是要向所有拆迁户张榜公示的。这种以假乱真的补偿，岂不是对其他拆迁户的不公？纸岂能包住火？半年后风情小镇建成了，其他拆迁户如果为此而拒绝拆除老宅，工作岂不前功尽弃？

　　然而，好心当成了驴肝肺。彭大牛黑着脸听完了他的肺腑之言，一声没吭，摔门而去。

第五十四章

彭大牛走到大门口,恰好碰到了尚安民。尚安民见他面如猪肝,怒气冲冲的模样挺吓人,就赶紧搭腔问:"彭乡长,你这是去哪儿呢?"

彭大牛愤愤地"哼"了一声:"也不撒泡尿照照,不知道自己吃几个馍喝几碗汤。"

尚安民不明所以,心里一惊:这段时间搞拆迁,自己对这尊菩萨上心上意供着,好像没什么地方得罪他呀。

见他一脸无辜的样子,彭大牛往大门里努了努嘴:"甭发愣,跟你没关系。"

尚安民往里一瞅,看到站在窗口呆若木鸡的老马,大概明白了原委,就一把拉住他:"彭乡长,消消火,走,到俺家里喝两杯。"

"不去了,你如果没啥事,咱一块到来力家去,中午时候说好了。"

于是,俩人厮跟着来到尚来力家。

尚来力迎住老彭,瞅见尚安民一道,讨好道:"村主任今儿个也这么赏脸啊,平时请也请不到呢。"

尚安民故作生气:"你别得了便宜还卖乖,你啥时候请过我?今天我是倚着彭乡长的面子才蹭到你的酒喝,你倒好,对着大乡长告我黑状。"

这么寒暄着进了屋,尚来力叫来远房的一个侄子陪酒。这个侄子叫尚猪娃儿,獐头鼠目,形象猥琐,在村子里偷鸡摸狗,声名狼藉。彭大牛并不认识他，尚安民一见尚猪娃儿也在，皱皱眉头。同这种人在一块喝酒，几乎与逼良为娼差不多，碍于老彭在场，也不便说什么。

尚来力满上酒，问："大老表，我那事儿说妥了吧？"

彭大牛瞪了他一眼，端起酒杯一干，"啪"一声，酒盅左摆右晃了几下，才在桌上站稳。

尚来力是只没眼色的呆头鹅，傻乎乎只管往前冲，赶紧给彭大牛添上酒，又问："咋了，表哥，哪个没眼色的惹你生气啦？"

彭大牛又端起喝了，吼道："撮住！把你嘴上的拉链拉上。"

见大表哥怒气冲天，尚来力等人噤若寒蝉。屋子里的空气顿时凝固起来，似乎一见火星就会立刻爆炸。挂在墙上的时钟"嗒嗒嗒"不紧不慢地迈着均匀的步伐，片刻间仿佛经历了半个世纪。

尚安民咳嗽了一声，打破了片刻的宁静，他端起酒杯："彭乡长，你一个人自斟自饮，高处不胜寒哪，得与民同乐呀。来来来，我们共同敬乡长一杯。"

彭大牛喝了第三杯，脸色方才阴转多云，说："来力，你家大坑的补偿别再提了。这无中生有的事儿，眉毛盖不住睫毛。我原来的话儿只当是被一阵风刮走了。"

"大老表，这点事儿在你手里算点儿啥嘛，咋……"

"我恁能？我是县长？就是县长，也不是万能哩。"

尚安民劝解说："来力，公家的事儿有公家的规矩，也不是想咋着就咋着。彭乡长不是把你家的树都多补啦？不要得寸进尺，让彭乡长为难。"

"我是想着大老表这次拆迁是一把手，说了就能算，这芝麻大点儿的事儿，手到擒来嘛。"

几个人又干了杯酒。彭大牛不耐烦地说："知足者常乐。钱，啥时候是个够？话说回来，你老表我啥时候说话没算数过？那几千块钱，我回头想想办法，走个民政救助什么的渠道给你解决，别再啰唆这个事儿啦。"

"大表哥,你这景区专职副主任不干了?不当家儿啦?"

尚安民赶紧制止道:"来力,你也敬彭乡长一杯,别瞎胡说。"

彭大牛与尚来力碰了杯,愤恨地说:"这叫啥事儿?我彭大牛啥时办过这窝囊事儿,猪八戒照镜子,弄得里外不是人。"

彭大牛简要地把下午的情况说了之后,醉眼迷离地说:"安民,全乡都知道孙绍伟是你的死对头嘛。我听说,马德胜刚来咱大峪时,隔过你家门有意去孙绍伟家,司马昭之心,路人皆知嘛。"

尚安民岂听不出弦外之音,心里话:彭乡长之心,安民自知。他装作不胜酒力,没接彭大牛的话茬儿,扭头对尚来力说道:"来力,你在哪里买的酒,是不是买住假酒啦?彭乡长,我这会儿头痛得很,得回去歇歇,陪不成你了。"

说着,他站起身,被尚来力扶着左摇右晃地出了屋。

送尚安民出了自家的大门,尚来力回到酒桌上,眨巴眨巴眼,说:"大老表,别看尚安民对你恭恭敬敬的,其实,他可是只狡猾的老狐狸,都不接你的话头。他早就投诚到马德胜的旗下啦。"

"就,就,就是。他早就和马,马德胜穿,穿,穿一条裤,裤,裤子啦。"猪娃儿附和说。

猪娃儿是个结巴。那一年冬天,有个迷路的外地司机在村口掉转车头,他恰好在场,主动站在车后给司机帮忙指挥。遇到这么一个活雷锋,司机挺感激。只听他喊道:"倒,倒,倒,倒,倒——到,到,到——底了"。只听"咕咚"一声,后车轮倒进了边沟。司机气死了,跳下驾驶室,一把抓住猪娃儿的衣领,骂道:"你他妈怎么指挥的?想成心看我笑话不成?"他脸憋得通红,辩解道:"我,我,我,是说,到,到,到底了,你,你,你怎么听,听,听的?"原来是个结巴,司机啼笑皆非,只好自认倒霉。

彭大牛轻蔑地乜斜了他一眼,说:"把你的舌头捋直了再说话!"

尚来力解释说:"大表哥,他从小就结巴,你别介意。他也是看不惯马德胜和尚安民他们,急得慌,越急越结巴。"

"哼。再狡猾的狐狸也蒙不了猎人的眼睛。这个马德胜,你们也别把他想得多高尚。他今年都四十六了,无非是想把燕子谷景区当作筹码赌一把,把所有的宝都押上了,弄成了,估计就能提拔。如果不是为了政绩,我不相信,他一个挂职的,怎么会为大峪这么卖命?"彭大牛道。

"他马德胜是被窝里娶媳妇——光想美事儿哩。大表哥,咱也不是吃素的,这口气我替你出。惹急了,咱让他竹篮打水一场空,赔了夫人又折兵。不光叫他提拔的事儿鸡飞蛋打,还叫他卷铺盖滚出咱大峪乡。"尚来力接道。

"交,交,交给我,给他,他,他点儿颜色看,看,看。"猪娃儿忙说。

"我的事儿,你们少瞎掺和,还嫌我不够烦吗?别没事儿给我找事儿。"彭大牛说。

…………

却说老马下午与彭大牛以诚相见,推心置腹,以为老彭是组织上培养多年的领导干部,起码的政治觉悟应该还是有的。更何况,以己度人,都是班子成员,总不至于弄得兵戎相向,相互下不来台吧?

老马心里清楚,彭是坐地苗子,又临近船到码头车到站的年龄,在班子里倚老卖老惯了。大家都有意无意让着他、顺着他、依着他,就是两位"班长"平日里也对他姑息迁就得多。别的班子成员工作不到位,书记乡长不留情面,批评得让人恨不能找个地缝钻进去。而对他,总是像对顺毛驴一样,左一句"老革命",右一句"老大哥"哄着,弄得他本人也扬扬自得,多次在酒场上三杯酒下肚,一边感叹着韶光易逝,春归人老,一边自豪地回忆经历,说"从小卖蒸馍,啥事都经过"。在大峪的地盘儿上,他能够呼风唤雨,也算混得如鱼得水,久而久之,他的脾气也随着年龄见长了。乡里上上下下,一般没人和他较劲,不去拂逆其意,尽量不去招惹他。

然而,老马更知道,自己这次是无论如何也躲不过去了。在景区管委会班子成立之初,老马对这种"乱点鸳鸯谱"式的干部配备不很理解。倒不是说自己非要兼任景区专职副主任,燕子谷景区毕竟是全县的重大项目,考虑人选怎么能像小孩子过家家一样儿戏呢?然而,红头文件白纸黑字,已经是板上钉钉子的事儿了,谁也无力回天呀。

众所周知,彭大牛为人处世十分强势,和他搭班子,自然事事处处都得忍让三分。忍就忍吧,"退一步海阔天空,忍一时风平浪静",当年的蔺相如为了赵国的利益,不也对老将军廉颇委曲求全嘛。只要不是原则性的问题,又何必分个高下呢?这一个多月来,自己差不多都能得诺贝尔"忍受奖"了(当然,前提是如果人家设了这样的奖项的话)。心底无私天地宽!只要出于公心,外无愧于民,内无愧于己,当一片默默无闻的绿叶又何妨呢?就像印度诗人泰戈尔所言:果实的事业是尊贵的,花的事业是甜美的,但是让我做叶的事业吧,叶是谦逊地专心地垂着绿荫的。

拆迁工作开展这一个多月,也是老马与彭大牛的磨合期。凡是抛头露面的事儿,老马都把彭大牛推向前台,自己谨小慎微,甘愿充当幕后英雄,倒也相安无事。最起码,在不知内情的人看来,两个人倒也一唱一和,波澜不惊。

可是这一次不行,突破了自己设置的底线。如果就这么糊里糊涂签了字,将来拆迁户反了水,整个景区建设岂不半途而废?与恒久公司的合作岂不由此搁浅?不签字,绝不仅仅是对其膨胀权力的挑衅与制衡,更是对景区建设的考量与选择。

作为一个挂职的副书记,在彭大牛的心目中,自己肯定位卑言轻,轻若鸿毛。在景区管委会全体人员会议上,彭大牛曾经一语双关地讲,一个单位只能有一个中心。你们看,在中央,那就是总书记掌舵嘛;在咱大峪乡机关,虽然说有书记有乡长,但大家听没听说过,有句话叫"乡长是忙得没时间睡觉,书记是有时间睡不着觉",啥意思?乡长为啥忙得睡不着觉?因为他只能抓点儿婆婆妈妈、吃喝拉撒的具体事儿。书记为啥有时间也睡不着觉?因为他要考虑咱大峪乡的重大事情,靠他一个人拍板定案嘛。也许,他还怕自己对牛弹琴,于是,诸如此类的老调重弹,过一段时间就要在会议上来一次。

前一天,自己曾经设想,把这事儿向书记或者乡长汇报汇报,让主要领导出面与老彭谈谈。然而,这一念头在脑海里就像流星般仅仅一闪而过,他苦笑着摇摇头就自我否定了。一来呢,此举有背后垫人黑砖之嫌。在人生道路上,自己最深恶痛绝这种小人,像钱强之流,背后捅刀子,非君子所为。二来呢,向两位领导汇报之后又能怎样呢?这件事就像一块烫手的山芋,自己无法张嘴,书记、乡长又如何开得了口?己所不欲,勿施于人。作为副职,在工作中遇到困难,应该知难而进,敢于担当,而不是双肩一耸,两手一摊,一交了之。如果都这样,还不把两个主要领导累趴下了?

以心才能换心,以信任才能换取信任。只要掏心掏肺,他老彭也不至于翻脸不认人吧?

唉,好像自己与自己进行了一场拔河比赛,预想了多种结局,却怎么也没料到其中一边陡然松了绳子,让另一边猝不及防,摔了个仰八叉!

已经到了后半夜,老马懊悔地倒在床上。他两眼空洞地望着天花板,脑子里一片茫然。

窗外,秋风萧瑟,漆黑的夜色如同浓稠的墨汁。也不知是什么时辰,一阵睡意袭上心头。

恍恍惚惚中,他被一阵紧似一阵的擂门声惊醒:"马书记,马书记,快,快,出大事了……"

第五十五章

神志迷糊中,老马仿佛做梦一般,揉开惺忪的眼睛,听到"咚咚咚"的擂门声,不由自主地说:"谁呀?几点了,还叫门?"说着,晃晃悠悠起了身,头重脚轻地开了门。

"马书记,不好了,尚沟的山林起火了,柳乡长让我叫你。"

"什么?"他打了个激灵,睡意全无,一个鹞子翻身,抓起衣服,边穿边跑下楼。

天微明,西北风呼呼地刮着,估计也就六点多钟。柳占奎在大院里踱来踱去,正焦急地打着电话。见老马下楼,立刻摆摆手示意他上车。

车子"嗖"地飞出了乡政府,向尚沟方向驰去。副驾驶座位上坐着昨晚值班的杨林。

"咋回事?"

"值班室接到尚沟的电话,说北沟附近的山林突然起火,昨晚大风天气,火势正迅速蔓延,具体情况还不太清楚。"

"不会很严重吧?"

"不好说。三年前,竹园村的山林曾起过火,两天两夜才扑灭。秋冬季节的森林防火历来是咱乡工作的重中之重。"

柳占奎接着介绍,林业是大峪乡的支柱产业,全乡森林面积达83平方公里,森林覆盖率达81%,占全县森林面积的1/6,林木以栎树、杉树、松柏等为主。每村都设有数个瞭望哨,全乡专兼职防火巡逻人员八十多人。近几年，除了竹园火灾，整个森林的防火局势大体还算平稳。

车子快到尚沟村时，发现一辆白色的面包车正在前面疾驰。

司机扭头说："柳乡长，前面好像是彭乡长的车。"

杨林汇报说："彭乡长昨晚可能喝多了，也在乡里住。我们值班室接了电话，大呼小叫的，他在隔壁一得知，二话没说，就先往这儿赶啦。"

两车一前一后到了村委会。尚安民一个人在这儿等着，赶紧上前几步，说："柳乡长，明德领着两委干部已经上山去了。"

"快，到现场看看再说！"

一行人一路小跑，往山上奔去。彭大牛昨晚的酒劲估计还没过去，两眼通红，但疾步如风，跑在最前面。

爬到半山腰，只见东南方向浓烟滚滚，映红了半个天空，空气中呛人的烟味扑鼻而来。

几个人喘着粗气爬上山顶，眼前的火势让几个人惊呆了。风借火势，火借风威，足足有一里地宽的树冠火正迅速往东南方向蔓延，地下火星星点点，不计其数，耳畔一片"噼噼啪啪"声。尚明德等几个村干部手持树枝，正在使劲扑打着零星的地下火。

眼前的场面让老马心惊肉跳：过去只知道水火无情，今天才直观感受到了什么叫星星之火可以燎原，什么叫刀山火海……

负责这一片的巡逻员也正在扑火，看见乡里一行人和尚明德一块跑了过来，忙用袖子抹了一把脸上的汗水，把自己搽成了五花脸。他上气不接下气地汇报说，凌晨四五点钟，他在瞭望哨里睡醒一觉，起来解溲，发现三四百米开外火光冲天，扑救已经来不及了。他两腿发软，吓得半泡尿又憋了回去，妈呀，自己当巡逻员以来，哪见过这阵势，得赶快回村报信去。山里没信号，只能靠两只脚啦。他魂飞魄散扑倒在尚安民家的大门口，这才报告到乡里。

尚明德也擦了把汗，说："柳乡长，这深更半夜的，肯定是人为纵火。"

柳乡长望望眼前的火海,细心观察了风力、风向、火势以及附近的地形,眉头紧锁,神色严肃地说:"同志们,根据现在的情况看,形势非常严峻。不管是人为纵火,还是自然起火,现在顾不上说这了。这场大火来势汹汹,加上这一段时间天干物燥,估计后果要超过竹园火灾。现在,所有人听我命令:杨林,你迅速返回乡里,电话向魏书记详细汇报火情,之后,让党政办立刻向县政府值班室汇报,请求人力、物力、财力支援。同时,立即通知向艳枝,最迟九点钟以前,带上全乡森林防火地形图赶到这里;尚明德,你带四个村干部,马上分别赶往附近的赵湾等五个村,两项任务:一是通知老弱病残撤离到安全地带,以防万一;二是通知五个村立刻组织在家的青壮年劳力尽快往尚沟集中,统一扑火。尚安民,你带三个村干部,立即回村,组织撤离老人小孩,其余所有群众上山扑火。马书记,请你立刻组织咱乡的森林消防车辆、装备及人员,九点钟以前务必赶到这里。彭乡长,请你——嗯?彭乡长呢?"

尚安民指指前面,说:"彭乡长在那儿呢。"

大家扭头一看,彭大牛正和村里人一道,用自己的外套奋力扑打着地下的火苗。

尚安民跑过去把彭大牛叫了过来。他浑身都湿透了,脸成了包公,手里的外套、身上的裤子和衬衫都烧了好多窟窿。

柳乡长说:"老彭,你别先急着扑火,你去联系驻扎在附近的武警部队,请求紧急支援!"

彭大牛喘了口气,说:"柳乡长,这事儿,回乡政府的同志捎带着都能办,让我在一线和大家一道灭火吧。毕竟火势刚起来,得抢时间哪,多个人就多份力量。"

·············

上午九点钟,魏金国、分管林业工作的副县长方德坤、县林业局局长高文辉以及乡里的多数班子成员都先后赶到了火灾现场。山上临时用彩条布搭起了帐篷,作为前线指挥部。方德坤任指挥长,魏金国、高文辉等任副指挥长。方副县长召开了紧急简短的会议。

会议决定,设立指挥扑救组,由柳占奎任组长,彭大牛任副组长,主要协调组织扑火力量,落实具体的扑救措施,了解火势发展,跟踪火情动态,直到完全扑灭大火为止;设立力量调配组,由高文辉任组长,魏金国任副组长,负责人力、物资的调配;设立通信组,由一名林业局副局长负责,协调电信部门迅速组建火场通讯网与报务工作;设立后勤保障组,由马德胜任组长,负责调配火场前线所需食品、工具等物资;设立宣传报道组,由向艳枝任组长,负责救火前线宣传和记者接待以及新闻报道工作,引导新闻舆论,弘扬正面典型;设立救护安置组,由吕建军任组长,负责附近群众的疏散以及受灾群众的安置工作,救护伤病员;设立案件调查组,由县公安局一名副局长负责,深入调查火灾原因,摸排线索……

　　根据尚沟村附近的地形地貌,以及近几天的天气预测,会议决定,按照"协同作战,科学扑火"的原则,"阻隔、扑打、点烧清理"相结合,集中优势兵力,突出扑救重点,柳占奎带领专业队伍,在赵湾的牛头岭一带,采取以火救火的手段,设置隔离带,把火魔降伏在牛头岭,决不能再让它前进半步。同时,彭大牛等带领各村青壮年劳力,以及随后抵达的武警战士,对地下火多点突破,分段扑打,钳形夹击,实施合围,力争将损失降到最少。

　　会议三下五除二就结束了,大家各司其职,分头去忙自己的一摊子任务。老马带着杨林等,开车往乡里赶,得抓紧准备物资。

　　路上,老马不解地问:"杨林,以火救火,我还是第一次听说,是怎么个救法呢?"

　　杨林说,这是森林救火的一种专业方法。森林救火,我们常见的是扑打、土压、水灭、风力、化学等方法,这些只能灭地下火。通常情况下,火势凶猛,迅速蔓延,人员无法靠近,对树冠火或者高强度的地表火,就只能采取防火沟、隔离带、爆炸、以火灭火等办法来灭火。以火灭火,就是在预定的地带,充分利用地形,从山下往山上,由专业队员提前点火,人为地烧出一个不低于五十米宽的隔离带,当大火燃到这一带时,就没啥可烧了,就达到了以逸待劳的灭火目的。

老马等人准备了食品、矿泉水等物资,下午运到了现场。由于火场附近没有水源,只能靠人工运水。指挥部指示,迅速准备大量十公斤装的塑料壶,以便组织群众背水上山浇灭地下火。

于是,老马等人先电话向县政府汇报了情况,整个县城的土杂店里也仅仅只有二三百个塑料桶,远远不能满足抢险的需要。

县里立即向神都市汇报,老马等又连夜赶往神都市区,在塑料批发市场装了五卡车塑料壶,赶回尚沟村时,已经是第二天早上五六点了。上山都是羊肠小道,只得组织群众用架子车往山上送。

老马帮着一名群众推着架子车,走到半山腰时,对面山上小跑着下来一群人,抬着几副担架。大老远就听对面的人沙哑地喊着:让路,让路。

他们赶紧闪到路边。只见三副担架上都躺着伤员,一个个脸上黑黢黢的,好像刚从煤井中上来,只有眼睛里泛着一丝丝的白光。他们的衣服已被烧得褴褛不堪,分不出本来面目了。

当第三副担架经过老马的跟前时,尽管由于烟熏火燎,不太好分辨躺着的伤员,但老马还是认出了那熟悉的面孔:老彭?老彭怎么了?

下意识地,老马失口喊出了声:"老彭!老彭!"

担架上的彭大牛毫无知觉。

担架队小跑着下了山。老马心情不由沉重起来,两条腿也像灌了铅似的。

到了指挥部,老马指挥群众卸车时,一眼看见了尚安民急头怪脑跑过来。老马忙问:"安民,老彭咋回事儿?"

尚安民声音嘶哑,一边比画着,一边说了事情的大致经过:

你说这老彭,救起火来不要命似的。救火再重要,也没有人的生命重要吧?昨晚他都忙到两点多,才在山上眯瞪了一小会儿,今儿清早五点多又和大家一起扑火。我从没有见过老彭这么狠过,那个发飙呀,咋说哩,好像跟火有深仇大恨似的,打起火来,冲在前面,奋不顾身。按说吧,他指挥着就行了,可他从昨天到现在,一直在最前沿,身先士卒,谁劝也不听。一个时辰前,他只顾扑地下火哩,身后一棵烧断的大树恰好砸在他身上,一下把他砸晕在地上,地上的火又烧着了他的衣服。幸亏我们几个发现得及时,否则后果还真是不敢想。

"有没有生命危险?"

"应该没有吧,也不好说。看样子,很可能是暂时晕过去了,加上一直没怎么休息,体力也严重透支呀。"

…………

第二天,火势迅速蔓延。地下火最容易死灰复燃,加之现场是石质山岭,无法采取土压的办法,以水灭火是唯一的选择。

面对这样的形势,指挥部决定,全乡三十一个村,每个村至少组织百名青壮年劳力,除了老幼弱病残孕外,其他能上阵的全部上阵,各村自带干粮,由支书、村主任带队到指挥部报到。这个季节不是农忙的时候,真正的青壮年劳力都外出打工了。不过,每村组织百十个人也并不难,加上从神都抽调来的五百名武警战士,救火人员已接近五千人。每人一个塑料壶,从两公里以外的青峰水库人工背水,采用人海战术,让火魔陷入人民群众的汪洋大海之中。

战斗打响了。放眼望去,背水的队伍如一条蜿蜒的长龙,绵延盘伏在从青峰水库到火灾现场的数公里的山间小路上,气势如虹,蔚为壮观,在如今和平的年代里,这场面已经极其罕见了。老马触景伤情,叹为观止,不由想起伟人的那句名言:人民,只有人民,才是创造历史的真正动力!

以水灭火连续进行了两天,地下火得到了有效控制。第三天,风力有所减弱,但树冠火仍在肆虐,无情的火苗向着牛头岭方向不断舔舐,也蚕食着每个人的心。

经过神都市委、市政府的协调,武警森林部队调来了四架橘红色的直8直升机,机上搭载着十几名灭火队员。直升机轰鸣着从北方的空中飞向熊熊火海,机腹垂下数十米的钢索,外挂着特大吊桶。直升机在滚滚浓烟中飞行,飞抵火线时,飞机缓缓降低了速度和高度,驾驶员精确选择火头,果断按下控制吊桶底座的放水阀开关。顷刻间,一道水幕从天而降,准确无误地覆盖到火线上,死死地压住了火头。

仰望着这惊心动魄的一幕,地面上的人们惊呆了,不由拍手叫好。

方副县长紧紧握住王政委(之前已经来到指挥部对接的武警森林部队的首长)的手,激动地说:"谢谢了,王政委,我代表全县人民,感谢武警森林部队的全体官兵!"

王政委声若洪钟:"人民军队为人民,养兵千日,用兵一时,这都是子弟兵应该做的!"

洒完水,直升机在空中盘旋着。

王政委手中的报话机响起:"报告首长,第一组喷洒完毕,请指示!"

"迅速返航,继续取水。不达目的,誓不罢休!"

"明白!"

人们目送直升机往北飞去。

王政委解释说,吊桶洒水是直8森林灭火的绝招。每架飞机都配有加拿大生产的BB7590型消防吊桶,最大载水量3吨,可在水深2.5米以上的水源点取水,以160千米的时速飞行。由于青峰水库库容量太小,水深达不到要求,只得选择北边三十公里开外的北湾水库作为取水点。每加一次油,可连续飞行三小时,每二十分钟左右可往返一次。

最后,王政委信心十足地说:"方副县长,请放心。今日长缨在手,今晚缚住苍龙!"

"军民团结如一人,试看天下谁能敌!再次感谢了!"

…………

当晚,树冠火已被浇灭,地下的零星小火被压缩在越来越小的包围圈内,不足十平方公里。

第六天下午,天公作美,乌云密布,顷刻间,大雨如注。雨,连下了两天,彻底浇灭了这场森林大火的后顾之忧。几天来,令人窒息的焦烟味一扫而光,一股泥土的清新扑面而来,直入心脾。

　　人们终于长出了一口气:啊,这久违了的泥土的芬芳。

　　老马两手高举,撑着外套,与大家往村里狂奔,从山上往村里跑。到了村委会,一个个都变成了落汤鸡。他拧着湿衣服,无意中看到对面的办公桌,心头一沉:也不知道老彭现在咋样啦?

第五十六章

彭大牛等被送往山下的当天早上,指挥部紧急从县人民医院抽调了数名专业医护人员火速赶到乡卫生院。经过抢救,彭大牛和一名伤员脱离了生命危险,另一名伤势严重,已被紧急送往县里救治。

晚上七点多,彭大牛终于在迷迷瞪瞪中醒来。他仿佛沉睡了一个多世纪,是的,他的确太困了,困得都没有睁开眼皮的力气。从前一天大早上上山到第二天,他就像一台发动着了却怎么也熄不了火的永动机,浑身有着使不完的劲儿。此时此刻,他眼前仍然火光冲天,金星乱冒,耳边似乎还有"哔哔卟卟"的燃烧声。干枝枯叶引燃的地下火苗蹿出几尺高,转眼间就要烧到脚下,他欲举起树枝,可是双臂怎么也不听使唤,胳膊软得像煮熟的面条般无力,自己就像一只被钉在墙上的壁虎;他大喊尚明德和尚安民,张着嘴却发不出声音来,就像一条缺氧的鲫鱼,难道是被谁下了蛊?

"老彭!老彭!天呀,你可算醒了。"罗香梅抹了下发红的眼睛,喊道。

罗香梅是彭大牛的老婆,搞香菇、木耳种植,收入并不比他这个副乡长少。

他艰难地睁开眼,仿佛勉强推开两扇厚重的大门,问:"这是哪儿?我怎么在这儿?"

"你已经昏睡了一整天,救火时受了伤,这是咱乡卫生院。"

"哦，想起来啦，我好像是被树砸晕了。火灭了吗？"

"下午，书记和乡长一块儿来看你啦。听他们说，火还不小，明天要调飞机来灭火呢。"

彭大牛心里一惊，在大峪乡工作三十多年，大大小小的火情三五年总要有一起，出动飞机还是头一次。看来，这次火灾非同寻常！

想到这儿，他"呼"地坐起来："快去叫大夫，把针头拔了。"

罗香梅一把将他按住："干吗呀？火把你的神经烧出毛病了吧？"

"我没事儿。大家都在救火，我咋能安心躺在这儿！"

"我看你真是烧傻了。还去救火哩，命都差点儿搭上。那么多人呢，哪里少你一个？再说了，你都半截入土的人啦，还充啥好汉？"

"真是头发长见识短！十年树木啊，看着谁不心疼？大火都快要烧到咱赵湾了，你知不知道？自私点儿说，都快要烧到咱家山上的祖坟了，叫我怎么能躺得住？"

这时，值班医生走进来："彭乡长，你总算醒来了，刚才，方县长和魏书记还分别打电话问呢。"

"我已经好了，针头拔了吧。"

"这可不行。你目前情况还不稳定，另外，方县长特意叮嘱过，你必须彻底痊愈后才能出院。"

"这不是高射炮打蚊子——小题大做嘛。我得马上走！"

"彭乡长，你别难为我们。这样好不好，你给方县长打个电话，只要他点头，我们遵命照办。"

听到这话，他就像正上蹿的火苗被当头浇了盆水，"扑腾"一下躺倒在病床上。

大夫笑着摇摇头，出去向方德坤和魏金国报告情况。

他无可奈何地望着天花板，白色的天花板如同一块幕布。他两眼空洞洞地看了很久之后，那天花板似乎动了起来，两天前在表弟家喝酒的场景如电影般一幕幕放映了出来。

表弟没拿到补偿款，岂不心怀怨恨？唉，都是金钱惹的祸啊。记得上高中的小儿子曾给自己读过外国叫什么比亚的名言:金子,黄黄的,发光的,宝贵的金子！只要一点点儿,就可以使黑的变成白的,丑的变成美的,错的变成对的,卑贱的变成尊贵的,老人变成少年,懦夫变成勇士……因为即将到嘴的一块肥肉打了水漂,难道本来老实巴交的来力也会变成胆大妄为的莽夫?

　　不会吧,以多年来对他的了解,借他十个胆,恐怕他也未必有这样疯狂报复的胆量。不过也不好说,酒壮人胆,喝了酒的男人啥事儿都能做得出来,用伟人的话说,"可上九天揽月,可下五洋捉鳖"。武松不就是喝了酒才变成了打虎英雄的吗?

　　还有那个尚猪娃,一看那恶心的样子,就知道不是个好东西。跟着好人学好人,跟着巫婆跳大神。身边有这样的侄子,近朱者赤,近墨者黑啊。谁知道他会怂恿着给来力出什么样的馊主意呢!

　　一旦真是他们俩生出来的这个幺蛾子,追根究底,不还是自己惹的是生非吗?！千不该万不该,为了逞能,自己作茧自缚,吞咽难下。错上加错的是,又向表弟大发牢骚,岂不是火上浇油！从表面上看,是向着表弟,实际上不是把他推进了火坑?

　　彭大牛啊,你才是真正的罪魁祸首！

　　想到这儿,他一会儿感到后背有无数蚂蚁在爬,浑身麻酥酥地不自在,一会儿又感到自己似乎掉进了冰窖,后背一阵阵发凉。

　　上帝保佑,但愿只是杞人忧天。他万分懊悔地在心里暗暗祈祷着。

　　…………

　　虽然已经得知彭大牛没有生命危险,但老马心里一直放心不下。本来想在余火被大雨彻底浇灭的当天晚上去看他,但是,一来吧,当地有个风俗,探视病人,一般不能在中午以后,在时辰上属于"日薄西山,气息奄奄",不大吉利;二来呢,自己也确实太累了,浑身像散了架,身板一挨住床,便沉入了梦乡。

　　第二天早上,吃罢早饭,老马叫上陈进庆,想一块去探视老彭。

　　天阴沉沉的,秋雨绵绵。两人下了楼,恰好碰到林业办主任邢步端。

邢步端今年整整五十岁,在机关里资历长,资格老,一般也没人惹。

他看到老马和陈主任手里拎着食品等物,就随口问:"马书记,下着雨,去哪儿呢?"

老马说,去看看彭乡长。

邢步端说,前几天救火,也没顾上去看彭乡,咱一块去吧。

老马正答着,感觉陈进庆空着的一只手在背后轻轻扯自己。

他愣了一下,正想问咋回事呢,邢步端已经拿着一把雨伞走了过来,上前接过了老马手中的一箱牛奶。三人打开雨伞,向卫生院走去。卫生院在大峪街的最西头,距乡政府不足一里地。

路上,邢步端说:"听说彭乡已无大碍啦。关于这场大火,大家可是议论纷纷呀。"

"议论什么?"

"你真没听说?大家都说,彭乡长这次可是出尽了风头,估计要上头条新闻,报纸上有影,电视上有声,救火英雄呀。这都盖过了你燕子谷招商的风头哩。"

"老彭也是当之无愧!"

"咦,恐怕没那么简单吧?还有一种传言和你有关呢。"

"跟我有啥关系?"

邢步端声音突然降低八度,颇显神秘地八卦道:"说是大火前一天,老彭想给他亲戚多发补偿金,但你坚持原则,死活不同意,结果他恼羞成怒,跟你翻了脸,一气之下,后面的就不说了吧……"

老马扭头看了看欲言又止的邢步端,说:"何必说一半留一半呢?有话直说嘛。"

"听说,那天晚上,老彭在他表弟家,好像预谋什么事儿,结果当晚就起火了,这难道仅仅是一种巧合?所以呀,老彭这次救火,表现很反常。有句话叫什么来着?此地无银三百两,隔壁王二不曾偷。嘿嘿,人家私下里都说,明眼人都能瞧得出,欲盖弥彰呀。"

"老邢,捕风捉影的话以后不要乱传,这是对同志不负责任的表现。"

"是是是,马书记,你不是外人,我这也就是跟你说说。"

一路上,老邢的话就像天空中的雨点一样密密麻麻,而陈进庆没搭一句腔。

三个人进了病房,医生正在照例查床,彭大牛已基本痊愈。

他一看见老马仁人就连忙招呼:"马书记,下着雨,你们劳天累地跑啥子嘛。我正和医生商量着出院呢。"

"老彭,你急啥,既来之则安之,火已经扑灭啦,就安心养病吧。"

"可不是嘛。雨要是再早来个几天,咱就不用费这么大劲了,我也不会这么躺在这儿了。你说说,这叫啥事嘛,大家在那儿救火,我却刚上去就,就,那个词叫出师什么来着?"

"出师未捷先负伤,长使英雄泪满襟。"陈进庆接道。

"彭乡,你现在也成救火英雄啦!"邢步端说。

"还英雄呢,狗熊还差不多。唉,窝囊透顶了。"

"老彭,救火再重要,总没有生命重要吧?怎么能这么个救法呢?"老马说。

听到老马这话,罗香梅接过话头,嗔怪道:"我说你,还骂我头发长见识短,你听听大家咋说?"

"我们几个说话呢,你啰唆啥。"彭大牛白了一眼,又转脸说,"马书记,忘了介绍,这是我屋里的罗香梅,天天唠叨得我快烦死啦。"

老马朝罗香梅点点头,笑着说:"嫂子果然一枝花,彭乡金屋藏娇,一直舍不得让我们见呀。"

罗香梅也不知如何应答,只是羞怯地一笑。

"还一枝花呢,早就是残花败柳啦。香梅,这就是我给你常常提起的马德胜书记。"

罗香梅也点点头,说:"马书记,咱乡不知道你大名的不多,老彭在家三天两头说起你呢。"

彭大牛关心地问："马书记,前天柳乡长来看我时说,这次过火面积四个村,约千亩的山林被毁,损失惨重呀。听说,燕子谷景区东边山上的林木被烧一空,也不知温州的开发商会不会撤资?"

老马叹了口气,低沉地说:"经济损失正在汇总,据初步统计,直接损失在三千万以上,让人痛心呀。已经联系飞机播种,只能亡羊补牢啦。至于恒久公司,还没顾得上和人家通报。估计他们驻景区的人早就汇报过啦。"

扯到这儿,几个人都讳莫如深。大火对于景区开发意味着什么,每个人心里都明镜似的。

病房内突然沉寂下来,输液管里液体"滴答滴答"的声音都清晰可闻。

过了一会儿,彭大牛对其他几人说:"你们先出去一会儿,我和马书记商量点事儿。"

几个人出去后,彭大牛眼角滚出几滴清泪:"马书记,你是从上面下来的,见过大世面,不要和我计较。我虽然虚长你几岁,真的是多白活了几年。"

老马听了,心里酸酸的,说:"老彭,怎么说这话?你表弟那事儿,我也确实不是要你难堪,真是为了咱这景区呀。"

"你不用解释。"彭大牛越发动容,"我就是再糊涂,也不会糊涂到好赖不分的地步。你来挂职,为了大峪尚且费尽心血,我土生土长,咋能给家乡的发展拉倒车?!唉……"

"老彭,你也不必太自责。救火中你拼上身家性命,大家都说你是好样的!"

"是,这次救火,我真不是装样子。扑火时,我咋就觉得,脚下正燃着的不是火,就是我之前的私心杂念,就是我不该发的那些牢骚,就是我过去好多不该说的话不该做的事儿。我是真悔恨哪!然而,在别人眼里,我好像是在舞台上表演,是想当英雄,甚至企图掩盖着什么,你没听刚才邢步端的话外音,恐怕早就有人在背后说闲话了。"

"不必多想，老彭，谁人背后无人说，谁人背后不说人？有首歌不是这样唱嘛：天地之间有杆秤，那秤砣是老百姓。群众自有公论，公道自在人心。"

"也怪不得人家，我前后判若两人，反差太大，别人咋能相信呢？"

"我理解你的心情，老彭。在许多人的眼里，人，从性别上只分为男女，如果出个变性人或者人妖什么的，他肯定要大惊小怪；从婚姻状况上，只有已婚、未婚两种情形，如果谁是离异、丧偶，或是同性恋，他肯定要大呼小叫；而从人的类别上，似乎只分为好人和坏人，就像咱们小时候看电影，一出个人物，咱总是好奇地判断：这人是好人还是坏人？是好人，必然是顶天立地、光芒四射，就像'八大样板戏'中的'高大全'，毫无瑕疵；是坏人，必然是从头到脚都流着脓水儿，是罄竹难书的大坏蛋。"

"唉，我现在就是有些人心目中的大坏蛋，怎么也解释不清呀。"

"不用解释，老彭。其实，人性是复杂的，人具有两面性甚至多面性。还记不记得，多年前，曾有报道说，雷锋当年也有一件皮夹克。这则新闻居然让很多人不理解，认为是媒体故意哗众取宠的炒作。其实，雷锋为啥就不能有一件皮夹克？他是英雄典型不假，但别忘了，他首先是一个人，不是一尊神哪！"

"马书记，你真是个通情达理的明白人呀，你这番话让我敞亮多啦。"

"老彭，我还没说完呢。更何况，好人坏人之间，或者说，一个人内心深处的善与恶之间，并没有不可逾越的鸿沟。人性的善就像天使，恶就像魔鬼。好人在一定条件下也会变成坏人，坏人在一定条件下也会变成好人，这才是真正的辩证法。否则，就不需要监狱里对犯人的改造了嘛。"

"可是，马书记，你知道，我以前确实做了一些糊涂事。再加上，起火之前我无端发火，咋能不让人家往歪里想？咋能捂住别人的嘴？人言可畏呀。"

"老彭，谣言一旦吸足了养分便十分饱满，但谣言止于智者，也止于时间。时间这位公正的老人能够检验一切。你想，哪怕是铁打钢铸，时间还能把它日浸月蚀得体无完肤，何况是虚无缥缈的谣言呢？身正不怕影子斜，还是但丁说得好：走自己的路，让别人说去吧。"

"我记住了老弟的金玉良言！这是医治我这块心病的灵丹妙药呀。"

彭大牛被丝丝入扣的批解感动得两眼热泪，俩人的双手紧紧地握在了一起。

"老彭，兄弟同心，其利断金。只要咱们心往一处想，劲往一处使，景区就一定能建成！"

那场面的确很感人，怎么看都像是当年陕北吴起镇红军胜利会师的那幅油画。

告别了老彭，刚走出病房，老马便感觉楼梯口有鬼鬼祟祟的人影似乎在躲闪着自己。

那个身影好熟悉呀。

噢，想起来了。那不是老彭的表弟吗？何必躲躲闪闪呢？

老马的心事如天空中的乌云，阴沉不散，越积越厚。

第五十七章

回到办公室,老马虽然神色疲惫,但与老彭的握手言和,让他有一种排泄了异物的轻松感。人,都有良心发现的一刻,都有自我救赎的一天呀。不打不成交,从此,就可以专心致志于景区了。

思绪飘到景区建设,恒久公司的投资会不会受影响?

踌躇许久,他还是拿起了电话,毕竟,丑媳妇早晚都得见公婆呀。

拨通了翟文浩的手机,他把事情的简单经过、燕子谷山林被毁的情况以及补救措施如实作了通报,真心希望恒久公司能够理解,不因意外的天灾而中途变卦。

电话那头沉默了片刻之后,传来了清晰而坚定的回音:"其实,起火的当天上午,公司项目部经理已经详细向我汇报了。这场大火与恒久的投资预期休戚相关,这几天我是无时无刻不关注着火情啊。为了救火,你们不惜动员全乡的人力物力,简直就是现代版的愚公移山。听说都出动了飞机,也真是竭尽全力了。你通报的情况与我所掌握的没什么出入,拟补救办法也切实可行。我看到了南川县政府移山填海的决心与矢志不移的魄力,更加坚定了我的投资信心,我的眼光没错!开弓没有回头箭。几十年来的打拼经历告诉我,任何一个人一个项目,都不可能一帆风顺。不经历风雨,怎么能见彩虹?燕子谷的树毁了,还能再种。留得青山在,不愁没柴烧嘛。我说这话,可能不吉利,但我想明确告诉你,并请你转告南川县政府:恒久公司看不准的项目,会犹豫徘徊;可一旦看准了的项目,九头犍牛也拉不回,用当年朱镕基总理的话说:不管前面是地雷阵还是万丈深渊,我都将勇往直前,义无反顾。"

老马心中有了底,正准备去找书记、乡长报告这一喜讯,刘文卿走了进来,眉头紧蹙。

老马问:"老刘,咋啦?"

"还得聘老师呀。郭雅静要走,校长嘴皮子都磨破了也留不住,孙小妮劝了几次也不行。"

"噢,我先问问情况。"

望着刘文卿离去的背影,老马觉得此事必有隐情。干脆去尚沟见见孙小妮,自然就能弄明白。

到了尚沟小学,刚好是课间。孙小妮正和孩子们做老鹰捉小鸡的游戏。老马弓着身子,拉着最后一只"小鸡",跟着孩子们左躲右闪,还是没有逃过"老鹰"的利爪。

"鸡妈妈"孙小妮一看,笑得捂住了肚子:"马大哥,千里马也没跑过老鹰呀。"

这时,上课的铃声响起了。孙小妮把班长叫过来交代说:这节课大家自习,你负责好课堂纪律。

俩人一块来到她的办公室。孙小妮拉了把椅子,说:"马书记,今天不是来看我的吧?"

"我的心思都让你猜中啦。郭雅静怎么要走呢?"

"唉,她有苦衷呀。"

半年多前,郭雅静被老马的真诚与小妮的赤子之心所打动,不顾父母与男友的劝阻,毅然决然来到大峪。然而,几个月过去了,当时那要点燃整个沙漠的如火般的热情渐渐消退了。

她从小生活在城里,家庭条件优越,过着公主般的生活。到了咱乡,刚开始几天,这里的山,这里的水,这里的一切在她的眼里,都是那么新鲜美好。但没几天,生活上的种种不便就随之而来了。比如,在家里,她习惯了天天洗澡,可是在咱这儿,只能隔三岔五跑几里地到大峪街上洗澡,每次回来都黑灯瞎火的,总是拉着我一块去。今年夏天,咱这儿也没空调,热还好对付,到了晚上,蚊虫叮咬得她整夜难以入睡。厕所在校园的角落里,晚上起夜,她迫不得已才鼓足勇气冲出房门,回到屋里还后怕。因为这,她晚上都不敢喝水。总之,生活上我惯常的事情,对她来说,都是一个个坎儿。

暑假前的一个双休日,大学同学来咱这里玩,顺便拐来看望我俩。到了雅静的学校,看了教室和宿舍,人人都瞪大了眼睛,一个女同学喊道:"哇!你们俩这是玩穿越吗?"他们频频拍照,把照片发到了微信群里。同学们什么样的留言都有:

"向扎根山区的人类灵魂工程师致敬!"

"原生态呀,雅静和小妮就是山上的野酸枣!"

"回来吧,小公主,灰姑娘不是那么好做的呀。"

……………

尴尬中的郭雅静犹豫了。

最终促使她下定决心的是她表姐。前不久,她表姐专程来看她,表姐离婚的消息让她十分震惊。她知道,表姐与表姐夫的相识相知相恋都曾经让亲戚朋友羡慕不已。母亲曾对雅静说,将来你能像你表姐那样过日子,我和你爸就放心了。谁能料到,他们竟然劳燕分飞了!

她表姐夫人品好,家境好,学历高,是部队上的高科技人才,在酒泉航天发射中心工作。她表姐在神都市第三人民医院内二科当护士长,整日忙得脚打后脑勺。三年前,他们结了婚,孩子两岁了。要不是她姨妈帮着照看孩子,她表姐都不知道这两年怎么过。这孩子吧,是个早产儿,从生下来就放在暖箱里,她表姐还没奶水,是她姨妈一口一口喂大的。孩子三四岁之前,今天发烧,明天感冒,就没消停过。多少次,她表姐孤苦无助,一个人抱着孩子往医院跑,真是太不容易了。她表姐说,当军人的妻子,两地分居是绕不开的现实;你要想在山沟里扎根,自己得是个女汉子。雅静,生活不能凭一时的感情冲动,你得想清楚。人生,选择的机会不多,你得好好把握呀。

她进退两难。到大峪以来,孩子们对自己的喜爱,家长们对自己的尊敬,都让她深深感动。那一幕幕场景,再次浮现在眼前:孩子们上学时,从家里捎来了煮鸡蛋、白蒸馍,夏天给她捎来香菇木耳,秋天给她捎来嫩玉米和柿子。知道了她的种种不便,校长送来了手电筒、保温瓶,有家长还送来了一大捆艾草,说可以熏蚊子。尤其令她难忘的是,有个家长是木匠,听说她洗澡得去大峪街,就做了大木盆,让孩子扛到了学校。

她说,自己要离开,但不知道该如何面对喜爱她关心她的孩子和家长,甚至对乡里的马书记都羞于开口,所以,她只能默默地离去……

老马叹道:"也真够难为她了。咱们也得理解雅静老师呀。"

回到乡里,天已黑了。在灶上吃完饭,老马想着如何向上级反映老师缺编的问题。

这时,陈进庆走了进来,见老马在发呆,开玩笑说:"马书记,想嫂子了吧?"

"进庆,咱乡以往老师缺编,咋解决呢?"

"通常都是用缺编老师的经费,在咱这附近找代课老师。"

"这不是长久之计呀。"

"谁让咱这里偏僻呢。这也是没办法的办法。对了,上午你和彭乡长挺谈得来嘛,疙瘩解开啦?"

"其实,也都是为了工作,本来就没有多大的事儿,说开了也就敞亮啦。"

"是呀。其实,老彭这人虽说有毛病,但也是性情中人。"

"哎,上午去的时候,你拉我衣襟是什么意思?一直没顾上问你呢。"

"当时想让你拒绝邢步端和咱俩同去。"

"为啥?"

陈进庆在沙发上坐下,打开了话匣子:

邢步端去看老彭,可以说是黄鼠狼给鸡拜年——没安什么好心哪。

画猫画虎难画骨，知人知面不知心。老彭见他去，心里肯定不高兴，嘴上又没法说。毕竟，人家冒雨来看望你，面子上总得说得过去吧。有一阵子，老彭的脸色不好看，不是冲着你来的，冤有头债有主嘛。有啥深仇大恨？倒也不是，但俩人结怨已久，乡机关的人无人不知。俗话说，冰冻三尺，非一日之寒。这得从六年前说起。

老邢比老彭小一岁，算是同龄人。在老彭提拔为副乡长之前，俩人都是大部门的主要负责人——老邢是林业办主任，老彭是国土所所长。那年，提拔的指标只有一个。你知道，像你们煤炭局这样的大机关，相府门前四品官哪，解决一个副科级，可能比拍死一只苍蝇还容易，可在乡镇基层，想熬个副科级，简直比登天还难。像我，这辈子都没戏了。哎，跑题了，不说我，还接着说老邢。

你知道，干部调整也不是每年都进行的，更何况，有时候两三年盼来了调整的机会，可咱乡的科级干部没有空位置，一个萝卜一个坑呀。终于等来了一个坑，上面又空降下来一名，直接就给填上了，叫你哭天都无泪。这就像久旱的庄稼，眼巴巴盼着，结果等来的不是绵绵细雨，而是狂轰滥炸的冰雹，怎能不让人伤心欲绝呢？马书记，你无法感同身受。你虽说是副书记，但括弧里是正科级，很难体会到乡镇底层那种死熬活熬的处境。

六年前，上面体谅到基层干部的难处，就明确表示了不再空降，从本地提拔。那年老彭四十五岁，老邢四十四岁，都是末班车，赶上了就赶上了，赶不上这一趟，这辈子就画上了休止符。啥？提拔没那么重要？不能当官迷？马书记，站着说话不腰疼呀。你说说，对于机关的人来说，哪怕是咱这乡镇一级最基层的机关，人生价值的体现形式是啥？

当时，符合上面规定条件的有五六个人，但大家都清楚，真正具有竞争实力的就是老彭和老邢。俩人在提拔问题上，真的是你死我活，没办法，只有一个名额，是生死对决啊。

于是，俩人八仙过海，各显神通。其他的条件吧，俩人基本上旗鼓相当，要想分出伯仲，就得在民主推荐票上下功夫。嘿嘿，不瞒你说，那几天，俩人像换了个人似的，连平时他们根本看不上眼的人，如今都老远跟人家套近乎，未曾开口三分笑。一到晚上，俩人都摆小酒场儿，都请你喝酒。咋办？得去啊。你不去，不是说明你不想选人家嘛。我咋处理？难不住我，我先参加老彭的场儿，然后，我得找个理由提前退场儿，悄悄地去老邢的场子上坐一会儿，两不得罪嘛。推荐谁？笔握在你手里嘛。人，到关键时候，还是有良心在那儿放着的嘛。

结果，老邢以五票之差名落孙山，老彭险中取胜。老邢心里尽管不服气，但事已至此，也就只能认命啦。

按说，这事儿过去也就过去了。依照相关规定，老彭这种副乡长，是不用乡人大会议选举通过的，只需要乡人大主席团举举手、走走法定程序就行了。但那一年，恰恰遇到乡镇政府换届，柳乡长刚刚到任。乡长，虽然由上级任命了，但必须召开乡人大会议，需要乡人大全体代表选举通过。遇到这种选举之年，副乡长也必须同时在会议上投票选举产生。当然，按照规定，乡长的选举是等额选举，就是说，提名一人，选举一人，但副乡长必须差额选举，提名五人，选出四人。

不知你是否知道，马书记，这个差额人选的确定是很有讲究的。一个呢，他得有一定的政治素质，得能实现上级的意图；另一个呢，他得有一定的威望，虽说是差额的人选，是作为绿叶出现的，但毕竟也是副乡长的人选哪，不能强差人意，否则，也太不严肃，太不像那回事儿啊。

这样，挑过来拣过去，组织上觉得，也只有邢步端最符合差额人选的条件，毕竟，前不久的民主推荐中，他几乎快要和老彭并驾齐驱了。于是，组织上就找老邢审慎地谈了话，说明了组织意图。刚开始，老邢是不想当这片绿叶的。刚与老彭较量完，淡出人们的视野都没几天，难道还要把刚刚结了痂的创面再鲜血淋漓地揭开？再让大家看一次笑话不成？

可是，谈话的第二天，老邢又变卦了，居然主动向组织保证，当好这个差额人选。

谁也不知道，他葫芦里究竟卖的是什么药。

第五十八章

陈进庆接着讲道:

人呀,是很奇怪的动物,人的思想有时候就像大夏天的天气瞬息万变,活络得很。第二天,组织上正准备调整差额人选呢,老邢也不知中的哪路邪,居然找到党委书记,指天誓日地保证,不辜负组织的信任,当好差额。

他当时咋想的?这不好说。有人猜测说,老邢是不服那口气,想让老彭看看,上上下下还是很看重我的;有人揣摩说,老邢怕不答应组织上的要求,一旦第二年真有了机会,得罪了组织,届时岂不鸡飞蛋打?还有人琢磨道,恐怕老邢从答应的那一刻起,就包藏了祸心,欲在人代会上爆出个大冷门,突然杀出一匹黑马,实现大逆转,让老彭脸面丢尽,等组织上发现了,木已成舟,生米做成了熟饭,上级又怎能违拗"民意"?总而言之,言而总之,当时众说纷纭,情形让人看不透啊。

按照日程安排,人代会召开三天,第三天上午要正式选举。老邢在选举的头天晚上突然发力,私下向各代表团里能说着话儿的代表打招呼。这当然是严重违反组织原则的。要想人不知,除非己莫为。人大主席团发现后,及时制止了他的行为,对他进行了严肃的批评教育,才没有闹出大的政治笑话来。

老邢的这次居心叵测,让俩人的矛盾再次升级。老彭很生气,你这个邢步端,真是行不端哪,这是要置我彭大牛于死地而后快呀。不就是一个提拔吗？难道就有杀父之仇夺妻之恨吗？

不过，毕竟，那都五六年前的事儿了。俩人在一个大院上班，低头不见抬头见，老不说话也不是个事儿。后来，可能老邢也觉得自己做得太过分太出格，专门摆了个小酒场儿，经中间人说和，向老彭道了歉。那之后，俩人虽说还是面和心不和，但大体上还能说得过去。

就这么凑合着，倒也相安无事。今年，俩人在一件事儿上又生了罅隙。上半年高速征地，老彭和老邢包的那两个村，线路经过大片树林。你知道，当时给群众都赔偿过了。上级要求场光地净，以便施工企业尽快进场，赔偿后伐倒的树木，让乡里看着处理。乡里当时也顾不上，萝卜快了不洗泥，就让各个包村的同志迅速处置，收入上缴乡财政即可。

结果，矛盾出来了。老邢本来答应卖给一家亲戚，谁知，老彭也看中了这些林木。你知道，他老婆罗香梅在家里种植香菇、木耳，每年本身就得采购大量的林木，低价买走这些林木，当然可以降低成本，又不违反原则，是顺理成章的事儿。最后，虽说老邢做了让步，但心里肯定恨透了老彭，估计也会像当年的周瑜那样愤愤地感叹：既生邢，何生彭?！

马书记，咱们去卫生院的路上，邢步端是话中有话呀。什么大家说云云，恐怕他就是"大家说"的源头呢。谣言，自然不攻自破。虽说我眼拙，但据我观察，彭乡长即便和你有一些矛盾，也绝不会做出这等伤天害理的事儿。

老马点点头，深以为然："我也是这样想的。"

送走了陈进庆，老马陷入了沉思。在现实生活中，这种趁火打劫的小人又何止邢步端一个？在大是大非面前，人性的真善美与假恶丑表现得淋漓尽致。唉，这复杂的人性啊。

却说尚来力与尚猪娃儿透过楼梯转角处的窗口，亲眼看着老马等人消失在卫生院大门口的雨幕中，俩人才偷偷摸摸溜进了病房。

"大老表，你没事了吧？你要是有个三长两短，我以后可在哪棵大树下乘凉哩。"

彭大牛睥睨了他一眼，没好气地说："我死不了。还乘凉呢，都快把我这棵树烧成灰了！"

"大，大，大表伯，我，我，我俩不，不，不也是为，为，为你出，出，出气嘛。"

"什么？真是你们俩干的?！出你个头，混蛋！"

彭大牛愤怒至极，边骂边在床上摸着，拎起枕头甩向尚猪娃儿。

尚来力一看表哥大发雷霆，惊慌失色，浑身筛糠似的觳觫不已。他赶紧捡起枕头，嗫嚅道："大老表，你消消气。当时喝晕了，我俩做梦也没想到，竟然闯下这么大的祸。"

"唉，成事不足，败事有余啊。"彭大牛悔恨交加，摇了摇头，"你们知道吗，故意纵火，这是严重的犯罪啊。真是胆大包天！去吧，快去派出所投案自首，还可以减轻一些罪责。"

"大表伯，伯，伯，野，野，野地里也，也，也没有人，人，人，也没有，有，有监控，怕，怕，怕啥哩?"尚猪娃脸憋得通红。

"闭上你的臭猪嘴！天网恢恢，疏而不漏。不要再错上加错了。"

尚猪娃儿一副死猪不怕开水烫的样子，顽固地说："大表，表，表伯，哪，哪，哪有飞蛾投，投，投火，自投，投，投罗网的傻，傻，傻子嘛。出去躲，躲，躲再，再，再说，砍头大，大，大不了碗，碗，碗口大，大，大个疤嘛。"

尚来力听着俩人的对话，半天没有开口，木呆呆地站在那里，像一具木乃伊。

"你滚出去！我和你叔说两句话。"彭大牛吼道。

尚猪娃儿灰溜溜地退出了病房。

彭大牛语重心长地说："来力，这回你俩闯了天大的祸，把天都戳了个大窟窿。不要说我只是个副乡长，就是乡长县长也保不了你们，也没人敢保。跑了初一，你能跑了十五？主动自首，法院在量刑时还能酌情减刑，如果还不悬崖勒马，那就罪加一等了。去吧，早点儿去，听我的……"

听了这番话，尚来力的眼泪像开了闸的洪水滚滚泻出："大老表，酒醒来的第二天，我也吓傻了。这几天我是噩梦连连呀，没睡过一个安稳觉。我真害怕了，吓得门也不敢出。想来向你讨主意，又怕被怀疑盯上。自作主张干了这傻事儿，还害怕株连到你。唉，一失足成千古恨。啥也不说了，大老表，我听你的。不过，有个事儿还得求你。"

　　"啥？还让我给你办事儿？咱吃的亏还小吗？教训还不够深吗？"

　　"不是，大老表，不是那意思。我是想，恐怕得判好多年。我老娘你妗子今年都快八十了，身体一天不如一天，这些年只能拜托大老表替我行孝了……"

　　说到这儿，尚来力泪如雨下。

　　看着表弟离去的背影，彭大牛不自觉地老泪纵横。既知如今，何必当初？唉，死要面子活受罪。我彭大牛再也不会重蹈覆辙啦。

　　…………

　　尚来力离开卫生院，直接去了派出所。

　　在前去自首的路上，他好言相劝尚猪娃儿，但尚猪娃儿执迷不悟，还狡黠地说，你先去，我回家拿套换洗衣服，随后就到。

　　尚猪娃儿一去不复返，就像滴入泥土中的一滴水一样，突然蒸发了。

　　一周后，尚猪娃儿在神都火车站被捉拿归案。

　　…………

　　十一月，已是深秋时节。位于卧牛山腹地的大峪，成了一幅天然的秋色图。

　　你看，那绵延起伏的重峦叠嶂，虎踞龙盘，不由教人感叹天地造化的鬼斧神工。山上葱茏的林木已由墨绿浓缩为暗红，远远望去，万山红遍，层林尽染，仿佛在昭示着生命的升华，仿佛在宣告着轮回的盛极。一棵棵柿子树不时映入你的眼帘，树上挂满了一串串一兜兜小灯笼，仿佛是农家庆祝五谷丰登年景的一种特殊仪式。你听，在那大山的褶皱里，蜿蜒跌宕的潺潺溪流，或急或缓，忽而神龙匿迹，忽而峰回路转，哗哗流淌,一路欢歌,永不停歇。文字太苍白无力,无法书写大峪这壮美的秋景;即便是最优秀的画家,也无法描绘无法复制大峪这浑然天成的山水画!

燕子谷风情小镇就像一颗夺目的明珠镶嵌在这大山里。它背倚伏牛山的凤凰岭,面朝从燕子谷里缓缓而来清澈见底的溪水。灰白相间的徽派建筑依山而建,因形就势,或一字排开,或错落有致。当夕阳西下,云蒸霞蔚,小镇被渲染得一片金黄,如泼墨重彩,又如淡淡写意,与周围的山色水乳交融,共同构成一幅赏心悦目的山水长卷!

哦,亲爱的读者,忘了交代:两个月后,审判机关做出判决,故意纵火犯尚猪娃此前曾有偷盗等案底,数罪并罚,判处有期徒刑十年,剥夺政治权利十年;故意纵火犯尚来力,念其有主动投案自首并揭发同伙之情节,判处有期徒刑三年。彭大牛虽未直接参与纵火,但其久久不能走出心灵的谴责,主动向上级递交了辞职报告并获得批准。燕子谷风景区的开发建设暂由老马主持全面工作。

几个月来,景区的建设突飞猛进,日新月异:从国道到景区的道路已经竣工通车,平坦宽阔的路面如同一条绸带,牵着即将掀开红盖头的燕子谷景区;恒久公司夜以继日地建设景区内的基础设施,因陋就简,就地取材,修建了木梯、木桥、木栏,虽说走上去让人不免战战兢兢,却也多了一分野趣;景区内的三星级酒店已经破土动工,工期一年零六个月,建成后可同时接纳三百人的食宿;风情小镇已具雏形,景区内外的农户陆陆续续喜迁新居;随后,景区内的近二十多户农宅顺利拆除,为恒久公司的下一步建设扫清了障碍。

小镇街边的农户,有的正在搬家,有的正在装修门店,有的正在安装醒目的店牌,一派蓄势待发的景象。

在这个再普通不过的下午,老马漫步在风情小镇的街头,望着眼前的美景,心头泛起一种成就感以及莫名的心绪。一路走来,终于不负苦心人,有了今天。这风情小镇,就像自己十月怀胎的孩子,濡染了多少心血和汗水,忍耐了怎样的痛苦与挣扎,终于呱呱落地,并在自己的关怀下一寸寸长高长大,那种欣喜那种快慰,不是其中人,难解其中味呀。

前段时间,燕子谷景区通过报纸、电视等传统媒体的宣传,已经家喻户晓了。然而,究竟效果如何,就像小马过河,谁也不知水的深浅呀。

他一边在小镇徜徉,一边给自己打气:头三脚难踢。就像当年的红军长征,只要迈开第一步,终有抵达目的地的那一天。万事万物就是这样,不可能在开始以前把所有的问题都预设完尽,只能边走边说,活人岂能让尿憋死!

正思前想后,手机铃声打断了他的思路。

老马一看,是科里肖芳的来电:"马大书记,燕子谷现在可是名声在外啊,这可是你扶贫的成果,怎么也不邀请我们去分享分享?"

"肖芳,你别得了便宜还卖乖,请你们都请不来呀。"

"书记大人,巧让人儿遇到了热黏皮儿。后天就是双休日了,科里一致表决通过,去看望老领导,顺便参观老领导的扶贫项目,不知意下如何?"

"呵呵,肖大科长,醉翁之意不在酒,在乎山水之间也。看望老领导领受不起,至于参观燕子谷,欢迎还来不及呢。我恭候诸位莅临指导,届时全程作陪。"

"一言为定啊。哈哈……"

老马心里话,一个多月没回了,这个双休日本来要回神都,计划总是赶不上变化。科里的同事们第一次来大峪,自己岂能不盛情款待?唉,回家又一次泡了汤,找个什么理由跟老婆忽悠呢?他的脑海里顿时浮现出自个儿打电话时尴尬的神态、求爷告奶奶的语气,乃至电波那头赵玉曼能挂住油瓶的高高噘起的嘴巴……

第五十九章

周末的晚上,老马一看柳占奎带班,吕建军和陈进庆也没走,就撺掇着喝酒。陈进庆到街上弄了四个凉菜,掂到乡长办公室。柳乡长从里屋摸出两瓶酒,几个人就边喝边神侃。

席间,柳占奎问:"马老兄,听说你上大学时曾是足球队的主力。你说说,咱中国男足为啥老是输?但女排还有乒乓球为啥老是赢,都好几连冠啦。"

乡长的信息可真灵通呀,"一脱成名"的典故他们怎么也知道,莫非和白雪的凤凰玉的故事,他们也有所耳闻?

他心里想着,嘴上回答道:"是不是因为排球和乒乓球选对了教练?"

吕建军自斟自饮了一杯,说:"柳乡长哪里是说体育,是说咱乡镇的工作哩。"

"哦。你说说看,我还是第一次听说。"

"咱们在乡镇工作,就像男足队员一样整场奔波不停,人家上级部门,要么是裁判员,给咱打分排队考核,要么是置身局外的看客,作壁上观,指指点点说,看他们脚多臭!"

"有点儿道理,可是,足球为啥总是输呢?"老马还是不解。

陈进庆按捺不住,说:"马书记,足球是贴身对抗项目,而排球、乒乓球都隔着网呢。你难道没有发现,只要隔着网的项目,咱都能赢;而贴身对抗的项目,总是出力不讨好。"

"还真是这么个特点呀。"

"马老兄,咱在乡镇工作,打个不恰当的比方,得直接面对群众,就像踢足球呀。可是,县级以上做工作,就像打排球和乒乓球,不用贴身对抗,中间隔着网呢,这网呀,就是咱们乡镇这一级。"

"精辟!喝!"

"我们这一级,既要对上负责,落实上级的大政方针,"柳占奎接着感叹道,"又要对老百姓负责,直接面对群众,百姓不理解,咒爹骂娘咱也得忍着,就这还时不时地被妖魔化。"

几个人就这样感叹着喝着,一直喝到两瓶见了底才各自散了。

第二天,老马睡了个懒觉。到了九点多,他躺在被窝里,望望窗外蓝蓝的天空,又是个天高云淡的日子。他拨通了肖芳的电话,得知他们已过了县城,正在来大峪的路上。他详细告知了行车路线,说自己等一会儿在村口亲自恭迎大驾。

起了床,刮了胡须,抹了把脸,正准备出门,禁烧值班室的小胡跑了过来,慌慌张张地报告说,火龙沟村燃起一堆大火,起火原因不明,被市里督导组发现了,要通报处理呢,柳乡长让他火速赶赴现场处置,做好协调沟通工作,说啥也不敢在全县全市当"第一把火"的负面典型。

他慌了神儿。谁都知道,禁烧秸秆是当前的头号工作,是全市实施碧水蓝天工程的重要一环,已经快要结束了。对于全市的"第一把火",上级处分很重,且不说经济上的处罚,关键是县委书记、县长都得写出深刻的书面检查,并公开刊登在《神都日报》上。玉米秸秆一旦着火,浓烟蔽日,很难掩盖。这两个多月,乡里除了抓景区建设,把所有的机关干部都撵到了各村,死看硬守,禁烧宣传车不间断巡查;科级领导每个人包两三个村,必须每日实地督导;各村也在田间地头设立了禁烧点,严防死守。整个秋季,全市尚未有过一起燃烧秸秆的事。

他飞快跑下楼,驾车往火龙沟方向驶去。火龙沟,是自己分包的两个村之一。如果因为这把火,让县里的主要领导斯文扫地,在全市做书面检讨,岂不汗颜?唉,先把火灭了再说,还得会会市里的督导大员,哪怕磕头作揖,也得把这把火给"灭"了呀。

唉,这乡里的部门,各吹各的号,各唱各的调。禁烧办给科级领导分任务时,也不考虑一下每个领导的分管工作,给自己分的火龙沟村,恰恰与景区调着向,谁也没有分身术啊。下次,乡里领导班子开会时,得作为一个问题提出来,统筹起来呀……

却说肖芳、老赵、小王三家十口人,分乘两辆车,按照老马交代的路线一路狂奔,上午十一点就到了尚沟村口,却不见他的踪影。肖芳焦急地拨打手机,却联系不上老马。

他们一行下了车,一个个伸展着筋骨。这时,围过来一男一女两个村民,主动跟他们打招呼:是来看燕子谷的吧,连吃带住,一人一天四十块,你们人多,如果全部住在我家,每天每人三十五块。

肖芳说,我们安排好了。

几个人又等了一二十分钟,依然音讯皆无。一路上的亢奋被稀释得荡然无存,几个家属望着几百米开外的风情小镇,等得不耐烦了,提议先进入小镇。

几百米的路,居然开了十几分钟,道路两边都是拦车拉生意的村民。在村口第一个迎住他们的那两个人,看到肖芳一行犹豫不决的样子,一直尾随着他们。

进了小镇,街上三五成群的散客和他们在村口遇到的情形差不多,都被村民围着。这些农家宾馆从外观看没啥差别,反而让游客拿不定主意。

几个人在十字口停了车,一直尾随的一男一女又上来对肖芳说:"你看,那边第二家就是我家,崭新的房间,三十五块,又便宜又实惠。"

他们正在讨价还价,那边过来一名男子,跟老赵搭讪道:"到我家去吧,饭菜都是家常便饭,被褥也是新的。俺家更便宜,一个人三十块。"

那名女子听到有人挖他的墙脚,愤然骂道:"二赖子,你真不要脸,这些客人是我和娃他爹从村口一直接到这儿的,你倒好,不栽果树吃桃子——坐享其成,慌得跟报丧似的,做事咋恁不地道哩。"

这二赖子也不是个瓤茬儿,回敬道:"你个骚娘们儿,说话跟吃枪药一样。这十字街口是你家开的?你能在这儿侃价,我就不能和客人拉拉话。撒野也不看看地儿,这可不是你家的床上,跟你男人随便撒……"

"嘭"的一声,这男子脸上挨了一拳。原来,娃他爹早已怒火中烧,从侧面上来突然袭击,出手就是一记老拳。

挨打的男子岂能善罢甘休,口里一边骂着,也回手一拳。接着,俩人抱作一团,滚在地上,一会儿这个翻身在上,一会儿那个占了上风。娃他娘本来要上去帮忙,对方的家属恰好赶到,于是,俩人也开始撕拽拉扯,相互抓着对方的头发,现场"一地鸡毛"。

"住手!都住手!"只听一声断喝。原来,尚安民以及在景区值班的民警刚刚赶到。他们拨开围观的人群,制止了这混乱的场面。

几个当事者终于下了架,不服气地垂手而立。

尚安民训道:"丢人不丢人,啊?咱景区开业才几天?你们就这样迎客吗?"

"走,到景区警务室做笔录去!"民警吼道。

几个人灰溜溜地跟着民警去了,看热闹的人群散了。

尚安民来到肖芳的车前,大声问:"车主呢?谁是车主?"

一看肖芳应了声,尚安民满脸堆笑:"您就是肖科长吧?我是尚沟的村主任尚安民,马书记让我找你们呢,估摸着也该到了。本来要给你们打电话联系,你看,又节外生枝,景区才试营业,啥都不就绪,让市里领导见笑啦。"

"马书记他人呢?"

"他正从乡政府那边往这里赶呢,走,先住下,我都安排好啦。"

一行人跟着他在十字街往南走了四五分钟,到了一户人家,红漆大门,二层小楼,院内地坪全都硬化了,看上去挺干净。

几个人把行李刚放进房间,只见尚安民从大门外迎着老马走了进来。

老马抹了一把额头上的汗珠,歉意连连:"有失远迎,罪过罪过啊。"

"咋回事?马书记,不愿接待我们就明说嘛,别让我们吃闭门羹呀。"

老马知道肖芳在开玩笑,把事情的前后经过跟大家解释了半天:

他慌里慌张赶到火龙沟,一下车才想起肖芳们可能快到了,掏出手机,又没信号,只得先急后缓。禁烧,你看它一天,它看你一会儿。禁烧点上的值班员回家吃早饭的二十多分钟里,居然就起了火。很显然,这是人为点的。老马赶到现场时,那堆秸秆上的火已经灭了。火龙沟的书记、村主任诉苦说,现在老百姓都知道上级重视禁烧工作,都知道要层层追究。日常要是不小心得罪了哪一家,恰恰又是个难缠户,他就在夏秋两季关键时候悄悄点根香头,另一头是火柴头,待他走了几十分钟后,香头燃尽,就起了火,然后故意打县里的举报电话,看着支书、村主任受处理,暗地里专门等着看笑话,杀人都不见血,吃人都不吐骨头哩。唉,这工作都没法干。

值得庆幸的是,带队督查的是市委农工委的副书记史少华。对,就是白雪的前夫。他已经是正县级啦。当年在白雪和史少华的婚礼上,老马见过他。可是,这么多年过去了,史少华对老马没什么印象。

赶到了焚烧地点,史少华等铁青着脸,一副要公事公办的样子。

老马求情讨饶说,无论如何,领导们得放俺一马,可不敢将这把火报上去,否则,叫俺们咋立站哩?俺们一定吸取教训,说啥也不会再给领导们添麻烦啦。

好话说了一箩筐,督导组的人也没松口。

无奈之下,老马悄悄走到史少华跟前,低声说:"史书记,我是白雪的同学马德胜,原来在煤炭局,年初挂职下来的,还得请你多关照。"

熟人自然好办事儿。即便与白雪离婚多年,但她同学的面子总不能就这样驳回去。况且,杀人也不过头点地。人家把话诚恳地说到这一步,史少华也只能顺坡下驴说,其实,我们也不忍心硬下茬。但是,有再一再二,说啥也不能有再三再四了,全市的禁烧到了最后这个节骨眼儿上,千万不能麻痹大意。不是我们督导组跟基层过不去,也不是不体谅乡村两级的苦处,一家不知一家难。一旦市里发现了这把火,而我们又没上报,要负督查不力的连带责任,也得跟着受处理被通报批评。说句不好听的话,咱们是一根绳上的蚂蚱呀……

听了这话,老马赶紧表态说:"大恩不言谢。史书记,您放心,下不为例,一定下不为例……是,是,是……你们是大蚂蚱,我们是小蚂蚱……"

听着督导组的训斥加教诲,他一副耳提面命的样子。唉,你说这副书记当的。

三拜九叩送走了督导组,他想起肖芳一行,驾车到了有信号的路段,赶紧给尚安民打了电话,报了肖芳的电话和车牌号……

听完事情的曲衷,肖芳笑了:"马书记,宁为鸡首不为牛后,那你还不如回科里当咱的大蚂蚱呢。"

一行人正哈哈大笑,尚安民招呼大家说,开饭啦。

老马让尚安民从自己车上取来两瓶白酒,说:"难得大家相聚大峪乡,老嫂子、小弟妹等科里的家属也聚得这么齐,可算是给我了一次机会尽尽地主之谊。来,干一杯。"

大家一齐仰脖子喝了。

边吃边聊之际,房主端上来一盘热气腾腾的烧香菇。

"这香菇可是咱这里的特产,大家趁热尝尝。"老马说。

大家纷纷下筷子,一人吃了一口,边吃边夸说:嗯,好吃,新鲜。

肖芳夹了一口,举起筷子正准备夹第二口,突然,她放下筷子,捂住嘴,扭过头,干呕起来。

小王一半关心一半打趣道:"肖科长,咋回事嘛?一放开二孩,这么快就响应国家号召啦?"

众人哄堂大笑。

老马往盘子里仔细一瞧,正笑着的肌肉立刻凝固住了,像有面具卡在了脸上一样,眉头皱了起来。

第六十章

见老马脸色大变，尚安民顺着他的目光定睛一瞧：乖呀，真不给人长脸。他屁股上像被马蜂蜇了一般，"噌"地从座位上弹起来，二话不说，端起盘子走了出去。

进了厨房，尚安民黑着脸对房主夫妇呵斥道："咋搞的嘛，专门安排到你们家，还盘算着是瘸子里挑出来的将军，你们看看，嗯？简直是驴粪蛋儿外面光嘛。"

原来，菜里有一只大苍蝇！

男主人羞赧地接过盘子就要倒进垃圾桶，道歉道："没留神哪。你说这事儿办的……再炒一盘。"

女主人一把接住丈夫手中的盘子，迅速捏出这只不速之客，小声嘟囔道："倒了多可惜，等会儿咱自己吃。不就是一只蝇子嘛。"

"唉，真是扶不起来的阿斗！"

堂屋里，肖芳脸憋得通红，手指着小王笑骂："死鬼货，狗嘴里吐不出象牙来。"

两桌人捧腹大笑，刚才不愉快的一幕悄然烟消云散……

吃过午饭，大家随着老马在小镇上随意逛。同行的家属们买了大包小包的木耳、香菇、核桃等山货。小镇不大，除了山货，也的确没有其他更有特色的纪念品了，一行人逛完就早早地回到了住处。

晚上，几个人又喝了两瓶，家属们陆续休息了。老赵、小王、肖芳和老马几个人又找到了在科里的感觉,打了几个钟头"双升",闹腾到半夜才散。

一夜无话。第二天,家属和孩子们一大早就在院子里叽叽喳喳,整装待发。

老马走出房间,在院子里问大家昨夜休息得咋样。

小王的爱人笑着说,几乎一夜未睡,人鼠大战呢。有只老鼠,防不胜防,最后也不知跑出屋子没。

老马闹了个大红脸:"大家担待担待,刚刚试营业,啥都不正规呀。"

陪着同事一行在燕子谷游了整整一个上午,到下午两点多,吃了午饭大家要走,说明天得上班。

客走主人安。在风情小镇与大家挥手作别,老马回到乡里办公室,他边喝茶边反思两天来的种种情形。景区固然是试运行,但存在的问题不容小觑:平时客人很少,如何才能吸引更多的游客,得有新招数;遇到节假日有了游客,又一窝蜂似的生拉硬拽,热情过度得让人无所适从;农民固有的思想观念、卫生意识根深蒂固,食宿接待上还有待培训、规范;等等。

这简直就是一团乱麻!老马自我安慰:有问题不可怕,可怕的是,对问题的麻木不仁,或者在问题面前的束手无策……

却说到了十二月份,大峪乡得到县里通知,近日,市长要到风情小镇及燕子谷景区考察,要求大峪乡高度重视,做好准备,各项工作要滴水不漏。

市长来考察,这可是件大事。县里将从县城到大峪的公路沿线进一步净化、美化了,一路上令人赏心悦目。大峪乡更是上下动员,不论是景区内,还是小镇,都按高标准整治了一番。甚至,连市长可能在哪个位置下车,可能进哪一家农户都想到啦。尚沟的老百姓说,看来是要来大人物了,比村里嫁闺女娶媳妇还隆重哩。

三天后,市长在县委书记、县长的陪同下,兴致勃勃地实地考察风情小镇。他还饶有兴趣地走进一家农户,参观农家乐宾馆,肯定南川这种以旅游带动当地群众脱贫致富的做法。

本来市长还要参观燕子谷景区,后来因市委有个紧急会议,临时改为在景区门口听听恒久公司项目负责人的汇报。听完汇报,市长鼓励恒久公司放心投资,加快进度,要求南川县搞好服务,营造亲商、富商、安商的招商引资环境。

市长讲完,大家自发鼓起掌。市长和陪同的人握手告别,正要上车,从围观的人群中突然蹿出一人,高喊道:"市长,俺有个问题向你反映!"

突然杀出来一匹"黑马",可不是预设的情节,县乡陪同的人都猝不及防。

市长一愣,转过身,微微一笑:"好啊,我下来就是想找问题的,就是想听真实情况的。"

老马一看不是别人,正是前几天打架的那个二赖子。

"市长,在小镇上安家,俺都贴了一万多块,可是,现在天天没有人气,花出去的钱不成了肉包子打狗啦?"

市长心平气和地说:"你说的还真是个客观存在的问题,南川县要认真研究对策,如何招揽更多的游客,回头专题书面向我报告。不过,老乡,一个景区从开发到成熟,也需要一个过程,心急吃不了热豆腐呀,你说呢?"

乡里上去俩人把他拉到了一边:"市长还要赶回市里开会呢,有啥和咱乡里说。"

市长一行上了车,车队绝尘而去。

县委书记、县长目送走市长,白了魏金国、柳占奎一眼,丢下一句"你们办的好事",头也不回,上车而去。

魏金国等人暗暗叫苦:下了几天劲儿,让二赖子这节外一生枝,全给搅黄啦。

不过,平心而论,二赖子说的还真是实情,风情小镇不能仅仅"看上去风景很美"呀。

当天晚上,大峪乡召开党政班子联席会,专题研究景区建设与管理问题。解铃还须系铃人,县里要给市长递交书面报告,初稿自然出自大峪乡。与其等着上级催复,倒不如主动自我解剖。

会上,老马作为分管景区的领导,重点做了发言。他首先诚恳地做了自我批评。月晕而风,础润而雨。出现村民"拦轿喊冤"这样的意外,表面上看是对上级考察不够重视,工作不细导致的,从深层次分析,是前一段时间为景区的一点点成绩而沾沾自喜,被试营业冲昏了头脑,对存在的问题态度漠然,反应迟钝,才导致了今天的后果,给乡里县里都抹了黑,自己深感愧疚。

联系上个月科里同志来燕子谷的所见所闻,燕子谷景区当前存在着三大问题:一是客源不足;二是无序竞争;三是农家宾馆的食宿卫生。

客源不足是首要问题。这个问题解决不好,后两个问题就失去了研究的必要。如何增加客流量?这两天,管委会已经与恒久公司做了初步探讨,需要在市场营销方面打一套组合拳,大体是:

1.恒久公司正与一家文化传媒公司洽谈,燕子谷将作为该公司永久性免费拍摄外景地。当年,一部《少林寺》让少林禅宗蜚声中外,一部《神雕侠侣》让九寨沟横空出世,名扬天下,我们应当借鉴这些做法。

2.面对中原省征集广告语。前一段时间,恒久公司的宣传重点仅仅放在了神都市,下一步,应当立足神都,放眼全省。征集广告语的过程就是塑造景区品牌的过程。"一品黄山,天高云淡""登泰山而天下小""云上金顶,天下峨眉""神奇九寨,人间天堂"……这些广告语,特色鲜明,朗朗上口,让人过目不忘,值得效仿。

3.提高文化含量。好风凭借力,送我上青云。一个景区,有了文化因素,才有了根有了魂。正是基于这种认识,这些年来,各地无不借梯上楼,借水行舟。有的景区甚至穿凿附会,无中生有,被人们戏谑为"伏羲东奔西走,黄帝四海为家,诸葛到处显灵,女娲遍地开花",甚至连文学作品中的虚构人物花花公子西门庆也成了追捧的对象,几地争相考证这位大官人的故里就在本地。反观我们燕子谷,本身就是三大流域的分水岭,这无疑是地理学上的重大发现,我们却端着金碗要饭吃。下一步,我们将配合恒久公司,同中国科学院地理科学与资源研究所联系,举办论坛,通过科普招徕游客。

4.建设高山牡丹园与滑雪场。由恒久公司投资兴建。高山牡丹园,旨在利用高寒地理优势,与神都市打个时间差,吸引从外地来神都的游客;经营滑雪场可以让燕子谷淡季不淡。

5.与旅行社联袂共赢。恒久公司市场运营部正在与全市的旅行社洽谈,通过旅行社的推介,力争将燕子谷景区纳入神都市旅游南线。

…………

至于无序竞争问题,景区管委会借鉴外地经验,由尚沟村委会成立公司,统一接待游客;至于农家宾馆食宿卫生问题,景区管委会拟聘请相关单位,对群众进行免费培训,逐步规范,从硬件与软件入手,提高他们的接待水平,真正让游客"乘兴而来,尽兴而归"。另外,鉴于景区开发与管理的任务越来越重,建议宣传委员向艳枝到景区管委会帮助工作。

灯不拨不亮,理不说不明。他深思熟虑的一席话有理有据,大家深表赞许。

…………

却说班子会的第二天,老马忽然接到赵玉曼带着哭腔的电话:"超超没去你那里吧?"

"没啊。咋回事?"

"老天爷啊,你赶紧回来吧,孩子不见了!"

"什么?你慢慢说。"

"孩子失踪了,昨天找了一天也不见影子……"她话音颤巍巍的,听得出来,她已痛哭流涕。

他头"嗡"地一下,脑神经仿佛突然断了电。愣了足足几分钟之后,在电话里给向艳枝草草交代了景区工作,并嘱咐其代自己向书记、乡长请个假,就开车往神都赶去。

老马不明就里,一边开车,一边给老婆拨电话,结果总是占线。他只好给大山打,大山说,昨天他就和嫂子一块找了一天一夜,仍然踪影全无,这才想到马超会不会去你那儿……

说着说着,又到了盲区,声音时断时续,越发让人烦闷。他干脆挂断电话,脚不由在油门上又加了力,恨不能插上翅膀飞回神都。

时近中午,老马到了家,见赵玉曼和大山、肖芳等都在,就连忙问:"有消息没? 到底咋回事儿?"

赵玉曼一见老马,号啕大哭。肖芳赶紧上前劝住。

大山告诉老马,前几天,学校举行了高考前的摸底考试,马超的成绩一落千丈,前天被嫂子数落了几句。结果昨天中午没有回家,到学校一问,班主任说正要找家长呢,一上午他都没到校,又未请假,以为他生病了。昨天下午到晚上,嫂子和我、肖科长等把能想到的地方都找遍了,还是毫无音信。

"他同学家找没?"

"找了,学校也很着急。"

"去派出所报案没有?"

"上午已经去报啦。"

老马说,你们先回去歇歇吧,都在这儿也是干瞪眼。几个人只得打着哈欠先行告退。

送走了众人,看看还在抹眼泪的赵玉曼,他一阵痛楚与怜惜,安慰说:"别太着急,这么大的孩子,不会出啥事。下午我再去学校找老师和同学们问问情况。"

静默了一会儿,老马又问:"玉曼,前一段你打电话不是还说超超成绩不错吗,怎么突然下降了? 即便下降了,也得好言好语开导,高三学生大战在即,家长只能当减压阀,不能再加压呀。"

赵玉曼自言自语:"都怨我了……"

"事情已经出了,也不要一味自责了。我也没尽到责任呀。"

"不是,我……我,办了糊涂事……"她哽咽着。

老马一脸狐疑:"什么? 到底咋回事? 你要把人急死吗?"

第六十一章

在老马的一再催问下，赵玉曼闪闪烁烁，道出了缘由：

德胜，我说了你别动气。我也是财迷心窍呀！两年前，有天我上街去买菜，无意中碰到了纺织厂的一个好姐妹。问她现在干啥，她神神秘秘地告诉我，现在她在一家担保公司当经理，还说，发财的机会来了，如果有闲钱，放在她们的公司里月息至少2%，利息一月一清，本金随时可以抽回。我当时没有思想准备，就说回去考虑考虑。

过了一星期，她再次给我打电话，问我考虑得怎么样了。我犹豫着从活期存折上凑了五万元，结果只收了我四万九，说这一千元是当月利息，立存立返。第二个月，她又通知我去取当月的利息。我心里一合计，这比存银行划算得多呀。于是，第三个月，我就自作主张，把咱那十万元定期存款也取出来入了进去。

去年一年，月息每月都兑了现，隔两月，公司还送米呀油呀的赠品，小恩小惠的还真是没少给。你别说，单是这月息，就解决了陪读的房租，我心里暗暗高兴，自以为是一把理财好手。

可到了今年年初，每月的利息总是拖后，不是说经办人出差了，就是说公司扩大了经营范围，资金流动暂时受阻，得跑好几趟才能领到手。我犯起了心思，就提出退回本金，然而公司总是以各种理由搪塞。我心里越发没底，就找到了当初拉我集资的那个姐妹。她说得天花乱坠。找她次数多了，最后退回了五万元，说那十万等下半年一定退。

掐着日子等到了九月份,全市担保公司频频出事的惊雷不断,我真坐不住啦,天天往这家担保公司跑。问公司的人,他们答复说,谁经手你的业务你找谁。可是,这个姐妹不见了人影,打电话也不接,就像一颗水珠一样蒸发了。我意识到恐怕要出事,嘴角都急出了泡。

果然,俩月前,这家公司被贴上了封条。门口贴着公告,说该公司已倒闭,它的筹资属于非法经营,储户要到派出所登记。到了派出所才知道,老板早就携款潜逃,不知去向了,和我一样被骗的人排着长队,一个个急得焦头烂额。大家一听我还要回了五万元,说那是烧高香啦,多数人几十万上百万都打了水漂,知足吧你。

咱这十万元,省吃俭用多少年才积攒下来,原是给超超上大学准备的费用。我慌了神,这俩月一有空就往派出所、信访局、工信局等单位跑,巴望着要回来多少是多少。可是,腿肚子跑细了,不光没效果,也没空管儿子了。超超就像一只风筝,以前放飞的时候,我还能抓住那根线,飞高了也能拽回来,现在线断了,飞哪儿去都不知道了呀。

唉,人心不足蛇吞象呀。

听完她如泣如诉的懊悔,老马心中一阵不忍,道:"世上哪有免费的午餐?事到如今,也只能自认倒霉,就当是交了笔昂贵的学费吧。"

"我知道你在宽我心,咱这钱没了也就不说了,"她接着哭诉,"关键是,还有姐姐家的三十万哪。"

"啥?你说啥?"老马一下子蒙了。

两年前,刚开始那俩月,一天,我去姐家串门子,就忍不住把吃高息这事说了。我当时一个是虚荣,想在玉琪面前显摆,看我多会持家理财;另一个,也是想这么好的事儿,她家如果有了闲钱,放着也是放着。而且,介绍人还说,拉来储户,我也有提成。唉,都是贪心惹的祸呀。

结果,我回来没几天,姐夫给我打电话说,现在的生意也不好做,找不到合适的投资门路,存银行吧,利息太低,看手里的三十万能不能也放在这家公司。我就陪着他去公司签了合同。

发觉不对劲儿后,我一边要咱的钱,一边赶紧通知姐夫。姐夫和我一块跑了多少趟,一分也没要回来。现在算算,他们就得了九个月的利息五万四,其他的都搭进去了。姐姐和姐夫倒是没说啥,毕竟,我只是中间的介绍人,合同是他们自愿签的,可是,我这心里堵得慌。你说,他家的三十万,也是多少年辛辛苦苦攒起来的,就这样让我给介绍飞了。你说,我办的这叫啥事儿呀?

"唉,好糊涂呀!当时,怎么没和我通通气?"

"你整天说不要贪小便宜吃大亏,和你一说,这事儿肯定弄不成。"她小声说,"你当年资助孙小妮上学,不是也没跟我说嘛。"

"这是两码事,性质一样吗?非法集资与传销一样,是专门杀熟,欺不了生呀。唉,还把谁也拉进去啦?"

"倒是给三儿说了,他的饭店得装修,要扩大,说没闲钱,没入。后来,准备和我妈说的时候,利息已经不按时付了,就没敢说。"

"万幸呀,我的祖奶奶。"他感叹道,"你要是把老娘的养老钱也搭进去,就准备着接她老人家来咱家度晚年吧。"

…………

真是福无双至,祸不单行呀。放飞了姐姐家的三十万元,更是让自己欠下了孔志斌夫妇一个大人情,今后怎么见面呢?

老马的心情坏到了极点,没有一点儿食欲,沉默着坐在沙发上发愣。

坐了一会儿,他说:"你在家守着电话,我出去转转。"

出了门,离学校上课时间还早,他就到附近的游戏厅、网吧去碰碰运气。他恨不能化身蚯蚓,将自己变成一千段,变出一千个马德胜,在大街小巷分头去找。可是,哪里有马超的踪影啊。

看看挨到了上课时间,他赶到学校,找到了班主任。班主任叫了四个与马超关系比较好的同学,让大家都说说一周来马超和他们接触中有哪些异常言行,也许从这些蛛丝马迹中能找到一点儿线索。

几个孩子你一言我一语,其中有一个男孩子欲说还休。老师说,你大胆把情况如实反映出来,你看马超的爸爸都急成啥样啦。

在老师的再三催促下，这位同学才忸怩着说："老师，我说了，你别生气，马超的有些话也只是信口说说。前几天，下了晚自习，我俩一道回家，看到马超闷闷不乐的样子，就问他怎么了。马超说，烦，真烦，教室就像监狱，咱们就像犯人，老师就像管教，校长就像监狱长，家长就像帮凶。高考，这该死的高考，逼疯了所有人。犯人还能放放风呢，我真想去海边透透气。我说，去海边？那很远的呀。马超说，前一段上网，有个海边城市的网友，也是高三学生，俩人聊起应考，很有共同语言，真是同病相怜，相见恨晚。对方邀请他去看海，马超一直没下决心。"

　　难道，他千里迢迢去找网友了不成？

　　下午回到家，一看大山、肖芳和小王又来了，就点点头。

　　赵玉曼忙问："咋样，了解到啥新情况没？"

　　老马顾不上回答，问："这段时间超超是不是经常上网？"

　　赵玉曼支吾道："啊？晚自习一回来就上，说是要查资料。"

　　"他有QQ（即时通信软件）没？"

　　"啥是QQ？"

　　唉，这简直是鸡同鸭讲。老马直奔马超的房间，启动电脑，点击"小企鹅"的头像，却不知密码。抬头想问赵玉曼，不由摇了摇头，肯定还是一问三不知。算了，碰碰运气吧，老马分别把马超、老婆和自己的生日输进去，都不对。无奈之下，老马又随意输进几组数字，这种希望就像随便买几注彩票便想碰上大奖一样渺茫。

　　身边的小王见他急得抓耳挠腮，就说："马科长，别着急，我有个叔叔是公安局网监支队的副支队长，这密码如果让他们破译，易如反掌，让我试着问问。"

　　小王说着，去外屋联系他叔叔，在电话中详细说明了情况。

　　挂了电话，小王说："联系好了，回头嫂子到学校开个介绍信给我，我得送过去，这是规定。"

　　过了十几分钟，小王收到了叔叔发来QQ密码的短信。

　　登录了马超的QQ，上面有二十几个好友，老马逐一打开对话框，查

看聊天记录。翻到第六个好友"翩翩海鸥"时,一串对话映入眼帘:

"在不在,自由翱翔的海鸥?"

"我刚到家。亲,今天开心吗?"

"烦心! 好烦!"

"我也好烦。"

"我真不想上了,受够啦!"

"来我们青岛吧,我陪你一起去看海!"

"很让我心动!"

"心动不如行动!"

"明天?"

"好! 买好车票后电我,我去车站接你?"

"太棒了。怎么联系?"

"电话:××××××××××。"

"OK。明天,我也要和你一起变成自由自在的海鸥!"

"来吧,开启你神奇的蓝色海洋之旅!"

答案找到了。老马再次拨打马超的电话,依然关着机;他接着拨通了"翩翩海鸥"的电话,无人接听。

老马再也坐不住了,心已飞到了海滨城市青岛。他对赵玉曼说,走,咱现在就去青岛。

大山说:"德胜,千万别乱了方寸。青岛那么大,即便到了青岛,也是大海捞针。"

赵玉曼"哇"地一下放声大哭:"天老爷呀,这可咋办?"

"嫂子,别急,大家不是都在想办法嘛。只要知道人在青岛,总会有法子的。"肖芳说。

大山想了想,说:"我恰好有个同学在青岛市渔业局,去年刚当局长,我和你们一起去。"

天色已晚,老马、大山和赵玉曼上了车,一溜烟儿往青岛飞驰。

路上,大山给同学打了电话,把事情说了一遍。同学说,快到青岛时联系，他到高速口接车。

老马和马大山轮换驾驶，人歇车不停，昼夜兼程，到青岛时已经早上七点多了。从漫漫黑夜终于熬到天色大亮，太阳从地平线上露出一道金边儿，把天边的云映得通红，东边的天空也变成了黑红色，老马一行的心里也迎来了此行的曙光。

青岛的早晨像露珠一样新鲜，朵朵白云像碧海中的一桅桅白帆，浪漫缥缈。进入市区，鳞次栉比的高楼大厦与红瓦绿树间的德式建筑各具特色，仿佛在展示着美丽青岛的沧桑历史与迷人风采。

眼前的美景，老马一行无心欣赏。折腾了一上午，大山的同学联系了当地公安局，通过对"翩翩海鸥"手机的卫星定位，确定了准确位置：第二海滨浴场！

事不宜迟。一队人马又赶到市南的太平湾。

金黄松软的沙滩，一望无际的大海，岸上如刀削斧劈般的峭壁兀立，黑松郁郁葱葱。来自中原地区的老马们，呼吸着湿咸的空气，沁心润肺，仿佛进入了梦幻世界。

初冬的季节，海滨浴场游人寥寥。老马几人沿着沙滩边走边找，身后留下了一串深深的足迹。

赵玉曼忽然指着前方，大声喊道："我的老祖宗，那不是超超嘛！"

果然，前方几百米外的海礁上，一对少男少女面对大海，出神地望着天际。海风轻轻吹来，海浪噬咬着他们的裤脚，远处，一艘游轮鸣笛而过，矫健的海鸥随着巨轮"欧欧"飞翔。

"超超！"

赵玉曼跑上去一把抱住马超，喜极而泣……

第六十二章

回到了神都,老马向魏金国电话里说了这两天来寻找儿子的波谲云诡,俩人感慨了半天。魏金国安慰说,孩子的事儿也是一辈子的大事,景区的工作向艳枝招呼着呢,你多陪陪孩子,开导开导,别影响了高考。

安顿住马超的学业,老马不由想起景区的高山牡丹园。这个创意像一道风景"看上去很美",但一直还停留在计划中,仅仅是画饼充饥。于是就想到了老朋友范国栋,不知他意下如何。

联系了范老先生,老马开车去什锦牡丹园。

车子驶出市区,进入宽阔平坦的东郊大道。路旁法桐的叶子红黄相间,纷纷飘落,如同金色的蝴蝶飞舞,也成一景。飘零的几片桐叶,紧趴在车窗上,似乎留恋着它曾经的时空,迟迟不愿落回大地,又仿佛在提醒着人们四季的轮回、生命的短暂。

转眼间,一年就这样在不经意间过去了。回想一年之前,自己曾醉心于仕途的沉浮,还徘徊于人生的十字路口。摔这一跤,也算因祸得福,与范老先生有幸结缘,聆听悟空大师的指教,使自己迷途知返,彻悟了生活的真谛,找到了人生的价值!

凋落的桐叶不时从车窗旁飞过,让人不由感叹时光飞逝,似水流年。是啊,春芽萌动、夏花绚烂、秋叶静美、冬果隐伏,轻轻地来,正如它轻轻地去,就这样匆匆完成了自己的使命。一片桐叶,轻如鸿毛,尚且如此留恋这个世界,自己有什么理由不且行且珍惜?! 燕子谷景区百业待兴,必须快马加鞭,只争朝夕呀。

思绪正波滚浪涌之际,车子已到了什锦牡丹园。

范老先生面容清癯,矍铄依旧,见了老马,呵呵一笑:"马老弟,大驾光临,有失远迎。"

"范老,春节前一别,已近整年,您老一向可好?"

"曾是洛阳花下客,野芳虽晚不须嗟。"

"范老依然仙风道骨呀。"

老马与范老先生已成莫逆之交,有一肚子知心话要倾诉。

范老关切地说:"从报道中看到大峪乡山火的报道,出动了飞机,还有乡领导都烧伤了,真为你捏一把汗哪。到底咋回事?"

"唉,现在提起来还心有余悸呀。"

老马便从景区规划说起,谈到了如今的建设管理现状,将其间的千难万险,林林总总一一道来。

范老先生仔细倾听,颔首不语,听完,叹道:"按下葫芦浮起了瓢。你所经历的事件,神奇得像是一部小说。不,准确地说,小说也没有如此丰富。生活,远远要比小说多姿多彩呀。"

"是啊,范老,这还真是个好题材。文章本天成,妙手偶得之。等我将来退休了,如果能像范老您这样有闲情雅致的话,可以写写这些经历。"

"听了你的传奇故事,就知道你是个大忙人,今天怎么来找我这个闲云野鹤啦?"

"真让您老猜中了,呵呵,我是无利不起早呀。"

老马就把发展高山牡丹园的想法和盘托出,并诚恳地邀请范老到景区实地看看再做决断。

范老想了半天,说,近两年来,全市的牡丹园遍地开花,竞争愈发激烈,催花牡丹技术已经普及,春节期间的销售利润也大打折扣;再加上地租连年上涨,当地劳力的工资也一涨再涨,他已深感吃力。至于高山牡丹园之事,他再仔细考虑考虑。

回到家里,想到范老的犹疑不定,老马想:建设高山牡丹园,互惠互利,必须建立在自愿的基础上,不是赶鸭子上架的事儿。条条大道通罗马,也不能在一棵树上吊死。要不,问问崔江?

他拿起电话,正欲拨过去,转念一想,给崔总联系以前,要不要再给范老打个电话?但前脚离开牡丹园,后脚就再打电话,是否有点儿强人所难的意味?唉,算了,秀才造反,三年不成。瞻前顾后,诸事耽误,顾不上那么多啦。

拨通了崔江的电话,俩人寒暄一番,老马便把大意说了一遍,问他是否感兴趣。

崔总恭维道:"马书记,你这一去乡里镀金,前程无量啊,不,不是'无亮',是不可限量,前程似锦。感谢你还惦记着我老崔,期待着我们菏泽的牡丹在神都生根呀。"

"具体事宜等你过来?"

"我这一两天把手头的事儿处理处理就立刻动身,实地考察一下,届时我们面谈,如何?"

"随时恭候!"

两天后,崔江赶到大峪乡。即便是初冬,燕子谷天然之美依然使他流连忘返,风情小镇也让他连连称道。当天下午,在大峪乡政府,魏金国、柳占奎与崔总见面畅谈,双方就地亩数、地租等事宜初步达成共识,草签了合作意向。当晚,大峪乡盛情款待崔总一行,宾主皆欢不提。

第二天,老马与崔总从大峪回到神都。崔总要顺道看望老朋友范国栋,并邀请老马同往。

老马说,已事先与科里的几个朋友约好,晚上答谢。不是分不清事情的大小头儿,实在是欠了一圈儿人一个大人情呀。他把前些天大家不遗余力为自己跑前跑后的事儿大致说了。于是,俩人就此握别。

去牡丹园的路上,老崔的疑虑再次涌出:大峪种植高山牡丹,何以舍近求远呢?老范跨界经营啦?这点儿生意不入眼啦?没听说呀。要么,是马德胜与老范交恶了?不会吧……

"老朋友,哪阵风把你吹来啦?别来无恙吧?"

"哈哈,托你的福,我是喜事连连呀。"

"什么喜事啊?把你高兴得屁颠屁颠的。"

"也到了吃饭点儿了,走,咱们到饭店再细说。"

又来到"真不同",等菜的工夫,老范笑着问:"老崔,到底是中了大奖,还是又娶了一房太太啊?"

"娶一房新太太?老范,你还有这样的奢望呀?到咱这把年纪,已经是:新事记不住,旧事忘不了;坐下打瞌睡,躺下睡不着;上面有想法,下面没办法;过去硬着等,现在等着硬。还娶什么太太,要让人家熬不了活寡,红杏出墙吗?"

"也是,有人说,想当年迎风蹿三丈,现如今尿尿滴湿鞋。唉,年龄不饶人,不服老不行啊。"

谈笑风生的对话,让一桌人捧腹大笑。

"书归正传。我这喜事还得感谢你这个红娘哩,还记得上次吃饭时那个姓马的朋友吧?"

"哦?"老范颇感惊讶,随之明白了一切。

听着老崔说签意向的喜事儿,老范的表情变得凝重起来。

老崔斟上酒,谢道:"老伙计,我得敬你一杯。要不是你牵线搭桥,哪能轮到我来神都去高山上种牡丹呢。"

"谁让我俩是老朋友呢。"老范客气道。

"来的路上我就琢磨着,范总肯定网到了大鱼,顾不上这些小鱼小虾啦。"

"大鱼没网住,螃蟹河蚌倒是有一些。"老范顺着话茬下了台阶。

…………

就这样,热乎乎的水席吃得冷哇哇的,也不知是啥滋味。

却说老马与崔总分了手,就匆匆往老地方餐馆赶去。从大峪出发时,已经与大山、白雪和科里的同事约好了,晚上六点半老地方不见不散。

刚进餐馆,就听到赵玉曼的大嗓门以及白雪、肖芳等人的谈笑。

"三个女人一台戏呀,真是服了。"老马满脸堆笑说。

没几分钟,大山也到了。

白雪说:"局座必须最后压轴出场,你一来,就可以开场儿啦。"

原来,上个月马大山已经提拔为农业畜牧业局副局长了。

"又拿我开涮,还不是党领导一切?马大书记,都入席吧?"

大山环视一桌人,故作深沉,叹口气说:"唉,嫂子,我今天又得醉了。"

赵玉曼不知是计,问道:"咋啦?官越当越大,酒量咋会越来越小?"

"嘿嘿,我一见嫂子,酒不醉人人自醉呀。今天又满室春光,不醉得一塌糊涂才怪呢。"

白雪撇撇嘴说:"当了局长,嘴还是这么贫。"

老马端起酒杯:"孩子的事儿没少给大伙儿添麻烦,让我和玉曼给大伙敬杯酒表表心意!"

大家说着"太客气""咱自家的事儿",都一仰脖子而尽。大山只是端了端杯,就悄然放下了。

白雪说:"大家都出工出力,就我是无功而受禄啊。"

白雪前一段去云南出差了,昨天刚回到神都。她在昆明买了些干花和民族风情的背包等纪念品,要来送给赵玉曼,和老马一联系,才知道这中间的曲曲折折。老马说,恰好晚上我答谢大家呢,你也一块参加,只当是给你接风呢。

老马就对众人解释了一番原委。

白雪顺手拿起背包递给赵玉曼,说:"嫂子,别的也没啥买的,这背包是当地少数民族手工缝制的,你看这做工多细致,飞针走线都透着一股灵气。昆明的'七彩云南'里,特色纪念品琳琅满目呀。云南又是花卉之乡,给嫂子带一束鲜花吧,路太远,但人家的干花很有特色,是用花瓣脱水处理做成的,只要一洒水,就鲜艳如初。在车上放着呢,走时,我可得记住送给嫂子。"

赵玉曼惊喜地站起身,轻轻地抚摸着七彩背包上的图案,说:"真漂亮呀。谢谢你啦,妹子。"

她又瞥着老马:"比比白雪妹子,你惭愧不惭愧呀,去温州,第二趟才知道给我捎东西,还是我要出来的。"

肖芳接腔说:"一看这纪念品,就知道雪姐是个有眼光的人呀。"

她又转过头,说:"马书记,上次去燕子谷,大峪还真没有当地特色的纪念品,有些失望呀。"

小王也深有同感:"我那口子只要出去玩,不管有用没用,都要买一堆东西回来。风情小镇除了山货啥也没有,她到家还抱怨呢,大峪的人怎么这么实在,给他们送钱都送不出去。"

老赵也说:"可不是,这就叫提着猪头找不到庙门。"

老马苦笑一声:"唉,我正为这事儿犯愁呢。热菜都上了,来来来,喝第二杯!"

白雪指着大山杯中的酒,说:"大局长,偷奸耍滑呀,第一杯怎么还没喝?"

几个人都看着大山。

"我急着喝呢。超超找回来了,白大美女也从云南凯旋了。实在抱歉。快下班时,单位通知明天上午去医院体检,酒一喝,好多项目都测不成了,真没办法呀。"大山无奈地说。

大家一听,不再勉强。

因为大山提到了体检,科里的几位同志七嘴八舌地议论起来:咱局里两年都没有组织体检了。体检不能算是职工福利吧?就是嘛,我连自己的血型都忘了,肖科长,现在你主持咱科里的工作,给局长提提嘛……

肖芳说:"位卑言轻啊。不过,自己的血型还真得记住。前一段,一位朋友住院,需要输血,一化验才知道是'熊猫血',全市的血库都找不到,最后还得紧急从东宛市调过来呢。"

　　老赵接腔说:"有'熊猫血'的人很少,据说,只有十万分之一。"

　　大山笑了:"远在天边,近在眼前。在座的就有一位,大家猜猜。"

　　"啊? 不是你,就是马书记。"

　　"唉,聪明一世,糊涂一时啊。"大山摇摇头。

　　老马主动坦白:"我上大学时体检才知道自己是'熊猫血',也真是无巧不成书呀,今天在场的还有一位呢,大家再猜猜。"

　　"啊? 我晕!"

第六十三章

这次,大家嘘声一片:"是嫂子?"

赵玉曼明白了,吃醋而又诡异地一笑:"熊猫可是国宝呢,我哪里有这福分呀。"

白雪脸一红,小声说:"这算啥福分,不过罕见罢了。"

"世界真小啊。来,为他俩的'熊猫血'干一杯!"

"熊猫血"这一话题,像一支兴奋剂注入了酒场儿,让已至半酣的几个人如打了鸡血一般再起高潮。正传杯弄盏之际,老马的手机响起,一看是崔江的电话,他起身离开嘈杂的包间:

"崔总,你好!"

"马书记,说话方便吗? 我想问个事情。"

"请讲!"

"高山牡丹园的事情,这之前你是不是找过老范哪?"

"是,范老当时比较犹豫,我就又联系了你。"

"噢,怪不得呢。"

"怎么了?"老马脑子"嗡"的一声,想到自己曾经一晃而过的隐忧。

老崔把那边酒场上的尴尬描述了一番。

"崔总,看透不说透,不露是高手。明天,咱俩去趟牡丹园吧?"

"行。不能因为一宗生意就失去一个朋友呀。"

"是啊。钱很重要,却买不来珍贵的友谊!"

第二天一大早,老马与范老联系,电话通着,却一直无人接听。他心头一沉,想到已经与崔总约好,就给范老发了信息:上午将和崔总一道前往牡丹园。难道仅仅就因为这事,范老就从此翻脸不成?不管什么情况,硬着头皮也得去,见了面把当时的想法如实相告,总能得到范老的谅解吧?

　　俩人进了牡丹园,范老的办公室紧锁着,二人吃了个闭门羹。

　　老马看到一个年轻人,以前似曾见过,好像是范老的徒弟,就过去问范老的去向。年轻人迷茫地摇摇头说,一大早范总就出去了,也没说去哪里。

　　他顿时想起那首《寻隐者不遇》:"松下问童子,言师采药去。只在此山中,云深不知处。"

　　崔江说:"唉,看来,这是有意在躲着咱俩呀。牛不喝水强按头,双方都觉得别扭,咱走吧。"

　　想想说得在理,老马也只得与崔总就此分手。

　　回城的路上,他回想与范老先生相识的前前后后,种种情形恍若昨天。先生的神奇经历,令人感奋感佩;"感谢折磨你的人"振聋发聩,夏雨雨人;方丈室内,妙论"一生十事"如清风扑面,让自己茅塞顿开;清凉台上,现身说法,谆谆教诲犹响耳畔……范老淡泊明志,超凡绝尘,能得到这样的高人点拨,与这样的雅士为友,实在是人生幸事!

　　可这次生意上的变故,居然引起他的不快,有些出人意料。太史公有言:天下熙熙,皆为利来;天下攘攘,皆为利往。看来,范老的修炼尚未炉火纯青,尚未"跳出三界外,不在五行中"呀。

　　也不能苛求范老,他想。岂止是范老?这样的例子不可胜数。譬如,谈到社会风气,多少人义愤填膺,深恶痛绝,可是,遇到自己头上,哪一个不是钻窟窿打洞找关系,成了不正之风客观上的帮凶。唉,夸夸其谈者众,身体力行者寡。范老先生又岂能免俗?

　　也许,这才是微妙而真实的人性?

　　可是,如何与范老先生冰释前嫌呢?

他想起当初在医院探视王局长犯了低级口误后,欲主动向局长解释时,大山和小川对自己"有些事儿越描越黑"的规劝。是啊,桃李不言,下自成蹊。随着时间的推移,范老会明白自己的一瓣心香,自然能够和好如初……

手机响了,是范老!

"马老弟,你们走到哪儿啦?"

"范老,崔总回去了,我也到家了。"

"真对不起,让你们俩空跑一趟。我电话落在家里了,刚刚看到。"

"范老,高山牡丹园的事儿,我心太急了,欠考虑呀。"

"从何谈起呀?时间就是效率,景区建设等不得啊。不必多虑,我的心胸还没那么窄吧。"

…………

唉,自己的境界与范老还差一大截呀。

在家待了三天,临近元旦,向艳枝等的工作来电不断。老马是一个习惯把自己绑在时针上不停转动的人,真让他一个人待在家里,反而身上像生了虱子般直痒痒。

赵玉曼嗔怪道:"你就是一匹拉车的老马呀,要是把你一直圈在家,非憋出病不可,走吧走吧。"

他嘿嘿笑笑:"生我者父母,知我者老婆也。"

神都通往南川的高速公路上,车少人稀,犹如专道。冬天的山区中不时弥漫着一团团浓雾,老马不敢大意,小心慢行。岁月不居,时节如流。一年前的此时,自己正坐在办公室绞尽脑汁,琢磨着如何梦笔生花,正汲取着大山的秘诀呢。置身于机关,高高在上,双脚不着地,热衷于"文字游戏",实在是对人生的莫大浪费!到了大峪,虽说苦了点儿累了点儿,有时面对"钦差大人"的指手画脚,免不了还得受点儿小委屈,但总的来说,苦但踏实着,累并快乐着。这,也许才是斑斓的人生!

出了高速,天空飘起零零星星的雪粒。他不由加大了油门,得在雪下大之前赶到乡里。

下午，向艳枝从景区回到乡政府。向艳枝说，总的来看，这些天景区的方方面面都在有序推进。特别是上次党政联席会上确定的几件事，在恒久公司的密切配合下，都取得了实质性突破：

在外宣方面，恒久已与北京的那家文化传媒公司签订了永久性免费外景地的协议，该公司的56集电视连续剧《爱，不能忘记》明年春天将来我们这里拍摄外景，据说将来要在北京卫视、中原卫视等黄金档播出。

在提高文化影响力方面，我们已取得了科学院地理所的支持，初步意向是明年神都牡丹花会时，由地理所组织各地专家学者现场考察，并在神都市区举办论坛，论证"三水分流"问题，届时，恐怕还得向县里和市里汇报，做好接待工作。

与旅行社合作的建议得到了市旅游局的鼎力支持，已将燕子谷纳入全市的旅游南线，恒久已经与多家旅行社达成协议，大体上，每拉来一名游客，旅行社和导游从门票中可各分得10%的提成。

关于滑雪场，恒久公司的制雪设备正在安装调试，顺利的话，元旦过后就能招徕游客，为吸引人气，今年冬天恒久公司决定免费开放滑雪场……

说到这儿，向艳枝问："高山牡丹园的事儿，崔总不会变卦吧？"

"不会，他已经回去准备苗子了，咱得赶紧安排选址与租地，现在补种还跟得上。哎，对了，广告语征集进行得怎么样啦？"

"这可真是个金点子啊。真的没想到这样火爆，我们共收到来自全国各地的广告语短信多达40万条，其中70%来自本省。初步遴选出了20条，等你回来一块碰碰头，评出一二三等奖。"

老马接过她递过来的单子：

"大美南川县　秀丽燕子谷"

"三江分水岭　一览燕子谷"

"郊游踏青何处去　神都南川燕子谷"

"大河之南乘兴去　深闺未识燕归来——燕子谷欢迎您再来"

　　…………

　　老马呵呵一笑,说:"异彩纷呈,各有千秋。看来,真是藏龙卧虎,人才济济呀。"

　　"是啊,众人拾柴火焰高,咱燕子谷可是出尽了风头。到明年春天,肯定会游客大增的。"

　　"嗯。江山代有才人出,各领风骚数百年嘛。咱燕子谷开发得晚,后来者居上,后发优势,这是自然规律。我在想,春节过后,咱的宣传攻势不能减,这套组合拳还得打下去。"

　　窗外,鹅毛般的大雪纷纷扬扬,大地覆盖了一层薄薄的雪被。哦,这银装素裹的世界,看上去沉睡不醒,其实,在这粉妆玉砌的大地深处,每一支根须都在贪婪地吸足着水分,每一棵植物都在酝酿着春的萌动,每一个生命都在做着彩色的梦……

　　"在想什么呢,马书记?"

　　"哦,没什么。这段时间辛苦你啦。"他从窗外收回目光,"风情小镇这边的工作还顺利吧?"

　　"尚村村委会的公司组建已经完了,在入口处统一接待,统一安排游客的食宿,放心吧,再也不会出现争客拉客的现象啦。"向艳枝回答,"另外,我们从南川宾馆聘请了大厨和客房部经理,正在进行为期一个月的手把手培训。但有一项工作比较难落实,推行不下去。"

　　"噢?"

　　"没顾上跟你说。从上周开始,村里开办了夜校,让群众学说普通话。费用倒是没增加——麻烦孙小妮老师费费心。可是,一是没几个人到场,二是去的人还乱起哄,给孙老师都气哭了。"

　　"咋回事嘛?"

　　"群众说,活了一辈子,倒是返老还童了,俺们都成一两岁的孩子不会说话啦？上次拦住市长的那个二赖子更气人，怪里怪气地说，乌鸦叫不出黄鹂声，笛子奏不出二胡曲。夜儿黑底儿就是夜儿黑底儿，还'昨夜晚上'（谐音：坐爷碗上），哎哟，咋不坐到你奶奶的盘子上？你说气人不？"

老马"扑哧"一声笑了："让群众说普通话，目的是规范服务，初衷当然是好的，但我也觉得有点儿矫枉过正，削足适履的傻事儿咱不能干，先叫停吧。其实，方言俚语就像咱这里的山野菜，是咱大峪的特色，土生土长，从城里来的游客说不定还感到亲切新奇呢。"

"不光群众反感，恐怕游客也笑咱四不像哩。"

"对！烧香烧到神屁股后啦。所以，咱们做决策办事情，一定得从实际出发，不能想当然、拍脑袋。干事创业，固然需要激情，但更需要心热头冷呀。"

老马想了想，又说："向委员，景区的建设与管理正在步入正轨，咱只要盯住进度就行，毕竟恒久比咱还急呢。我们建景区，目的是让周边群众借助这一载体脱贫致富，咱得动动脑筋。"

"不是已经建了风情小镇，让群众通过食宿服务提高收入了嘛。"

"这还远远不够啊。说句不中听的，这仅仅是万里长征迈出的第一步。旅游的六要素吃、住、行、游、购、娱，我们目前在购、娱两个环节中还是短板呀，特别是购，也就是旅游纪念品这一块。"

"小镇上不也摆满了各式各样小挂件之类的纪念品嘛，好像都是从神都批发来的。"

"这些纪念品随处可见，可以说，千人一面，没有特色，可买可不买；同时，既然是从神都批来的，游客怎么会舍本逐末呢？怎么会舍贱求贵呢？这方面还大有文章可做呀。"

"倒也在理。你这么一说，还真让我想起一个人来，不知在这方面能不能发挥作用？"

"谁？"

"麻子剪！"

"麻子剪？"

第六十四章

"对。前两年申报非物质文化遗产时,我们发现了一个神奇的人物麻子剪,尚沟村的。"

"哦。怎么没听你们说过?"

这时,手机"叮咚"响了一声。老马下意识一看,杜秋霞又在群里发微信了。这个杜秋霞,这一年多来,天天废寝忘食地晒摆,不是炒了一盘大盘鸡,就是蒸了个小花卷儿,要么就是自己在办公室里种了一棵长得非常茂盛的绿萝。这一段,风格变了,她每天都要发好几条"心灵鸡汤",什么"你一定要读:舍与得的辩证",什么"良心,做人的底线",什么"处世六字诀,一字悟一生",简直成了同学中的余秋雨。真闲呀!大把大把的时间,就这样在指尖与屏幕上刷走了。

他苦笑着摇摇头,合上手机。

向艳枝说:"要不,你先回电话?"

"不用理睬,有些人闲得无聊。每天若是不刷屏,都不知道该干什么呀。"

"就是嘛。提起来这刷屏,我脑袋瓜都疼。"

"噢?咋回事?"

"俺家那口子这两年迷上了微信,一回家就端着手机,连上厕所都盯着屏幕,让人烦死啦。"

原来,她丈夫也是大专毕业,从神都农专毕业后,分在乡里的畜牧站。刚工作那些年,也曾想有一番作为。在站里的几个人中,他是唯一的大学生。老站长退休的那一年,上上下下都以为接任者非他莫属。可是,老天弄人,偏偏是站里一名不起眼的家伙堂而皇之地当上了站长。这个人,骡子与马都分不清,但人家有个特点,能分清谁在站长的任命上说话算数。

这件事儿对他刺激很大,他再也没了原来的热情,开始玩世不恭起来。在他的骨子里吧,还有点儿大男子主义的传统思想。六年前,我提拔为乡里的大综治办专职副主任,算是副科级,本是好事儿,可他心里更不平衡啦。我的工作越来越忙,他不但不分担家务,反而还有事没事找碴儿。我都懒得搭理他。

唉,也是怪了。三年前,自从有了微信,他在上面建了一个农专的同学群,把能联系上的同班同学全都拉了进来,自然他是群主。嘿嘿,这可找到了用武之地,仿佛找到了领导的感觉。早上一睁眼就先在群里问好,晚上睡前再问安,比干工作还敬业哩。

其实,你猜猜他在群里平时都干啥?一个是聊天,无聊得很,大到奥巴马与普京,家事国事天下事事事关心呀,小到"今日霜降,记得加衣",对老婆孩子也没有这般无微不至啊;另一个是发东西,什么小视频呀,图片呀,小品文呀。我看不顺眼,就责怪他,谁知人家还一脸不屑说,这叫"分享,你懂吗?"有一次,他的手机不知放在哪儿啦,他急得上跳下蹿,丢了魂儿似的。看他那样子,我都觉得好笑。你说说,马书记,有这闲工夫,干点儿啥正事不好?!唉,不提他了,提起来,我气都不打一处来。这微信呀,真是害人不浅。

"呵呵,向委员,看问题不能这么偏激嘛。微信,也不是没有一点儿好处,至少,现在他不找你的碴儿了嘛。"

"这倒是。他天天忙着在群里当领导呢,顾不上找碴儿啦。"

"嘿嘿,咱回头再细说你孩子他爸的事儿吧。你先说说麻子剪,我咋没听说过呢?"

"你来咱大峪这一年,忙得脚都不沾地儿,哪有这闲工夫听我们给你瞎掰呢。"

"说说看。"

向艳枝竹筒倒豆子般扯开了话题：

大前年，你来咱大峪下乡之前，县里让各乡镇申报"非遗"项目，全县汇总筛选后向市里申报。我分管宣传和文化工作，本来吧，乡里的事儿繁杂，我也是抱着多一事不如少一事的心态，就没有当回事儿。结果，县文化局专门打电话说，你们乡里的麻子剪和竹编在全县都有名气，怎么能空白呢？不得已，我只得整理上报材料。这一整理不大要紧，挖掘出一段石破天惊的名人逸事。

什么？打铁的？不，不，不，马书记，你误会了，这也跟杭州张小泉风马牛不相及。麻子剪是个老太太，今年七十多了，真实姓名叫尚兰花，是咱们县里剪纸艺术的一枝花，目前正在申报国家级"非遗"。你没见过她？是，她平时大门不出二门不迈，你咋能碰到面？为啥？面目丑陋呗，她一脸麻子，自愧面丑，终身未嫁，一般都不出门。

与哪个名人？吴佩孚，你肯定知道的。咱乡机关里的人都传着说，你通晓历史，博览群书。啥？不是开涮，你就不必谦虚啦。二十世纪二十年代，用书上的话说，那是个风雨如晦、军阀混战的年代，时势造英雄，吴佩孚，这个山东蓬莱大汉，逐渐成为地位仅次于曹锟的直系军阀首领。1920 年 9 月，他率军进驻神都，手下猛将如云，旌旗蔽日，令各地枭雄唯他马首是瞻。对，神都市区至今还有他当年的阅兵台呢。

1923 年 4 月，恰逢吴佩孚五十大寿。此时，他已被大总统黎元洪任命为"孚威上将军"，手握重兵，位极人臣。这是他人生最为辉煌的时期，当然要通过高调的庆寿活动来宣示武力。

五十大寿庆典的消息一出，全国各地名人雅士云集神都，就连过了气儿的清退帝宣统也派其摄政王赶来祝贺。军界更是趋之若鹜，各省督军、师、旅等将领以及驻京使馆武官如蚁附膻，如蝇逐臭。冯玉祥送了一坛子白水，登记礼单时，他挥毫写下"君子之交淡如水"七个大字，让在场的人张大了嘴巴；康有为，你知道的，清末民初名人，当场书写寿联……

呵呵，向委员，你喝口水，我给你背背试试，是不是："牧野鹰扬，百岁勋名才半纪；洛阳虎视，八方风雨会中州"？

啊？马书记，怪不得大家对你佩服得五体投地呢，角角落落的历史知识都储藏在你脑子里呀，你这内存，是电脑吧？

什么电脑，电脑也会死机。只是碰巧而已。说了半天，麻子剪呢？

噢，马上出场。却说吴佩孚的嫡系部队有个镇嵩军，头领叫刘振华。吴大帅大寿，这可是个趋炎附势的好机会呀。可是，给大帅送什么寿礼呢？送轻了，不入大帅的法眼，自己也羞于出手；送重的，心有余"礼"不足啊。你想想，吴大帅红极一时，"普天之下，莫非王土"，什么奇珍异宝没有见过？苦苦思索之际，忽然想起前不久，自己手下的一团团长收了房二姨太，他去贺喜时，那新房大红的窗花实在抢眼。那梅花仿佛散发着幽香，枝头上的喜鹊展翅欲飞，活灵活现，这寓意着"喜上眉梢"。他忍不住好奇，就问这出自何人妙手。一团长报告说，是他的一个远房亲戚，在其下面当小头目。这小头目老家在南川县，剪纸这手艺是祖传下来的，好几代了，在整个中原都小有名气。长官如有兴趣，可叫他来当场献丑。他自己当时摆摆手说，随后吧。

想到这儿，刘振华让身边的亲兵立刻把一团团长以及那个远方亲戚叫来。

二人进了屋，这个远方亲戚邋邋遢遢的。

刘振华一看，心凉了一半，就鄙夷地扫了一眼那亲戚：

你姓甚名谁呀？

报告、报告老总，俺叫尚镂金。

搂紧？如何起这样稀奇古怪的名字？

报告长官，镂是镂空的镂，金是金银的金。

什么意思啊？

报告长官,俺这名字是有出处的。

噢?不妨道来。

听俺爹说,俺这名儿出自唐朝一个大诗人李商隐的一首诗《人日即事》:"镂金作胜传荆俗,翦彩为人起晋风。"

哦。何意呀?

报告长官,镂金作胜,即是剪纸,起于魏晋,流行于唐宋,是当时的风俗习惯。胜,就是用纸剪刻而成的花样,剪成套方几何形者,称为方胜;剪成花草形者,称为华胜;剪成人形者,称为人胜。

噢……

一番对话下来,刘振华不再小觑这位穿得像叫花子一般的部下了。他把自己欲出奇制胜送贺礼的想法说了之后,问:

遇到大寿,剪什么吉祥呢?

一般是寿桃吧,愿为长官效犬马之劳。

可否现在让老子开开眼哪?

那俺就献丑了。

痛快!拿剪子、纸张来!

亲兵慌忙不迭地送上来。只见尚镂金拿起纸和剪刀,上下舞动,纸花飞溅,一眨眼工夫,一个硕大的寿桃便呈现在了眼前。这寿桃,枝叶夭夭,疏密有致,桃果灼灼其华,惟妙惟肖。

几个人都看傻了,几乎不相信自己的眼睛。刘振华一拍尚镂金的肩膀,高兴地夸道:好小子,还真有两下子啊,出手比老子掏枪都快,就是你!一团长,回去给他发一套新军服,后天跟我一道去祝寿。这回,你若是给老子争了脸,回来重重有赏!

到了寿诞正日,一大早,刘振华就带着尚镂金进了城。位于西工地的吴公馆门前车水马龙,华盖云集。进了宅院,只见八仙桌子一字排开,各色礼等堆积如山,令人心生暗羡。

却说康有为潇洒地写完了寿联,尚未搁笔,四周一片叫好,吴佩孚深鞠一躬,接过寿联说:幸得大儒赐墨,子玉不胜感激!

刘振华见时机已到,跨前一步,趁热打铁说:"欣逢大帅五十喜寿,振华为您准备了个大寿桃!"

众人看看他空空如也的双手,不知他要什么把戏,吴佩孚也是一脸疑惑。

只见刘振华"啪啪"拍了两下掌,尚镂金从人群中上前两步,一个军礼,大声报告:"上士尚镂金祝大帅福如东海,寿比南山!"

尚镂金的后面跟着两位士兵,抬着一张八仙桌,桌面上放着一领大红纸、一把剪刀。众人似乎有些明白了。

刘振华故作神秘,附耳道:"大帅您稍等片刻,寿桃就长出来啦。"

说完,他示意尚镂金可以动手了。

尚镂金一脸严肃,旁若无人,把这张纸折叠起来,叠了又叠,然后剪刀时而左右前后翻飞,时而剪尖剔角掏圈。在手指不经意的舞动间,仿佛剪尽人生的悲欢离合,剪出世界的千变万化,真可谓胸中千丘壑,手下一剪生!

一袋烟工夫,尚镂金将纸轻轻一抖,展示在众人面前的是一个硕大的"寿"字,精彩绝伦,妙趣横生。更出人意料的是,这"寸"字的一点是个大寿桃,在"寿"字的其他笔画中,藏着许多小寿桃。有细心人一数,哟,正好四十九个小寿桃。

噢,五十,大寿!

刘振华心中暗喜:这小子这几天下了真功夫,使出了看家本领,看来那天只是牛刀小试啊。

众人啧啧称奇,吴佩孚更是拍案叫绝:"弟兄们的心意,子玉心领了。来人哪,笔墨伺候!"

只见吴佩孚略作沉吟,运腕提笔,一挥而就:

> 欧亚风云千万变,
> 英雄事业古今同。
> 花开上苑春三月,

人在蓬莱第一峰。

——民国十二年三月神都　五十自寿

喝彩声一波未平,一波又起。吴佩孚拿起墨迹未干的条幅,对尚镂金说:"无以为馈,拙诗相赠吧。"

尚镂金用颤抖的双手捧着墨宝,头点得像捣蒜般,说:"谢谢大帅!谢谢大帅!"

从此,尚镂金的鼎鼎大名不胫而走。多年后回到家乡,遇到婚嫁添子,谁家要是能求到尚镂金的剪纸,都觉得特有脸面。

…………

"绕了半天,尚镂金到底和麻子剪是啥关系呀?"老马急切地问道。

第六十五章

　　向艳枝连说带比画的讲述，让老马的思绪倏地穿越了一个多世纪，也更撩拨着他的好奇心，他忍不住问："说了半天，麻子剪还没出场。这个尚镂金与麻子剪是啥关系呀？"

　　"麻子剪这时还没出世呢，怎么出场？听我慢慢道来。"

　　尚镂金是麻子剪的爷爷。他也算命大，在戎马倥偬中九死一生，后来回到家乡尚沟村，娶妻生子，给儿子起名叫尚裁桐。听麻子剪说，可能他爷爷受了祖上起名字的影响，他爹这名字也是有来历的。

　　啥来历？我也是在整理上报麻子剪的材料时才长的知识，现学现卖啦。在纸出现之前，桐叶因其形大而成了剪纸的替代物。《史记》里曾经记载"桐叶封弟"的故事：周成王幼年继位，与他的弟弟唐叔虞戏耍，随手捡起了一片落在地上的桐叶，把它剪成玉圭形，送给了叔虞，说："以此封汝。"史称：天子无戏言。后来周成王便封叔虞于唐，就在今天的山西太原一带。据考证，这是我国史书中关于剪纸艺术最早的记载。陕西也有民谣："汉妃抱子窗前耍，巧剪桐叶照窗纱。文帝治国平天下，制乐传于百姓家。"

　　却说这尚裁桐生来颖慧过人，加上尚镂金的悉心指点，从小便深得真传，剪纸艺术在他手中青出于蓝而胜于蓝，在咱这十里八乡也算名闻遐迩。尚家将吴大帅的寿联视为传家之宝，装裱一新，挂于中堂，凡前来求剪纸者，几乎都要重温这段美谈。

成也萧何,败也萧何。吴佩孚的寿联给麻子剪家带来了荣耀与光环,也带来了灭顶之灾。为什么?你想,吴佩孚是镇压二七大罢工的刽子手,是反动军阀啊。俗话说,三十年河东,三十年河西。"文革"时,这幅寿联成了尚家为反动军阀歌功颂德的如山铁证。寿联被红卫兵付之一炬,尚裁桐被大会小会批斗,成为与反动派沆瀣一气的"黑五类",只许老老实实,不许乱说乱动。

尚裁桐还有一件人生憾事。他夫妻二人多年未育,盼星星盼月亮,风烛残年才盼来了个独生女,就是这个尚兰花。老两口如获至宝,欢喜异常。尚兰花虽说性格乖僻,但心灵手巧,可惜天不作美,先天麻子。也许是遗传因素,随便一张纸,在尚兰花手上变魔术般就剪得有模有样。见女儿有这样的天分,尚家剪纸虽有传男不传女的祖训,尚裁桐怎忍心眼睁睁看着剪纸艺术从自己手中失传?饮恨离世前,他卧在病床上,手把手传授诀窍,恨不能把自己的十八般武艺来个乾坤大挪移。尚兰花得到父亲的真传点化,再加上女性独有的细腻,她的剪纸艺术在父辈的基础上锦上添花,更上层楼,成为这次申报"非遗"的充足理由。

听完麻子剪家世的百年传奇,老马嗟叹不已。真人不露相,高手在民间哪,这让他更想尽快揭开麻子剪神秘的面纱。于是,他与向艳枝约定,明日便慕名拜访这位民间高人。

第二天一大早,俩人乘车到了尚沟,与尚安民一道去麻子剪家。她家在村子的东北角,破落凋敝的院内是两间旧瓦房,看上去已年久失修。

进了屋,尚安民打着招呼:"麻子姑,乡里领导来看您老来啦。"

麻子姑中等个儿,双目有神,身体硬朗,兴许是不常出门的缘故,皮肤白皙,倒不像个庄稼人。一见向艳枝,她就欢喜地说:"闺女,这冰天雪地的,快进屋里坐。"

老马进屋一瞧,屋里贴满了剪纸作品:窗户上是一幅桃子和蜜蜂,大约寓意着"人寿年丰";衣箱上是一幅莲花和鲤鱼,大约寓意着"连年有余";粮囤上是一幅灯笼和麦穗,大约寓意着"五谷丰登"……

麻子姑一听说老马是乡里的副书记,又姓马,她就抄起剪刀和纸张,说:"家里也没啥好招待的,我就给你剪张纸吧。"

"麻子姑,您见外了。您的剪纸,我求之不得呢。"

麻子姑一边剪着,一边和老马拉着家常话。

麻子姑说,过去谁家有个喜事儿,多是兜十个八个鸡蛋,或者半篮子白蒸馍,来求几张纸,图个吉利。现在这成了老皇历啦,娶媳妇嫁闺女,即便是大红喜字也都是买现成的,没人稀罕这剪纸啦。唉,树老落叶,人老珠黄呀。

老马安慰说,麻子姑,您这剪纸是全乡、全县甚至咱神都的一绝,是中华瑰宝,正在申报国家的文化遗产哩,各级还要支持您呢。您老带没带徒弟,咱这手艺可不能失传呀。

麻子姑叹了口气说,前街的那个二赖子笑话俺,说这是雕虫小技。唉,这也难怪,现在的年轻人都只认钱哪,谁还瞧得起这呢?

说话间,她双手一抖,一幅"马踏飞燕"展现在眼前。只见这匹骁勇矫健的天马,膘肥体壮,体形匀称,鬃毛齐整,四蹄腾空,尾巴上扬。它正昂首嘶鸣,凌空腾飞。

如此匠心独具的作品,也许是对"天马行空"一词本意的最好诠释。

麻子姑递给老马,说:"马领导,送给你个'马到成功'吧。"

"谢谢您的祝福!"

走出麻子姑家,老马很郁闷。

有眼不识金镶玉呀。在这物欲横流、人欲滔天的年代,人们目光如豆,只顾眼前,只讲实惠,民间艺术人才青黄不接,后继乏人,真叫人无语。

拯救剪纸艺术是政府的责任,然而在这个市场经济的时代,如何拯救呢?千万不能再像尚沟村前些年种苹果那样,政府最后吞咽难下,好心办坏事呀!

前车之覆,后车之鉴。市场经济的时代,不找市长找市场!不能靠行政命令,只能靠市场这只看不见的手来推动啊。用市场经济的办法来解决,不是政府没有责任,而是政府肩负的责任更重大了,对于履责的要求更高了。然而,这只手在哪里呢?!

…………

过了两天,恒久公司驻大峪的项目经理来到景区管委会汇报说,元旦之后,翟总将陪同一个台胞考察团来景区考察。按说,这不是燕子谷最美的季节,但时间不等人,开了春,就要实施大开发大建设了,这之前就得找好合作伙伴。至于燕子谷四季的秀丽风景,恒久公司早就制作成了光盘,不受季节的约束,随时可以播放给客商了解。

也许,这是个麻子姑登场剪纸的机会。老马听着恒久公司的汇报,心里盘算着。

在老马的提议下,由向艳枝负责,在台胞考察团到来之前,在景区大门处的接待大厅里,立即着手布置一个麻子剪剪纸艺术展。安排一个"前言"板块,对尚家的剪纸艺术进行综合介绍,包括尚镂金、尚裁桐的佳话。对麻子姑的每一幅作品都精心装裱,下附说明。届时,如有可能,让麻子姑现场表演,说不定还能有意外的斩获。

不过,这还得让向艳枝提前做好麻子姑的思想工作。她一辈子都羞于见人,能否答应出山一展身手还是个问题呢。

之后几天,向艳枝好说歹说,总算做通了麻子姑的工作,答应到时候若有求就必应。

闲言少叙。却说过了元旦,考察团在翟文浩的陪同下如期前来。北风凛冽,滴水成冰,一行十几人却游兴不减。冬天的燕子谷,虽说没有春天的烂漫、夏天的奔放和秋天的壮美,却也别有一番风韵。皑皑白雪覆盖了万物,在悬崖峭壁上,一帘帘冰挂晶莹透亮,造型各异。凝结的冰挂与缓缓的流水动静结合,异常壮观。一直走到登山口,因山路崎岖,溜滑难行,大家才止步而返。

翟总打趣说,总得给大家留些悬念嘛,明年春天,我们不妨再来。

吃过午饭,大家观看了燕子谷一年四季的宣传片。

老马见火候已到,就向客商们推介说,深山卧虎水藏龙,燕子谷还有一绝麻子剪,请同胞们一饱眼福。

大家听了,并不在意,觉得这无非是当地官员的夸口或者忽悠而已,碍于翟总的面子,也只好客随主便,凑个趣吧。

在老马的导引下,一行人进了接待大厅,迎面墙上拉着醒目的横幅:民间草根艺术家麻子剪作品展。四周墙壁上整齐地排列着剪纸作品。大家在一幅幅作品前驻足欣赏,频频点头,心中折服,方知刚才的介绍所言不虚。

其中一位五十来岁的客商,在"前言"前面足足站了一二十分钟,泪水悄悄蓄满了眼角。他找到老马,颤抖着问,能否与这位草根艺术家会上一面?

"当然可以。"老马回答道。

见这位台胞颇为激动,老马问:"老板是想一睹她现场剪纸的风采吗?"

这位客商摇了摇头:"唉,不知从何说起呀。"

老马立刻让向艳枝抓紧请来麻子姑。

一刻钟之后,麻子剪一进门,这位台胞便一把拉住麻子姑的手,泪水纵横,叫道:"兰花姑!"

在场的人都愣了。

麻子姑更是一头雾水,不知所以。

原来,这位客商姓吴,是吴佩孚的曾孙。吴大帅五十大寿上赠寿联一事儿,他曾听家父说过。先祖在神都呕心沥血,苦心经营数年,在这里叱咤风云,从这里走向鼎盛,可以说是其魂牵梦绕的第二故乡。作为吴氏后裔,他对神都当然情有独钟。这次神都之行,他本来就满怀寻根之心。昨日,他专门到祖上的阅兵台去凭吊,那围起来的四合院,看上去局促狭窄,已经淹没在钢筋混凝土的现代丛林中,如果不是那通石碑上"吴佩孚司令部旧址"几个大字的提醒,很难相信这里曾经鼓角争鸣,曾祖父曾经在这里"沙场秋点兵"……百年辉煌不再,不由让他发思古之幽情,想起李煜"雕栏玉砌应犹在,只是朱颜改"的诗句来。不想这样巧合,今天在这里居然邂逅了尚镂金的后人,这真是有缘千里来相会,无缘相逢不相识啊。

本来,麻子姑的家世已经让在场的人惊诧万分了,半路又杀出个吴氏后人,演绎出跨世纪的一出喜剧,更让在场的人一阵唏嘘。

这意外的插曲与花絮,大大增添了客商们的勃勃兴致。大家纷纷要求购买展品作为此行的留念。事出意外,老马和向艳枝等也不知定价几何为宜。

麻子姑说,不要钱,既然是吴大帅的后人,先祖们又有那么深的交情,义薄云天,收了钱就辱没了先祖。大家是吴大帅后人的朋友,也不能收钱,羞煞先人哩,若是喜欢,尽管拿走就是啦。

吴氏客商摆着手,说,不是钱不钱的问题,也不是辱没先祖的问题。这是对劳动的尊重,是对艺术的崇敬!

客商一行也附和道,吴老板所言极是!吴大帅当年还回赠寿联呢,无功不受禄,我们怎么好意思分文不留?

见双方僵持不下,最后,翟文浩一锤定音说,每幅五百元吧。

有位客商花了四千元买了一套八张的"神都成语典故",分别是"鹤鸣九皋""庄周梦蝶""管鲍分金""白马负经""秉烛夜游""元稹解梦""程门立雪""姚黄魏紫";姓吴的客商对展出的一套"神都十大景"爱不释手,最后掏出五千元收入囊中。其他的人也深受感染,纷纷抢购,展品转眼间被一扫而空。

考察团走了。粗粗一算,这次展品竟然卖了三万多元。山重水复疑无路,柳暗花明又一村哪!

这消息在整个大峪乡,特别是在尚沟的风情小镇口口相传。传到最后,以讹传讹,神乎其神。有人说,人家的剪纸一幅都卖了一两万,麻子姑那天晚上数钱数得胳膊都酸啦,还是乡里的干部帮着清点出来呢;有人说,其中一幅作品,两位客商都看中了,俩人争得脸红脖子粗,若不是姓翟的那个温州老板从中调和,俩人说不定就当场动手啦;还有人说,据说吴大帅的后人这次可是有备而来,专门来找麻子姑呢,接她去台湾呢,麻子姑故土难舍,硬是没答应……众说纷纭的传言者,讲述时无不唾液四溅,两眼放光,描述得有鼻子有眼,仿佛他就在现场。甚至,两个人为了不同的版本还争得诅咒发誓。

不论哪种版本,传递的却是一个信息:这剪纸可不是雕虫小技。账,谁都会算,这远远要比自己开农家乐划算得多。

于是,掂着大兜小兜礼品登门向麻子姑拜师学艺的人蜂拥而至。没办法,麻子姑只得设置了收徒的条件,优中选优,潜心传授。

解决了剪纸作为旅游纪念品的问题,老马又一鼓作气,乘胜追击,对当地又一绝的竹编下大功夫,寻求发扬光大之路。春节过后,喜爱竹编的人也渐渐多了起来,如同那雨后的春笋……

第六十六章

"天街小雨润如酥,草色遥看近却无。"

春节过后,春风和煦,万物苏醒,一切都显得那么生机勃勃。

自古以来,春天,在文人墨客的笔下,总是那么生生不息,美不胜收。比如,纪伯伦笔下让人陶醉的春光:"啊!冬之夜叠好、收起的衣裳,如今春之晨又将它铺展开来。于是桃树,苹果树打扮得如同'盖得尔夜'的新娘;葡萄树醒来了,枝藤扭结好似情人紧紧拥抱在一起;溪流在岩石间边跳着舞,边哼着欢乐的歌,潺潺流去;百花从大自然的心中绽开,如同从大海中涌出浪花朵朵。"

在朱自清的笔下,则是"吹面不寒杨柳风"的江南诗意,"春天像刚落地的娃娃,从头到脚都是新的,它生长着。春天像小姑娘,花枝招展的,笑着,走着。春天像健壮的青年,有铁一般的胳膊和腰脚,他领着我们上前去";即便是春雨,也是"像牛毛,像花针,像细丝,密密地斜织着,人家屋顶上全笼着一层薄烟",那雨中的景致就像一幅宁静优美的水墨春雨图。

…………

在这春天的燕子谷,《爱,不能忘记》剧组外景拍摄已开镜。不远处,大胡子导演手持小喇叭,不停指挥着,一群青年演员叽叽喳喳,欢快得就像这燕子谷里哗哗啦啦奔腾不止的溪流。

老马从未见过影视拍摄现场,在百米开外好奇地观望着。从青年演员们洋溢的青春气息中，他仿佛找到了自己年轻时的身影。在这意趣盎然的春天，人的思绪如同风情小镇里农家的炊烟，袅袅升起，在白云下飘散开去……

是啊，纪伯伦和朱自清笔下的春，撩人心弦，给人希望。

去年第二次温州之行，自己曾抽空到四营堂巷 50 号的朱自清旧居，凭吊这位崇拜已久的文学家、教育家。在这之前，有一年到扬州旅游，也曾独自参观位于安乐巷 27 号的朱自清故居。那窄窄的弄堂，低矮的斗室，简陋的家具，让人心灵震撼。先生的一生，辗转杭州、扬州、上海、温州、宁波、北京、昆明各地，历经战乱，命运多舛，偌大个中国却放置不下自己的一方书桌，然而，他的笔端却总是寻觅着灵魂深处的理想世界，他的作品总是积极向上、催人奋进，塑造了高尚的人格与文格！

出身不由己，道路可选择，老马想。朱自清先生的身世告诉自己，人的一生，从睁开眼到这个世界上，身处一个什么世道，能遇到什么人，会发生什么事情，都具有不确定性。唯一能够确定的，是自己强大的内心世界，是面对这个世界的人生态度。不论顺境还是逆境，都需要像先生那样，生活不仅有眼前的苟且，还有诗和远方。

…………

在这万物生长的季节，燕子谷也迎来了它的春天。除了眼前正在拍摄的电视剧，前几天，中国科学院地理研究所与神都市政府主办、南川县政府承办的"三水分流"论坛在神都市区隆重举办，来自全国各地的专家学者经过实地考察，济济一堂，仁智互见。其实，结论并不重要，重要的是通过权威声音的发布，让人们重新认识燕子谷。她的华丽转身必将惊艳于世，"引爆眼球"。

为了组织好这次论坛，老马和同事们寝不安席，食不甘味，从会前联系到日程设计，从食宿安排到会场布置，从现场考察到大会讨论，一环套一环，事无巨细，周到安排，做好各项服务。送走了这批专家学者，他们才卸鞍更衣，稍稍喘了口气。

还有，令人欣慰的是，崔总投资的高山牡丹园，租地 200 余亩，去年冬季补植了牡丹和芍药。为了能在今年花会之后吸引游客,专门种植了一年以上的成株。目前,这些牡丹迎风摇曳,含苞待放。可以预见,"五一"之后,硕大艳丽的牡丹花张开那灿烂的笑脸,给在这个季节到神都一睹国色芳容的外地游客弥补缺憾,聊以慰藉。

⋯⋯⋯⋯⋯

日子就这样在不咸不淡中书页一般"呼啦啦"翻了过去。

四月下旬的一天,老马正在忙着手头的事儿,白雪发来微信,问他这周回不回神都。

看到微信,他索性拨了电话:"马超下个月就要高考,我后天得去开家长会。你是不是有事?"

"《凤凰玉》初稿写完了,26万字,你帮着给改改。"

"好神速呀。明天下午回神都,咱晚上见吧。"

第二天下午,车进神都市区已傍晚时分。他约她还去老地方餐馆。白雪说,中山路上刚开了一家西餐厅,挺安静的,我请你吃西餐。

十几分钟的车程便到了。进了门,轻柔的背景音乐若有若无,服务生礼貌地把他领到临窗的卡座。白雪也刚到,正脱去米色的风衣,露出上身的白毛衣,加上下身配的黑长裙,看上去像是田塍边一株粉白色的花,正开得新鲜欲滴。

老马足足看了一分钟,白雪一扭头,发现他无以名状的眼神,说:"怎么,不认识啦?"

"我往这儿一坐,都成小矮人了,得仰视你才能看清楚呀。"

"贫吧你。"

点了餐,白雪从包里抽出小说的打印稿递过来。

嗬,厚厚的几百页,封面是"凤凰玉"三个大字,散发着淡淡的清香。他心中一颤,不仅仅因为书稿勾起了他多年来的情缘,更因为她对文学的执着令人动容,脑海里霎时涌出了"茕茕孑立,踽踽独行"这个词。

"德胜,上次你谈的大悲悯情怀对我启发很大,我对前半部分做了大刀阔斧的修改。后半部分的写作中,我注意展示人性的真实,人类生存条件的真实,我觉得,这才是文学创作的出发点。"

"那只是我的一种感觉而已,没想到你这么重视。想想你真够不容易了,在当今这个功利的社会里,能坚持下来就是成功。"

"其实,许多的成功,就是因为你去做了,所以才能成功,而不是仅仅把成功作为一种臆想。你抓紧看啊,把意见尽快反馈给我。我想在下半年把书印出来。"

正聊着,西餐上来了。俩人拿起刀叉,准备开吃。白雪"扑哧"笑了,说"拿反了"。

老马尴尬地瞟了一眼邻座,赶紧调换过来,自嘲道:"我现在是乡下人,进西餐厅就像刘姥姥进了大观园哪。"

他插起一块牛排,嚼了一口,说:"哎呀,肉半生不熟的,吃起来真不习惯呀。"

"呵呵,西餐讲究的就是这口感这情调嘛。"

她忽然想起一件事,说:"对了,你帮我打听打听,哪位朋友了解,哪儿有闲置厂房什么的。"

"怎么突然对这感兴趣呀,准备搞实体经济?"

"我哪里有那本事。吴琼花,我那个高中同学,你还记得吧?"

"噢,曲剧团的那个吴团长? 她要转行搞实体?"

"对,是她。不是搞实体,听我慢慢说。"

我的这个同学呀,原来跟你说过,是个戏痴。她年轻时曾提名过梅花奖,在咱神都的戏剧界也算一枝独秀,随着年龄的增长,她登台有些力不从心了。前些年,她重点培养了一个好苗子,也是唱青衣的角儿,艺名小琼花,不论是唱功,还是一招一式,不仅形似而且神似吴琼花,仿佛时光倒转了几十年。她常常引这个门生而得意,也为自己的后继有人而欣慰。

然而,天不遂人愿。曲剧这些年一直在走下坡路,这是严酷的现实。去年,她的这个爱徒居然不辞而别。过了好几个月她才知道,小琼花跑到了北京,成了北漂一族,改行在酒吧里唱起通俗歌曲了。因为有天然的好嗓子,有唱戏的功底,在酒吧里成了当红的头牌。

小琼花之所以不辞而别,肯定是无颜面对师傅。这些年来,老师在自己身上倾注的心血,老师传承戏脉的梦想,小琼花一清二楚。这一切让自己情何以堪?

本来,曲剧的每况愈下已经让她心力交瘁,小琼花的悄然离去,无疑成为压垮吴琼花精神世界的最后一根稻草。她大病了一场,住进了医院。

她丈夫是个生意人,开大公司的,她年轻最红的时候,两人走到了一起。这么多年来,丈夫一直默默支持着她的事业。丈夫劝她说,事业固然重要,身体是本钱哪,别再为了曲剧熬心费神啦。

江山易改,本性难移。出院后,吴琼花开始了一项宏大的计划。她想办一所半免费的少儿戏曲学校,从娃娃抓起,让神都的这朵艺术奇葩像牡丹那样年年飘香。找空闲厂房,就是想租用场地。

知妻莫如夫。丈夫一看她的倔强劲儿又来了,就叹了口气说,谁让我爱上了你这个戏痴呀。这一段,他也在为吴琼花四处找场地,募集资金呢。

听完白雪的讲述,老马为之动容:"吴团长真是为戏而生,九死不悔呀!这精神真的让人敬佩。"

"是啊,这些年,她还致力于曲剧的改良。在剧本的选取上与时俱进,推陈出新,尝试用古典戏剧形式表现现代生活内容,唱腔上也汲取豫剧等剧种的精华,以他山之石,攻曲剧之玉,努力丰富表现形式。"

"有机会,我得专门向吴团长讨教讨教。"

…………

开完家长会,回家路上老马回味着老师的叮嘱,心想:高考,毕竟决定着孩子的走向,是人生的重要拐点,从青岛回来后,也不知超超是否心无旁骛,收心迎战?是得和孩子好好谈谈啦。

当天晚上,吃过晚饭,他走进马超的房间,与孩子促膝长谈:

"超超，今天的家长会，老师让家长给孩子减压，现在是不是压力山大？"

"那还用说，你没看到我们教室里的倒计时牌？"

"看到啦。高考在即，你准备得怎么样啦？"

"我尽力吧。"

静默了一会儿，老马说："超超，老爸也曾经有过豆蔻年华。真正有血性的男儿，是认准自己阶段性的目标，坚持不懈，就像一副对联所写的'贵有恒，何必三更起五更睡；最无益，只怕一日曝十日寒'。"

"这道理我都懂。爸，你是不是还在怨我？"

"不，孩子。世界这么大，我想去看看，这是很正常的心理。已经回来了，就安心复习，十几年都走过来了，这一个月岂能功亏一篑？柳青，就是写《创业史》的那个作家，他在这本书中写道：'人生的道路虽然漫长，但紧要处常常只有几步，特别是当人年轻的时候。'眼下最紧要的，是需要专心应试，其他的不去想，考完再说。"

"嗯。我心里还是没底。"

"乖，我知道自己的孩子是最棒的。只要努力，不论你考得怎样，老爸都坚定地支持你，都永远是你的坚强后盾。等你上了大学，将来有了自己的事业和爱情，天高任鸟飞，海阔凭鱼跃，必定能绽放璀璨的生命，创造自己精彩的人生！对此，老爸坚信不疑哪。"

超超似有所悟。

唉，这哪里是考孩子，分明是在"炙烤"家长啊。

…………

一个多月一晃而过。高考的前一天，老马向魏金国和柳占奎打了招呼，回到家里。问了马超的情况，头天下午，带着孩子提前看了考场。老马鼓励说，孩子，放下包袱，轻装上阵，只要正常发挥，考出自己的水平就行。

高考这两天，他和赵玉曼一心一意做好后勤保障。真煎熬人呀，也不知儿子考得怎么样，只有等成绩出来了才能把心放在肚子里。

第六十七章

却说高考过后的第二天下午，老马回到煤炭局。

宋局长恰好在办公室，看到他，热情地招呼道："德胜回来了，进来坐！"

老马把上半年的扶贫工作特别是燕子谷建设和运营的进展情况做了详尽汇报。

宋局长听完，说："今年以来的扶贫是卓有成效的。德胜，事实证明，发挥当地优势，通过景区开发带动百姓脱贫，是一条切实可行的路子，一定要持之以恒搞下去。开发得放远眼光，在保护中开发，以开发促保护，保持青山绿水的原貌，切不可寅吃卯粮，扶贫工作最忌饮鸩止渴。"

他顿了顿，又说："对了，有件事正要通知你呢。今年7月底，各个县区要换届。前两天，市委刚刚下文，对去年派下去扶贫的干部要提前考核，对其中成绩优异的要提拔重用。你去大峪的这一年多，取得的成效很显著。你回去后准备一下，把这一年多来的扶贫工作认真回顾一下，形成书面总结材料。考核结束后，很快就会确定考察对象，之后考察组就要来局里考察。还有，这次对扶贫干部，市委组织部将进行双重考察，就是说，还要到南川县和大峪乡考察。咱局这边，应当没有什么问题，南川县那边，你得有个准备。"

"宋局长您费心了。"

出了办公楼,老马的步子顿时轻快了起来。宋局长通知的消息,让自己仿佛吃了个凉西瓜,心里甜蜜蜜的。他忍不住给大山和白雪分别打了电话,约他们到地摊上吃烧烤,小酌一杯。

打完电话,老马又心生悔意:也真是的,就这么不沉气。当领导,得每逢大事必静气。胸无城府是大忌啊。再加上,上次自己麻雀飞到糠堆上——空欢喜一场,事情刚刚过去才一年多,好了伤疤忘了疼,不,准确地说是伤疤还没好呢,怎么这么不长记性?!

不过,话又说回来,大山也好,白雪也罢,都不是外人。人生在世,难得能交几个好朋友。朋友之间,尤其是知心朋友之间,有了烦恼和悲伤,相互倾诉一番,便被分担了一半;有了喜悦和快乐,相互转告一声,便被分享成二倍,正像一首歌中所唱的那样:快乐着你的快乐,悲伤着你的悲伤。此时的自己正是这种愉悦的心情,需要朋友的分享。

他与大山、白雪相约位于市区东边的烧烤城见。

夕阳西下,大地被烘烤得像个蒸笼。远远望去,烧烤城里已经狼烟四起,食客们早已坐满了大排档。更有难耐酷热的食客们光膀赤膊,袒胸露背,貌似梁山好汉。这遍地的膀爷,倒是显露了市井百态,真性乍泄,也成一景。

仨人闹中取静,在偏僻一隅坐下,点了烧烤,要来几杯扎啤。

老马把下午宋局长的谈话原原本本复述了一遍,白雪和大山都为他高兴,就共同举杯说:来,提前庆祝一杯!

一杯扎啤下肚,一股清凉从心底泛起。

老马说:"我到大峪这一遭,才真正了解了基层乡镇的难处。以前听人说,乡镇干部是上面支多着,下面耷拉着,一直不知道是啥意思,这回可算是理解啦。"

白雪听了好奇,就问:"啥意思?"

"乡镇的工作量大,事务繁杂,上班不分昼夜,真的是五加二、白加黑,自然就顾不上个人形象了,上面的头发支里支多,没时间拾掇呗。有一次,我去县里参加一个紧急会议,接到通知很突然,正在村里搞禁烧呢,就匆匆忙忙赶了过去,结果,县政府的门岗愣是把我当成了上访人员拒之门外,解释了老半天,让人心里不知是啥滋味,你说这叫啥事嘛!"

白雪捂住嘴笑了,接着问:"还有一句是什么意思?"

"下面奄拉着,就是说一天下来,精力不济……就是那意思,不说了,你自己想去。"

白雪脸一红:"真讨厌!"

大山看笑话似的笑了:"白雪,这你可不能怨人家德胜啊,是你主动要问的嘛。就像那个女主持人打破砂锅问到底一样,能埋怨人家嘛。"

老马知道,大山是引用了那个关于吃牛鞭的黄段子,就赶紧岔开话题:"哎,大山,你说我这次把握有多大?"

"德胜,应当没有啥问题。提拔的对象是扶贫干部,你在扶贫干部中的成绩又很突出,没有竞争对手,按常规推断,应当不会再像上次那样出意外啦。"

白雪也说:"德胜,你应该能如愿的。"

老马叹道:"其实,这次下乡扶贫,不仅让我积累了基层乡镇的工作经验,更为重要的是,让我活明白了。官位,对于体制内的人来讲的确很重要,尤其是在我们这个官本位的国度。但是,它真的不是人生唯一重要的东西啊。"

"是,我极其赞同!"白雪附和道。

"英雄所见略同,我也点个赞!"大山跟着说。

"这次提拔了,我觉得吧,也应该。毕竟,我的付出应当有所回报,这是对工作的肯定形式嘛。但即便再次落空,我也不会意气消沉。下乡扶贫,也不仅仅是为了提拔。官位,生不带来,死不带去,都是身外之物。俗话说,做官一阵子,做人一辈子。我们更应该注重一辈子的追求和幸福。"

"伟哉斯人,诚哉斯言! 我们的德胜同志,从平凡人生中提炼出了生活的真谛啊。”

“来，为我们一辈子的幸福而干杯！”

“哐！”三个扎啤杯清脆地碰出时代的强音，酒花在刹那间璀璨地盛开。

…………

进入6月份，雨水也比往年多得多，就连收麦也是赶在几天晴日时见缝插针，抢着将颗粒归仓。气象台预报说，由于副热带高气压带北移，冷锋型降水将很普遍，汛期不约而至，今年夏季将遭受百年不遇的大汛。

第二天，老马开车从神都往大峪乡驶去。一路上乌云密布，电闪雷鸣，狂风肆虐，大雨滂沱，天空好像是捅了个大窟窿。老马想起前几天气象部门的天气预报，心中的隐忧就像这天空中浓厚的云翳顿时沉重起来。

路上接到乡里办公室的电话，下午三点整，乡党政班子联席会，研究安排全乡的防汛工作。

下午开会时，天空仍然阴沉着脸，给人一种“黑云压城城欲摧”的抑郁感。不一会儿，骤雨倾盆，噼噼啪啪的雨点敲击在玻璃窗上，刘占奎不得不站起身，提高音量，声嘶力竭地传达了昨天县里的防汛会议精神，并对大峪范围内的水库、尾矿、各村的防汛责任领导明确了分工。魏金国最后讲话说，根据气象台的预报，今年将是大汛之年，大家要克服麻痹思想，做好防大汛、抗大灾的准备，按照乡党委、政府的分工，扑下身子，仔细排查隐患，确保安全度汛。

老马和向艳枝负责景区及尚沟村的防汛工作。

会议是专题安排防汛，不到一个小时就结束了。

散了会，老马来到魏金国办公室，把宋局长通知考核的事儿向他做了汇报。最后，老马顺势说：“魏书记，如果组织上到咱大峪乡考核或考察，你还得多美言几句啊。”

“老兄，这还用说吗？你来咱们乡这一年多，以乡为家，为了咱大峪的发展殚精竭虑,锲而不舍,即便是下毛毛雨也该淋(轮)到你头上了。"

"谢谢了。将来组织部门的考察,也不知是个什么样的谈话范围,届时恐怕还得你多费费心哪。"

"你一百个放心,老兄。"魏书记拍着老马的肩膀,"一方面,咱大峪的人都实诚,有一说一,有二说二,不会歪着嘴说话。你的工作成绩,我相信,大家都看得一清二楚,人,一般来说,都还是讲良心的,怎么会颠倒黑白,拨弄是非?另一方面,你如果从咱们大峪乡提上去了,可不仅是个人的进步,也是咱班子的荣誉。多少年来,咱这里都没出县级干部了,这回老天开了眼,铁树开了花,是咱大峪的造化呀。到时候,我开会明确要求,必须统一到党委的步调上来,绝不允许有杂音。"

"来乡里考核考察,都不会有什么大问题。"魏书记似乎又想起什么似的,"县委那边,你总得先汇报汇报,似乎更好些,你说呢?"

"我咋去说呢,好像跑官要官似的。"

"要不这样吧,过两天,我和你一块去县委一趟,见见郭书记,向组织部段部长当面汇报一下,总不能像咱这燕子谷一样藏在深闺人未识啊。人家都不知道有个燕子谷,你还埋怨大家不来你这儿游玩,你说怨谁呢?"

"还是你想得周全,我总觉得不好意思呀。"

…………

隔了几天,县委郭平江书记轻车简从,带着秘书叶有成来大峪乡视察防汛等工作。

魏金国和老马趁机把考核考察的事儿顺便做了汇报。

郭平江听完,和蔼地说:"德胜同志,你讲的情况,县委也已收到了市委的文件。在市里派来的十几个扶贫干部中,你成绩斐然。俗话说得好,好马配好鞍。我们选拔干部,就是要选贤任能,重用干事创业的同志,在全县树立旗帜鲜明的用人导向。我和葛县长私下里已初步沟通,准备向市委郑重建议,想把你留用在南川。你们知道,与周边兄弟县相比,我们南川的旅游工作刚刚起步,可以说是百事待兴啊。这一年多来,燕子谷从无到有,工作抓得很有章法,可不简单,是下了一番苦功硬功的。这不仅仅对大峪的发展是个大胆的探索,对于全县所有偏远乡镇的脱贫致富都是个有益的借鉴。唉,时下,这样的干部不是太多了,而是太少了。不妨先给你吹个风,我们准备向市委建议,把你作为主抓旅游工作的副县长人选,如果不出大的意外,一般情况下市委会充分尊重县委意见的。你回去后,先做做你爱人的思想工作,毕竟,南川比较偏僻,离神都市区远一些。本来嘛,来扶贫的人,多数是镀镀金就回去了,如果你这次留下来,就扎下了根儿,也不知道得干到啥时候啊。所以呀,必须取得家属的体谅与支持。我们的各级干部也是人哪,也有老婆孩子,也得床前尽孝,干工作,首要前提是不能后院起火嘛。"

这番入情入理的话,让老马激动万分,他忙说:"谢谢您,郭书记!"

…………

送走了郭平江书记,魏金国开玩笑说:"马县长,你请客吧。哎,算了,还是我请你吧。春江水暖鸭先知,今天让我先给老兄祝贺祝贺,省得将来马大县长高就时,请你的人多了,我又排不上号啦。"

老马脸一红,说:"魏书记,你不毛揣中不中?这将来传出去,可真成没生下孩子就起下名啦,不叫人笑掉大牙才怪呢。"

第六十八章

　　一天上午，刘文卿来找老马，商量"寻找最美乡村教师"的人选。原来，今年教师节，全市要表彰十名最美乡村教师，让下面层层推荐。

　　老马说："老刘，我认为孙小妮不错，能放弃优越的条件回到家乡支教，你觉得呢？"

　　"孙老师的事迹确实很感人，尚沟学校推荐的也是她，就有一点，她回乡里只有一年，资历太浅，怕不服众呀。"

　　"我倒是觉得，不能只看资历。振兴民族的希望在教育，振兴教育的希望在教师。寻找最美教师，就是要找像小妮这样的典型，树立一种鲜明的导向，才会有更多的王小妮、李小妮扎根山区，咱们的教育才有希望啊。"

　　"行，那咱就这样上报啦。"

　　两人正在商量，黄小兵推门而入。

　　老马赶紧起身："稀客呀，黄书记，我说嘛，今儿早上，政府院里大槐树上的喜鹊喳喳叫个不停，原来是有贵客临门呀。"

　　黄小兵在望良乡挂职副书记。他突然造访，肯定有事。

　　刘文卿见有来客，就告辞了。

　　老马给黄小兵倒上茶："黄书记，上次一别，咱们快一年没见了吧？"

　　"可不是嘛。哎，你内弟的饭店生意越做越大啦。前几天，我有个酒场,专门安排到了老地方。嗨,一进去,装修得我都差点儿以为进错门啦。"

"他的小生意还不是靠弟兄们帮衬嘛。改天回神都了,我再叫上大山等人,咱们坐坐,让我再敬老弟一杯。"

"小事一桩,不必太客气啦。"

"黄书记,你可真是神仙日子呀,这一段时间,还是两边跑?"

"哎,马老兄,你可别隔着门缝把我看扁啦。这将近一个月,我可是天天待在望良呀。"

"噢。看来我是老眼光看新问题啦。"

"你没听说? 最近组织部要下来考核哩。组织部我的那个同学,他亲口说的,百分之百可靠。"

"我倒是听到点儿风声。考核就考核呗,咱该干吗还得干吗呀。"

黄小兵把椅子往前挪了挪,嘴往老马的脸前又凑了凑,似乎很神秘的样子,说:"老兄,你知道这次咋考核吗? 跟以往不一样。除了到原单位考察,最关键的还要先到挂职的乡里来。"

"来乡里都考核啥内容?"老马也颇感兴趣。

"不瞒你说,就两个方面,一个是谈话,找乡里领导班子、部门主任,相关村的支书、村主任。所以,你得事先打好招呼,别到时候出个什么差错。"

"你提醒得对。另一个呢?"

"实地考察。看扶贫的项目、效果。"

"噢。看来,这考核还玩真的呀。"

"对,不是走马观花,而是实打实看项目哩。要不,我怎么在办公室坐不住了呢。谁让咱是难兄难弟呀。"

"黄老弟,你这信息还真是及时雨,我还真是不知道。"

"我为你急呀。全县人都知道,你招商引资搞了个燕子谷,到时候肯定要去看这个项目。可是这个时候又不是郊游踏春的季节,考核组去了,里边冷清清的,不是啥都砸了嘛。"

"怎么就砸了？"

"有项目却没效益，不成了政绩工程、面子工程吗？"

"哪咋办呢？"

"马老兄，你真是实在人哪。燕子谷不是在尚沟嘛。考核组来了，让村民们免费游览呀。考核组怎么知道是游客还是村民？"

"老弟，高家庄呀，实在是高。"

老马嘴上违心地赞叹着，心里真的不屑于与这种小人为伍，碍于情面，只得硬着头皮敷衍着。

"黄书记，你的项目肯定准备好了吧？"

"呵呵，不好意思，我吧，这一年多还真没弄成个什么项目。"

"这次机会放过啦？"老马颇为惊讶。

"放过倒是不能放过，咱下来图啥呢？"

"那考核时怎么办？"

"不在话下。马老兄，你也不是外人，说了，你可得替我保密呀。"

"啥项目？搞得这么神秘？"

"我搞了个养殖项目，把两个村的牛呀羊呀到时候集中到一个村的养殖场，规模效应就出来了。村主任的汇报稿我都让他倒背如流啦。"

"这样成吗？那么多的牛羊混到一块儿，考核组走了，你能给人家分清楚？"

"这不简单？在腿上、耳朵上、尾巴上涂上颜色，做上记号。"

"呵呵，够麻烦的啦。老百姓怎么会愿意？这可不是当年唱的'猪啊羊啊送到哪里去，送给那英勇的八路军'哪。"

"这我早想到啦。赶去半天，外村的给二十块，本村的给十块，我得破费好几千元哩。有钱能使鬼推磨，有钱就能使牛羊哩。"

"唉，老弟真够下本儿啦。"

"舍不了孩子套不住狼呀。"

"不过，我咋总觉得有点儿悬呀。你还是再好好考虑考虑吧。"

"你放一百个心，老兄，天衣无缝，万事俱备，只欠考核啦。不过，考核这事儿吧，咱是嗑瓜子吃核桃——不能不求人(仁)儿呀，马老兄还得帮个忙。"

"我还泥菩萨过河哩，能帮老弟什么忙呀？"

"乡里这头我已经按住啦，可局里那头还不很保险。这些年吧，有些人总是没事找事儿，看我不顺眼，一到关键时候就点我炮。好在，这次没人和我竞争，不涉及别人的切身利益。这次到局里考察，我怕有人从中作梗。你和大山局长不是发小嘛，能不能跟他说说，替我做做工作？"

"行，老弟，我回头给大山打电话，不过，你还是和他本人当面说清楚最好。"

"老兄，你可得当回事儿啊，这两头的考核考察说来就来啦。"

…………

送走了黄小兵，他拨通了大山的电话，把刚才的前前后后说了一遍，俩人在电话里笑岔了气。大山说，德胜，你等着看笑话吧，那么多老百姓，还天知地知你知我知呢，蚊子飞过去还有影儿哪。唉，这种人怎么不知道天高地厚？！

挂断了电话，他不由感慨：人上一百，形形色色。黄小兵想靠弄虚作假来蒙混过关，即便能得逞一时，岂能投机一世？钱强不是最好的例证？做人哪，还是踏踏实实、本本分分的好。

没几天，市委组织部的考核组就到了，找了相关人员谈话了解情况，到燕子谷、尚沟村的学校以及香菇种植基地实地考察。当然，老马没有安排尚沟村民免费游览，他才不会去干掩耳盗铃的傻事。考察进行得很顺利，大家众口一词，认为像马德胜这样的干部，真的应该提拔重用。

又过了十几天，考察对象也确定了，老马自然在册。市委组织部到煤炭局进行了考察，之后再次到南川县和大峪乡正式考察，无非"德能勤绩廉"几个方面。半个月前才进行了详细严谨的考核，这次考察就免去了许多程序。据考察组的人说，由于换届在即，专题研究干部调整的市委常委会肯定很快就要召开。

老马提拔在望，心下暗喜。任命的文件没下来，毕竟还不作数，心里难免挂念。毕竟都是凡人，功名利禄到了自己头上，都要备受煎熬，暂且按下不表。

进入 7 月份，老天爷变本加厉，主汛期悄然而至。

一天，大雨从前一天开始一直未歇，大峪乡的沟沟坎坎都涨起水来。七八十岁的老人都说，这是海龙王发怒了呀，一辈子也没见过这片土地上有过这么多雨水。

上午，老马和向艳枝分别带着景区管委会的同志，与村两委成员一道，冒雨在尚沟村挨家挨户排查危房。在尚沟老村庄里，还有一些群众住着土坯房，极个别的两户还住在窑洞里。连阴雨天，最怕这些房屋和窑洞倒塌，出人命事故。其中有一户，房子的山墙已经裂缝，还依然穷家难舍，老马和韩明辉、尚安民等软劝硬拉，总算是把户主安顿到了安全人家。

中午，在尚安民家吃了碗捞面条。尚安民说，他媳妇上午去风情小镇，见燕子谷的小溪也涨成了大水，水面浑浊，挺怕人的。

尚安民的话让老马打了个冷战。他突然想起，前一段，乡里针对景区的防汛工作还专门开了会，要求恒久公司在主汛期停止售票，不再接待游客。但抽查的情况让人担忧，公司对防汛不以为意，并不重视，遇到散客总是有令不行有禁不止，照样放行。真是夏虫不可语冰，利令智昏哪！

想到这儿，望望越下越大的暴雨，老马丢下饭碗，说："走，安民、明辉，咱们去景区看看。"

街道上的积水已淹了脚脖子。三个人穿着雨衣，深一脚浅一脚向燕子谷走去。到了景区门口，溪水的流量让人目瞪口呆。平日里的小溪就如同脱缰的野马，摇身一变成了一条小河，浊浪汹涌，一泻而下。仅靠目测，这流量几乎是平时流量的几十倍！风情小镇，就像泽国里的一个孤岛。

几个人不由倒吸口凉气。进了大门，见停车场有两辆神都牌照的小车，就严厉地问看门人有无游客。看门的人支支吾吾回答，有四五个年轻人非要进景区，说他们从神都到这儿来一趟不容易……

老马怒火中烧，真想破口大骂几句，但此时此刻什么也顾不上了。

他只得强压怒火，吼道："简直愚不可及！回头再找你们算账。进去多长时间了？"

"有……有个把小时了吧。"

老马仨人快步朝谷内奔去。倾盆而下的骤雨从脖子里往身上灌，几个人全身都湿透了。

半个小时后，终于远远看见了那几个人。真是初生牛犊不怕虎啊！下这么大的雨，他们居然兴致满满，站在一座木桥上观赏越来越大的水势，一女孩还摆着"V"字手势，一个男孩子正用手机拍照，另一个男孩子给他打着伞。也许，他们从来没有见过如此雄壮的阵势，或者，这昏黄一片的天地更能见证他们疯狂的爱情，而他们却对身边越来越近的危险浑然不觉。

"危险！快下来！"老马几个人扯着嗓子喊道。然而，他们的喊声淹没在瓢泼的大雨中。

老马知道，那些木桥都是简易设施，哪里经得起如此凶猛的洪水？

他们脚下生风，往木桥处跑去。

"大事不好！"说时迟那时快，那座木桥顷刻间垮塌了，几个年轻人被猛兽般的洪水瞬间吞没，顺着山谷往下翻滚。

"快救人哪！"三个人边跑边脱了雨衣，毫不犹豫地跳进激流中。

老马小时候是个旱鸭子，这些年里也仅仅在市里的游泳池里扑腾过几回。然而，求生的本能让他朝最近的一个年轻人游去，当他正奋力将这个人往溪边推时，洪水中夹杂着的山石砸在他的腿上。他的脑子"轰"地一下，顿时失去了知觉……

第六十九章

"咔嚓嚓!"又是一道电闪,银白的巨龙在灰暗的天幕中时隐时现。

混沌未开,渺渺茫茫,天昏地暗,飞沙走石。蛮荒的原野,突兀的山岭,似兽的洪水,如雷的涛声。这是哪里?

壶口瀑布?壶口瀑布!

黄河之水天上来,奔流到海不复回。一股股浊黄前呼后拥,排山倒海,如狂龙咆哮,一泻千里;一排排激浪滚滚而来,黄烟四起,似千军万马,雷霆万钧。一群游客推推搡搡站在壶口上方,探身俯瞰这天下奇观,其中一位一不留神滑入河槽,随着湍急的浊流翻卷而下……

渤海?黄海?东海?太平洋!宽阔无垠的太平洋。穿越巴拿马运河,躲过加勒比海盗,进入风平浪静的墨西哥湾。哈哈,这位游客可真会玩"变脸",原来是古巴的老渔夫圣地亚哥。他从科希马尔海港出发,在这里已经耐心等待好几天了,刚刚钓到这条大马林鱼。这条鱼实在是太大了,居然拉着他肩头的钓索,往大海深处游去。圣地亚哥和他的小船离陆地越来越远。他望望漫天的星斗,自言自语道:一个人可以被毁灭,但不能被打败!

镜头一转,这个老渔夫摇身一变,怎么又变成了作家海明威?

螳螂捕蝉,黄雀在后。一条大鲨鱼冲破蔚蓝的海面,撕咬着大马林鱼。眼看自己胜利的果实就这样被轻而易举地吞噬,海明威怒不可遏,举起鱼叉扎向鲨鱼的脑袋。可是,这条灰鲭鲨来者不善,一个跃起,蓝色的脊鳍画出一道优美的弧线,海明威和他的小船顷刻间就在狂风巨浪中沉没得无影无踪……

"啊……"老马低声呻吟着。

"我的老天爷呀,"赵玉曼啜泣道,"你可醒了。"

"爸,爸……"马超轻声呼唤着。

他迷迷糊糊睁开眼睛,意识仍然不很清晰,脑袋里空洞而又混乱,梦魇似的难以自拔。进入视线中的一切都是颠三倒四的,如同照相机中没有对准焦距的景物。

耳畔滔天的海浪还在呼啸着,听到赵玉曼和超超的呼喊,他喃喃而语:"快,快,海明威……"

"我的爷哟,海明威?是那个混蛋游客吧?他倒是好好的,别惦记了。"赵玉曼愤愤地安慰说。

"爸,海明威?他早就在迷茫彷徨中自杀了。"

他艰难地再次睁开眼睛,映入瞳孔的是赵玉曼和马超焦急不安的面孔。

噢。

他慢慢从梦境中缓过神儿来。一阵阵剧痛刺激着他的神经,整个身体的骨头像被拆散开了般疼痛。影影绰绰的知觉告诉他,这钻心的疼痛来自左腿。下意识中,他向痛处摸去,抓在手里的竟然是空空的软软的病号服!

"我的腿呢?"他不自觉地喊道。

"爸!"马超一把握住老马的左手,把它捧在自己的胸前,痛哭失声,泪如雨下。

赵玉曼拉住老马的另一只手,鼻子一把泪一把地说:"我的爷呀,能保住咱的一条命,已经是不幸中的万幸了。"

他滴血的心被重重地扎了一刀,他的牙齿咬得咯吱咯吱直响,撕心裂肺的痛苦无法用语言形容,两行热泪从眼角慢慢淌到面庞上。

一个四肢健全的人怎么能理解此时此刻老马的心情?没有了左

腿,就像战场上一个正在拼杀的战士丢了武器,就像一只翱翔在天空的雄鹰被雷电折断了翅膀,就像那威风凛凛的猛虎被拔去了满口的利齿。从今往后,大峪乡也好,南川县也罢,还如何瘸着拐着去跑遍那山山水水、村村寨寨?没了左腿,自己都难以照料自己,还如何伺候双亲,招呼妻儿?谁愿意与一个残缺不全者为伍、交友?……

生不如死啊。这样活着,就是一个废物,今天,就是自己的世界末日!

老马感到一阵天旋地转、天崩地裂,悲号一声:"苍天啊,为什么要这样?……"

他再次昏厥了过去。

…………

时间过得真慢。老马再度醒来,已经是一天以后了。

术后并发的高烧让他头痛欲裂,极度的烦躁让他崩溃般地痛哭,他的忍耐力和抑制力统统失控,任凭赵玉曼和马超怎么劝说也难以慰藉他的累累伤痕。他,不再是那个不屈不挠的老马,简直就是个不明事理的孩子,或者说俨然是个精神失常的疯子。

一次次的高烧让他一次次发疯,通红的眼睛睁得很大,就像一头要吃人的怪兽。

他的狂躁症正发作到高潮的时候,门开了。

白雪在护士的搀扶下,艰难地挪到老马的床前,大山和小川跟在她的身后。

"德胜,你可算醒过来了。"大山和小川上前一步,关切地拉住老马的手。

老马把头扭到一旁,蛮狠地把手从他们的手中抽出来,挥舞着双臂,拍打着病床,吼道:"别来看我!"

白雪费尽全身的力气,上前抓住他挥动着的双手,气若游丝地劝道:"不要这样,冷静些,德胜。你的伤口还没有治愈呢,这样挣扎伤口愈合会很慢很难。我们一圈人都跟你一样着急呀!如果连这点儿自制力都没有,你还是我心中的大哥吗? 还是我们大家眼里的德胜吗?"

"我的爷,你消停一会儿吧。"赵玉曼说,"你可知道,你失血过多,白雪妹子为了保你的命,大量抽血,都昏过去几次了,也正在这儿住院观察呢。"

老马转过头,只见白雪脸色苍白,眼圈发黑,但盯着自己的目光如同一股清澈的溪水流入了自己心田。

不经意间,泪珠从白雪的眼眶中滑落下来。

老马仿佛被施了魔法,从暴躁中渐渐安静下来。

这时候,魏金国怀抱一大束鲜花,柳占奎提着果篮、饮料走了进来,打破了房间里的宁静。

魏金国说:"马书记,听说你醒过来了,我们代表全乡父老乡亲来看你。"

柳乡长也随着说:"乡里的同志们随后也都要来看你。你得安心治病,恒久公司的翟总听说了你的事情,已经在为你联系假肢,无偿提供安装,等你伤口愈合好了,就可以装了。"

老马无奈中透着几分感动:"谢谢大家了。魏书记,还没顾上问,那几位游客都救上来没有?"

"放心治病吧,他们都平安无事。唉,倒是明辉同志……"

老马心中一惊:"明辉也受伤了? 严重不严重?"

"他,他,牺牲了……"魏金国泣不成声。

"什么?!"

老马简直不敢相信自己的耳朵,这一噩耗如同五雷轰顶,心灵受到了前所未有的震撼。

"明辉同志已经被追认为烈士,明天,在咱县的殡仪馆将为他举行隆重的追悼大会。"柳占奎擦了一把泪,低声告诉老马。

"唉,我这个样子,也没法去送明辉同志了。"老马眼含热泪说。

"你多保重,马书记,你的心意我们会转达给明辉同志的家属的。"

送走了魏金国、柳占奎,他的心里像打翻了五味瓶,很不是滋味儿,那种痛楚,就像自己又失去了一条腿一样。

哦,明辉,我的好兄弟,你一路走好!

明辉为了救人,献出了自己年轻而又宝贵的生命。自己只是失去了一条腿,就这样自暴自弃,暴躁如雷,真是自愧弗如呀。

…………

从这以后,老马开始积极配合医生的治疗,腿上与心上的伤口都在缓慢愈合。躺在病床上,每当无意中瞥见自己变为平面的左裤腿,一种些微的烦躁与癫狂还是会不约而至;偶尔,在房间里挂着双拐练习走步时,看到那晃来晃去的左裤腿,一股莫名的羞辱与恼怒时不时地从心底涌起。

一天上午,雨过天晴,空气清新得如同过滤了一遍。老马坐到轮椅上,赵玉曼推着他到医院的后花园里散心。

后花园地方不大,但布局精致,有着江南园林的格调。入园处矗立着一座假山,一道细流缓缓落下,透着一股清凉;假山背面是个活动小广场,健身器材应有尽有;广场的一侧是方苗圃,月季、夹竹桃、太阳花以及一些叫不出名堂的花仰着笑脸,各不相让;另一侧是一条S形的长廊,长廊两侧虬劲的葡萄藤与柔韧的牵牛花间杂交织,攀爬到廊架顶部,形成一道阴凉通幽的曲径。

进到长廊下,老马看着枝繁叶茂的葡萄藤,看着粉红色、淡蓝色的小喇叭似的牵牛花,为它们勃勃的生机和怒放的生命而感叹不已。

晴朗而凉爽的天气,引来了不少常住的病号在这里踱步休养。有一名男孩吸引了他的目光。男孩七八岁的样子,在这个时节,他却戴着帽子和口罩,身上捂得严严实实。孩子开心地拍着皮球,数着数儿,旁边像是妈妈的女人在不停地叮嘱他要小心。应声未落,球拍到了他的脚上,滚到了老马的轮椅前。

男孩蹦蹦跳跳地跑过来,捡起球,却并没有走的意思,盯着老马的双腿,好奇地问:"爷爷,你的那条腿呢?"

老马微微一笑,说:"我有那么老嘛,叫我伯伯就行了。我呢,把它藏起来了,就像你戴着口罩藏起面孔一样。告诉伯伯,你怎么不怕热呀,捂得那么严。"

"医生说了,我不能感冒。爷爷,不,我忘了,伯伯,我在等朋友呢,医生还说了,等朋友来了,我就能露出真面目了。"

"别淘气了,乖乖,去玩吧,慢点儿啊。"她妈妈走过来交代说。

男孩撒欢似的跑到一边玩去了。

赵玉曼搭腔问:孩子得了什么病?

孩子的妈妈说,他得了白血病。这病,只能骨髓移植,如果半年左右不能及时配型,就可能没什么指望了。目前,我们正在通过红十字会帮助寻找合适的捐献者。

赵玉曼感叹说,人吃五谷杂粮,什么病都有。孩子还这么小,又这么可爱,真是可怜人哪。孩子自己知不知道得了啥病?

孩子的妈妈叹了口气,说:知道。现在的孩子,都是鬼机灵。开始时,还瞒着他,时间长了,也瞒不住了。孩子原来在班里是班长,住院以后还坚持学习。直到现在,他还期待着奇迹,期待着明天,充满了信心,充满了希望,天天说等病好了,还要回学校上课呢。唉,我和他爸真怕呀……

回病房的路上,少年天真无邪的眼睛和欢快活泼的身影一直晃动在老马的脑海里。

刚回到病房,白雪后脚也进来了。经过这些天的调养,她已经恢复了健康。

见了她俩,白雪笑着调侃:"哎哟,嫂子,俩人到哪儿找花前月下的感觉去啦?"

"唉,嫂子我现在还哪有那心情呀。"

"是啊,我都成废人了,只要你嫂子不嫌弃我,就烧高香了。"

"哎,对了,白雪妹子,要不,你替我招呼一会儿,我得回去拿两件换洗衣裳。"

"行,嫂子,放心去吧。"

赵玉曼走了。白雪与老马扯起闲话,扯着扯着,无意中扯到了提拔的事儿。白雪问,有没有新消息?

他一脸沮丧,摇摇头:"杳无音信哪。一个废人,还有什么指望?!"

"怎么这么低沉?唉,真是判若两人哪。"她感叹道,"想当年,我因为偏科,高等数学补考了两次没过,在班上都抬不起头,你还问我,你忘了凤玉凰玉的来历?你是怎么鼓励我的?你说,白雪,不要轻言放弃,应该永不放弃!那时的你,风华正茂,从不向命运低头屈膝,真的是我心目中的血性男儿。还记不记得,为了说服我,你还给我买来了海伦·凯勒的《假如给我三天光明》。你说,海伦十九个月时就成了全聋全哑全盲的残疾人,面对命运的无情嘲弄,她却凭着难以想象的毅力,考入了即便生理健全的人也望而生畏的哈佛大学,白雪,一门高等数学,怎么就能让我们裹足却步,让我们向困难与波折俯首称臣呢?

"德胜,一口气读完那本书的那天深夜,我有了一种古人所言'思接千载,视通万里,心驰八荒,神飞九天'的通灵与彻悟,自己仿佛踏上了北美洲的大陆,追寻着海伦的足迹,走进了她的内心世界,汲取了无穷无尽的力量。书中的一句名言我至今还记得清清楚楚。她说:我的身体虽然不自由,但我的心是自由的。且让我的心超脱我的躯体走向人群,沉浸在喜悦中,追求美好的人生吧!"

"是啊,"他望望窗外,仿佛回到了自己的大学时代,与白雪彻夜长谈的情形依稀可见,"我还给你讲过张海迪的事迹,用来共励共勉。"

"对!那时候,我把张海迪的诗都抄在笔记本上,现在记忆犹新,让我背给你听:美好的未来/在召唤着我们这一代人/我多么愿意/和青年朋友一道/伸开双臂/让自己火热的心儿/随着绚丽的朝霞/向着理想的太阳/飞翔/飞翔!"

白雪用标准的普通话朗诵完了这首小诗,激动的泪水又一次湿润了眼眶……

尾　声

这一段时间,从大峪乡、南川县、煤炭局等单位自发前来医院看望老马的干部群众络绎不绝。病房里摆满了鲜花,香气扑鼻。走进病房,仿佛置身于花的海洋。

一天,范国栋和崔江一道来探视他。

老范说:"老弟,人有悲欢离合,月有阴晴圆缺,此事古难全。还记得,我给你讲的'感谢折磨你的人'吗?"

"先生谆谆教诲,至今犹在耳畔。"

"今天,我想告诉老弟的是,还要感谢折磨你的事!不历经九九八十一难,又如何能取得真经,功德圆满?"

"弟子谨记啦!"

"马书记,你不必灰心丧气,老崔我几十岁的人了,也算是历经沧桑,阅人无数。你这个朋友,俺可是交定了。你的后半生,有什么困难只管说,老兄虽说做不到两肋插刀、赴汤蹈火,但肯定在所不辞!"

"谢谢你,崔总。德胜感激涕零!"

…………

一个多月后,伤口基本痊愈。恒久公司提供的假肢也顺利装上了。虽然他刚开始还不太习惯,但毕竟要比用双拐方便得多。

进入8月中旬,高考的最终结果出来了。马超以优异的成绩被北京一所名牌大学录取。

接到录取通知书这一天，老马和玉曼欢喜异常，准备摆上一桌酒席，叫上亲朋好友，好好庆祝一番。不料，马超却说："爸，我想跟你商量个事儿。能不能联系一下，我就在咱神都上大学？"

"你疯了，孩子？怎么会冒出这样的念头？"

"爸，我想，你腿脚不便，妈妈一个人照顾不过来。在咱本地上，我就能时常回来照看你。"

老马心头一热，一把搂住超超，说："孩子，你的这份孝心难能可贵，老爸心领了。大学是人生的重要阶段，怎么能随意调换哪？更何况，老爸我没有你想象的那么脆弱。你看，我走路不是和平常人一样嘛！四年，在人生的长河中仅仅是一朵浪花，一晃而过，都好对付。前些天，肖芳阿姨、赵伯伯、王叔叔去医院看我时说，啥时候有事儿随叫随到。你看，我身边这么多好心人呀。你要珍惜大学生活，专心学习，不要惦记家里。"

另一件喜事是白雪的处女作长篇小说《凤凰玉》终于出版啦。省文联还在神都召开了作品研讨会，认为作品以深厚的历史文化素养为底气，以一个女性作者特有的细腻笔触，在一种满怀哀伤的文字中叙写生命的繁华与凋零，追思人性的美丽与丑陋，揭示精神的光亮与黯淡，剖析生活的有情与无情，诗性氤氲而又意味深厚。

…………

又过了几天，市委的任命文件下来了：

马德胜同志任神都市残疾人联合会主席。

这一结果大大出乎老马以及所有人的预料。一个正科级，被破格提拔为正县级，在和平年代是不多见的。因为是特殊提拔，市里还特意请示了省委组织部，一来二去，任命文件才姗姗来迟。这既有他工作实绩、英雄事迹的因素，也有客观原因。原来，市残联主席到了退休的年龄，而在本市的副县级干部中，还确实挑不出残疾干部这样的后备人选。而残联的主席，原则上必须是残疾人，这一规定给他的非常规提拔提供了机遇。

按照组织部的要求,第二天,他就得走马上任了。头天晚上,他辗转反侧,久久不能入睡。他想起自己曾经读过的《霍金传》。这位身患肌肉萎缩性侧索硬化症的老人,在青年时代刚刚患病时也曾郁郁不乐,借酒浇愁,然而,他最终绝地奋起,发现了宇宙黑洞,写出了《时间简史》,树立起物理学的一座丰碑,在那些他的双脚无法抵达的地方,他的思想却翱翔其上,自由驰骋……

　　东方渐渐泛出了鱼肚白。老马睡意全消,披衣而起,面对初露的晨曦,迎来了崭新的一天。